KB184456

월경문학과
글로컬리티

재일디아스포라문학 비평

지은이

김환기 金煥基, Kim Hwan-Gi

경북 문경에서 태어나 동국대학교 일어일문학과를 졸업하고 다이쇼(大正)대학 대학원 문학연구과에서 석·박사학위를 받았다. 현재 동국대학교 일본학과 교수이고 일본학연구소 소장을 맡고 있다. 대표 저서로는『야마모토 유조의 문학과 휴머니즘』,『시가 나오야』,『재일디아스포라문학』,『브라질(Brazil) 코리안문학선집』,『글로벌 리더가 말하는 한국』이 있고, 역서로는『암야행로』,『일본 메이지문학사』,『火山島』(12권),『전후〈재일〉문학론』등이 있다.

월경문학과 글로컬리티
재일디아스포라문학 비평

초판발행   2024년 12월 31일

지은이   김환기

펴낸이   박성모
펴낸곳   소명출판
출판등록   제1998-000017호
주소   서울시 서초구 사임당로14길 15 서광빌딩 2층
전화   02-585-7840
팩스   02-585-7848
이메일   somyungbooks@daum.net
홈페이지   www.somyong.co.kr

ISBN   979-11-5905-997-1 93830
정가   43,000원

월경문학과
글로컬리티

재일디아스포라문학 비평

김환기 지음

재일코리안사회는 조국이 해방을 맞은 이후에도 일제강점기의 피식민자 입장을 크게 벗어나지 못한다. 1945년 조국의 광복, 그것은 무늬만 해방이었지 곧이어 분단조국과 격심한 남북 대립으로 이어졌고 그 결과는 고스란히 재일코리안사회로 흘러들었다. 게다가 식민 지배국인 일본에서 민단과 조총련으로 갈라진 재일코리안사회는 좌우 / 남북한의 정치적 대립보다 더 치열하게 반목하면서 조국의 현대사적 변곡점, 즉 한국전쟁, 4·19, 5·16, 한일협정, 근대 / 산업화, 베트남전쟁, 민주화운동, 88서울올림픽, 공산권 붕괴, 러시아 / 중국과 수교, 글로벌시대로 이어지는 쟁점들과 함께 한 삶이었다. 재일코리안사회는 굴절된 시공간의 역사적 '부성負性'을 고스란히 안고 살았던 셈이다.

재일코리안문학은 굴절된 '부負'의 역사성을 상징하는 '적국' 일본에서 조국애와 민족적 아이덴티티를 고민했던 '자이니치在日'의 삶을 엮어낸다. 일제강점기 프롤레타리아 문학을 비롯해 해방 이후의 재일 1세대와 중간세대 작가들, 그리고 재일 현세대 작가들과 일본 / 일본인으로 귀화한 작가들까지 그들의 문학적 시공간은 넓고 깊다. 대체로 디아스포라의 관점에서 재일코리안문학은 구심력과 원심력으로 변주되는 역사성과 민족 의식을 함의한 경계 의식, 이방인 의식, 초국가적 세계관을 천착한 서사물이며, '피의 계보'를 의식할 수밖에 없는 재일코리안 특유의 디아스포라적 유민 의식을 주제화했다고 할 수 있다.

이번 『월경문학과 글로컬리티』는 조국과 민족의 현대사적 쟁점을 서사화한 재일코리안 작가와 그들의 문학을 조명한 연구서로서, 크게 제1부와 제2부로 구분해 구성하고 부록을 첨부했다.

제1부는 큰 틀에서 담론의 주제 의식을 '재일디아스포라의 문학적 시공간'으로 설정하고 재일코리안(사회)과 불가분의 시공간과 문제적 지점에서 변주하는

일상의 목소리를 다루었다. 코리안 디아스포라의 현대사적 쟁점과 맞물릴 수밖에 없는 주제 의식, 즉 디아스포라의 탈근대적 글쓰기를 비롯해 재일의 경계 의식과 트랜스네이션, 굴절된 '부'의 역사성, 유교적 가부장제와 아버지상^{어머니상}, 현실주의, 오사카 이카이노의 장소성, 조선인 여성상 등을 비평적 키워드로 삼았다. 이는 재일코리안들이 식민 지배국^{적국, 타향}에서 마이너리티로 살아가며 마주할 수밖에 없는 '부'의 역사성과 민족 의식, 실존적 자의식을 묻는 과정이다. 특히 재일코리안문학이 해방정국의 혼란상과 민족적 비극인 '제주4·3'을 주제화했다는 사실은 한국문학계에서 미처 채우지 못했던 문학적 공백을 메운다는 점에서 문학사적 의의가 크다.

제2부는 '디아스포라와 재일성의 문화적 실천'으로서 재일코리안문학사를 장식한 대표적인 작가들과 그들의 작품을 주목했다. 역시 디아스포라의 관점에서 구심력과 원심력을 근간으로 식민지배^{지배}과 피식민^{피지배}, 주류^{중심}와 비주류^{비주류}로 변주되는 현대사적 쟁점을 주목했다. 특히 일제강점기의 협력과 비협력을 상징하는 김사량과 장혁주의 문학을 비롯해 재일 1세대 작가 김달수와 '민족주의', 김석범과 '제주4·3', 다치하라 마사아키와 미의식을 문학적으로 짚었다. 그리고 중간세대 작가인 이회성과 '사할린', 김학영과 '벽', 이양지와 '이방인 의식', 양석일과 '신체성'에 이어 현세대 작가인 유미리와 '가족', 현월과 사기사와 메구무의 '실존', 가네시로 가즈키와 '엔터테인먼트', 김길호와 '공생'을 문학적으로 조감했다. 부록은 '재일코리안문학 연표'로서 일제강점기부터 현재까지 각종 신문과 잡지에 소개된 시, 소설, 평론과 함께 그동안 단행본으로 출간되었던 작품들을 연월별로 정리했다. 산재해 있던 재일코리안문학 정보를 한곳에 모아 학문연구의 기초자료로 제공하기 위함이다.

이 책 『월경문학과 글로컬리티』는 비록 재일코리안 작가들의 일본/일본어 문학텍스트 중심의 비평이지만 기본적으로 일본문학과 한국문학을 의식하며 코리안 디아스포라의 시선을 놓치지 않았다. 전 세계에서 디아스포라로 살아가는 구소련권의 고려인, 중국의 조선족, 미주지역의 한인들, 남미지역의 한인들, 독일로 갔던 광부 / 간호사의 역사와 문학까지 의식하면서 재일코리안문학의 보편적 가치와 세계성을 주목했다. 여기에는 재일코리안문학이 더 이상 제국과 국민국가의 속지·속문주의 논리에 갇히지 않고 국경을 넘어 한국문학과 일본문학, 디아스포라문학과 세계문학으로 자리매김해야 한다는 저자의 바람도 담겨 있다. 이 연구서가 광범위한 재일코리안문학 전체상을 세세히 다루지는 못했지만 그들 문학의 확산과 더불어 디아스포라문학 연구자들에게 다소나마 참고가 되길 바란다.

끝으로 이 책의 기획부터 출간까지 첫 독자로서 아낌없이 조언해 준 한국체대 유임하 교수와 한림대 조수일 교수께 감사드리고 흔쾌히 책을 출판해 준 소명출판에 감사드린다.

2024년 12월
김환기

차례

제2부

디아스포라와 '재일성'의 문화적 실천 — 237

제1부

재일디아스포라의
문학적 시공간

재일디아스포라문학과 '탈근대'적 상상력

1. 제국·국가주의와 근대·탈근대

20세기 전후 일본의 근대화는 제국, 국가 이데올로기를 기조로 위로부터 아래로 추진된다. 청일전쟁[1894~1895]과 러일전쟁[1904~1905]의 승리는 일본의 제국과 국가주의, 근대화가 국내외적으로 인정받는 계기였으며 그것은 곧 1905년 체결된 영일동맹과 포츠담조약, 1910년 한일병합 등으로 나타났다. 천황제와 국민국가 기조의 근대화는 위로부터의 일방적인 개혁 플랜으로서 쇼와시대의 15년전쟁[1]은 그러한 왜곡된 제국과 국가주의 행보를 상징하는 역사적 지점이다. 부국강병과 탈아입구脫亞入歐를 내세운 근대식민정책내선일체를 내세운 사회간접자본 확충, 민족교육의 통제, 강제된 식민문화은 일본의 제국, 국가 이데올로기의 자화상이라 할 수 있다. 한일병합 110년을 넘긴 현시점에서도 포스트 콜로니얼리즘신식민주의와 탈식민주의 형태이 담론화되고 식민과 피식민, 주류중심와 비주류주변로 변주되는 국가 이데올로기가 재구축되고 있음은 주목할 만한 현상이다.

일본의 제국주의와 국가중심적 근대화는 초국가적인 공동체로 재편되고 있는 21세기 국제화시대에 어떤 교훈을 던지고 있는가. 다양한 해석이 가능하겠지만 분명한 것은 지난 세기에 횡행했던 제국주의적 팽창주의, 첨예했던 동서냉전, 일국주의, 순수혈통주의, 단일민족신화가 한계에 달했고 국제화시대의 탈중심적 세계관을 통한 보편성이 강조된다는 점이다. 바꿔 말하면 근대 국민국가 체제에

---

1   일본의 '15년전쟁기'란 1931년 만주사변의 발발부터 1937년 중일전쟁을 거쳐 1941년 태평양전쟁이 본격화되고 1945년 전쟁이 끝날 때까지의 기간을 일컫는다. 일본 군국주의의 광풍이 절정으로 치달았던 시기로서 일본문학사에서는 이 시기를 '문학의 암흑기'라고도 한다.

서 강제되었던 식민과 피식민, 주류^{중심}와 비주류^{주변}로 변주되던 이항대립적 사고, 고착화된 '몰개성주의', 상실된 실존 의식을 개별적인 형태로 되짚게 한다.

최근 활성화되고 있는 디아스포라^{Diaspora} 담론[2]은 이러한 제국주의적 팽창주의와 국가 중심의 이데올로기와 밀접한 관계에 있다. 디아스포라가 이산 유태인의 역사적 경험을 넘어 "다른 민족의 국제이주, 망명, 난민, 이주노동자, 민족공동체, 문화적 차이, 정체성 등을 아우르는 포괄적인 개념"[3]으로 수용되고, 디아스포라 시공간이 근대와 근대성으로 표상되는 국가와 민족, 정치와 이념, 문화 제국주의의 이동, 개인-집단-국가로 변주되는 역사 이데올로기의 연환 구조를 가장 리얼하게 담아내는 지점이기 때문이다. 구한말부터 본격화된 코리안 디아스포라는 그 자체로서 제국과 국가주의, 근대와 근대성의 표상이며 주류^{중심}사회로부터 배제된 개인, 집단, 민족의 위치와 부성을 대변한다. 그리고 재일디아스포라의 역사, 민족, 문화적인 위치와 존재성은 계급적, 종적^{수직적}으로 변주되는 제국주의와 국가 이데올로기를 가장 리얼하게 표상한다. 재일코리안문학이 가장 치열한 형태로 디아스포라의 고뇌와 저항, 유민 의식, 핍박의 역사로 상징되는 '한'의 정서와 민족적 아이덴티티, 타자 의식을 서사화하는 것은 당연한 귀결이다.

이런 관점에서 일제강점기 프롤레타리아문학을 전사^{前史}로 삼고 해방 이후에 본격적으로 출발한 재일코리안문학을 근대적 글쓰기와 탈근대적 글쓰기로 분화해온 지점과 이들 문학에 함의된 '탈근대'적 상상력을 역사적, 정치적, 문화적

---

2 최근의 디아스포라 담론은 제국주의와 국가주의에서 팽배했던 이데올로기적 상황을 포함하면서도 보다 확장된 의미의 디아스포라적 상상력을 천착한다. 특히 소수자의 민족 의식, 억압·차별, 유민 의식을 근간으로 삼으면서도 거주국에서의 정착과 공생 차원의 열린 세계관을 피력한다는 점에서 특징적이다.

3 윤인진, 「코리안 디아스포라 – 재외한인의 이주, 적응, 정체성」, 『한국사회학』(제37집), 2003, 101쪽. 재일 학자 서경식은 "근대의 노예무역, 식민지배, 지역분쟁, 세계전쟁, 시장경제 글로벌리즘 등 몇 가지 외적인 이유에 의해, 대부분 폭력적으로 자기가 속해 있던 공동체로부터 이산을 강요당한 사람들 및 그들의 후손을 가리키는 용어로 사용하고 있다"(『디아스포라 기행』, 돌베개, 2006, 14쪽).

측면에서 짚는 작업은 유의미하다. 특히 디아스포라적 관점에서 근대와 근대성으로 표상되는 국가와 민족, 정치와 이데올로기를 포함해 탈근대적인 글쓰기의 현재적 지점, 즉 포스트 콜로니얼리즘, 현실주의와 주체성, '혼종성'과 디아스포라, 초국가적 열린 세계관은 주목할 필요가 있다.

2. '근대'적 글쓰기와 디아스포라 의식

'근대'적 글쓰기라고 할 때 '근대'의 의미망은 역사적인 부침의 중심에 자리했던 정치 이데올로기를 비롯해 역사성과 민족성을 포함한 사회문화적인 현상까지 아우르게 마련이다. 근대 국민국가 체제에서 글쓰기란 결국 국가와 연계된 정치 이데올로기를 씨줄로 거기에서 파생되는 개인의 문제가 날줄로 엮어지는 서사 체계가 일반적이다. 메이지明治시대와 다이쇼大正시대의 다양한 문학적 경향 게사쿠(희작)문학, 번역소설, 정치소설, 사실주의, 낭만주의, 자연주의와 반자연주의, 프롤레타리아문학 등이 근대 국민국가로부터 자유롭지 못했고, '15년 전쟁기'문학으로 표상되는 쇼와昭和문학이 이데올로기적 경향으로 점철했음은 그러한 '근대'의 의미망을 확인시켜 준다. '근대'적 글쓰기라고 할 때, 거기에는 국가와 민족, 정치와 이념을 기조로 한 민족주의, 권력 이동, 저항과 억압, 규율과 차별, 순혈주의와 단일민족, 유교적 가치관, 지배와 피지배, 중심과 주변으로 변주되는 이항적 근대와 근대성 논리가 중심일 수밖에 없다.

디아스포라 담론은 그러한 근대와 근대성으로 표상되는 국가와 민족, 정치와 이념, 문화 제국주의의 이동確張 과정, 개인-집단-국가로 변주되는 역사 이데올로기의 순환구조를 가장 리얼하게 보여준다는 점에서 주목된다. 특히 기존의 역사적 부성負性을 표상하면서도 확장된 의미의 '혼종성'과 월경의 세계관으로 수렴될 수 있는 디아스포라적 상상력을 천착한다는 점에서 그러하다. 디아스포라로서 거주국의 정치 이데올로기에 희생되고 유민생활을 청산하지 못한 채 끊임없이 유역화와 유민화로 내몰렸던 구소련권의 고려인, 중국의 '반우파운동', '대약진운동', '문화대혁명' '개혁개방정책'으로부터 자유롭지 못했던 중국의 조선족, 소수민족의 한계를 인정하면서도 주체적인 이민역사를 통해 상생의 길을 열어가고 있는 재미코리안, 캐나다와 중남미의 코리안. 이들 코리안 디아스포라야말로 근대와 탈근대로 변주되는 역사적, 민족적, 이념적인 굴레를 신체적으로 경험한 주체들이다.

그들 중에서도 재일코리안사회는 20세기의 제국과 국가주의, 근대와 근대성으로 표상되는 이데올로기적 시대상을 가장 리얼하게 간직하고 있는 시공간이다. 그러한 계급적, 종적인 권력 구조에서 격리된 시공간을 근대와 탈근대적 상상력으로 서사화한 재일코리안문학이야말로 국가와 개인, 중심과 주변의 역학관계, 이데올로기의 틈새에서 부침했던 개인의 실존적 양상을 가장 잘 담아낸 기록물이라 할 수 있다. 따라서 재일코리안문학에 형상화된 근대 국민국가의 폭력과 부조리를 거론하고 주류^{主流}사회에서 주변화된 개인과 집단의 부성을 읽어내는 작업은 근대와 탈근대로 변주되는 '재일성'의 실체를 확인하는 과정으로 이어진다.

재일코리안문학을 근대적 관점에서 디아스포라 의식과 연계해 짚어보면 몇 가지 특징적 요소를 확인할 수 있다. 하나는 지금까지의 재일코리안문학이 근대 국민국가의 역사적, 정치 이데올로기를 근간으로 조국과 민족, 정치와 이념 중심으로 서사화되었다는 것이다. 이를테면 일제강점기와 초창기 재일코리안문학에서 형상화된 식민과 피식민, 지배와 피지배, 중심과 주변으로 변주되는 제국과 국가주의, 민족주의에 내재된 역사적 부성을 거론할 수 있다. 좀 더 구체적으로 보면 일제강점기의 김사량, 장혁주, 정연규 등의 소설에서 초점화한 저항과 협력, 해방 이후의 김달수, 김석범, 김시종, 정승박 등의 소설에서 주제화한 민족주의를 둘러싼 디아스포라 의식이 있다.

다음은 재일코리안문학에서 서사화되는 저항정신, 민족정신, 회귀 의식, 타자 의식은 결국 국민국가 이데올로기와 연동된 종적 체계의 권력 구도에서 배제되었던 디아스포라의 자기 찾기로서 '재일'이라는 실존적 조건에 대한 물음으로 귀결된다. 여기에는 주로 중간세대 재일코리안 작가들의 작품이 해당될 수 있는데, 디아스포라의 유민 의식을 리얼하게 담아낸 이회성의 소설, 끊임없이 자신의 '탈각 작업'에 매달렸던 김학영의 소설, 이상과 현실 사이의 거리 조율을 통해 이방인 의식으로

장혁주, 『아아 조선』, 신쵸샤, 1952

부터 해방되고자 했던 이양지의 소설 등이 포함된다. 또한 재일코리안문학의 언설 공간은 강력한 남성 중심의 유교적 가부장제를 차용하면서 계층과 세대 간의 소통구조가 등가성^{수평적}을 확보하지 못하고 종적^{수직적}인 권력구조 형태로 작동된다는 점도 지적할 수 있다.

그리고 문학을 공급자가 아닌 수요자 입장을 의식한 연구자의 시좌^{독자} 역시 근대 국민국가와 연동된 이데올로기적 현상, 이항대립적 사고, 끌어들이기와 밀어내기 식의 자기^{국가} 중심적 사고가 지배적이었다. 예컨대 문학평론가 이소가이 지로磯貝治良의 『〈재일〉 문학론』, 다케다 세이지竹田青嗣의 『〈재일〉이라고 하는 근거』, 하야시 고지林浩治의 『재일조선인일본어문학론』, 오노 데이지로小野悌次郎의 『존재의 원기 김석범 문학』, 야마사키 마사즈미山崎正純의 『전후재일문학론』 등이 그러했다. 또한 한국에서 출간된 단행본 『재일디아스포라문학』, 『재일동포문학과 디아스포라』, 『재일조선인문학과 민족』, 『장혁주 연구』를 비롯해 다수의 연구 성과가 대체로 역사성과 민족성을 근간으로 자기^{국가} 중심적인 이데올로기로부

터 자유롭지 못했다.

  이렇게 볼 때, 근대적 글쓰기가 총체적으로 근대 국민국가를 중심으로 주체와 객체^{중심과 주변} 간의 끊임없는 반목과 이항대립의 담론 구조로 진행되어 왔다고 한다면, 재일코리안문학은 그러한 끌어들이기와 밀어내기의 전형으로서 철저하게 종적인 권력 구조에서 타자화^{상대화} 된 실존적 개인의 디아스포라적 지점을 천착했다고 할 수 있다. 특히 역사적 부성을 함의한 재일코리안문학의 서사 체계는 제국과 국가주의, 이데올로기로 점철했던 근대의 주체 세력^{종심}에 맞선 디아스포라에 방점을 찍었다. 그것은 재일코리안문학이 일제강점기 프롤레타리아 문학을 비롯해 제국과 국가주의에 맞서는 역사성과 민족성을 천착하고, 역사적 부성을 의식한 민족적 글쓰기를 견지할 수밖에 없었던 이유이기도 하다.

3. '탈근대'와 포스트 콜로니얼리즘

  '근대'적 글쓰기가 근대 국민국가를 중심으로 이항대립적인 서사구조와 타자화^{상대화} 된 디아스포라의 존재성 표상으로 진행되었다고 한다면, '탈근대'적 글쓰기는 한층 다변적이고 중층적인 서사구조를 취하며 현실주의적 세계관을 지향했다고 할 수 있다. 재일코리안문학을 탈근대적 글쓰기의 관점에서 주목해 보면 몇 가지 측면에서 그 특징을 짚어볼 수 있다. 요약해 보면, 포스트 콜로니얼리즘 관점에서 진행된 문학적 변용, 과거를 넘어선 현실주의와 '재일'의 주체성, 이항대립적 표상 체계가 아닌 확장된 디아스포라적 상상력, 그리고 초국가적인 열린 세계관이다.

  먼저 재일코리안문학의 '탈근대'적 상상력이라고 할 때 상기할 수 있는 것은 포스트 콜로리얼리즘[4]에 입각한 문학적 서사화다. 포스트 콜로니얼리즘적 시좌에는 기본적으로 역사의 망각에서 벗어나는 지점을 천착하면서 적극적인 형태의 기억과 기록 행위를 통해 과거의 아픔을 치유하고 식민주의의 역사적 부성으로부터 해방된다는 의미가 담긴다. 따라서 재일코리안문학은 기본적으로 탈식민주의적 서사 체계로 인식하면서 미래지향적인 창조성을 의식한 담론이라 할 수 있다. 그것은 재일코리안이 제국과 국가주의, 권력화된 식민주의의 주류^{중심}세력에 의해 상대화된 하위 주체이며 '서발턴[5]'임을 의미한다.

이같은 관점에서 재일코리안문학은 포스트 콜로니얼리즘의 담론 체계가 리얼하게 피력되는 시공간이고 실제로 탈식민주의적 관점에서 주류^{지배자, 중심}사회에서 벗어난 경계인의 체화된 타자 의식을 치열하게 얽어낸다. 김석범의 대담집 『왜 계속 써왔는가, 왜 침묵해 왔는가』, 『김석범 『화산도』를 말한다』 등은 그러한 탈식민주의적 관점에서 기억과 재생, 개인의 초월을 통한 보편성 개념으로 재구축한 텍스트라고 할 수 있다.

그러니까 당으로부터 조직으로부터도 탈락해 버린 자신에 대한 절망과 고독은 정말 깊었어. '4·3'을 씀으로써 겨우 '고독을 밀어내어' 생에 머물 수 있었지. (…중략…) 줄타기라는 게 똑바로 멈춰 서면 떨어지기 쉬워. 움직이고 있어야 평형을 잡지. 만약 내가 쓰는 것을 멈춘다면 나는 줄에서 떨어질 거야. 내가 쓰는 것 대부분은 4·3이지만 쓰는 것 자체가 줄에서 떨어지기 않기 위한 운동이고, 언제까지 쓸 수 있을 지 알 수 없지만, 나의 존재를 지탱하고 있어.[6]

소설가 김석범이 피력한 고독을 밀어내는 '줄타기' 정신, 즉 민족주의자로서 끊임없는 글쓰기는 역사와 이데올로기를 향한 일방적인 과거 회귀가 아닌 삶을

---

4   포스트 콜로니얼(postcolonial)은 과거의 식민 상황이 독립을 맞이한 이후까지도 영향력을 행사하고 있는 상황을 말한다.

5   '서발턴(subaltern, 하위주체)'이란 여성이나 노동자, 소수민족, 이주민과 같은 권력의 중심에서 배제되고 억압을 당하는 사람, 또는 그런 무리들을 말한다.

6   金石範·金時鐘, 『なぜ書きつづけてきたか, なぜ沈黙してきたか』, 平凡社, 2001, 197~198쪽.

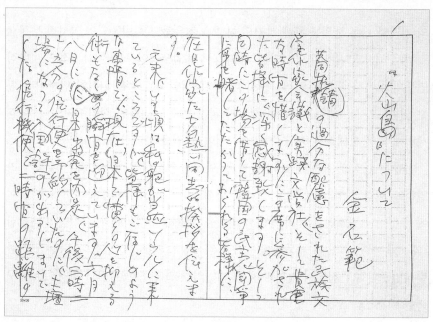
김석범, 「『화산도』에 대하여」 육필원고(한국문학번역원 소장)

지탱하고 희망적인 미래상을 창출하기 위한 힘의 축적이며 기억의 재생이다. 주류^{중심}사회에서 단절된 공간^{장소}의 희망적인 미래상은 과거에 대한 곡진한 반추와 기억의 재구축을 통해서만 가능하다는 인식이다. 그것은 김석범이 말하는 "슬픔의 자유" "슬픔의 자유의 기쁨"[7]을 누릴 수 있어야 한다는 의미와도 상통한다. 지속적으로 발간되지 못하고 최근 폐간된 재일여성문예지『땅에서 배를 저어라』에 내재된 재일코리안 여성 작가들의 주체성 회복과 젠더 의식도 동일선상에서 탈식민주의적 시좌로 이해할 수 있다.

현재 재일사회는 4대까지 사회인으로 입성하려 하는 상황인데, 사회 경험의 차이와 계층 분리 등을 이유로 상호간에 균열이 깊다. 거기에 조선반도의 국가 분단의 이데올로기 대립구도가 그대로 재일의 생활의식을 지배하고, 교착하는 인생 모양은 어중

---

7   金石範, 『金石範《火山島》を語る』, 右文書院, 2010, 68쪽.

간한 것이 아니다. 하지만 내가 안고 있는 상실감은 그러한 재일사회의 실태가 아니다. 거의 편집적으로 애석해 하는 것은 자신을 포함한 1세와 2세 여인들이 받은 고난苦難의 모습이었다. 그 감정을 '한恨'이라고 명명하는 것은 21세기 오늘날, 시대착오란 비난도 있겠지만, 나는 감히 '한'이라고 부르고 싶다. 정말이지 사람은 마음속 깊이 '한'을 간직해야만 한다고……. '한'은 '원망怨'과 달라서 특정 개인을 향해서 '푸는' 감정이 아니다. '한풀이'라는 말이 있다. 유교의 남성우위의 사회제도 혹은 봉건적인 엄격한 신분제도 하에서 여자들과 상민常民, 노비 등의 자기 해방의 샤먼 의식이었다. '한풀이'를 현대적으로 치환한다면 잡지 『땅에서 배를 저어라』에 짐을 싣는 풍양豊穰한 '이야기'다, 라고 나는 주장하고 싶다. 사회적, 정치적인 큰 상황을 겪으면서 여자이기에 겪어야했던 간고한 삶을 '문학적 상상력'의 장에서 빈틈없이 길항시켜 보이는 것, 그것은 결국 한 사람 한 사람의 인생, 개개인의 청산의 의미로 이어진다.[8]

김석범이 조국의 일그러진 근현대사에 대한 문학적 재구축을 통해 작가로서 삶의 끈을 이어왔듯이 재일여성문예지 『땅에서 배를 저어라』에서 표방하는 지향성 또한 포스트콜로니얼의 젠더 의식을 보여준다. "여성이기 때문에 겪어야했던 간고함을 문학적 상상력의 장에서 빈틈없이 길항시켜" 간다는 여성잡지의 방향은 지극히 본질적이고 보편적인 문화적 실천 행위에 가깝다. 개개인의 인생, 각 개인의 청산의 의미를 이끌어낸다는 점에서 포스트 콜로니얼적 시좌가 차용되고 있는 것이다. 포스트콜로니얼리즘에는 재일디아스포라의 역사적, 정치적, 민족적인 입장을 주류主流의 대척 지점에서 재구축한다는 타자 의식과 자기 긍정의 시좌도 포함된다. 제주4·3을 문학적으로 재구축한 김석범의 소설을 비롯해 일제강점기와 해방 이후의 시공간에서 척박한 생존 현장으로 내몰렸던 '조선인'들의 기억을 서술해낸 김달수의 소설, 제국과 국가주의, 주류主流사회의 폭력과

---

8   在日女性文芸協会,「編輯後記—創刊號によせて」,『地に舟をこげ』(創刊号), 2006, 277쪽.

부조리에 대응했던 오사카 '빈민촌'의 '아파치족'을 극한적인 신체성으로 서사화한 양석일의 소설 역시 탈식민주의적 시좌로 읽을 수 있다.

4. 현실주의와 탈근대적 혼종성

제국주의와 국가주의 체제에서 문학이란 국가와 민족, 정치와 권력, 이데올로기의 양상을 서사의 중심으로 끌어들이기 마련이다. 기존의 재일코리안문학이 역사성과 민족성, 근대와 근대성을 앞세우면서 개인의 주체성과 실존적 자의식을 소홀히 취급했던 것은 사실이다. 그러나 '탈민족'적 글쓰기로 수렴되는 최근 재일코리안문학의 현실주의적[9] 관점, '코리안 재패니즈' 의식, 실존적인 개인개아과 같은 일련의 문학적 현상은 기존의 민족적 글쓰기와 차별화되는 '탈근대'적 경향이라 할 수 있다. 예컨대 근래 오사카를 중심으로 활동하고 있는 김창생, 김길호, 원수일 등의 문학이 그러하다.

김창생의 소설은 일찍부터 재일코리안사회에 뿌리 깊게 남아있는 남성 중심의 유교적 가부장제를 깊이 있게 다룬다. 특히 여성을 억압하는 권력으로 작동했던 유교적 가부장제를 여성의 입장에서 비판하는 탈권위적인 서사 구조다. 소설 「도새기」는 집안의 장남의 큰오빠의 독선적인 행동에 맞서는 세 자매의 목소리가 창창하다. 일본에서 돌아가신 부친의 유해를 고향제주도에 모셔야 한다는 큰오빠의 주장에 세 자매는 생활권인 오사카 근처에 모시는 것이 현실적이라며 맞선다. 세 자매는 부모의 제사는 모시지 않고 실리만 챙긴다며 큰오빠를 향해 "부

---

9   일반적으로 현실주의라고 하면 다이쇼시대의 아쿠타가와 류노스케, 기쿠치 간, 야마모토 유조 등 「신사조파」 작가들을 말한다. 이들은 인간의 이상향을 노래하거나 남녀간의 달콤한 사랑을 노래하기보다 비켜갈 수 없는 현실을 배경으로 진실을 주목하며 인간 본래의 모습을 있는 그대로 표현하였다. 하지만 한국에서의 현실주의는 1970, 1980년대부터 사회적 정치성을 동반한 현실 고발이라는 측면을 강조하는 경향이었다.

끄러운 줄 알라"며 소리친다. 조상의 산소와 제사를 둘러싸고 관례적으로 진행되어왔던 남성 중심의 가치관에 여성들이 목소리를 내기 시작한 것이다. 김창생의 소설 「붉은 열매」는 그러한 사회화된 재일코리안 여성의 젠더 의식과 주체성을 한층 리얼하게 얽어낸다. 주인공인 옥녀는 남편의 폭력과 반복되는 외도 앞에서 당당하게 맞서고 "참고 살아야 한다"는 시어머니의 간곡한 애원을 단호히 거절한다. 옥녀는 "어머니 저 대신에 좋은 며느리를 찾아주세요"라고 선언한다.

이처럼 옥녀의 홀로서기를 통한 여성으로서의 주체성 회복은 냉정하지만 설득력 있게 표현된다. "부모님의 산소를 만들고, 무슨 일이 있을 때마다 족보를 꺼내 보이며, 뼈대 있는 가문이니 집안에 먹칠 하지 말라고 입이 닳도록 말하면서, 진작 자기는 일본식 이름"으로 살아가는 오빠를 향한 힐난도 거침없다. 여기에는 '재일'코리안사회에 상존하는 남성들의 권위주의를 비판하는 주체적인 여성상이 자리하고 있다. 역사성과 민족성을 함의한 주체적인 '재일성'이 현실주의적 가치관과 맞물려 확장되는 현상으로 이해할 수 있다.

한편 이러한 현실주의적인 시좌와 '재일'의 주체성에 대한 서사화는 다른 재일코리안 작가의 문학에서도 확인된다. 종추월의 『이카이노·여자·사랑·노래』, 『이카이노 타령』에서 등장하는 생명력 넘치는 여성상, 가네시로 가즈키의 소설 『GO』에서 목격되는 '코리안 재패니즈' 의식, 원수일의 『이카이노 타령』에서 서사화되는 현실주의적 시좌와 월경적 세계관이 그러하다. 특히 오사카에 거주하는 재일코리안들의 일상을 테마로 삼은 원수일 문학은 주류^{중심}사회로부터 타자화^{상대화}된 척박한 시공간을 주목했다는 점과 오사카 특유의 해학성과 리듬을 살린다는 점에서 특징적이다.

'독토나리'를 나온 영춘은 히라노 운하를 따라 골목길을 걸었다.
닭장에서 해방되어 유유히 산책을 즐기는 닭들을 발견하고서는 휘몰아치는 개구쟁이들의 환성, 짐차의 큰 박스 속에 내던져진 채 실려 있는 햅번 샌들 반제품을 부업하는 곳으로 운반해 가려는 오토바이의 배기음, 수작업한 목재 쓰레기통과 간이 건조대, 부서진 가구나 식기에 헝겊, 뗏목에 실려 히라노 운하를 내려온 목재를 제재하고 있는 기계음과 나무 냄새, 손자를 달래는 할망의 제주도 자장가, 수동식 플라스틱 사출성형기의 완만한 음, 원시적인 재단기의 위험스러운 음 등이 난무하여 봄볕이 깃든 운하 옆길은 '혼돈' 그 자체였다.[10]

주류중심사회로부터 주변화된 공간장소에서 부침하는 주변인의 목소리는 최근 젠더화된 여성의 주체 의식을 비롯해 탈민족적 글쓰기란 형태로 한층 강화되고 있다. 포스트 콜로니얼리즘에 입각한 과거에 대한 기억과 재구축 형태의 미래지향적 세계관은 역사성과 민족성 중심의 이데올로기적 상황을 소설적 메커니즘으로 삼으면서도, 한층 과거에서 미래로 이항 대립의 구도에서 상생 구도로 대체해 나간다. 현대사회의 병리 현상과 가족의 해체와 복원을 지향하며 인간의 보편성을 되묻고 있는 유미리의 소설, 일하는 뉴커머 '재일' 여성을 통해 '일본일본인과 한국한국인의 화해와 공생을 다루는 김길호의 소설 등이 현실주의와 탈근대적 시좌를 잘 보여주는 사례에 해당한다.

일찍부터 재일코리안문학은 주류중심사회로부터 배제된 이방인의 타자 의식과 역사적 '부성'을 중심으로 그들 사회에 내재된 '재일성'을 주요한 문학적 테마로 삼아왔다. 제국주의와 근대 국민국가에서는 주로 피식민자의 저항 의식과 민족 의식이 다루어졌고 해방 이후에는 권력화된 주류중심사회의 억압과 차별과 해방 조국의 정치 이데올로기적 양상이 그려졌다. 세대교체와 함께 근래의 재일코리안문학은 조국과 개인 간의 거리조율, 거주국에서의 자기민족 아이덴티티, 실존적 개인, 열린 세계관과 보편성을 중심으로 한층 다양화된 경향을 보여준다.

이러한 문학사적 흐름 속에서 탈근대적 혼종성은 확장된 의미의 디아스포라

---

10   원수일, 김정혜·박정이 역, 「재생」, 『이카이노 이야기』, 새미, 2006, 175쪽.

적 보편성과 세계성을 자연스럽게 담아낸 특징이기도 하다. 기존의 디아스포라 의식이 주류^{中心}사회로부터 타자화되어 튕겨나간 존재들의 억압과 핍박, 흘러들어와 흘러갈 수밖에 없는 유민 의식, 고향^{祖國}에의 회귀 의식 등을 중심으로 삼았다면, 현대의 디아스포라 의식은 거주국에서의 정착, 경계인의 역할론, 혼종과 월경, 소외 의식보다 주체적인 삶, 열린 세계관을 의식한 등가적인 양가성의 가치를 부각시키는 모양새다. 전자가 해방 전후의 초창기 재일코리안문학에서 중시해온 문학적 테마라고 한다면 후자는 비교적 최근의 재일코리안문학에서 구체화되는 문학적 경향에 해당한다. 탈근대적 경계 의식과 월경, 혼종적 글로컬 개념은 그러한 재일코리안문학을 관통하는 문학적 주제 중의 하나이다

월경의 '혼종성'은 최근의 담론화 과정에서 기존의 개척정신과 저항 의식을 포함하면서도 긍정적인 형태의 글로벌 가치 및 이미지와 맞물린다. '잡종'이라고 할 때, 그 잡종의 개념에는 기본적으로 우성적인 순수한 혈통에 의한 상위주체와 그 상위주체로부터 위계화된 열등적인 하위주체라는 이항대립적 대척 지점을 전제로 한다. 바꿔 말하면 제국과 국가주의 체제하의 문학에서는 식민과 피식민, 중심과 주변으로 변주되는 계급적, 종적인 권력구도가 만들어내는 폭력과 부조리, 절대적인 국가 권력에 포섭된 채 실존적 지위를 상실했던 개인의 현재적 위치가 자리한다.

이러한 순수혈통, 단일민족, 국가 중심의 지배 이데올로기에서 구축된 서사체계가 근대적 글쓰기였다고 한다면, 이데올로기적 서사구조를 해체시키고 실존적 개인^{個我}과 보편성이 중시되는 경향을 '탈근대'적 글쓰기라 할 수 있다. 이렇게 근래에 목격되는 재일코리안문학의 월경의 '혼종성'은 역사적, 시대적인 부성을 끌어안으면서도 일종의 현실주의에 입각한 경계인의 긍정적 수행성에서 두드러지는 특징이다. 예컨대 일제강점기 김사량의 소설 『빛 속으로』에 등장하는 혼혈인 야마다 하루오^{일본인 아버지와 조선인 어머니 사이에 태어남}의 한없이 작아지는 심리적 압박감이나 이오 겐시^{飯尾憲士}의 『서울의 위패』에서 '사생아'로 태어난 혼혈아

가 자신의 존재성을 "일본인 쪽에도 한국인 쪽에도 붙지 않는 박쥐"로 인식하는 것과는 달리, 사기사와 메구무鷺澤萠의『개나리도 꽃 사쿠라도 꽃』의 주인공 '나'는 한국계 일본인으로서 자신의 몸속에 흐르고 있는 '조선반도의 피'가 혼혈임을 분명히 표명한다. 그리고 '나'는 일본^{일본인}과 한국^{한국인} 양쪽에서 군건하게 존립할 수 있는 "균형 잡힌 인간"으로 살아가길 원한다.

> 균형 잡힌 인간이고 싶었다. 나 혼자만의 '사정'에 스스로를 가두어 버리면 그 만큼 주위 사람들과 보조가 맞지 않게 된다. 시작이 늦어진다. 그것이 싫었다. (…중략…) 한국인의 대단한 자랑거리인 민족의 우월감과 그와 관련된 강한 애국심 등을 두고 이러쿵저러쿵 할 기분은 털끝만큼도 없다. 오히려 언제나 이유없이 민족에 대한 콤플렉스를 지닌 채 모국을 사랑하는 기분을 겉으로는 드러내지 못하는 일본인에 비하면 상쾌한 느낌마저 든다. 애국가를 들으면서 가슴에 손을 올리는 한국인의 자세는 이론의 여지없이 아름답다. 그러나 예컨대 민족의 우수성을 타인^{다른 민족, 국가에 속하는 사람들}에게 설명하기란 어렵다. 여자인 내가 남성의 기분을 알 수 없듯이 여자라는 사실에 대한 고통을 아무리 설명해도 남자 역시 모르듯이 말이다. 서로에 대한 배려, 상상력도 중요하지만 그것으로는 채워지지 않는 무언가가 있다. (…중략…) 누구라도 (어느 나라라도) 스스로의 '사정'과 현실을 공평한 눈으로 바라보고 균형을 유지하면서 살아가야 하지 않을까. 앞에서 나는 시작이 늦어진다는 표현을 썼지만, 스스로의 '사정'에 너무 얽매여 버리면 시작이 느릴 뿐 아니라 본래 가지고 있던 것을 버리고 마는 국면으로까지 끌려가기 십상이다.[11]

탈근대적 관점에서 거론되는 월경과 혼종의 개념은 현실주의에 입각한 글로컬적 주체성을 내세우며 "내부의 타자"로서의 역할을 강조한다. 제국주의와 근대 국민국가에서 팽배했던 순혈주의와 단일민족 신화가 한계에 이르렀기 때문

---

11   사기사와 메구무, 최원호 역,『개나리도 꽃 사쿠라도 꽃』, 자유포럼, 1998, 117쪽.

에 국가와 민족간의 협력과 소통을 중시하는 가치관이 자리잡고 있음을 보여준다. 이른바 "균형 잡힌 인간"의 세계관은 역사성과 민족성을 초월한 초국가적 경쟁력과 생존 전략에 필요한 질서 체계를 자각하면서 모색되는 열린 관점이다.

이회성의 문학은 일찌감치 근대와 근대성 차원의 민족 담론을 "일본·가라후토·조선"이라는 서로 "자유롭지 못한 삼각관계"[12]에서 생성되는 유민 의식과 회귀 의식으로 직시한 바 있다. 그는 월경의 이주 경로에서 타자화되고 주변화된 재일성을 디아스포라의 상상력으로 직조한 서사의 세계를 구축했다.[13] 특히 소설 『유역』은 1937년 스탈린 정권에 의해 중앙아시아로 강제이주 당한 구소련권 고려인들의 극한적 상황, 개척정신, 생명력을 계급적 권력 구도와 상대화한 지점에서 재일코리안의 '재일성'을 짚고 있어 특징적이다. 소설의 유민 서사는 "적성민족으로 낙인찍혀 강제이주"당한 크림타타르족의 독립 투쟁사, "이방인으로서 남의 땅을 떠돌고" 있는 팔레스타인들의 모습, "더듬이를 잘린 벌레꼴"로 유역화 및 유민화로 내몰릴 수밖에 없었던 구소련권 고려인들의 현재적 지점이 상이하지 않음을 보여준다. 국적과 국경을 초월해 횡행되는 '적성민족'의 이주^{이동}의 역사에 함의된 현실주의적 세계관을 보여준다.

"자네는 남북 다 비판하고 있는데, 도대체 어느 쪽인가?" "그런 발상 자체가 분단을 고착화하고 있는 걸세. 남이든 북이든, 우리 조국이니까 비판하는 거지." 춘수는 화가 나서 말했다. "'남'도 '북'도 아닌 놈이 무슨 힘이 있나? 어차피 통하지도 않는 횡설수설일 뿐이지." "'남'이니 '북'이니 하는 중심축을 세우는 방식부터가 잘못됐어. 우리야말로 중심이야."[14]

---

12 이회성은 "일본·가라후토·조선은 나에게 어떤 관계냐 하는 것인데, 적절한 말로 표현하기 어렵지만, 한마디로 말한다면 서로 견제하며 자유롭지 못한 관계라고나 할까 삼각관계 같은 느낌"이라고 언급한 바 있다(李恢成, 「時代のなかの '在日'文学」, 『社会文学―特集「在日」文学』 26, 2007, 3쪽 참조).
13 김환기, 「재일코리안문학과 디아스포라」, 『일본학』 32, 동국대일본학연구소, 2011, 146쪽.

이회성, 『유민전』, 가와데쇼보(河出書房), 1980

"지금은 이데올로기를 운운하는 사람이 훌륭한 게 아니라 그 사상이나 신념을 인간으로서 실천하는 사람이 감동을 준다." "버림은 죄악이다."[15]

이회성의 『유역』은 국가와 민족, 중앙아시아의 '고려인'과 '재일'의 이해 범위를 단순한 소수민족과 이방인의 시점으로 도식화하지 않는다. 그의 유민 서사는 거주국의 정치 논리, 스탈린의 철권통치, 1937년의 강제이주, 중앙아시아에서의 개척정신, 조국^{남한과 북한}으로의 귀향 의식, '버림받은 자'들의 유랑생활로 수렴되는 고전적 의미의 디아스포라적 관점을 취한다. 이와 함께 그의 소설은 "사할린, 조선, 일본이라는 3개의 소용돌이 무늬가 일으키는 갈등이 상상력의 원리가 분출"[16]되는 과정을 통해 인간의 실존적 의미와 보편성을 지향한다. 말하자면 일제강점기 사할린에서 출발한 이회성의 가족사 자체가 그랬듯이 재일코리안의 정체성을 지배국인 일본이 아닌 제3국에서, 또 다른 형태의 상대화된 디아스포라의 삶을 통해 '재일성'을 확인하고 있다.

월경적 혼종성과 경계인의 역할론으로 대변되는 이회성의 디아스포라적 세계관은 다른 재일코리안 작가들의 작품에서도 확인할 수 있다. 김달수가 일본어 소설을 통해 주류^{중심}사회에 알리고 싶었던 피식민자의 간고했던 삶, 김석범이 제주4·3을 기억하고 문학적 재구축을 통해 확인하고 싶었던 역사적 지점들이

---

14   이회성, 김석희 역, 『流域』, 한길사, 1992, 221쪽.
15   위의 책, 480쪽.
16   호쇼 마사오 외, 고재석 역, 『현대 일본 문학사』 하, 문학과지성사, 1998, 221쪽.

그러하다. 중간세대 작가들^{김학영, 이양지, 양석일 등}의 가장 '재일조선인문학다운 문학'을 통한 '탈각'^{해방17} 의식과 자기찾기^{검증}의 지점들, 근래 공생 논리를 통해 경계인의 양가성을 실천해 보이는 김길호의 소설도 디아스포라의 긍정적인 역할을 수행하는 좋은 사례라고 할 수 있다. 기존의 재일디아스포라문학이 자기^{국가}중심적인 이항대립적 서사구조를 취했다면, 근래의 재일디아스포라문학은 그러한 이데올로기적 이항대립적 구도를 해체 변용시켜 한층 보편적인 실존성을 강화하고 월경주의와 "내부의 타자"로서의 역할론을 실천하고 있다.

5. 초국가적 세계관

'탈근대'적 시점에서 재일코리안문학을 논할 때 월경주의와 혼종에 입각한 디아스포라의 열린 세계관은 간과될 수 없다. 월경주의와 열린 세계관은 국제화시대의 국가 경쟁력과 직결되는 문제이기도 하지만, 최근 고유의 학문구조가 해체되고 학제적 융합이 구현되는 경향과도 무관하지 않다. 재일코리안문학은 일찍부터 월경주의를 천착하고 초국가적인 열린 세계관을 견지해 왔다고 할 수 있다. 되짚어 보면 자신의 문학을 세계문학의 차원에서 거론하고 있는 김석범의 소설을 비롯해 디아스포라의 유민 의식을 문학적으로 형상화한 이회성의 소설, 동아시아의 소통과 공동체 의식을 주제화한 김중명의 소설, 현실주의적 가치관과 공생의 논리를 피력했던 김길호의 소설, 국경을 넘나드는 월경주의와 아동문학을 통해 보편성과 열린 세계관을 보여준 이주인 시즈카의 소설 등이 그러하다.

특히 김길호의 소설은 역사성과 민족성 중심의 이데올로기가 아닌 월경과 현

---

17   재일 중간세대 작가 김학영은 소설 「한 마리의 양」에서 "글을 쓴다는 것은 자신을 자신 속에 가두고 있는 껍질을 한 겹 한 겹 벗겨가는 탈각 작업"으로서 "자기해방을 위한 작업이며 자기구제의 영위"라고 했다.

실주의를 내세운 '재일성'을 천착한다는 점에서 주목된다. 그야말로 "동포사회에서 보고, 듣고, 체험한 일상적인 신변사"[18]를 서사화하고 있는데 대체로 화해와 공생에 초점을 맞춘다. 김길호의 대표작 「몬니죠」는 재일 뉴커머 여성의 일상을 다룬 작품이다. 가라오케 식당 '몬니죠'를 운영하는 박옥서 마마가 국적을 초월해 지역 주민들과 공동체사회의 덕목인 공생 정신을 촉구하는 내용이 담긴다. 정치 역사적으로 반목했던 한국^{한국인}과 일본^{일본인}이 서로 다름을 인정하고 친목을 통해 '공생 공영'해야 함을 강조하고 있다. 그의 소설 「들러리」는 국제결혼을 둘러싸고 생길 수밖에 없는 이민족 간의 갈등과 화해를 지향했고 「다카라스카우미야마」는 국적과 국경을 초월한 인간애를 주시한다. 이들 작품에서 작가는 '적국'에서 배제되었던 이방인의 입장에서 공동체사회의 구성원인 주류^{중심}와 비주류^{주변} 간의 대립이 아닌 공생을 피력하고 있다. 공생과 소통의 서사적 행보는 "민단과 조총련의 '이분법적 흑백논쟁', 한국^{한국인}과 일본^{일본인} 사이의 감정적인 대립, 주류와 비주류의 갈등과 대립"[19] 너머의 미래지향적 세계를 바라보는 실질적인 '벽' 허물기라고 할 수 있다.

이러한 재일코리안문학의 월경주의와 열린 세계관은 탈경계를 의식한 김중명의 소설을 통해서도 확인된다. 김중명의 소설 『환상의 대국수』는 일제강점기 장기의 명인 김상호를 등장시켜 일제의 강제연행, 가혹한 처사, 전문 기사로서의 활동, 헌병으로부터의 고문과 절명에 이르기까지의 다이내믹한 삶을 보여준다. 그의 또다른 소설 『바다의 백성』은 해상왕 장보고의 전설을 서사화했는데 통일신라시대에 조선-중국-일본을 잇는 바닷길을 둘러싼 패권 다툼과 교역 소통을 다룬 장대한 한 편의 역사드라마다. 특히 『바다의 백성』은 해상왕 장보고의 활약상을 '해양 로망'[20]이라는 방식으로 국민국가 서사를 전복하고 해체한다. 바

18 강재언, 「재일동포사회와 호흡을 같이 하는 작가」, 『이쿠노 아리랑』, 제주문화, 2006, 6쪽.
19 김환기, 「김길호 문학을 통해 본 재일문학의 변용」, 『일본학보』 72, 한국일본학회, 2007, 161쪽.
20 磯貝治良, 「〈在日〉文学の全貌 第一部 作家論-金重明」, 『新日本文学』, 2003, 65쪽.

다는 국경도 영토도 없는 평등의 세계이며 동아시아 해역을 공생의 공간으로 바꾸는 열린 세계관을 반영한다.

이주인 시즈카의 소설『해협』은 소년 히데오英雄의 집숙박업소을 왕래하는 국적을 달리하는 수많은 나그네들의 교류와 소통의 의미를 천착한다. 전쟁을 피해 "밀려왔다 밀려가는 조수처럼 살아남기 위해 쫓고 쫓기는 자들이 일시적으로 머물 수 있는 상징적인 장소로서 '해협'이 형상화된다."[21]『해협』이 아버지어른와 소년 사이의 교감을 통한 교훈적 의미를

이주인 시즈카,『해협』, 신쵸샤, 1991

살려내듯이『기관차 선생』은 선생과 어린이들 사이의 공감과 소통에서 빚어지는 감동적인 휴머니즘을 천착한다. 김중명의 역사소설과 이주인 시즈카의 아동문학은 재일코리안문학의 현재적 지점과 가능성을 보여주고 탈근대적 글쓰기를 통해 세계문학으로서 보편성과 열린 세계관을 보여준 것이다.

한편 초국가적 '혼종성'과 열린 세계관을 근간으로 하는 탈근대적 글쓰기는 비단 재일코리안문학에만 한정된 현상은 아니다. 근래 일본현대소설을 비롯해 한국현대소설에서도 비교적 쉽게 접할 수 있는 문학적 경향이 바로 탈근대적인 열린 세계관이다. 무라카미 하루키의 경우 일본소설의 전형에서 벗어난 서구적 가치관을 통해 문학적 보편성을 얽어내고, 장르를 넘나들며 본능을 향한 유쾌한 질주를 통해 확장된 글로벌 개념의 가치와 이미지를 직조한다. 또한 국적과 국경을 초월한 사랑을 통해 열정과 냉정을 묘사한 에쿠니 가오리의 소설, 현대사회의 해체된 가족상을 인간주의로 재구축하는 요시모토 바나나 소설 역시 초국

---

21 김환기 편,『재일디아스포라문학』, 새미, 2006, 44쪽.

가적 세계관을 천착한 인간의 실존성과 보편적 가치를 읽어낸다. 물론 한국적인 전통 의식을 가장 한국적인 형태로 서사화해 왔던 황석영이 『심청』을 통해 디아스포라적 상상력과 월경 의식을 직조해 가는 소설적 성과도 같은 맥락이다.

그런 관점에서 포스트 콜로니얼리즘, 현실주의와 주체적 '재일성', 확장된 의미의 '혼종성', 월경의 디아스포라 의식, 초국가적인 열린 세계관으로 수렴될 수 있는 재일코리안문학의 탈근대적 상상력은 특별한 의미로 다가온다. 기존의 근대적 글쓰기가 제국주의와 근대 국민국가의 순혈주의와 단일민족 신화의 굴레를 표상해 왔다고 한다면, 탈근대적 글쓰기는 월경주의와 열린 세계관을 토대로 한층 다변적이고 중층적인 형태의 실존적 개인, 주체적 '재일성', 등가성^{수평사상}, 보편성을 지향해 나가기 때문이다. 특히 현실주의에 입각한 재일코리안문학의 탈근대적 상상력은 최근 급격하게 다민족·다문화사회로 이행해 가는 한국사회에 새로운 사회문화사적 패러다임을 제공할 수 있다는 점에서 주목된다.

재일4·3문학과 기억의 정치

1. '재일성'의 현재적 지점과 변용

재일코리안문학은 '재일하는 자'들만이 체득할 수 있었던 '재일성'을 다양한 방식으로 얽어냈다. 초창기 일본어 글쓰기를 비롯해 1세대의 역사성과 민족 의식을 내세운 글쓰기, 중간세대의 경계 의식과 자기民族 아이덴티티, 신세대 작가들의 현실주의까지 '재일성'의 변용 과정은 다이내믹한 시대성만큼이나 중층적이었다. 특히 재일코리안사회의 세대교체와 함께 문학에서 '재일성'의 변용은 조국과 민족 개념에서 현실주의로 점진적으로 이동해 왔다. 예를 들어 이주인 시즈카伊集院静, 사기사와 메구무鷺沢萠, 가네시로 가즈키 등 일본日本人으로 살아온 작가들의 작품에서 '재일성'의 경향은 한층 변용과 해체 상황으로 진행된다. 기존의 재일코리안문학에서 거론되었던 "민족적 아이덴티티의 위기 속에서 그들의 고뇌와 저항"[1] 의식에서 탈피해 있는 그대로의 현실을 강조하는 문학적 경향이 구체화되고 있다.

그러나 재일코리안문학이 '재일성'의 해체와 변용 형태로 변화하고 있다고 해서 기존의 재일코리안문학의 독창적인 영역을 일괄적으로 '해체 상황'이라고 할 수는 없다. 오히려 창의적인 주제를 앞세운 재일코리안문학이 일본 문단에 신선함을 던져주며 역동성을 담보하는 경우도 얼마든지 있다. 그런 관점에서 재일코리안문학이 일본현대문학의 기류에 급격히 편입된 측면은 없는지, 세계화와 보편성을 의식하면서도 상대적으로 재일만의 독창적 글쓰기가 평가절하된 점은

---

1   川村湊, 『戰後文學を問う』, 岩波新書, 1995, 201쪽.

없는지 등에 대한 검토가 필요하다. 예를 들면 재일코리안문학에서 소설에 비해 상대적으로 소외되었다 할 수 있는 시와 하이쿠俳句에 대한 조명, 일본문학계의 권위적인 문학상 수상작뿐만이 아닌 독창적인 글쓰기로 문학적 성취를 보여준 작가와 작품, 잡지와 동인지까지 검토할 필요가 있다. 국적과 이데올로기의 경계를 넘어 조총련 관련 문인들의 작가와 작품, 마이너리티 문학으로서의 존재성, 한국韓國語 문학과 재일코리안문학, 코리안 디아스포라문학으로서의 재일코리안문학까지 다양한 관점에서 조명할 필요가 있다.

'제주4·3'으로 표상되는 재일코리안문학의 독창적 영역도 그러한 다양성과 보편주의, 세계성을 의식한 문학적 검토의 일환이다. '재일'이기에 가능했고 제주도 출신이기에 얽어낼 수 있었던 민족적 비극의 현장, 그것은 재일코리안문학의 '해체'라는 관점에서 현재적 담론과 병행해 논의되어야 하고, 그러한 작업은 곧 재일코리안문학의 다양성과 아이덴티티를 객관화하고 재일코리안문학 특유의 창의성과 내실을 다지는 계기가 될 것이다. 실제로 제주4·3에 대한 문학적 형상화가 재일코리안문학에서 차지하는 역사적 문학사적 비중은 대단히 크다. 일본 현대문학의 확장 차원에서 마이너리티 문학의 세계성이 강조되고 있음을 감안하면, 독창적인 재일코리안문학의 보편성을 현재화하는 작업은 시대적 요청이라 해도 과언이 아니다. 특히 오랜 세월 조국에서 평가받지 못했던 제주4·3을 문학텍스트의 담론을 통해 이끌어내고, 그러한 문학적 성과들이 일찍이 한국문학사에서 채우지 못했던 문학적 공백을 메운다는 점에서도 재일4·3문학의 문학사적 위치는 중요할 수밖에 없다.

재일4·3문학에 대한 문학사적 검토는 일본의 현대문학계만이 아닌 한국문학계에서 차지하는 의미도 특별하다. 특히 재일4·3문학에 대한 검토는 일본일본어 문학과 한국韓國語문학의 경계선상의 담론이나 식민과 피식민, 주류와 비주류의 개념을 넘어 통시성을 강조한 보편성과 세계성이라는 문학 본연의 정신을 직시한다는 점에서 그러하다. 이 글에서는 개략적이나마 재일코리안문학 속에서 제주도와 관련이 깊은 작가와 작품을 짚어보고 한국문학과 재일코리안문학에서 제주4·3이 어떻게 형상화되고 있는지, 그 의미는 무엇인지, 한국문학사에서 재일 4·3문학의 문학사적 의의를 살펴보고자 한다.

2. 재일코리안문학과 '제주도'

재일코리아문학과 '제주도'를 언급할 때 일본 오사카 지역은 간과할 수 없는 시공간이다. 현재 오사카에 살고 있는 한국인 중 다수가 제주도 출신이고 그들의 일상 속에는 제주도의 역사와 독특한 생활문화가 숨쉬고 있기 때문이다. 역사적으로 오사카 지역은 백제왕신사百濟王神社, 백제사百濟寺 등이 일러주듯이 한반도 백제시대의 도래인이 모여 살게 되면서 조선인들이 자리잡은 터전이었다. 1922년 10월 제주-오사카를 오가는 정기연락선 '기미가요마루君が代丸'가 취항하면서 제주로부터 많은 노동자들이 이주移動하기에 이른다.[2] 정기연락선 취항이 오사카 이카이노 일대에 제주도민이 밀집해 거주하게 되는 직접적인 배경이 되었던 것이다. 오사카와 제주도의 깊은 관계성은 일제강점기인 1924년 당시 오사카 거주 조선인의 60%가 제주도민이라는 사실에서도 충분히 확인된다.

재일코리안문학가 중에서 상대적으로 제주도에 연고가 있거나 오사카 출신이 유난히 많은 것도 당연한 귀결이다. 최근 자료에 따르면 제주도에 연고를 둔 재일코리안 작가는 총 17명으로 남성이 10명 여성이 7명이다.[3] 장르별로 살펴보면 소설가로는 김석범, 김태생 등 1세대 작가를 비롯해 양석일, 원수일, 김계자, 김창생, 김길호, 이양지, 김중명, 김마스미, 가네시로 기즈키, 현월과 같은 작가가

---

2 曺智鉉寫眞集,『猪飼野』, 新幹社, 2003, 4쪽.

3 김길호, 「제주 출신 및 본적지(원적지)를 제주에 둔 재일동포들의 문학 활동」, 『在日 제주인의 삶과 제주도』(학술발표 요지집), 제주발전연구원, 2005, 184쪽.

김석범, 『화산도』, 문예춘추, 1983

있고, 시인으로는 김시종, 정인, 종추월, 허옥녀 등이 있다. 또한 아동문학가로 활동하는 고정자와 논픽션 작가 고찬유의 원고향도 제주도다. 이들 제주도를 원고향으로 하는 재일코리안 작가들의 문학은 대체로 자신들이 직간접적으로 경험한 제주도4·3를 주제화하며 제주도와의 인연을 살려가고 있다.

그 중에서도 김석범은 제주도를 원고향으로 활동을 하는 재일코리안 작가로서 단연 돋보인다. 그는 1957년 「까마귀의 죽음」을 통해 문단에 등장해 1997년 대하소설 『화산도』를 완성하고 한국과 일본문학계로부터 크게 주목받는다. 김석범의 작품은 대부분이 조국의 해방정국과 1948년 전후의 제주4·3을 배경으로 삼고 있다. 해방정국의 좌우익과 남북한으로 갈라져 치열하게 반목했던 정치 이데올로기의 혼란상을 군경찰과 무장대의 극한적인 대립 구도로 얽어내고, 그 과정에서 쫓고 쫓기며 사지로 내몰렸던 제주도민들의 비극을 그리고 있다. 종추월은 1944년 사가 현佐賀県 출신이며 오사카 이쿠노에서 양복 봉제, 포장마차, 구두 수리공 등 다양한 직업을 거치며 체득한 삶의 현장을 시로 노래했다. 대표작으로 『이카이노, 여자, 사랑, 노래』, 『이카이노 타령』, 『사랑해』, 『종추월 시집』 등이 있는데, 책 제목에서 연상할 수 있듯이 그녀의 문학은 주로 이카이노猪飼野를 무대로 살아가는 재일코리안들의 일상에 귀 기울인다.

원수일은 1950년 출생으로 이카이노에서 성장한 작가로서 『이카이노 이야기』, 『올 나이트 블루』, 『AV·오딧세이』 등 많은 작품을 내놓았고 한국의 작가들과의 교류도 활발하다. 그의 작품집 『이카이노 이야기』는 「운하」를 비롯한 총 7편의 단편이 수록되어 있는데, 「제주도에서 온 여인들」이라는 부제에서 알 수 있듯이 이카이노에 정착해 살아가는 제주도 여인들의 고단한 삶의 현장을 감칠맛 나게 우려낸다. 이양지는 제주도를 물질하는 '해녀'의 이미지를 살린 작품 「해녀」를 통해 일본에서 간고하게 살았던 전세대의 삶과 제주도를 연결한다.

김시종은 1929년 함경남도 원산에서 태어나 어린 시절 어머니의 고향 제주도에서 생활한 경험이 있다. 제주4·3 당시 게릴라의 일원으로 활동하기도 했는데 해방 이후 미군정의 탄압을 피해 일본 오사카로 건너가게 된다.[4] 대표작으로 시집 『지평선』1955을 비롯해 『이카이노시집』1978, 『광주시편』1983, 『'재일'의 틈새에서』1986, 『들판의 시』1991 등이 있다. 그는 시를 통해 제주4·3 당시 게릴라의 일원으로 참가했던 자신의 체험을 민족주의적 시각에서 노래했다고 할 수 있는데 4·3을 직접 다룬 작품은 거의 없다.

그런데 최근 김시종은 제주도4·3을 주제로 한 시 2편「헛묘」, 「웃다」을 발표했다. 「헛묘」[5]의 전문을 소개하면 다음과 같다.

불어오는 바람조차 몸을 숙인 채 숨죽인다.
헤치고 들어간 산골짜기의
들길 안쪽에서는.

여기가 불타버린 마을의 터였다니
도저히 상상조차도 할 수 없다.
그저 잡초만 무성하고 정적이 후끈한 열기에 녹아내린

---

4   김시종은 1955년 시집 『지평선(地平線)』을 시작으로 시인 정인, 양석일과 『카리온(カリオン)』을 창간한다. 대표작으로 『이카이노시집(猪飼野詩集)』(1978), 『광주시편(光州詩片)』(1983), 『'재일'의 틈새에서(「在日」のはざまで)』(1986), 『들판의 시(原野の詩：1955~1988－集成詩集)』(1991), 『화석의 여름 시집(化石の夏詩集)』(1998), 『경계의 시 시선집(境界の詩詩集選)』(2005), 『잃어버린 계절 사시 시집(失くした季節四時詩集)』(2010) 등이 있다.
5   '헛묘'는 학살당한 장소의 돌멩이 하나 또는 죽은 자의 유품을 시체 대신에 묻어둔 묘를 말한다.

냉이가 왜일까

작은 하얀 꽃이 마구 흩어져 있을 뿐이다.

그래도 바람은 머리 위를 빗겨 스치고

목이 터질 것 같은 아비규환도

그렇게 쉬어서 날아간 걸까.

구석자락 덤불 속에 숨듯이

두 헛묘는 말없이 조용히 누워 있다.

견딜 수 없는 분노를 어떻게 참고

인연 있는 누군가가 둘을 나란히 모셨는가.

한라도 못 보고

바다도 바라볼 수 없는

아니 4·3의 땅이면 어디에나 있을 터

어딘지도 모르는 외진 땅이었다.

산 길을 헤치고 당신만 오로지

다다를 수밖에 없는 조용한 곳이다.

굉연히 쏟아지는 빗줄기 무덤을 떠올렸다.

겨울이 되면 필시 눈도 쌓이겠지.

어둠을 틈타 행방을 감춘 채

더는 만나 뵐 수 없었던

아버지, 어머니의 무덤도

이 산길을 굽이쳐 내려갔던

산기슭 마을의 외진 깊숙한 곳이다.[6]

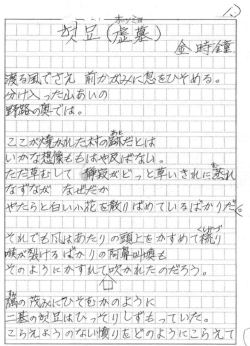

헛묘（虚墓）

金時鐘

渡る風でさえ　前かがみに息をひそめる。
分け入った山あいの
野路の奥では。

ここが焼かれた村の蹟だとは
いかな想像ももはや及ばない。
ただ草むして　静寂がじっと草いきれに蒸れ
なずなが　なぜだか
やたらと白い小花を散りばめているばかりだ。

それでも風はあたりの頭上をかすめて梳り
喉が裂けるばかりの阿鼻叫喚も
そのようにかすめて吹かれたのだろう。

藪の茂みにひそむかのように
二基の헛묘はひっそりしずもっていた。
こらえようのない憤りをどのようにこらえて

김시종, 「헛묘」 육필원고

縁故の誰が　一人並べて祀ったのか。
漢拏も仰げず
海も望めない。
いや4・3の地ならあまたある
どこぞの辺地のはずれである。
山路をかき分け　君がひたすら
まさに行き着くしかないひそかなところだ。

轟然と篠突く雨の日の墓を蘓った。
冬になら　さぞ雲もこもろう。
闇にまぎれて行方をくらましたまま
またとはまみえることがなかった
父、母の墓も
この山路をいく曲がり下った
麓の村のはずれの奥だ。

※「헛묘」→虐殺された場所の石ころを一つ、または遺品の何かを遺体代わりに葬ってある墓のこと。
※「4・3」→1948年勃発した済州島4・3事件のこと。
※「漢拏」→済州道漢拏山、1995メートルのこと。

김시종의 시 「헛묘」에서 확인할 수 있듯이 시인은 4·3 당시 게릴라의 일원으로 참가했던 현장을, 지난 70년간 시인의 심상공간에 자리잡고 있었던 4·3의 기억을, 세월의 저쪽 편인 산소로 소환해 '헛묘'를 어루만진다. 4·3의 아픔을 직접 읽어낸 김시종의 「헛묘」는 2022년 한국문학번역원에서 창간한 『웹진 디아스포라 〈너머〉』의 창간호에 소개되었는데 뛰어난 작품성으로 한국문학계로부터 큰 반향을 얻고 있다.

김창생은 1951년 오사카 이카이노에서 태어났고 그곳에서 성장하며 경험했던 작가적 체험을 바탕으로 작품을 선보였다. 주요 작품으로는 『빨간 열매』, 『나의 이카이노』, 『이카이노발 한국어 카드』 등이 있다. 첫 작품집 『빨간 열매』에는 「빨간 열매」, 「세 자매」, 「피크닉」 등이 수록되어 있는데 주제 면에서 "여성이자 독립된 한 인간의 주체로서 자신의 삶을 회복시키려는 의지가 돋보인다."[7] 김태생의 시 「고향의 풍경」에서는 노란 유채꽃밭과 보리밭을 배경으로 흰수건을 두른 한 여인이 대나무소쿠리를 끼고 걸어가는 모습을 통해 제주를 노래한다. 이 유채꽃 보리밭 풍경은 고향을 서정적으로 노래하는 원풍경에 해당한다.[8] 현월은 아쿠타가와상 수상작 『그늘의 집』에서 주인공 '서방'의 아버지 삶을 통해 제주도와의 인연을 살리고 있다. 제주도의 농가에서 돼지분뇨로 만든 비료와 농산물을 물물교환하는 민가의 독특한 풍습을 전해주면서 재일하는 자들의 고단한 삶을 피력하고 있다.

제주도 출신은 아니지만 시인 정장은 재일코리안문학과 제주도의 뿌리 깊은 고리를 조지현의 사진집 『이카이노』에서 풍부하게 보여준다. 암울했던 재일코리안과 제주도의 역사적 연계 고리와 간난의 생활사를 정제된 시어로 엮어내고 있

---

6   2022년 한국문학번역원에서 웹진 디아스포라 『너머』를 창간했는데 그때 편집위원이던 필자는 김시종 시인에게 『너머』에 게재할 특별시를 주문했고 보내온 시가 「헛묘」와 「웃다」이다(한국문학번역원, 디아스포라 웹진 『너머』 창간호, 2022 참조).
7   유숙자, 『在日한국인 문학 연구』, 월인, 2000, 225쪽.
8   金泰生, 「故鄕の風景」, 『くじゃく亭通信』, 1979 참조.

어 인상적이다. 고대로부터 이카이노에 조선인이 흘러들어 부락이 형성되고 민족적 비극의 현장을 탈출해 온 침묵하는 자들의 '도가니' 위에서 '한'서린 삶을 일궈야 했던 민초들의 힘겨운 투쟁의 현장을 포착한다. 정장의 시에는 재일코리안 사회와 제주도의 '한'서린 연결고리를 깊은 울림으로 들려주면서 생동감 넘치는 민초들의 일상을 통해 희망적인 미래를 이끌어낸다. 척박한 이국땅에서 어렵게 정착하고 자기민족 아이덴티티를 지키며 살아가는 제주인의 강한 생명력을 전해 준다.

이카이노는 침묵의 도가니이기도 하다.
4·3의 침묵
밀항자의 침묵
암살자의 침묵
혁명가의 침묵
가라앉고 가라앉는 침묵
반세기의 침묵
이카이노의 침묵은
분단 역사 그 자체이다.

파묻혀진 침묵을 토대로 해서
일구어 갔던 취락의 풍경
노파의 울부짖음
남정네들의 노호
아이 업은 여인네
굵은 손가락, 거친 손, 구부린 허리
뒷골목의 고무쓰레기와 콩나물 시루통

보따리장사, 폐품수집 리어카

김치, 족발, 말린 조기

기품 높은 치마저고리

한들한들 어리는 작은 배

다리 옆 파출소

상점가에 걸려있는 가로 단막 스로건

사람들이 서로 으르렁거리고

하지만 여인들의 웃는 얼굴과 남자들의 웃는 얼굴

그리고 어린이들의 웃는 얼굴, 웃는 얼굴, 웃는 얼굴.[9]

　이처럼 재일코리안사회와 제주도의 관계는 질기고 단단하게 엮여 있다. 비록 제주도와 인연이 깊은 재일코리안 작가와 작품을 일일이 소개하지는 못하지만 재일코리안문학에서 제주도와 제주 사람의 언어, 종교, 역사, 민속, 생활이 얼마나 깊숙이 살아 숨쉬고 있는지를 충분히 확인할 수 있다. 오사카 이카이노 지역은 일본 속의 또 다른 한국[제주도]이라 해도 과언이 아닐 정도로 제주도와는 밀접한 관계를 맺고 있다. 그곳에서 제주도 사람들이 뿜어내는 일상의 역동성과 억척스런 삶은 "재일하는 자"들의 원풍경이자 재일코리안문학의 원천을 이루는 셈이다.

9　丁章,「神話に地－曺智鉉寫眞集『猪飼野』に寄せて」,『曺智鉉寫眞集 猪飼野』, 新幹社, 2003, 55쪽.

3. 제주4·3의 문학적 형상화

제주4·3[10]에 대한 우리 정부 측의 대응은 획기적이라 할 만하다. 제주도 한라산 중턱에 4·3평화공원을 조성하고 대통령이 직접 제주4·3에 대한 역사적 인식을 새롭게 피력하는 대목에서 시대의 변화를 실감할 수 있다. 그리고 '제주4·3진상조사위원회'를 발족시켜 4·3사건 당시 희생된 제주도민에 대한 철저한 조사를 거쳐 『제주4·3 진상조사보고서』가 간행되었음은 역사 인식의 전환을 극적으로 보여준다. 제주4·3이 은폐되고 역사 속으로 묻혔다지만 그에 대한 진실 규명 작업과 역사적 평가는 현재까지 계속되고 있는 것도 엄연한 사실이다. 특히 문학적인 측면에서 제주4·3에 대한 진실을 알리고 현장을 고발하며 역사 인식을 촉구하는 작업은 다양한 형태로 진행되고 있다. 비록 역사적 사실 규명이 제주 출신 문학가를 중심으로 진행되긴 했지만 제주4·3에 대한 평가가 문학 작품을 통해 지속적으로 진행되었다는 사실, 그것도 일본에서 한층 치열하게 진행해 왔다는 점은 시사하는 바 크다.

지금까지 제주4·3은 문학계에서 어떤 방향성을 가지고 어떤 형태로 서사화되었는지 한국문학계와 재일코리안문학을 중심으로 짚어 보기로 하자. 먼저 한국문학계에서 발표된 제주4·3에 대한 문학 작품은 대체로 제주도 출신 작가들을 중심으로 이루어졌다고 할 수 있다.

소설 부분 고시홍, 곽학송, 김관후, 김대현, 김석희, 김일우, 김종원, 김창집, 노순자, 박화성, 오성찬, 이석범, 이재홍, 전현규, 정순희, 한림화, 함승보, 현기영,

---

10   제주도에서는 1947년 3월 1일부터 7년 7개월에 걸쳐 광범위한 무장투쟁이 전개되었다. 1945년 8월 15일 해방 직후, 미국에 의해 조선만의 단독선거가 실시되려하자 조선단독정권수립·남북분단정책에 반대하는 광범위한 운동이 일어났고 그것이 무장투쟁으로까지 발전하였다. 빨치산 세력은 일시적으로 우세하게 투쟁을 전개시켰지만 결국은 미군의 지시를 받는 국방경비대·경찰에 의한 노인과 부인·아이들까지 끌어들인 무차별적 테러와 학살에 의해 참패하고 말았다.

현길언, 허윤석, 황순원 등이 있다.

시 부분   강덕환, 강승한, 고정국, 김경훈, 김관후, 김광렬, 김대현, 김명식, 김석교, 김수열, 김순남, 김용해, 김종원, 나기철, 문무병, 문충성, 양영길, 이산하, 임학수, 홍성운 등이 있다.

희곡 부분   강용준, 김경훈, 문무병, 장윤식, 장일홍, 하상길, 함세덕 등이 있다.

한국문학계를 대표하는 현기영을 비롯해 현길언, 고시홍, 오성찬, 김경훈 등이 대표적인 작가들로 거론된다. 특히 현기영은 「순이 삼촌」을 비롯해 「거룩한 생애」, 「목마른 신들」, 「마지막 테우리」, 「지상의 숟가락 하나」 등을 통해 제주 4·3문학을 본격화한 작가이다. 현길언, 고시홍, 오성찬 등은 4·3을 둘러싼 진실의 고발, 민중의 항쟁과 수난사를 문학적으로 얽어냈다. 형식과 내용 면에서 4·3문학이 한국문학사에 자리매김 하는데 실질적으로 역할했던 작가들이다. 이러한 문학적 성과는 김영화, 양영길, 김병택, 김동윤, 김동현, 고명철, 김재용 등 문학평론가들을 통해 한국문학을 너머 세계문학의 관점에서 심층적 비평이 이루어진다.

김동윤은 「4·3문학의 전개와 그 역사적 의미」[11]에서 이들 작가들의 작품을 한층 세분해 「비본질적·추상적 형상화 단계」[1948~1978], 「사태 비극성 드러내기 단계」[1978~1987], 「본격적 대항 담론의 단계」[1987~1999], 「새로운 모색의 단계」[2000~] 로 나누어 분석했다. 초기 작품들은 "4·3공산폭동론이 공식 역사[지배담론]였던 시기였으므로 대항 기억의 직접적 재현을 구체화시킬만한 여건이 조성되지 않았던"[12] 관계로 4·3에 대한 문학적 형상화는 피상적이거나 추상적인 양상으로 흘렀다. 1978년 현기영의 「순이 삼촌」을 비롯한 1970년대 말부터 1980년대 말까지 현

---

11   김동윤, 「4·3문학의 전개와 그 역사적 의미」, 『기억 투쟁과 문화운동의 전개』, 역사비평사, 2004, 216쪽.

12   위의 책, 244쪽.

길언, 오성찬 등의 문학에 의해 대항 담론이 표면화된다고 했다. 그리고 김동윤은 대항 담론이 공식 역사에 확실히 맞서는 양상은 1987년 6월항쟁 이후 현기영, 현길언, 오성찬, 고시홍, 한림화, 김석희, 오경훈, 김관후 등의 문학을 통해 본격화된다고 지적했다.[13] 또한 고명철은 『화산도』를 국민국가의 내셔널리즘을 넘어 '조선적인 것'의 문학적 진실과 상상력을 보여준 작품이며 "구미중심주의의 (탈)근대를 극복하는 재일조선인문학으로서 새로운 세계문학의 지평을 열고 있는"[14] 대작이라고 했다.

한편 일본에서 제주4·3에 대한 문학적 형상화는 일찍부터 치열하게 전개되어 왔다. 당연히 재일코리안 작가들 중심으로 이루어질 수밖에 없었는데 대표적인 작가로는 김석범을 비롯한 김태생, 김길호, 김중명 등이 있다. 김석범은 1925년 오사카에서 태어났으며 교토대학 미학과를 졸업하고 1957년 「까마귀의 죽음」을 통해 문단에 등장한 작가다. 1970년대 본격적인 일본어 글쓰기를 시작해 『만덕유령기담』, 『1945년 여름』을 집필하였고, 필생의 역작인 『화산도』는 1976년 『문학계』에 연재를 시작해 1997년 마지막 7권이 완성되기까지 무려 20년이 소요되었다. 김석범의 작품은 1948과 그 이듬해 고향인 제주도를 뒤덮었던 4·3을 배경으로 해방정국의 좌우익과 남북한으로 치달았던 정치 이데올로기 속에서 제주도민간의 갈등, 이념적 대립, 그 틈새에서 부침하는 인간군상을 천착한다.

김석범의 첫 작품 「까마귀의 죽음」은 미군정청 통역을 맡으면서 고향 친구이자 빨치산 간부인 장용석에게 권력 계층의 정보를 전달하는 스파이 정기준, 남로당에 입당해 활동하는 장용석, 용석의 여동생 양순, 밀고를 장려하는 부스럼영감 등을 중심으로 1949년 초의 제주도를 그렸다. 등장인물들은 각자의 입장

---

13   이와 연관해서 제주작가회의에서는 『제주작가』(제1~15호)를 발행하면서 제주4·3 관련 소설, 시, 평론, 동화, 수필 등 다양한 작품을 싣고 있고, 단행본 『4·3소설선집 깊은 적막의 끝』(각)과 시선집 『바람처럼 까마귀처럼』(실천문학사) 등을 출간했다. 그리고 제주문인협회에서는 『제주문학』을 통해 제주 문학을 소개하는데 적극적이다.
14   고명철, 『세계문학, 그 너머─탈구미중심주의·경계·해방의 상상력』, 소명출판, 2021, 133쪽.

에서 당시 제주도를 둘러싼 정치 이데올로기의 혼란상을 대변하고 있는데, 특히 좌우를 넘나드는 스파이로서 용석의 부모와 양순의 처형 현장을 지켜보는 정기준의 심리적 갈등은 절규에 가깝다. 4·3의 극한적 상황에서 "애인을 구출할 수 없는 자신의 처지와 미군에 대한 증오심을 투쟁의 의지로 전환시키는 문제를 다루고 있다".[15]

제주4·3을 둘러싼 정치 이데올로기의 질주와 '투쟁의 의지'는 장편서사『화산도』[7권]를 통해 한층 확장되고 심화된다. 제1권에서 3권까지의 시대적 배경은 1948년 2월부터 5월까지이며 주로 미군정과 인민위원회, 1947년 3·1기념대회, 제9연대의 동향과 연대장 김익렬과 김달삼의 협상, 오라리 연민촌 방화사건과 5·3기습사건을 다루고 있다. 제4권에서 제6권까지는 1948년 5월부터 10월까지로서 제9연대장 김익렬의 경질, 제11연대장 박진경 암살사건, 구체화된 토벌작전에 관한 내용이다. 제7권은 1948년 10월부터 1949년 6월까지로서 10월 정부측의 본격적인 토벌작전, 여수·순천 반란사건, 10월 무장대의 반격, 11월 제주도의 계엄령 선포와 초토화 작전이 중심 내용이다.

『화산도』는 1947년, 1948년, 1949년 제주도를 중심으로 격동기 해방정국의 정치 이데올로기적 혼란상을 총체적으로 얽어내면서 조국의 역사성과 현재적 지점을 깊이 있게 부조한다. 다음 문장은『화산도』제4권에서 재경 제주도 출신 학생 단체의 성명을 통해 4·3의 발단이라고 할 수 있는 3·1절기념집회에 대한 서술이다.

작년의 3·1절을 기해 데모대에 대한 경찰의 발포에 의해 십여 명의 사상자를 낸 불상사가 제주도민의 격분을 불러일으킨 최초의 단서이다. (…중략…) 그 뒤, 항의하는 관민 총파업 사건에 대해서는 경찰의 책임자를 처벌하는 것이 아니라, 오히려 섬 출신

---

15   나카무라 후쿠지,『김석범『화산도』읽기』, 삼인, 2001, 57쪽.

공무원을 추방하고, 대신에 제주도의 특수한 실정에 어두운 서북인을 그 후임으로 앉혀 폭력과 고문 등 참기 어려운 강압으로 도민들을 억눌러 왔다. (…중략…) 청원서에서 지적하고 있듯이 4·3봉기는 작년의 3·1사건 이후에도 계속되는 관헌의 강압 속에서 태동한 것이다. 서울에서는 16명 사망, 22명의 부상자, 부산에서도 사망 일곱 명, 열 명의 부상자가 나왔지만, 제주도에서의 희생은 이른바 좌우 대립이 아니라 경찰 측의 탄압, 발포에 의한 것이었다. 아버지 이태수는 식산은행의 건물 앞에서 일어난 참극에 대해 일체 언급하지 않았다. 이방근이 나중에 확인한 것이지만, 아버지는 당일 집에 없었으므로 은행 이사장실에 있었던 것이 틀림없고, 그 2층 창문 커튼 사이로 총구와 같은 두 눈을 반짝이며 데모 군중을 내려다보고 있었을 것이다. 이방근이 본토 여행에서 돌아온 뒤에도 목격했을 일에 대해 일체 언급하려 하지 않았다.[16]

김석범은 『화산도』를 서사적으로 구조화하면서 가능한 역사적 사실을 정확하게 짚어가며 허구의 묘미를 살렸다. 그러한 해방정국의 역사성과 현재성을 토대로 군경찰 측과 무장대 측의 갈등과 대립 구도를 첨예하게 이끌었고 그 갈등과 대립의 틈새에서 신음하는 제주도 민중들의 목소리에 귀 기울였다.

제주4·3을 무대로 한 김석범의 작품은 『화산도』 외에도 『관덕정』, 『만덕유령기담』, 『유명의 초상』, 『작열하는 어둠』, 『만월』, 최근의 『과거로부터 행진』 등으로 이어진다. 경찰서에서 학살당한 오빠의 사체를 찾아달라며 부스럼 영감에게 주문하는 술집 매춘부 소문과 그녀의 허무한 죽음이 그러하고『관덕정』, 공양주 만덕이 뿜어내는 억척스런 기운과 괴기한 소문『만덕유령기담』이 해방정국의 혼란상을 틈탄 흉흉했던 민심을 대변하고 있다.

김길호는 재일코리안 작가 중에서도 독특한 이력을 갖고 있다. 그는 1949년 제주도에서 태어나 고교를 졸업하고 1973년 일본으로 건너간 뉴커머다. 문단에는

---

16 김석범, 김환기·김학동 역, 『화산도』 5, 보고사, 2005, 490쪽.

1987년 『문학정신』에 「만가」를 발표하면서 등단했는데, 기존의 재일코리안 작가들처럼 재일의 삶을 다루면서도 유난히 제주도와 관련된 작품을 많이 썼다. 첫 작품 「만가」는 할머니가 재일 2세인 아들 부부와 할아버지의 유골을 고향인 제주도에 모실 것인지를 놓고 이견을 보이는 과정을 읽어낸다. 「해빙」은 주인공 니시무라西村가 파친코를 경영하던 아버지와 대립하는 가운데 일본 이름 대신 본명 김민식을 사용하게 되면서 느끼는 재일의 정체성 문제를 다루고 있다. 김길호의 「나가시마 아리랑」은 제주도 출신 양준명의 비극적 가족사를 통해 독특한 재일의 입장을 소개한다. 가족들과 함께 일본으로 건너간 양준명이 나병에 걸려 고통 받고 남은 가족들은 일본의 이곳저곳을 전전하다 결국 일본일본인으로 귀화한다. 양준명의 외동딸은 일본인미조구치構口과 결혼하지만 그는 장인이 나병환자였다는 사실을 알고 아내와 딸을 버리고 만다. 이후 성인이 된 양준명의 외손녀 미조구치는 나병을 돌보는 의사가 되고 나병환자인 외할아버지의 행방을 찾아 제주도로 모신다는 이야기다. 그러니까 재일코리안에 대한 차별, 귀화, 개명, 고향으로의 회귀 의식, 혼혈인과 같은 경계인의 문제를 총체적으로 다루고 있는 셈이다.

김길호의 대표작 「이쿠노 아리랑」은 특히 제주4·3을 비교적 짙게 우려내고 있다는 점에서 주목할 만하다. 이 작품은 제주4·3에 깊숙이 연루된 70대 할머니의 삶을 다루고 있다. 할머니는 제주4·3 당시 시아버지와 남편이 좌익으로 내몰려 죽임을 당하고 가족들까지 위협받게 되자 외아들을 시어머니에게 맡기고 일본으로 피신한다. 4·3 당시 그렇게 일본으로 피신할 수밖에 없었던 할머니의 젊은 시절부터 현재까지의 한 많은 삶을 담담하게 풀어내고 있다. 고향 제주도에 남겨둔 아들 명훈을 비롯한 가족들에 대한 그리움과 함께 시아버지와 남편의 죽음을 지켜보면서 장사도 못 지내고 도망쳐 왔던 할머니의 죄책감이 서술된다. 제주4·3을 뒤로 하고 일본으로 들어온 할머니는 일본에서 살아남기 위해 어쩔 수 없이 재혼을 택한다. 그리고 재혼과 공사판에서 생매장당한 남편의 이야기, 식품 가게를 운영하면서 제2차 세계대전 때 조선인 병사와의 애틋한 우정과 전쟁의 상처를 떠안고 살아가던 일본인과의 세 번째 결혼까지 풀어낸다. 할머니는 제각기 아버지가 다른 세 아들을 낳고 억척스럽게 살아왔던 지난했던 삶의 여정, 일본인 남편의 혹독한 전쟁 체험과 무너진 젊음, 그리고 세 아들의 기구한 운명첫째 명훈은 월남파병에서 전사, 둘째 명석은 북한으로 들어감, 셋째 요시오는 대학에서 좋아했던 건축과를 포기하고 교육대학을 지망해 평교사 생활을 하겠다며 교직을 선택 등을 담담하게 이야기한다.

다음 인용은 할머니에게 일생의 한으로 남아 있는 제주4·3 당시 학살당한 시아버지와 남편의 죽음을 털어놓는 대목이다.

저는 4·3사건 때 그해 정월에 태어난 아들과 남편 셋이서 제주시 건입동에 살고 있었습니다. 남편은 제주시 북소학교 선생이었지요. 시아버지는 삼양동 가물개에 살면서 개업의로 소문난 의사였습니다. 그런데 그 이듬해 1월과 2월에 삼양동은 산에서 내려온 폭도들로부터 두 번이나 습격을 당해서 몇 십 명이 죽었습니다. 그 사람만 죽인 게 아니고 육지에서 응원 온 청년대도 그 사람들 편에 가담했다고 죽었습니다. 저의 시아버지는 두 번째 습격당한 다음날 청년대가 죽였습니다. 폭도들에게 약을 주면서 내통했다는 것이 이유였습니다. 그게 사실이 아니라고 시아버지가 해명하는데도 약을 준건 폭도들을 살려준 것과 다름없다며 무참하게 죽였습니다. 이 벼락같은 참상에 저희들은 앞이 캄캄했고 분노에 치를 떨었습니다. 마을이 처음 습격당했을 때 위험하니 제주시에 있는 저희 집에 와 계시라고 해도 부상입은 동네 환자들을 놔두고 어딜 가느냐고 거절했던 시아버지였습니다.[17]

할머니의 생생한 제주4·3 당시의 체험담은 판도라의 상자가 열리듯이 끊임없이 이어졌다. 4·3으로 표상되는 역사적 비극의 냉혹했던 현장이 할머니의 담담한 목소리로 고발된다. 고백 형태를 취하긴 했지만 이따금씩 제주도 사투리가

17   김길호, 『이쿠노 아리랑』, 제주문화, 2006, 22~23쪽.

동원되고 회한의 눈물과 한숨, 만남과 이별, 고단함과 행복함, 이쿠노와 제주도, 죽은 자와 남겨진 자, 과거와 현재가 교차하는 가운데 피비린내 났던 제주4·3이 할머니의 울분 섞인 목소리를 통해 기억 밖으로 소환된다. 남겨진 자들의 냉철한 이성으로 굴절된 역사에 묻힌 기억의 침묵을 걷어내려는 작가의 서술의도가 두텁게 느껴진다.

김중명은 1956년 도쿄에서 태어났으며 다른 재일코리안 작가와 달리 역사적 사실을 배경으로 한일의 전통과 현대사적 쟁점을 서사화한 작품을 내놓는다. 대표작 「환상의 대국수」는 재일코리안 청년이 한국과 일본의 장기를 제재로 일제 강점기와 현대를 소통시키는 구도를 취하고, 「바다의 백성」은 해상왕 장보고의 화려한 전설을 살린 열린 개념의 서사 구조를 선보인다. 그것은 국지적 개념이나 폐쇄된 공간과 경직된 이미지에서 탈피한 수평적 등가성을 의식한 열린 세계관이다. 월경적인 "동아시아 공동 공간"[18]을 의식한 작가 정신으로서 역사소설을 통한 교류를 강조하려는 의도로 읽힌다.

특히 김중명은 1990년대 잡지 『호르몬문화』신간사에 연속적으로 단편을 게재했는데[19] 그 중에서 「순옥 할머니의 신세타령」은 제주4·3의 비극적 역사를 연극으로 담아내고 있어 특별하다. 이 작품은 일인극 형식을 빌어 제주4·3을 고발하고 있고 할머니의 '신세타령'인 만큼 비극적 가족사를 중심으로 풀어낸다. 먼저 바다에서 물질을 끝내고 갓 올라온 제주도 해녀가 소라 등 해산물로 가득한 망태기를 들어 보인다. "난 아주 어렸을 적부터 바다에 잠수를 했었지만 시집간 곳이 산촌이었다. 그래서 한 때는 바다와의 인연이 끊겼는데 또다시 이곳으로 돌아오게 되었다. 4·3 때문인 게야"라고 말하면서 제주 해녀로서 할머니의 삶이

18 新日本文學會, 「'在日' 作家の全貌」, 『新日本文學』, 2003(5·6合倂號), 66쪽.
19 김중명이 『호르몬문화』에 실은 단편소설은 「5인의 판단」(1), 「소혹성 치나」(2), 「덧없는 이 세상을 보낸다는 것」(3), 「백대부」(4), 「원숭이 울음소리」(5), 「궁예기」(6), 「2년후」(7), 「순옥 할머니의 신세타령」, 「반딧불」(9)이 있다.

제주4·3과 깊게 연루되어 있음을 알린다. 할머니의 신세타령은 제주4·3 당시의 양민들에 대한 무참한 학살을 마을 사람들에게 존경받던 서당 훈장인 시아버지의 학살과 연계지어 고발해 나간다. 이렇게 순옥 할머니의 신세타령에서는 해방 조국의 혼란상과 제주4·3의 비극적 실체가 순차적으로 하나하나씩 껍질 벗겨내듯 부조된다.

순옥 할머니의 신세타령에서는 일제강점기의 연장선에서 미군정 앞잡이 '조선인'의 무자비한 횡포, 1947년 관덕정 앞 3·1절 기념식과 혼란한 정국에 대한 제주도민들의 불만, 기마騎馬 경찰대가 시궁창에 빠진 어린이를 방기하고 지나치면서 시작된 제주도민의 항의, 도민들을 향한 경찰의 발포와 총탄을 맞고 쓰러지는 무고한 시민들, 제주도민의 경찰에 대한 대규모 항의 집회, 육지로부터의 응원경찰대 명목의 서북청년단 입성, 집회 참가자에 대한 서북청년단의 무자비한 폭력, 끝없이 이어지는 도민들의 피신과 도망이 구체적으로 그려진다.

마침내 1948년 4월 3일 제주도민의 봉기, 5·10총선거, 전면적 토벌작전, 동굴 피신자에 대한 수색과 총살, 총살 직전 순옥의 탈출 과정까지 연극이라는 장르의 한계성을 극복하며 비교적 구체적이고 리얼하게 얽어낸다. 다음은 순옥의 신세타령으로 얽어내는 서북청년단의 횡포를 고발하는 대목이다.

여름이 지나면서 토벌작전이 시작됐던 게야. 이번엔 경찰과 서북청년단만이 아니라 군대까지 나왔던 게지. 당시에 섬에 있던 군대는 도민에게 동정적이었던지라 뒤로 빠지고 육지로부터 속속들이 새로운 군대가 들어왔어. 대한민국의 국민을 지키기 위한 국군이 대한민국의 민중을 죽이기 시작했던 거야. (…중략…) 그 무렵은 돌연 마을에 경찰과 군대가 쳐들어와 수색한다는 것도 신기한 게 아니었어. 수색이라고 해도 당신들 가족은 산으로 들어갔지, 라든가, 산속의 무리들에게 쌀을 주었지, 라고 하면서 때리고 걷어차기를 반복한다는 정도의 것이었다. 어쨌든 붙잡히면 죽든지 운이 좋아도 반죽음 당하니까, 경찰이 왔다고 하면 마을 사람들은 모두가 필사적으로 도망친 게야.[20]

인용에서 보듯 순옥 할머니의 신세타령은 제주4·3 당시 무고한 제주도민에게 가해졌던 경찰과 군대의 횡포가 어떠했는지, "서북청년단에 대한 원한", "경찰에 대한 원한", "그들이 제멋대로 날뛰게 만든 미국에 대한 원한"이 어느 정도였는지를 담담하게 일러준다. 제주 앞바다의 파도 소리, 조선의 동요와 애국가, 일본의 군가, 미국 국가, 총성 소리, 어린아이의 울음소리가 간간히 울려 퍼지는 가운데 한 많은 순옥의 삶을 세상 밖으로 이끌어낸다.

김태생은 1924년 제주도에서 태어나 5세 때 단신으로 일본으로 건너가 오사카 이카이노의 숙모 밑에서 자랐다. 그곳에서 고향제주도의 어머니와 다름없는 숙모와의 생활과 숙모의 죽음, 제주도에서 어머니와의 쓰라린 생이별의 경험 등은 훗날 김태생의 문학에 중요한 원풍경으로 작용한다. 그의 대표작 『나의 문학지도』, 『뼛조각』, 『동화』는 작가의 유소년 시절 체험을 살린 자전적 요소가 풍부한 작품이라 할 수 있다. 제주도의 친인척 대부분이 4·3과 연루되고 거기에서 분출되는 격정적인 울분을 지켜보면서 김태생의 삶과 문학은 한층 치열한 형태로 전개된다. 역사적 비극의 현장인 제주4·3을 형상화한 『후예』, 『보금자리를 떠난다』는 그러한 작가의 경험을 잔잔하게 엮어낸 작품이다.

김태생이 남긴 4·3문학으로 『후예』, 『보금자리를 떠난다』는 모두 소년 주인공을 내세운다. 그의 작품은 제주4·3을 둘러싼 갈등과 대립 현장을 소년의 시선으로 바라본다는 점에서 특징적이다. 「후예」는 미군과 이승만 정권의 지시를 받는 경비대에 대항하고 한라산으로 숨어들어간 무장대에 귀중한 선전용 종이쪽지를 전해주는 소년과 그것을 맞이하는 연상의 소년의 짧은 만남과 우정을 다루고 있다. 격심한 정치 이데올로기의 반목 현장에서 멀리 떨어져 있어야 할 소년들의 티 없는 대화는 이념을 넘어 인간 본연의 가치와 보편성을 일러주기에 충분하다.

---

20 金重明, 「順玉ばあさんの身世打令」, 『ほるもん文化』 8, 新幹社, 1998, 263~264쪽.

"동무는 대체 무엇이 무섭지?" 소년은 대답을 거부할 수 없는 힘찬 어조로 말했다.

"소중한 것을 잃는 일이지." 중훈도 단호하게 말했다.

"아버지와 어머니, 형과 내 목숨……" 다 말해버리고 나자 종훈은 왠지 갑자기 가슴이 메어 눈물이 치밀어 올라 얼굴을 숙였다.[21]

"겁내면서 하는 것은 일에 대해 비겁한 거 아니야?"

"해내는 것이 더 중요한 거야."

"소중한 것을 잃고 싶지 않다고 말한 걸 경멸하지 않아?"

"어째서 경멸 따위를 해. 그것은 인간이라면 누구라고 갖고 있어, 인간다운 마음 말이야."[22]

부모 형제를 포함해 소중한 것, 인간다운 마음에 대한 솔직한 심경을 때묻지 않은 순수한 소년의 감성으로 풀어내고 있다. 김태생의 소설은 유소년 시절 고향의 어머니와 생이별하고 숙모와의 가슴 아픈 사별의 기억을 되살리면서 동시에 해방 직후의 남한 정권의 잔학성에 대한 저항을 순수한 소년들의 시선으로 직조한다는 점에서 주목된다.

해방 직후 제주도에서 연출되는 이러한 미군정과 이승만 정권의 정략적 모순과 부조리, 이데올로기적 엇박자를 바라보는 비판적 시선은 「보금자리를 떠난다」의 소년 주인공을 통해서도 잘 드러난다. 이 작품에서 맞이하는 조국 해방은 소년 성훈으로 하여금 "해방이라는 것은 뿔뿔이 흩어져 있던 가족이 사이좋게 함께 살게 되는" 소박한 일상의 회복으로 인식된다. 그러나 해방 조국은 일제강점기 일제의 앞잡이들이 발 빠르게 미군정과 결탁하고 자신들의 기득권을 계속 유지하는 방향으로 굳어갔다. 게다가 이승만의 남한만의 단독정부 수립을 지지하

---

21   金泰生,「末裔」,『新日本文學』, 1982.9, 67쪽.

22   위의 글, 58쪽.

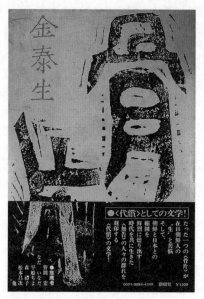

金泰生

●<代償>としての文学!

たった一つの「谷片」が
在日朝鮮人の
●生と苦悩
朝鮮と日本との
　福図を描き出す
時代を共に生きた
無告の人々の眠れを
刻印する
代償の文学

●推薦者
野間宏
●なだいなだ
早船ちよ
松本昌次他

0094-0084-4249　創樹社　¥1200

김태생, 『뼛조각』, 창수사, 1977

는 서북청년단의 테러와 협박이 횡행하면서 제주도는 급격히 반정부 반미군정 형태의 투쟁 전선이 형성된다. 이러한 좌우익과 남북한의 분단 고착화, 서북청년단의 테러와 협박에 직면하면서도 소년은 참된 해방정국을 쟁취하기 위해 헌신하는 형들의 모습에 서서히 눈뜨게 된다. 「보금자리를 떠난다」에서는 제주4·3을 둘러싼 치열한 비극적 현장을 리얼하게 부조하진 않지만 인간의 연약함을 드러내며 광포한 현실을 대비하는 방식은 김석범 소설과 차별화되는 특징이다.[23]

그러니까 김태생 문학이 제주4·3을 사실주의적 관점이 아닌 개인적인 체험의 내면세계와 마주하며 잔잔한 소년들의 시선으로 얽어냈다면 김석범 문학은 개인이 아닌 사회적인 언어로 냉철하게 사실주의적 관점에서 비극적 역사 현장을 재현해낸 셈이다. 그리고 김석범 문학이 감상을 철저히 배제하고 유함과 격함을 역사적 사실에 입각해 시퍼런 칼끝으로 도려내듯 얽어냈다면 김태생의 문학은 소년의 따뜻한 시선만큼이나 내면의 심리적 현실을 서술했다고 할 수 있다. 하야시 고지林浩治의 말을 빌린다면 김석범은 "주로 '사회소설의 말'로 제주도를 그렸고 김태생은 주로 '사소설의 말'로 재일을 써내려 갔다"[24]고 할 수 있다.

김석범, 김태생의 제주4·3에 대한 문학적 형상화는 대단히 진솔하고 치열하게 전개되면서도 문체상의 서사적 접근은 크게 차이가 난다. 두 작가의 작품세계는 감정과 사실, 개인과 사회, 사소설과 사회소설, 심상공간과 현실공간의 양극단을 보여주며 그러한 주제 의식과 문체상의 차이를 통해 각자의 문학적 독창

23　林浩治, 『在日朝鮮人日本語文學論』, 新幹社, 1991, 119쪽.

24　위의 책, 120쪽.

제1부 | 재일디아스포라의 문학적 시공간

성을 열어갔음을 알 수 있다. 일본문학계에서 김석범 문학과 함께 평가받고 있는 김태생 문학은 그동안 소개되지 않았는데 최근 김대양의 번역으로 『뼛조각』 2022.11이 한국문학계에 소개되었다.

4. 재일4·3문학의 문학사적 위치

앞서 살펴보았듯이 재일코리안문학에서 제주4·3에 대한 문학적 형상화는 여러 작가를 통해 다양하게 전개되었다. 김석범, 김길호, 김태생, 김중명 등이 서사화한 제주4·3문학은 일본문학계에서 주목을 받았으며 현재에도 역량 있는 비평가들의 논의가 축적되고 있다. 특히 김석범의 『까마귀의 죽음』과 『화산도』 등은 제주4·3을 서사화한 작품들로서 오노 데이지로小野悌次郎의 『존재의 원기 김석범문학』新幹社, 나카무라 후쿠지中村福治의 『김석범 『화산도』 읽기』삼인, 엔야 신고圓谷眞護의 『빛나는 거울—김석범의 세계』論創社, 조수일의 『김석범의 문학』岩波新書 같은 비평서가 나올 정도로 문학적 평가가 활발하다. 하야시 고지의 『전후 비일문학론戰後非日文學論』新幹社과 가와무라 미나토川村湊의 『전후문학을 묻는다戰後文學を問う』岩波新書 등에서도 비중 있게 다루고 있다.

여기에는 김석범의 『화산도』가 아사히신문사의 오사라기지로상大佛次郎賞을 수상하고 마이니치每日 문예상을 수상한 일본문단의 현실도 일정 부분 작용했을 것이다. 분명한 것은 일본 근현대문학에서 『화산도』를 능가할 만한 대작이 많지 않다는 점이다. 내용적인 측면에서도 단단한 역사적 리얼리티와 소설 본래의 문학적 관습에도 충실했던 디아스포라로서의 작가적 상상력도 평가받기에 충분했다. 특히 『화산도』에서 비교적 자유로운 움직임을 보여주며 제주4·3의 비극성을 고발하는 부스럼 영감, 만덕, 이방근 등 주요 인물들의 특성은 시선을 끌기에 부족하지 않다. 작가의 독창적인 상상력은 오노 데이지로와 나카무라 후쿠지의 비평에서도 폭넓게 주목받고 있다.

문제는 재일4·3문학을 포함한 재일코리안문학 전반에 대한 평가가 국내에서 그다지 이루어지지 않았고 설령 다루어졌다 하더라도 지극히 미미한 수준에 머물고 있다는 점이다. 먼저 한국 현대문학사에서 재일코리안문학을 다룬 대표적인 논의들을 짚어보면 홍기삼의『문학사와 문학비평』해냄, 김용직의『한국현대문학의 사적 탐색』서울대 출판부, 신동욱의『한국현대문학사』집문당, 김영화의『분단상황과 문학』국학자료원, 김동윤의『4·3의 진실과 문학』각, 조남현의『역사적 전환기와 한국문학』월인, 고명철의『세계문학, 그 너머』소명출판 등[25]이 있다.

한국 현대문학사에서 재일코리안문학에 대한 언급은 간간히 이루어져 왔다지만 실체를 들여다보면 미미한 수준이다.[26] 문학사적 관점에서 논의가 이루어지긴 했지만 대체로 전면적이 아닌 지엽적인 수준에 그쳤다고 할 수 있다. 그 중에서도 홍기삼의『문학사와 문학비평』, 김용직의『한국 현대문학의 사적 탐색』, 신동욱의『한국 현대문학사』, 고명철의『세계문학 그 너머』는 비교적 많은 지면을 할애하고 있다. 홍기삼은 「재외 한국인 문학 개관」[27]에서 한국문학계의 편협한 시각을 비판하고 국내 문학계에서 해외 '동포문학'을 적극 수용해야 할 필요가 있다고 제안했다. 그의 논의는 재일코리안문학을 비롯해 미국, 중국, 러시아,

---

25 그 외에도 김종회 편,『한민족문화권의 문학』(국학자료원), 김현택 외,『재외한인작가연구』(고려대 한국학연구소), 홍기삼 편,『재일 한국인 문학』(솔), 유숙자,『재일 한국인 문학연구』(월인), 장사선,『고려인 디아스포라문학연구』(월인), 한국문학연구학회,『한국 근대문학과 일본문학』(국학자료원), 김태준,『한국문학의 동아시아적 시각』1~3(집문당), 제주작가회의 편,『역사적 진실과 문학적 진실』(각), 김병택,『제주현대문학사』(제주대 출판부), 김영화,『변방인의 세계』(제주대 출판부), 조수일,『김석범의 문학(金石範の文學)』(이와나미서점) 등이 있다.

26 최근에는 한일비교문학과 사회학적 관점에서 재일코리안문학과 관련한 서적을 해외에서 발간된 디아스포라 관련 서적의 번역서도 적잖이 눈에 띈다. 한국문학연구학회,『한국 근대문학과 일본문학』(국학자료원), 정진성·강덕상의『근·현대 한일관계와 재일동포』(서울대 출판부), 신행철의『제주사회와 제주인』(제주대 출판부), 서경식의『디아스포라 기행―추방당한 자의 시선』(돌베개)과 같은 서적들인데, 해외에 거주하는 한민족을 디아스포라로 규정하고 디아스포라의 형성과정과 소수민족으로서 소외될 수밖에 없었던 그들의 삶과 문화지점을 조명한다.

27 홍기삼,『文學史와 文學批評』, 해냄, 1996, 283~363쪽.

독일, 호주에서 진행된 '동포문학'을 해외 동포문학으로 범주화했다는 점에서 텍스트 중심의 심층적 조명은 아니지만 한국문학의 확산 측면에서 의의가 있다.

김용직은 「문학을 통해 본 해외 동포들의 의식 성향」[28]에서 '해외 동포'들을 권역별로 '구소련 거주 교포작가', '중국 조선족문학', '재일 교포문학', '북미주의 교포문학'으로 나누어 의식 성향을 분석했다. 신동욱은 통시적 관점에서 재일문학이 갖는 문학적 독창성을 짚었다. 국내에서 재일4・3문학을 포함해 재일코리안문학에 대한 연구는 최근 들어 활발히 진행되고 있는 편인데 이한창, 김환기, 김정혜, 추석민, 유숙자, 김학동, 이승진, 조수일, 이영호 등에 의한 연구 성과가 꾸준히 나오고 있다.

이러한 한국문학계의 재일코리안문학에 대한 연구는 대체로 속지・속문주의적 관점에서 '해외동포문학'의 전체상을 거론하는 가운데 일본지역(재일)의 문학적 흐름을 조명했기에 문학 텍스트 중심의 심층적 분석과는 다소 거리가 있다. 예컨대 조국의 근현대사적 쟁점과 연계한 비평과 함께 비교문학의 관점에서 한국문학을 중심에 놓고 부수적으로 논의되는 경우가 적지 않았다. 실제로 재일코리안문학을 비롯해 '해외동포문학'은 한국 근현대문학사 서술에서 제외되었다고 할 수 있고, 거론되었다고 하더라도 주변문학으로서 부분적으로 언급되었을 뿐 주류 담론에서 한 발자국 벗어나 있었다. 현재의 글로벌한 사회문화적 환경에서도 '해외동포문학'을 속지주의와 속문주의의 관점에서 한국문학사에 편입시킬 것인지 말 것인지에 대해 문제를 제기하는 경우가 없지 않다. 여기에는 재일4・3문학을 포함해 재일코리안문학과 함께 '해외동포문학'을 바라보는 한국문학계의 보수적인 시각이 작용했을 것이라고 본다. 물론 재일코리안문학에 대한 연구가 대부분 일본에서 현대문학을 전공한 학자들에 의해 주도되고 있다는 사실도 주목할 필요가 있다. 한국문학사에서 '해외동포문학' 내지 재일코리안문학에 대

---

28   金容稷, 『韓國現代文學의 史的 探索』, 서울대 출판부, 1997, 95~129쪽.

한 인식이 이 정도임을 감안하면 국내에서 재일4·3문학에 대한 전면적 거론은 여전히 더 많은 시간을 필요로 하는지도 모른다.

그러나 분명한 것은 한국문학사에서 재일코리안문학, 특히 재일4·3문학의 의미는 특별하다는 점이다. 한때 정치사회적으로 4·3문학은 침묵해야 했던 시대가 있었지만 현재는 역사적으로나 정치적으로 제주4·3의 역사를 터부시할 때가 아니다. 그렇게 해서도 안되고 할 수도 없는 시대다. 현시대를 살아가는 우리에게는 굴절된 역사적 비극을 사실 그대로 세상 바깥으로 발신하고 세대를 가로질러 기억해야만 할 의무가 있다. 이러한 관점은 지금까지 서울 중심의 한국문학계가 재일코리안문학을 구체적으로 다루지 못했음을 지적하는 의미도 있지만 무엇보다도 한국문학사에서 재일4·3문학이 차지하는 비중이 크다는 사실을 강조하고 있다. 그렇다면 재일코리안문학 나아가 재일4·3문학은 한국문학사에서 어떻게 자리매김 되어야 하는가. 한국문학사에서 그들 문학의 존재 이유는 어디에서 찾을 수 있는가. 그 역사적 의미는 무엇인가. 이러한 질문은 결국 재일코리안문학의 정체성을 확인함과 동시에 '해외동포문학'이 한국문학사에 어떻게 기록될 수 있는가에 대한 문제제기이기도 하다. 재일코리안문학 특히 재일4·3문학이 한국문학사에서 차지하는 문학적 위상과 의의는 무엇인가.

첫째는 김석범의 "『화산도』는 기적과 같은 작품"[29]이고 4·3문학의 백미로서 김석범의 『화산도』가 한일문학사에서 거둔 성과의 문제이다. 『화산도』는 일본에서 저명한 문학상을 수상하고 일본 문단에서 높이 평가받고 있음은 작가적 역량에 대한 평가이기도 하겠지만, 그것은 재일코리안문학에 대한 일본문학계의 질적 평가이면서 일본문학사에서 이룬 성취임을 거론하지 않을 수 없다. 실제로

29　일본의 이와나미서점 대표인 오카모토 아쓰시(岡本厚)는 2015년 동국대 일본학연구소 국제학술심포지엄에서 "'4·3사건' 그 자체를 터부시하여 오랫동안 이야기하는 것을 금기시했던 한국에서 이 작품은 결코 쓸 수도, 발표할 수도 없었을 것"이다. 그런 점에서 "『화산도』는 기적과 같은 작품"이라고 했다(「재일디아스포라문학의 글로컬리즘과 문화정치학—김석범『화산도』」, 동국대 일본학연구소, 2015).

일본 근현대문학에서조차 『화산도』를 능가하는 대작은 나오지 않았고 역사적 리얼리티를 바탕으로 소설 본래의 가치를 읽어내는 작가적 상상력은 탁월하다. 재일코리안문학의 질적인 성장을 상징하는 지점임에 틀림없다. 김석범 문학의 성과는 재일코리안문학이 일본문학계의 지류 시각에서 벗어나 보다 넓은 시각에서 논의되고 자리매김되는 계기로 작용하고 있다. 예컨대 세계 문학으로서의 '망명문학' 내지 한국문학사 속에서의 위치 찾기가 가능하다.

둘째는 김석범 문학을 비롯한 김중명, 김길호, 김태생 등의 재일4·3문학은 한국문학계에서 전면적으로 다루지 못했던 조국의 굴절된 근현대사를 비판적 시각에서 서사화한 점을 마땅히 한국문학의 성과로 조명해야 한다는 점이다. 이들의 문학적 성취는 그동안 한국문학사에서 채우지 못했거나 간과해왔던 문학적 공백을 채우는 성과물로 분명하게 논의될 필요가 있다. 물론 국내에서 제주도 출신 작가를 중심으로 제주4·3을 서사화한 경우가 없지는 않다. 하지만 한국의 4·3소설은 소설과 예술의 성공적인 만남을 통해 소설적 성취를 충분히 거두었다고 말하기 어렵다.[30] 그러니까 재일4·3문학에서 『화산도』처럼 400자 원고지 1만 1천 장이 읽어내는 "소설과 이데올로기의 예술적 만남"은 두텁지 못한 한국문학사의 공백지점을 채울 수 있는 더없이 좋은 문학적 자산인 셈이다.

셋째는 재일4·3문학을 비롯한 재일코리안문학 나아가 코리안 디아스포라문학에 대한 본격적인 논의는 우리 문학의 저변 확대와 견고한 토대 구축에도 긍정적으로 기여할 것이다. 최근 디아스포라문학의 관점에서 '해외동포문학'에 대한 관심이 고조되고 있다. 그 연장선에서 이들 문학을 한국문학계에서 어떻게 받아들일 것인가의 문제는 이제 수용과 참조의 문제를 넘어 재일문학의 공과를 본격적으로 거론할 수밖에 없다고 본다. 특히 '해외동포문학'의 적극적인 수용과 평가는 소중한 우리 문학을 지키는 작업이면서 결과적으로 한국문학의 외연 확

---

30 김병택, 「4·3소설의 유형과 전개」, 『한국문학과 풍토』, 새미, 2002, 32쪽.

장과 함께 세계문학으로 발돋움하는 데 필요한 중요한 참조물이 되기 때문이다. 재일코리안문학을 포함한 해외동포문학에 대한 한국문학계의 문학적 평가는 우리 시대의 요청이라는 점에서 국내문학과 해외동포문학의 소개와 평가를 통해 상호적인 관계 재설정이 필요하다. 실제로 재일코리안문학에 대한 번역이 활발해진 것은 비교적 최근의 일이며 김석범의 『화산도』만 해도 그동안 최근까지 일부만 소개되었고 2016년도에 비로소 『화산도』의 전체 내용이 한국어로 번역되어 소개되었다.[31] 글로벌시대에 한국문학계가 외국어영어, 일본어, 러시아어, 중국어 등로 쓰여졌다는 이유로 '해외동포문학'을 배제하던 시대는 이미 오래 전에 끝났다.

  최근 해외동포문학에 대한 관심이 높아지면서 한국문학계의 움직임도 발 빠르게 진행되고 있는 점은 매우 고무적인 현상이다. 재일코리안문학을 포함한 '해외동포문학'을 바라보는 한국문학계의 시각이 이전과 많이 달라졌다. 실제로 동아시아 및 디아스포라의 관점에서 통시성을 강조하고 한국문학계가 한국문학의 범주를 확장하면서 큰 틀에서 자연스럽게 문학적 외연 확장을 이끌고 있어 다행이다. 앞서 언급했던 김종회, 현인택, 유숙자, 홍기삼 등의 단행본을 비롯해 최근 연구진흥기관의 지원으로 '해외동포문학'에 대한 연구가 광범위하게 비교적 체계적으로 진행된다는 점은 주목할 만하다. 국제심포지움 『중앙아시아 고려인의 삶과 문화』영남대 민족문화연구소, 2005, 『한일 근대문학 속의 '고향'』동국대 한국문학연구소, 2006, 『세계 속의 한국인, 한국문학, 한국문학연구』한국문학연구학회, 2006,[32] 『재일조선인문학의 세계』큐슈대학, 2006[33] 등에서 발신되는 한국문학계의 움직임은 대단히 긍정적이

---

31 김석범의 『화산도』는 일본의 문예춘추사에서 전7권으로 간행되었고 국내에는 김석희·이호철 번역으로 실천문학사에서 3권까지가 전5권으로 번역 소개된다. 2016년 일본어판 『화산도』 전7권이 김환기·김학동의 번역으로 전12권의 형태로 한국에 소개되었다.

32 한국문학연구학회 심포지엄에서는 조정래 「세계화시대의 한국문학」, 가와무라 미나토 「재일한국인문학의 현재와 미래」, 조규익 「재미 한인작가들의 자아찾기」, 아나스타시야 구리예바 「러시아 한국문학연구 동향」, 오상순 「이중정체성의 갈등과 문학적 형상화」, 존 프랭클 「미국의 한국문학연구 현황」, 야니짜 젤라즈코바 이바노바 「불가리아에서의 한국문학교육」, 강진구 「제국을 향한 모델 마이너리티의 자기고백」 등이 발표되었다.

다. 이와 같은 연구 성과들은 대체로 통시성을 강조한 '해외동포문학'의 전체적인 문학지형, 지역국가별 활동 경향, 다양한 작가와 작품을 아우르는 폭넓은 시각에서 이루어지고 있는 만큼 문학계의 관심도 크다.

　재일코리안문학을 포함한 '해외동포문학'이 "우리 문학을 질과 양, 양면에서 풍부하게 하는 매우 중요한 문학적 자산이며 자원"[34]이라는 점에서 해외동포문학에 대한 적극적인 평가는 한국문학을 튼실하게 다지는 일임과 동시에 세계문학으로서의 위치도 확보하는 길임에 분명하다. '탈'의식적 경향과 보편적 가치가 중시되는 시점에서 '해외동포문학'은 한국문학계의 부족한 지점을 채워주고 굴절된 역사의 복원과 문학적 외연 확장을 이끌어낼 수 있다. 한국문학을 세계로 알리는 가교로서의 역할도 충분히 인정받고 있다. 이같은 맥락에서 김석범 문학을 비롯한 재일4·3문학, 그리고 앞으로 한층 본격화될 재일코리안문학과 '해외동포문학'에 대한 연구는 중요할 수밖에 없다.

33　규슈대학에서 개최된 국제심포지엄에서는 『재일조선인문학의 세계』라는 주제 하에 가와무라 미나토의 「재일문학의 새로운 전개」, 사가와 아키의 「재일시인들의 시세계」, 다카야나기 도시오의 「재일문학과 단카」, 김환기의 「사기사와 메구무 문학론」, 하야시 고지의 「재일조선인문학과 김태생 문학」, 고이삼의 「계간 삼천리 주변의 작가들」, 이소가이 지로의 「재일문학의 여성작가 —시인」 등이 발표되었다.

34　홍기삼은 『문학사와 문학비평』에서 재외한국인문학을 개관하면서 다음과 같은 의의와 특성을 지적하고 있다. ① 우리문학을 질과 양, 양면에서 풍부하게 하는 매우 중요한 문학적 자산이며 자원이라는 점. ② 재외동포문학은 국내문학에 의미있는 자극과 영향을 줄 수 있다는 점. ③ 한국문화를 외국의 많은 독자들에게 매우 자연스런 형태로 전달할 수 있다는 점. ④ 오히려 본국에서 잘 알려져 있지 않던 역사적 사실, 잊혀졌던 민속적, 풍속적인 문제들을 배울 수 있는 지적 자원. ⑤ 재외 동포들의 실생활과 고뇌, 동포들이 처한 각양각색의 상황을 잘 이해할 수 있게 하는 점. ⑥ 국내문학의 해외진출에 있어서 유기적 관계를 가질 수도 있다. ⑦ 동포문학을 통해 우리문화 전반이 소개되면서 많은 외국 독자들로부터 공감을 얻었다는 사실은 우리문화가 가진 강렬한 특성과 함께 인류사회가 공유할 수 있는 보편적 가치를 아울러 가지고 있다는 뜻이 된다 (『文學史와 文學批評』, 해냄, 1996, 363쪽).

5. 보편성과 세계문학

재일코리안문학에서 제주도는 특별한 의미를 갖는다. 재일코리안 작가를 대표하는 김석범, 김태생, 김시종, 김창생, 양석일, 원수일, 종추월, 현월 등이 제주도를 원향으로 삼고 있다는 점에서도 그렇지만 그들의 문학에서 서사화되는 제주4·3이 단순한 이야기 이상의 의미를 지니기 때문이다. 거기에는 조국의 굴절된 근현대사가 녹아 있고 역사의 틈바구니에서 쫓고 쫓기던 민초들의 애환이 담겨 있다. 특히 오사카 이카이노를 배경으로 펼쳐지는 재일코리안사회의 현재성은 지난했던 민족의 역사성을 담고 있어 그것을 이해하는 데에는 지성과 감성이 동시에 요구된다.

오사카 이카이노에 정착한 재일코리안의 간고했던 삶의 시공간에는 특별한 조국의 근현대사가 녹아 있고 그 중심에 제주4·3이 있다. 김석범, 김태생, 김길호, 김중명 등 일련의 재일코리안 작가들의 제주4·3 관련 작품들이 이러한 굴절된 역사적 격랑을 문학적으로 형상화한 경우다. 제주4·3으로 인한 혈육 간의 이별과 만남, '적국'에서의 회한과 회귀 의식, 남북한 이데올로기, 민족적 아이덴티티, 현실적인 벽 등이 실로 다양하게 직조된다.

하지만 이들 재일코리안문학에 대한 한국문학계의 평가는 대단히 미온적이고 인색했다. 사실 일본 현대문학계에서는 오래전부터 재일코리안문학을 다양한 형태로 평가하며 인정했음을 감안하면 한국문학계의 평가가 다소 예상밖이다. 일제강점기 김사량의 작품이 아쿠타가와상 본심에 올랐고 이회성, 이양지, 유미리, 현월 등이 아쿠타가와상을 수상했다는 사실은 잘 알려져 있다. 양석일, 가네시로 가즈키 등의 문학상 수상도 빼놓을 수 없다.[35] 일본문학계의 권위 있는

---

35   김석범의 『화산도』는 '오사라기 지로상'과 '마이니치 예술상'을 수상하였고 한국에서는 제1회 '제주평화상'과 제1회 '이호철통일로문학상'을 수상하게 된다. 또한 양석일은 '야마모토 슈고로상', 가네시로 가즈키는 '나오키상'을 수상하였다.

문학상 수상을 통해 재일코리안 작가들은 존재감을 드러내며 주체적으로 작품 활동을 할 수 있었다. 일본문학계에서 코리안 작가들의 문학상 수상은 그들의 작가적 명성과 작품을 한국문학계에 알리는 계기가 된 것도 사실이다. 물론 일본문학계의 재일코리안문학을 대상으로 한 평가^{문학상}가 상업적으로 활용된 측면도 없지 않다. 하지만 한국문학계에서 속지주의 및 속문주의를 거론하며 재일코리안문학을 외면하고 미온적인 관점을 견지한 자국 중심주의와는 엄연히 경우가 다르다.

재일코리안은 디아스포라의 입장에서 간고한 삶을 살아왔고 앞으로도 구심력과 원심력, 경계 의식과 트랜스네이션을 의식하며 살아갈 수밖에 없다. 그들에게는 "한국의 소리"와 "일본의 소리"를 조율해야 하는 경계인의 운명이 주어져 있는 것이다. 그것은 바꿔 말하면 이쪽과 그쪽, 구심력과 원심력이 경계지점을 자유롭게 넘나들며 긍정론과 부정론이 동시에 펼칠 수 있는 자유로움을 부여받은 '저주받은 축복'이기도 하다. 김석범과 이회성은 작가로서 그러한 디아스포라의 입장을 소중하게 받아들인다. 작가로서 쉽게 가질 수 없는 디아스포라로 존재했기에 독창적인 글쓰기가 가능했다고 언급했다.

실제로 김석범의 제주4·3의 문학적 형상화는 그가 디아스포라의 입장이 아니었다면 결코 쓸 수 없었던 이야기다. 한국문학사에서 용기를 내어 쓸 수 없었던 제주4·3의 비극적 실상을 일본에서 '적국'의 언어로 써낸다는 사고와 문학적 실천에는 정치와 이데올로기를 넘어서야 하는 디아스포라 작가로서의 용기와 자의식이 필요하다. 김석범은 '적국'의 언어로 조국에서 접근하기 어려웠던 굴절된 역사적 사건을 오롯이 얽어내는데 평생을 바쳤다. 해방정국의 좌우익과 남북한을 휩쓸었던 정치 이데올로기의 혼란상을 제주4·3을 통해 실천적으로 얽어냈다. 그런 점에서 김석범 문학은 물론이고 4·3사건을 문학적으로 서사화한 재일코리안문학은 역사적, 문학사적으로 특별할 수밖에 없다. 한국문학계에서 재일4·3문학의 위치는 그동안 정당한 평가를 받지 못했지만 문학사적으로 큰 의

의가 있다. 재일4·3문학은 한국 현대문학사에서 미처 채우지 못했거나 간과해왔던 문학적 공백을 메울 수 있는 소중한 성과물이고 그들의 문학이 한국문학의 저변 확대와 토대를 구축하는데 긍정적으로 기여할 수 있기 때문이다.

최근 '탈'의식의 관점에서 재일코리안문학은 탈민족, 탈이념적인 경향과 맞물려 보편성과 세계성을 중시하는 방향으로 '재일성' 자체가 변용하고 있다. 디아스포라문학의 경계 의식과 트랜스네이션을 비롯해 마이너리티의 문학, 페미니즘과 젠더 의식까지 문학적 담론의 변용 양상은 다채롭게 진행된다. 과거 제국과 국가주의, 정치와 이데올로기, 근대와 근대성 개념을 포함해 글로벌시대의 이주와 이동에 내재된 경계, 혼종, 월경의 세계관이 힘을 얻는 분위기다. 한국문학계에서 코리안 디아스포라문학에 대한 활발한 담론도 그러한 월경적인 확장된 세계관과 밀접하게 맞물린다. 재일4·3문학을 포함해 재일코리안문학 나아가 코리안 디아스포라문학이 한국문학을 양적, 질적으로 풍성하게 하는 문학적 자산임이 분명하다면, 이제 한국문학계는 이들의 문학을 어떻게 수용하고 평가할 것인지, '해외동포문학'과 어떤 글쓰기 콜라보레이션이 가능할지, 보편성과 세계문학의 관점에서 구체적인 대안을 모색할 때라고 본다.

재일조선인의 작가 의식과 글쓰기의 단층

1. 초창기 재일조선인 작가의 민족 의식

일제강점기 재일조선인문학은 작가를 불문하고 대체로 제국과 국가주의, 정치 이데올로기의 논리를 깊숙이 얽어낸다. 재일조선인의 저항과 투쟁, 간난艱難과 차별, 그리고 강제된 제국과 국가주의 논리에 협력과 비협력 내지 우회적인 형태의 글쓰기는 문학과 정치, 문학과 이데올로기, 문학과 민족의 고리가 얼마나 깊이 작용하는지 상징하기에 충분하다. 치열한 문학적 행위를 거듭할수록 오히려 일제강점기의 재일조선인문학은 조국과 민족, 정치와 이념, 역사와 자기民族 아이덴티티에 집착할 수밖에 없었다. 초창기 재일조선인 작가들의 문학세계는 그러한 민족의 역사성과 시대상을 천착한 기록물이다.

해방 이후의 재일조선인문학은 조국民族의 민족주의적 경향을 배경으로 일제강점기 '부'의 역사적 지점을 비판적으로 수용하며 다양한 형태로 서사화된다. 이들의 문학은 '적국'에서 재일코리안으로 살아갈 수밖에 없는 자신들의 경계 의식과 현실주의적 관점을 바탕으로 과거의 굴절된 역사를 반추하고 '재일'로서의 현재적 지점, 즉 한국韓國人과 일본日本인, 모국어와 모어 사이에 함의된 근원적인 역사성과 민족적 아이덴티티를 고민하게 된다.

일제강점기부터 해방 이후까지 재일조선인은 일본의 제국과 국가주의, 이데올로기로부터 자유롭지 못했다. 소수민족으로서 사회적으로 교육기관과 일상에서 끊임없는 민족적 차별을 감수해야만 했다. 그들에게 일제강점기 부負의 역사적 지점은 공고한 현실의 '벽'으로서 항상 고민할 수밖에 없었던 절대적인 가치였다. 그것은 적어도 세대교체가 거듭되고 재일 현세대의 내면에 조국과 민족,

정치와 이데올로기가 해체될 때까지 계속되었다.

일제강점기를 포함해 해방 이후에 본격적으로 작품 활동을 시작했던 재일조선인 작가들은 그러한 민족성을 함의한 '부'의 역사적 지점을 문학적 화두로 삼았다. 제국과 국가, 정치와 이데올로기, 일본과 한국, 조국과 민족, 경계 의식과 자기민족 아이덴티티가 문학적 테마의 중심에 자리한다. 해방을 맞았음에도 재일조선인사회는 제국 및 국가주의와 맞물린 일본의 종적체재인 주류^{중심}와 비주류^{주변} 구도에서 '암시장'과 '도둑질'로 내몰려야 했고 "조국을 망치는 전쟁에 고철을 주우며" '넝마장수'로 고통받는 간고한 생활을 이어가야만 했다.

오늘도 체포된 조선인.

암시장 담배를 만드는 조선인.

어제도 압류당한 조선인.

탁배기를 제조하는 조선인.

오늘도 깎고 있는 조선인.

고철을 줍는 조선인.

지금도 찌부러진 조선인.

개골창을 찾아다니는 조선인.

어제도 오늘도 조선인.

밀치고 우기는 조선인.

리어카가 손상된 조선인.

조국을 망치는 전쟁에

고철을 주우며 거드는

마음으로 울며불며 거들지.

폐지를 주워 업신여김을 당하고

쌀을 옮기며 미움을 받는다.

자유를 외쳐도 금령이고

평화를 사랑해도 송환됐다.

국어를 모르는 조선의 아이

언어는 오직 일본어로

아버지를 부를 때도 '오또상'

조국을 알지 못하고 역사도 모르지만

일본 천황은 아주 잘 알지요.

일할 곳 없는 조선인.

아무도 써주지 않는 조선인.

아이를 잘도 낳은 조선인.

무엇보다 잘 먹은 조선인.

뭘 해서 먹고 사나? 조선인.

도둑질해서 먹어라 조선인.

도둑질이 싫어서 암시장 장사

암시장이 싫어서 넝마 줍기

넝마를 줍는 조선인.

진흙 범벅인 조선인.

조선인 부자는

꼭 똑같은 입갑판.

뭐든 삽니다. '넝마장수'

동족끼리

지닌 것을 몽땅 팔아도 충분치 않다.[1]

김시종의 시 「재일조선인」의 일부다. 해방 이후 조국은 좌우와 남북한으로 갈라져 급기야 한국전쟁까지 치르며 혹독한 고난을 맞는다. 한국전쟁이 한창이던 1951년 5월에 발표된 김시종의 「재일조선인」은 조국이 해방을 맞았음에도 '적국'의 땅에 그대로 눌러앉아야 했던 조선인, 그들 조선인들이 '넝마장수'로 살아가면서 전쟁에 커밋하고 있다는 사실에 절규한다. 당시 재일조선인들의 혹독했던 유민생활상이 어떠했는지를 상징적으로 보여주고 있다. 조선인들이 짊어지고 살아가는 '암시장', '탁배기', '고철', '리어카', '도둑질', '개골창', '진흙', '넝마' 등과 같은 시어가 풍기는 이미지는 확실히 주류^{중심}와는 거리가 멀다. 일제강점기 피식민자로서 타자화된 공간에서의 삶, 즉 제국과 국가주의, 이데올로기로 표상되는 '적국' 일본에서 재일조선인들이 짊어진 간고한 일상을 대변한다.

이 글은 일제강점기를 거쳐 '적국' 일본에서 해방을 맞이했던 재일조선인 작가 장혁주, 김사량, 김달수, 김석범 등의 작가 정신과 그들의 문학에 함의된 역사성과 민족성을 조명해 본다. 1945년 해방 조국을 기점으로 그 이전과 이후를 치열하게 살아온 이들 재일조선인 작가들이 시대정신의 대변자이며 증인이고 동시에 그들의 작품이 당대 재일조선인의 일본관을 보여주는 소중한 기록 텍스트이기 때문이다. 특히 이들 작가들의 작품을 통해 일본 제국주의를 둘러싼 협력과 비협력, 식민과 피식민, 우회적 글쓰기, 지식인의 침묵 등 당대의 강제된 시대상을 읽을 수 있다. 그것은 또한 지배자와 피지배자, 주류와 비주류, 이산자와 정착민, 잃은 자와 가진 자라고 하는 제국과 국가주의로 수렴되는 강제된 권력 구도의 한계와 모순·부조리의 실체를 짚는 작업이기도 하다.

---

1   김시종, 곽형덕 역, 『김시종 시집 지평선』, 소명출판, 2018, 125쪽.

2. 협력적·비협력적 글쓰기

일제강점기 재일조선인들의 일본관은 크
게 협력과 비협력의 구도로 갈라지거나 표
면적으로 무관심한 형태로 드러난다. 그동
안 제국 일본과 국가주의에 대한 협력적 시
선은 문학 텍스트를 통해 여러 형태로 검토
된 바 있지만 구체적인 각론을 들여다보면
다소 엇갈리는 평가도 존재한다. 임종국은
『친일문학론』에서 한국의 대표적인 근대
문학가인 최남선, 이광수의 문학을 비롯해
많은 조선인 작가들의 친일행적을 거론한

장혁주, 「치인정토」, 아카쓰카쇼보(赤塚書房), 1939

다.[2] 김재용의 『식민주의와 협력』에서는 최정희, 이석훈, 정인택, 장혁주 등의 작
품을 협력이라는 관점에서 거론한다.[3] 이들 조선인 작가 중에서도 장혁주의 일
본어 글쓰기와 협력적 시선은 '가장 두드러진 친일행적'으로 보기도 하지만 재
일조선인문학사의 출발점에서 거론되는 협력적 글쓰기라는 점을 주목해 볼 필
요가 있다. 특히 장혁주의 문학이 김사량을 비롯한 당대의 비협력적 글쓰기와
비교 관점에서 논의되고 해방 이후 재일조선인문학의 본격적인 출발선에서 역

---

2   임종국은 金東仁, 金東煥, 金文輯, 金史良, 金素雲, 金岸曙, 金龍濟, 金鍾漢, 金八峯, 盧天命, 毛
    允淑, 朴英熙, 白鐵, 兪鎭午, 李光洙, 李無影, 李石薰, 李孝石, 張赫宙, 鄭飛石, 鄭寅燮, 鄭人澤,
    趙容萬, 朱耀翰, 蔡萬植, 崔南善, 崔載瑞, 崔貞熙 등을 거론하며 친일적인 행적을 기술하고 있다
    (『친일문학론』(평화출판사, 1963)).

3   김재용·김미란 편역 『식민주의와 협력』에서는 이광수의 「대동아」, 「병사가 될 수 있다」, 최정희
    의 「환영 속의 병사」, 「2월 15일의 밤」, 이석훈의 「고요한 폭풍」, 「북으로의 여행」, 정인택의 「청
    량리 교외」, 「껍질」, 장혁주의 「어느 독농가의 술회」, 「순례」를 싣고 있다. 또한 김재용·김미란·
    노혜경 편역 『식민주의와 비협력의 저항』에서는 한설야의 「대륙」, 「피」, 「그림자」, 임순득의 「대
    모」, 「달밤의 대화」, 김남천 「어떤 아침」, 김사량의 「기자림」, 「천마」, 「물오리섬」 등을 싣고 있다.

사성과 민족성을 의식한 글쓰기라는 점에서 그러하다.

　장혁주는 1932년 「아귀도」를 발표하면서 본격적인 문단 활동을 시작해 1945
년 해방 이전까지 일본어로 중단편 45편, 장편 16편, 희곡·방송극 4편, 단행본
30권 이상을 발행할 정도로 왕성한 창작력을 보여주었다.[4] 그 중에서도 일제 말
기에 집필된 「순례」, 「어느 독농가의 술회」, 「치인정토」, 「새 출발」, 「꿈」, 「가토 기
요마사加藤淸正」 등은 당시 조선인의 일본 제국주의에 대한 협력적 시선을 여실히
보여주는 작품이다. 이들 작품은 "황국신민으로서의 자각"을 통하여 내선일체의
역사적 필연성을 언급하고 있다는 점이 공통적이며 육체적이건 정신적이건 철
저한 황도화를 강조한다는 점에서 작가의 협력적 시선을 확인할 수 있다.

　나는 손을 씻고 입을 헹구고 신전神前에 섰다. 깊이 고개를 떨어뜨리고 이와모토岩本
가 보다 더 훌륭한 군인이 되기를 기원하였다. 그리고 또 조선 동포 전부가 하루라도
빨리 황민화를 완성하고자 기원하는 것이었다.[5]

　서남태평양이며 북양의 전국이 날로 치열화함에 따라서 전선과 총후의 유대는 더욱
더 긴밀화해 가는 것이었다. 한 대라도 더 많이, 한 알이라도 더 많이 전선으로 보내지
않으면 안 된다고 하는 자각이 더욱 더 현실감있게 다가왔는데 그로 인해 사와다澤田는
자기를 전장에 있는 것과 마찬가지라고 생각하게 된다.[6]

　반도의 학도는 모두 궐기하고 있다. 일체의 옛정을 저버리고 새로운 정신에 불태우
며 속속 궐기하고 있다. 나는 제군의 그 마음을 성스럽다고 칭찬한다. '이제야 가겠다.'
그리고 전장에 나아가서는 무퇴의 계율을 엄연히 지키어 적중에 돌격하는 정예 무비

4　白川豊, 「張赫宙硏究」, 東國大博士學位論文, 1989, 114쪽.
5　장혁주, 「순례」(임종국, 『친일문학론』, 평화출판사, 1963, 343쪽 재인용).
6　장혁주, 「새 출발」(위의 책, 345쪽 재인용).

의 저 화랑, 장대한 화랑의 정신을 재현하고야 말 것이다. 부디 제군은 천 년 전의 그 정신을 유감없이 보여주길 바란다.[7]

임종국은 장혁주의 친일적인 논리를 「조선의 지식층에 호소한다」에서 언급한 국어사용의 합리적 타당성과 관련된 조선민족성의 결함, 즉 "① 본능적인 격정성, ② 정의심의 결핍, ③ 퇴영적인 질투심, ④ 비뚤어진 심정"은 완전한 내지화를 통해 고칠 수 있다고 언급한 점에서 찾고 있다. 또한 '대륙문예간담회' 주최로 만주 시찰에 나서면서부터 장혁주는 일본의 대륙정책을 표면적으로 동조하기 시작했고 1942년 '신반도문화연구소'를 창립하면서 노골적인 황도화에 힘썼으며 '황도조선연구위원회'에서 활동한 사실을 지적하고 있다.

그런데 장혁주의 협력적 논리에는 주체적, 독립적 존재로서의 조선이라는 인식이 거의 없다는 점에서 주목된다. 예컨대 장혁주는 "30년 후에는 조선어의 세력은 금일의 반분으로 감퇴한다." "30년 후에 경성에 내지어 문단이 형성되지 않는다고 아무도 예언은 못한다"는 식의 사고를 견지하고 있었다. 이러한 관점과 태도는 제국과 국가주의, 이데올로기의 권력 구도에서 식민과 피식민, 정착과 이산을 의식하며 생존투쟁으로 내몰려야 했던 많은 재일조선인들의 사고였다. 물론 패배 의식에서 많은 조선인 지식인들이 협력적 글쓰기를 했다는 점도 부정하기 어렵다. 또한 일제강점기 이러한 조선인 지식인의 일본관은 시라카와 유타카白川豊가 장혁주를 시국이나 일본의 국책에 영합하는 언동으로 보면서도 한편으로는 "동시대 많은 식민지 지식인들이 짊어져야 할 부하負荷"[8]였다는 견해로 읽히기도 한다. "당시의 사정을 고려하는 일 없이 대일협력이라는 표면적 사실만으로 논의하는 것은 너무나 일면적인 자세"[9]라고 하는 재해석을 낳는 근거이기도 하다.

---

7   장혁주, 「학도병출진격려사」(위의 책, 347쪽 재인용).
8   호테이 토시히로 편, 시라카와 유타카 해설, 『장혁주 소설선집』, 태학사, 2002, 299쪽.
9   위의 책, 299쪽.

김사량, 『노마만리』, 아사히신문사, 1972

일제강점기 식민주의에 대한 협력적 논리와는 반대로 비협력적 글쓰기를 했던 작가들에 대한 연구도 적지 않다. 『식민주의와 비협력의 저항』에서는 한설야, 임순득, 김남천, 김사량의 작품을 번역해 싣고 있는데 김사량은 1939년 「빛 속으로」『문예수도』를 발표하면서 작품활동을 본격화했다. 그는 1941년 사상범예방구금법에 의해 구속과 석방1942을 경험하고 1945년 '재지在支 조선출신학도병위문단'원으로 중국에 파견되고 탈출하기까지 일본어로 많은 작품을 발표했다. 주요 작품으로서는 「기자림」, 「천마」, 「노마만리」, 「무성한 풀섶」, 「무궁일가」, 「광명」, 「유치장에서 만난 사나이」, 「향수」, 「벌레」, 「태백산맥」, 「바다의 노래」, 「해군행」 등이 있고 평론으로 「조선문학풍월록」1939, 「조선문화통신」1940 등이 있다.

김사량 문학에 대한 평가는 "식민통치하에서 신음하는 조선 민중을 그려내고 있으며 내선일체 정책의 허구를 폭로했다"로 인식되는 것이 일반적이다. 그리고 김사량의 협력적 글쓰기는 "절박한 상황 하에서 일제의 정책문학에 협력"[10]했던 것이고 "조선인과 재일조선인의 비참한 생활을 그려냄으로써 일제의 식민통치를 우회적으로 비판"[11]했던 것으로 집약된다.[12]

---

10 추석민, 『金史良文學の硏究』, 제이엔씨, 2001, 2쪽.

11 김학동, 「민족문학으로서의 재일조선인문학」, 충남대 박사논문, 2007, 53쪽.

12 임전혜는 「빛 속으로」를 일본 제국주의의 식민지정책-내선일체를 "조화할 수 없는 이원적인 것"으로 이해함으로써 "내선일체 책략에 대담한 비판을 표명한 작품이다"(『『光の中に』解題, 『金史良全集』1)라고 평가했으며, 정백수는 "김사량의 소설이 「내선일체의 기만성」을 가장 선명하게 드러내고 있다는 사실은 식민지 기간의 한국과 일본의 문학을 통틀어 김사량 문학이 가지는 독보적인 영역"(『金史良小說硏究』)이라고 평가했다. 임종국은 『태백산맥』을 "설익은 시국적 설교도 없거니와 어릿광대 같은 일본정신의 선전도 보이지 않는, 그렇기 때문에 이 장편은 비록 日語

김사량의 일제의 식민통치에 대한 '우회적 비판' 의식은 1943년 야스타카 도쿠조保高德蔵와의 대화를 통해 한층 분명해진다. 아래의 글은 일제 말기에 조선인 지식인의 격앙된 일본관을 확인할 수 있는 대목이다.

전쟁이 끝나기 전 조선으로 돌아갔던 김군은 해군시찰단의 일원이 되어 도쿄에 왔었는데, 그의 마음은 분노로 불타고 있었다. 긴자銀座의 다방에서 그는 격렬한 어조로 말했다.

"이런 식으로 한다고 해서 조선인이 진심으로 전쟁에 협력해주리라고 생각하는가. 쌀을 내라 해서 쌀을 주었지, 노동을 달라 해서 노동도 주었다. 나중에는 피를 내라조선에 징병제도가 시행된 것을 말함해서 피까지 내주었다. 그런데 일본은 조선인에게 무엇을 주었는가. 대학은 조선청년을 쫓아내고, 회사원과 관리들은 아무리 유능하더라도 어느 선 이상으로는 조선인을 승진시키지 않는다. 'Give and take'라는 것을 모른다."

이렇게 말하며, 그는 힘이 가득 들어간 주먹으로 탁자를 내려쳤다. 시기가 시기였으니만큼, 주변에 헌병이나 특고特高들이라도 있었다면 체포되는 것은 시간문제였다. 나는 조마조마했다.[13]

일제말기 일본의 조선조선인을 상대로 한 인적, 물적 착취가 얼마나 집요하게 강제되었는지를 분명하게 보여준다. 강하게 '탁자를 내려'치는 모습에서는 조선인 지식인의 분노가 느껴진다. 1943년 친일잡지 『국민문학』에 실린 『태백산맥』은 "조선인 작가에 대한 탄압 속에서 그 나름대로 계획된 저항의 일환"으로 쓰여진 작품인데 김사량의 독창적인 역사성과 민족 의식을 보여준다. 구한말 갑신정변, 동학교도, 사교도들의 음모와 같은 역사적 사건을 배경으로 이상향을 찾는

로 써졌을망정 얼른 친일작품으로 단정하기가 어려운 작품이다"(『親日文學論』)라고 평가했다.

13 야스타카 도쿠조, 「순수한 김군」(안우식, 심원섭 역, 『김사량 평전』, 문학과지성사, 2000, 230쪽 재인용).

과정을 그려낸다. 그 과정에서 방황하고 좌절하는 등장인물들의 면면을 통해 일제 말기의 민족적 아픔을 보여주며 단결을 호소한다.

『태백산맥』에서 "민족 의식과 향토에 대한 애착심"을 토대로 "앞으로 새롭게 탄생될 조선의 모습을 갈구"하는 주인공 일동日章은 "고구려의 전투적인 성격과 신라의 진취적인 정신, 그리고 백제의 보수적인 특징들이 피를 통하여 혼연일체가 되었을 때, 비로소 조선인과 그 역사도 빛나는 장래가 보장될 수 있는 것"[14]이라고 믿는다. 그는 조선인과 그 역사가 보장될 수 있는 '낙토' '안주의 땅'을 찾아 나선다. 민족정신과 향토애를 근간으로 손상된 '순결한 민족성'을 되찾아야 한다는 지식인의 자의식은 당대의 협력적, 비협력적 글쓰기와는 또 다른 형태의 글쓰기를 보여주고 있어 주목된다.

『태백산맥』은 일제 말기에 "한결 같이 현실에 억눌린 신음 소리와 한탄 섞인 슬픈 가락을 담고" 있는 전국 각지의 아리랑을 동원해 역사성과 민족정신을 피력하며 단결을 호소한다는 점도 인상적이다. 특히 1943년 거세게 치달았던 제국 일본의 총력전 체제에서 조선인 지식인은 나름대로 계획된 문학적 저항을 감행하였던 것이다.

> 곱실이는 가슴이 미어터지는 듯한 애달픈 목소리로 노래하기 시작했다.
> 아주까리 동백아
> 열매 맺지 말아라
> 시골처녀가 팔려간다
> 아리랑 아리랑 아라리요
> 아리랑 고개는 눈물의 고개
> 소식 좀 전해주오 또 그 악귀에게

---

14   金史良, 「太白山脈」, 『金史良全集』 II, 河出書房新社, 1973, 268쪽.

볍씨까지 몽땅 빼앗겼다고

아리랑 아리랑 아라리요

아리랑 고개에 돈 꽃이 피네.

노랫소리가 끝 구절에 이르렀을 때, 그것은 이미 목이 찢어질 듯한 비통한 그림자를 드리웠고, 그녀는 거의 이성을 잃은 슬픔의 절정에 다다라 있었다. 갑자기 오열하기 시작했다.

"아리랑 고개는 말도 안되는 엉터리! 엉터리야! 우리 오빠도 부역으로 서울에 끌려간 채 돌아오지 않았어. 아버지가 서울로 찾으러 갔더니, 그 무렵에 장정들이 군사들의 무리에 섞여서 소동을 피운 탓으로 많이 죽었다는데, 그 속에 섞여 있을 거라는 거야. 소처럼 일 잘하던 오빠만 있다면 우리 집도 이런 살쾡이 같은 생활을 하진 않을 텐데."[15]

곱실이는 '악귀'에 희생된 "일 잘하던 오빠"의 존재를 소환하며 조선인의 존재감을 부각시킨다. 한반도를 관통하는 민족의 노래인 조선의 '아리랑'은 각지로 흩어진 한민족의 간고한 역사와 강한 생명력을 상징하는 특별한 가치와 이미지를 환기한다. 역사와 전통의 상징인 전통가락 '아리랑'을 통해 조국의 치욕적인 '부'의 역사와 흩어진 민족 의식을 불러내며 척박한 생존투쟁의 현장으로 내몰린 민중들의 한을 읽어낸다. "소처럼 일 잘하던 오빠"의 가치와 이미지, 강한 생명력을 통해 '악귀'로부터 벗어나고 "살쾡이 같은 생활"을 청산해야 함을 피력한다. 『태백산맥』은 제국과 중심 권력을 직접적으로 비판하거나 노골적인 적의를 드러내진 않지만 내면적으로는 강한 생명력을 근간으로 종적인 권력구도에 비협력적 관점과 태도를 견지한다. 김사량과 그의 문학은 제국 일본에 대한 '우회적 비판'과 '계획된 저항' 의식의 단면이라 할 수 있다.

---

15   김사량, 김학동 역, 『태백산맥』, Notebook, 2006, 127쪽.

3. 민족적 글쓰기

재일조선인문학가로서 해방 이후 왕성한 창작력을 보여준 김달수와 김석범은 일제말기 선배 조선인 작가들의 협력과 비협력적 글쓰기를 어떻게 지켜보았을까. 장혁주가 1905년, 김사량이 1914년, 김달수가 1919년, 김석범이 1925년 출생임을 감안하면 이들 조선인 작가들은 일제강점기와 해방정국을 연쇄적으로 살았던 인물이라고 해도 틀리지 않다. 장혁주와 김사량이 일제강점기에 왕성한 창작활동을 하였고 김달수와 김석범이 해방 이후에 작품 활동을 본격화했다는 점에서 이들 조선인 작가들의 문학사적 위치는 확연히 대별된다. 특히 조국 해방을 기점으로 장혁주와 김사량의 문학적 행보가 달랐고 김달수와 김석범의 문학적 행보도 차이가 난다. 조선인 작가들이 선택한 일본(일본인)으로의 귀화, 중국으로의 탈출과 북한행, 사회주의 의식, 디아스포라로서의 '조선 국적' 유지 등으로 분화되어갔던 것이다.

김달수는 해방 이후의 재일조선인문학을 본격화시킨 인물로서 재일코리안문학사에서 선구적인 존재로 자리매김한다. 그의 문학은 "일본 제국주의에 의한 식민 지배하의 조선의 독립운동을 배경으로 소시민적 출세와 민족운동 사이에서 방황하는 지식인 청년의 번민"[16]을 그려내고, 사상과 민족주의를 토대로 주류(중심, 지배자)사회의 뒤틀린 타자 의식을 꼬집었다. 김달수의 대표작 「태백산맥」, 「박달의 재판」, 「현해탄」 등은 대체로 해방 이후에 발표되었고 문학적인 평가도 이들 작품을 중심으로 이뤄졌는데, 실은 일제강점기에 발표된 작품을 주목할 필요가 있다. 초창기 조선인 지식인 김달수의 일본관을 읽을 수 있기 때문이다.

김달수가 일제강점기에 발표한 작품은 1940년 일본대학의 예술과에 재학하던 중, 학내 잡지 『예술과』에 발표한 「위치」를 비롯해 「아버지」(『예술과』, 1940), 「기차

16　辛基秀編著, 『金達壽ルネサンス』, 解放出版社, 2002, 39쪽.

도시락」『예술과』, 1941, 「족보」『신예술』, 1941, 「쓰레기」『문예수도』, 1942, 「잡초처럼」『신예술』, 1942, 「후예의 거리」『계림』, 1944, 「조모에 대한 추억」『계림』, 1944이 있다. 이들 작품은 모두 일본어로 발표되었으나 내용적으로는 우정과 가족애를 주제로 인간주의적 정서, 재일조선인의 간고한 삶과 강한 생명력, 일본인을 바라보는 시선차별과 우월주의, 호의적인 시선 등, 소극적이지만 일제 말기의 시대정신정치, 이념, 전쟁, 사회, 시대성 등을 서사화했다.[17]

늘상 협박당하던 소작논을 마침내 단념하고 일본으로 건너와 보니, 정말이지 낙토와 다름없었다. 도항증명서를 받기 위해 주재소를 드나들었던 4년간이 10년이었다 해도 아깝지 않을 정도였다. 주재소의 일본인 남자에게 인사조의 절이 길다고 해서 머리를 얻어맞은 일 따위는 바다 건너 이곳에서 재차 절을 하고 싶어질 정도로 고맙단 생각이 든다. (…중략…) 일본인의 생활은 정말로 풍부해 흘러 넘쳐나고 있다.[18]

대륙에서의 사변이 본격적인 전쟁 양상을 띠면서 장기항전이라는 소문이 돌고, 고철과 종래의 폐품이 전쟁 때문에 중요하게 되었다는 소문이 떠들썩하게 나돌던 무렵이었다. 그리고 폐품회수가 계획적으로 이루어졌고, 부인회와 청년회 등이 이들을 반복해서 회수하기 시작했다. 그러자 고물장수들의 실업도 눈에 띄게 증가했다. (…중략…) 일본은 지금 전쟁 중이고 앞으로도 한층 더 큰 전쟁을 해야 할지 모르니까 고철은 점점 더 비싸질 것이다.[19]

인용문은 1942년 잡지 『문예수도』에 발표된 「쓰레기」의 일부이다. 앞의 인용은 조선인이 일본에 대한 호의적인 시선을 보여주는 대목이고 뒤의 인용은 태평

---

17   김환기, 「김달수의 초창기 문학 연구」, 『일본학보』 76, 한국일본학회, 2008, 191쪽 참조.
18   金達壽, 「塵芥」, 『金達壽小說全集』 1, 筑摩書房, 1980, 63쪽.
19   위의 글, 65쪽.

양전쟁을 바라보는 조선인 고물장수들의 시선이다. 일제말기의 태평양전쟁에 대한 묘사가 극히 제한적이고 단락적이라는 점이 주목되는데, 이러한 일제강점 기의 시대상에 대한 단상은 태평양전쟁이 한창일 때 학생들에게 강요했던 교련을 언급하는 「잡초처럼」을 통해서도 확인할 수 있다. "해군 병사들과 섞여 요코스카선横須賀線 종점부터 도쿄의 학교로 통학"했고 "전쟁은 확대일로"[20]였다는 정도의 시대상을 읽어낸다.

이렇듯 일제강점기 김달수와 그의 문학에서 표상되는 일본관은 분명 피식민자의 분노와 저항, 민족 의식과 주체적인 자의식 표출로 이해하기에는 한계를 드러낸다. 오히려 일제 말기의 제국과 국가주의, 군국주의와 이데올로기를 시대 순응적인 차원에서 비켜간다는 느낌이 없지 않다. 이같은 문학적 특징은 제국과 지배자의 관점에서 비주류周邊를 지켜보는 강제된 권력 구도를 지켜볼 수밖에 없는 피식민자의 자의식과 무관하지 않으며, 동시에 그것은 김달수의 문학이 주체적인 자의식에서 발현되는 강한 비판 의식을 이끌어내지 못했음을 의미한다. 이같은 자의식의 한계는 훗날 그의 문학이 "재일동포들이 일제 치하의 수많은 차별 속에서도 '生'을 위하여 열심히 살아가고 있는 모습을 그린 '재일동포생활사'"[21] 중심으로 흘렀던 것과도 무관하지 않다.

한편 김석범은 1945년 만 20세 때 해방을 맞았고 본격적인 작품 활동은 1957년 「간수 박서방」과 「까마귀의 죽음」을 발표하면서부터다. 김석범의 일본관은 해방을 전후한 그의 자필 이력을 통해 짚어볼 수 있는데 김석범 문학의 강력한 민족주의적 시좌는 그 무렵에 형성된다. 김석범은 자신의 「상세연보」에서 해방을 전후해 민족주의적 시각을 키우며 '김상희와 조선독립'을 상의했고 해방 이후에는 새로운 조국 건설을 위해 귀국했다. 하지만 결과적으로 1946년에 일본으로 밀항한 이후 42년간 조국을 찾지 못했다고 언급한다. 김석범은 1948년 제주

---

20   金達壽, 「雜草の如く」, 『金達壽小說全集』 1, 筑摩書房, 1980, 88쪽.
21   최효선, 『재일동포 문학연구』, 문예림, 2002, 19쪽.

4·3의 발생과 함께 일본으로 밀항하는 친척들로부터 제주도민에 대한 학살의 실상을 듣고 큰 충격에 빠진다.[22]

일제강점기 '황국소년'이었던 김석범은 14세 때 고향^{ᵏᵒʳᵉᵃ} 제주도를 찾았고 점차 '민족주의자'로 눈뜨며 '자아 형성의 핵'을 찾는 계기를 마련한다. 그가 고향^{제주도}을 한층 깊이 의식하게 된 것은 "전후 그 섬을 습격한 참극 때문이다. 섬 전체가 학살된 인간의 시체를 쪼아먹는 까마귀 떼가 날뛰는 곳이 되어버렸다는 이유 때문이었다."[23] 해방 전후 현실은 김석범 문학의 원점^{제주도, 4·3}이고 강력한 민족주의적 시좌를 키웠던 시기였음을 의미한다. 결국 일제 말기와 해방 직후의 정치적 혼란상과 좌우·남북한의 극한적 반목 상황에서 일어난 '제주4·3'은 그의 문학적 화두였고 정신적 뿌리로 작용했다. 해방 이후에 발표된 김석범 문학은 대표작 「까마귀의 죽음」을 비롯해 『만월』, 『화산도』, 「만덕유령기담」, 「관덕정」, 「간수 박서방」, 「속박의 세월」, 그리고 한국을 방문한 후에 집필한 에세이 「나는 보았다! 4·3학살의 유골들을!」까지 대부분의 작품이 민족의 비극인 제주4·3을 배경으로 삼고 있기 때문이다. 대표작 『까마귀의 죽음』은 김석범 문학의 출발점이며 『화산도』의 모태로서 '제주4·3'을 서사화 했다는 점에서 문학사적 의의가 크다. 미군정청에 근무하는 정기준, 빨치산 장용석, 정기준과 용석의 여동생 양순의 사랑, 자산가의 아들이면서 방탕한 생활을 이어가는 이상근, 부스럼 영감 등의 행보를 통해 당시 제주도의 반민족적, 반통일적 행위를 재현했다는 점에서 특별하다.

벚나무 밑에 시체가 대여섯 개 내동댕이쳐져 있었다. 아까 기준이 지나왔을 때에는 분명히 없었던 시체였다. 그렇다면 그 사이에 감방에서 쫓겨나, 운반해 줄 트럭을 기다리고 있는 게 분명했다. 진흙투성이가 되어 물에 잠긴 시체는 잡동사니 쓰레기로밖에

---

22   金石範, 『金石範作品集』 II, 平凡社, 2005에 실린 「詳細年譜」를 토대로 정리한 내용이다.
23   金石範, 『ことばの呪縛』, 筑摩書房, 1972, 248쪽.

보이지 않았다. (…중략…) 그 나무 밑에는 소녀의 시체가 누워있다. 아직 열 예닐곱 살 밖에 되어 보이지 않는 그 소녀는 얼굴을 이쪽으로 돌리고 반드시 누운 채 두 다리를 벌리고 가슴을 뒤로 젖히고 있었다. 반쯤 열린 퉁퉁 부어오른 입에서는 피가 뿜어 나오고 있었다. (…중략…) 까마귀는 마른 나뭇가지를 침착하게 콕콕 쪼아대다가 다시 울기 시작했다. 집요하게 계속 울어대며 침입자에 대한 적개심을 노골적으로 드러냈다.[24]

소녀의 시체를 노려보는 경찰서 앞 까마귀를 향해 정기준은 권총을 꺼내들었고 곧바로 "요란한 총성이 울렸다". 이렇게 『까마귀의 죽음』에서는 당시 제주도에서 자행된 무고한 양민학살의 현장과 그 상황을 지켜보는 한 청년 지식인의 복잡한 심경을 구체적으로 얽어낸다. 특히 미군정청의 통역원으로 근무하는 정기준이 양민학살 현장과 소녀를 노리는 까마귀와의 대치상황에서 보여주는 이중적 행보는 경계인의 시각에서 '내적 위기'를 짚어내고 나아가 새로운 형태의 '투쟁의 의지'를 표명한다는 점에서 주목된다.

대하소설인 『화산도』 역시 당시의 '제주4・3'을 거대한 분량의 서사로 담아놓았다. 김석범의 『화산도』가 한국현대문학에서 구체화시키지 못했던 민족적인 비극을 다루었다는 점에서 역사적, 문학사적 의미는 남다르다. 이 소설은 1976년 『문학계』에 연재되기 시작해 1997년 전7권으로 간행되기까지 무려 20년에 걸쳐 완성된 대작이다. '제주4・3'을 관통하는 1948년 2월부터 1949년 6월까지를 시대적 배경으로 삼고 있으며 미군정청, 군인과 경찰, 서북청년단, 제주도의 수많은 지식인과 민중들이 등장한다. 해방 직후의 제주도를 중심으로 인간과 비인간, 민중과 반민중, 민족과 반민족, 역사와 반역사, 통일과 반통일의 대립과 길항을 리얼하게 파헤치고 사멸해가는 역사적 진실을 기억 밖으로 끄집어낸다는 점에서 특별하다.

---

24 김석범, 김석희 역, 『까마귀의 죽음』, 각, 2015, 161쪽.

특히 『화산도』에서 주인공 이방근은 고 향 친구인 유달현이 밀항선 스크루에 거 꾸로 매달려 처형당하는 광경을 공유하고, 친일파의 상징인 외가의 친척 정세용을 한 라산 중턱에서 처단하는 장면은 민족주의 자의 비장한 결단을 보여준다. '제주4·3' 의 원흉을 단죄하는 대목은 작가 김석범의 강력한 '민족주의자'로서의 면모를 잘 보 여주고 있다. 김석범은 '제주4·3'에 대한 문학적 복원을 "기억의 살육과 기억의 자 살을 동시에 받아들여 거의 죽음에 가깝게

허남기, 『거제도』, 이론사, 1952

침몰한 망각으로부터의 소생"이라고 표현했다. 또한 그는 "기억의 승리이다. 살 아남은 자들에 의한 망각으로부터의 탈출, 한두 사람씩 어둠 속의 증언을 위한 등장이 빙하에 갇혀 있던 죽은 자들의 목소리를 되살려내는 첫걸음이긴 하지만, 기억의 승리는 역사와 인간의 재생과 해방을 의미한다"[25]고 규정한 바 있다.

이처럼 초창기 재일조선인 작가 김달수와 김석범에게 일제강점기와 해방 직 후의 강렬한 정치 이데올로기에 대한 기억은 그들의 민족적 글쓰기에 지대한 영 향을 끼쳤다. 특히 일제강점기에 일본 문단에서 입지를 구축하고 왕성한 작품 활동을 했던 장혁주와 김사량을 바라보는 시선, 즉 일본의 제국주의적 논리를 마주하는 협력과 비협력적 글쓰기에 대한 나름대로의 자의식은 해방 이후 그들 의 민족 글쓰기의 전형과 방향을 결정짓는 좌표로 작용했을 것이다. 협력과 비 협력의 글쓰기 전통은 해방 이후의 김달수, 김석범 문학이 강력한 민족주의를 피력하면서 일제강점기의 친일파를 비판하고 새로운 조국 건설에 적극 동참하

---

25 金石範, 「よみがえる〈死者たちの声〉」, 『虛日』, 講談社, 2000, 74쪽.

고자 했던 작가 정신과 무관하지 않다.

　물론 이러한 민족적 글쓰기는 초창기 허남기의『거제도』1952,『백두산』1952, 김시종의『지평선』1955처럼 민족의 비극인 한국전쟁을 비롯해 이회성의『북이든 남이든 나의 조국』1974,『추방과 자유』1975,『유민전』1980,『청춘과 조국』1981,『지상 생활자』2005, 오임준의『조선인의 빛과 그림자』1972,『조선인 속의 천황』1972, 정귀문의『민족의 노래』1966,『고국 조국』1983, 고사명의『어둠을 먹다』2004, 정승박의『벌거벗은 포로』1971, 윤덕조의『38도선』1950 등 조국의 역사와 사회문화적 지점까지 다양한 형태로 그 서사적 확장성을 보여준다.

4. 민족에서 탈민족으로

　재일코리안문학에 대한 지금까지의 문학사적 평가는 전후 일본문학의 근대 및 탈근대적 담론과 한국 현대문학사의 주변에서 논의되면서 자기自國 중심적인 사고에서 벗어나지 못했다. 제국과 국가주의, 이데올로기와 민족주의, 식민과 피식민, 지배와 피지배, 중심과 주변이라는 근대적 담론구조의 이항대립적 개념이 부상하면서 개인의 실존적 고뇌와 보편적 가치에 대한 추구는 상대적으로 약했다는 평가가 일반적이다. 기존의 권력구도와 연동된 관념적, 역사적, 이데올로기적 관점에서 지역, 문화, 환경, 일상에 내재된 담론들을 천착하면서도 보다 근원적이고 내밀한 개인의 자의식과 실존 의식을 부조하지 못했다는 인식이다.

　전후에 출발한 재일코리안문학은 혼란한 정치 상황과 좌우南北로 갈라진 한반도의 정치 이데올로기와 밀접하게 맞물려 있다. 일본은 1945년 패전을 계기로 '15년 전쟁기'를 지배했던 천황 중심의 군국주의를 철회하고 국제사회의 일원으로 자리매김하고자 힘을 쏟았다. 형식적으로나마 일부 전쟁책임자에게 책임을 물었고 전쟁터와 식민지로부터 귀환한 일본인들은 폐허가 된 고향日本을 복구하는데 매진했다. 하지만 일본은 국시國是로 천명했던 천황 중심의 이데올로기를 청산하고 폐허가 된 전쟁의 상흔을 수습하기까지 많은 시간과 인적·물적 희생을 감내해야만 했다. 표면적으로는 철도가 정비되고 공장이 가동되면서 정상을 회복하는 듯 보였지만, 국가 체제는 여전히 사지死地로부터 귀환한 병사들과 일반인들의 정신적인 충격을 치유하고 물질적인 여유를 회복하기까지 긴 시간을 필요로 했다.

해방을 맞은 한반도 역시 혼란하기는 마찬가지였다. 해방과 동시에 미국과 소련이 개입한 한반도 정국은 급격히 격랑 속으로 빠져들면서 좌우와 남북한으로 갈라져 심각한 반목을 거듭하면서 사회적 혼란은 더욱 심해졌다. 일제강점기 해외로 흩어져 활동했던 애국지사들과 각계각층의 지식인들이 조국으로 귀국해 한반도의 남북한 통일정부 수립을 위해 뜻을 모았지만, 결국 좌우와 남북으로 갈라진 극한적인 갈등과 대립 구도를 넘어서지 못했다. 1948년 남한에서는 미국의 지원하에 이승만 정권이 들어섰고 북한에서는 소련을 등에 업고 김일성 정권이 들어서면서 염원했던 한반도의 통일정부는 물거품이 되고 만다. 좌우와 남북으로 치달았던 한반도의 극한적 대치 정국은 끝내 동족 간에 피비린내 나는 6·25전쟁까지 치러야 하는 비극적인 상황을 맞는다.

해방 이후 일본의 혼란상과 남북한의 극심한 정치 이념적 대립은 재일코리안 사회로 고스란히 전이된다. 우선 일본의 패전과 함께 귀국길에 올랐던 재일코리안들은 자의적 타의적으로 일본생활을 청산하지 못하는 경우가 적지 않았다. 특히 귀국지참금1,000엔의 제한과 극심했던 한반도의 좌우정파 및 남북의 갈등 대립, 경제적인 불안 등이 귀국 행렬의 발목을 잡았다. 1947년과 1948년에 재일코리안의 숫자가 여전히 60만여 명을 넘었다는 사실[26]은 해방 직후의 현해탄과 한반

---

26   1945년 일본의 패전 당시 재일코리안의 숫자는 230만 명을 넘었으며 그들은 해방과 함께 귀환한다. 그러나 여전히 귀국하지 못한 채 일본에 남게 된 재일코리안도 60만 명에 이른다. 해방 이후 재일코리안의 숫자는 1947년 598,507명, 1948년 601,772명, 1949년 597,561명, 1950년

도를 둘러싼 혼돈의 시대상이 얼마나 심각했는지를 잘 말해준다. 또한 1948년 민단재일본대한민국민단과 1955년 조총련재일본조선인총연합회이 조직되었고[27] 실제로 남북한의 정치 대리전을 담당했다는 사실은 당시 한반도의 좌우와 남북한의 극심한 정치적 대립과 혼란상, 재일코리안사회의 이념적 분열을 상징적으로 보여준다.

재일코리안문학은 이러한 해방 직후의 한반도와 일본을 직격한 혼란한 정치 상황 속에서 출발했다. 초창기 재일코리안 작가들이 민족적 글쓰기를 통해 일본의 제국과 국가주의에 내재된 폭력성과 모순·부조리를 비판하고 남북한의 정치 이데올로기를 서사화했음은 그러한 시대성을 대변하는 것이었다. 특히 김달수는『태백산맥』,『박달의 재판』,『후예의 거리』,『현해탄』 등에서 일제강점기의 체험과 기억을 통해 일본의 제국·군국주의를 비판하고, 해방 조국의 혼란했던 정치적 상황을 민족주의적 입장에서 그려냈다. 김석범은『까마귀의 죽음』,『화산도』,『유방이 없는 여자』,『관덕정』 등에서 1948년 제주도에서 발생한 민족적 비극인 제주4·3을 서사화 했다. 정승박은『벌거벗은 포로』 등에서 일제강점기 포로수용소에 수용된 '조선인'의 탈출 과정을 얽어내며 일본 제국주의와 국가의 무자비한 폭력과 비인도적 행위를 고발했다.

해방 이후의 재일코리안문학은 일제강점기 장혁주와 김사량의 영향이 적지 않았다. 앞서 살펴보았듯이 장혁주는 일제강점기 경향적인 작품『아귀도』,『분기하는 자』을 시작으로 일제 말기의 친일작품『가토 기요마사(加藤清正)』,『이와모토 지원병(岩本志願兵)』, 해방을 맞고는 신변잡기와 말년의 영어소설 집필에 이르기까지 다양한 작품을 발

544,903명, 1953년 556,084명, 1955년 577,682명, 1957년 601,769명으로서 대체로 60만 명 선을 유지하다가 1970년대로 접어들면서 70만 명을 넘어선다. 그리고 1980년대 1990년대를 거치면서 일본을 생활 근거지로 하는 재일코리안의 숫자는 지속적으로 감소한다. (鄭印燮,「재일한인의 국적과 남북한의 국적법 개정」,『근·현대 한일관계와 재일동포』, 서울대 출판부, 1999, 442쪽 참조)

27 일본에서 재일 조선인 관련 단체는 1945년 '조련(재일본조선인연맹)'에 이어 '민전(재일조선통일민주전선)'과 1955년 '조총련'의 설립으로 이어진다. '재일본조선거류민단' 설립은 1946년이고 한국 정부의 승인은 1948년에 이루어진다.

표했다. 조국의 굴절된 근현대사와 함께 했던 장혁주는 결국 1952년 일본으로 귀화하고 생을 마감했지만 그의 문학적 변용은 조국의 굴절된 근현대사와 깊게 맞물린 작가적 행보였다고 할 수 있다. 김사량 문학 역시 일제강점기 피차별인의 기억과 체험을 형상화『빛 속으로』, 『태백산맥』하면서 그의 실천적 이력과 문학적 성과는 일본과 남북한에서 현재까지도 평가받고 있다. 특히 김사량은 태평양전쟁 때 종군기자로 징집되어 중국 전선으로 나갔다 탈출해 조선의용군에 합류하고, 해방과 함께 북한으로 들어가 한국전쟁 당시 종군작가단의 일원으로 참가한 특별한 이력의 소유자다.

재일코리안문학은 1960년대를 거쳐 1970년대, 1980년대의 정치경제적 변곡점을 맞으면서 문학적 경향도 크게 변모한다. 일본은 패전 직후의 공황상태를 벗어나 고도경제성장을 맞으면서 1960년대 미일안전보장조약의 개정반대 투쟁을 비롯해 전국적인 노동쟁의, 사회주의 투쟁 등을 겪어야만 했다. 한국 역시 1948년 남북한의 단독정부수립 이후 1950년의 한국전쟁 발발, 1960년 4·19혁명, 1961년 5·16군사혁명을 거치면서 그야말로 격동의 현대사를 맞이하게 된다. 1965년 한일국교정상화를 계기로 한국과 일본은 점차 정치경제, 사회문화적인 측면에서 교류 채널을 가동하며 정상적인 관계를 회복해 가기 시작한다. 하지만 한일관계는 그렇게 건설적인 방향으로만 전개된 것이 아니다. 일본에서는 일제강점기에 길항했던 식민과 피식민, 차별과 피차별 구도가 여전히 남아있었고 재일코리안의 법적 지위도 확보되지 않았다. 특히 민단과 조총련의 대립은 마치 남북한의 정치 대리전처럼 격렬했다. 1968년 일본열도를 충격에 빠뜨린 김희로 사건[28]과 북조선으로의 귀국운동 등은 불안했던 재일코리안들의 위치와

---

28 '재일 조선인' 김희로 씨는 1968년 2월 20일 시즈오카현(静岡県) 시미즈시(清水市)에서 일본인 야쿠자를 살해하고 인근 온천여관에서 여관주인과 투숙객 13명을 인질로 잡고 88시간 동안 "재일교포에 대한 차별철폐"를 요구하며 인질극을 벌렸다. 이 사건을 계기로 '재일조선인'의 인권과 차별문제는 일본의 사회적 문제로 부상하게 된다.

소외 의식을 대변하는 상징적 사건이었다.

1960년대를 거쳐 1970~1980년대의 한국과 일본의 대내외적인 안정과 경제 성장은 재일코리안문학에도 그대로 반영된다. 먼저 재일코리안사회에 작가층이 두터워지고 세대교체가 이루어지면서 기존의 조국과 민족, 정치와 이념을 둘러싼 민족적 글쓰기와는 다른 탈민족적 글쓰기가 부각된다. 좌우와 남북한의 정치 이데올로기를 천착하면서도 디아스포라적 유민 의식, 주류사회의 차별 의식, 이방인 의식, 민족적 아이덴티티를 둘러싼 자의식 회복에 집중하며 "가장 재일조선인문학다운 문학"의 면모를 과시한다. 이회성의『다듬이질하는 여인』,『또 다시 이 길을』,『유역』 등에서 보여주는 재일코리안의 유민 의식과 디아스포라로서의 여정, 이양지의『나비타령』,『유희』,『각』에서 변주되는 '전통의 소리'를 통한 민족적 아이덴티티의 회복과 좌절, 김학영의『얼어붙은 입』,『유리층』,『끌』에서 개인과 국가, 세대 간의 불협화음 등으로 변주되는 내향적 탈각 작업이 그러하다. 또한 양석일의『피와 뼈』,『밤을 걸고』 등에서 형상화되는 광기와 이단의 세계는 재일코리안문학이 기존의 순문학적 범주에서 벗어나 대중문학으로서의 새로운 영역을 확보하는 계기가 된다.

이러한 재일코리안문학의 변용은 1970년대에 고도경제성장의 혜택을 누리며 성장했던 신세대 작가들이 등장하면서 한층 현실주의적인 형태로 바뀌게 된다. 당시 일본의 사회구조는 현실 중심적인 가치관을 근간으로 배금주의와 개인주의가 팽배해지고 겉으로는 윤택해 보였지만 실제로는 각종 사회적인 병리 현상에 노출되어 있었다. 국가의 고도경제성장은 경제적인 안정과 풍요로움을 제공할 수 있었지만 한편으로는 심각한 개인주의, 자기중심의 논리가 내면화되면서 가치관의 혼란과 자의식의 상실을 초래하게 된다. 신세대 재일코리안 작가들은 이러한 경제적인 혜택과 사회적 모순·부조리 현상을 동시에 경험하며 일본일본인식으로 교육받고 자라온 세대였다.

최근의 탈민족적 글쓰기는 재일 신세대 작가와 일본으로 귀화한 작가들이 주도하면서 제국과 국가주의의 근대적 담론근대성에서 탈피해 현실주의에 근거한 개인의 자의식, 주체성, 실존적 내면 응시를 중시하는 경향을 보여준다. 특히 최근의 재일코리안문학은 기존의 시대별, 세대별로 구분되던 글쓰기 형태와는 다르게 초국가적 관점에서 국적, 민족, 세대를 넘어 비교적 자유롭게 사고하는 열린 세계관을 표방하는 경향이 뚜렷하다. 신세대의 재일코리안문학이 국가간, 세대간의 이데올로기적 대립과 관념적인 주제에서 탈피하고 현실주의적인 관점에서 "정주화 의식"[29]에 내재된 자아와 주체성을 강조함은 당연한 귀결이다. 기존의 "'재일 조선인'이 '일본어'로 '민족적 아이덴티티의 위기 속에서 그들의 고뇌와 저항'을 표현한 문학"[30]과는 다른 형태의 자기 찾기다. 이러한 신세대의 재일코리안문학은 탈조국, 탈민족, 탈이념적 글쓰기로 수렴되면서 해체·변용 개념의 글쓰기를 포함해 뉴커머 작가의 문학 활동, 엔터테인먼트 소설, 동아시아적 시좌의 역사소설, 젠더 의식, 월경과 열린 세계관에 기초한 소통에 이르기까지 다양한 서사적 지점을 보여준다.

유미리의 『가족시네마』와 『한여름』에서 그려지는 현대 일본사회의 가족문제와 자의식. 현월의 『그늘의 집』과 『나쁜 소문』에서 보여주는 주류와 비주류, 중심과 주변의 권력구조와 폭력의 현장은 일본을 포함한 현대사회가 안고 있는 공통적인 병리적 현실을 재현한 것으로 확실히 기존의 민족적 글쓰기와는 다른 현실 중심적인 글쓰기라 할 수 있다. 이러한 문학적 변용 양상은 탈경계적 소통과 '혼종성'을 내세우며 보편성을 추구하는 사기사와 메구무의 『개나리도 꽃 사쿠라도 꽃』, 이주인 시즈카의 『해협』, 월경적 시좌로 공생을 내세우는 뉴커머 작가 김길호의 『이카이노 아리랑』, 엔터테인먼트와 대중성을 기반으로 독창적인 영역을 열어가고 있는 가네시로 가즈키의 『GO』 등을 통해 확인할 수 있다. 그밖에도 열린 형태의 동아시아적 시좌를 내세운 김중명의 소설, 이카이노를 배경으로

---

29   磯貝治良, 『〈在日〉文學論』, 新幹社, 2004, 12쪽.
30   위의 책, 201쪽.

유교적 가부장제의 한계를 지적한 김창생의 소설, 현실 중심적인 열린 세계관을 천착한 종추월과 원수일의 소설 등도 재일코리안문학의 확장된 '재일성'의 현재적 지점을 일러주는 소중한 서사물이다. 구체적으로 거론하지는 못했지만 한국어로 작품 활동을 하고 있는 '문예동' 작가들의 시, 소설, 수필 역시 재일코리안문학의 다양성과 변용을 거론하는데 간과할 수 없는 성과에 해당된다.

이처럼 재일코리안문학은 일제강점기와 해방 이후의 한국과 일본 사이에 팽배했던 식민과 피식민, 지배과 피지배, 중심과 주변으로 변주되는 모순과 부조리의 불균형 지점을 아우른다. 정치역사, 사회문화를 둘러싼 민족적 저항과 투쟁, 일본사회를 향한 안티 의식과 공생 개념에 이르기까지 다양한 형태로 변용을 거듭해 왔다. 초창기의 민족적 글쓰기부터 현재의 다양한 문학적 시좌를 보여주기까지 재일코리안문학은 일본문학과 한국문학의 경계를 넘나들고 반골기질과 공생을 아우르면서 독자적인 문학적 영역을 구축해 왔다. 특히 재일코리안문학의 민족 의식, 저항정신, 공생 개념은 제국과 국가주의, 권력형 연환 구조를 해체시키면서 일본사회에 안티테제로 기능한다. 국가와 민족 이데올로기를 넘어 수평적 등가성을 앞세운 보편적 가치에 대한 피력이라 할 수 있다.

5. 재일조선인 작가의 타자 의식과 주체성

일제강점기 재일조선인문학가의 일본관은 제국주의와 연계된 협력과 비협력적 글쓰기로 양분된다. 절필을 선언하고 침묵으로 저항하거나 우회적인 글쓰기로 당대의 시대성을 비판하는 작가들도 있었지만, 기본적으로 일제강점기 조선인 지식인의 글쓰기는 협력과 비협력의 구도로 평가된다. 이러한 글쓰기의 서사구도는 기본적으로 식민과 피식민, 지배와 피지배, 주류와 비주류, 중심과 주변, 가진 자와 잃은 자로 변주되는 이항 대립과 길항 구조로 전개되었음을 의미한다. 제국의 종적인 권력 구도에서 객관성과 보편성을 담보하기보다 체제 이데올로기를 의식한 글쓰기였다는 점에서 당연한 귀결이다.

그런데 일제강점기의 협력과 비협력적 글쓰기는 당대의 특수한 시대성을 의식하고, 특히 제국과 국가, 정치와 역사, 민족주의로 수렴되는 이데올로기를 의식할 수밖에 없었다는 점에서 조선인 작가와 문학텍스트에 대한 평가가 단순하지 않다. 보는 주체국가, 개인에 따라 극단적인 평가도 가능하지만 다변적이고 중층적인 해석으로 이어질 가능성도 없지 않기 때문이다.

분명한 것은 일제강점기 재일조선인문학가의 일본관을 거론할 때, 당대의 공고했던 제국과 국가주의에서 대립적 담론의 근거로 작용하는 평가의 기준을 어떻게 설정할지, 일본의 자국중심적 타자 의식을 어떻게 해석할지를 명확히 해야만 한다는 점이다. 일제강점기 조선인문학에 대한 평가 기준의 문제는 먼저 일본 제국주의에 대한 협력과 비협력적 시선을 평가하기 전에 당대의 글쓰기가 일제의 강제된 조선조선인 지배의 시공간에서 이루어졌다는 역사적 사실을 고려해야 한다. 조국의 독립운동을 평가의 잣대로 삼건, 협력과 비협력적 논리를 기준으로 삼건, 기본적으로 글쓰기 자체가 제국과 국가주의로 표상되는 일제강점의 시공간에서 창출된 문학임을 전제해야만 한다. 그래야만 역사적이든 문학적이든 반듯한 민족적 주체 의식, 객관성과 보편성을 담보한 올바른 평가를 기대할 수 있기 때문이다.

이러한 협력적 비협력적 문학 담론의 근간에는 일본의 왜곡된 자국 중심적 타자인식이 강하게 자리잡고 있음을 주목해야 한다. 이른바 재일조선인의 협력과 비협력, 침묵 내지 우회적 형태의 글쓰기는 처음부터 주체적이거나 독립적인 개체로서 타자와의 대등한 관계 속에서 출발하지 못했다. 19세기 말 일본은 "서양의 '타자'의 우월성을 승인하고 오히려 그 '타자'와 대등해지는 것을 자기목적"으로 삼고 제국과 국가주의에 근거한 근대화를 이루면서도 20세기 초반 "조선을 대등한 문화를 가진 '타자'로서 전혀 인정하지 않는"[31] 자기 모순적 행태로 일관했다.

일본이 타자와의 등가성을 인정하지 않는 자기^{국가} 중심적인 제국과 국가주의
논리는 정치경제, 사회문화, 예체능에 이르기까지 전반적인 영역에서 광범위하
게 진행된 종적 지배구조다. 제국과 국가주의 이데올로기를 앞세운 일본의 자국
중심적인 권력 구도는 한국을 비롯한 인접국가에 엄청난 고통을 안겼고 그러한
종적인 지배 권력 구도는 21세기 현재에도 여전히 일소되지 못한 채 일본 정치
권에 채색되어 있다. 제국주의로 표상되는 서구문화의 우월주의를 인정하는 형
태와 아시아를 향한 강압적인 형태의 자기^{국가} 중심적 이중성은 오늘날 일본의
국가 주도적인 정치 이데올로기와 무관하지 않다. 따라서 일제강점기 재일조선
인문학가의 일본관은 제국과 국가주의가 창출한 수직적 권력 구도와 연동된 타
자 인식을 의식하고 있었고, 그래서 처음부터 주체적, 독립적, 등가성을 확보한
문학적 행위와는 거리가 있다.

그런 관점에서 일제강점기와 해방 이후 재일조선인문학은 민족적 글쓰기와
구심력으로 표상되는 디아스포라의 민족정신, 저항 의식, 자기^{민족} 정체성, 귀향
의식 등을 테마로 삼으면서도 근원적으로는 제국 일본에 함의된 모순과 부조리,
왜곡된 타자 의식을 비판적으로 인식할 수밖에 없었다. 세대교체가 거듭되면서
재일 중간세대의 자기정체성 찾기의 행보와 재일 신세대 작가들이 보여준 탈이
념적 글쓰기는 일본 제국주의와 국가주의가 보인 강요와 적대적 타자화에 대한
투쟁사이자 비판적 모색일 뿐만 아니라 일본의 자기모순성을 직시하는 사회 내
부로부터의 전복적 가치를 보여주었다.[32] 또한 이러한 문학적 성찰 행위는 일제
강점기와 해방 이후 재일조선인의 다양한 '일본관' '재일성'을 설명할 수 있는 근
거로 작용하고 동시에 일본을 둘러싼 동아시아 제국의 주체적, 독립적 타자 인
식의 뿌리를 확인하는 작업이었다.

---

31   渡邊一民, 『〈他者〉としての朝鮮』, 岩波書店, 2003, 6쪽.
32   김환기, 『재일디아스포라문학』, 새미, 2006, 45쪽.

미디어 담론장『三千里』와 재일코리안의 문화 정체성

1. 재일코리안의 미디어장과『三千里』

조국이 해방을 맞으면서 재일코리안사회의 미디어장은 급격히 활성화된다. 해방 직후에 창간된 일본어 잡지『민주조선』1946을 비롯해『조선평론』1951,『새로운 조선』1954,『코리아평론』1957 등이 연이어 창간된다. 또한 1960년대『한양』1962에 이어『일본 속의 조선문화』1969,『마당』1973,『三千里』1975,『우리생활』1987,『민도』1987,『청구』1989,『호르몬문화』1990 등이 계속해서 창간되었다. 이들 미디어장은 제국과 국가주의로 치달았던 일본의 왜곡된 역사 인식을 비롯해 남북문제, 재일코리안의 법적지위, 한국의 민주화운동에 이르기까지 광범위한 영역에 걸쳐 담론을 이끌었다. 특히 해방 직후인 1946년에 창간된『민주조선』은 혼란한 일본사회와 좌우·남북으로 갈라진 한반도의 정치 이데올로기적 혼란상을 다루면서 크게 주목받게 된다. 한국전쟁과 맞물린 남북한의 정치 이데올로기적 시선[1]을 보여준『조선평론』,『새로운 조선』과 함께 기존의 미디어장이 "당파성이 지나치게 강하다는 것"과 "자주성이 없음"을 강력히 지적하며 언론의 자주성과 당파성 배제를 표방했던『코리아평론』[2] 등이 담론장을 이어갔다.

---

[1] 잡지『조선평론』(1951년)과『새로운 조선』(1954년)은 한국전쟁과 그 직후에 창간되어 일본의 고도경제성장과 남북한의 첨예한 정치이데올로기적 반목, 재일코리안의 사회문화적 지점을 주목했다. 특히 일본의 '출입국관리령'에 따른 '조선인강제추방반대'를 비롯한 "재일조선인이 직접 직면하고 있던 정치문제를 짙게 반영"하면서 '재일조선인'의 법적 지위를 확보하는데 목소리를 높였으며 '김일성'과 조선공화국'에 대한 기사도 적지 않다.

[2] 『코리아평론』은 '한국일지(日誌)' '조선일지' '국제일지'를 소개하면서 좌우와 남북이라는 이분법적 대립 구도가 아닌 통시적인 관점을 중시하면서 일찌감치 남북을 아우르는 '코리아'란 용어를 사용한다는 점에서 주목된다.

『삼천리』창간호, 삼천리사, 1975

1972년 「7・4남북공동성명」을 계기로
적대적인 남북관계의 회복, 한일관계의 회
복, 한국의 민주화운동, 재일코리안의 법적
권익과 주체성 확립을 강조했던『三千里』
가 창간된다. 재일코리안사회의 미디어장
은 경우에 따라 강한 자기[민족] 중심적인 시좌
를 드러내기도 했지만, 대체로 제국과 국가
주의와 연계된 담론을 포스트 콜로니얼의
관점에서 역사성과 민족성으로 대변되는
재일코리안사회의 다양한 현재적 지점을
담론화 했다. 특히 이러한 미디어장은 과
거의 제국과 국가주의, 이데올로기의 권력
구도에서 식민과 피식민, 주류[중심]사회와 비주류[주변]사회로 변주되는 정치역사,
사회문화적 현상이 해방 이후에도 여전히 계속된다는 점을 지적하며, 재일코리
안의 법적지위 확보, 차별규제의 철폐, 남북관계의 회복 등을 강력하게 주장한
다. 그 주장은 일본사회에 건설적인 비판의식을 통해 반목을 거듭하는 한일관계
를 개선하고 냉전으로 치달았던 남북관계에 분위기 전환을 포함해 재일코리안
사회의 자기[민족] 아이덴티티를 재확인하는 문제와 연계되어 있었다.

재일코리안 미디어장에서도 1970~1980년대의 한일관계와 남북문제를 담
론화하고 특히 재일코리안의 법적 지위, 한국의 민주화운동 등을 성찰했던 종
합잡지『三千里』는 역사적, 문화사적으로 중요한 위치를 차지한다. 당시『三千
里』에는 재일코리안 지식인 그룹을 대표하는 역사학자 강재언과 이진희, 문학
가 김달수와 김석범 등이 주도적으로 참가했다. 그들은 역사학자, 사회학자, 문
학가의 입장에서 제국과 국가주의, 일본의 수직적 권력구도에 비판적 관점을 취
하며 다양한 글들을 발신했다. 특히 당시의 지식인들은『三千里』를 통해 한국의

1970~1980년대 군사정권과 근대화^{산업화} 과정에서 치열하게 반목했던 한일관계와 남북관계에 건설적인 역할을 위해 노력했다.

그런 측면에서 미디어장『三千里』는 역사성과 민족성을 의식했을 뿐만 아니라 재일코리안사회의 문화 정체성과 실생활에서의 글로컬 담론을 주도하며 주류사회에 대한 안티 의식과 공생정신을 실천했던 특별한 종합잡지였다. 특히 『三千里』에 수록된 역사적, 사회적, 문화적 지점을 서사화 했던 문학텍스트는 재일코리안의 자기^{민족} 아이덴티티를 표상한다는 점에서 의미가 크다.

2.『민주조선』에서『三千里』까지

1945년 해방과 함께 한반도는 극심한 정치적 혼란을 겪었고 결국 1948년 남북한이 단독정부수립으로 결착되면서 '통일조국'은 물거품이 되고 만다. 북위 38도선을 경계로 남북으로 갈라선 한반도는 극심한 좌우와 남북한의 정치 이데올로기로 반목했고 동족끼리 미증유의 전쟁까지 치르며 분단조국 상태로 현재를 맞고 있다. 재일코리안은 조국의 좌우와 남북한의 극심한 정치 이데올로기적 혼란상과 동족간의 전쟁을 직간접적으로 경험하며 착잡한 심경을 삭혀야 했다. 해방조국의 복잡한 혼란상과 한발자국 벗어난 시공간에서, 현해탄 넘어 '적국'의 땅에서 조국과 민족에 대한 시선^{감정}을 해체하고 재구축할 수밖에 없었던 입장이었다. 경계선상의 중층적 가치와 이미지, 디아스포라의 시공간에서 구축되는 열린 세계관, 경계를 넘나드는 보편적 가치관은 재일코리안의 현실주의적 입장을 대변하는 시좌일 것이다. 1946년 창간된『민주조선』을 비롯한『조선평론』¹⁹⁵¹, 『새로운 조선』¹⁹⁵⁴,『코리아평론』¹⁹⁵⁷, 1962년에 창간된『한양』등은 해방정국과 한국전쟁은 물론 당대 재일코리안사회의 정치역사, 사회문화적 분위기를 표상하는 대표적인 미디어 공간이었다.

해방 직후인 1946년에 창간된 『민주조
선』은 "과거 36년이라는 긴 시간 동안 왜곡
된 조선의 역사, 문화, 전통 등에 대한 일본인
의 인식을 바로잡고, 이제부터 전개하고자
하는 정치, 경제, 사회의 건설에 대한 우리들
의 구상을 이 작은 책자를 통해, 조선인을 이
해하려 하는 강호의 제현 諸賢 에게 그 자료
로서 제공"[3]하겠다며 의욕적인 출발을 알
렸다. 하지만 "해방이전부터 추구했던 '조
선문화 소개'와 조선과 조선인에 대한 편견
시정이라는 창간의 취지는 『민주조선』에서

문예잡지 『민주조선』 창간호, 민주조선사, 1946

충분히 살아나지 못했다."[4] 해방정국의 좌우와 남북한의 정치 이데올로기가 극
심한 반목과 혼란상으로 빠져드는 상황에서 현실 문제를 실천적 목소리로 담아
내기가 쉽지 않았기 때문이다.

『민주조선』에 이어 1951년에 창간된 『조선평론』과 1954년 창간된 『새로운 조
선』도 특집란과 대담 비평 등을 통해 한반도를 둘러싼 국제정세와 남북한의 첨
예한 정치 이데올로기의 양상을 다루었다. 특히 남북분단과 한국전쟁으로 표상
되는 조국의 극한적 혼란상을 식민 지배국인 '적국'에서 지켜봐야 했던 재일코
리안의 정신적 고뇌와 생존투쟁을 담론화한다는 점에서 주목된다. 히라노 요시
타로平野義太郎 의 「조선인강제추방에 대하여」, 고성호의 「한일회담과 조선인강제
추방」, 「외국인등록전환과 출입국관리법」 등은 식민과 피식민, 주류와 비주류로
변주되는 일본의 종적 권력구도의 관계망에서 표류하는 재일코리안의 위치를

---

3   「創刊の辭」, 『復刊 『民主朝鮮』GHQ時代の在日朝鮮人誌』(前篇 『民主朝鮮』 本誌第1卷), 明石書
    店, 14쪽.
4   이한정, 「『민주조선』과 '재일문학'의 전개」, 『일본학』 39, 동국대일본학연구소, 2014, 188쪽.

다룬 글이다.

한편 『민주조선』, 『조선평론』, 『새로운 조선』은 분단조국, 한국전쟁을 거쳐 통일조국을 지향하는 민족적 주체성을 되찾는 담론 공간으로 자리매김 하지만, 이러한 미디어장은 편향된 정치 이데올로기를 걷어내지 못하고 '북조선'의 입장에 편승하는 한계를 드러낸 것도 사실이다. 예컨대 한국전쟁과 관련한 「신중국의 항미원조운동抗米援朝運動」3호, 김일성 관련 논문「프롤레타리아 國際主義와 朝鮮人民의 鬪爭」, 보고「모든 것을 戰後의 復興으로」, 『노동신문』에 실린 김일성 전기,[5] 『새로운 조선』에서 강조한 "정치 학습과 생활권 투쟁"[6] 등은 편향적인 정치 이데올로기의 기조를 보여주는 지점이다.

1957년 창간된 『코리아평론』과 1962년에 창간된 『한양』은 재일코리안사회의 정치 이데올로기적 분열양상을 심각하게 받아들이고, 어느 한쪽으로 편향되지 않은 '통일조국'의 입장을 피력했다는 점에서 주목된다. 『코리아평론』은 「창간사」에서 종래의 '재일조선인'들이 발간한 언론들은 "지나치게 당파성이 강하다는 것", "자주성이 없다는 것", "자주성이 없기 때문에 용기가 없다"고 지적했다. 이러한 언론과 미디어장의 부당성이 불필요한 왜곡을 낳았고 스스로를 고립무원으로 내몰았던 측면이 없지 않다고 고백했다. 또한 "재일조선인의 최대 관심사는 좌우와 남북이 아닌 자신들의 조국이 하루라도 빨리 통일되는 것" "자신들의 생활권"을 지키는 것이고, "이러한 재일조선인 대다수의 관심사는 전국민적 입장에 선 공정한 언론기관과 지도성에 의해서만 비로소 해결될 수 있다"[7]고 했다. 『코리아평론』을 관통하는 열린 세계관은 잡지명에서 '코리아'라는 용어를 차용한다는 점과 발간호마다 '한국일지' '북조선일지' '국제일지'를 실어 정치 이

---

5 『조선평론』 4호에 게재된 '조선해방전쟁' 2주년 특집에는 김일성의 논문「프롤레타리아 국제주의와 조선인민의 투쟁」이 게재되었고, 8호에는 김일성의 보고서「모든 것을 전후의 復興으로」가 게재된다. 5호부터는 『노동신문』에 소개된 김일성 전기와 사설을 소개하기도 한다.

6 高柳俊男, 「『民主朝鮮』から『新しい朝鮮』まで」, 『三千里』 48, 113쪽.

7 「創刊の辞」, 『コリア評論』, コリア評論社, 1957, 1쪽.

데올로기적 편향성을 극복하고자 했다는 점에서 확인된다.

『한양』의 경우는 한글 잡지로서 전개되는 담론 구조가 정치 이데올로기 측면에서 '북조선'의 입장이 아닌 한국의 입장을 따른다는 점에서『민주조선』,『조선평론』과는 노선을 달리한다. 특히『한양』은 출발 시점부터 역사적으로 끊임없이 반복해 왔던 '춘궁'을 끊어내고 "타력의존 사대사상"에서 탈피해야 한다. 그리고 "개척자의 의지와 기백"으로 민족의 자주성을 열어가야 하고 "자유 조국의 도원경"[8]을 실현해야 한다는 점을 강조했다.

1975년에 창간된『三千里』는『코리아평론』과『한양』에서 보여준 글로벌시대의 열린 세계관을 계승하면서 한층 보편성과 등가주의를 천착한다는 점에서 주목된다.『三千里』는「창간사」에서도 밝혔지만「7·4남북공동성명」의 취지를 중심에 놓고 건설적인 측면에서 한일관계, 남북관계, 재일코리안사회의 현재적 지점을 공론화한다는 점을 분명히 한다.

잡지『季刊 三千里』에는 조선민족의 염원인 통일의 기본방침을 내세운 1972년「7·4남북공동성명」에 실린 '통일된 조선'을 실현하기 위한 절실한 염원이 담겨있다. 일의대수의 관계에 있다고 일컬어지면서도 조선과 일본은 아직도 '가깝고도 먼 나라'의 관계에 있다. 우리들은 조선과 일본 사이의 복잡하게 뒤엉킨 실타래를 풀어내고 상호간의 이해와 연대를 만들어 가는데 다리를 놓고 싶다. 이와 같은 염원을 실현하기 위

---

8   『한양』은 잡지 창간호「권두언(「춘몽」)」에서 "언젠가 가시밭이 꽃밭으로 될 韓國, 福된 땅을 가진 韓國, 여기에 꿈 많은 사람들이 살고 있다. 韓國의 永遠한 봄을 꿈꾸며 새 生活의 設計를 그려보는 것이 어찌 부질없는 꿈이겠는가. 貧窮과 邪惡을 몰아내고 自由祖國을 노래할 꿈, 天惠의 땅 韓國에 桃源境을 세울 꿈, 우리 韓國民은 이러한 꿈을 안고 生活을 設計해야 하겠으며 이 꿈을 現實로 만들기 위하여 智慧와 熱情을 쏟아부어야 할 것이다. 國運을 기울게 한 根源이 어디 있었던가를 歷史는 가르쳐주고 있다. 農民들이 겪고 있는 苦痛의 根源이 어디 있는가도 體驗이 말해주고 있다. 他力依存, 事大思想 바로 이것이 나라를 망치고 민생을 塗炭에 몰아넣은 根源이 아니었던가. 그렇다면 꿈을 實現하는 길도 또한 거기서 脫皮하는데 있지 않겠는가. 스스로 길을 열어야 한다. 開拓者의 意志와 氣魄을 지니고 한 걸음 한 걸음 스스로 活路를 열어 나아가야 한다"라고 했다.

해 재일동포 문학자와 연구자들과 연대를 넓혀갈 생각이다. 또한 일본의 많은 문학자 연구자들과 연대를 강화해갈 것이다. 또한 우리들은 독자들의 목소리를 존중하고 그 것을 본지에 반영시킬 것이다.[9]

『三千里』의 편집 방향은 「7·4남북공동성명」 정신에 입각한 통일조국을 강조하고 재일코리안과 밀접한 관계에 있는 한일문제, 남북문제, 아이덴티티 문제 등을 담론화 하고, 갈등과 반목으로 점철했던 문제점을 가능한 공생 정신으로 풀어가고자 한다. 특히『三千里』는 재일코리안 특유의 경계선상의 입장을 현실주의적 관점에서 조국과 민족, 자기^{민족} 주체성을 강조하는 입장을 분명히 했다.[10]

그런 측면에서『三千里』는 일제강점기 이후의 해방정국, 1950년대의 한국전쟁, 1960년대를 관통했던 격동기 근현대사의 시대상을 담론화 했던 기존의 미디어장과는 변별된다.『三千里』의 담론 공간에 대한 '읽기'가 당대 재일코리안사회를 둘러싼 국제정세, 한일관계, 남북문제, 민주화 문제 등에 대한 다각적인 검토와 함께 기존의 역사적, 정치 이데올로기를 직시하면도 한층 월경적이고 중층적인 시좌를 보여주기 때문이다.

3.『三千里』의 형식체계와 내용구성

문예잡지『三千里』의 체제와 내용을 살펴보면 '특집', '대담'座談會, 鼎談, '가교', '그라비아', '써클 소개', '독서 안내' 등으로 기획되어 있고, 특별한 형식 없이 자유

---

9   「創刊のことば」,『三千里』, 三千里社, 1975, 2쪽.
10   1975년 창간되어 1987년 제50호로 종간된『三千里』는 편집인 이진희를 비롯해 편집위원 김달수, 윤학준, 강재언, 박경식, 김석범으로 구성되었고, 그 밖에 많은 한일의 역사학자, 문화인, 작가, 평론가들이 동참하며 글을 실었다.

롭게 정치경제, 사회문화, 역사와 민족 관련 담론들로 채워져 있다. 『三千里』에 게재된 글들을 개괄해 보면 기획특집이 50회,[11] '대담·좌담회'鼎談 포함 44회, 수필 및 '가교' 203편, '그라비아' 74회, 평론 860편, 창작시 47편, 창작소설 37편, 한국문학의 일본어 번역시 65편, 소설 2편, 민화 7편, '써클 소개' 16개, '독서 안내' 110권 등으로 정리할 수 있다.

그 내용을 살펴 보면 한반도의 전통과 고유문화 소개, 한일 간의 과거 역사에 대한 직시와 새로운 관계의 모색, 통일조국의 지향, 재일코리안의 법적지위와 아이덴티티에 대한 글들이 많은 지면을 차지한다. 특히 재일코리안사회와 불가분의 '통일조국'을 강조하면서 현실적이고 실천적 방향으로 접근하고자 한다는 점에서 주목된다. 『三千里』에 게재된 '특집'란과 연구 성과를 중심으로 담론의 성격경향을 짚어보면 다음과 같다.

첫째는 한일 양국이 고대로부터 역사·문화적으로 깊이 있게 교류 소통해 왔고 앞으로도 지식인들학자의 학술교류가 중요함을 인식한다. 이를테면 특집 주제인 「일본인에게 있어서 조선」,[4],[12] 「고대의 일본과 조선」,[7], 「조선의 친구였던 일

---

11 잡지 『三千里』의 표지에 소개된 특집제목을 정리해 보면 다음과 같다. 「金芝河」(창간호), 「조선과 1975년(쇼와50년)」(2), 「강화도조약 100년」(3), 「일본인에게 있어서 조선」(4), 「현대의 조선문학」(5), 「오늘날의 일본과 한국」(6), 「고대의 일본과 조선」(7), 「재일조선인」(8), 「근대의 조선인군상」(9), 「한국의 민주화운동」(10), 「일본인과 조선어」(11), 「재일조선인의 現狀」(12), 「조선의 친구였던 일본인」(13), 「역사 속의 일본과 조선」(14), 「8·15와 조선인」(15), 「조선을 알기 위하여」(16), 「3·1운동 60주년」(17), 「재일조선인이란」(18), 「문화로 본 일본과 조선」(19), 「재일조선인문학」(20), 「근대일본과 조선」(21), 「'4·19' 20주년과 한국」(22), 「조선·두개의 36년」(23), 「지금 재일조선인은」(24), 「朝鮮人観을 생각한다」(25), 「조선의 통일을 위하여」(26), 「조선의 민족운동」(27), 「재일조선인을 생각한다」(28), 「다카마쓰 총고분(高松塚古墳)과 조선」(29) 「조선의 예능문화」(30), 「15년전쟁 후의 조선」(31), 「교과서 속의 조선」(32), 「동아시아 속의 조선」(33), 「근대일본의 사상과 조선」(34), 「오늘날의 재일조선인」(35), 「관동대진재의 시대」(36), 「강호기의 조선통신사」(37), 「조선어는 어떤 말인가」(38), 「재일조선인과 외국인등록법」(39), 「조선의 근대와 갑신정변」(40), 「일본의 전후책임과 아시아」(41), 「재일조선인과 지문날인」(42), 「조선분단 40년」(43), 「해외재주조선인의 현재」(44), 「재차 교과서 속의 조선」(45), 「'80년대 재일조선인은 지금」(46), 「식민지시대의 조선」(47), 「전후 초기의 재일조선인」(48), 「'일한병합' 전후」(49), 「재일조선인의 현재」(50).

본인」(13), 「역사 속의 일본과 조선」(14), 「문화로 본 일본과 조선」(19), 「다카마쓰 총
高松塚 고분과 조선」(29), 「조선의 예능문화」(30), 「에도기의 조선통신사」(37) 등은 한
일 양국이 오랜 과거부터 역사 문화적인 교류 소통을 광범위하게 진행해 왔음을
보여준다.

개별적인 형태의 「이조실록의 일본관계 기사」(5), 「쇼소인正倉院의 신라문물」(29),
「천황가와 백제왕가」(29), 「나에게 있어서의 조선사」(20), 「나의 재일조선인사 연
구」(24) 등은 한국 역사에 대한 일본인 학자들의 연구 성과이며, 「조선인의 미의
식」(16), 「민화로 본 조선인의 마음」(16), 「조선의 세시풍속」16, 「조선의 유교 일본의
유교」(19) 등은 보편성에 근거한 민속종교 차원의 연구 성과들이다. 특히 역사학
자 이진희의 연재물 「통신사의 길을 간다 1~6」(1~6), 김달수의 연재물 「일본 속의
조선문화 1~21」(30~50), 나카무라 다모쓰中村完의 연재물 「훈민정음의 세계 1~8」
(34~37, 39~42)는 한국과 일본의 역사문화적 교류와 소통 현장을 구체적으로 보여준
사례라 할 수 있다.

둘째는 일제강점기 일본에 의해 왜곡된 역사인식과 민족차별의 모순지점을
명확히 들춰내고 일본일본인에게 조선과 관련한 역사와 문화를 바르게 알린다는
차원의 담론공간이었다. 기획 특집란 「3・1운동 60주년」(17), 「15년 전쟁하의 조
선」(31), 「관동대지진의 시대」(36), 「일본의 전후책임과 아시아」(41), 「식민지시대의
조선」(47), 「'한일병합' 전후」(49)에서는 일제강점기에 광범위하게 자행된 왜곡된
역사 인식과 민족차별의 현장을 다루고 거론하고 있다. 기획 특집란 「후쿠자와
유키치와 조선정략朝鮮政略」(5)을 비롯해 「일본통치하의 교육과 조선어」(10), 「우키
시마마루호浮島丸의 침몰」(12), 「식민지의 경찰관과 조선어」(13), 「일선동조론의 계
보」(14), 「강제연행조사의 여행으로부터」(21), 「관동대지진과 조선인 학살」(36), 「'황
민화' 교육과 일본인 교원」(31), 「'대동아공영권'과 조선인 군인・군속」(31), 「신사참

---

12   본문에서 표기한 괄호 속 숫자는『三千里』의 발간호수를 의미한다.

배 강요와 기독교도의 저항」(31), 「일본인의 조선통치 비판론」(34), 「조선의 식민지화와 국권회복운동」(35), 「일본의 조선 지배와 치안유지법」(47) 등은 일제강점기에 '조선조선인'에 대한 일본·일본인·일본제국의 강제성이 얼마나 잔혹했고 모순·부조리로 가득했는지를 보여준다. '부負의 역사' 현장을 사실實증적으로 들춰내고 왜곡된 역사인식을 바로잡는다는 "반성적 역사인식에 기초해서 진정한 미래지향적인 한일관계를 구축"[13]한다는 주체적 자의식을 잘 보여준다.

셋째는 한반도의 민주화 운동을 주목하고 직간접적인 형태로 독려했다는 점도 중요한 의의를 갖는 대목이다. 재일코리안은 코리안 디아스포라 중에서도 국내의 정치 이데올로기 상황과 밀접한 관계에 있었고, 그러한 직간접적 연계성은 1970~1980년대 한국의 민주화 운동에도 크게 영향을 미쳤다. 예를 들어 1970~1980년대 한국 민주화 운동의 핵심인물을 특집란으로 꾸민 「김지하」(1), 「한국의 민주화운동」(10)을 비롯해 대담 「체제와 시민운동」히다카 로쿠로(日高六郞)·김달수, (6), 개별적인 형태의 연구논문 「제주도 4·3무장봉기에 대해서」(3), 「한국 민주화운동의 이념」(8), 「김지하의 사상을 생각한다」(10), 「한국의 치안법 체계의 형성」(10), 「한국 노동운동의 원점」(13), 「김대중 사건 6년의 궤적」(19), 「김대중 사건으로 보는 안전도시 도쿄」(20), 「광주학살을 생각한다」(23), 「밀실의 재판 – 김대중 사형판결」(24), 「김대중을 죽이지 말라·1980년 여름」(24), 「광주로부터 1년」(26), 「광주를 그린 金石出」(30), 「제주도 반란상·중·하」(41~43) 등이 그러하다. 특히 김대중, 김지하, 광주민주화운동, 제주4·3을 둘러싼 일본인 지식인들[14]과 재일 지식인학자들의 관심은 지대했고, 실제로 김지하 구명운동을 비롯해 한국의 사회운동에도 많은 영향을 끼쳤던 것이 사실이다.

---

13   최범순, 「『계간 三千里』의 민족 정체성과 이산적 상상력」, 『일본어문학』 41, 한국일본어문학회, 2009, 406쪽.
14   1970~1980년대에 마에다 야스히로(前田康博, 『마이니치 신문』 기자), 와다 하루키(和田春樹) 등 많은 일본인 학자들이 한국의 민주화운동에 관심을 보였고 실질적으로 영향을 끼쳤다.

넷째는 남북한이 정치 이데올로기적 반목을 지양하고 상호이해와 화해의 정신을 발휘해 통일조국을 향해 나아가야함을 강조한다. 그것은 『三千里』가 처음부터 표명했던 「7·4남북공동성명」의 정신을 실천하고 남북한의 체제 이데올로기에 편승한 재일코리안사회의 분열된 내부정서를 치유한다는 의미다. 기획특집 「조선·두개의 36년」[23], 「조선의 통일을 위하여」[26], 「조선분단 40년」[43]을 통해 분단된 민족의 '통일조국'을 위해 무엇이 필요한지를 짚고 있다. 대담 형식의 「8·15해방과 민족분단」서채원·이진희,[43]과 개별논문 「조선통일 문제와 우리들」[6], 「통일은 하나의 혁명이다」[17], 「통일을 위한 나의 제언」[18], 「남북조선의 통일과 민주주의」[23], 「조선통일로의 궤적」[23], 「남북대화」[26], 「민주통일의 길」[26], 「분단을 조장하는 것」[26] 등도 통일조국을 갈망하는 재일코리안사회의 간고함이 묻어나는 담론들이다.

다섯째는 재일코리안의 법적지위 문제를 해결하고 자기민족 아이덴티티를 명확히 한다는 관점을 제시한다. 기획 특집란 「재일조선인」[8]을 비롯해 「재일조선인의 현상」[12], 「재일조선인이란」[18], 「지금 재일조선인이란」[24], 「재일조선인을 생각한다」[28], 「재일조선인과 외국인등록법」[39], 「재일 외국인과 지문날인」[42], 「80년대, 재일조선인은 지금」[46], 「전후 초기의 재일조선인」[48], 「재일조선인의 현재」[50]처럼, 재일코리안의 삶과 직결되는 실질적인 문제들을 지속적으로 다룬 모습도 눈에 띈다. 대담 형식인 「재일조선인을 말한다」[12], 「지금 '재일'을 생각한다」[35], 「그때의 인간은－관동대지진」[36], 「외국인 등록법을 둘러싸고」[39], 「재일조선인의 현재」[46], 「해방 후 10년의 재일조선인 운동」[48] 등으로도 담론화된다.

개별적인 논문과 평론에서는 재일코리안 문제를 한층 광범위하게 거론한다. 이를테면 「재일조선인 운동사 1~7」[1-7], 「부조리한 재일조선인 정책」[8], 「재일조선인 '정치범' 구원을」[8], 「변호사가 본 재일조선인」[18], 「정주 외국인의 법적지위」[24], 「국적법 개정과 재일조선인」[24], 「고령화사회와 조선인의 연금권」[28], 「민족차별과의 투쟁」[28], 「관동대지진과 살인」[36], 「조선인 학살에 대한 연구와 문헌」(36), 「식민지하의 초등교육」(41), 「지문거부 투쟁」(45), 「지문날인 거부와 재류권」(46), 「GHQ점령하의 강제송환」(48) 등에서 확인할 수 있다.

삶과 직결된 현실적인 문제에 대한 실천적 담론들법적지위, 민족교육, 인권유린 등은 재일코리안사회가 안고 있는 민족차별과 자기民族 아이덴티티를 둘러싼 절박한 위기상황을 상징적으로 보여주고 있다. 「미국의 아시아계 소수민족」(50), 「영국에서 정주 외국인의 법적지위」(50)에 대한 논의 역시, 비교 관점에서 실천적 담론으로서 재일코리안에 대한 일본일본인의 민족차별과 인권정책을 부각시키고 방향성을 촉구하는 메시지라고 할 수 있다. 이른바 현실주의 입장에서 재일코리안을 둘러싼 일본사회의 모순과 부조리를 고발하고 주체적인 '재일'로서 자의식을 되찾겠다는 강력한 의지를 표명하고 있다.

여섯째는 코리안 디아스포라의 관점에서 월경과 초국가주의적 세계관을 모색하고 실천한다는 방향성이다. 기획 특집인 「해외이주 조선인의 현재」(44)를 비롯해 개별적인 형태의 연구 성과, 즉 「중앙아시아의 조선인」(6), 「인도네시아 독립영웅이 된 조선인」(12), 「조선과 아일랜드」(14), 「유럽歐洲의 한국학회를 참가하고」(16), 「유럽에서 조선의 발견」(19), 「하와이의 조선인 이민」(19), 「표류민의 국제 감각」(21), 「사마르칸트에서 만난 조선인」(21), 「아메리카의 이주 조선인」(21), 「조선인의 하와이 이주와 일본」(22), 「조선인과 유대인」(24), 「타슈켄트에서 만난 조선인」(24), 「류큐琉球에서 본 조선·중국」(33), 「인도인 이민과 재일조선인」(39), 「중국·장춘의 조선족」(39), 「우수리 지방 조선인 이민사」(40), 「한국에서 미국으로 간 간호부 이민」(44), 「동남아시아 속의 한국」(44), 「재소·재미·재중국의 조선인」(44), 「재미 조선인 운동사」(45), 「사할린 잔류 조선인 문제」(46), 「'재미在米'를 살아가는 젊은 세대」(46), 「소련·동구·몽고의 조선학」(49), 「아메리카사회의 조선인」(49)[15]이 그러하다.

---

15   그 밖에도 코리안 디아스포라 관점에서 검토된 연구로서 「중국 연변지구의 조선인」(8), 「중국 길림의 조선인」(15), 「중국연변의 단장(斷章)」(29), 「중국 속의 조선」(29), 「단동에서 본 조선」(32), 「다민족사회로의 흐름」(42), 「어느 중국 조선족 일가의 언어생활」(44) 등이 있다.

구심력과 원심력을 발휘하는 디아스포라적 시좌는 전지구촌에 역사 문화적으로 광범위한 관계망을 구축하고 있는 해외 코리안 특유의 입장이자 세계관을 잘 보여준다. 재일코리안사회를 역사적 문화사적으로 연구 할 경우, 구소련권의 고려인을 비롯해 중국의 조선족, 북미의 한인들^{캐나다, 미국}, 유럽의 한인들^{독일}, 남미의 한인들^{브라질, 아르헨티나, 파라과이}의 형성과정과 전개양상까지 들여다보는 통시적인 관점을 주문하고 있다.

그밖에도『三千里』는 한국문학과 재일코리안문학을 특집으로 다루고 조선어 강좌와 종교, 대중가요 등을 담론장으로 끌어들인다. 이를테면「현대의 조선문학」, 「재일조선인문학」을 비롯해 좌담, 평론, 번역 등의 형태로 담론화하고 실제로「NHK에 조선어 강좌」[18]를 지속적으로 요구해 정규강좌 개설을 실현한다. 동아시아적 시각에서 종교사상의 조명「우치무라 간조와 조선의 기독교」[34], 대중가요에 대한 조명^{대담「식민지시대의 가요사」, 손묵인·이철-50}, 풍속화를 내세운 잡지 표지[16] 등이 포함된다. 동아시아적 관점에서 대담「일본·조선·중국」^{시바 료타로·진순신·김달수-33}을 비롯해「전근대의 동아시아 세계와 조선」[33], 「새로운 공동체 형성을 위한 試論」[35] 등이 돋보인다. 대담「역사교과서로 조선을 묻는다」[45], 「전후 교육 속의 조선」[45] 「해방 후 민족교육의 형성」[48]등은 교과서^{교육}의 관점에서 양국관계를 조명한다는 점에서 주목된다. 『三千里』는 제13호부터 1970~1980년대에 발간된 정치역사, 사회문화, 예체능 분야에서 주목할 만한 도서 110권을 소개하고 간간히 한일관계사 관련의 학술 서클^{연구회}을 소개하기도 했다.

이처럼『三千里』는 한일 지식인들이 "7·4남북공동성명」에 실린 '통일된 조선'을 실현하기 위한 절실한 염원"과 함께 "조선과 일본 사이의 복잡하게 뒤엉킨 실타래를 풀어내고 상호간의 이해와 연대를 만들어 가는데 다리를 놓고 싶다"는

---

16 문예잡지『三千里』의 표지에는 다양한 한국문화 관련 그림(반가사유상-23, 밀짚모자 쓴 할아버지-49, 신윤복의 그림-5, 김홍도의 그림-13, 무궁화꽃-26 등)이 소개되거나 그려진다는 점도 주목된다.

문예잡지의 발간취지를 충실히 살려간다.『三千里』는 재일코리안의 입장에서 한일관계와 남북한을 의식하며 정치역사, 사회교육, 문화예술에 이르기까지 다양한 실천적 담론들을 이끌었다고 할 수 있는데, 그것은 이 문예잡지가 대단히 전위적이고 계몽적이었음을 뜻한다.

4.『三千里』와 디아스포라문학장

문예잡지『三千里』는 1987년 종간호인 제50호를 발간하기까지 많은 문학작품을 소개했다. 시와 소설을 비롯해 수필, 평론, 한국문학의 일본어 번역시, 소설, 민화, 신간도서의 소개에 이르기까지 다양한 장르의 작품과 책자를 소개했다.

『三千里』에 소개된 문학작품과 관련 담론시, 소설, 평론, 수필, 번역작품, 문학대담좌담을 거론해 보면 아래의 표와 같다.

아래의 시, 소설, 평론, 번역 작품 뒤의 괄호 안 숫자는『三千里』의 발간호수를 표기한 것임.

장르 구분	수록내용(창간호~제50호)
시	이철「역사에 대해서」(1), 김시종「이카이노시집 1~10」(1~10), 이철「해후」(2), 이철「백야의 8월」(3), 황탁삼「눈초리(まなざし)」(3), 이철「草奔의 어머니」(4), 이철「울타리(垣根)」(5), 이철「뗏목 배(舫い舟)」(6), 이철「남가(南柯)의 꿈」(7), 이철「마음의 비에 새기는 것」(8), 이철「또 그 3월은 돌아오고」(9), 이철「석인(石人)」(10), 이철「보표의 행방(譜表の行方)」(11), 이철「귀심(歸心)」(12), 이철「구름」(13), 이철「그 길」(14), 「일본의 친구에게」(14), 이철「척촉(躑躅)」(15), 이철「9월을 생각한다」(16), 이철「청자부(靑磁賦)」(17), 이철「기원」(18), 이철「가슴을 조각내는 군호」(19), 이철「대춘부(待春賦)」(20), 이철「제야」(21), 이철「항적(航跡)」(22), 이철「광주는 고발한다」(23), 이철「조국」(24), 이철「목마른(渴仰) 날에」(25), 이철「연대(絆)」(26), 이철「저녁노을(暮色)」(28), 이철「세단(歲旦)」(29), 이철「내의(來意)」(30), 이철「조사(調べ)」(30), 이철「소생하던 날」(31), 이철「찬가」(31), 이철「피리소리」(32), 이철「귀성」(33), 이철「불망」(50)
소설	김석범「취우」(2), 고사명「해후」(3), 김태생「어느 여자의 생애」(3), 김태생「소년」(4), 강양자「옹모작품—우리집 삼대」(5) 김사량「거지의 무덤」(5) 정승박「쓰레기처리장」(6), 김달수「이향」(8), 김달수「타향의 바람」(9), 이정순「옹모작품—우리집 3대」(9), 정승박「파열의 흔적」(10), 김태생「동화」(11), 김영종「옹모작품—어느날의 일」(12), 김달수「행기의 시대」(13~18, 20~27)[17], 김석범「결혼식 날」(16), 가네코 도시코(金子利三)「옹모작품—무궁화」(17), 朴節子「옹모작품—지상에 낙원을 만들자」(18), 정승박「통나무다리」(18), 야마시로 도모에(山代巴)「도라지 노래 ①~⑤」(24~28), 원수일「귀향」(33), 원수일「사위와 가시어멍」(34)

장르 구분	수록내용(창간호~제50호)
평론	「황토의 김지하」, 「남정현의 소설」,[18] 윤학준 「여류시인-황진이」, 임전혜 「아쿠타가와상수상작 『등반(登攀)』의 개책(改冊)에 대해서」(1), 다카노 시게하루 「『비내리는 시나가와역』과 그 무렵, 최인훈의 소설-2」, 윤학준 「고려말의 회고가」(2), 오에 겐자부로 「김지하・사르트르・메이러, 문학자에게 조선이란」, 마에다 야스히로 「김지하 씨의 호출」, 장장길 「속・최인훈의 소설」(3), 윤학준 「태평연월의 노래」(3), 우부카타 나오키라 「야나기 무네요시와 조선」(4), 김석범 「김지하의 「양심선언」을 읽고」(4), 노마 히로시 「김달수」(5), 「[특집-현대의 조선문학]-조선문학의 가능성(대담)」, 가지이 노보루 「일본인에게 있어서 조선문학」, 백낙청 「민족문학의 현단계(상)」, 김현 「시와 중생과 조국-한용운」(5), 다카사키 류지 「김사량 「거지의 무덤」에 대해서」(5), 강재언 「식민자 2세의 문학」(5), 고사명 「고바야시 마사루를 생각한다」(5), 윤학준 「70년대의 작가와 작품」(5), 백낙청 「민족문학의 현단계(하)」(6), 삿사 카츠아키 「『고사기』와 『일본서기』에 대해서」(7), 고토 메이세이 「『꿈이야기』의 습유」(7), 다카키 히데아키 「타고르와 조선」, 장장길 「신상웅 「심야의 정담(鼎談)」」4(7), 윤학준 「왕족과 기녀의 노래」(8), 정인 「「진달래」 무렵」(9), 장장길 「이상의 「兒孩」」5(9), 윤학준 「정철의 행동과 문학」(9), 다치카와 유초 「『박달의 재판』의 재연」(10), 김학현 「하늘과 바람과 별의 시인」(10), 장장길 「행진하는 바보들」(10), 장장길 「최인호의 「무서운 복수」-6, 창작 잡감(김석범)」(10), 장장길 「육체에 얽매인 인간」(11), 장장길 「손창섭의 「생활적」」7, 오무라 마스오 「시인・김용제의 궤적」, 김학현 「「빼앗긴 들」의 한 편의 시」, 윤학준 「윤선도・투쟁과 시」(11), 오다기리 히데오 「『심야』・「나와 조선」」, 다카사키 소우지 「야나기 무네요시와 조선・비망록(覚え書き)」(12), 김학현 「님의 침묵」의 시대」(12), 윤학준 「殘照의 시인들」(12), 히라바야시 히사에 「최승희와 이시이 바쿠」(12), 아키야마 키요시 「아득히 먼 가네코 후미코를(はるかに金子文子を)」(13), 하나와 사쿠라 「김달수와 나」, 나카노 요시노 「도쿠토미 로카의 조선관」, 이진희 「이조의 미와 야나기 무네요시」(13), 오카자키 겐야 「장두식의 문학과 추억」, 윤학준 「장두식의 죽음」(13), 나카니시 스스무 「만엽집」에서 고대 조선」(14), 김학현 「4월의 시인・신동엽」(18), 백낙청 「분단시대의 문학사상」, 가지이 노보루 「아베요시시게에 있어서 조선」(19), 이소가이 지로 「재일조선인문학의 세계」, 우에노 키요시 「재일 「외국인」 문학의 시점으로부터」(20), 안우식 「김사량・멸망해가는 것에 대한 애수」 고찰」(20), 하뉴 이치로 「그 비판은 정당한가」(20), 김석범 「「민족허무주의의 소산」에 대해서」(20), 가지이 노보루 「재일조선인문학의 작품연보」(20), 요시다 킨아치 「세 책의 시집」, 오수카이 마사미치 「재론・고토쿠 슈스이와 조선」(20), 다카사키 류지 「일본 인문학자가 취한 조선」(20), 김태생 「「나카노 시게하루 시집」과의 만남」(21), 니시노 타츠키라 「나카노 시게하루와 「차별」」, 미즈노 나오키 「「비내리는 시나가와 역」의 사실조사」(21), 다카사키 류지 「다카하마 교시의 『조선』을 해부한다」, 가지이 노보루 「조선문학번역의 족적 1~11」(22~32), 난보 요시미치 「일본근대와 재일조선인문학」(22), 다카사키 류지 「속류 「내선일체」소설의 의태(擬態)」(23), 이진희 「조선민화와 야나기 무네요시」(24), 다카하시 류지 「문학으로 보는 조선인상」, 김학현 「민족문학에 대해서의 비망록」(25), 오무라 마스오 「조선프롤레타리아문학의 서술」, 모리카와 노부아키 「조선어문운동의 전개」(27), 조성일・권철 「중국조선족문학」(27), 히노 히데코 「요사노 뎃칸과 조선」(28), 우시구치 준지 「가지야마 도시유키(梶山季之) 문학 속의 조선」, 다카사키 류지 「일본인 문학자가 본 조선-작품연보」(28), 가토 켄조 「심훈의 저서 『상록수』를 번역하고」, 다카야나기 토시오 「나카니시 이노스케와 조선」(29), 다카시마 유자부로 「최승희와 나」(30), 기시노 준코 「가네코 후미코와 조선」(31), 이마무라 요시오 「루쉰-天行 그리고 『열하일기』」, 가지이 노보루 「조선문학의 번역연보」(33), 나카무라 타모스 「훈민정음의 세계 1」(34~37, 39~42), 기시노 준코 「조선문학의 번역연보・보유(補遺)」(34), 이마무라 요시오 「소설 속의 재일조선 인상」(35), 이소가이 지로 「공격하는 자들」(腐蝕をうつものたち)」(36), 하야시 고지 「장혁주론」(36), 이소가이 지로 「「피안의 고향」으로서의 조선」(37), 다케시타 토모마주 「야나기 무네요시와 인류애」, 채광석 「80년대는 詩의 시대인가?」, 이소가이 지로 「역사에의 시좌・재설(再說)」(38), 구사노 타에코 「고바야시 마사루와 조선」, 강재언 「80년대 민중문학의 가능성」, 이소가이 지로 「두 개의 민족 피」(39), 야나기 카네코 「夫・야나기 무네시를 말한다」(40), 고우노 에이코 「20년대 「경향파」 소설의 양상」, 이소가이 지로 「식민지 체험과 전후의 의식」(40), 이소가이 지로 「전후 일본문학 속의 조선」(41), 임화 「조선민족문학 건설의 기본과제」, 오무라 마스오 「시인・윤동주의 묘를 참배하고」, 와다 하루키 「역사모노가타리-한국과 일본」(43), 강상중 「방법으로서의 「재일」」(44), 이정문 「루쉰과 조선인」(45), 나라 카즈오 「일본 아동문학 속의 조선」(46), 김학현 「미륵・장길산・민중」(47), 이소가이 지로 「김태생의 작품세계」(49), 이소가이 지로 「새로운 세대의 재일조선인문학」, 안우식 「결국 보내지 않은 원고」(50)

장르 구분	수록내용(창간호~제50호)
번역 작품	〈시〉 김지하 「해질녘의 이야기」(1), 「조선근대시선 1~15」(34~48) 〈소설〉 황석영 「낙타누깔」(5), 김원일 「어둠의 혼」(7), 김정한 「사하촌(寺下村)」(32), 「조선의 민화 1~8」(40, 43, 44, 46~50)
대담 · 좌담	노마 히로시 · 김달수 「조선문학의 가능성」(5), 구사노 다에코(草野妙子) · 이철 「민중예술의 매력」(30)

이들 문학텍스트를 짚어보면 먼저 시는 김시종의 시집 「이카이노시집」^{총10회}
과 이철의 시가 집중적으로 소개되고 황탁삼과 호박^{皓朴}의 시도 소개된다. 김시
종은 제주도 출신으로 1950년대 문예동인지 『진달래』를 발간했는데 그의 시는
재일코리안이 밀집해 살고 있는 오사카 '이카이노'라는 공간을 배경으로 한국과
일본, 민족과 개인, 관념과 현실 사이에 가로놓인 '벽'과 거리감을 주제로 삼았다.
강한 민족성을 천착한 시작^{詩作}을 통해 자기^{민족} 아이덴티티의 구축과 정신적 해
방을 추구했다고 할 수 있다.

김시종의 시집 『이카이노시집』은 '재일하는 자'들의 민족과 자기의 현재적 지
점을 인간 실존과 결부시켜 성찰한다는 점에서 특별하다. 민족해방과 자기해방
을 "존재의 원기^{原基}" 차원의 근원성과 보편성을 담보한 시어로 형색화^{形色化}함으
로써 재일사회에 팽배했던 해방공간의 의미를 반추한다. 시인 이철의 시 「광주를
고발한다」에서 보여주듯 한반도에서 자행된 반민족, 반민주적 행위를 고발하고,
민족과 역사, 자연과 고향으로 상징되는 근원적인 내적 구심력으로 변화를 갈구
한다. 그것은 궁극적으로 『三千里』 본연의 「7 · 4남북공동성명」에 근거한 한일관

17　김달수의 소설 『행기의 시대』는 『三千里』에 14회에 걸쳐 게재되었는데 「행기서장」(13), 「행기의
　　출가」(14), 「법흥사의 행기」(15), 「가쓰라기산(葛城山)의 행기」(16), 「행기의 파괴」(17), 「행기
　　의 방랑」(18), 「遊行의 행기」(20), 「道昭의 죽음」(21), 「제2의 출발」(22), 「변용」(23), 「행기집단」
　　(24), 「탄압전야」(25), 「俗諦의 眞諦」(26), 「행기종장」(27)의 형태로 발표되었다.

18　「한국문학 보고 걷기」 특집은 장장길(長璋吉)에 의해 「남정현의 소설」(1)을 시작으로 「최인훈의
　　소설」(2), 「속 · 최인훈의 소설」(3), 신상웅의 「심야의 정담(鼎談)」(7), 이상의 「児孩」(9), 최인호
　　의 「무서운 복수」(10), 손창섭의 「생활적」(11)이 차례대로 소개된다.

계, 남북관계, 재일코리안의 현재성에 대한 자기응시를 시도한 문학적 실천이다.

소설로는 김사량의 「거지의 무덤」을 비롯해 김석범의 「취우翠雨」, 「결혼식 날」, 고사명의 「해후」, 김달수의 「행기의 시대行基の時代」, 「이향」, 「타향의 바람」, 김태생의 「어느 여자의 생애」, 「소년」, 「동화」, 정승박의 「쓰레기장」, 「마루키교丸木橋」, 원수일의 「귀향」, 「사위와 가시어멍娘婿とカシオモン」 등과 응모작품이 네 편 소개된다.[19] 『三千里』에는 해방 이후 초창기 재일코리안문학을 대표한다고 할 수 있는 김달수, 김석범, 김태생의 소설이 다수 소개된다는 점에서 주목된다. 김달수는 『김달수소설전집金達壽小說全集』전7권을 발간할 정도로 많은 작품을 발표한 작가다. 대표작 『박달의 재판』, 『태백산맥』, 『현해탄』 등은 해방 이후의 좌우와 남북한을 시공간으로 역사와 민족, 정치와 이데올로기의 굴레를 서사화한 작품이다. 김달수는 『三千里』제30~50호에 「일본 속의 조선문화」를 지속적으로 소개하기도 했다. 「행기의 시대」는 총 14회에 걸쳐 연재되는데 백제계의 학승学僧인 행기 스님의 족적을 통해 일본에 뿌리내린 한반도의 역사와 민족정신의 원점을 되새긴 작품이다.

김석범은 해방 조국의 극심한 혼란상과 제주4·3으로 상징되는 민족적 비극을 서사화한 작가다. 장편소설 『火山島』를 비롯해 『까마귀의 죽음』, 『과거로부터의 행진』상·하 등은 김석범의 철저한 민족주의적 자의식을 상징적으로 보여준 작품이다. 2015년 제1회 '제주4·3평화상'을 수상한 김석범은 "4·3의 완전해방이 남북이 하나 되는 날을 조금이라도 앞당길 것"[20]이라고 했을 만큼 제주4·3는 변함없는 그의 문학적 원점이었다.

김태생은 「동화」 등을 통해 제주도의 아름다운 풍경을 등지고 어머니와 생이별하는 소년의 심경을 서정적으로 다루었고[21] 정승박은 「쓰레기 처리장」을 비롯

---

19   『三千里』응모작으로는 이정순 「우리집 3대」, 김영종 「어느 날의 일」, 가네코 도시코(金子利三)의 「무궁화」, 박세쓰코(朴節子) 「지상에 낙원을 만들자」 등이 있다.
20   김석범, 「수상 연설―4·3의 해방」, 『제주4·3평화상』, 제주4·3평화재단, 2015 참조.

해 「벌거벗은 포로」에서 일제강점기 제국과 국가주의, 이데올로기에 희생되고 폭력에 시달려야했던 조선인들의 간고했던 삶을 고발한다. 원수일의 소설은 오사카 이카이노에서 펼쳐지는 재일코리안의 척박한 생활공간을 유머러스한 필체로 생명력 있게 그려낸다. 이들 재일코리안 작가들은 일제강점기를 거쳐 해방정국에 횡행했던 식민과 피식민, 주류主流와 비주류主邊로 변주되는 조선인 지식인과 민중들의 간고했던 삶을 다루었다.

평론은 다양한 관점에서 많은 작가들藝術家의 작품을 비평의 대상으로 삼았다. 일본의 근대 작가作品와 한국과의 관계성을 검토하고 일제강점기를 거쳐 해방 이후로 이어지는 문학적藝術인 교류 소통 지점까지 다각적으로 조명한다. 특히 일본근현대문학을 대표할 수 있는 도쿠토미 로카德富蘆花, 야나기 무네요시柳宗悦, 고바야시 마사루小林勝, 나카노 시게하루中野重治, 요사노 뎃칸与謝野鉄幹, 고토쿠 슈스이幸徳秋水, 아베 요시시게安倍能成, 나카니시 이노스케中西伊之助 등의 문학과 그들이 조선과 문화적으로 교류한 소통의 역사를 조명한다.[22]

재일코리안 작가 및 작품론으로는 초창기 작가인 김사량과 장혁주, 일제강점기의 김태생, 해방 전후의 김달수와 김석범의 작품을 포함해, 문학사적 관점에서 민족의 굴절된 '부'의 역사적 지점을 민족적 글쓰기 형태로 조명한다.[23] 한국문학을 대표하는 작가와 작품에 대한 조명도 확인할 수 있다. 조선시대부터 일제강

---

21 김태생의 소설(「소년」, 「뼛조각」, 「동화」 등)은 작가의 유년 시절의 강렬한 기억(간고했던 가정 환경, 부모의 이혼과 재혼, 아버지와의 생활 등)을 바탕으로 사소설 형태로 소년의 시선으로 그려진다는 점이 독창적이다.

22 여기에는 「도쿠토미 로카의 조선관」, 「이조의 미와 야나기 무네요시」, 「고바야시 마사루(小林勝)와 조선」, 「나카노 시게하루와 「차별」」, 「요사노 뎃칸과 조선」, 「가지야마 도시유키 문학 속의 조선」, 「고토쿠 슈스이의 조선관」, 「『만엽집』에서 고대 조선」, 「아베 요시시게와 조선」, 「일본인 문학자가 취한 조선」, 「조선 민화와 야나기 무네요시」, 「가네코 후미코와 조선」, 「나카니시 이노스케와 조선」, 「전후 일본문학 속의 조선」 등을 거론할 수 있다.

23 재일코리안 작가·작품론으로는 「김사량 「거지의 무덤」에 대해서」, 「김태생의 작품세계」, 「재일조선인문학의 세계」, 「재일 「외국인」 문학의 시점으로부터」, 「김사량·「멸망해가는 것에 대한 애수」 고찰」, 「장혁주론」, 「새로운 세대의 재일조선인문학」, 「방법으로서의 '재일'」 등이 있다.

점기를 거처 현시대까지 여류시인^{황진이}, 프롤레타리아 작가의 문학^{김용제}, 저항문학^{한용운}, 민주화 투쟁^{김지하} 등과 연계성을 살린 작가론과 작품론이 소개된다.[24] 한국의 작가와 외국 작가를 상호 비교 검토하는 글도 눈에 띈다. 특히 김지하, 최승희, 루쉰^{魯迅}, 타고르^{Rabindranath Tagor}, 사르트르^{Jean Paul Sartre}와 같은 국적과 장르를 초월한 월경의 관점에서 인문학적 통섭을 천착한다는 점에서 주목된다.[25]

그 밖에도 해외에 흩어져 있는 코리안 디아스포라문학이라는 관점에서 재일코리안의 현재적 지점을 되짚는 평론^{「중국조선족문학」}을 비롯해 분단문학^{「분단시대의 문학사상」}과 민족문학의 관점^{「민족문학의 현단계」}에서 조명하는 한국문학, 일본문학과 재일코리안문학, 한국문학의 번역 연보 등 통시성을 강조한 문학적 담론도 적지 않다. 이러한 『三千里』의 확장된 문학적 세계관은 보편성 차원에서 동서양과 동아시아적 관점, 국적과 경계를 넘어 디아스포라의 관점에서 진행되고 있음을 축약해서 보여준다.

한편 한국의 문학작품을 다수 일본어로 번역해 소개한 점도 주목하기에 충분하다. 『三千里』 창간호에 특집 주제 「김지하」에서는 김지하의 시 「해질녘의 이야기^{夕暮れの物語}」를 윤학준이 번역해 소개했다. 이후 오무라 마스오^{大村益夫}가 제34호부터 제3부로 구분해 총 15회에 걸쳐 한국을 대표하는 시인들의 작품을 소개한다. 많은 작품 중에서 작가별로 1편 씩만 거론해 보면, 제1부^(34~37)에서는 '조선근대시선'의 형태로 총 22편의 작품을 번역해 소개한다. 권환 「어서 가거라」, 김광섭 「조국」, 윤곤강 「우리의 노래」, 김기림 「우리들의 팔월로 돌아가자」, 박목월 「윤사월」, 박봉우 「휴전선」, 박인환 「검은 신이여」, 김수영 「푸른 하늘을」, 김현승 「가을의 기도」, 김춘수 「부다페스트에서 소녀의 죽음」, 박제삼 「무제」, 허영자

---

24 한국의 작가와 작품에 대한 구체적인 거론으로서는 「황토의 김지하」, 「남정현의 소설」, 「여류시인-황진이」, 「최인훈의 소설」, 「이상의 「児孩」」, 「최인호의 「무서운 복수」」, 「시와 중생과 조국-한용운」, 「시인·김용제의 궤적」, 「하늘과 바람과 별의 시인」, 「『님의 침묵』의 시대」 등이 있다.
25 예컨대 「김지하·사르트르·메이러」, 「타고르와 조선」, 「최승희와 이시이 바쿠(石井漠)」, 「루쉰, 천행(天行), 그리고 『열하일기』」, 「루쉰과 조선인」 등이 있다.

「사모곡」, 신경림 「겨울밤」, 신동엽 「서울」, 김지하 「아주까리 신풍神風 — 미시마 유키오에게」, 조태일 「물·바람·빛 — 국토·십일」, 이추림 「바람처럼」, 이하석 「분홍강」, 최하림 「백설부 — 일」, 이성부 「벼」 등의 작품이다.[26]

제2부[(38~40)]에는 「조선민주주의인민공화국 편」을 엮어, 총 12편의 작품을 번역해 소개한다. 백인준 「그날 할아버지 — 토지개혁의 날」, 민병균 「고향」, 김순석 「귀향」, 김귀련 「조국어 — 사랑하는 나의 말 나의 글」, 리용악 「두 강물을 한 곬으로」, 김상오 「산 — 산촌소묘」, 정문향 「철서구」, 김조규 「마을의 서정 — 물길」, 박팔양 「처녀영웅」, 정렬 「항해길은 사납다」, 로승모 「전변」 등의 작품이다.[27] 제3부[(41~48)]에는 「1945년 이전 편」을 엮어 총 35편의 작품을 번역해 소개한다. 김소월 「진달래꽃」, 한용운 「님의 침묵」, 이상화 「빼앗긴 들에도 봄은 오는가」, 김동환 「송화강 뱃노래」, 임화 「우산 받은 요꼬하마의 부두」, 박용철 「떠나가는 배」, 박팔양 「침묵」, 심훈 「그날이 오면」, 김영랑 「영랑시집 사십이」, 김동명 「우리말」, 이은상 「성불사의 밤」, 이병기 「난초」, 김종한 「귀로」, 정지용 「춘설」, 노천명 「사슴」, 조지훈 「고풍의상」, 박두진 「도봉道峯」, 윤동주 「서시」, 이육사 「꽃」 등의 작품이다.[28]

---

26 제1부 '조선근대시선'에서는 권환 「어서 가거라」, 김광섭 「조국」, 윤곤강 「우리의 노래」, 김기림 「우리들의 팔월로 돌아가자」(34), 박목월 「윤사월」, 「3월」(35), 박봉우 「휴전선」, 박인환 「검은 신이여」, 김수영 「푸른 하늘을」, 「어느 날 고궁을 나오면서」(35), 김현승 「가을의 기도」, 김춘수 「부다페스트에서 소녀의 죽음」, 박제삼 「무제」, 허영자 「사모곡」, 신경림 「겨울밤」(36), 신동엽 「서울」, 김지하 「아주까리 신풍(神風) — 미시마 유키오에게」, 조태일 「물·바람·빛 — 국토·십일」, 이추림 「바람처럼」, 이하석 「분홍강」, 최하림 「백설부(일)」, 이성부 「벼」(37)가 번역되어 소개된다.

27 제2부 〈조선민주주의인민공화국 편〉에서는 백인준 「그날 할아버지 — 토지개혁의 날」, 민병균 「고향」, 김순석 「귀향」, 김귀련 「조국어 — 사랑하는 나의 말 나의 글」(38), 리용악 「두 강물을 한곬으로」, 김순석 「송아지」, 김상오 「산 — 산촌소묘」, 정문향 「철서구」(39), 김조규 「마을의 서정 — 물길」, 박팔양 「처녀 영웅」, 정렬 「항해길은 사납다」, 로승모 「전변」(40)이 번역 소개된다.

28 제3부 〈1945년이전 편〉에서는 김소월 「진달래꽃」, 「초혼」, 한용운 「님의 침묵」, 군말 「시집 『님의 침묵』의 서문)」, 「명상」(41), 이상화 「시삼편 일(조선병)」, 「빼앗긴 들에도 봄은 오는가」, 김동환 「적성(赤星)을 손가락질하며」(42), 김동환 「송화강 뱃노래」, 임화 「우산 받은 요꼬하마의 부두」 (43), 박용철 「떠나가는 배」, 「어디로」, 박팔양 「진달래 — 봄의 선구자를 노래함」, 「침묵」(44), 심

한국문학을 번역해 소개한 작가와 작품을 일괄해 보면, 남북한과 좌우익의 경계를 넘어 한국을 대표하는 근현대 대표 시인들의 대표작이 거의 망라된다고 해도 과언이 아니다. 소설로는 황석영의 「낙타누깔」, 김원우의 「어둠의 혼」, 김정한의 「사하촌寺下村」을 번역해 소개한다. 황석영의 대표작은 『장길산』, 『한씨 연대기』, 『삼포 가는 길』, 『손님』, 『오래된 정원』, 『심청』 등이 포함되는데, 『장길산』은 "민중의 건강한 생명력", 『한씨 연대기』, 『삼포 가는 길』 등은 "산업화시대의 시대정신과 노동자와 도시 빈민의 세계를 문학적으로 대변"한 작품으로 알려져 있다.

김원일은 한국전쟁과 민족분단의 비극을 천착하며 대표적인 '분단 작가'로 알려져 있는데 대표작 「노을」, 「연」, 「미망」 등을 통해 "분단 상황에 대한 문제 의식"을 잘 보여준다. 김정한은 대표작 「사하촌」, 「모래톱 이야기」, 「수라도」, 「인간단지」, 「삼별초」 등을 통해 "일제치하에서 핍박당하는 농촌현실 폭로와 반인간적·반사회적·반민족적 상황에 대한 문학적 저항"[29]을 보여준다. 특히 『三千里』에 번역해 소개한 황석영의 「낙타누깔」, 김원일의 「어둠의 혼」, 김정한의 「사하촌」은 각각 베트남 참전 군인의 전쟁 이야기, 민족사의 어두운 현실, 저항적인 농민소설이라는 점에서 작가정신과 시대상을 잘 보여줬다. 당대에 독자층에 깊숙이 다가서며 인기를 얻었던 작가들의 작품을 중심으로 번역 소개했다는 점에서 신선하다.

시, 소설의 번역과는 다르게 한국 고유의 전통사상 내지 민족정신과 관련이 깊은 민화를 나카무라 마사에中村昌枝의 번역으로 다수 소개된다는 점도 주목된다. 민화 「신랑을 살린 새색시」, 「호랑이와 시골선비」, 「은혜 갚은 두꺼비」 등 총 8편[30]

훈 「조선은 술을 먹인다」, 「그날이 오면」, 김영랑 「영랑시집 사십이」, 「영랑시집 사십오」, 김동명 「우리말」, 「도처사(悼妻詞)」(45), 이은상 「화하제(花下題)−창경원에서」, 「성불사의 밤」, 이병기 「매화−고목 야매화를 수년 기르다 얼어죽이고」, 「난초」(46), 김종한 「낡은 우물이 있는 풍경」, 「귀로」, 정지용 「춘설」, 노천명의 「사슴」, 「장날」, 「아무도 모르게」(47), 조지훈 「고풍의상」, 박두진 「도봉(道峯)」, 윤동주 「별 헤는 밤」, 「서시」, 이육사 「꽃」(48)이 번역 소개된다.

29   『한국민족문화대백과사전』, 한국학중앙연구원, '김정한' 참조.

30   한국의 민화는 나카무라 마사에(中村昌枝)의 번역으로 총 8편(「신랑을 살린 새색시」(40), 「세가

「조선평론」, 오사카조선인문화협회, 1951

은 한국 고유의 민속적 전통과 연계되는 소중한 정신문화를 천착한 예이다. 그밖에도 『三千里』는 문학 관련 대담을 2회「조선 문학의 가능성」, 「민중 예술의 매력」에 걸쳐 소개했고 써클연구회 두 곳 '조선 문학을 읽는 모임'[6], '재일조선인 작가를 읽는 모임'[19], 문학 관련 도서 7종 『뼛조각骨片』, 『한국시와 에세이의 여행』, 『열하일기』[1·2], 『이카이노시집』, 『아사카와 다쿠미浅川巧 저작집』, 『야나기 무네요시 전집저작 편』, 『조선단편소설선』[상·하]을 소개하기도 했다.

5. 『三千里』의 수록 작품의 윤곽과 문학사적 위상

문예잡지 『三千里』에 수록된 문학텍스트는 재일코리안문학사에서 중요한 지점을 차지한다. 초창기의 장혁주, 김사량을 비롯해 1세대 작가인 김달수, 정승박, 김태생, 김석범을 거쳐 중간세대인 이회성, 김학영, 현세대 작가인 유미리, 현월, 가네시로 가즈키金城一紀 등으로 이어지는 문학사적 흐름에서 『三千里』[1975~1987]에 소개된 작가와 문학텍스트는 당대를 대표하는 작가들로 구성된다. 예컨대 창작소설로서 역사소설의 면모를 보여준 김달수의 소설 『행기의 시대』, 일제강점기를 배경으로 유년시절 간고했던 삶을 잔잔한 필치로 그려낸 김태생의 소설 「소

지 보물」(43), 「은혜 갚은 두꺼비」(44), 「거짓말 세가지」(46), 「호랑이와 시골선비」(47), 「사슴의 발 어머니와 일곱 쌍둥이」(48), 「까만 부채 하얀 부채」(49), 「속아버린 도깨비」(50)가 소개된다.

년」, 「동화」가 있다. 사소설적 관점에서 일제강점기의 가족사를 다루었던 고사명의 소설 「해후」, 척박한 환경에서 살기 위해 몸부림쳤던 생활현장을 서사화한 정승박의 소설 「쓰레기장」, 민단과 조총련으로 갈라진 조직생활과 고향 방문^{제주도}_{의 부모님 산소}을 얽어낸 김석범의 소설 「취우」이다. 주류^{중심}와 비주류^{주변}의 변주곡처럼 들리는 '조선인' 밀집 지역인 오사카 이카이노를 무대로 한 원수일의 소설 「귀향」, 「사위와 가시어멍」도 있다. 이들의 소설은 전체적으로 일본의 현대문학계를 포함해 재일코리안문학에서도 민족·탈민족적 글쓰기로 주목되는 사례들이다.

『三千里』에 소개된 문학작품은 초창기의 조국과 역사성을 의식한 민족적 글쓰기에서 점차 탈민족적 글쓰기 형태로 변용해 가는 과정에서 재일코리안의 현실주의, 과거와 현재, 이상과 현실을 둘러싼 자기^{민족} 아이덴티티 문제를 밀도 있게 보여준다. 재일코리안문학이 형성기를 넘어 경계인으로서 구심력과 원심력의 치열한 조율과정을 거쳐 한층 다양한 주제 의식을 보여주는 사례들이다.

그리고 『三千里』에 소개된 문학작품은 「창간사」에서 밝힌대로 "통일된 조선'의 실현"이라는 관점에서 남북 간의 상호교류와 화해정신을 적극적으로 살려내고자 했음을 주목할 필요가 있다. 주지하다시피, 해방정국에 휩몰아친 좌우와 남북의 극한적 갈등국면은 재일코리안사회를 민단과 조총련의 정치 이데올로기적 반목을 연출하며 복잡한 상황으로 전개된다. 해방 직후인 1946년에 창간한 일본어잡지 『민주조선』을 비롯해 『조선평론』, 『새로운 조선』, 『코리아평론』, 『한양』¹⁹⁶², 『통일평론』¹⁹⁶⁸ 등은 그러한 재일코리안사회의 정치 이데올로기의 반목현상을 상징적으로 보여주었다. 『三千里』 역시 해방 이후의 격심했던 정치 이데올로기로부터 자유로울 수 없었다. 오히려 그러한 극한적 갈등 국면을 정확히 읽고 있었기에 한층 더 좌우와 남북한의 반목을 넘어 '통일된 조국'을 향해 노력할 수 있었다. 이를테면 황진이, 윤선도, 최승희의 예술세계를 비롯해 「분단 시대의 문학사」, 「민족문학의 현단계」, 「루쉰, 天行」, 『열하일기』, 「훈민정음의 세계」, 「소설 속의 재일조선인상」, 「두 개의 민족 피」, 「식민지 체험과 전후의 의식」, 「조선민족문학 건설의 기본과제」처럼 한반도의 역사적 정신문화를 담론장으로 이끌어내고, 한일 관계와 분단 조국의 반목을 극복하는데 힘을 모은다. 일제강점기에 활동했던 한국인 작가 한용운, 김소월, 김사량, 이상, 윤동주, 장두식 등에 대한 평론과 한국문학의 번역과정에서 보여준 열린 세계관도『三千里』의 통시적 관점을 대변하는 지점이다.

또한『三千里』의「창간사」에서 밝혔듯이 "조선과 일본 사이의 복잡하게 뒤엉킨 실타래를 풀어내고 상호간의 이해와 연대"를 구축하려는 한일 지식인학자들의 움직임도 구체적으로 담론화된다. 특별 대담「격동이 만들어 낸 것」쓰루미 슌스케(鶴見俊輔)·김달수,「반성의 역사와 문화」시바 료타로(司馬遼太郎)·김달수,「현대의 조선 문학」노마 히로시(野間宏)·김달수,「일본인의 조선관을 생각한다」우에다 마사아키(上田正昭)·강재언 등과 와다 하루키(和田春樹), 히노 게이조(火野啓三), 오다기리 히데오(小田切秀雄) 등이 그러하다. 한일 양국의 지식인들은 고대부터 일제강점기를 거쳐 현재에 이르기까지 양국의 다양한 역사민속, 정치경제, 사회문화, 예체능의 교류소통을 비교 관점에서 보편주의로 조명했다.

한국문학과 일본문학의 관계성, 재일코리안 작가들김달수, 김석범, 김시종, 김태생, 고사명, 이철, 정승박, 원수일 등의 작품 활동, 일본문학계에서 활동했던 평론가들안우식, 윤학준, 임전혜 등과 일본인 평론가들[31]의 교류소통은 형식적으로나 내용적으로 대단히 충실했다. 재일코리안의 역사성, 민족성, 사회성으로 표상되는 다양한 가치와 이미지를 천착하고 거기에서 생산된 문학텍스트는 서사적 변용을 거듭하며 새로운 비평공간을 만들어낸다. 그러한 교류소통의 담론공간을 통해 당대를 대표하는 한일 지식인들의 연대의식도 한층 강화된다.

한편『三千里』의 문학텍스트를 통해 본 재일코리안문학의 활성화, 남북한의

---

31 문예잡지『三千里』에는 일본인 문학평론가 오다기리 히데오(小田切秀雄)를 비롯해 오무라 마스오(大村益夫), 이소가이 지로(磯貝治良), 다카사키 류지(高崎隆治), 가지이 노보루(梶井涉), 다카야나기 도시오(高柳俊男) 등의 활동을 확인할 수 있다.

교류소통, 한일 간의 뒤엉킨 실타래 풀기는 넓게 보면 코리안 디아스포라의 글로컬리즘과 상통하고 열린 세계관으로 수렴된다. 지역별^{대륙, 국가}로 상이한 한인 이주·이민사의 형성과정과 전개양상 즉 구소련권의 고려인, 중국의 조선족, 북미의 한인, 중남미의 한인, 독일과 호주의 한인 등에서 공통분모로 작용할 수밖에 없는 "국가와 민족주의, 속문주의를 넘어 문학적 보편성에 근거한 세계문학적 차원"으로 이해할 수 있다. 격심했던 1950~1960년대 좌우와 남북한의 정치이데올로기적 대립 국면에서 『三千里』는 통시적, 열린 세계관을 근간으로 궁극적으로 동아시아지역의 상생과 공동체 정신을 실천하는 계몽적 성격의 담론공간이었다.

『三千里』는 12년간 통권 50호라는 방대한 분량의 문예잡지이고 그 자체로 독립적이며 역사적 문학사적 의의가 크다. 『三千里』는 좀더 범박하게 식민과 피식민, 주류^{중심}와 비주류^{주변}, 포스트 콜로니얼, 세계주의라는 관점에서 보면, 해방 이후의 일본어 잡지 『민주조선』을 비롯해 1950~1960년대에 간행된 『조선평론』, 『새로운 조선』, 『코리아평론』, 『한양』, 『통일평론』, 1970년대에 간행된 『마당』, 『청구』, 『잔소리』, 1980~1990년대에 간행된 『호르몬문화』, 『아리랑』, 『민도』, 『우리생활』 등과 함께 논의될 필요도 있다. 재일코리안사회의 종합적인 미디어장으로서 통시적인 관점에서 정치역사, 사회교육, 문화예술을 아우르는 디아스포라의 구심력과 원심력, 월경과 글로컬로 수렴되는 문화텍스트로의 접근이다.

실제로 『三千里』는 종간호에서 거론된 "민족성을 공연화^{公然化}하면서 지역에 '정주하는 외국인'으로서 살아갈 수 있기 위해서는 그것을 가능케 하는 민족문화의 창조적 육성"³²을 위해 노력했다. "재일동포문화의 창조, 즉 조선과 일본의 "새로운 복합문화의 창조자로서 일본사회에 공헌하는 플러스적인 존재"³³로서의 역할을 맡았다. 그런 의미에서 『三千里』의 시대정신은 코리안 디아스포라의 글로컬리즘을 표상해 왔다고 할 수 있고 피터 버크^{Peter Burke}가 말하는 "매혹적인 순환성"[34] 차원의 문화적 창조와 궤를 같이 한다고 할 수 있다.

---

32 姜尙中,「在日に未来はあるか」,『三千里』(50), 三千里社, 1987, 105쪽.

33 徐龍達,「'在日'二世・三世の活路」,『三千里』(50), 三千里社, 1987, 282쪽.

34 피터 버크는 『문화 혼종성』에서 "순환은 원래 그것이 나온 지역으로 '재수출'될 만큼 매우 철저하게 적응된 외래문화의 산물을 언급하는데 적절한 은유"라고 전제하고 "성스러운 영역과 세속적인 영역 간의 순환성" "고급문화와 저급문화 간의 순환성"을 예로 들면서 20세기전후의 일본과 서구의 문화적 관계는 "매혹적인 순환성"을 잘 보여주었다고 했다(피터 버크, 강상우 역, 『문화 혼종성』, 이음, 2012, 144쪽).

잡지 『靑丘』와 재일코리안문학의 초국성

1. 미디어 『靑丘』의 출발

재일코리안문학의 변용은 일제강점기 김사량과 장혁주 문학을 출발점으로 삼고 시대별해방 이전과 이후로 세대별1세대, 중간세대, 현세대로 조명되었다. 재일코리안문학의 시대별, 세대별 특징을 비롯해 문학의 주제 의식, 개별 작가의 문학적 경향, 문학사적 의미에 이르기까지 다양한 분석이 이루어졌다. 하지만 그동안의 재일코리안문학 연구는 일본 근현대문학과 관계성을 의식하면서 몇몇 인기 작가의 문학텍스트 중심으로 진행되었다. 그것은 의식적, 무의식적으로 자기국가, 민족 중심주의에서 탈피하지 못했음을 의미한다. 특히 일본문단에서 자랑하는 아쿠타가와상과 나오키상 등 권위 있는 문학상을 의식하게 되면서 재일코리안문학 특유의 타자화된 중층적 가치와 이미지까지 들여다보지 못하는 결과를 낳는다.

재일코리안문학은 글로벌 독자층을 의식하면서 다양성과 혼종성, 경계 의식과 월경을 주제로 서사구조 자체가 한층 다변화되는 경향을 보여준다. 재일코리안문학에 대한 연구도 제국과 국가주의와 연계된 근대근대성 담론을 포함해 민족과 탈민족, 포스트 콜로니얼의 관점까지 다채롭게 진행되고 있다. 특히 최근의 문학 담론은 로컬로컬리즘과 글로벌글로벌리즘이 중층적으로 얽히는 디아스포라의 글로컬글로컬리즘 개념을 통해 경계 의식과 트랜스네이션, 혼종과 세계주의까지 천착하는 경향을 보인다. 그것은 재일코리안문학이 한층 확장된 형태의 중층적 이미지와 혼종적 가치, 열린 세계관을 통해 보편성과 세계성을 담보하는 과정으로 이해할 수 있다. 이를테면 제국과 국가주의, 역사와 민족주의, 정치 이데올로기를 중심으로 삼았던 기존의 담론구조와 차별화한 주제 의식, 즉 코리안 디아스

미디어 『청구』 창간호, 청구문화사, 1989

포라의 관점에서 이주^{이동}의 역사, 경계의식과 트랜스네이션, 일상 중심의 현실주의, 공생정신, 중층적 아이덴티티와 같은 시좌를 서사화한다. 최근 재일코리안 문학 연구가 통시적인 관점에서 각종 잡지 『민주조선』, 『三千里』, 『한양』, 『통일평론』 등 와 문예지 『鷄林』, 『진달래(チンタレ)』, 『민도(民濤)』 등에 주목하고 있는 것도 확장된 개념의 문학텍스트를 천착하는 분위기와 맞물린다.

1989년 미디어 『靑丘』의 창간은 제국과 국가주의로 치달았던 동서간 냉전체제가 점차 동력을 잃어가고 한일국교 정상화와 남북한의 「7·4남북공동성명」 발표와 같은 냉전체제의 해빙 분위기와 무관하지 않다. 중국 공산당의 모택동 체제와 소련의 스탈린 체제가 한계를 맞고 개혁개방과 함께 나날이 글로벌 국가경쟁력을 강화해 가야만 했던 시기에, 재일코리안사회도 한일관계, 남북문제, 재일코리안 자신들의 문제에 변화를 의식할 수밖에 없었다. 『靑丘』의 창간은 그러한 공고했던 국가^{민족} 중심의 체제이데올로기의 한계를 넘어 세계사적으로 새로운 글로벌 협력을 모색해야 했던 시대정서와 맞물려 출발한다. 탈냉전 이후 탈중심적이면서도 다중심적인 글로컬리즘의 시좌는 인종·민족·종교·문화 간의 갈등과 대립을 넘어선 열린 세계관과 공존의 가치를 천착한다는 특별한 의미가 있다.

그런 측면에서 『靑丘』의 창간은 시의적절했고 재일코리안사회를 대변하는 담론장으로서 그 역할이 비교적 명확했다. 실제로 종합잡지 『靑丘』는 기획한 '특집주제'와 개별 연구논문을 통해 재일코리안사회의 자화상과 그들 사회가 '부'의 역사적 지점과 연결된 실질적인 문제지점과 솔직하게 대면한다. 『靑丘』에 게재된 다양한 담론들시, 소설, 평론, 대담 등은 한일문학계를 포함해 당대의 정치역사, 사회 교육, 문화지형까지 의식하며, 재일코리안사회와 불가분의 한일관계, 남북문제, 재일코리안 자신들의 현실적인 문제까지 진지한 성찰을 이어가게 된다. 또한 『靑丘』는 『三千里』의 연장선에서 공통점을 살려가면서도 독자적인 세계관, 즉 디아스포라의 구심력과 원심력으로 변주되는 경계 의식과 글로컬리즘Glocalism을 천착하며, 재일코리안사회의 실질적인 문제들을 담론장으로 이끌어낸다. 특히 『靑丘』의 문학텍스트는 그러한 경계인의 월경 의식을 바탕으로 열린 세계관을 상징적으로 보여주었다고 할 수 있다.

2. 『三千里』에서 『靑丘』로

1965년 한일 국교정상화와 1972년 「7·4남북공동성명」은 일제강점기의 '負' 의 역사와 남북한의 갈등구조를 넘어 국내외적으로 새로운 출발을 알리는 신호 탄이었다. 한일 양국은 실질적인 동반자 관계를 열어가기 위해 국교정상화를 추 진했고 남북한은 「7·4남북공동성명」을 통해 '자주적' '평화적' 통일과 '민족적 대 단결'[1]을 강조했다. 그것은 표면적으로 한국과 일본, 남한과 북한이 냉전시대의 질곡의 역사를 넘어 새로운 동반자시대를 열어가야 한다는 절박한 인식에서 출 발한 일대 사건이었다. 하지만 역사적, 정치적으로 고착화된 한일관계와 남북관 계는 실질적으로 해결해야할 과제가 산적해 있었다. 오랜 시간 정치 이념적으로 첨예하게 반목해 왔던 당사국들은 복잡하게 얽힌 문제들을 쉽게 풀어가지 못했

---

1 「7·4남북공동성명」에서 남북한은 조국 통일의 원칙으로 "첫째 통일은 외세에 의존하거나 외세 의 간섭을 받지 않고 자주적으로 해결하여야 한다. 둘째 통일은 서로 상대방을 반대하는 무력 행사에 의거하지 않고 평화적 방법으로 실현해야 한다. 셋째 사상과 이념, 제도의 차이를 초월하 여 우선 하나의 민족으로서 민족적 대단결을 도모하여야 한다"고 합의했다.

다. 동서냉전으로 고착화된 국제사회도 좀처럼 기존의 적대적 대립구도에서 쉽게 탈출할 수 없었고, 특히 제국을 경험했던 일본의 배타적 민족주의도 여전히 공고했던 시대였다. 오히려 글로벌 시장경제가 등장하면서 주류^{중심}와 비주류^{주변}로 변주되는 갈등과 대립구도는 경계선상의 재일코리안사회를 한층 복잡하게 이끄는 측면도 없지 않았다.

계간잡지『三千里』^{1975년 창간}는 그렇게 첨예하게 동서간, 국가간에 반목을 거듭하던 시기에 당대의 한일관계, 남북문제, 재일코리안 문제를 공론화하면서 근원적인 문제 해결을 도모한다는 입장에서 출발했다. 특히『三千里』는 1970년, 1980년대의 한일관계, 남북문제, 재일코리안의 실질적인 문제를 재일이 중심이 되어 관심과 변화를 촉구하는 계기로 작용한다.『三千里』가 '창간사'에서 "통일 조선을 향한 절실한 염원"과 "조선과 일본 사이에 복잡하게 뒤얽힌 실타래를 풀어내고 상호이해와 연대를 이루기 위한 하나의 가교"²역을 자처하고 나선 점은 그러한 시대적 사명감을 강하게 표명한 것이라 할 수 있다.『三千里』의 '특집 주제' 조선의 역사성과 일본과의 역사적인 교류,³ 일제강점기의 모순과 부조리, 동아시아의 공존공생, 재일코리안의 자화상이라는 주제 의식은 그러한 목적과 취지를 상징한다. 특히 재일코리안 지식인들이 주류^{중심}사회에 맞서⁴ 인류의 보편성과 평화주의에 입각해 한국의 민주화운동^{'김지하'와 '김대중' 사건}, 재일코리안사회의 핵심 쟁점들^{참정권, 법적지위, 인권문제, 지문날인, 교육문제, 차별철폐 등}을 집중 공략하며 문제 해결

---

2 「創刊のことば」,『三千里』창간호, 1975, 1쪽.
3 『三千里』에는 한일양국의 전통과 역사적 교류지점을 특집주제로 삼은 경우가 적지 않다. 예를 들면 「일본인에게 있어서 조선」(4), 「고대의 일본과 조선」(7), 「근대의 조선인군상」(9), 「일본인과 조선어」(11), 「8·15와 조선인」(15), 「조선을 알기 위하여」(16), 「문화로 본 일본과 조선」(19), 「조선의 민족운동」(27), 「다카마쓰 고분과 조선」(29), 「에도기의 조선통신사」(37), 「조선의 근대와 갑신정변」(40) 등이 게재된다.
4 1960~1970년대 재일코리안사회는 주류·중심사회인 일본·일본인의 차별에 대해 다양한 형태의 목소리(투쟁)를 보여준다. 1968년 김희로 사건(재일코리안 차별의 사회문제화)을 비롯해 1970년 히타치 제작소를 상대로 한 박종석의 소송(취직 차별에 대한 사회문제화), 1976년 교토(京都) 다마히메전(玉姫殿)의 민족의상 차별 사회문제화 등은 대표적인 투쟁의 목소리였다.

미디어 『민도』 창간호, 재일문예민도사, 1987   『땅에서 배를 저어라』 창간호, 사회평론사, 2006

을 위해 힘썼다는 점은 주목하기에 충분하다.

　이러한 '경계인'의 주류사회를 향한 투쟁의 역사는『三千里』이후의『靑丘』에
서도 그대로 계승된다.『靑丘』역시 첨예했던 냉전시대의 논리와는 차별화된 관
점에서 기본적으로 한반도의 역사성과 한일 교류사, 일본일본인의 잘못된 역사인
식, 타자화된 재일코리안사회를 공론화하며 실질적인 문제해결을 촉구한다.『靑
丘』가 '88서울올림픽' 이후의 한일관계, 남북문제, 재일코리안사회를 둘러싼 핵
심 현안들, 즉 역사인식, 참정권, 지문날인, 민족교육, 인권문제 등을 쟁점화했다
는 점은 주목할 만하다. 여기에는 1990년대를 전후해 일본일본인이 "재일조선인
들의 연구에 자극을 받는" 분위기였고 "재일조선인 문제를 자신들의 과제로 인
식"[5]하기 시작했다는 점이 크게 작용했을 것이다. 그것은 확실히 과거와 달리 재
일코리안사회가 타자화된 '객'이 아닌 주체적인 입장에서 명분과 실리를 갖춘 실

5　「『三千里』と『靑丘』の20年」,『季刊靑丘』20, 1994, 76쪽.

질적인 목소리였다고 할 수 있다.

그러나 1975년부터 1996년까지『三千里』와『靑丘』의 시대를 거쳐 현재에 이르기까지 재일코리안사회를 둘러싼 역사적 쟁점들, 즉 영토문제, 위안부문제, 징용공 문제, 신사참배 문제 등은 여전히 탈출구를 찾지 못한 채 반목을 거듭하고 있다. 주류와 비주류^{주변}로 변주되는 일본사회의 계급적 질서체계가 여전하고 주류사회의 자기^{자국} 중심적 논리도 인류의 보편성과 등가성과는 거리가 멀다.『三千里』와『靑丘』를 전후해 재일코리안사회에서 각종 일간지『민단신문』,『통일일보』등과 잡지·문예지『호르몬문화』,『민도』,『땅에서 배를 저어라』등, 단행본을 지속적으로 발간하며 문제 해결을 위해 목소리를 내는 이유도 여기에 있다.

3.『靑丘』의 형식체계와 담론구성

『靑丘』의 형식과 내용구성을 일별해 보면, 첫 도입부에서는 '특집 주제'를 예외 없이 편성했다. 곧이어 '수필', '대담', '그라비어^{gravure}', '연구노트', '만화', '글과 그림^{絵と文}', '르포', '창작소설', '가교^{架け橋}', '나의 주장', '서평^{書架}', '독자의 광장'란을 구성해 놓았다. 내용적으로는 창간호를 비롯해 특집 주제 총 25편[6]과 대담·좌담회 26회, 수필과 '가교^{'나의 주장' 포함}' 178편, 그라비어 25회,[7] 개별 연구 411편^{특집주}

---

[6]　『靑丘』의 '특집주제'는「쇼와를 생각한다」(창간호),「요시노가리와 후지노키(吉野ヶ里と藤ノ木)」(2),「중국·소련의 조선족」(3),「국제화와 정주외국인, 세 가지 시점」(4),「냉전하의 분단 45년」(5), 쌓여 있는 전후책임」(6),「움직이기 시작한 조선반도」(7),「무로마치·에도기(室町·江戸期)와 조선」(8),「이웃나라 사랑과 일본인」(9),「태평양전쟁과 조선」(10),「임진왜란부터 40년」(11),「지금 조선반도는」(12),「재일한국·조선인」(13),「조선왕조 오백년」(14),「지역에 살고있는 한국·조선인」(15),「지금 한일조약을 생각한다」(16),「8·15해방과 분단」(17),「재일조선인문학의 현재」(18),「지금 왜 전후보상인가」(19),「전환기 재일한국·조선인」(20),「『재일』의 50년 1~4」(21~24),「조선관의 계보」(25)로 구성되어 있다.

[7]　'그라비어'는「濟州道」(창간호)라는 제목을 비롯해「맞바람」(2~25)이란 제목으로, '글과 그림'은「고대 한국을 간다」라는 제목으로『靑丘』의 창간호에서 종간에 이르기까지 빠짐없이 소개된다.

제 128편 포함, '만화'와 '글과 그림' 40편, 계록季錄 21회,[8] 르포 16회,[9] 창작소설 및 번역 문학작품 34회, 서평 67회, 심포지엄[21호]과 인터뷰[23호]가 각각 1회씩 게재되었다. 잡지의 편집 구성방식은 대체로 한일 양국의 사회문화적 현상과 역사적 교류, 일본일본인의 잘못된 역사인식임진왜란, 일제강점기, 전후의 한일관계, 남북한의 정치 이데올로기적 대립, 재일코리안의 '역사성과 재일성'으로 표상되는 지점들을 다룬다. 궁극적으로는 동아시아의 공존공생, 한일관계의 복원, 한반도의 평화적 통일, 재일코리안의 실존적 지위를 확보하는데 방점을 찍었다.

여기에서 '특집 주제'와 개별 연구물을 중심으로 『靑丘』의 주제 의식을 짚어보면 다양한 사회문화사적 담론 지점을 확인할 수 있다. 첫째는 한국의 역사와 전통 의식을 비롯해 한일 양국의 역사적 교류지점을 조명하면서 재일코리안의 주체성과 아이덴티티를 분명히 한다는 점이다. 한국과 한국문화의 역사성과 양국의 교류사에 대한 학문적 접근은 문예잡지 『三千里』부터 『靑丘』까지 일관되게 보여준 문제 의식이다.

『三千里』가 그랬듯이[10] 『靑丘』는 학문적 관점에서 「무로마치室町 · 에도기江戸期와 조선」(8), 「임진왜란부터 400년」(11), 「조선왕조의 500년」(14) 등을 특집주제로 삼았고, 개별적인 형태의「한국의 민속 조사기행 1~10」(14~24), 「근대조선시선 1~10」(1~9·11), 「압록강 · 환인桓仁을 간다」(9), 「강릉 단오제를 간다」(11), 「발해의 고도를 간다」(14), 「체험적 한국어용어 해석 1~7」(15~22), 「한국의 전통예능 판소리」(21), 「진도 농촌의 정월행사」(21), 대담『『일본 속의 조선문화』 21년」(10), '글과 그림' 란에서 「가라쿠니韓くに를 간다 1~25」(1~25), 만화 「한국시사만평」(7~20)과 같은 편

8　'계록(季錄)'은「보고 · 듣고 · 읽는다」라는 제목으로 1~10, 1~19, 21, 22, 25호에 소개된다.

9　'르포'는 「재일을 살다」라는 제목으로 2~10, 12~15, 18, 20, 23호에 소개된다.

10　『三千里』에서는 「고대의 일본과 조선」(7)을 비롯해 「일본인과 조선어」(11), 「역사 속의 일본과 조선」(14), 「다카마쓰총 고분과 조선」(29) 「조선의 예능문화」(30), 「교과서 속의 조선」(32), 「동아시아 속의 조선」(33), 「근대일본의 사상과 조선」(34), 「에도기의 조선통신사」(37) 등을 특집 주제로 삼고 한국문화의 역사성과 양국의 문화적인 교류 현장을 학문적으로 조명하였다.

집 구성을 통해 한국문화의 역사성과 한일 양국의 사회문화적 교류지점을 짚는다. 이러한 한반도의 역사적 문화 정체성과 양국 간의 교류에 대한 학문적 접근은 "일본 속의 조선문화"를 명확히 짚는 작업임과 동시에 재일코리안사회의 민족적 아이덴티티를 확립한다는 점에서 유의미하다. 『靑丘』의 미디어장은 과거 한일 양국간의 역사적, 문화사적 교류지점을 소환하면서 미래지향적인 관점에서 교류소통을 확대해 간다는 의미를 담고 있다.

둘째는 『靑丘』의 편집 방향은 일제강점기에 강제된 제국 일본과 국가주의의 모순과 부조리를 들춰내고 학문적으로 조명한다는 점이다. 주지하다시피 일제강점기 일본의 대륙진출과 식민지 강요는 일방적인 '빼앗음'의 역사였다. 종합잡지『靑丘』의 특집주제인 「쌓여 있는 전후책임」[6], 「태평양전쟁과 조선」[10], 「지금왜 전후보상인가?」[19]를 비롯해 개별적인 형태의 「쇼와'와 오사카성·귀 무덤」[1], 「쇼와의 황민화 정책」[1], 「오키나와전沖繩戰에서 죽은 조선인」[2], 「강제연행 기록의 여행 1~8」[7~14], 「조선인 강제연행의 기업 책임」[16], 「한국에서의 '위안부' 문제」[16], 「전후보상 문제의 전개와 과제」[17], 「종군위안부 문제」[21]와 같은 연구들은 그러한 강제된 '빼앗음'의 역사적 실체를 확인하는 작업이다.

특히 『靑丘』의 편집방향이 '종군위안부' 문제를 공론화하고 문제 해결을 위해 지속적으로 노력했음은 주목할 필요가 있다. 현재 한일 간에 극심한 대립양상을 보여주는 영토문제를 비롯한 '징용공' 문제, 위안부 문제 등은 근본적으로 일본의 왜곡된 역사인식에서 출발한다. 따라서 현재의 뒤틀린 한일관계를 미래지향적으로 풀어가기 위해서는 기본적으로 일본일본인이 과거의 잘못된 역사적 오류를 바로잡는 작업에서 시작되어야만 한다. 『靑丘』의 '종군위안부'와 '징용공'에 대한 공론화는 그러한 왜곡된 역사인식의 근간을 지적한 것에 다름 아니다. 바꿔 말하면 『靑丘』는 일본의 왜곡된 역사적 모순과 부조리의 현장을 학문적으로 접근하면서 탈식민Post Colonial적 보편주의와 공생철학을 이끌어내는 학문적 안티테제Antithese로 기능함을 보여주고 있다.

126 제1부 | 재일디아스포라의 문학적 시공간

셋째는『靑丘』의 미디어장은 재일코리안사회가 지난했던 한일양국의 과거사를 극복하고 글로벌시대의 동반자 관계를 구축하는데 실질적인 '가교'역을 담당한다는 점이다. 실제로 자민족주의가 강조되던 냉전시대에 재일코리안들은 '반쪽바리' '박쥐' 등 배타적인 수식어로 민족적 차별을 받아야만 했다. 하지만 최근 글로벌시대를 맞으면서 '경계인'의 중층적 가치와 이미지는 점차 '혼종성 Hybridity' '가교' '내부의 타자'로 역할하면서 자기민족 주체성을 회복하고 있다. 『靑丘』는『三千里』처럼 '가교架け橋란'[11]을 포함해「가교를 지향하며」[8],「이웃을 향한 따뜻한 표정」[8],「선린관계 구축을 위하여」[12],「서울·도쿄·평양」[12],「함께 배우고, 함께 살아간다」[10],「내일을 향해서」[10],「함께 살아가는 지역사회를 향해서」[15],「일본영화 속의 조선인」[18],「나와 이웃나라」[18],「네이밍은 '지구촌'」[24]과 같은 학문적 접근을 구체화한다. 대담「선린우호의 역사를 말한다」,「21세기를 향해서」[25]의 등을 통한 '경계인'의 긍정적 역할론도 피력한다. 2000년대에 발간된 잡지『架橋』도 소수민족과 경계인, 디아스포라로 표상되는 재일코리안사회의 혼종성과 중층성에 함의된 긍정적 가치와 이미지를 중시한다.

넷째는 재일코리안사회가 현시점에서 안고 있는 핵심 쟁점들을 지속적으로 공론화하고 문제해결을 위한 실천적인 목소리를 발신한다.『靑丘』는 1996년까지 총 25권을 발간하면서 각호마다 특집 주제를 꾸몄는데 8회에 걸쳐 '재일코리안사회'를 다루었다. 특히 1989년부터 1996년까지 발간된『靑丘』[13·15·18·20~24]는 재일코리안사회의 핵심 쟁점들을 집중적으로 거론하고 문제해결을 위해 목소리를 높였다. 예컨대「재일한국·조선인」,「재일조선인문학의 현재」,「지역에서 살아가는 한국·조선인」,「전환기의 재일 한국·조선인」,「'재일' 50년」[1~4]과 같은 특집 주제를 비롯해 개별적인 형태의「재일조선인 운동사 1~7」,「교과서 속의 조선 1~9」,「지문거부운동과 재류권」,「재일의 아이덴티티를 찾아서」[15],

---

11   잡지『靑丘』는 제9호부터 '가교(架け橋)'란을 마련했고 참고로『三千里』는 창간호부터 마지막 종간까지 '가교(架橋)'란을 개설해 한일 양국의 상호이해와 우호증진에 부합되는 글을 소개했다.

「정주외국인의 법적지위」, 「지금, 재일은」[2~8], 르포 형식의 「재일을 살아간다」 등은 『靑丘』의 발간 목적과 지향을 보여주는 실천적인 목소리이다.

다섯째는 『靑丘』의 미디어장에서 두드러지는 점은 남북 간 정치 이데올로기적 반목과 대립을 넘어 통일조국을 실현해야 한다는 목소리다. 사실 『靑丘』는 「창간사」에서 『三千里』가 내세웠던 "통일조선을 향한 절실한 염원"을 계승하면서 "남북대화와 서로 간의 대화에 의한 통일을 염원"[12]한다고 선언했다. 『靑丘』의 특집 주제인 「움직이기 시작한 조선반도」[7], 「8·15해방과 분단」[17]을 비롯해 정담鼎談 「냉전체재 붕괴와 조선반도」[7], 개별적인 연구 주제인 「남북 조선과 '양안' 관계」[8], 「남북관계·새로운 단계로」[9], 「国連가맹 후의 남북회담」[10], 「『남북합의』 그리고 새로운 해」[11], 「소련연방 붕괴 후의 조선반도」[12], 「두만강 하류의 경제권」[12], 「민족 공생교육을 지향한다」[21], 「통일문제와 시민의 논리」[22] 「8·15해방 50주년을 생각하며」[23] 「하나가 되자」[23]와 같은 문제 의식은 '통일조국'을 바라는 지식인들의 "절실한 염원"이 담긴 목소리라 할 수 있다.

여섯째는 잡지 『靑丘』가 구소련권의 고려인들과 중국의 조선족에 대해 구체적으로 접근을 시도했다는 점이다. 사실 동유라시아 지역의 해외 코리안은 태생적으로 구한말의 생활고와 제국일본의 직간접적인 강요에 의해 형성된 디아스포라의 성격을 강하게 띤다. 따라서 구소련권, 중국, 일본, 사할린 등지로 흩어진 해외 코리안들의 역사적, 사회적, 문화적 지점은 제국과 국민국가 개념을 넘어 경계와 월경, 디아스포라와 혼종, 중층성 등 상호 간의 관계성을 검토하는 작업으로 이어져야 한다. 『靑丘』에서 특집으로 꾸민 「중국·소련의 조선족」[3]을 비롯해 개별적인 형태의 「연변조선족의 말과 교육」[3], 「알마아타의 '고려사람'들」[3], 「그 후의 사할린 잔류문제」[8], 「소련 조선인문단의 변천」[8], 「구소련에서 만난 조선인」[11], 「극동으로부터의 조선인 강제이주」[15], 「사할린 문학기행」[15], 「지금,

---

12   「創刊のことば」, 『靑丘』 창간호, 1989, 9쪽.

구소련 연방의 조선인」(16), 「자료로 본 사할린 기민棄民 1~3」(14~16), 「구소련의 조선인 지식인의 고뇌」(19) 「구소련 중앙아시아의 조선인사회」(19), 「카자흐스탄의 고려인들」(19), 「블라디보스톡의 별견瞥見」(19), 「사할린 잔류 조선인의 지금」(21), 「내몽고 자치구의 조선인」(22), 「'개혁 · 개방' 속의 중국 조선족 1~3」(23~25), 「중국 조선족의 민족교육」(23)과 같은 주제는 동북아 지역의 역사와 시대성에 대한 공유이고 재발견이라는 점에서 매우 중요하다.

예를 들어 브라질의 한인 공동체사회에서 발간한 문예잡지『열대문화』는 브라질 한인들의 글을 중심으로 브라질 바깥지역대륙, 국가의 해외코리안 작가와 학자들의 글을 소개한다.[13] 북미지역 코리안문학을 「재미 문인 작품집」[14] 형태로 꾸미거나 구소련권 지역을 특별기행하고 관련 글들을 소개하며 코리안 디아스포라들의 상호 교류와 소통을 이끈다. 이러한 지역적 경계를 넘어 진행되는 문학과 문화의 교류 현상은 재미 한인들의 문예잡지『미주문학』, 중국의 조선족 문예잡지『연변문예』, 호주의『문학과 시드니』등에서도 공통적으로 나타난다.

일곱째는 탈경계적인 문학과 예술의 소통을 통해 한일 양국에 형성된 간극을 좁히고 재일코리안사회의 보편성과 열린 세계관을 보여준다. 문학 '특집'으로 기획된 「재일문학을 읽는다」(19),[15] 「조선문단 안팎」, 「페미니즘과 조선 序-6」(15~20), 「근대조선시선」을 비롯해 문학 관련 대담 · 좌담, 개별적인 「'재일문학' 20년의 인상」, 「루쉰 · 조선인 · 루쉰일기」(3), 「소련 조선인 문단의 변천」(8), 「임진왜란과

---

13 브라질에서 발간된『열대문화』에는 한국의 전경수『한국이민의 남미사회 적응문제』(6), 권영민
    「남북분단과 현대문학」(6), 최일남『문학과 언어의 땅』(8), LA거주 인익환의『마음의 고향』(9),
    독일거주 류종구의『브라질을 다녀와서』(9) 등도 함께 소개된다.

14 『열대문화』(7), 열대문화동인회, 1990, 57~68쪽.

15 1994년 2월(春)에 발간된『青丘』(19)에는 〈재일조선인문학의 현재〉라는 특집이 기획되었고 실
    린 내용은 「재일조선인문학이란 무엇인가」(가와무라 미나토), 「재일세대의 文学略図」(이소가
    이 지로), 「季録=보고 듣고 읽는다」(나카무라 데루코), 「재일문학을 읽는다ー「정승박 · 이야기
    와 원점」(김중명), 「김학영과 재일 3세인 나」(문마유미), 「이회성 문학의 오늘」(정윤희), 「양석
    일의『광조곡』을 읽는다」(심광자), 「For Yangji」(원수일), 「이양지」(김영희), 「재일 1세 시인과 나」
    (이미자)이다.

역사소설」[11], 「조선민주주의인민공화국의 영화」[15], 「식민지 문학에서 재일문학으로」[22] 등에 이르기까지 『靑丘』는 많은 지면을 문학 관련 담론으로 채우고 있다. 특히 탈경계적인 이동과 월경의 관점에서 한국문학소설, 시, 민화, 동화과 중국의 조선족문학소설을 일본어로 번역해 소개하고 동북아시아조선·구소련·중국·일본의 문학과 예술의 교류지점을 구체적으로 짚었다는 점에서 주목된다.

여덟째는 해방 직후의 한반도 정세와 제주4·3에 대한 학문적인 접근을 지속적으로 전개한다. 재일코리안사회는 태생적으로 해방 직후 한반도의 정치 이데올로기적 상상과 직간접적으로 맞물려 있고, 실제로 제주4·3은 해방 조국의 정치 이데올로기적 혼란상을 명징하게 보여준 참혹한 역사다. 그것은 해방 직후 재일코리안의 잔류귀국포기 문제를 포함해 '재일본조선인연맹'과 '재일본조선인거류민단'의 출범과 구체적인 활동 과정에서도 확인할 수 있다. 『靑丘』의 「빨치산 소설과 실록상·하」[4, 6], 「실록 제주도 소년 빨치산 1~3」[5·6·8], 「빨치산 총사령관總帥-이상현」[5], 「해방정국과 제주도 4·3사건」[17] 등과 같은 사례가 대표적이다. 이처럼 제주4·3을 둘러싼 학문적 접근은 『三千里』에서도 비중 있게 다루었다[제주도 반란 上·中·下」, 「4·3제주도봉기」 등. 특히 격동기 해방정국의 '제주도'를 둘러싼 학문적 접근은 '안'이 아닌 '바깥', '중심'이 아닌 '주변', 타자화된 시공간에서 주체적인 자의식으로 발신되었다는 점에 주목할 필요가 있다.

『靑丘』는 매호마다 '書架'란을 통해 재일코리안사회와 한일 양국의 현안들을 조명한 서적들도 소개한다. 『해방 후 재일조선인운동사』을 비롯해 『조선여성운동과 일본』, 『여성들의 이카이노』 등 정치경제, 사회문화, 문학과 예체능에 이르기까지 관련 서적 일체를 대상으로 삼았다. 또한 재일코리안사회를 대표하는 지식인들학자의 대담·좌담·정담의 공간을 마련하고 일본의 역사인식과 실질적인 현안들을 "재일의 자기 주체성의 다양화"[16]란 관점에서 심층적으로 파헤치고 문

---

16   김태영, 「에스닉 미디어에 나타나는 자기 정체성의 전개」, 『한국민족문화』 30, 부산대한국민족문화연구소, 2007, 214쪽.

제해결을 모색한 점도 주목된다. 대담 「쇼와昭和를 말한다」하타다 다카시·우부카타 나오키치(幼方直吉), (1), 「일본의 전후책임을 생각한다」하타다 다카시·오누마 야스아키(大沼保昭), (4), 연속좌담회 「재일' 50년을 말한다 1~4」(21~24), [17] 「오늘날 조선반도와 일본」강재언·고바야시 게이지(小林慶二)·이진희, (25), 「21세기를 향해서」강재언·문경수, (25) 등이 대표적이다. 특히 『青丘』가 「일본계 아메리카인의 강제수용」(4), 김 게르만의 「지금, 재소련 조선인은」(10), 「독일의 전후처리를 둘러싸고」(14), 「중국에서 본 조선전쟁」(16), 「미일米日 마이너리티 회의會議로부터」처럼 한일과 남북, 재일코리안사회를 벗어난 중앙아시아, 중국, 독일까지 확장해 일제강점기와 마이너리티 문제를 천착한 점은 주목하기에 충분하다. 최근 학문연구에서 융·복합적 현상과 국제공동연구가 활성화되는 점을 감안하면 지역적국가, 민족 한계를 넘어 전세계의 코리안을 대상으로 한 『青丘』의 목소리는 확실히 시사적이다. 코리안 디아스포라의 관점에서 『青丘』는 일찌감치 구심력과 원심력, 경계 의식과 트랜스네이션, 혼종성과 글로컬로 수렴되는 담론공간을 실천적으로 활용하였다고 할 수 있다.

이처럼 『青丘』의 다양한 학문적 담론은 한일관계와 남북문제에 새로운 길을 모색하고 동시에 재일코리안사회의 실질적인 지위를 확보하는데 크게 기여했다. 『青丘』의 담론들은 1970~1980년대에 발간된 『三千里』1975~1987와 공유하는 미디어장으로서 디아스포라의 글로컬글로컬리즘 의식을 창출하고 확장된 세계관을 제시했다는 점에서 의미가 크다. 두 문예잡지의 차이점은 『三千里』가 다양한 관점에서 '통일조선'과 한일 양국의 역사적 반목을 넘어 상호이해와 협력, 민족적 주체성과 자기 정체성에 방점을 찍었다면, 『青丘』1989~1996는 전후 재일코리안사회를 디아스포라의 관점에서 글로컬과 탈경계, 월경주의와 공생, 실질적인 권익과 지위를 확보하는데 힘을 쏟았다고 할 수 있다.

---

17   연속좌담회 「'재일' 50년을 말한다」는 총 4번에 걸쳐 진행된다. 제1회 좌담회(제21호)는 김달수, 박경식, 양영순, 이진희, 제2회는 강재언, 박경식, 양영순, 제3회는 김덕환, 배중도, 문경수, 제4회는 김경득, 양징자, 윤조자, 강상중이 참가했다.

4. 재일코리안문학과 『靑丘』의 수록작품

『靑丘』는 1989년부터 1996년까지 총 25권이 발간된 만큼 많은 창작소설과 평론이 수록되어 있다. 매호마다 수필과 서평을 실었고 가끔씩 대담형식을 취한 문학 작품도 실린다. 무엇보다도 한국 작가의 시, 민화, 동화를 일본어로 번역해 싣고 있다. 『靑丘』에 수록된 창작소설을 비롯해 평론, 번역, 대담, 수필, 서평 관련 내용을 정리하면 다음과 같다.

장르 구분	수록내용(창간호-제25호)
소설	김중명 「산사전기」(9), 무라마쓰 다케시 「쓰시마에서」(14), 양석일 「어두운 봄」(17), 원수일 「제주의 여름」(24)
평론	다카사키 류지 「유희(由熙)-빛 속으로」(1), 시라이시 쇼코 「재일문학」 20년의 인상」(1), 이소가이 지로 「자살(自死)」을 넘어서」(2), 안우식 「문학자의 복권」(2), 나구모 사토시 「루쉰(魯迅)·조선인·「루쉰일기」」(3), 다카사키 류지 「쇼와'의 문학이란」(3), 정률 「해방 후의 김사량」(3), 안우식 「빨치산 소설과 실록」(상하·4, 6), 김달수 「와쓰지(和辻)·기노시타(木下)·하나무라(花村)」(4), 이소가이 지로 「잡지로 보는 '재일'의 현재」(4), 안우식 「비극의 「북한의 시인」」(5), 정상진 「소련조선인문단의 변천」(8), 양영후 「조선시대의 아베 요시시게(安部能成, 9), 안우식 「쓰다 젠(津田仙)과 두 명의 조선인」(9), 가와무라 미나토 「소가노야 고로 극(劇)의 「조선인」」(9), 이소가이 지로 「재일'세대와 시」(9), 안우식 「조선문단 안팎 1~6」(10~12, 15, 16, 18), 이광린 「쇼센쿄(昇仙峽)에 남긴 유길준의 묵서」(10), 소재영 「임진왜란과 역사소설」(11), 김태중 「일본으로 건너간 조선의 서적」(11), 김달수 「풍토의 변용이라는 것」(11), 양영후 「시인 윤동주의 동반자·송몽규」(12), 안우식 「식민지시대의 재일조선인문학」(13), 이소가이 지로 「재일'문학의 변용과 계승」(13), 가와무라 미나토 「추모-이양지 소론」(13), 가와무라 미나토 「소설 속의 '종군위안부'」(13), 가와무라 미나토 「이백 년의 기록-박지원의 '실학'」(14), 요모타 이누히코 「조선민주주의인민공화국의 영화」(15), 스즈키 유코 「페미니즘과 조선序-6」(15-20), 이소가이 지로 「전후책임을 추구하는 문학」(15), 가와무라 미나토 「사할린 문학기행」(15), 이소가이 지로 「그려진 강제연행·군대 '위안부'」(17), 김달수 「승전(承前)·나의 문학과 생활」(17~25),[18] 이소가이 지로 「새로운 문학세대와 '재일'」(18), 가와무라 미나토 「재일조선인문학이란 무엇인가」(19), 이소가이 지로 「제1세대의 문학약도」(19), 코바야시 토모코 「『민주조선』 검열상황」(19) 〈특집〉: 재일문학을 읽는다. 김종영 「정승박·이야기의 원점」, 문 마유미 「김학영과 재일3세인 '나'」, 정윤희 「이회성 문학의 오늘」, 심광자 「양석일의 「광조곡」을 읽는다」, 원수일 「For YangJi」, 김명희 「이양지에 관한 것」, 이미자 「재일1세의 시인과 나」, 누마노 미츠요시 「러시아문학의 다민족적 세계」, 탄도 요시노리 「지금 한 번의 계기-조선」, 도마리 가쓰미 「일본에게 조선어는 무엇이었나」, 이소가이 지로 「문학으로 보는 히데요시(秀吉)의 침략」(19) 이소가이 지로 「미스터리와 조선·한국」(21), 안우식 「환상(幻)의 이태준 구술작전」(상, 補遺·21, 22, 25), 최석의 「방랑시인·김삿갓(金笠)의 시와 생애」(21), 나구모 사토루 「胡風과 장혁주」(상하·22, 23), 가와무라 미나토 「식민지문학에서 재일문학으로」(22), 「佐木隆三와 조선」(22), 가와무라 미나토 「고려인에서 코리안으로」(23), 이소가이 지로 「무라마쓰 쇼후(村松梢風)와 「조선여행기」」(상하·24, 25), 이소가이 지로 「조선한국을 그리는 현재」, 가와무라 미나토 「순문학에서 대중문학으로」(24), 김찬회 「한국

---

18 김달수는 「나의 문학과 생활」란 시리즈를 통해 자신의 문학 인생과 문학관을 밝혔다.

장르 구분	수록내용(창간호-제25호)
평론	의 본해(本解)와 일본의 본토(本地) 이야기(物語)」(25), 이소가이 지로 「오다 마코토(小田実)의 조선」 외 1편(25), 가와무라 미나토 「자유시에서 정형시로」(25)
수필[19]	다카이 유이치 「다치하라 마사아키와 조선」(10), 고토 킨페이 「표해록」(14), 사키 유조 「작품의 모티브」(16), 이소가이 히로코 「다치하라 마사아키와 고향」(16), 고쿠보 사토시 「일본영화 속의 조선인」(18), 니시타니 타다시 「『슬픈 섬 사할린』 집필을 끝내며」(19), 스즈키 유코 「『페미니즘과 조선』 집필을 끝내며」(21), 다카사키 류지 「조선에서 발행된 잡지」(24)
번역 (시· 소설· 민화[20]· 동화)	〈소설〉[21] 임원춘 「상장」(1), 김학철 「이런 여자가 있었다」(2), 우광훈 「재수 없는 남자」(3), 문순태 「녹슨 철길」(4), 최학 「활어조에서」(6), 현길언 「껍질과 속살」(8), 정창윤 「덕홍 나그네」(12), 「근대조선시선」(1~9, 11)[22] 〈민화〉 「단 한번의 기회」(1), 「이상한 맷돌」(2), 「깨진 거울」(3), 「선인의 세계」(4), 「잉어공주」(5), 「정이 깊은 형제」(6) 〈동화〉 「귀엣말」(14)[23]
대담· 좌담	〈잡지〉 『조선인』 21년(9), 『三千里』와 『青丘』 20년(20)
서평[24]	안우식 역 「아리랑 고개의 여행자들」(1), 「여자들의 이카이노」(1), 「서울의 우수」(2), 오무라 마스오 역 「시카고 복만」(2),[25] 「아시아의 교과서에 기록된 일본의 전쟁」(4), 「환상의 대국수」(8), 「우리 조국」(8), 「제3세계 문학으로의 초대」(11), 「아들에게 보내는 편지」(11), 안우식 역 「남부군」(12), 「사랑하는 대륙이여」(12), 「현해탄은 알고 있다」(13), 후지모토 도시카즈 역 「우리들의 일그러진 영웅」(13), 「전후 일본문학 속의 조선한국」(14), 「두둥실 달이 뜬다면」(14), 「봉선화의 노래」(15), 「정승박저작집」(17), 「넘지 못한 해협」(20)

19 『青丘』의 '수필'란에 총 122편, '가교'에 43편, '나의 주장'란에 13편이 소개된다. 여기서는 작가·작품과 직접 관련이 있다고 생각되는 수필만 소개했다.

20 한국 민화의 소개 작품과 번역자는 다음과 같다. 「단 한번의 기회(たった一回の機会)」(다카시마 요시로 역, 저본 : 이원수·손동인 편, 『한국전래동화집』, 창작과비평사, 1984), 「이상한 맷돌(ふしぎなひき臼)」과 「깨진 거울(割れた鏡)」(아리요시 도미코 역, 저본 : 김영일, 『한국전래동화집』, 육민사, 1971), 「선인의 세계(仙人の世界)」(아리요시 도미코 역, 저본 : 이원수, 『한국전래동화집』, 계몽사, 1971), 「잉어공주(鯉の姫さま)」와 「정이 깊은 형제(情の深い兄弟)」(아리요시 도미코 역, 저본 : 이원수·손동인 편, 『한국전래동화집』 30, 창작과비평사, 1980).

21 한국소설은 「상장」을 비롯한 총 7편의 소설을 오무라 마스오(大村益夫)가 번역하였다.

22 오무라 마스오는 한국의 시를 선별해 총 10회에 걸쳐 번역 소개했다. 창간호(임화 「한잔 포도주를」 외 2편), 제2호(김용제의 「슬픈 과실」 외 2편), 제3호(김일주의 「민들레 피리」 외 2편, 윤광주의 「명령장」 외 2편, 윤동주의 「고향집」 외 2편), 제4호(김달진의 「체념」 외 5편), 제5호(김조규의 「해안촌의 기억」 외 2편), 제6호(박세영의 「나에게 대답하라」 외 1편), 제7호(백석의 「흰 밤」 외 3편), 제8호(이하윤의 「동포여 다 함께 새 아침을 맞자」 외 3편), 제9호(윤곤강의 「변해(弁解)」 외 4편), 제11호(이용악의 「검은 구름이 모여든다」 외 1편)

23 동화 「귀엣말(內緖ばなし)」은 이미자의 번역으로 소개된다(저본 : 『한국전래동화집4』, 창작과비평사, 1990).

24 『青丘』의 '서평(書架)'란은 번역본을 포함해 총 67권(번역본 포함)에 대한 서평을 실었는데 여기에서는 문학 관련 자료만 소개했다. 서평에서 거론한 일본어 작품명은 「아리랑 고개의 여행자

『青丘』에는 양적으로 많다고 할 수 없지만 창작소설, 평론, 대담, 번역 등이 소개된다. 이들 문학텍스트를 검토해 보면, 창작 소설로는 양석일의 「어두운 봄暗い春」, 김중명의 「산사전기算士傳奇」, 원수일의 「제주의 여름チェジュの夏」, 무라마쓰 다케시村松武司의 「쓰시마에서対馬にて」가 전부다. 이 4편의 단편소설은 역사성과 민족성을 천착하면서도 재일코리안의 실질적인 문제들을 서사화한다. 조선시대 산학자들의 산학에 대한 집념을 통해 조선의 전통적 가치와 이미지를 형상화한 김중명의 소설, 오사카 이카이노大阪猪飼野를 삶의 터전으로 삼고 살아가는 재일 코리안사회를 제주도와 연계시켜 서사화한 원수일의 소설, 토지수탈정책이 본격화된 일제강점기를 배경으로 제주 해녀들의 간고한 삶과 조선의 전통문화를 서사화한 양석일의 소설, 한일 양국의 역사적 교류와 소통 공간인 쓰시마를 조선총독부에서 추방당한 아라이 도루新井徹의 정신을 통해 얽어내는 무라마쓰 다케시의 소설, 모두가 재일코리안사회의 역사와 민족, 정치 이데올로기를 천착하면서 다변화된 시대정신을 담아낸다.

김중명의 「산사전기」에서는 조선시대의 역사와 민속, 전통문화의 가치와 이미지를 살리고 궁극적으로 동아시아의 평화와 공존, 보편적 가치를 피력한다는 점에서 주목된다. 김중명 소설 『바다의 백성』은 『青丘』에 소개된 작품은 아니지만 고대의 바닷길에서 해상왕으로 군림했던 장보고의 역사를 소환해 현시대의 동아시아 평화와 공존을 피력하고 있다. 재일코리안의 입장에서 경계 의식과 초국적 순환성을 '해양'이라는 교류소통의 열린 시공간으로 풀어낸 경우다.

평론은 한일 양국의 문화교류고대에서 현대까지를 비롯해 넓은 의미에서 역사와 문학의 관계성임진왜란, 일제강점기 등, 재일코리안문학에 대한 비평으로 전개된다. 이를

들」, 「이카이노의 여자들」, 「서울의 우수」, 「시카고 복만이」, 「환상의 대국수」, 「나의 조국」, 「아들에게 보내는 편지」, 「사랑하는 대륙이여」, 「둥근달이 떴습니다」, 「봉선화 노래」 등이다

25 소설집 『시카고 복만이(福万)』는 중국의 조선족 작가 장지민의 작품(오무라 마스오 역, 「시카고 복만이」)을 비롯해 총 13명 작가의 중·단편소설로 구성된다.

테면 역사적인 인물들인 박지원, 김삿갓, 윤동주, 이태준, 아베 요시시게安部能成, 소가노야 고로曾我廼家五郎, 쓰다 젠津田仙, 역사적인 사건인 임진왜란, 위안부 문제, 전후 책임 등, 페미니즘과 민족주의 같은 사상과 이념, '탈경계'적 세계관과 보편성을 천착한 비평이다. 특히 재일코리안문학과 관련해서는 대체로 문학사적 흐름과 변용, 개별 작가와 작품에 대한 비평, 타자와의 교류소통, 미래지향적 가치관, 월경과 글로컬리즘의 관점에서 논의한 비평이 많다. 평론에서는 글로벌시대의 세계관과 디아스포라의 관점에서 구소련권의 고려인문학, 중국의 조선족문학, 사할린의 한인 문학 등과 연계해 재일코리안문학을 조명하고 있다. 태생적으로 정치와 역사, 사회와 문화의 변용지점을 공유할 수밖에 없는 코리안 디아스포라의 입장을 월경주의와 열린 세계관으로 접근하고 있다. 특히 가와무라 미나토川村湊의 비평적 시좌로 「식민지문학에서 재일문학으로」, 「고려인에서 코리안으로」, 「순문학에서 대중문학으로」, 「자유시에서 정형시로」는 세계문학과 보편성을 천착한 문학적 확장을 보여준 사례라고 할 수 있다.

수필은 총 178편으로 '수필'란에 122편, '가교'에 43편, '나의 주장'에 13편이 소개된다. 내용적으로는 한일 양국의 역사문제, 남북한 문제, 재일코리안사회의 일상까지 개별적인 감상을 포함해 다양하다. 주제 면에서 「다치하라 마사아키立原正秋와 조선」, 「표해록」, 「작품의 모티브」, 「다치하라 마사아키와 고향」, 「일본영화 속의 조선인」, 「『슬픈 섬 사할린』 집필을 끝내며」, 「「페미니즘과 조선」 집필을 끝내며」, 「조선에서 발행된 잡지」 등이 주목을 끈다. 이들 수필은 발전적인 한일 관계와 조국통일을 염원하고 재일코리안의 반듯한 자리매김을 위한 목소리를 솔직하게 담아낸 글이 주종을 이룬다.

번역 분야에서는 한국의 시, 소설, 민화, 동화가 주로 번역되었다. 번역된 소설[26]은 임원춘의 「상장賞狀」, 김학철의 「이런 여자가 있었다」, 우광훈의 「재수 없

---

26 소설의 번역은 오무라 마스오(大村益夫)에 의해 이루어졌고 번역자는 간략하게 번역 작품에 대한 원저자와 저본으로 삼은 텍스트 등에 대해 소개했다.

는 남자運のない男」, 문순태의 「녹슨 철길」, 최학의 「활어조에서生け簀にて」, 현길언의 「껍질과 속살」, 정창윤의 「덕흥 나그네」이다. 그런데 소개된 번역 작품이 한국과 중국 조선족 작가들의 작품이라는 점에서 주목된다. 특히 해방정국의 정치 이데올로기적 혼란상의 중심지였던 제주도4·3를 다룬 현길언의 소설과 일제강점기 이국에서 전개된 투쟁의 역사를 서사화한 중국 조선족 작가들임원춘·김학철·우광훈의 작품을 소개한다. 이는 코리안 디아스포라의 관점에서 조국과 민족, 역사와 이데올로기가 중첩된 서사물이라는 점에서 특기할 만하다. 한국의 전통과 민속, 역사 문화의 이미지를 묘사한 문순태·정창윤의 소설과 번역시, 번역 민화, 번역 동화는 한국적인 요소와 교훈성을 피력한다는 점에서 재일코리안사회의 민족적 아이덴티티와 무관하지 않다. 세대교체로 인해 점차 옅어지는 재일코리안사회의 민족 의식과 자기민족 아이덴티티를 의식한 일종의 교훈적 교류 플랜이라 할 수 있다.

문학 관련 대담과 좌담은 두 번에 걸쳐 소개된다. 「잡지『조선인』21년」과 「『三千里』와 『青丘』20년」이다. 앞의 대담은 21년간 발간되었던 잡지『조선인』의 종간을 맞아 하타다 다카시旗田巍와 쓰루미 슌스케鶴見俊輔가 나눈 것이고, 뒤의 좌담은 『三千里』부터 『青丘』까지 20년 동안 편집위원으로 활동해 온 김달수·강재언·이진희의 이야기다. 쓰루미 슌스케는 「잡지『조선인』21년」에서 1969년에 창간된 잡지『조선인』은 오무라大村 수용소의 폐지운동과 관련이 깊고 "김동희 구원운동이 재일조선인 문제에 대한 일본인의 시민운동으로서는 선구적[27] 이었다"는 점, 베트남 전쟁의 반대, 야나기 무네요시柳宗悦와의 만남, 국제화를 향한 지표로서 '재일조선인'의 위치 등을 진술하게 거론했다. 강재언, 이진희, 김달수는 「『三千里』와 『青丘』20년」에서 「7·4남북공동성명」의 취지를 잡지 편집의 기본으로 삼았다는 점, 북한의 핵문제에 대한 냉정한 대처, 잡지의 긍정적인 역

27   하타다 다카시·쓰루미 슌스케 대담, 「잡지『조선인』21년」, 『青丘』9, 1991, 67쪽.

할들재일조선인의 문제를 국제적인 시선과 일본·일본인 자신들의 문제로 인식, 기업인들의 문화사업 지원
한창우와 서채원, 재일코리안사회의 주체성 등을 짚었다.[28] 『青丘』에 실린 지식인 대
담좌담은 결국 재일코리안사회가 떠안고 있는 핵심적 현안들을 공론화하고 한일
양국을 향해 책임감 있게 실질적인 문제 해결을 촉구했다는 점에서 유의미하다.

서평은 재일코리안 작가의 작품집을 비롯해 한국의 문학작품과 중국 조선족
작가의 작품을 번역한 단행본에 이르기까지 다양한 문학텍스트가 상정된다. 먼
저 재일코리안 작가인 정승박의 『정승박저작집』, 김중명의 「환상의 대국수」, 김
재남의 『봉선화의 노래』를 확인할 수 있다. 안우식은 뿌리깊은 나무의 『아리랑
고개의 여행자들』, 이태의 『남부군』, 오무라 마스오는 장지민의 『시카고 복만
이』, 후지모토 도시카즈藤本敏和는 이문열의 『우리들의 일그러진 영웅』을 각각 일
본어로 번역 소개한다. 그밖에도 가와무라 미나토 『서울의 우수』, 이소가이 지
로의 평론집 『전후 일본문학 속의 조선한국』, 『재일 외국인』, 『창씨개명』, 『조선
인 여성이 본 '위안부 문제'』, 『조선 예능사』 등 일제강점기와 재일코리안사회의
현재적 지점을 엮어낸 단행본도 포함된다. 『青丘』의 '서평'란은 지식장의 공유와
확장 차원에서 국가와 민족, 역사와 이념의 경계를 넘나들며 인식의 폭을 넓히
고 교류와 소통을 이끌어낸 문화교역의 현장이라 할 수 있다.

5. 『青丘』의 역사성과 문학사적 의미

재일코리안사회에서 『青丘』는 정치역사, 사회교육, 문화사적으로 당대의 시
대사회성을 대변한 문예잡지로서 의미가 크다. 1980년대 1990년대의 국제정세
는 오랜 냉전시대를 물리고 본격적으로 탈냉전시대를 열어가던 때였다. 큰 틀의

---

28   김달수·강재언·이진희 좌담, 「『三千里』와 『青丘』 20년」, 『青丘』 20, 1994, 68~77쪽 참조.

정치사회적 변곡점에서 재일코리안사회는 보편성과 세계성에 근거한 사회문화적 정체성을 담보할 필요가 있었고, 그것을 지식인층의 담론을 통해 조망하는 미디어장이 『靑丘』였다.

『靑丘』에서 거론된 '특집 주제'와 개별적인 연구논문과 담론들은 재일코리안사회의 글로벌 국가 경쟁력, 자기민족 아이덴티티를 확보하기 위한 투쟁의 목소리였다. 이러한 넓게 보면 목소리는 탈냉전시대에 걸맞는 미래지향적인 세계관을 통해 경색된 한일관계, 남북관계, 재일코리안 자신들의 역사적 '부'의 지점들을 풀어내고자 했던 당사자들의 치열한 몸부림이라 할 수 있다. 또한 『靑丘』창간호~제25호에서는 소설을 비롯해 시, 수필, 평론, 동화, 민화 등이 소개된다. 창작소설단편 4편과 수필 평론이 있지만 많은 부분의 시, 소설, 동화는 한국작품을 일본어로 번역해 소개했다. 창작 작품시, 소설이 적은 것은 기존의 일본문학계에 알려진 발표 지면도 있었기에 굳이 신생 잡지인 『靑丘』를 활용하지 않아도 되는 현실이 작용했을 것이다. 실제로 『靑丘』가 발행되던 시기에 많은 작품을 발표했던 김석범, 김달수, 이양지, 김학영, 양석일, 이회성 등은 스바루すばる, 신쵸新潮, 고단샤講談社, 지쿠마筑摩서방, 군조群像, 가와데河出서방 등 기존의 일본문학계를 대표하는 문예잡지를 많이 활용했음을 확인할 수 있다.

그럼에도 불구하고 『靑丘』에 소개된 문학텍스트창작소설, 번역소설, 평론과 수필 등의 문학사적 의의는 결코 적지 않다. 창작소설의 경우만 하더라도 탈민족적 글쓰기 측면에서 개별 작가의 문학적 독창성과 재일코리안문학사의 변용지점으로 거론하기에 충분한 보편성과 세계문학적 가치를 담고 있기 때문이다. 특히 양석일의 「어두운 봄」은 조국과 민족, 역사와 이데올로기의 굴레를 천착하면서도 "질주감 넘치는 경쾌한 세계"[29]를 리듬감엔터테인먼트 있게 표현했다. 김중명의 「산사전

---

29   양석일 소설은 '부'의 역사적 지점을 "오직 무겁고 괴로운 형태의 이야기"가 아닌 "유머러스한 홍소(哄笑)로 가득한 세계", "질주감 넘치는 경쾌한 세계", "오탁(汚濁) 자체가 광채로 승화되는 세계"로 그려낸다(高橋敏夫, 「槪說・やんちゃんな創造的錯乱者」, 『〈在日〉文学全集』 7, 勉誠出版,

기」는 조선의 장기, 바둑, 산학자 등 역사적인 테마를 다루면서 궁극적으로는 제국과 국가 중심의 계급적 권력구도를 탈피해 수평적 등가성을 강조하는 "동아시아의 공동 공간"[30]을 서사화했다. 또한 원수일의 「제주의 여름」은 재일코리안사회의 중심인 오사카 이카이노를 무대로 '조선적인 정서'와 사회문화적 크레올 현상을 일상생활과 연계시켜 이야기했다.

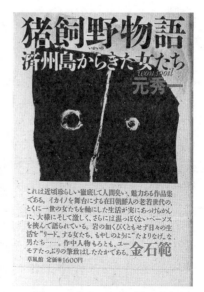

원수일, 「이카이노 이야기」, 초풍관(草風館), 1987

『靑丘』에서 작품을 소개하고 창작활동을 이어갔던 양석일을 비롯한 김중명, 원수일의 존재는 재일코리안문학사에서도 중요한 위치를 차지한다. 1980년대 제주도가 원고향인 이들 작가들이 제주도와 오사카 이카이노의 역사성과 민족성을 함의한 시공간적 특수성을 포착했다는 점에서 그러하다. 특히 양석일의 순문학적 경계를 넘어서는 엔터테인먼트를 통한 대중문학의 지향, 김중명의 과거의 역사적 지점을 통한 동아시아의 공생과 소통, 원수일의 이카이노를 무대로 펼쳐지는 글로컬 개념의 주제 의식은 재일코리안문학의 현대적 변용지점과도 깊게 맞물린다. 물론 이들 작가들이 신생 잡지 『靑丘』를 통해 작품을 발표하고 기존의 작가들과 나란히 작품성을 인정받았다는 점도 있다.

한편 재일코리안문학사에서 『靑丘』에 소개된 평론과 수필은 양적으로도 적지 않지만 내용적으로 시사하는 바가 크다. 글로컬리즘의 관점에서 디아스포라의 구심력을 천착하고 동유라시아 지역구소련권, 중국 조선족, 사할린의 해외 코리안문학과

2006, 374쪽).

30   磯貝治良, 「金重明」, 『新日本文学 -〈在日〉作家の全貌 : 94人全紹介』, 新日本文学会, 2003 (5・6合併号), 65쪽.

함께 한다는 점에서 그러하다. 디아스포라와 마이너리티의 관점에서 타자의 시선통일 독일, 일본계 아메리칸, 미일 마이너리티을 통해 통시성을 강조하며, 당사자국가가 마주하는 현안들을 조명하는 노력이 돋보인다. 특히 평론가로서 당대를 대표하는 가와무라 미나토川村湊, 안우식, 이소가이 지로磯貝治良의 문학평론은 『靑丘』의 문학적 지향점을 명확히 보여주면서 재일코리안문학의 전체지형을 조망하고 그 가치를 추출해내는 역할을 보여주었다. 수필 역시 당대에 부각된 한일관계, 남북문제, 재일코리안의 현재적 지점을 동아시아의 공존과 평화, 현실주의와 월경의 입장에서 다루었다는 점에서 주목된다.

이처럼 『靑丘』는 재일코리안문학에 한정해 거론할 수 없는 특별한 경계 의식과 월경, 디아스포라의 열린 세계관을 보여준다. 창작소설, 한국소설의 일본어 번역과 같은 편집 체제를 통해 '한민족문학' 차원의 문학적 인식을 공유하고 동아시아의 공동체 정신을 모색하는 성과들을 발신하였다. 『靑丘』의 미디어장은 창작 작품집과 비평서를 소개하며 독자층을 확대해갔고 학술적인 조명을 통해 문화교류의 다양성과 다층성을 읽어낸다. 일본문학, 한국문학, 코리안 디아스포라문학과 재일코리안문학을 연계하고 자연스럽게 문학적 확장성을 담보하는 구조가 좋은 예다. 『靑丘』에서 다른 지역국가의 문학작품과 비평세계의 지향은 국가와 민족주의, 속문주의를 넘어서 문학적 보편성과 세계 문학적 가치를 모색하는 면모를 보여준 것이기도 하다. 이같은 면모는 '88서울올림픽'을 통해 한국사회가 한층 국제사회를 향해 발신력을 높이고, 월경적인 열린 세계관을 통해 글로벌 국가 경쟁력을 확보한다는 가치와 맞물린다.

뿐만 아니라 『靑丘』는 한일관계, 남북문제, 재일코리안사회의 현재적 지점을 다룬 종합잡지나 문예지와도 비교 검토할 수 있는 시각을 제공한다는 점에서도 유의미하다. 이를테면 1970년대에 간행되었던 『마당』, 『삼천리』, 『잔소리』에서 강조되었던 담론지점조국과 민족주의, 역사와 이념과 1990년대에 간행된 『호르몬문화』, 『아리랑』의 문제 의식탈식민주의, 세계주의의 공유와 차별화다. 시기적으로 이들 1970년대와 1990년대의 중간에서 발간된『靑丘』는 당대의 국제적인 시대조류와 재일코리안사회를 둘러싼 사회적 현상들이 어떻게 공유되고 이화해 갔는지를 짚게 해주는 담론공간이다. 물론『靑丘』는 같은 1990년대에 간행된『민도』,『우리생활』,『제주도』와 동일선상에 놓고 비교 검토할 수 있는 역사적 사회문화적 지점도 있다. 글로벌리즘과 함께 디아스포라의 마이너스적 이미지에서 벗어나 플러스적 가치가 조명되기 시작하는 시점의 인문사회학적 담론구조를 엿볼 수 있기 때문이다.

미디어『호르몬문화』창간호, 신간사, 1990

어쨌거나『靑丘』는 한국의 역사와 전통 의식, 한일 양국의 역사문화적 교류지점을 통해 재일코리안의 아이덴티티를 분명히 하고자 했다. 일본의 제국과 국가주의, 이데올로기의 모순과 부조리를 학문적으로 들춰내며 재일코리안사회의 건설적인 가치와 이미지 창출을 위해 노력했다.『靑丘』는 재일코리안사회를 위해 실질적인 '가교'역을 담당했고 현장의 목소리를 듣고 문제해결을 위해 실천적으로 움직였다. 좌우와 남북한으로 반목했던 재일코리안사회의 갈등과 대립의 골을 메우고 통일조국의 실현을 위한 결집을 호소했다. 특히 국가와 민족의 경계를 넘어 구소련권과 중국, 미주지역의 코리안 담론을 공유하고 한국의 지식인들과 교류하며 넓은 의미의 한민족적 세계관에 대한 인식의 폭을 공유하는 열린 세계관을 실천한다. 이같은『靑丘』의 디아스포라의 세계관과 탈경계적인 담론공간으로서 역할은 1970~1980년대에 발간된『三千里』[1975~1987], 동시대에 발간된『민도』, 1990년대 발간된『호르몬문화』등과 공유하는 지점이면서도 또다른 차이로 인식되는 부분이다.

디아스포라의 삶과 '아버지'라는 이데올로기

1. '아버지'라는 키워드

재일코리안문학과 '아버지'의 관계는 퍽퍽하고 질기다. 초창기 재일코리안문학을 이끌었던 장혁주, 김사량의 소설을 비롯해 해방 이후의 김달수, 정승박, 이회성, 양석일, 김학영 등의 소설도 '아버지' 세대를 거칠고 곡진하게 우려낸다. 일제강점기에서 해방 이후까지 재일코리안의 역사성과 민족성, 이방인 의식과 아이덴티티 등 디아스포라로서 감내할 수밖에 없었던 간고함이 이들 세대를 관통했기 때문이다. 넓게 보면 민족적, 탈민족적 글쓰기에서 형상화되는 주류^{중심}와 비주류^{주변}의 권력구도와 연동된 '재일성', 즉 제국과 국가주의, 계급적 이데올로기가 팽배했던 시기에 근대와 탈근대의 변방에서 '신체'에 의존해 살았던 시대의 주인공들이 전세대^{조부모, 부모}였다.

재일코리안문학에서 '아버지'는 근대적, 탈근대적 글쓰기의 다양성과 변용을 상징하는 키워드다. 한 가정의 책임자, 역사적 부^父의 상징, 디아스포라의 표상이자 협력과 비협력, 좌절과 희망을 동시에 떠안을 수밖에 없었던 위치, 거기에는 항상 아버지가 있었다. 하지만 조국의 굴절된 근현대사의 산증인으로서 간고한 삶을 살아야했던 아버지에 대한 평가는 지극히 인색하고 배타적이고 건조하다. 무식하고 폭력과 광기로 덧칠된 아버지상이 대부분이었다. 아버지는 계급적이고 수직적인 권력구도에서 스스로를 타자화했고, 조국과 민족, 이웃과 가족, 세대로부터 극한적인 단절로 내몰리는 경우가 빈번했다. 재일코리안문학에서 아버지는 무늬만 남고 타자로부터 고립된 채 존재감을 잃은 한없이 외롭고 건조한 인물로 그려진다.

그러나 폭력과 광기, 단절로 표상되는 재일코리안문학의 '아버지상'에 대한 해석은 그렇게 단순하지 않다. 비상식적인 극단적 행동을 반복하면서도 끝까지 생명력을 잃지 않는 '아버지'의 내면 세계는 겉으로 드러나는 것과는 달리, 조국과 민족에 얽힌 역사성과 문화를 가장 치열하게 떠안고 지키려 했던 인물일지도 모른다. 광기와 폭력, 이단으로 표상되는 '재일성'은 아버지의 신체성과 정신적 세계, '부'의 역사와 맞물린 이데올로기적 상황과 연계될 수밖에 없는 특별한 지점이 있다. 재일코리안은 과거의 제국과 국가, 역사와 민족, 정치이데올로기의 연장선에서 현재적 삶을 살 수밖에 없는 굴절된 운명의 소유자다.

그런 관점에서 재일코리안문학에서 형상화해온 '아버지'는 대단히 복합적이고 중의적인 의미를 띤다. "재일조선인문학다운 문학"[1]으로 일컬어지는 재일 중간세대 작가들이회성, 고사명, 김학영, 이양지, 양석일 등의 작품에 등장하는 아버지는 거의 절대적인 인물로 존재한다. 이들의 문학작품은 제국과 국가, 역사와 민족에 얽힌 갈등과 대립, 해체와 단절, 민족적 정체성, 이방인 의식 등이 주로 다루어지는데 이야기의 중심에는 언제나 일그러진 아버지가 등장한다. 지금까지 이러한 '아버지상'에 대한 연구는 윤건차, 추석민, 이한창, 다케다 세이지竹田青嗣 등의 평론을 비롯해 김환기의 「재일코리안문학의 아버지상」, 이승진의 「김학영 문학의 변천」 등이 있다.[2] 대체로 일제강점기 식민과 피식민 구도에서 형성되고 변용해 왔던 재일코리안사회의 생활공간, 그리고 전후에 형성된 주류중심사회로부터 타자화

1   가와무라 미나토는 "재일코리안문학가 중에서도 1세대에 가까운 정승박, 고사명, 김석범, 김시종, 그리고 이회성, 김태생, 김학영, 최화국, 여라(麗羅), 안우식, 윤학준 등이 '재일조선인문학'을 떠맡고 있으며 '재일조선인이' '일본어로' '민족적 아이덴티티의 위기 속에서 그들의 고뇌와 저항'을 그린 문학으로서 가장 '재일조선인문학'다운 문학"이라고 했다(川村湊, 『戰後文学を問う』, 岩波書店, 1995, 204쪽).

2   윤건차는 『'재일'을 산다는 것은』(1992)에서 가족과 연계해 '가부장주의'의 위치, 추석민은 「고사명문학연구」(2008)에서 재일 1세대의 고뇌와 애환, 이한창은 「재일동포문학에 나타난 부자간의 갈등」(2008)에서 화해와 갈등, 이승진은 『김학영 문학의 변천』(2010)에서 '아버지'의 이미지 변천, 그리고 다케다 세이지(竹田青嗣)는 『'재일'이라는 근거』(1995)에서 김학영 문학을 중심으로 '아버지'를 조명한 바 있다.

된 비주류^{주변} 공간에 내재된 코리안들의 부성^{父性}을 조명하고 있다. 여기에서는 기존의 연구 성과에서 보여준 민족의 역사성과 정치사회적 측면의 '아버지상'을 짚어가며 재일 중간세대의 문학 작품에 나타난 전세대^{아버지}에 좀더 다가서 보고자 한다. 특히 일제강점기부터 해방정국을 거쳐 조국의 근대화 및 산업화와 함께 했던 아버지의 '역사성'과 '폭력성'을 주류^{중심}사회의 상대화라는 관점에서 짚고자 한다.

2. 아버지라는 시공간과 전통

재일코리안문학에서 아버지상은 어떤 이미지로 재현되고 있는가. 넓게 보면 소설 속 아버지의 이미지는 유교적 가부장제를 절대시 하는 인물, 고단한 막노동판의 인부, 외부세계와 단절된 인물, 폭력을 일삼는 광포한 인물, 무기력한 패배주의자, 고향^{조국}으로 돌아가고픈 회귀 의식의 소유자 등으로 그려진다. 먼저 재일코리안문학의 정신적 가치를 상징하는 유교적인 세계관과 연계해 전세대^{아버지}의 가부장적 사고를 보기로 하자. 사실 재일코리안사회의 형성 과정은 일제강점기 일본의 부족했던 노동력을 확보하는 과정과 깊게 맞물린다. 설령 당시 '조선인'들이 자발적으로 일본을 택했다 하더라도 거기에는 조국^{고향}에서 강행된 일제의 토지수탈과 핍박에 따른 피폐해진 삶이 전제된다. 그것은 일제강점기 국경을 넘고 현해탄을 건너간 수많은 조선인들이 농촌 출신이고 건장한 남성들이라는 점에서도 확인된다. 실제로 일본행을 택한 '조선인' 남성들의 가치관은 당대의 시대정신이었던 유교적 세계관의 연장선에서 이해할 부분이 적지 않다.

일본사회는 무사정권을 비롯해 전통적으로 계급적이고 권위적인 유교적 세계관을 정신가치의 근간으로 삼았고, 결국 그러한 유교적 가치관이 메이지유신, 제국과 국가주의, 군국적 이데올로기와 연동된다. 가부장적 가치관은 현재의 일본사회에도 여전히 잔존하고 있다. 물론 재일코리안사회에도 권위적인 가부장제는 공고했다고 할 수 있다. 특히 유교적 가치관은 재일코리안사회에 불문율처럼 자리매김하면서 민족적, 문화적 아이덴티티를 유지 계승하는 정신적 가치로 작용했고, 반대로 '적국'에서 현실세계의 모순과 부조리를 극복하는 과정에서 극단적인 행동을 표출하는 원인이기도 했다. 재일코리안문학에서 형상화되는 민족주의적 전통 의식과 미풍양속, 그리고 유교적인 가부장제 하의 비상식적인 폭력성여성비하, 가정폭력 등이 그것이다. 재일 중간세대 작가인 이회성은 그러한 민족적 전통과 남성 중심의 유교적인 세계관을 조선 여인의 일상을 통해 얽어낸다.

그 애는 아무도 이길 수가 없었어. 그렇지, 널뛰기 할 때 치마에 듬뿍 바람을 실어 어느 애보다도 높고 깨끗하게 뛰었지. 하늘은 그 애가 귀여워서 그러안고 놓아주질 않았지. 또 그네타기는 어떻고. 줄을 꽉 쥐고 실버들가지보다 높이 날아올랐다 내려오지. 그건 꼭 제비 같았어. 나는 조마조마한데 그 애는 걱정도 않고 말이야.[3]

빨랫거리에 둘러싸인 어머니는 손가락에 침을 발라 다리미의 불기운을 살핀다. '비켜라'하면서 입에 물을 잔뜩 머금고 있다가 방석 위의 옷에 뿜는 것이다. 다리미의 자루에 힘을 주어 하나하나 꼼꼼하게 주름을 펴 나가고선, 푹 숨을 쉬고 기둥시계를 쳐다보기도 한다. 다듬이질을 안하는 날은 포갠 옷가지에 헝겊을 덮어 씌워, 늘어지게 다듬이질을 하는 것이다. 매일 보는 광경이었다. 싫증나도록 보았을 텐데 어머니가 통통, 통통 다듬이질 하는 것을 쳐다보는 것은 즐거웠다. 고향의 개울가에서 본 흰 옷 입은 여인들을 어렴풋이 생각해 내고, 멀리 끌려 들어가는 기분이 된다.[4]

이회성의 소설 『다듬이질하는 여인』은 할머니가 죽은 딸장술이을 회상하는 장면에서 그네타기와 널뛰기를 통해 한국의 전통문화를 얽어냈으며, 힘든 다듬이

---

3   이회성, 이호철 역, 『다듬이질하는 여인』, 정음사, 1972, 28쪽.
4   위의 책, 51쪽.

질을 통해 가부장적 유교질서 체계에서 '조선' 여인네의 '한恨'에 얽힌 강한 생명력을 그려냈다. 이회성 소설에 등장하는 조국과 민족, 역사성과 전통에 기반한 민족 의식은 양석일의 소설에서도 구체적으로 그려진다. 민족의 전통 의식결혼식을 구체적으로 묘사한 『피와 뼈』, 조상의 제삿날 일가 친척들이 한곳에 모여 조상들께 제사를 모시는 『제사』가 그러하다. 이국땅에서도 끊임없이 조국의 전통적인 미풍양속과 민족 의식을 통해 민족적 아이덴티티를 유지 계승하고 있음을 확인할 수 있다.

그러나 재일코리안사회의 유교적 가치관이 비상식적인 형태의 폭력성여성비하, 가정폭력 등으로 반전되는 경우도 적지 않다. 양석일의 소설 『피와 뼈』에서 아버지남편로 등장하는 주인공 김준평이 보여주는 광적인 형태의 여성 편력은 재일코리안사회의 일그러진 '아버지상'을 상징적으로 보여준 좋은 예다. 김준평아버지은 도비타 유곽에서 알게 된 일본인 여성 야에ヤ重로부터 배신당하고 '조선인' 영희와 결혼한 후에도 미화와의 동거와 배신, 식모로 받아들인 일본인 여성 마사코ㅋ ㅎ子와의 동거와 배신, 기요코清子와의 동거와 배신, 간병인이었던 사다코定子와의 동거와 배신 등, 그의 여성 편력은 때와 장소를 가리지 않고 거침없이 폭주한다. 결국 외부세계와 단절된 고립된 공간에서 생을 마감하는 김준평은 모순으로 가득한 재일코리안사회의 '아버지상'을 상징하기에 부족하지 않다.

해방 전후 재일코리안들의 노동현장은 대부분이 육체적인 노동력을 요구하는 장소였으며 그야말로 살아남기 위한 생존투쟁의 현장이었다. 일제강점기를 배경으로 삼은 소설에서 조선인들은 탄광촌, 저수지 댐 공사장, 채석장, 도로건설 현장, 군수물자를 생산하는 공장, 통조림 제조공장과 같은 육체적인 막노동을 요구하는 열악한 노동조건 속에 놓여 있었다. 또한 해방 이후의 소설에서 조선인들은 육체적인 막노동 현장을 포함해 소위 '3D'로 표상되는 고철과 폐지를 수집하는 넝마장수, 파칭코, 불고기집焼肉 등 외부세계와의 계급적 교류소통을 필요로 하지 않는 공간에서 주거한 경우가 대부분이었다. 조선인의 육체노동 중심의 생활 환경은 세대가 교체되면서 점차 변화되긴 하지만 여전히 '부'의 역사성과 맞물린 열악한 생활환경에 대한 문학적 서사화는 계속된다.

고사명高史明, 1932~2023은 야마구치현에서 재일코리안 2세로 태어나 초등학교를 중퇴한 후 1950년 일본 공산당원이 되고 「밤이 세월의 발길을 어둡게 할 때」1971를 통해 등단한다. 그후 고사명은 재일조선인 소년의 고단한 삶을 그린 「산다는 것의 의미」1974, 「밤하늘에 별이 반짝이는 한」1981, 「생명의

고사명, 『밤하늘에 별이 반짝이는 한』, 백수사, 1981

우아함」1981 등을 발표하며 한일문학계로부터 주목받는다.[5] 특히 고사명은 자서전 「산다는 것의 의미」에서 석탄 노무자였던 자신의 아버지와 어머니가 정착해 살았던 야마구치현山口県의 '조선인 부락'을 다음과 같이 회상한 바 있다.

시모노세키시下関市 히코시마에彦島江의 우라쵸浦町에 있는 조선인 부락에 관한 것입니다. 아버지와 우리 형제들은 어머니가 돌아가시고 한참 있다가 그 부락으로 이사를 하였습니다. 그 부락은 시치린쵸七輪町라고 불리고 있었습니다. 에노우라쵸江浦町에 있어 에노우라쵸라고 불러도 좋을 것 같은데 시치린쵸입니다. 이렇게 부르는 데는 이유가 있습니다. 이 부락의 근처에 석탄 하치장이 있습니다. 부락의 어른들 대부분은 석탄 하치장에서 일하는 석탄 하역부입니다. 어른들은 일을 마치고 집에 돌아올 때 석탄 부스러기들을 주워옵니다. 저녁이 되면 이 석탄을 태우는 시치린七輪 : 흙으로 만든 값싼 풍로이 하수

---

5   고사명은 주로 자신의 경험을 바탕으로 자전적 작품을 발표했는데 극단적인 선택을 한 아들의 유고시를 편찬한 「나는 열두 살」, 「어둠을 먹다」 등을 통해 크게 주목받는다. 말년에 불교사상에 집중하고 주로 '정토진종'의 신란(親鸞)에 관한 저서를 발표했다.

구를 따라 골목길에 죽 늘어섭니다. 모든 시치린에는 광대의 고깔모자 같은 굴뚝이 달려 있고, 이 굴뚝에는 연기가 폭폭 피워 오릅니다. 이렇게 죽 늘어선 시치린 때문에 부락 이름도 시치린쵸가 되었다고 합니다.[6]

일제강점기 일본에서 '조선인 부락'이 형성된 지역은 대체로 '3D' 막노동의 공간으로 삶의 환경이 열악한 곳이었다. 석탄 하치장 근처에 형성된 '조선인 부락'에서 펼쳐지는 가혹한 삶의 현장은 확실히 주류主流사회의 의식주와는 거리가 먼 공간이다. 이렇게 주류사회로부터 격리된 노동현장을 중심으로 형성된 '조선인 부락'은 일제강점기에 발표된 김달수의 단편소설 「잡초처럼」을 통해서도 구체적으로 확인할 수 있다.

「잡초처럼」에 등장하는 조선인 태준은 막노동자이다. 그는 고향을 등지고 일본으로 이주하여 막노동판을 전전하며 "어떤 사람도 본인이 좋아서 막노동판의 노동자나 넝마주의가 되는 것은 아니다"[7]라고 했다. 막노동판과 넝마주의는 당대를 살았던 재일코리안들에게는 생존을 위해 선택할 수밖에 없었던 삶의 방식이었다. 김달수의 단편소설 『쓰레기』에서 팔길八吉은 막노동자의 모습에서 한발 더 나아가 처절한 생존현장으로 내몰린 인물이다. "설령 한쪽 다리가 잘리는 한이 있더라도 버려진 쓰레기 선박을 획득해야만 한다"[8]며 생명력을 선보인다. 또한 김학영의 소설 『끌』에 등장하는 아버지는 불고기집을 경영하면서 가족들에게 무자비한 폭력을 행사하는 인물이다. 이처럼 전세대의 육체적인 막노동과 폭력으로 얼룩진 신산辛酸했던 삶의 공간은 일제강점기는 물론이고 해방 이후에도 계속되었다.

---

6   高史明, 『生きることの意味』, 筑摩書房, 1986, 33쪽(추석민, 「고사명문학연구」, 『재일동포문학과 디아스포라』, 재인용).

7   金達壽, 「雑草の如く」, 『金達壽小說全集』1, 筑摩書房, 1980, 99쪽.

8   金達壽, 「塵芥」, 위의 책, 73쪽.

해방 전후에 재일코리안들이 생활 근거지로 삼았던 노동 현장은 철저하게 주류중심사회로부터 노동력 착취가 횡행하는 공간이었고, 그곳에서 조선인들의 삶은 보편성과 실존적 자아의 세계와는 거리가 있다. 외부세계와 단절된 시공간에서 아버지는 살아남기 위해 약자의 입장에서 광기와 이단으로 표상되는 자학적인 몸부림을 보인다. 그것은 일견 비상식적이고 무모해 보이지만, 지극히 본능적인 '신체성'에 의존한 생존투쟁에 내몰린 약자의 몸부림이다. 주류사회가 만들어내는 모순과 부조리 앞에서 '신체'로 맞서야 하는 '주변인'의 침묵과 비루한 몸부림은 그 자체가 저항이다. 재일코리안문학이 사소설私小說 형태의 가장 명료한 재일조선인문학다운 문학을 고집했던 이유도 그러한 자학적인 삶의 이면에 내재된 강력한 인간주의와 생명력, 그리고 저항 의식을 이끌어내는데 유효했기 때문이다.

3. 단절과 광기의 '신체성'

주류중심사회로부터 격리된 주변 공간은 애초부터 수평적 개념의 시스템이 작동할 수 없는 구조다. 그렇기에 격리된 노동현장은 계급적인 권력구도가 자리잡기 쉽고 상대적으로 비이성적인 권력형 모순과 부조리가 횡행될 소지가 크다. 집단적인 폭력이 묵인되고 공동체의 권력이 한 곳으로 집중되는 밀폐된 공간에서의 개인個人 상실은 불가피하다. '조선인 부락'에서 전세대의 패배주의와 연동된 광적인 폭력, 좌절, 고독, 무력감은 그렇게 주변화된 폐쇄적인 공간이 연출하는 신산함이다.

한편 권력화된 주류사회의 공동체 공간은 외관상 수평적인 평범한 일상을 연출하지만 실제로는 강력한 지배 이데올로기가 작동하면서 개인의 주체성을 담보할 수 없는 또 다른 의미의 폐쇄성을 불러온다. 파편화된 공간에서 개인이란 주류 세계로 편입하는 동화 혹은 저항, 아니면 패배 의식에 휩싸인 채 무기력한 삶을 이어가는 것 외에 특별한 선택지가 주어지지 않는다. 역설적일 수 있겠지만 재일코리안문학에서 '아버지'의 이단적 광기와 무력감은 그러한 제국과 국가 중심의 주류사회에 대한 강력한 저항 이데올로기이면서, 계급적인 권력구조의 주변을 살아갈 수밖에 없는 소수자의 굴절된 주체성의 표상이다.

재일 중간세대의 소설은 그러한 '조선인' 아버지들의 내외적인 저항 이데올로기를 거침없이 읽어낸다. 김학영의 대표작 『얼어붙은 입』, 『흙의 슬픔』, 『끌』 등에서 형상화되는 아버지의 비상식적인 광기와 폭력은 굴절된 삶을 상징한다. 도저히 "아버지라고 생각할 수 없는 흉악한 얼굴"[9]을 하고서 가족들에게 폭력을 자행하는 광기, 그것이야말로 김학영 소설을 가장 사소설적이고 왜곡된 이데올로기를 부조하는 요소라고 할 수 있다. 분명한 것은 재일코리안 현세대^{자녀}들이 그처럼 "가족을 괴롭히는 기계"로 표상되는 아버지의 "강박 관념적 공포감"으로부터 한 발자국도 벗어나지 못한다는 사실이다.

아마도 이따금씩 맞은 곳이 어머니 머리 부분의 급소를 빗나갔던 것일 테지요. 어머니는 실신하는 일 없이 비틀 비틀거리다가 쓰러졌고, 마치 배 안의 아이를 보호라도 하듯 새파랗게 질린 얼굴로 바닥에 엎드려 눈을 감고 머리를 떨군 채 아픔을 참는 것 같았습니다. 그리고 마침내 피가 한줄기 실처럼 끊이질 않고 천천히 관자놀이 사이를 타고 흘러내렸습니다.[10]

김학영의 소설 『흙의 슬픔』에는 현세대^{아들}가 과거에 있었던 아버지의 광기와 폭력성을 고발하는 과정이 담담한 문체로 서술된다. 절망과 분노가 바깥세계로 분출되지 못하고 상처가 축적되어가는 내향성이 서사화되고 있다. 이러한 일그

9　金鶴泳,「鑿」,『金鶴泳作品集成』,作品社, 359쪽.
10　金鶴泳,「土の悲しみ」, 위의 책, 408쪽.

양석일, 『피와 뼈』육필원고

러진 아버지상은 양석일의 『피와 뼈』에서도 매우 구체적으로 표현된다. 양석일의 『피와 뼈』는 일제강점기 제주도와 오사카大阪를 왕래하던 기미가요마루君が代丸를 통해 오사카로 들어간 제주도 출신 청년 김준평아버지의 파란만장한 삶을 서사화한다. 폐수로 악취가 진동하는 오사카의 한 후미진 골목길에서 어묵 공장을 일으켜 도박판과 사채업 살인과 폭력을 행사하는 전세대의 어둠의 세계가 리얼하게 펼쳐진다.

화가 치민 김준평은 칼을 쥐고 있는 다나베 공장장의 팔을 움켜잡고 비튼 다음 나뭇가지를 꺾듯 무릎에 대고 누르자, 다나베 공장장의 팔이 뚝 소리를 냈다. 으악! 신음 소리와 함께 다나베 공장장은 쥐고 있던 칼을 놓았다. 팔이 부러진 것이다. 그래도 공격을 늦추려 하지 않는 김준평을 네댓 직공이 달려들어 말리려 했다. 그러나 그들은 김준평의 괴력에 모두 나가 떨어졌다. 김준평은 쓰러져서 신음하고 있는 다나베 공장장의 먹살을 움켜잡고 번쩍 들어올려 벽에다 내동댕이쳤다. 벽에 내던져진 다나베 공장장의 몸둥아리가 맥없이 뒤틀렸다.

"죽여버리겠어!"[11]

주류중심사회로부터 배제된 공간에서 자행되는 전세대의 적나라한 이단적 광기는 재일 중간세대의 작품에서 종종 만날 수 있다. 김학영과 양석일의 작품에 등장하는 '아버지상'은 가족과 사회로부터 철저하게 고립된 인물로 그려지고 광포한 아버지의 모순과 부조리의 이미지는 당사자아버지의 삶이 마무리될 때까지 지속된다. 앞서 언급했듯이 일제강점기와 해방 이후까지 재일코리안의 삶은 크게 주류사회로 녹아들기, 맞서기, 아니면 무기력한 패배 의식에 젖어 살아가는 것이 고작이었다. 그러한 정형화된 계급적인 사회구도에서 이방인주변인은 어느 길을 택하든, 거기에는 강한 비판적 시좌와 주류사회의 현실과 부딪힐 수 밖에 없는 자신을 발견하게 된다. 그것은 권력화된 주류 사회의 모순과 부조리를 향한 "신체성을 특권화한"[12] 약자의 '신체적 몸부림'이다. 이른바 권력화된 중심사회와 정형화된 유교적 가치를 향한 개인의 광포한 몸부림은 일종의 신체언어로서 강한 저항적 성격을 담고 있다.

4. 아버지라는 이데올로기

재일 중간세대 작가인 김학영, 양석일, 이양지를 비롯해 현세대 현월 등의 소설에서는 아버지가 지극히 제한된 공간에서 고립된 삶을 살아가는 인물로 설정된다. 김학영의 소설에서 아버지는 일제강점기에 강제로 끌려와 "댐 공사장과 탄광 같은 곳"을 전전하며 가정폭력을 일삼는 폭군으로 묘사되고 있고, 이양지

---

11   양석일, 김석희 역, 『피와 뼈』 1, 자유포럼, 1998, 28쪽.
12   梁石日·金石範, 「血と骨の超越性をめぐって」, 『ユリイカ』 12, 靑土社, 2000, 74쪽.

의 소설은 부모의 불화와 이혼, 가족의 해체와 단절로 상처받으며 유리琉璃된 재일코리안의 아이덴티티를 얽어낸다. 그리고 이회성의 소설에서는 "일본 제국주의에 의한 조선지배의 결과 주변부 끝으로까지 흘러들어왔다"『또 다시 이 길을』고 했고 양석일의 소설에서는 광적인 폭력으로 형상화되는 아버지상을 통해 주류사회를 상대화하며 모순과 부조리를 그려낸다. 이러한 전세대 아버지의 간고한 삶은 최근의 현월, 가네시로 가즈키 등의 소설에서도 구체적이다. 여기에는 기

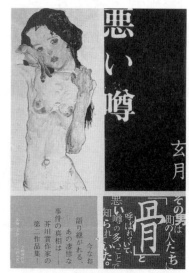

현월, 『나쁜 소문』, 문예춘추, 2000

본적으로 제국 일본이 자행한 한반도에서의 토지수탈과 전후의 냉전 이데올로기에 희생된 개인과 주류사회로부터 배제된 주변자의 '한'의 정서가 자리한다.

현월의 대표작『그늘의 집』에서 신체 불구자로서 고립된 삶을 살아가는 '서방'의 간고艱苦함은 그러한 냉전 이데올로기의 '부성'을 상징하기에 충분하다. 『그늘의 집』에서 주인공 '서방'은 가깝게 지내는 다카모토高本가 소송을 제기해 보라는 솔깃한 제안에도 불구하고 체념 섞인 한숨만 내쉰다. "손목이 잘려나간 오른팔이 돈이 된다는 얘기예요. 전쟁 때 일본군이었던 조선인 몇 명이 전상자 배상연금을 요구하는 재판을 벌이고 있는 정도는 알죠? 일본 사람하고 똑같이 싸웠으니 똑같이 보상"[13]받을 수 있다는 다카모토의 제안을 단호하게 일축한다. '서방'은 "나하곤 상관없는 일일세. 잠깐 군대에 적을 두었을 뿐인걸. 설령 받게 된다 해도 내가 저 세상에 간 뒤의 일"이라며 주류사회를 향한 투쟁을 체념해 버린다. 『그늘의 집』은 일제강점기 전쟁터에서 보냈던 젊은 시절과 그때 입은 신체적인 불구를 고스란히 안고 살아가면서도 최소한의 보상조차도 체념할 수밖에 없는

13　玄月, 『蔭の棲みか』, 文芸春秋, 2003, 17쪽.

'조선인' 집단촌의 유기遺棄된 인간서방, 타자화된 공간의 폐쇄성과 권력화된 집단의 폭력성을 고발하고 있다.

일찍이 김학영은 자신의 말더듬을 놓고 그 원인을 "왜 한국인이면서 일본으로 흘러들어와 살게 되었나 하는 질문에 봉착하게 되고 그 근원을 찾아가다 보면 민족문제에 이르게 된다"[14]라고 언급한 적이 있다. 소설을 통해서도 김학영은 개인적 불우의 원인을 "나라 잃은 민족의 슬픔"에서 찾고 있다.

> 결국 나로서는 방망이가 부러지도록 어머니의 머리를 후려치던 아버지의 광기의 근원도, 할머니의 흙의 슬픔에 유래하는 것이라고 유추하게 됩니다. 흙의 슬픔이란 나라 잃은 민족의 슬픔을 상징한다고 말할 수 있지 않을까요. 할머니가 죽음으로 덜어버린 슬픔을, 아버지는 무의식중에도 사나운 노여움으로 지워버리려 한 것이 아니겠어요? 아무튼 할머니의 무참함, 그리고 숙부의 애절한 죽음을 생각할 때, 나는 민족의 운명과 깊이 연관된 인간의 운명이라는 것에 상념이 미치지 않을 수 없답니다.[15]

인용에서도 확인되듯 재일코리안들의 불우는 결코 개인적인 문제로 끝날 수 없는 제국과 국가주의, 외부세계와의 관계성, 즉 국가와 민족, 정치와 이념, 역사와 개인으로 이어지는 근원적인 문제와 직간접적으로 맞물려 있다. 예컨대 현월 소설에서 '서방'의 '황금팔'[16]과 김학영 소설의 '말더듬'은 단순한 신체적인 불구

14　김학영, 하유상 역, 「자기해방의 문학」, 『소설집 · 얼어붙은 입』, 화동출판사, 1977, 205쪽.
15　김학영, 강상구 역, 『흙의 슬픔』, 日善企劃, 1988, 41쪽.
16　『그늘의 집』에서 서방의 '황금팔'은 전쟁 때 손목을 잃고 불구가 된 팔뚝을 가리킨다. 작품에서는 "서방은 재킷 소맷부리에서 플란넬 천으로 된 손싸개를 뺐다. 다카모토는 팔의 중간부분을 잡고, 재킷 소맷자락을 조금씩 걷어 올렸다. 손목이 잘려나간 끝부분이 소맷부리에서 그 모습을 드러냈다. 마치 두 개의 혹처럼 다소 융기된 연분홍빛 살덩이가 축축이 땀이 젖어 있다. 그러나 서방에게는 팔꿈치에 가까워짐에 따라 쭈글쭈글하고 거칠고 여기저기 검버섯이 나 있는 노인의 팔로 변해가는 것이 의외로 더욱 부끄러웠다." "햐, 오래간만에 보지만, 여전히 육감적이야. 숫총각 말의 물건 끝이 꼭 요렇게 생겼더라"며 제국 일본의 이데올로기에 희생된 젊은 날의 암울한 현실을 우회적으로 비판한다.

154　제1부 | 재일디아스포라의 문학적 시공간

가 아닌 일제강점기와 해방 이후의 재일코리안사회에 팽배했던 "한없는 부성負性"[17]을 확인시켜주는 지점이라고 할 수 있다. 따라서 재일코리안 소설에 등장하는 일그러진 '아버지상'은 단순한 개인의 패배披廢함와 불우로 치부될 수 없고 근원적으로 제국 일본, 국가 중심의 이데올로기와 밀접한 관계에 있다고 할 수 있다.

5. 아버지, 디아스포라의 표상

디아스포라Diaspora 개념은 "한 민족집단 성원들이 세계 여러 지역으로 흩어지는 과정뿐만 아니라 분산한 동족들과 그들이 거주하는 장소와 공동체"를 가리키고, "유대인의 경험뿐만 아니라 다른 민족의 국제이주, 망명, 난민, 이주노동자, 민족공동체, 문화적 차이, 정체성 등을 아우르는 포괄적인 개념"[18]으로 사용하고 있다. 따라서 디아스포라문학은 모국을 떠나 세계 각지로 이주하고 정착하는 과정에서 살아남는 고난의 생애사를 담고 있을 뿐만 아니라 지역의 위치, 타자와의 타협과 문화적 부조화 등을 성찰하는 심미적 행위이다.[19] 그런 측면에서 디아스포라의 문학적 주제는 "이방인으로서의 삶, 타자와의 투쟁, 핍박의 역사로 상징되는 '한'의 정서와 자기 정체성 문제"[20]로 귀결될 수밖에 없다.

실제로 해외 코리안문학은 '이산 민족'의 '한恨'과 부負의 역사를 형상화하면서 디아스포라문학의 전형을 보여준다. 특히 "초창기 그들의 문학에서 형상화되는 자국 중심의 논리와 이항대립적인 사고로 수렴되는 근대와 근대성 중심의 민족 담론은 그야말로 디아스포라의 전형을 묻는 작업"[21]이었다. 제주4·3으로 표

---

17   高橋敏夫,「槪說」,『〈在日〉文學全集』, 勉誠出版, 2006, 366쪽.
18   윤인진,「코리안 디아스포라─재외한인의 이주, 적응, 정체성」,『한국사회학』37, 2003, 101쪽.
19   김환기,『재일디아스포라문학』, 새미, 2006, 16쪽.
20   위의 책, 17쪽.
21   김환기,「재일코리안문학과 디아스포라」,『일본학』32, 동국대일본학연구소, 2011, 142쪽.

상되는 한반도의 비극적 현대사를 서사화했던 김석범의 문학은 인간의 보편적 가치를 되묻는 세계문학적 관점을 취한다. 또한 "'도망자 의식'에 사로잡혀 제주 4·3을 직접적으로 다룰 수 없었던 김시종의 작가적 딜레마"[22] 역시 다아스포라의 관점에서 출발한다. 해방을 전후한 민족적 글쓰기와 재일 중간세대의 이방인 의식과 민족적 아이덴티티를 읽어내는 글쓰기 역시 구심력과 원심력으로 변주하는 디아스포라적 관점을 취한다. 가장 '재일조선인문학다운 문학'으로 일컬어지는 이회성, 김학영, 이양지, 양석일 문학이 '부'의 역사성을 천착하고 가장 치열한 형태의 '재일성'을 서사화했다는 점에서 그러하다. 특히 이회성 문학은 "어디까지 흘러가는 거예요, 시모노세키下関로도 충분해요. 그걸 혼슈에서 홋카이도, 다시 가라후토樺太로. 당신이 사는 길도 거기에 따라 흘러가는 것"[23]이라는 유민 생활의 간고함을 디아스포라적 관점에서 형상화했다는 점에서 특별하다.

그러나 요즘에 와서 나는 이렇게도 상상해보곤 한다. 어머니는 남편의 팔을 찾으며 두 사람의 미완성의 생활에 끝장이 다가온 것을 누구에겐가 거부하려고 했던 것에 틀림없다. 남편이 손에 힘을 꼭 주며 도로 놓자, 그녀는 희미하게 고개를 끄덕이며 오히려 남편을 격려하려고 하지 않았을까.

"흘러가지 말아라 —."

아버지는 우리들에게 어머니 이야기를 할 때, 그녀가 그런 뜻을 가진 채 죽은 여자였다는 것을 자책하며 말했던 것이다.[24]

남편에게 "흘러가지 말아"달라고 간청하는 아내의 심경은 정착하지 못한 채 주류중심가 아닌 주변부를 '흘러'다닐 수밖에 없었던 코리안 디아스포라의 '불우

---

22   위의 글, 143쪽.
23   李恢成, 「砧をうつ女」, 『〈在日〉文学全集』 4, 勉誠出版, 2006, 263쪽.
24   위의 글, 56쪽.

성'을 상징하기에 충분하다. 뿐만이 아니라 이회성은 구소련권 '고려인' 디아스포라의 유민사를 소설화한 『유역』에서도 크림 타타르족과 '소련의 조선인'을 비유해 "적성 민족'으로 찍혀 '강제이주' 당했다"[25]는 공통점을 거론하며 디아스포라로 살아가는 구소련권 고려인들의 고난사를 지적했다.

이러한 디아스포라 의식은 재일코리안문학에서 서사화된 현대사회의 병리적 현상, 즉 해체된 가족과 개아의 상실, 세대 간의 단절, 중심과 주변의 대립, 현실과 이상의 길항을 형상화한 유미리의 소설『8월의 저편』, 『가족 시네마』, 오사카大阪 이카이노의 한국인 밀집 지역에서 한국한국인과 일본일본인의 교류와 공생을 주문하는 김길호의 소설「몬니죠」, 「이쿠노 아리랑」, 일본 땅에서 한 많은 생을 마감한 아버지의 산소 문제를 놓고 대립하는 가족간의 불협화음을 다룬 김창생의 소설「세 자매」, 재일코리안 현세대의 연애담과 세대 간의 갈등을 통해 '코리안 재패니즈' 의식을 묘사한 가네시로 가즈키金城一紀의 소설『GO』 등에서 잘 드러난다. 재일코리안 소설이 치열한 자기검증의 과정을 거치지는 않지만 코리안 디아스포라의 유민 의식을 "내 종족種族'의 한없는 부성負性"으로 엮어낸 경우이다.

일제강점기 김사량은 작가로서의 사명을 "문화인이란 최저의 저항선에서 二步後退이보후퇴 一步前進 일보전진 일하면서 싸우는 것이 임무"[26]라고 언급한 바 있다. 김달수는 작가로서의 출발점을 시가 나오야志賀直哉의 소설과 도스토옙스키의 『죄와 벌』에 묘사된 인간적인 진실에서 찾고 있다. "진실이란 어떠한 생활을 영위하는 사람이건, 조선인·일본인 관계없이 어느 누구에게나 공통"[27]적으로 존재한다는 점을 의식하고 창작활동의 계기를 "일본인들의 인간적 진실에 호소"하는 데서 찾았다. 제국 일본의 왜곡된 역사인식과 계급성을 있는 그대로의 '부성'을 토대로 재검토하고 잃어버린 민족 의식과 주체성을 회복한다는 강한 작가

25   이회성, 김석희 역, 『유역』, 한길사, 1992, 450쪽.

26   김윤식, 『한일문학의 관련양상』, 일지사, 1974, 50쪽.

27   金達壽, 『私のアリラン歌』, 中央公論社, 1977, 170쪽.

적 의지로 이해할 수 있다. 이러한 일본 제국주의의 모순과 부조리를 들추어내고 왜곡된 국가 이데올로기의 실체를 고발하며 피폐화된 '조선인'의 현실을 '인간적 진실'에 호소하는 재일코리안문학의 서사구조는 일본문학의 사소설적 형식을 띠면서도 보편적 가치를 담보한다. 디아스포라문학의 사소설의 양식과 보편적 가치는 재일코리안문학을 포함해 경계^{국가, 민족, 종교, 세대} 등를 넘어 민족과 탈민족적 관점에서 끊임없이 제국과 국가주의, 계급적 이데올로기, 자기^{국가} 중심적 세계관을 비판하는 근거로 작동한다

'오사카'라는 장소성과 젠더정치

1. 오사카의 '자이니치'와 제주도

오사카 지역은 재일코리안문학의 독자적인 영역과 존재성을 담보하는 상징적인 시공간으로써 일제강점기부터 재일코리안의 정치역사, 사회문화의 거점으로 기능한다. 특히 오사카 이카이노는 한국과 일본의 굴절된 근현대사의 부성負性을 간직한 시공간으로서 재일코리안사회의 애환이 가득한 장소이다. 오사카는 전통적으로 상공업의 발달로 많은 노동력을 필요로 할 수밖에 없었고 그러한 지역적 특수성을 배경으로 인적, 물적 교류가 활발했던 경제 거점도시였다. 일제강점기부터 재일코리안이 오사카로 몰려든 것은 그곳의 경제적 상황과 맞물린 장소성이 특별했기 때문이었다. 해방 직후 한반도의 극심한 정치적 혼란상과 제주4·3을 피해 밀항한 조선인들이 몰려든 것도 그러한 지역적 특수성과 무관하지 않다.

재일코리안문학은 그러한 오사카 지역의 정치경제, 사회문화, 역사성을 배경으로 제국과 국가중심의 권력구도에서 배태되는 폭력성과 부조리에 대한 고발과 투쟁을 서사화했다. 특히 재일코리안문학은 제국주의와 국가 이데올로기에 함몰된 민족의 주체성과 보편적 가치를 천착하고 주류중심사회에 비판적 시선을 발신하며 건전한 타자로서의 역할을 자임한다. 말하자면 문학적 서사화를 통해 일본일본인의 왜곡된 역사 인식과 가치관을 바로잡고 보편성과 등가주의에 근거한 생산과 분배, 공생 정신까지 제시하는 주체성과 자의식을 보여준다. 김석범 문학의 '역사성'과 '정치성'에 근거한 민족적 글쓰기, 역사와 현실을 넘나드는 양석일 문학의 '초월성', 주류중심사회의 폭력성과 현대사회의 병리 현상을 천착한 현월 문학, 김창생과 김길호의 문학에서 보여주는 공생 정신 등, 오사카를 배경으로 한 재일코리안문학의 상상력은 스펙트럼이 넓고 상징적이다. 재일코리안 작가들의 확장된 문학적 상상력은 조국의 굴절된 근현대사와 함께 했던 오사카 지역에 뿌리를 두면서 그들 문학만의 리얼리티와 로컬리티의 대변자 역할을 수행했다. 특히 오사카에서 태어나고 성장했던 재일코리안 작가들이 유난히 많다는 점[1]도 그러한 역사적, 사회문화적 지점과 무관하지 않다.

넓게 보면 오사카 이카이노는 일제강점기와 해방 이후의 한일관계와 맞물려 형성된 공간이지만 내적으로는 제주도와 불가분의 관계 속에서 발전했던 재일코리안의 중심지다. 그래서이겠지만 오사카 이쿠노에는 제주도와 관련된 특수한 역사적, 사회문화적 지점이 적지 않다. 한국에서 제주도 방언을 연구하는 언어학자가 이카이노를 찾고 제주도 출신 할머니로부터 방언을 조사했다는 사실은 그곳이 특별한 역사성과 재일성을 간직한 공간임을 말해준다. 말하자면 오사카는 조국의 굴절된 근현대사의 월경의 공간으로서 제주도제주4·3, 유교적 가부장제, 일상화된 마이너리티 문화를 표상하는 거점이었다. 재일코리안문학은 그러한 오사카 이카이노만의 독창적인 로컬리티, 역사성과 사회문화적 지점을 다양한 형태로 서사화했다고 할 수 있다.

특히 재일코리안문학과 제주도라는 관점에서 보면 한층 다양한 연계성을 확인할 수 있다. '제주4·3'을 비롯해 제주도의 민속과 전통, 사회문화, 지역성으로 대변되는 종교의식, 해녀들의 삶과 애환, 여성들의 강한 생활력 등이 구체적으로 이야기된다. 종추월의 「물오리」, 김중명의 「순옥 할머니의 신세타령」, 김길호

1 　제주도에 연고를 둔 재일코리안 작가는 총 17명이며 남성이 10명 여성이 7명이다. 소설가로서는 김석범, 김태생과 같은 1세대 작가를 비롯해 양석일, 원수일, 김계자, 김창생, 김길호, 이양지, 김중명, 김마스미, 현월과 같은 작가가 있고, 시인으로서는 김시종, 정인, 종추월, 허옥녀가 있다. 그리고 아동문학가 고정자와 논픽션 작가 고찬유가 있다. 이들의 문학은 어떤 식으로든 직·간접적으로 체화된 제주도를 작품 속에서 그려내고 있다. (김길호, 「제주 출신 및 본적지(원적지)를 제주에 둔 재일동포들의 문학활동」, 『재일 제주인의 삶과 제주도』, 제주발전연구원 외, 2005 참조)

의 「이쿠노 아리랑」에서 서사화되는 제주도의
해녀 문화, 원수일의 「이카이노 이야기」, 김창
생의 「세자매」에서 그려지는 제주 여성의 강
한 생활력은 오사카 이카이노에 형성된 코리
안 문화의 아이덴티티를 확인시켜준다. 김태
생의 「고향 풍경」과 현월의 『그늘의 집』에서
는 제주도를 이렇게 묘사한다.

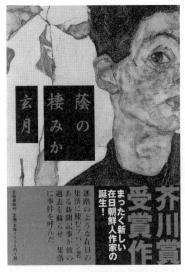

현월, 『그늘의 집』, 문예춘추, 2000

> 노란 유채꽃 군생과 보리밭의 짙은 녹색 들판
> 풍경이 눈에 스며들 듯 펼쳐져 있었다. 노란 유
> 채꽃, 보리, 어린 풀의 녹색 사이를 가느다랗게 뚫고 나간 들길을 하얀 모습의 한 여인
> 이 머리에 흰 수건을 두르고 머리끝을 묶고, 옆구리에는 대나무 소쿠리를 안고서 풍경
> 안쪽으로 걸어가고 있다.[2]

> 서방의 아버지 세대들은 광장 한쪽에 공동변소를 지을 때, 바로 옆에다 울타리만 둘
> 러쳐 돼지우리를 만들었다. 그것은 아버지들의 고향 제주도에서는 일반적인 방식이었
> 다. 돼지들은 인분을 먹고 자란다. 물론 똥범벅이 되지만 비에 씻길 때까지 그대로 놔
> 둔다. 돼지 분뇨는 보릿짚과 섞어 발효시켜 비료를 만들어 이웃 동네 농가에서 약간의
> 쌀이나 채소와 교환한다.[3]

이처럼 제주도가 원고향인 재일코리안 작가들은 제주도의 민속과 전통, 토속
적인 아름다움과 문화적인 현상을 작품 속으로 끌어들인다. 노란 유채꽃이 가득
한 들판과 짙은 녹색 보리밭 풍경을 서정성 풍부하게 묘사하고, 인분을 먹고 자

2   金泰生, 「故郷の風景」, 『くじゃく亭通信』, 1979, 35쪽.
3   玄月, 『陰の棲みか』, 文藝春秋, 2000, 23쪽.

라는 토속적 '똥'돼지에 얽힌 이야기를 통해 자연스럽게 제주도를 그린다. 특히 김태생의 서정성 넘치는 잔잔한 문체에 내재된 제주도^{고향}를 향한 노스탤지어는 이국생활에 지친 재일코리안의 곡진한 심경을 잘 보여준다.

오사카와 불가분의 제주4·3에 대한 문학적인 형상화는 한층 구체적으로 간고함과 치열함을 동반하며 생명력 있게 전개된다. 재일코리안문학에서 오사카를 시공간적 배경으로 제주4·3을 서사화한 작품으로는 김석범의 『화산도』, 김길호의 『이쿠노 아리랑』, 김중명의 「순옥 할머니의 신세타령」, 김태생의 『후예』 등이 대표적이다. 김길호의 『이쿠노 아리랑』은 제주4·3 당시 시아버지와 남편을 잃고 일본으로 피신할 수밖에 없었던 70대 할머니의 한 많은 삶의 궤적을 통해 참혹했던 제주4·3을 고발한다. 김중명의 「순옥 할머니의 신세타령」은 제주도 해녀 출신인 할머니의 '신세타령'을 통해 제주4·3 당시 제주도민들의 불만·봉기·죽음·피신, 서북청년단의 무자비한 폭력, 군과 경찰의 전면적인 토벌 작전, 도민들의 학살 등을 담담하게 소환한다.

고향^{제주도}을 잃고 오사카에 정착해 살아가는 제주 출신 할머니들에게 제주4·3에 얽힌 원한과 상처는 간고했던 세월의 주름살만큼이나 깊고 서글프다.

제주4·3에 대한 김석범의 문학적 상상력은 디아스포라의 중층성을 근간으로 양적으로나 내용적으로도 치열하게 전개된다는 점에서 서사문학의 새로운 장을 열었다고 할 수 있다. 비록 오사카가 작품의 직접적인 시공간으로 설정되지는 않지만 그의 문학은 제주4·3을 둘러싼 군경찰과 무장대의 충돌, 제주도민 사이의 얽히고설킨 갈등과 대립, 인간적인 고뇌 등을 중심으로 제주도를 그려낸다. 특히 굴절된 현대사의 시공간인 제주도를 둘러싼 복합적이고 중층적인 역사·정치, 이데올로기의 연환 구조를 형상화한 『까마귀의 죽음』과 『화산도』는 제주4·3문학의 꽃이자 "기적과 같은 작품"[4]으로 자리매김한다.

---

4   오카모토 아쓰시, 『재일 디아스포라문학의 글로컬리즘과 문화정치학』, 동국대문화학술원 일본학연구소, 2015, 2쪽.

대하소설『화산도』는 1948년 군경찰과 무장대, 제주도민을 둘러싼 치열한 정치 이데올로기의 반목과 대결을 생생하게 그려낸다. 등장인물 상호 간의 사상적, 인간적 고뇌의 현장은 제주도의 수많은 오름만큼이나 다채롭고 서늘하다. 군경찰, 무장대, 제주도민 사이의 얽히고설킨 정치 이데올로기와 물리적 충돌, 인간적인 고뇌를 서사화 했는데, 역설적이지만 "슬퍼할 수 있는 자유"와 "슬퍼할 수 있는 자유의 기쁨"[5]을 확보하는 형태로 전개된다. 제주4·3은 김태생의『후예』, 『보금자리를 떠난다』를 통해서도 잔잔하게 소환된다.『후예』는 한라산으로 들어간 무장대에 선전용 종이쪽지를 전해주는 소년과 그를 맞이하는 연상의 소년 사이의 짧은 만남과 우정을 그린다.『보금자리를 떠난다』는 제주4·3의 정치 이데올로기적 배경과 서북청년단의 횡포, 이승만 정권의 5·10선거를 바라보는 제주도민의 시선을 천착한다. 특히 제주4·3 당시의 첨예했던 정치 이데올로기를 중심으로 군경찰과 무장대의 충돌, 서북청년단의 횡포, 제주도민의 억울한 죽음과 희생을 고발한다.

재일코리안문학에서 제주4·3을 포함한 제주도 표상은 일본의 전통적인 문학 형식의 하나인 '사소설의 말'과 '사회소설의 말'[6]로 그려지면서 한일 양국의 문학계로부터 큰 관심을 불러일으켰다. 특히 한국문학계에서는 '4·3'으로 표상되는 해방공간의 문학적 공백을 재일코리안문학이 채웠다는 문학사적 의미를 부여한다.

---

5   金石範,『金石範『火山島』を語る』, 右文書院, 2010, 66쪽.

6   하야시 고지(林浩治)는 김석범은 "주로 '사회소설의 말'로 제주도를 그렸고, 김태생은 주로 '사소설의 말'로 재일을 써내려 갔다"며 두 작가의 제주4·3에 대한 상이한 문학적 접근을 지적한 바 있다(林浩治,『在日朝鮮人日本語文學論』, 新幹社, 1991, 120쪽 참조).

2. 유교적 가부장제와 조선인 여성

재일코리안문학은 일찍부터 글로컬 개념을 통해 변용하는 시대정신을 수혈하며 다양한 가치관의 전환과 글쓰기를 보여주었다. 1975년 문예잡지『삼천리』의 발간과 1989년대『청구』의 발간은 그러한 경계 의식과 트랜스네이션, 디아스포라의 세계관을 실천적으로 개진한 미디어장으로 기능했다. 특히 재일코리안문학은 글로벌시대에 걸맞는 변용된 개념의 주제 의식을 다양한 형태로 얽어낸다. 탈민족적이고 지역성로컬에 기반한 글로컬리즘의 관점에서 개별성과 공생 의식을 천착한 서사구조의 성격을 띤다. 이를테면 가네시로 가즈키金城一紀, 유미리, 사기사와 메구무鷺沢萠의 소설에서 현실주의와 맞물린 실존적 자아, 김창생, 종추월, 김길호의 소설에서 월경적 '여성상'이 이야기된다. 많은 재일코리안 시인들의 작품 활동[7]과 역사소설김중명, 아동소설이주인 시즈카(伊集院静), 논픽션고찬유 작가의 출현도 시대변화에 따른 초국적 탈민족 분위기와 무관하지 않다. 이러한 문학적 변용 양상은 민족적 정체성을 포함해 현실주의와 맞물린 주체적인 목소리로 구체화된다. 특히 최근 경계인과 디아스포라의 '탈'의식적 세계관은 재일코리안문학의 달라진 '재일성'을 함의한다.

재일코리안문학에서 주제화되는 조선인 '여성상'은 그러한 변화하는 시대 정서를 징후적으로 보여준다. 그동안 재일코리안문학에서는 남성 중심의 가부장적 가치관이 지배적이었고, 여성의 존재는 언제나 수동적으로 지배받는 위치로 존재했다. 예컨대 양석일의『피와 뼈』에 등장하는 여성은 한가정의 어머니이고 아내였지만 단 한 번도 능동적이고 주체적인 어머니와 아내로서의 입장을 보여

---

7 『재일코리안 시선집(在日コリアン詩選集)』은 1916년부터 2004년까지 재일코리안 시인들의 작품을 수록하고 있다. 해방 이후는 김시종, 최화국, 허남기를 비롯해 총 45명의 작품을 수록하였고, 해방 이전은 주요한, 김희명, 정지용, 김용제 등의 작품을 수록했다(森田進·佐川亜紀編, 『在日コリアン詩選集』, 土曜美術社出版販賣, 2005 참조).

주지 못한다. 공고한 남성 중심의 사회에서 마지막까지 수동적인 삶을 살아야만
했다. 하지만 최근의 재일코리안문학에 등장하는 여성들은 어머니로서 아내로
서 며느리로서 주체적 목소리를 굳이 낮추거나 감추려 하지 않는다. 당당한 주
체로서의 여성, 생명력의 원천이라는 여성의 관점을 견지한다. 이렇게 변용하는
재일코리안문학의 여성상은 양석일 문학을 비롯해 김학영, 원수일, 종추월, 김창
생 등의 작품을 통해 읽을 수 있다.

　사실 재일코리안문학에서 남성 중심의 가부장적 가치관과 전통적인 여성상
에 대한 서사화는 폭넓게 전개되었다. 해방 이후의 김달수, 김석범의 소설을 비
롯해 재일 중간세대인 이회성, 김학영, 양석일의 소설, 현세대 작가인 현월, 가네
시로 가즈키의 소설에 이르기까지 재일코리안문학에서 중심적 역할은 늘 남성
의 몫이었다. 재일코리안이 피해갈 수 없는 특수한 입장, 즉 역사성과 민족성을
함의한 자기^{민족} 아이덴티티까지 여성이라는 주체는 항상 변방에 머물렀다. 이러
한 주체적 여성상의 부재는 이국의 열악할 사회적 환경에서 가정을 우선시했던
재일코리안사회의 유교적 가치관이 작동하는 상황과 맞물려 있다. 양석일의『피
와 뼈』, 김학영의『얼어붙은 입』에서 서사화되는 남성상^{아버지}과 김창생, 가네시로
가즈키의 소설 속 남성들은 그러한 가부장적 가치관으로 역사성과 민족성으로
수렴되는 근대^{근대성}를 표상한다.

　재일코리안문학의 조선인 여성상은 종적^{수직적} 개념의 유교적인 질서체계에 익
숙한 순종적 이미지가 지배적이다. 치열한 생존경쟁과 폭력적인 남편 앞에서 탈
출구 없이 자포자기로 내몰리는 여성들이 대부분이다. 특히 이회성과 김학영의
소설은 조선인 여성들의 '신세타령'과 한으로 점철된 이국생활을 독특한 시좌로
읽어낸다. 철저하게 주변화된 조선인 어머니^{아내}의 목소리를 '한'의 정서로 용해
시키고 있다. 이들의 소설에서는 남성의 폭언에 시달리고 폭력을 수동적으로 받
아들이며 살아가는 재일 1세대 어머니의 모습을 통해 시대의 희생적 타자를 그
려낸다.[8] 재일코리안문학에서 가부장적 사회구조에서 희생당하는 여성성은 지

극히 자연스럽게 부조된다. 제국과 국가주의 체제에서 계급적인 권력 구도는 인간사회의 모순과 부조리까지 감싸 안는 근대적(근대성) 논리를 통해 주체적인 여성상을 처음부터 허용하지 않는다.

해방 이후의 재일코리안사회는 조국의 극심했던 정치 이데올로기적 분열 현상과 떼어놓고 생각하기 어렵다. 당시 민단과 조총련 사이의 극한적인 대립은 좌우와 남북한의 정치 이데올로기적 혼란상의 축소판을 연상케 하기에 충분했다. 재일코리안문학 역시 조국의 극심한 시대적 혼란상을 비켜갈 수 없었다. 초창기의 김달수, 김석범, 정승박 등의 문학이 강력히 역사성과 민족성을 의식하고 자기민족(민족) 아이덴티티를 고민했던 것은 그러한 시대적 분위기와 무관하지 않다. 특히 해방 직후의 재일코리안문학에 등장하는 인물들은 남성이든 여성이든 정치역사의 이데올로기에서 자유로울 수 없었고, 그것은 결과적으로 개인(개아)을 의식한 주체적인 실존적 내면추구로 이어지지 못하는 결과를 낳았다. 설령 보편성에 입각한 실존적 인물상을 내세웠다 하더라도 문학적 행위 자체가 냉전 이데올로기의 거대담론에 묻힐 수밖에 없는 처지였다.

김달수의 『태백산맥』, 김석범의 『화산도』 등은 그러한 해방 조국의 현실과 이상이 상충하는 과정에서 민족주의에 입각한 지식인과 민중상을 천착한 성과였다. 그들의 문학에 등장하는 여성들은 기본적으로 격동기의 정치 이데올로기에 희생당하며 경계선상에 위치한 특수한 '재일'이라는 시공간에 갇힐 수밖에 없는 존재였다. 따라서 해방 직후의 복잡한 시대 상황과 정치 이데올로기를 내세운 재일코리안문학에서 여성이라는 존재는 민족주의적 시좌를 한층 견고하게 다지거나 정당성을 필요로 하는 인물들에게 힘을 실어주는 '들러리' 이상일 수 없었다.

『태백산맥』에서 친일파이고 기회주의자인 백세필이 집안의 식모인 유연숙과 아들 백성호의 결혼을 반대하는 과정이 묘하게 엉킨다. 강력한 민족주의자인 백

---

8   金熏我, 『在日朝鮮人 女性文學論』, 作品社, 2004, 23쪽.

성호가 "아버지는 나라와 민족을 팔아 일제의 백작이나 자작이라도 된 집안의 사람을 원하시는지 모르겠습니다만, 그녀의 아버지는 그런 인간들과는 정반대로 조선을 되찾기 위해 독립운동을 하다 비통하게 옥사하신 분"[9]이라고 항변한다. 또한 혁명운동에 투신했던 자신이 독립운동을 하다 옥사한 부친을 둔 연숙과 결혼하는 것이야말로 정당하다는 것이다. 태생적인 집안 내력이 아닌 한 인격체로서 주체적인 모습을 의식하기보다 어디까지나 연숙을 민족주의자인 백성오의 인격완성과 정당성 확보를 위한 보조적인 역할만 부여하는 형국이다. 재일코리안문학에서 역사와 민족성, 자기민족 아이덴티티 중심의 서사구조에서 여성이 주체적인 역할보다 보조역 내지 희생자로 존재하는 경우는 세대교체 이후에도 크게 변하지 않는다. 재일 중간세대 작가로 일컬어지는 김학영과 양석일의 소설에 등장하는 여성들이 대표적이다. 이들의 소설에서 전세대 여성들조모, 어머니은 유교적인 가부장제 아래에서 강력한 '괴물'로 존재하는 아버지상과 굴절된 자식들현세대의 이미지를 한층 돋보이게 만드는 조력자에 지나지 않는다.

이를테면 김학영의 「얼어붙은 입」을 비롯해서 「알콜램프」, 「착미」, 「겨울의 빛」, 「흙의 슬픔」에서는 주인공인 현세대의 치열한 내향적 자기 탈각 작업의 이미지를 강화하기 위해 다양한 문학적 장치를 동원한다. 이들 작품에서 어머니는 사회적으로 가정적으로 철저하게 희생자로 등장하며 조력자의 역할을 수행한다. 잃어버린 조국-아버지의 일본행-민족차별-현실비관-가정폭력-현세대의 말더듬으로 이어지는 연결고리인 셈이다. 어머니는 조국-아버지-현세대 사이에 가로놓인 일련의 부의 역사성과 맞물린 유교적 질서에 매몰된 인간상으로 그려진다. 재일코리안사회의 인간군상에서 조모와 어머니는 사회와 가족으로부터 철저하게 소외되고 조부와 아버지의 부자비한 폭력에 무방비로 노출되는 존재이다.

---

9   金達壽, 『金達壽小說全集七』, 筑摩書房, 1980, 49쪽.

조모의 자살에 대한 분명한 원인은 아버지도 잘 모르고 있는 것 같던데, 역시 술꾼인 조부의 난폭함에 견디지 못했던 것이 가장 큰 원인인 것 같습니다. 아버지에 따르면, 술을 마시면 뒷골목 깡패마냥 동료 인부들과의 싸움이 그치질 않았다고 합니다. (…중 략…) 그런 반복되는 싸움에 조모는 혐오감을 느꼈을 것으로 생각합니다. 그리고 일본 어도 마음대로 구사하지 못했다고 하니까 주변 사람들과 어울릴 수 없었던 적적함도 죽음으로 내모는 하나의 원인이었을 것입니다. 같은 동포 아주머니가 찾아오면 종종 '쓸쓸하다' '조선으로 돌아가고 싶다'는 말을 했다고 합니다.[10]

김학영의 소설『흙의 슬픔』에서 조모는 '적국'에서 일본어도 구사하지 못하면서 주변사람들과 어울릴 수 없었고 '적적함'에 "조선으로 돌아가고 싶다"며 자살했고, 어머니는 아버지의 폭력에 두개골의 골절상과 뇌진탕을 당하는 존재로 그려진다. 그리고 양석일의『피와 뼈』에서는 김준평의 무식하고 잔인한 아버지상을 극대화하기 위해 "정체불명의 괴물 같은"[11] 그의 육체에 제압당하는 여성들을 그려내고 있다. 폭력배 자식준평의 아들의 반윤리적 이미지의 극대화를 위해서도 어김없이 여성들의 희생을 동원했다. 특히『피와 뼈』는 남성의 절대적인 권력과 폭력에 희생되는 여성의 위치를 극적으로 재현하고 있다.

김준평이 가족을 소개하자 영희는 거북한 표정으로 고개를 숙였다. 느닷없는 결혼식, 그것도 한쪽 당사자가 일방적으로 마련한 결혼식에, 영문도 모른 채 참석한 다른 쪽 당사자는 마치 피고처럼 앉아 있다. 너무나 우스꽝스럽다. 하지만 이 우스꽝스러움에는 부당하고 참을 수 없는 것이 있다. 그것은 유교적인 윤리관에 얽매여 있다는 것이었다. 설령 두 남녀가 미혼이라 해도, 혼전에 육체관계를 맺은 것은 불륜일 뿐이다. 이 결혼은 그 점을 전제로 하고 있었다. 그리고 이 모임을 과연 결혼식이라고 말할 수 있을까.[12]

10   金鶴泳,「土の悲しみ」『金鶴泳作品集成』, 作品社, 1986, 416쪽.
11   양석일, 김석희 역,『피와 뼈』3, 자유포럼, 1998, 123쪽.

남성의 압도적인 권력폭력에 결혼식까지 일방적으로 이끌려가야 하는 영희여성의 처지는 처음부터 주체적인 자의식을 허용하지 않는 서발턴의 조건을 보여준다. 남편의 절대 권력에 복종하며 한가정의 어머니로서 아내로서 피고처럼 앉아 있어야 하는 희생을 강요당한다. 『피와 뼈』에서는 시종일관 주인공 김준평의 무자비한 폭력과 여성을 향한 '성의 굴욕'이 반복적으로 재생산된다. 이러한 가부장적 사고는 "피는 물보다 진하다는 말도 있지만, 뼈는 피보다도 진하다", "피는 어머니한테 받고 뼈는 아버지한테 받는다"[13]는 논리로 아버지의 존재를 공고히 한다. 일종의 김준평이라는 비상식적인 무뢰한의 광기와 이단을 통해 유교적 가치관을 비트는 서사구조인 셈이다. 여기에는 마이너리티가 부성負性을 표출하는 과정을 통해 주류主心사회를 향한 저항과 비정상적인 남성 중심의 가부장적 가치관을 비판하는 의미가 담긴다. 이러한 양석일 소설의 서사구조는 재일코리안사회에 내재된 실질적 가치와 이미지를 대변하면서 동시에 주류사회로부터 격리된 그들 사회의 신산한 일상을 피력한 것으로 이해할 수 있다. 양석일 소설에서 전세대 여성들조모와 어머니의 '신세타령'과 '한'의 소리로 수렴되는 희생적인 삶 역시 디아스포라의 간고한 현재적 지점에 대한 고발에 다름 아니다.

김창생의 문학에서의 가부장적 가치관도 대단히 구체적으로 묘사된다. 특히 전통적인 조상의 산소와 제사 문제를 거론한다는 점에서 독창적이다. 김창생의 소설 「도새기」와 「세 자매」에서는 장남 천수에 의해 부모님의 유골을 제주도로 이장하고, 현재는 덩그러니 유골함만 남아있는 '조선사'에서 세 자매화덕, 화선, 화순가 만나 돌아가신 부모를 추억한다. 제주도에서 부모님의 산소를 관리하는 지인에게 감사의 표시로 '외국환'을 보냈다가 그쪽에서 '빨갱이'로 몰려 고생했다는 이야기도 포함된다. 소설 「피크닉」은 주인공 아사미朝實의 지난날에 대한 추억, 즉 아버지 장례식 날 무명천으로 만든 조선식 상복을 입고 곤란해 했던 일, 생전

---

12   梁石日,『血と骨』上, 幻冬舍文庫, 2000, 160쪽.
13   위의 책, 330쪽.

에 아버지가 유난히 좋아했던 주먹밥에 얽힌 사연, 할머니 생전에 유모차 가득 폐지를 싣고 한숨 돌리던 모습이 부끄럽다며 외면했던 불효의 기억, 아버지가 자신의 이름을 아사미로 지은 사연딸에게 조선인으로서 결실을 맺는 삶을 살았으면 한다는 아버지의 마음 등을 그리고 있다. 「피크닉」에서는 현세대 아사미가 과거 불임 치료 끝에 여자아이를 낳은 어머니와 그 아이가 대를 이을 남자애가 아니라며 낙담하는 아버지를 회상하는 내용도 담긴다. 모두가 재일코리안사회에 팽배했던 남성 중심적 세계의 단면을 보여준 예이다.

김창생의 소설 「벌초」에서는 제주 4·3 당시 의귀리衣貴里에서 학살당했던 사람들의 공동묘지를 벌초하는 순례단의 이야기를 통해 해방정국 제주도에서 벌어진 참혹한 살육의 현장을 고발한다. 조상의 산소와 제사 문제를 통해 제국과 국가주의, 굴절된 이데올로기, 근대와 근대성, 부의 역사성을 함의한 거대 담론을 이끌어내고 과거의 왜곡된 역사를 되짚는다. 재일코리안사회의 유교적 가부장제와 권력화된 가치의 모순 / 부조리를 현실주의로 얽어내는 작가의 주체적 자의식이 돋보인다.

오사카 이쿠노를 무대로 작품 활동을 하는 종추월의 소설에서도 유교적 가부장제는 비중 있게 그려진다. 그녀의 「이카이노 태평 안경猪飼野のんき眼鏡」은 "오빠를 부여잡고 등 뒤에서 울던 어머니처럼, 순자 또한 남편의 등 뒤에서 우는 슬픔의 한가운데에서, 인과율처럼 재일하는 여자들의 업"[14]을 다루고 있다. 그리고 소설 「불꽃華火」은 결혼 17년차의 경자京子가 남편의 사업 실패와 되풀이되는 폭력을 피해 가출하는 사연을 담고 있다. 재일코리안사회에 남아있는 유교적 가치관을 수동적으로 받아들이는 그녀의 현실 인식이 처연하다.

조선 여자의 업, 유교에 지배받은 여자의 업은 여자가 바란 것이 아니다.

---

14   宗秋月, 「猪飼野のんき眼鏡」, 『民濤』, 1987.11, 218쪽.

유교가 무엇인가를, 유교라는 두 글자를 알지 못한 채 카르마[옆]에 지배되고 죽어간 부모들의 부조리를 어쩔 수 없이 살아야 했던 재일의 부모들에게, 유교라는 부조리가 들러붙음으로써 비로소 성립된 '집'이 아니었던가. 그리하여 남자들보다 훨씬 불우를 강요당한 것이 여자의 위치였다고 경자는 업의 성립을 추측했다.

경자의 어머니, 친척 여자들 모두가 아니 소매가 맞부딪힐 뿐인 관계성의 여자들도 다소의 차이는 있더라도 재일의 원시적, 원초적인 카르마에 통곡하는 통곡했던 여자들이었다.[15]

과거에서 현재로, 전세대에서 현세대로 또 다음 세대로 이어질 재일코리안사회에서 여성들은 "조선 여자의 업, 유교에 지배받는 여자의 업", 그 업의 굴레를 어떻게 받아들여야 할지 고민한다. 하지만 현세대 경자의 현실 인식은 "조선 여자의 업"이란 관념에 갇혀 탈출구를 찾지 못한다. 가출을 일삼으며 때로는 행상을 하는 노파[어머니]에게 폭력을 휘두르는 '사내아들'에게 "네놈이 그래도 인간이냐"고 외치며 '업'의 소멸을 시도해 보지만, '조선 여자'의 목소리에 힘이 실리는 분위기가 아니다. 공고한 유교적 가부장제가 자리잡은 일상의 시공간에서 여성들의 '업'은 굴절된 역사만큼이나 탈출구를 찾기가 어렵다.

하지만 김창생의 소설에서 현세대 여성들은 기존의 남성 중심의 가부장적 가치관을 단호하게 거부한다. 그녀의 소설은 민족주의를 의식한 역사성과 관념주의에 매몰되지 않고 현실주의적 입장에서 일상을 직시한다. 오사카의 재일코리안사회에 팽배한 유교적 가부장제와 전통적인 여성상을 해체하고 재구축하는 관점을 취한다. 그동안 "조선 여자의 업, 유교에 지배받은 여자의 업"이라는 관념에 사로잡혀 탈출구를 찾지 못하던 전세대 여성들[할머니, 어머니]과는 확연히 다른 자의식을 보여준다. 양석일의 『피와 뼈』에서 난무하는 남편의 일방적인 폭력과 여

---

15   宗秋月, 「華火」, 『民濤』, 1990.3, 68쪽.

성 편력, 김학영의 『끌』에서 "아버지라고 생각할 수 없는 흉악한 얼굴"[16]로 휘둘러대는 폭력적인 행동, 그것이 재일코리안사회의 일반적인 현상은 아니겠지만, 김창생의 소설은 그러한 남성 중심의 가부장적 세계관이 더 이상 유효하지 않음을 단호하게 선언한다.

어쨌거나 재일코리안사회에 팽배했던 가부장적 세계관은 관혼상제를 비롯한 전통사상의 유지계승이라는 측면도 있지만, 한편으로는 남존여비와 같은 성차별을 일반화시키는 권력구도로 작동했음은 분명한 사실이다. 그동안의 재일코리안문학은 그러한 가부장적 권력 구도를 노골적으로 그려왔다고 할 수 있는데, 현세대 작가들의 문학에서는 확실히 기존의 남성 중심적 권력 구도에서 탈피해 주체적인 여성의 자의식을 보여주는 형태로 재편되는 경향을 보여주고 있다.

3. '전후'와 여성 주체의 도정

오사카에 정착한 코리안들은 척박한 삶을 통해 제국과 국가주의, 근대와 근대성으로 표상되는 종적 체계의 이데올로기를 상대화한 지점을 천착한다. 주류^{중심}와 비주류^{주변}라는 근대적 이항대립을 서사의 축으로 삼으면서도 현실주의에 입각한 역사성과 민족성, 자기^{민족} 아이덴티티를 직시하는 형식이다. 과거 전통적 가부장제의 모순 / 부조리를 포함해 '부'의 역사적 지점을 적극적으로 사고하고 실천적으로 극복하려는 움직임을 보여준다. 이러한 문학적 주제 의식의 변용은 김창생의 소설을 통해 구체적으로 확인할 수 있다. 김창생의 소설 「붉은 열매^{赤い}実」는 그러한 재일코리안사회의 변화된 여성상의 현재적 지점을 상징하기에 충분하다. 이 작품은 남편 양호와 이혼을 하고 어린 딸 진아를 데리고 홀로 살아가

---

16 金鶴泳, 「鑿」, 『金鶴泳作品集成』, 作品社, 1986, 359쪽.

는 옥녀의 이야기가 중심이다. 옥녀는 어릴 적부터 자신은 항상 웃음이 끊이질 않는 행복한 가정을 희망했고, 남편과의 결혼생활 역시 행복으로 넘쳐날 것이란 생각을 저버리지 않았다. 실제로 결혼을 하고 남편^{양호}과 함께 잠자리를 하며 "양호의 땀으로 흠뻑 젖은 겨드랑이에 얼굴을 묻고 싶었고 양호의 체취로 폐를 가득 채우고 싶은" 그녀였다. 하지만 외아들로 홀어머니와 단둘이 살며 자랐던 양호는 전세대인 아버지를 닮아 철저한 남성 중심의 가부장적 사고에 매몰된 인물이었고 집안일은 뒷전이고 허구한 날 폭력과 외도를 일삼은 폭군이다.

"이것 봐, 잘 기억해 둬라. 확실히 난 가정이란 건 모른다. 아버지가 있고, 어머니가 있고, 그 주변에 형제들이 있는 그런 단란한 가정을 맛본 적이 없다. 그래서, 내가 가정을 가졌는데 뭐가 나쁘다는 거야. 난 가정을 가진 이상 책임진다. 내 방식대로 한단 말이야. 너도 내 마누라가 된 이상 그렇게 알고 있으라구."[17]
양호는 비틀어 올린 옥녀의 팔을 내려놓았다. 그 손으로 다시 뺨을 갈기고 남자의 힘으로 넓적다리를 짓누르고 비틀어 덮쳐눌렀다. 옥녀의 머리가 마루에 부딪쳐 쿵쿵 소리를 냈다.
"엄마 죽는다!"
옥녀는 비명과 같은 진아의 소리를 들었다.[18]

옥녀의 집에는 일방적인 남성^{남편}의 소리만 존재했지 여성^{어머니·아내}의 소리가 파고들 자리는 어디에도 존재하지 않는다. "한 집에서 우두머리는 둘이 필요 없다. 난 철학하는 여자가 필요 없다"라는 양호의 말은 부부로서의 상호소통이 아닌 철저한 남성 중심의 가치와 분위기만 인정하겠다는 독선과 아집의 극한치를 드러낸다. 외동딸 진아의 "엄마 죽는다!"고 항변하는 절규도 허공의 메아리에 불

17 磯貝治良·黒古一夫 編, 『〈在日〉文学全集10·玄月, 金蒼生』, 勉誠出版, 2006, 354쪽.
18 위의 책, 356쪽.

과하다. 가족 구성원들조차 최소한의 소통도 허락되지 않는 '남자의 힘'에 짓눌린 비루한 가정이다. 결국 단란한 가정을 꾸리고 싶었던 옥녀의 희망은 남편에 의해 무참하게 짓밟혔고 둘의 갈등 상황은 이혼이라는 마지막 카드를 제시하면서 마무리된다.

그동안 옥녀의 시어머니는 외아들 양호의 난폭함을 질책하면서도 "여자가 참아야 한다"는 전근대적인 논리로 옥녀를 설득하기에 바빴다. 시어머니는 딴살림을 차린 시아버지와 갈라서고 억척스럽게 혼자 살아올 수밖에 없었던 자신의 과거사를 거론하며 '팔자'로밖에 설명할 수 없는 순종적인 여성상을 이야기한다. 옥녀가 임신을 했을 때는 손수레 가득 먹을 것을 싣고와 "젖이 잘 나올 수 있도록, 잘 챙겨 먹고, 뼈대 굵은 건강한 아이를 낳아야 한다"[19]며 정성을 쏟는다. 실제로 옥녀는 시어머니의 혈통^{자식}에 대한 무조건적 헌신에 감동해 자신도 희생을 감수하며 살아갈 타협적인 생각도 잠시 했었다. 그러나 옥녀는 결국 여자라는 이유로 참고 살아야 한다는 구시대의 논리만큼은 수락하지 않는다.

남성 중심의 가부장적 세계관은 소설 「도새기」에서도 구체적으로 그려진다. 이 작품은 돌아가신 부모님의 산소와 제사 문제를 둘러싸고 형제자매간에 벌어지는 갈등과 대립을 다룬다. 어느 날 장남인 원하는 어머니의 세 번째 제삿날을 맞아 갑자기 동생들에게 "내가 부모를 산소로 모신다. 제주도에 산소를 만들 것"[20]이라고 선언한다. 큰오빠의 일방적인 선언에 동생들은 "산소를 모시는 것은 찬성이지만 제주도에 무덤을 만들면 누가 성묘를 갈 수 있겠어요? 언제라도 가고 싶을 때 성묘할 수 있게끔 일본에 만드는 게 낫지 않겠느냐"며 이구동성으로 이견을 제시한다. 하지만 원하는 동생들의 목소리에 아랑곳하지 않고 본인의 생각대로 부모의 유골을 고향인 제주도로 모시고 산소를 쓴다. 그리고 얼마 후 차녀인 수화가 환갑을 채우지 못한 나이에 급사하는 일이 생긴다. 이번에는 수화

---

19   위의 책, 354쪽.
20   김창생, 「도새기」, 『제주작가』 15호, 실천문학사, 107쪽.

가 남긴 유산을 둘러싸고 장남 원하와 동생들 간에 한바탕 소동이 벌어진다. 동생들은 수화의 산소비용으로 천만 엔을 주장하는 원하에게 "한국에서 천만 엔이면 빌딩을 세운다"[21]며 반발했고, 남동생 원복은 형님이 "누님 돈으로 이번 기회에 집을 한 채를 장만하려는 속셈"이라며 힐난했다. 그러나 수화의 장례를 둘러싼 형제자매의 불협화음도 장남인 원하의 안대로 정리되고, 결국 돈과 관련된 실리는 원하가 챙기고 귀찮은 뒷치닥거리만 동생들이 떠맡는 형국이 되고 만다. 전통적인 유교사회에서 여성보다 남성이 우선이고 맏이는 부모 맞잡이라는 논리로 동생들의 불만을 잠재웠던 것이다.

사실 전통과 관념이 강조되었던 동양의 유교적 사회체제에서 조상의 산소와 제사 문제는 계급적이고 종적인 사회의 가치와 질서를 상징적으로 보여주는 공간이었고, 남성과 여성의 입장을 간명簡明히 차별화區別했던 권위와 종속의 유산이었다. 그리고 유교적인 가치관이 지배적인 사회 체제에서 전세대와 현세대, 남성과 여성의 위치는 수평적인 쌍방향 소통이 아닌 계급적인 종적 형태로 전개되었던 것도 엄연한 사실이었다. 하지만 「도새기」에서 여동생들의 큰오빠에 대한 불만은 일방적으로 끝나지 않았다. 죽은 수화와 절친했던 두석은 큰오빠 원하를 향해 단호한 목소리로 반발했다. 나이차가 서른이나 나는 큰오빠지만 장남이란 이유로 형제자매의 의견을 무시하고 독단적으로 일처리 하는 상황에 맞서 '부끄러운 줄 알라'며 소리친다.

"올케 두석인데요, 오래간만이에요. 미안하지만 (…중략…) 오빠 좀 바꿔 주세요." 말을 조심할 생각이었다. (…중략…) 올케가 느릿느릿 원하를 바꿨다. "무슨 일로!"고 함소리가 귀에 울렸다.

"오빠, 내일이 언니 제삿날인데, 오빠, 들으니까 언니 제사 지내지 않는다는데 어찌

21   위의 글, 121쪽.

金蒼生 著
わたしの猪飼野
在日二世にとっての祖国と異国

オモニたちの声が聞こえますか
在日朝鮮人でありかつ女であることの二重の差別の中で、〈在日〉と〈朝鮮人〉の間で引き裂かれ揺れながらも、人間として充全に生きることとは何かを正面から見据え、日々の暮しの中から見えざる祖国にひたむきにつながっていこうとした感動の作品集。
0095-2014-7302 定価1500円 風媒社

김창생, 『나의 이카이노』, 풍매사, 1982

된 일이에요?"

"제주도 갔다 왔어. 작년에도 갔고, 무덤에 갔다 오면 된 거지!"

"성묘하는 것과 제사는 다르죠?"

"그렇게 제사, 제사 말하는 니가 해라!"

"최소한의 것도 하지 않고서 아무렇지도 않아요? 알았어요. 내가 하지요. 내가 죽으면 딸에게 물려서 합니다. 그 대신에 언니가 남긴 재산, 다 나에게 돌려주세요. 제주도 무덤 비용, 비행기 값, 숙박 비용, 그것들을 다 제하고 나한테 돌려줘, 집세 입금되는 통장도 돌려주세요. 책임지고 형제가 나눌 테니까."

"닥쳐! 뭐 잘났다고 지껄여! 누구 앞에서 건방을 떠는 거야!"

"누구긴 추접한 오빠한테 하는 말이에요."

"다시 한 번 말해봐!" 올케가 귀를 곤두세우고 듣고 있을 것이다. 원하가 계속 고함치고 있었다. (…중략…) 두석도 서른이나 위인 원하에게 있는 힘껏 큰 소리로 대꾸를 하였다.

"부끄러운 줄 알아!" 수화기가 깨지도록 전화를 끊었다.[22]

김창생의 소설에서 여성들은 유교적인 질서 체제를 의식하면서도 남성큰오빠의 권위와 부조리에 과감하게 맞선다. 여동생들은 부모의 산소를 조성하고 족보를 꺼내 들고 뼈대 있는 가문임을 자랑하지만 정작 자신은 일본명으로 살아가는 큰오빠를 힐난한다. 이렇듯 여성 주체의 서사구조는 넓게 보면 '재일성'의 확장이면서 현실주의에 입각한 작가의 주체적인 자의식과 열린 세계관을 보여준 경우

---

22 磯貝治良・黒古一夫 編, 앞의 책, 128·129쪽.

라고 할 수 있다. 이렇게 김창생의 소설은 「도새기」뿐만 아니라 『나의 이카이노私の猪飼野』 『이카이노발 코리안 가유다イカイノ発コリアン歌留多』 등의 작품을 통해 순종적이고 희생적인 여성들과는 차별화된 이미지를 거침없이 읽어낸다. 현실주의적 관점에서 재일코리안사회에 드리워진 남성 중심의 독선과 부조리에 맞서는 주체적인 여성의 면모를 보여준다. "독립된 주체로서의 한 인간으로 자신의 삶을 회복시키려는 의지"[23] 표명이자 자의식 찾기라고 할 수 있다.

이러한 오사카의 주체적 여성상은 뉴커머 작가인 김길호의 소설에서도 구체적으로 묘사된다. 김길호는 오사카 이카이노에서 생성되고 소멸해가는 코리안 밀집 지역의 일상을 천착하는데 『이쿠노 아리랑』은 그러한 재일코리안사회의 단상을 엮은 소설집이다. 이 소설집에는 총 12편의 작품이 실려 있는데[24] 이들 작품에서도 「몬니죠」는 주체적으로 살아가는 한국인 여성뉴커머을 주인공으로 내세워 오사카 이카이노가 정치 이데올로기로 대결하는 시공간이 아닌 실생활에서 한국한국인과 일본일본인의 공생 공영을 피력하고 있다. 특히 한국음식점 '몬니죠' 주인의 주체적인 의식은 '경로찬치'와 '공생'이라는 가치관으로 표출되고 있다.

4. 이카이노와 일상의 역동성

오사카 이카이노는 일본에서도 한국적인 정서가 짙게 풍기는 특별한 지역이다. JR 쓰루하시역鶴橋駅에 내려 시장 골목을 들어서면 각종 가게의 간판들과 좌판의 상품들이며 사람들의 옷차림까지 왠지 한국의 여느 전통시장 골목을 연상

---

23 兪淑子, 『在日한국인 문학연구』, 月印, 2000, 225쪽.
24 김길호의 『이쿠노 아리랑』에는 「영가(靈歌)」, 「해빙(海氷)」, 「까마귀 모른 제사(祭祀)」, 「몬니죠」, 「호주와 상속인」, 「후조(候鳥)의 전설(傳說)」, 「나가시마 아리랑」, 「타카라스카(宝塚) 우미야마(海山)」, 「예기치 않았던 일」, 「유영(遊泳)」, 「들러리」, 「이쿠노 아리랑」, 그리고 김시종의 「'재일'의 풍화에 파고드는 문학」, 강재언의 「재일동포사회와 호흡하는 작가」 등이 수록되어 있다.

시킨다. 복잡한 시장 골목을 지나 큰 도로를 건너면 안쪽으로 길게 형성된 코리안타운이 나오는데 양쪽으로는 반찬가게, 야채가게, 정육점, 양장점, 생활용품을 파는 가게들로 꽉 들어차 있다. 시장에서 한 블록 들어간 골목길에는 할머니들이 들마루에 앉아 한국어와 일본어를 섞어가며 웃음꽃을 피운다. 재일코리안문학은 이카이노에 녹아있는 그들의 역사와 사회문화적 지점을 사실적으로 그려낸다. 활기찬 시장 골목과 도로 이면에서 흘러나오는 '조선인'들의 교차된 목소리는 초월성과 유모를 동반한 평온함을 동시에 표상한다.

현월의 『그늘의 집』은 재일코리안들의 밀집 지역인 쓰루하시역 주변의 얽히고설킨 폐쇄적인 공간을 독특한 필치로 묘사한다.

민가 사이의 골목길이 함석지붕 차양 밑으로 끝이 막힌 좁은 동굴처럼 보이는 것이 신선하게 느껴졌다. 여기서 보면, 그 깊은 동굴 속의 이천 오백 평의 대지가 펼쳐지고, 튼튼하게 세운 기둥에 판자를 붙여 만든 바라크가 이백여 채나 된다는 것, 그리고 그 사이로 골목길이 혈관처럼 이어져 있다는 것은 상상조차 할 수 없다. 서방의 아버지 세대 사람들이 습지대였던 이곳에 처음 오두막집을 지은 것은 약 칠십 년 전, 거의 지금의 규모가 되고도 오십 년, 그 후부터는 그 모습 그대로, 민가가 빽빽이 들어선 오사카시 동부 지역 한 자락에 폭 감싸 안기듯 조용히 존재하고 있다. 서방은 다시 걷기 시작했다. 자신의 인생과 거의 맞물려온 이 집단촌이 그 규모로 보면 상상이 안 갈 정도로 남들 눈에 띄지 않는 것을 오히려 다행으로 여기며, 여전히 뿌옇게 어른거리는 아스팔트 길에 압도당하면서도, 일요일 오후의 조용한 거리를 한 발 한 발 발걸음을 확인하며 걸어갔다.[25]

현월의 소설 『그늘의 집』은 국가와 제도권의 규율과 인권이 작동되지 않는 폐쇄적인 공간에서 횡행되는 피차별인들의 소외 의식과 단절, 무질서와 부조리의

---

25   玄月, 『蔭の棲みか』, 文藝春秋, 2003, 10쪽.

현장을 현장감 있게 얽어낸다. 소설은 JR 쓰루하시역을 끼고 들어선 시장골목을 외부세계와 단절된 집단촌으로 설정하고 그곳에서 권금력에 의해 작동되는 모순과 부조리의 현장, 즉 구성원 간의 폭력, 살인, 집단따돌림, 성폭행 등을 테마로 삼으며 주류_{중심}와 비주류_{주변}로 변주되는 소외된 공동체사회의 비루한 현실을 고발한다. 신체적으로, 정신적으로, 경제적으로 주류에 편입될 수 없는 마이너리티의 눈물, 울분, 고통, 상처가 "함석지붕 차양 밑 골목길"에서 부침하는 인물들의 면면들을 통해 그려진다.

원수일의 문학 역시 오사카 이카이노의 골목길에서 흘러나오는 코리안들의 일상을 구체적으로 그려낸다. 그의 작품집 『이카이노 이야기』는 척박한 환경에서 살아가면서도 웃음과 유머를 잃지 않는 재일코리안 여성들의 희노애락을 독특한 필치로 담아낸다. 이 작품집은 총 7편의 단편소설로 구성되어 있는데, 하나같이 "제주도 여자들이 가진, 흡사 아리랑 같은 '생리'"[26]가 향하는 대로 이카이노를 그리고 있다. "닭들을 발견하고서는 휘몰아치는 개구쟁이들의 환성, 부업으로 짐차의 큰 박스 속에 내던져진 채 실려 있는 햅번 샌들 반제품을 다른 곳으로 운반해 가는 오토바이 배기음"에 귀기울인다. 그리고 "목재 쓰레기통과 간이 건조대, 부서진 가구나 식기에 헝겊, 뗏목에 실려 히라노 운하를 내려온 목재를 제재하고 있는 기계음과 나무 냄새, 손자를 달래는 할망의 제주도 자장가, 수동식 플라스틱 사출성형기의 완만한 음, 원시적인 재단기의 위험스런 음"[27] 등이 뒤섞인 혼돈스러운 이카이노의 '조선인' 집거지 주변을 묘사한다.

---

26 원수일은 "내가 자아에 눈뜬 유년기의 의식에는 조선시장, 운하, 제사, 정치, 싸움, 이별, 통곡, 웃음이라는 이카이노의 풍경이 복잡하게 얽혀 침전되어 있다." 자신은 "일본국에 있는 이방인"으로서 "의지할 곳 없는 불안, 초조, 수치 같은 것에 속박되어 자신의 존재를 부정하는 심리의 연장선상에서 일본국으로 동화하고픈 생각"이 들었다고 했다. 또한 작가로서의 표현 방법에 관해서는 "그건 별 것이 아니다. 나의 원풍경에 보일 듯 말듯 하는 제주도 여자들이 가진 흡사 아리랑 같은 '생리' 바로 그것이었다. 나는 이 '생리'가 향하는 대로 이카이노를 그리면 된다"고 했다(원수일, 김정혜·박정이 역, 『이카이노 이야기』, 새미, 2006, 245쪽).
27 원수일, 김정혜·박정이 역, 「재생」, 『이카이노 이야기』, 새미, 2006, 174~175쪽.

원수일의 소설 「재생」에서는 닭장처럼 촘촘히 박힌 이카이노의 "혼돈으로 가
득 찬" 골목길의 원풍경을 이렇게 묘사하고 있다.

　풀 먹은 감을 재단하는 둔탁한 금속음, 담갈색으로 바랜 담벽에 붙어있는 '조국귀환'
이라 흰 삐라, 햅번 샌들의 상부와 바닥을 압착하는 공기압축기 소리, 고동색 전신주에
감겨있는 '주민증 필수'라고 명기된 부동산 광고, 정수리를 찌를 듯이 볼링기가 쏟아내
는 하이톤의 금속음, 구멍가게 처마 끝에 달린 흰색 줄넘기, 노란 고무, 빨간 종이풍선,
나사 박는 기계가 껍질을 벗겨내는 듯한 소리, 기름과 먼지로 범벅이 된 회색 골목길
에 가득 내놓은 전통문양의 알록달록한 이불, 플라스틱 방출 성형기의 완만한 소리, 움
막 같은 어두운 창고에 산더미처럼 쌓인 폐품들의 짓무른 듯한 피부색 상자, 햅번 샌들
의 '깔창'을 가공하는 연속음, 감색의 포렴을 늘어뜨린 술집 앞에 어지럽게 놓인 깨진
병의 파편이 빛에 반사되어 발하는 은색의 반짝임, 공장에서 공장으로 돌아다니는 오
토바이의 배기음, 갈색으로 칠한 초등학교 담벼락을 따라 설치된 간이 빨랫줄에 걸려
있는 흰 속옷, 검은 슬립, 꽃무늬 팬티, 플라스틱 덩어리를 분쇄하는 분쇄기의 건조한
금속음, 안달증이 폭발한 성난 목소리, 절멸하는 노란색 신호등, 흰구름이 길게 늘어진
창공을 향해 솟아있는 고무공장 굴뚝에서 나오는 검은 연기.[28]

　인용문은 소설 「재생」에서 이카이노에 정착한 코리안들의 다이내믹한 실생활
공간을 묘사한 대목이다. 소설에서는 영춘이 "남편을 잃고 '야마모토 산업'을 일
으켜 온 가족이 물림새를 만드는 수작업에 매달려보지만 적자가 누적될 뿐 경제
적으로 호전될 기미는 보이지 않는다. 곗돈을 갚지 못한 영춘은 계주에게 머리
를 조아려야" 했고 "가족과 직공에게 먹일 밥과 찬거리 살 돈이 떨어져 하염없이
하늘만 바라보는 신세"[29]를 면치 못한다. 결국 영춘은 머릿속을 떠나지 않는 '반

28　위의 책, 201쪽.
29　위의 책, 220쪽.

찬 값'이란 '암세포'를 극복하지 못한 채 요도강에 몸을 던지고 말지만, 그녀에게는 죽음조차도 쉽게 허락되지 않는다. 이웃들의 도움으로 목숨을 건진 영춘은 이카이노에서 '곱창집'을 열겠다며 힘찬 재생의 의지를 다진다.

이처럼 원수일 문학은 "당첨되길 바란 복권은 빗나가고, 맞지 않았으면 하는 예감은 딱 들어맞는 것이 인생살이"라며 자신들에게 주어진 혹독한 타향살이를 "어떻게든 되겠지"라는 생각으로 감싸 안는다. "오사카풍 만담의 경쾌하고 재치 있는 대화"[30]를 끌어들여 힘겨운 일상에 생기와 웃음을 되찾아준다. 원수일 문학은 이카이노 '독토나리'의 혼란한 삶에서도 "보살 같은 맑은 눈가의 미소"[31]를 띤 순옥의 존재를 떠올리고, 그러한 따뜻한 어머니상을 통해 "재일 한국인들의 삶의 활력소이자 이카이노를 형성하고 있는 힘"[32]을 발견하고 있다.

오사카 이카이노를 서사화한 재일코리안문학에는 부의 역사성에서 벗어나 미래지향적인 가치관을 내세우며 '공생 공영'을 피력하는 작품도 있다. 뉴커머 작가인 김길호의 소설은 재일코리안 밀집 지역에서 가라오케식당 '몬니죠'를 운영하는 마마가 지역주민들에게 선행을 베풀고「몬니죠」 국적이 다른한국·일본 두 젊은이의 결혼식에 한국식과 일본식, 한복과 기모노를 놓고 벌이는 자존심 대결에서 상대방을 배려한다는 사연을 담아낸다.「들러리」 또한 산업폐기물을 재활용 처리하는 기술력을 가진 우미야마海山 광업 회사의 직원 75%가 외국인브라질이고, 그 선진 기술력이 한국의 대구시에 도움을 준다는 이야기「타카라스카 우미야마宝塚海山」를 통해 초국가적 소통과 공생을 역설한다. 김길호의 작품은 월경적越境的 시좌를 근간으로 "동포사회에서 보고, 듣고, 체험한 일상적인 신변사를 소재"[33]로 삼으며 주류와 비주류의 대립은 물론 민단과 조총련, 한국한국인과 일본일본인을 둘러싼 갈등

---

30   김정혜,「원수일의 소설 세계」,『재일동포문학과 디아스포라』3, 제이엔씨, 2008, 282쪽.

31   원수일,「희락원」, 앞의 책, 38쪽.

32   이헌홍,「재일한인의 생활사 이야기와 서사문학」,『한국문학논총』34, 한국문학회, 2003, 118쪽.

33   강재언,「재일동포사회와 호흡을 같이 하는 작가」,『이쿠노 아리랑』, 제주문화, 2006, 6쪽.

구조를 '공생 공영'의 논리로 풀어내고 있다.

그 밖에도 오사카 이카이노를 배경으로 한 재일코리안문학에서는 일제강점기와 해방 이후의 정치 이데올로기를 주제로 삼으면서도 식민과 피식민, 주류와 비주류로 변주되는 권력 구도의 모순과 부조리의 현장을 고발하기도 하고, 한국의 전통신앙무당굿과 같은 민속문화를 소재로 고향조국에 대한 망향과 회귀 의식을 역설하기도 한다. 한국어와 일본어가 뒤섞여 만들어내는 '크레올성'[34]과 혼종 개념의 다이내믹한 문화적 변용을 통해 경계 의식과 글로컬로 수렴되는 열린 세계관도 간과할 수 없다. 예컨대 양석일의 『피와 뼈』와 『밤을 걸고』에서 주류사회를 향한 소수집단의 반발과 투쟁, 현월의 『그늘의 집』에서 공동체 집단촌의 '서방'이 일본국가을 향해 품고 있는 원한의 감정, 그리고 원수일의 「재생」, 김창생 「도새기」 등에서 보여주는 이카이노 '조선' 여인네들의 심방 드나들기집안에 액막이를 한다, 사자의 영혼을 달랜다, 가족의 건강과 행복을 빈다, 남편의 바람기를 잡는다는 구실로가 그러하다. 또한 '독토나리'가 한국제주도의 '닭'과 이웃을 뜻하는 일본어 '도나리隣'의 합성어라는 점에서도 알 수 있지만, 이쿠노어[35]에 내재된 '크레올성'은 이카이노만의 독창적인 문화적 혼종성을 보여주는 지점이다.

이렇게 재일코리안문학에서는 오사카 이카이노에 살아 숨쉬는 코리안들의 역사와 사회문화적 지점이 전세대와 현세대, 한국한국인과 일본일본인의 갈등대립과 공생 논리로 다채롭게 펼쳐진다. 이러한 마이너리티의 시공간에서 발산되는 목소리와 사회문화적 혼종성은 이카이노 특유의 역사성과 '재일성'을 변용시켜 표상한 문화 현상에 해당한다.

한편 재일코리안문학에 등장하는 조선인 여성들은 마이너리티의 실질적 생

---

34 크레올(créole)이란 본국과 거주국 언어의 혼성어·피진과 같이 서로 의사소통이 되지 않는 언어를 쓰는 사람들 사이에서 자연스럽게 형성된 언어가 후손들을 통해 모어화된 언어를 지칭한다.
35 재일코리안들이 밀집해 살고 있는 오사카 이쿠노에는 '오마니' '할망' '사랑' '회' '막고리' 등 다양한 한국어 표현들이 그대로 통용되고 있다.

활공간을 지켜온 인물들이다. 해방 전후의 전쟁 이데올로기, 좌우와 남북한으로 변주하는 격동의 현장에는 항상 조선인 여성들이 함께 했다. 제주도를 덮쳤던 '4·3'을 피해 일본으로 밀항할 수밖에 없었던 시대상황 속에서 전세대 여성들^조모와 어머니로 그려지는 1세대의 인생 역정은 전쟁터와 다름없는 투쟁의 역사였다. 오사카 이카이노를 중심으로 보여준 제주도 여성들의 강한 생명력은 남성 중심의 사회 구조에서 참으로 간고했다. 더구나 일본^{일본인}의 민족차별을 견디며 망향 의식, 생활고를 겪으면서도 현실적으로 살아남아야 하는 과제를 최우선으로 여겼다. 제주도가 원고향인 김석범, 김시종, 양석일, 김학영, 원수일, 종추월 등의 문학은 그러한 제주도 여성들의 강한 생명력과 '살아남기 위한' 투쟁의 현장을 잘 보여준 경우라고 할 수 있다.

특히 양석일『피와 뼈』는 제주도 여성의 강한 정신력과 질긴 생명력을 상징적으로 보여준다. 이 소설에서 김준평의 조강지처로 등장하는 이영희는 고향인 제주도에서 윤씨 집안으로 출가했다가 남편과 시어머니의 구박을 견디다 못해 일본으로 건너간다. 오사카의 기시와다岸和田의 방적 공장에서 일하다 처자가 있는 조선인 작업반장의 속임에 넘어가 딸아이를 낳게 된다. 방적공장 남자가 고향으로 떠나버리자 영희는 회사로부터 쫓겨났고 홀로 '순대집'을 운영하며 자립을 모색한다. 그리고 "어엿한 술집을 차려 장사하고 있는 왕성한 생활력"³⁶을 자랑하는 그곳에 김준평이 나타나 영희를 겁탈하고 아내로 삼는다.『피와 뼈』에서는 김준평의 광기가 난무하는 이카이노의 비루한 '장소성'이 유감없이 펼쳐진다.

김준평은 말년에 반신불수가 되어 북조선에서 죽음을 맞이할 때까지 돈, 마약, 폭력, 도박, 여자로 얼룩진 밑바닥 삶으로부터 한 치도 벗어나지 못했다. 김준평의 조강지처인 영희도 준평의 광적인 폭력에 휘둘리며 껍데기뿐인 인생을 살다가 자궁암으로 세상을 마감한다. 소설은 광포한 인간 김준평을 중심으로 흘

---

36 양석일, 김석희 역,『피와 뼈』1, 자유포럼, 1998, 130쪽.

러가지만, 주목할 것은 "성실하고 야무진" "왕성한 생활력"을 자랑하는 영희의 정신력이자 생명력이다. 영희는 자신의 순대집을 드나드는 '조선인'들에게 사랑 방으로 제공했고, '괴물' 같은 남편에게 인격적으로 무참하게 짓밟히면서도 "주 어진 운명에 순응하는 것을 미덕으로 여기는 조선인사회에서 어머니의 역할은 참고 견디는 것뿐"[37]이라며, 가마솥에 고기를 삶고 가게 문 열기를 소홀히 하지 않았다. 김준평에게 육체적, 정신적, 인격적으로 무시당하면서도 죽기 직전까지 삶의 터전을 지키려는 강한 생명력을 보여준다.

마이너리티 시공간의 생명력과 역동성은 원수일의 소설집 『이카이노 이야기猪飼野物語』에서도 진솔하게 펼쳐진다. 이 소설집에 수록된 총 7편의 단편 중 「희락원」은 사회적으로 가정에서 감내하기 어려운 일들을 수차례 경험하면서도 세상에 굴하지 않고 살아남은 김승옥의 삶을 읽어낸다. 승옥은 곱창 가게 '희락원'을 운영하는 환갑을 앞둔 과부이지만 항상 "맑은 눈가에 보살 같은 미소를 띠고" 찾아오는 손님들을 대한다. 남편의 죽음, 일본인 여자와 사귀다 버림받고 자살한 큰 아들, 직장을 못 구해 괴로워하다 추운 겨울날 얼어 죽은 둘째 자식까지, 자신의 한 많은 사연들을 차곡차곡 가슴에 묻고 "너그러움과 부드러움"으로 세상을 끌어안는다.

그리고 '희락원'을 찾아 울분을 토로하며 신세타령을 늘어놓는 손님들에게 그녀의 조언은 '재생'의 힘으로 작용한다.

"아지메, 사람은 겉모습만 보고 이러쿵저러쿵 정하면 안 되겠데이. 내 아지메, 얘기 들으면서 그런 생각 했다마. 그래도 아지메 참말로 큰 일 치렀네. 내사마 아들 둘 잃고 나면 벌써로 인생 막내렸을 거구마."

"아지메, 내도 맨날 인생 끝이다 끝이다 하며 오늘날까지 살아 안 있나. 그렇게 간단

---

37   위의 책, 183쪽.

하게 인생 끝나는 게 아이더라, 하하하."

"참말이데이, 하하하" 순미는 승옥의 웃음에 호응이라도 하듯 호탕하게 웃었다.[38]

곱창 가게 '희락원'을 운영하는 승옥은 엄청난 빚을 걱정하며 신세를 한탄하는 순미에게 자신이 떠나보낸 두 아들의 죽음에 얽힌 이야기를 들려주며, "오사카풍 만담의 경쾌하고 재치있는 대화"[39]로 잃어버린 웃음을 되찾아준다. 승옥은 형제간의 싸움에 끼어들어 중제를 하기도 하고 일본으로 귀화한다는 의견에도 나름대로의 생각을 피력한다. 재일코리안사회에 강한 생명력을 자랑하며 자생력을 불어넣는 공동체의 지킴이로서 군건하게 자리한다. 그야말로 "주인공 순옥의 존재는 재일한국인 어머니의 표상이자 존재 그 자체였다. 순옥의 따뜻함은 재일한국인들의 삶의 활력소이자 이카이노를 형성하고 있는 힘"[40]이었다. 원수일의 이카이노를 배경으로 한 조선인들의 넘치는 생명력과 역동성은 소설 『AV·오딧세이』「재생」, 「물맞이」 등에서도 구체적으로 그려진다.

이처럼 마이너리티의 시공간인 이카이노는 '조선인'들의 부지런함과 생명력이 역동적으로 그려진다. 특히 조선인 여성들은 재일코리안사회에 드리워진 유교적인 가부장제를 운명적으로 받아들이면서도 그들이 사회적, 가정적으로 부여받은 역할에 소홀함을 보이지 않는다. 조선인 여성 특유의 존재감과 강한 생명력으로 간고한 현실을 긍정적으로 받아들이는 인내력이 돋보인다. 『피와 뼈』에서 영희가 운영하는 선술집은 단순한 음식점 이상의 의미를 갖는다. 그곳은 재일코리안사회의 "젊은 활동가나 온갖 부류의 사람들이 드나들며"[41] 정보를 교환하는 공동체 공간이지만, 때로는 일본회사의 '조선인' 해고통지에 맞서는 '직

---

38 원수일, 김정혜·박정이 역, 『이카이노 이야기』, 새미, 2006, 47쪽.

39 김정혜, 「원수일의 소설 세계」, 『재일동포문학과 디아스포라』3, 제이엔씨, 2008, 282쪽.

40 이헌홍, 앞의 글, 118쪽.

41 양석일, 김석희 역, 『피와 뼈』3, 자유포럼, 1998, 105쪽.

공'들의 비밀 회의장이기도 했다. 말하자면 오사카 이카이노는 마이너리티의 시공간으로서 "바위처럼 끄떡않고 일상생활을 리드해 가는 여인들"[42]의 힘과 생명력의 원천지라고 할 수 있다.

5. 주체로서의 페미니즘과 젠더 의식

재일코리안문학의 여성상은 다양한 관점에서 검토될 수 있다. 앞에서 언급한 남성 중심의 가부장제와 여성, 주체적인 존재로서의 여성, 강한 생명력의 여성 외에도 글로컬리즘을 의식한 여성, 디아스포라와 혼종성, 페미니즘과 젠더 의식에 이르기까지 다양한 관점이 존재한다.[43] 그동안의 재일코리안문학에 등장하는 여성들은 유교적 가부장제 아래에서 희생을 강요당하는 여성상어머니와 아내이 대부분이었다. 여기에는 기본적으로 '관계로서의 성'이라는 남녀간의 상호적이고 상대적인 수평적 등가성이 간과되어 있다. 2인칭 3인칭으로 얽혀 있는 상호적 관계성이 배제되고 등가성을 확보하지 못한 1인칭적 성의식이 주를 이룬다. 그동안 재일코리안문학의 남녀관계는 대체로 수평적 등가성을 확보한 '관계로서의 성'을 보여주지 못했다고 할 수 있다. 특히 양석일의 『피와 뼈』, 김학영의 「흙의 슬픔」, 종추월의 「불꽃」 등은 유교적 가부장제에서 희생당하는 여성상을 서사화하면서 남녀관계가 상호관계성을 확보하지 못하는 형태로 전개된다.

하지만 최근 일본현대문학과 한국현대문학에서는 주체적인 여성 작가들을 중심으로 페미니즘과 젠더 의식을 주제화하는 경우가 늘어나는 추세다. 일본문

---

42   金石範, 『猪飼野物語』(元秀一, 草風館, 1987)의 책날개(兪淑子, 『在日한국인 문학연구』, 月印, 2000, 218쪽 재인용).

43   재일코리안 여성 작가의 문학에 대한 분석은 金壎我, 『在日朝鮮人 女性文學論』, 作品社, 2004 이 구체적이다.

학계에 잘 알려진 사토 아이코佐藤愛子는 소설『도쿄가족』에서 불륜, 이혼, 개인주의가 만연한 현대사회의 다양한 면모를 사실적으로 얽어내며 문학계에 센세이션을 일으킨 바 있고, 야마다 에이미山田詠美는『베드타임 아이즈』을 통해 흑인 남성과 '성애'를 즐기는 주체적 여성의 '성'의식을 보여주었다. 특히『현자의 사랑賢者の愛』은 "남성의 세계에 반감과 거부가 아닌 남성과의 공존을 통해 서로의 다양성을 인정하는 세계"를 여성의 관점에서 보

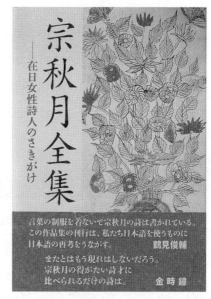

종추월, 『종추월전집』, 도요미술사출판, 2016

여주고 있는데, 그동안 "남성 주도의 문학작품에서 언제나 타자 및 객체로 자리매김했던 여성의 위치를 주체적으로 전환시키고자 하는 강한 의지"[44]를 읽을 수 있다. 한국문학계의 신경숙, 공지영 등의 소설에서 남녀관계를 계급적이거나 종적 ^{수직적} 구조가 아닌 상호 관계성으로 얽어낸 것도 같은 맥락이다. 그리고 실제로 여성 작가들의 페미니즘과 젠더 의식은 사회적인 변화를 불러오며 긍정적인 역할을 했다. 재일코리안문학에서는 유미리의『생』,『명』,『혼』 등의 작품에서 현대 여성의 주체적인 '성'의식과 자의식을 확인할 수 있고, 김창생의「붉은 열매」와 최실의「지니의 퍼즐」 등을 통해 여성들의 주체적인 목소리를 읽을 수 있다.

특히 김창생의「붉은 열매」는 재일코리안 여성의 독립과 주체적인 세계관을 구체적으로 보여준 소설이다. 홀어머니 밑에서 자란 남편 양호와 결혼한 옥녀가 꿈꾸었던 가정은 그야말로 가족들이 서로를 아껴주는 웃음꽃이 끊이지 않는 단란한 분위기이다. 그러나 현실은 전혀 그렇게 흘러가지 않는다. 옥녀의 순박한

---

44 신은화, 「야마다 에이미 문학연구」, 동국대 박사논문, 2023, 84쪽.

꿈은 남편의 폭력과 외도로 무참하게 짓밟히고 만다. 시어머니는 아들을 질책하면서도 며느리인 옥녀에게 희생적인 삶으로 점철됐던 자신의 과거를 일러주며, 그래도 여자가 참아야 한다며 아들^{양호}과 함께 살아주길 간곡하게 부탁한다. 하지만 독립적이고 주체성 강한 옥녀는 시어머니의 간청을 뿌리치며 단호히 홀로서기를 택한다.

"어머니 저 대신에 좋은 며느리를 찾아주세요."
옥녀는 사진첩으로부터 양호가 찍힌 사진, 시어머니 사진을 떼어내기 시작했다. 제법 많은 사진이었다. 사진을 개수대에 옮겨 한 장 한 장씩 성냥으로 불을 붙이기 시작했다. 이천 일이 되지 않는 양호와의 결혼생활이 허망하게 불살라져 갔다. 분명히 결혼식 때 사진이 있을 게다. 옥녀는 종이박스 밑을 집요하게 뒤졌다. 결혼사진은 자색 비단 보자기로 싸여 있었다. 성냥불을 들이대며 옥녀는 처음으로 망설였다. 이것은 내가 가장 젊고 예뻤을 때의 사진이다. 주름투성이의 할머니가 되었을 때, 진아에게 이걸 보여줘야겠다. 옥녀는 책상 서랍에서 가위를 꺼냈다. 28세의 신랑 옆에 서 있는 스무 살의 신부를 정중하게 잘라냈다. 하얀 치마저고리에 하얀 면사포를 쓴 신부는 하얀 부케를 안고 홀로 미소 짓고 있었다. 잘려나간 신랑에게 불을 붙였다. 사진은 추하게 뒤틀리며 타올랐다.⁴⁵

옥녀의 당당한 홀로서기, '결혼 사진'을 태우는 것은 남편의 폭력과 외도에 대한 단죄이며 짓밟힌 아내로서 여성으로서의 자존을 되찾는 성스러운 의례를 수행하는 장면이다. '상대적인 성'과 '관계로서의 성'의식이 배제된 타인에 의한, 타인을 위한, 가식적이고 형식적인 삶으로 얼룩졌던 지난날과 결별하고 지금부터라도 주체적인 자기의 삶을 살겠다는 강한 의지의 표현이다.

---

45 磯貝治良·黒古一夫 編, 앞의 책, 362쪽.

그럼에도 불구하고 재일코리안문학에서 형상화되는 '여성상'은 여전히 주체성과 실존적인 개인개아의 위치를 획득했다고 하기엔 한계가 있다. 일본의 사회구조는 소수민족에 대한 민족차별이 여전히 존재하고, 가정에서도 남성 중심의 이데올로기가 온존하는 게 현실인데 재일코리안사회도 크게 다르지 않기 때문이다. 제국과 국가주의, 근대와 근대성 논리와 연동된 남성중심주의는 절대화된 사회적 통념으로 자리잡고 있어 쉽게 해결될 수 있는 사안이 아니다. 일본의 강한 국가주의와 민족주의에 의한 소수민족의 차별과 법적 지위의 불인정은 그들 사회의 폐쇄적인 연환 구조를 그대로 노정한다. 또한 계급적 사회 구조 속에서 여성들의 온전한 인권, 특히 마이너리티의 폐쇄적 시공간에서 여성들의 주체성과 실존적 자의식을 기대하기란 근본적으로 쉽지 않다. 여성들의 인권과 주체성을 이끌어내기 위해서는 국가가 종적인 권력 체계에서 벗어나 다민족·다문화사회의 공생과 소수민족을 보호할 수 있는 법적 제도적 장치부터 마련해야 한다.

어쨌든 현재의 일본사회가 마이너리티의 인권을 보호하는 법적 장치를 마련하고 수평적 등가주의를 정착시키기까지 많은 시간을 필요로 하겠지만, 재일코리안 작가의 실천적 페미니즘과 젠더 의식은 주목하기에 충분하다. 김창생의 소설은 그러한 여성의 독립과 주체적인 자의식을 상징적으로 보여주었다. 현대의 일본사회에서 횡행하는 남성 중심의 모순과 부조리의 현장을 전세대 여성들조모와 어머니처럼 참고 견디는 형식이 아닌 소중한 결혼사진까지 불태워 없앨 정도로 강한 자의식의 소유자다. 이러한 마이너리티의 주체적 여성상은 그동안 재일코리안사회의 남성 중심적 질서를 확인시켜주면서 동시에 사회적 가정적으로 여성들의 역할이 소중했음을 성찰하는 계기를 만들어냈다. 또한 주체적 여성상을 통해 그들 사회를 지탱하는 강한 생명력이 어디서 발원되는지를 모색할 수 있게 해준다. 그런 측면에서 재일코리안사회의 주체적 '여성상'은 과거에서 현재로, 전세대에서 현세대로, 현세대에서 다음 세대로 변용해갈 수밖에 없는 '재일성'의 현재적 지점을 대변하는 의식의 뿌리라고 할 수 있다.

재일디아스포라문학의 세계성

1. 디아스포라 담론과 글로컬리즘

글로벌시대에는 국가와 지역 중심의 가치와 이미지, 민족주의, 이데올로기, 순혈적인 힘의 논리에서 벗어나 초국가적인 형태의 다양성, 혼종성, 월경을 토대로 한 열린 관점이 힘을 얻는다. 한국사회는 국제결혼에 따른 이주민들의 급격한 증가와 함께 '혼종성'으로 상징되는 다문화와 다민족 공생 정신을 외면할 수 없게 되었다. 이미 "우리 사회의 타자들인 이주민"[1]이 언어문제와 자기 정체성에 혼란을 겪으면서 사회문제로 부각되고 한국인의 우월적인 태도가 문제시되는 것도 사실이다.

주지하다시피 코리안 디아스포라의 역사는 19세기 중엽 새로운 정착지를 찾아 만주와 연해주로 떠나면서부터 시작된다. 이들은 코리안들의 이주[이동] 역사는 크게 4시기로 구분해 ① 구한말의 농민, 노동자들이 척박한 환경[기근, 빈곤, 압정]을 피해 중국, 러시아, 하와이로 이주한 것, ② 일제강점기[1910~1945]에 토지 수탈로 생산수단을 빼앗긴 농민과 노동자들이 만주와 일본으로 이주한 것, ③ 해방이후[1945]부터 한국 정부가 처음으로 이민정책을 수립한 1962년까지, 한국전쟁 전후에 발생한 전쟁고아, 미군과 결혼한 여성, 혼혈아, 학생 등이 입양, 가족 재회, 유학 등을 목적으로 미국과 캐나다로 이주한 것, ④ 1962년부터 현재까지로서 정착을 목적으로 한 이주로 설명한다.[2] 이주의 시기와 대상국에 따라 이들 코리안들의 정착드라마는 천차만별이고 간고한 디아스포라로서의 여정은 21세기 현재

---

1   장희권, 「글로벌 세계의 혼종성과 민족주의」, 『독일어문학』 39, 한국독일어문학회, 2007, 372쪽.
2   윤인진, 『코리안 디아스포라』, 고려대 출판부, 2005, 8~11쪽 참조.

에도 여전히 계속되고 있다.

코리안 디아스포라 담론은 이렇게 해외로 이주^{이동}한 코리안들의 역사 민족, 정치 이념, 사회문화적 지점을 총체적으로 또는 개별적으로 다룬다는 특징을 지닌다. 최근에는 국민국가적 사고의 틀을 넘어 월경주의, 다양성과 혼종성을 배경 삼아 국가와 민족, 인종과 종교를 초월한 다문화·다민족적 가치와 이미지로 연결되는 경향이 뚜렷하다.[3] 조국의 굴절된 근현대사와 함께 출발한 이민 역사의 척박했던 환경을 극복하고, 정착민으로서 주류^{중심}사회와 갈등을 겪으면서도 거주국의 주체적 일원으로 자리잡고 있음을 보여준다. 이들 코리안 디아스포라의 간고한 이주 역사와 정착드라마가 최근 다민족, 다문화사회로 가는 한국사회에 던지는 의미는 결코 적지 않다.

코리안 디아스포라문학은 기본적으로 이주^{이동}사와 함께 구심력과 원심력으로 변주되는 해외 코리안들의 간고했던 투쟁의 역사라고 할 수 있다. 따라서 이들 디아스포라문학에서 역사성과 민족성을 동반한 지난했던 유민생활을 주요 테마로 삼는 것은 당연한 현상이다. 이를테면 재미 한인들이 보여준 개척 정신, 일제강점기 만주벌판에서 겪었던 조선인들의 간난사, 구소련권에서 고려인들의 강제이주에 얽힌 핍박의 역사, 지구 반대편의 브라질과 아르헨티나에서 펼쳐지는 코리안들의 꿈과 좌절, 굴절된 근현대사와 함께 했던 재일코리안들의 투쟁의 역사가 그러하다. 특히 간고한 핍박과 차별의 역사로 표상되는 재일코리안문학이 권력화된 주류사회를 향해 던지는 안티테제로서의 서사적 가치는 남다르다.

그런 관점에서 재일코리안문학에 내재된 탈의식적 디아스포라 시좌는 현재 거론되는 다양성과 혼종성, 다중심주의와 보편성을 함축하고 있다고 해도 과언

---

3   최근 국제결혼이 일반화되면서 점차 다인종, 다문화사회의 대열로 들어서고 있는 한국에서도 혼종 문화와 이주민에 대한 논의는 불가피해 보인다. 2008년 〈유엔인종차별철폐위원회〉의 한국사회에 팽배해 있는 순혈 혈통문화에 대해 비판적 시선을 포함해 외국인 노동자 문제, 코리안 디아스포라 담론도 같은 맥락에서 거론될 필요가 있다.

이 아니다. 글로컬글로컬리즘로 표상되는 월경과 혼종성, 열린 세계관은 재일코리안 문학에서 지나칠 수 없는 보편성과 세계문학적 가치를 내장하고 있기 때문이다.

2. 재일디아스포라문학의 위치

20세기의 동서간 냉전 체제와 이데올로기적 대립이 격화되는 가운데 불가피하게 새로운 삶의 길을 찾아 조국을 등졌던 코리안들의 이주이동와 정착, 그것은 확실히 조국의 근현대사만큼이나 힘겨운 투쟁이었다. 구소련권의 고려인들은 극동지역에서 튼실한 삶을 꿈꾸며 개척사를 이어갔지만 그것도 잠시 뿐이었다. 1937년 스탈린의 강제이주 정책으로 힘겹게 일군 극동의 정착지를 빼앗긴 채 중앙아시아로 강제분산 당해야 했다. 중국의 조선족은 일제강점기를 거쳐 중국 정부로부터 연변 조선족자치주를 부여받고 비교적 건실한 민족공동체 의식을 유지해 왔으나, 1956년부터 전개된 '반우파운동', '대약진운동', '문화대혁명'을 거치면서 소수민족으로서의 한계를 절감한다. 현재 중국의 조선족사회는 개혁개방정책과 시장경제의 도입과 함께 두드러진 '이촌향도離村向都'를 경험하며 약화일로에 있다.

미국에서 한인들의 정착 드라마는 초창기 하와이의 노동자들로부터 출발해 1970·1980년대에 화이트칼라 중심의 이주가 많았기에 비교적 개별적이고 주체적인 형태를 보인다. 하지만 자본의 권력화로 일컬어지는 미국사회의 서구중심적인 가치와 논리로 유색인종차별 등 역시 주류중심사회로의 진입 장벽은 높다. 조국의 근대 산업화와 맞물려 진행된 브라질의 농업이민과 독일의 광부·간호사의 역사도 간고하기는 마찬가지였다. 캐나다와 호주로의 이민사는 화이트칼라 중심의 개별적이고 주체적이었다고 할 수 있는데, 재미 한인들처럼 역시 거주국의 인종차별, 민족차별의 시선으로부터 자유롭지 못했다. 특히 암울했던 조국의 굴절된 근현대사를 관통했던 재일코리안의 주류사회를 향한 끊임없는 저항의 목소리, 치열한 투쟁, 공생정신도 코리안 디아스포라의 역사성과 맞물린 현재적 지점을 대변하고 있다.

코리안 디아스포라문학은 이렇게 세계 각국으로 흩어진 코리안들의 정착 드라마로서 저항과 투쟁, 민족 의식, 유민 의식, 생명력, 망향 등에 대한 민족의 '아리랑' 서사라고 할 수 있다. 그렇기에 이들 디아스포라문학이 거주국별로 상이한 드라마를 연출하고 색깔을 달리하는 것은 당연한 귀결이다. 디아스포라의 문학적 다채로움은 곧 거주국의 역사성과 정치 이데올로기, 사회문화적 정책에 따라 색다른 문학적 경향을 보일 수밖에 없는 소수민족의 한계를 대변하는 특징이기도 하다.

예컨대 구소련권 고려인문학의 경우 '태동기', '암흑기', '성장기', '분화기', 현재의 '과도기'로 나눌 수 있는데, 대체로 일본 제국주의에 대한 비판과 러시아 혁명의 찬양을 읽어낸다. 강제이주로 인한 소수민족에 대한 억압과 소비에트 찬양, 중앙아시아에서의 개척적인 삶, 민족문학 형태를 벗어난 "이민족 간에 겪는 삶의 애환과 갈등", 순수한 개인사 중심의 글쓰기를 보여주면서 문학의 민족적 성격은 급격히 반감한다.[4] 러시아의 공고한 동화정책으로 현지화가 진행되면서 모국어를 통한 문학적 토대는 거의 사라지게 된다. 아나톨리 김이 러시아의 문호로서 환상문학을 선보이며 비현실적인 세계를 형상화한 것도 역사와 민족성과 멀어진 고려인들의 현재적 상황과 무관하지 않다. 현재 카자흐스탄에서 현지어로 작품활동을 하면서 고리키문학상을 수상한 소설가 강 알렉산드르의 경우도 다르지 않다.

중국 조선족문학은 격심한 역사적, 사회정치적 변곡점과 함께 하며 시에서는 '계급투쟁의 형상화', '조국 광복에의 염원', '개인숭배의 경향', '주체성과 개성의

---

4   이정선, 「구소련 지역 고려인문학의 형성과 시문학 양상」, 『한민족 문화권의 문학』, 국학자료원, 2003, 495~540쪽 참조.

말살' '인간 본체로의 회기[5]가 나타났고, 소설에서는 '계급문학', '일제에 대한 비판', 해방 이후의 '문화 계몽운동', 1950년대 이후의 '좌경문학', 1960년대의 문화대혁명과 그 이후의 '역사반성과 개혁 문학의 발흥'[6]이라는 문학적 흐름을 보여주었다. 특히 문예잡지 『연변문학』처럼 민족 색채가 짙은 조선족 잡지가 격심한 중국의 정치 이데올로기적 격랑 속에서도 줄곧 민족어로 간행될 수 있었던 것 역시, 중국의 정치 이데올로기와 맞물린 소수민족 정책과 무관하지 않다.

북미 대륙캐나다, 미국과 독일에서 형성된 디아스포라문학의 분위기는 다문화주의 정책과 연계된 이화와 동화의 경로를 거치면서도 비교적 조화롭게 생명력을 유지하는 방향으로 진행되었다. 특히 재미한인들의 한국어와 영어 글쓰기가 공존함은 주류사회에 "한국이라는 나라와 한국인의 문화적 저력을 알린다는 점"과 "한민족의 정서를 이어가고 민족적 주체성을 지켜낸다"[7]는 점에서 유의미하다. 재미한인 디아스포라문학의 일반적 특징은 해방 이전에는 '애국주의'를 중심으로 서사화된다. 해방 이후에는 시에서 '부정적 현실인식과 고향에 대한 그리움', '현실의 수용과 삶에 대한 성찰'이 그려지고, 소설에서는 '한국역사의 반영과 소개', '이민자의 현실과 정체성에 대한 고민[8] 등이 주제화된다. 재일코리안문학은 일본의 동화주의에 맞선 간고한 투쟁사인 만큼 "일제강점기의 저항과 조국에의 향수, 해방이후의 민족적, 탈민족적 글쓰기, 해체된 '재일성' 표상에 이르기까지 다양한 문학적 변용"[9]을 보여주었다.

이처럼 코리안 디아스포라문학은 거주국의 정치 이데올로기적 변곡점으로부터 자유로울 수 없었던 현재적 지점을 다양한 형태로 얽어낸다. 넓게 보면 이들 코리안 디아스포라문학은 초창기의 정착과 애환, 타협과 비타협, 민족 의식, 자

---

5   김순례, 「중국 조선족 시문학사 개관」, 위의 책, 330~358쪽 참조.
6   추선진, 「중국 조선족 소설사 개관」, 위의 책, 367~394쪽 참조.
7   이소연, 「재미 한인문학 개관 II」, 위의 책(『한민족 문화권의 문학』), 42쪽.
8   위의 글, 41~66쪽 참조.
9   김환기 편, 『재일디아스포라문학』, 새미, 2006, 16쪽.

기민족 정체성, 이방인 의식, 현실의 '벽' 등을 주제화 했다고 할 수 있다. 또한 최근에는 과거의 역사성과 민족성 중심의 글쓰기에서 벗어나 현세대가 지향하는 현실주의를 기반으로 경계와 월경, 혼종과 실존적 개인(개아)을 주제로 한 문학적 보편성과 세계성을 강조하는 경향이 뚜렷하다. 코리안 디아스포라문학 중에서도 재일코리안문학의 위치는 특별하다. 재일코리안문학은 조국의 정치역사, 사회와 이데올로기, 문화적인 정서와 밀접한 관계 속에서 변용해 왔다. 그로 인해 서사구조 자체도 격동기 근현대사적 변곡점과 맞물려 전개되는 경향이 적지 않다. 일제강점기와 남북한의 정치 이데올로기를 직간접적으로 경험하면서 조국과 개인, 민족 의식, 자기 정체성, 이방인 의식, 현실의 '벽' 등을 어떻게 이해하고 극복할 것인지가 중요했다.

주지하다시피, 해방 전후의 초창기 재일코리안문학은 민족적 글쓰기를 통해 역사성과 민족성을 치열하게 얽어냈다. 특히 김달수, 김석범, 김시종, 정승박 등 재일 1세대 작가들의 일본어 글쓰기가 그러했다. 그 후 1960·1970년대에 등장한 재일 중간세대의 문학적 경향은 기존의 민족적 글쓰기와 달리 경계 의식과 자기 찾기 차원의 아이덴티티 문제를 천착한다. 그들은 형식적으로나 내용적으로 경계선상의 '재일성'을 가장 오롯이 얽어낸 경우에 해당된다. 여기에는 이회성, 이양지, 김학영, 양석일 등 비교적 한일문학계에 잘 알려진 작가들이 다수 포함된다. 이회성의 『다듬이질하는 여인』, 이양지의 『유희』가 아쿠타가와상芥川賞을 수상하고 김학영의 작품이 여러 번 후보에 올랐을 정도로 이들의 문학성은 일본문학계로부터 인정받고 있다. 당연히 현세대 작가로 활동 중인 근래의 유미리, 현월, 가네시로 가즈키 등의 현실주의에 입각한 탈민족적 글쓰기도 주목할 수밖에 없다.

한편 이들 재일코리안문학은 일본문학의 특징이기도 한 사소설 경향과 맞물린다는 점도 유의미하다. 특히 사소설적 경향은 재일코리안의 '에스니시티'로서의 문화 정체성을 표상하기 때문이다. 사소설과는 서사성을 달리하지만, 재일코리안의 자서전의 경우 자기 역사를 쓴다는 것은 개인적인 문제를 포함해 "집합

越境
월경 朝鮮人 私の記録
高峻石
社会評論社

고준석,『월경』, 사회평론사, 1977

체로서의 동시대의 민족사 자체"[10]의 성격을 띤다고 할 수 있다. 특히 자서전과 자기 서사에서 "한 인물의 생애 또는 반생의 '인정의 역사'가 '과거 회상형'으로 전개되어 개인 서사이자 그가 속한 진정한 민족의 역사"[11]로서의 의미를 갖는다고 할 때, 재일코리안의 자서전은 역사성과 민족 의식을 포함한 '에스니시티'로서의 '재일성' 및 민족자기 아이덴티티까지 짚을 수 있다. 예컨대 재일코리안의 자서전인 역도산의『역도산의 공수 촙의 세계를 가다-역도산 자전空手チョップ世界を行く力道山自伝』1962, 장두식의『어느 재일조선인의 기록ある在日朝鮮人の記録』1966, 고사명의『산다는 것의 의미生きることの意味』1975,『밤하늘에 별이 반짝이는 한』1981, 고준석의『월경-조선인·나의 기록』1977, 김달수의『나의 아리랑 노래』1977, 정현규의『현해탄을 넘어서』1982, 김을성의『아버지의 이력서』1997, 이진희의『해협-어느 재일사학자의 반생』2000, 진창현의『해협을 건넌 바이올린』2002, 이병진의『사할린에서 산 조선인-디아스포라·나의 회상기』2008 등[12]은 그러한 역사와 민족의 거대담론을 포함해 "재일코리안의 독창적 전통, 정치, 경제, 역사, 철학, 문학, 사회, 사상 등을 종합적으로 아우르는 텍스트"[13]라고 할 수 있다.

---

11 이한정,「재일코리안의 자서전 출간현황과 의의」,『일본학』62, 동국대일본학연구소, 2024, 218쪽.
12 그동안 재일코리안사회에서 발간된 자서전은 총 67권이 있고, 이러한 자서전의 출간목록, 출간시기, 출간현황 등에 대한 연구는 이한정의「재일코리안의 자서전 출간현황과 의의」(『일본학』62, 동국대일본학연구소, 2024),「재일조선인 여성의 자기 서사」(『한국학연구』40, 인하대한국학연구소, 2016), 신승모의「재일코리안 자기서사의 목록화와 유형화」(『일본어문학』89, 일본어문학회, 2020),「재일코리안 여성의 자기 서사와 삶」(『일본학』51, 동국대일본학연구소, 2020) 등이 있다.

이렇게 일제강점기부터 해방 조국을 거쳐 현재에 이르기까지 최근 재일코리안문학은 자서전과 자기서사까지 포함해 다양한 문학적 변용을 거듭해 왔고, 그러한 해체와 변용은 지금도 계속되고 있다. 점차 탈민족적 글쓰기를 보여주면서 특히 세대교체와 함께 현실을 중시하는 월경적 열린 세계관을 선보인다는 특징이 있다. 이들의 문학적 특징은 형식에 얽매이지 않고 자유로운 상상력과 감각으로 기존의 역사성과 민족성을 의식한 문학에서 탈피해, 한층 객관적이고 보편성을 강조하는 문화적 체질 변화를 보인다는 점이다. 이러한 문학적 변용 현상은 재일코리안문학에 한정된 것이 아니라 글로벌시대의 다민족과 다문화사회로 이행되는 과정에서 생기는 자연스러운 변화에 가깝다. 재일코리안문학은 코리안 디아스포라문학 지형에서도 역사성과 민족성, 다양성과 혼종성을 상징하는 대표적인 위상을 가지고 있다. '한민족 문화권의 문학'의 범주에서도 일찍부터 역량 있는 작가들의 작품이 많이 생산되었고, 조국의 근현대사적 격랑 속에서 각별한 정착과 투쟁, 변용의 드라마를 연출했기 때문이다. 그런 의미에서 재일코리안문학은 일제강점기부터 현재에 이르기까지 양적, 질적으로 방대한 문학적 성과, 한국과 일본문학계의 객관적인 평가와 문학사적 위치, '한민족 문화권의 문학'에서 차지하는 위치는 결코 과소평가될 수 없다.

3. 탈중심적 세계관과 현실주의

2007년 8월 '유엔인종차별철폐위원회^{CERD}'는 한국의 인권문제를 놓고 "순혈 혈통, 혼혈과 같은 용어와 더불어 인종 우월적인 관념이 한국사회에 널리 퍼져 있다는 데 주목한다"며 "단일민족을 강조하는 것은 다른 인종, 국가 출신 사람들

---

13   위의 글(「재일코리안의 자서전 출간현황과 의의」), 230쪽.

이 같은 영토 내에 함께 살며 이해와 관용, 우의를 증진하는데 장애가 될 수 있다"고 지적했다. 그리고 "이주 노동자와 혼혈아 등 외국인에 대한 모든 형태의 차별을 금지하고 이들이 인종차별금지 조약에 명시된 권리를 누릴 수 있도록 관련 법규 제정 등 추가조치를 취해야 한다"[14]고 했다. '유엔 인종차별철폐위원회'의 이러한 지적은 기본적으로 단일민족을 강조했던 국가와 민족의 폐쇄성, 배타성, 인종차별적 시선을 비판한 것으로서, 혼종성hybridity을 부정하거나 터부시하는 순혈주의와 민족주의의 배타성에 일침을 가한 것이다. 그 지적은 또한 글로벌시대의 월경과 혼종의 세계관이 국가와 민족의 가치를 넘어 다민족과 다문화사회로 급격히 재편되고 있음을 직시하고 한국사회의 적극적인 동참과 변화를 요청한 것이다.

재일코리안문학은 이러한 다민족과 다문화주의를 일찍부터 실천해온 터라 한일 양국으로부터 크게 주목받고 있다. 특히 일제강점기와 해방을 거쳐 현재에 이르기까지 다양한 문학적 변용을 통해 일본의 제국과 국가주의, 종적 체계의 이데올로기적 모순과 부조리를 비판해 왔고, 인류애를 근간으로 보편성을 강조하였다는 점에서 그러하다. 재일코리안문학은 다양성, 경계와 월경, '혼종성'의 시좌로 주류중심사회를 향해 안티의식을 발신해 왔고, 국민국가의 계급성, 자국국가 중심주의, 배타주의, 폐쇄성에 맞서며 내면적으로 주체적 자의식, 의식의 탈각 작업, 월경과 공생의 논리를 추구해 왔다.

재일코리안문학의 디아스포라적 세계관은 최근 '탈'의식적탈국가, 탈이념 등 논리로 내면화되고 이러한 현실주의와 월경 의식은 앞으로 한층 구체화될 것이다. 재일코리안문학이 기존의 역사성과 민족성을 의식한 가치관에서 전지구적 관점의 보편성과 세계성을 강조하는 이행과정을 거치고 있는 중이기 때문이다. 재일코리안문학의 '탈'의식적 세계관은 과거의 제국과 국가주의, 국민국가의 근대근대성

---

14 『중앙일보』, 2007.8.20.

적 모순과 부조리를 의식하면서도 포스트 콜로니얼의 관점에서 현실주의와 실존성을 천착한다. 여기에는 주류사회를 향한 건전한 안티테제로서 재일코리안의 역할도 간과될 수 없다.

먼저 재일코리안문학의 탈의식적 세계관은 역사성과 민족성을 함의한 민족의식, 민단과 조총련, 북송선, 지문날인, 역사인식교과서, 영토, 위안부을 통한 현실주의로 서사화된다. 민단과 조총련의 갈등과 대립, 북한으로의 귀국운동 문제는 주로 조국의 남북한 이데올로기와 연동되는 관계로 남북한 당사자는 물론 가족과 세대, 동료들 사이에서 갈등과 대립으로 분출되는 경우가 비일비재하다.

"내가 언젠가는 조총련 본부 건물에 폭탄을 장치해서 산산조각 날려버리겠어. 이 손으로 김일성 앞잡이들을 모두 죽여버리겠어!"

"할 테면 해봐! 그전에 네 모가지를 도끼로 쳐 주마."

이미 장로의 충고도 소용없었다. 그것은 김빠진 사이다 같았다. 막 육박전이 벌어지려는 순간, 옆방에서 한 중년 여자가 나타났다. 그 여자는 말다툼의 원인도 모르면서 빗나간 권고 같은 말을 했다.

"조선도 북조선도 난 다 싫어요. 당신네들은 그저 술주정뱅이들일 뿐이잖아요. 이래 가지고 어찌 조국통일이 되겠어요."[15]

동포들이 베푼 환송회 석상에서 "조국에 돌아가 조국의 건설과 조국의 발전에 이바지 할 수 있게 된 것을 자랑스럽게 생각한다"는 의미의 치사를 하는 것을 보고, 사람들은 명자가 애국의 일념에 불타 귀국하는 것으로만 생각하는 것 같았다. (…중략…) 하지만 명자는 조국건설을 위해 돌아간 것은 아니었다. 그것은 어디까지나 나중에 붙인 대의명분이고, 진짜 이유와 직접적인 동기는 오로지 어두운 자기 집에 더 이상 머물기

---

15   양석일, 이한창 역, 「제사」, 『在日동포작가 단편선』, 소화, 1996, 24~25쪽.

를 꺼렸기 때문이다. 설혹 북한에서의 생활에 어떤 불안이 기다리고 있다손 치더라도, 그것은 우리 집의 숨 막히는 답답함에 비하면 월등히 나을 것이라고 열일곱 살짜리 명자는 생각했던 것이다.[16]

앞의 인용은 양석일의 소설 「제사」에서 조상의 제사를 지내러 온 같은 '재일동포' 지인들과의 분쟁을 다룬 장면이다. 한쪽은 "극악무도한 박정희 도당을 타도해야 한다"며 남한 정권을 매도하고, 다른 한쪽은 "김일성 앞잡이들을 모두 죽여버리겠다"며 북한 정권을 매도하는 갈등구조를 드러낸다. 정치 이데올로기적으로 좌우와 남북한으로 첨예하게 갈라서 상대방의 논리를 결코 인정할 수 없다는 두 남정네의 극렬한 대립은 마치 남북한의 정치 대리전을 연상케 한다. 분열된 재일코리안사회의 민족 의식과 이데올로기로 얽힌 '재일성'의 현실적 단면을 적나라하게 보여준다. 뒤의 인용은 김학영의 「착미」에서 가족들을 향해 광포한 폭력을 휘두르고 오로지 'S동맹'^{북한 신봉}에 충성을 보이는 아버지를 피해 북한행 귀국선에 오르는 명자明子와 기자紀子 자매의 복잡한 심경을 보여주는 장면이다. 'S동맹'에 냉소적인 '나'는 여동생들의 귀국이야말로 조국애나 민족 의식의 발로가 아닌 전세대^{아버지}의 공포에 질린 어쩔 수 없는 선택임을 보여준다. 이처럼 민단과 조총련을 둘러싼 가족 구성원들의 갈등과 분열 장면은 굴절된 조국애를 통해 최근의 재일코리안사회의 해체와 변용 개념의 민족 의식과 현실주의적 관점을 특징적으로 보여준다.

다음은 실생활을 의식한 현실 중심적인 주제로써 귀화문제, 제사문제, 결혼문제, 취직문제 등이 서사화된다. 이러한 '재일성'의 현실적 주제들은 대부분 실생활과 밀접한 공간에서 거론되는 문제들이라 확실히 기존의 관념적, 역사성, 민족성을 앞세운 문학적 경향과는 대별된다. 최근 재일코리안문학에서 거론되고

---

16   金鶴泳, 「錯迷」, 『金鶴泳作品集成』, 作品社, 1986, 204쪽.

있는 국제결혼에 대한 인식만 해도 가족 간, 세대 간의 인식차가 뚜렷하게 드러난다. 박중호의 소설 「울타리 밖으로」는 일본인과 국제결혼을 선택한 딸을 시집보내는 아버지의 심경을 이렇게 담아낸다.

> 큰딸에게는 미안한 일이지만 상대가 일본인이라고 생각하니 도저히 기쁜 마음이 일지 않는다. 딸을 동포 남성에게 시집보낸 경험이 없기 때문에 동포 남성과 결혼한 경우와 비교할 수는 없지만, 영식이 품고 있는 생각은 세상에서 흔히 말하는 딸을 시집보낼 때의 아버지의 복잡한 심경과는 달랐다. 그런 달콤한 감정 따위가 아니라 자신들이 지금까지 살아온 삶의 방식이 부정된 듯한, 그것도 아주 철저하게 부정된 듯한 기분이었다.[17]

인용에서 보듯, 재일코리안사회의 결혼문제는 당사자들에게 복잡한 심경을 안긴다. 결혼 상대가 "일본인이라는 것 때문에 몇 번이나 단념하려고 했지만 그럴 수 없었다"[18]는 결혼 당사자인 딸의 말에 부모의 심경은 복잡하지만 결국 가족들은 "둘 사이에 형성된 확고한 세계"를 수용할 수밖에 없다. 이러한 재일코리안문학의 현실주의적 세계관은 취직문제를 통해서도 구체적으로 드러난다. 기존의 재일코리안문학에 등장하는 직업은 대체로 막노동판의 노동자, 파친코점 교환소, 불고기집, 고물장수, 통조림 공장, 여관집 허드렛일 등 육체적인 노동이었다. 김달수의 「잡초」에 등장하는 고물장수, 이양지의 『나비타령』에 등장하는 여관집 종업원, 양석일의 『피와 뼈』에 등장하는 통조림 공장, 김학영의 『흙의 슬픔』의 불고기집 등에서 알 수 있듯이, 화이트칼라가 등장하는 작품은 전무하다. 그렇다고 해서 재일 현세대의 소설 속 인물들의 직업이 특별히 화려하거나 거창하지는 않다. 작중인물들은 대학을 졸업해도 "동네 동포들이 종사하는 폐품수집, 노가다, 트럭 운전사, 혹은 곱창집"[19]으로부터 크게 벗어나지 못할 현실임을

---

17 박중호, 이한창 역, 「울타리 밖으로」, 『在日동포작가 단편선』, 소화, 1996, 50쪽.
18 위의 책, 58쪽.

충분히 예감하고 있다. 재일코리안들은 주류사회에 대한 소외 의식과 피해 의식, 패배주의가 현실 속에 뿌리를 내리고 있음을 보여주는 셈이다.

그리고 재일코리안문학의 건전한 안티로서의 현실론적 역할도 간과할 수 없다. 알려진 바와 같이 일제강점기의 재일코리안문학은 혹독한 시대였던 만큼, 일본의 제국과 국가주의, 이데올로기 논리로부터 철저하게 배제되거나 피지배자의 입장에서 시련을 감내해야 했던 굴절된 단면을 읽어냈다. 친일문학자로 낙인찍혀 혹독한 비판을 받은 장혁주의 초창기 민족주의적 소설, 식민과 피식민 구도에서 철저하게 주변화된 조선 민중들의 애환과 저항을 다룬 김사량 소설, 일본 땅에서 '넝마장수'로 살면서도 강한 생명력을 보여준 김달수의 소설 등이 그러하다. 일제강점기 피식민자의 간고했던 입장을 민족 의식과 투쟁정신으로 고발하고 제국과 국가주의로 표상되는 주류 사회의 잘못된 타자인식을 지적했던 것이다.

재일코리안문학의 일본사회를 향한 '안티'의 목소리는 조국의 해방과 함께 한층 구체화된다. 김달수는『태백산맥』,『현해탄』등을 통해 일제강점기와 해방 전후의 제국과 국가주의, 근대적 권력구도의 모순과 부조리를 비판하면서 경계인의 역할을 주체적으로 부각시켰다. 김석범은 대표작『화산도』,『까마귀의 죽음』등을 통해 재일코리안사회의 간고한 부의 역사를 해방정국의 제주4·3과 연계시켜 풀어냈다. 정승박의 소설과 김시종의 시 역시 일제강점기 자기국가 중심의 왜곡된 이데올로기적 허구성을 비판했다. 일본의 제국과 국가주의에 내재된 잘못된 역사인식과 타자인식에 대한 비판[20]은 강도는 다르지만, 세대교체에도 불구하고 포스트 콜로니얼의 관점에서 지속적으로 주제화된다. 예컨대 경계 의식과 이방인 의식, 자기민족 아이덴티티를 둘러싼 중층적 가치와 세계관을 천착하는 형태라고 할 수 있다.

---

19   金鶴泳,「冬の光」,『金鶴泳作品集成』, 作品社, 1986, 333쪽.
20   김환기 편,『재일디아스포라문학』, 새미, 2006 참조.

안티를 무조건적 반대가 아닌 공동체의 건설적인 세계관을 구축하는 비판세력이라고 한다면, 재일코리안문학은 주류중심와 비주류주변 양쪽을 아우르는 중립적인 경계인의 위치와 관점을 견지한다고 할 수 있다. 디아스포라의 경계인의 월경과 혼종성, 열린 세계관, 그것은 분명 과거의 제국과 국가주의, 자기자국 중심적인 사고에서 탈피하지 못한 일본일본인을 향해 자성을 촉구하는 통로가 된다. 특히 다민족·다문화사회가 한층 강화되고 있는 현시점에서, 일본사회가 견실한 공동체 정신과 글로벌 경쟁력을 확보하기 위해서는 경계인과 소수민족의 역할이 주목될 수밖에 없다.

재일코리안문학에서 탈의식탈국가, 탈민족, 탈이념을 내세운 현실주의와 세계관의 확장은 역사성과 민족성을 의식한 이상론과 실생활론 사이에서 자기민족 정체성을 고뇌하는 과정에서도 잘 드러난다. 조국에서의 유학생활을 통해 모어와 모국어 사이에서 심각하게 고뇌했던 이양지는 재일코리안사회의 세계관이 변용과 해체 개념으로 진행될 것임을 일찌감치 예견한 듯하다. 이양지의『유희』는 조국으로 유학 온 현세대가 양국에 가로놓인 각종 문화적 차이를 극복하지 못한 채 유학생활을 접고 일본으로 돌아간다는 이야기를 담고 있다. 또한『각』은 현세대가 조국에서 유학생활을 시작했지만 극도의 불안감을 극복하지 못하고 방황하는 모습을 보여준다. 결국 현세대는 고뇌와 방황으로 점철했던 조국체험을 통해 재일코리안사회의 이방인 의식과 경계인의 위치를 자각하게 된다.

수업을 알리는 종소리가 울렸다. 교실로 들어오자, 담임 교사가 곧바로 들어왔다. 출석 점검이 끝나자 전원 기립했다. 칠판 위에 설치된 스피커에서 〈애국가〉가 흘러나오기 시작한다. 전원이 가슴에 손을 대고 애국가를 따라 부른다. 매일 아침 이렇게 〈애국가〉를 반복하는데도 가사가 제대로 외워지지 않는 것은 무슨 까닭일까. 고개를 숙인 채 따라 부르는 시늉만을 하고 있다. 하지만 혼자서 불러보라고 한다면 교실에서 도망칠 수밖에 없으리라.[21]

인용에서 보듯 조국에서 직접 자기^{민족} 아이덴티티를 확인하고자 했던 현세대의 노력은 치열하게 전개되면 될수록 오히려 내면에 존재하는 '일본적 소리'를 자각할 뿐이다. "어디로 가나 비거주자"[22]로서의 자신의 존재성을 되새길 뿐이다. 김학영 문학에서 아이덴티티 문제를 둘러싸고 고뇌했던 자기 구제 작업도 같은 수순을 밟는다.

김학영은 『한 마리의 양』에서 "글을 쓴다는 것은 자신을 자신 속에 가두고 있는 껍질을 한 겹 한 겹 벗겨가는 탈각 작업"으로서 "자기해방을 위한 작업이며 자기구제의 영위"[23]라는 자전적인 목소리를 들려준다. 그래서일까 철저한 내향적 '탈각 작업'을 통해, 그의 소설은 '이방인 의식, 자기해방에 대한 갈망, '밀운불우적인 갑갑함', '몽롱한 불안'을 걷어내려 했다. 하지만 신체적인 '말더듬'은 결국 근원적으로 아버지의 폭력, 잃어버린 조국과 깊게 연계되어 있고, 그로 인해 끊임없는 자기탈각 작업에도 좀처럼 내면적 불우성을 걷어내지 못한다. 소설 『얼어붙은 입』에서는 "자살은 항상 내 가슴속에 있었다. 지금까지 나의 삶을 지탱해준 것은 언제든지 죽을 수 있다, 언제든지 숨통을 끊을 수 있다는 관념뿐"[24]이라고 했다. 재일코리안 현세대가 '몽롱한 불안' 과 절망으로부터 한걸음도 빠져나오지 못한 모습을 보여주고 있는 셈이다.

재일코리안 중간세대인 이양지와 김학영의 소설은 재일 현세대의 역사성과 민족성, 자기 정체성을 둘러싼 자기 구제탈각작업에 치열하게 매달렸다. 내면에 축적된 역사인식, 민족 의식, 정치 이데올로기로 표상되는 각종 '의식'의 껍데기를 벗겨내고 있는 그대로의 자기를 찾는데 역량을 집중했다. 이와 같은 자기 탈각을 위한 문학적 모색은 조국에서의 유학생활과 불우한 가정사를 대상으로 진행되는

---

21   李良枝,「刻」,『李良枝全集』, 講談社, 1993, 161쪽.

22   李良枝,「ナビ・タリョン」, 위의 책, 54쪽.

23   金鶴泳,「一匹の羊」,『金鶴泳作品集成』, 作品社, 1986, 435쪽.

24   金鶴泳,「凍える口」, 위의 책, 64쪽.

데, 가장 충실하게 "'재일조선인이' '일본어로' '민족적 아이덴티티의 위기 속에서 그들의 고뇌와 저항"을 그렸다는 점에서 한국과 일본문학계에서 인정받고 있다.

이렇게 볼 때, 재일코리안문학의 탈의식적^{탈국가, 탈민족, 탈이념 등} 현실주의는 국가와 민족, 정치이데올로기를 근간으로 한 근대와 근대성 논리를 의식하면서도, 한국과 일본, 이상과 현실, 주체^{개인, 가족, 단체}들 간의 월경과 소통을 중시하는 복합적인 면모를 가지고 있다. 그렇게 개별적 주체들은 '탈'의식적 세계관을 통해 각자의 자리를 찾아가고 있다. 재일코리안문학은 구소련권과 미주지역의 한인들이 그랬듯이, 철저한 유민 의식과 이방인 의식을 토대로 "문화적 정체성과 사회적 동화"²⁵를 병행하면서, 국가와 민족, 가족과 세대, 이상과 현실의 간극을 좁히려는 노력을 포기하지 않는다. 탈국가 탈중심적 사고와 함께 재일코리안문학에서 포착되는 혼종적 지점은 어느 한쪽으로 편향되거나 절대적인 위치를 허용하지 않는다. 이들 재일코리안문학은 어디까지나 경계선상에서 냉철한 사고로 객관성을 담보한 구심력과 원심력을 직시한다. 예컨대 일제강점기의 식민과 피식민 구도, 패배 의식, 이상론과 현실론 사이에서 갈등과 방황, 남북한의 이념적 반목을 지켜보는 중층적 시선, 민족 의식과 자기 아이덴티티, 역사 인식과 자의식 등이 그러하다. 결국 재일코리안문학의 이러한 테마들은 재일코리안의 의식의 지팡이를 찾는 작업이고, 현실주의에 근거한 문학적 보편성과 세계성을 피력한 것으로 이해할 수 있다.

---

25 이창래는 1965년 서울에서 태어나 1968년 미국으로 이주했으며, 예일대 영문과 졸업, 오레곤 주립대 대학원 졸업과 문예창작과 조교수, 뉴욕시립 헌터대학 문예창작과 조교수를 거쳐 현재 프린스턴대 인문학 및 창작과정 부교수로 재직 중이다. 한국계 미국인으로서 「네이티브 스피커」, 「의례적인 삶」, 「하늘 높이 떠서」와 같은 소설을 발표하면서 오레곤 도서상, 반스 엔 노블의 위대한 신인상, 소설부분 아시안계 미국인 문학상 등 미국내 각종 도서상과 신인상을 수상했다. 계간지 『문학과 의식』에서 그는 미국생활에서 문화적 정체성과 사회적 동화는 양쪽 모두 중요하다고 지적하며 "사회적 동화가 없다면 당신은 언제나 소외"될 수 있다. 당신이 소외될 때 "사람들은 당신을 그들과 다르게 대하고 당신을 이방인처럼" 생각하게 된다고 했다(『문학과 의식』 75, 화서, 2008, 16~24쪽 참조).

4. 다민족·다문화사회의 공동체 의식

재일코리안문학은 소수민족에 대한 일본사회의 편견과 차별을 일찍부터 주목해 왔다. 일제강점기부터 해방을 거쳐 현재에 이르기까지 꾸준히 조국과 민족, 역사적 '부'의 지점을 의식하며 공생의 등가성 논리를 발신해 왔다. 재일코리안문학은 다민족·다문화사회의 다양성과 중층성, 혼종적 가치와 이미지를 중시할 수밖에 없음을 경험적으로 간파했던 것이다. 실제로 글로벌시대의 지구촌은 국가와 민족, 인종과 종교의 '벽'을 넘어 국제결혼과 혼혈, 공생, 열린 세계관에 한층 힘이 실린다.

재일코리안문학은 전통적으로 국제적인 혼혈혼혈아문제를 문학적 테마로 다루었다. 한국인이었지만 일본인 작가로 알려졌던 다치하라 마사아키立原正秋의 『겨울의 유산』과 장혁주의 「아름다운 결혼」 등이 그러했다. 『겨울의 유산』은 혼혈의 문제를 안고 살아가는 주인공 '나'가 불우한 환경이지만 선사禪寺에서 좌선과 게문偈文을 접하고 "강렬한 기백"[26]을 보여준다. 「아름다운 결혼」은 "한·일 혼혈로 태어났거나 조선에서 성장한 일본인 여성의 지난한 삶을 통해 일제 조선통합으로 발생된 사회적 갈등 양상을 그려내는데 초점"[27]을 맞추고 있는 작품이다. 김사량의 대표작 『빛 속으로』역시 조선인 어머니와 일본인 아버지 사이에 태어난 혼혈아 야마다 하루오山田春雄의 아이덴티티 문제를 다룬다. 이들의 소설은 대체로 일제강점기와 조국 해방을 전후해 일본의 제국과 국가주의 체제에서 성장하는 인물상들을 주인공으로 설정한다. 국민국가의 민족 이데올로기에 따라 수용양상도 달라질 수 있지만 일찌감치 부의 역사성과 결부된 혼혈과 혼종성을 주목했다.

혼혈혼혈아 문제는 근래의 재일코리안문학에서도 목격된다. 사기사와 메구무鷺

---

26   요시다 세이치, 「강렬한 기백이 관통하고 있는 선(禪)소설의 정수」, 『겨울의 유산』, 한걸음 더, 2009, 296쪽.
27   김학동, 『張赫宙의 일본어 작품과 민족』, 국학자료원, 2008, 143쪽.

沢蘭는 자신이 혼혈아조모가 한국인임을 알게 되면서 작가로서의 의식도 변화하지만 문학적 변용이 두드러지는 이례적인 경우이다. '코리안 재패니즈'로서 혼혈 문제를 본명과 통명의 문제로 얽어내며, 작가는 전통적인 일본사회의 전근대적 폐쇄성을 꼬집고 글로벌시대에 걸맞는 열린 태도를 주문한다. 사기사와의 소설은 자기국가 중심적인 논리에서 탈피해 주체국가, 민족, 이념, 사상, 역사 간의 교류와 소통, 보편주의와 세계주의에 힘을 싣는 경향을 보여준다. 그녀의 소설 「안경 너머로 본 하늘」, 「고향의 봄」, 「봄이 머무는 곳」, 「뽕키치·춘코」, 「그대는 이 나라를 사랑하는가」 등은 '코리안 재패니즈'의 입장인 현세대가 자신의 본명과 통명을 어떻게 인식하고 있는지를 현실주의적 시각에서 보여준다.

> 가족 중에 한국말을 할 수 있는 사람은 아버지뿐이고, 그나마도 친척들과 이야기할 때 사용할 뿐이다. 따라서 도시유키俊之에게는 한글이 무슨 기호처럼 보인다. '박준성'이라는 본명조차도 한국말로 뭐라 읽는지 몰랐다. 통명인 아라이 도시유키新井俊之라는 이름이야말로 자기 이름이라고 도시유키는 20년이 넘도록 믿고 있다.[23]

> 기야마 마사미木山雅美와 이아미李雅美. 어릴 적부터 이 두 개의 이름을 경우에 따라 구분해서 쓰고 있었기 때문에, 어느 쪽이 자신의 진짜 이름일까를 깊이 고민하는 일은 거의 없었다. 일반적인 의미에서의 본명은 이아미지만, 그렇다면 기야마 마사미는 가짜 이름이냐는 물음에 그렇다고 고개를 끄덕일 수도 없는 노릇이었다. 둘 다 자기 이름이다.[29]

위의 인용은 '코리안 재패니즈'의 입장에서 한글을 '무슨 기호'처럼 느끼고 본명과 통명에 대한 이질적 감정과 친숙함을 드러내는 소설 「진짜여름」과 「그대는 이 나라를 사랑하는가」의 일부분이다. 혼혈아로서 '조선인의 피'를 소유한 현세

---

28   사기사와 메구무, 김석희 역, 「진짜 여름」, 『그대는 이 나라를 사랑하는가』, 자유포럼, 1999, 30쪽.
29   위의 책, 105쪽.

대의 담담한 심경을 묘사하고 있다. 소설의 주인공들은 "경계인으로 살아갈 수밖에 없는 재일의 지난한 현재적 위치를 심각한 대립구도나 암울한 형태가 아닌 긍정적인 사고"로 받아들인다. 시종 중심을 잃지 않고 "차분하게 경험담을 털어놓거나 가볍게 터치하는 형태"로 한일간의 경계선을 넘나든다.

말하자면 "균형 잡힌 인간" "나 혼자만의 '사정'에 스스로를 가두어 버리면 그만큼 주위 사람들과 보조가 맞지 않게"[30] 됨을 인식한다. 한일관계 역시 "말하고 싶은 것이 겉치레로 흘러서는 안 된다"며, "누구나가 어느 나라도 스스로의 '사정'과 현실을 공평한 눈으로 바라보고 균형을 유지"[31]하면서 살아가는 것이 중요하다는 인식이다. 재일코리안문학에서 현세대의 '코리안 재패니즈' 논리는 일찍부터 서사화된 관행을 가지고 있다. 해방 이후의 초창기 민족적 글쓰기에서 현재의 문학에 이르기까지, 재일코리안문학은 주류중심와 비주류주변로 변주되는 일본의 왜곡된 역사의식과 세계관을 잠재우며 경계를 넘나드는 공생정신을 지속적으로 표명해 왔다. 방랑자의 시선을 통해 유민 의식과 '한'의 역사를 그려낸 이회성의 소설「다듬이질하는 여인」,「유역」,「금단의 땅」, 주류사회의 차별적 시선에 한없이 왜소해져야 했던 현세대의 소외 의식을 다룬 김학영의 소설「얼어붙은 입」,「흙의 슬픔」,「유리층」이 그렇다. 역사적 부성을 의식하며 재일코리안사회의 현재성을 담아낸 이양지, 양석일, 김중명, 현월의 작품도 디아스포라의 관점에서 보편적 가치와 세계성을 읽어낸 경우이다. 뉴커머 작가로는 오사카에서 활동하고 있는 김길호의 공생정신도 각별한 의미를 갖는다.

가네시로 가즈키金城一紀의 소설 『GO』에서 재일코리안 현세대는 아버지와 충돌하고 일본인 여자 친구와 대립각을 세우면서도 '코리안 재패니즈'로서 당당하게 현실의 '벽'을 마주한다. 국적과 이데올로기, 역사적 부성을 거론하면서도 "이 소설은 나의 연애를 다룬 것"이고 그 "연애는 공산주의니 민주주의니 자본주의니

---

30   사기사와 메구무, 최원호 역, 『개나리도 꽃, 사쿠라도 꽃』, 자유포럼, 1998, 110쪽.
31   위의 책, 117쪽.

평화주의니 귀족주의니 채식주의니 하는 모든 '주의'에 연연하지 않음"[32]을 천명한다. 『GO』는 국가와 민족, 이데올로기를 의식하면서도 현실적인 갈등과 대립, 차별 의식을 넘어 '코리안 재패니즈'로서의 현재적 상황과 주체적 삶을 보여준 작품이다. 이 작품에는 가네시로 소설의 특징인 '경쾌함', '살아있는 이미지', '일상의 도식화' 등 '코리안 재패니즈'의 위치와 의식을 대변하는 지점이 잘 드러난다.

이처럼 혼혈과 혼혈아, 공생 논리, 코리안 재패니즈로서의 탈중심적 가치는 재일코리안문학의 월경과 혼종, 현대사회의 다민족·다문화 공동체를 이해할 수 있는 문학적 테마에 해당한다. 최근 정치계를 비롯해 경제, 문화, 스포츠계를 중심으로 '코리안 아메리칸' '코리안 재패니즈'의 주체적인 삶이 회자되고, 그들이 주류^{종심}사회를 향해 던지는 보편성과 주체적 목소리는 시사하는 바가 크다. 특히 재일코리안문학의 월경과 혼종^{혼혈·혼혈아}의 보편적 가치는 일찍부터 언급되어 왔지만, 지금도 변용을 거듭하며 디아스포라의 열린 시야를 이끈다는 점에서 그러하다.

디아스포라의 관점에서 재일코리안문학은 "혼종성이 보는 시각에 따라 문화적 다양성, 타문화에 대한 이해와 관용"으로 읽힐 수 있고, "순수성은 자국 문화의 정체성을 지키려는 노력"[33]으로 비치면서 국가중심의 민족주의를 강조할 수 있다는 점, 그것이 최근 국제결혼과 함께 이주민이 급증하는 한국사회에 던지는 의미도 적지 않다. "우리 사회에서 타자들인 이주민을 상대로 종종 지배자적 태도를 스스럼없이 드러내고 있는 것도 현재 한국사회의 한 단면"[34]임을 부정할 수 없기 때문이다. 그것은 월경과 혼종의식을 보여준 재일코리안문학이 보편적 가치를 중시하는 디아스포라문학으로 읽히고 세계문학으로 회자되는 이유이기도 하다.

---

32 가네시로 가즈키, 김난주 역, 『GO』, 북폴리오, 2004, 9쪽.
33 장희권, 「글로벌 세계의 혼종성과 민족주의」, 『독일어문학』 39, 한국독일어문학회, 2007, 373쪽.
34 위의 글, 372쪽.

5. 세계문학으로서의 재일디아스포라문학

세계문학의 사전적 의미는 "국민문학에 대응하는 말"로서 질적인 측면에서 "범세계적汎世界的·보편적인 인간성 추구의 문학"이다. 따라서 세계문학은 "작가의 개성과 국민적 특성을 갖추고 있으면서도 그것들을 초월한 보편성"을 토대로 월경적 시좌와 초시대성을 자연스럽게 확보한다. 과거의 제국과 국가주의에서 횡행하던 자기國家 중심적인 논리를 벗겨내고, 강력한 순혈주의와 단일민족의 신화를 벗겨낸 열린 시좌를 통해 문학적 보편성과 월경적 가치는 확보될 수 있다.

조동일은 세계문학과 관련해 "서양문학이 곧 세계문학이라는 전제를 거부"하고 "세계문학의 개념이 서구 중심주의에서 제3세계 문학을 널리 포괄하는" 형태로 변하고 있음을 지적한 바 있다. 그는 "서양 중심의 문학관이 지닌 한계를 극복해야 세계문학 일반의 보편적인 이론이 성립될 수 있다"[35]고 역설했다. 소설가 박태순은 "'세계' 내지 '세계문학'은 서구에서 바람을 타고 불어오는 것이 아니며 우리 자신이 중심으로 되어 파악되는 세계섬"이라며 "세계문화의 정당한 상속자"[36]로서의 역할을 강조했다. 박태순은 제3세계 문학을 "세계문화의 정당한 상속자"로 보고 "문화사적 정신사적으로 파악되는 '세계'는 잘못된 세계적 현상이나 힘의 구조 따위를 그냥 수긍하는 정치 경제적 인식과 같은 것일 수가 없는 일"이라고 지적했다.

최근 국내외 문학 담론에서 코리안 디아스포라문학이 종종 거론되는 이유도 이러한 "문화사적, 정신사적으로 파악되는 '세계'"의 토양에서 찾을 수 있다. 한

---

35 조동일, 『한국문학과 세계문학』, 지식산업사, 1991, 10쪽.

36 박태순은 「제3세계문학과 세계문학」에서 인도네시아의 "1945년 세대"로 불리는 리바이 아삔 (Rivai Apin)이 네들란드의 식민지배와 태평양전쟁 당시의 일본침략군으로부터 해방된 인도네시아, 인도네시아 문학을 비평하면서 "이 세계의 슬픔은 우리의 슬픔이며, 이 세계의 기쁨은 우리 자신의 기쁨이다. 우리는 바로 이 세계 문화의 정당한 상속자로서 서있기 때문"이라는 내용을 거론하면서 제3세계문학의 중요성을 피력했다 (「제3세계문학과 세계문학」, 『東方』 2, 한국외국어대학교, 1982, 33쪽 참조).

국문학의 정체성을 확고히 하면서 세계문학사의 주변부가 아닌 중심의 위치에서 코리안 디아스포라문학이 거론되고 있다. 제1세계를 정점에 놓고 권력화한 중심부에서 벗어나 다중심주의적 세계관을 통해 그간 타자화되었던 주변부에 중심성을 부여함으로써 생성되는 역동성과 마주하는 논리다. 코리안 디아스포라의 역사는 조국의 굴절된 근현대사와 함께 했던 만큼 간고했던 부성을 의식할 수밖에 없다. 구소련권에서 보여준 고려인의 개척정신과 강제이주의 역사, 중국의 정치 이데올로기적 변곡점과 함께 했던 조선족의 위치, 북미지역^{캐나다, 미국}의 한인들이 정착과 개척의 과정에서 겪어야했던 소외 의식, 저항 의식 등 코리안 디아스포라의 삶은 암울했던 조국의 근현대사만큼이나 간고했다. 제국과 국가주의, 고착화된 지배^{종심}와 피지배^{주변}의 구도에서 소수민족의 입장은 주류^{종심}의 논리를 따르면서도 항상 생존을 위해 목소리를 낼 수밖에 없었다.

코리안 디아스포라문학은 한인들의 해외 정착 드라마로서 저항정신, 민족정신, 유민 의식, 생명력, 망향 등을 문학적으로 재현해냈다고 할 수 있다. 제국과 국가주의, 냉전 체제가 팽배했던 지구촌의 변방에서 이들 코리안 디아스포라문학은 권력화된 중심부^{주류, 지배자}를 향해 거침없이 '안티'이길 자청했다. 특히 일제 강점기 굴욕적 삶을 경험했던 재일코리안문학의 담론구조는 제국과 국가주의에 내재된 폐쇄성과 배타주의, 자기^{국가} 중심적인 논리가 어떻게 기능했고, 현재와 미래사회에 어떻게 작용할 것인지를 초점화했다고 할 수 있다. 재일코리안문학이 일찍부터 월경과 혼종의 관점에서 '탈국가, 탈민족적 세계관'과 '다민족·다문화사회의 공동체의식'을 천착했던 이유이기도 하다.

주지하다시피, 재일코리안문학은 초창기 민족적 글쓰기에서부터 탈민족적 글쓰기와 실존 의식까지 다양하게 변용해 왔다. 특히 초창기 문학에서는 제국과 국가주의, 정치 이데올로기를 의식하는 경향을 강하게 얽어냈고, 중간세대의 문학은 탈민족적 글쓰기를 실천하면서도 경계 의식과 이방인 의식, 주체적인 자의식을 담아내는 경향을 보였다. 그런데 분명한 것은 재일코리안문학이 해방 직후부터 현재까지 역사성과 민족성 이데올로기를 천착하면서도 끊임없이 탈중심적인 가치관을 의식한다는 점이다. 재일코리안문학은 조국과 민족의 경계 너머로 확장되는 보편주의와 열린 세계관을 견지한다. 그런 만큼 작가적 시선과 문학적 주제가 다채롭고 중층적이다. 국가와 지역적 특수성을 넘어 국가와 개인, 현재와 미래, 외부와 내부, 중심과 주변으로 변주되는 가치관과 세계관을 '역동성'으로 얽어내는 서사구도를 취했다. 재일코리안문학의 탈중심적 세계관과 다민족·다문화사회의 공동체 의식과 연동되는 월경 의식과 중층성은 확실히 보편성과 세계문학적 가치로 이어주는 기제메커니즘로 작용한다.

재일코리안문학의 민족적 글쓰기에서 보여준 저항 의식을 비롯해 코리안 재패니즈의 월경과 혼종혼혈, 공생 논리와 같은 주제 의식은 기본적으로 '역동성'으로 수렴되는 확장된 세계관과 맞물린다. 경계인의 위치에서 이방인 의식, 유민 의식, 소외 의식을 피력하면서도 '반쪽발이' '박쥐'로 표상되는 비주류주변의 위치는 탈중심적 가치와 다중심주의를 이끌어낸다. 디아스포라의 관점은 경계인의 강한 생명력을 얽어내고 월경의 혼종과 중층성에 내재된 절대적 가치를 보편성으로 승화시키는 힘이다. 한국사회는 전통적으로 순혈주의와 단일민족신화를 끊임없이 강조해 왔다. 과거 "반공주의와 결합한 민족주의"는 개인보다 집단과 국가를 먼저 의식하는 방향으로 흘렀다. 그러한 국민국가의 근대근대성적 논리는 유교적인 가부장제와 결합하면서 한층 자기국가중심적인 세계관을 공고히 하는 기제로 활용된다. 1960, 1970년대 월경과 혼종혼혈을 둘러싼 배타적 시선은 그러한 근대적 국가 이데올로기의 전형을 보여준다. 이러한 순혈주의와 민족주의 시선은 한국사회가 "서구열강과 일본제국과의 배타적 의식 속에 민족을 자각"[37]하면서 계급적이고 권력화된 제국과 국가주의 체제의 반인륜적 폭력성을 비판하는 기제로 활용되었다. 하지만 그것 역시 "내부 식민성에 대한 자기성찰"이 소홀

---

37   최강민, 『탈식민과 디아스포라문학』, 제이엔씨, 2009, 26쪽.

했음을 대변하는 것이다.

최강민은 『탈식민과 디아스포라문학』에서 한국전쟁을 거쳐 1970년대에 이르는 한국문학 속의 혼혈아 문제를 집중적으로 조명했다. 특히 한국사회의 "가부장적 순혈주의", "인종 차별주의", "내부적 시선의 부재와 배타적 단일민족주의"를 비판했다.[38] 그 과정에서 그는 "혼혈아는 한민족의 범주에서 벗어난 타자"로 규정한다. 그는 혼혈아를 한국사회가 배타적인 인종주의의 척도를 보여준 사례로 지적하며, 외부로는 외국인 혐오증으로 표출된다는 점을 비판한다. 나아가 최강민은 내부의 인종주의는 민족에 소속되어야 하나 혼혈아는 상상된 공동체인 민족에서조차 배제되는 차별적 존재라는 점을 지적하고 있다. 이런 측면에서 혼혈아는 한민족의 경계 바깥으로 배제된 타자이다.[39] 한국사회의 인종 차별주의와 단일민족주의에 내재된 배타주의와 잘못된 타자 의식을 지적한 것이다. 한국사회의 단일민족주의로 표상되는 배타주의는 글로벌시대의 국가경쟁력을 열어가는데 결코 긍정적일 수 없다. 사실 다민족·다문화사회는 글로벌시대와 보편주의를 기본으로 다양한 형태의 월경, 혼종, 공생의 가치가 공존할 수 있는 공간에서 가능하다. 한국사회에서 글로벌 가치관이 실생활 저변으로 일반화되었을 때 비로소 진정한 의미의 다민족과 다문화사회도 실현 가능하다. 그동안의 한국사회는 국제결혼과 혼종, '코리안 재패니즈' '코리안 아메리칸'으로 표상되는 혼종적인 디아스포라적 세계관을 호의적으로 수용하는 분위기는 아니었다.

그러나 21세기 현재 한국사회는 급격한 다민족과 다문화사회로 이행하면서 과거와 달리 확장된 형태의 글로벌 시민 정신Global Citizenship이 체감된다. 코리안

---

38 『탈식민과 디아스포라문학』(최강민)에서는 하근찬의 「왕릉과 주둔군」(1963), 정승호의 「혼혈아에게」(1977) 등에 나타난 단일민족 신화에 기반한 순혈주의의 배타성을 비판하였고, 유주현의 「태양의 유산」(1957), 오정희의 「중국인 거리」(1979), 전상국의 「아베의 가족」(1979), 주요섭의 「열 줌의 흙」(1967)을 통해 인종차별주의를 지적했다. 그리고 정한숙의 「어느 동네에서 울린 총소리」(1963), 시인 김명인의 「동두천」(1979), 조정래의 「황토」(1974), 「미운 오리새끼」(1978) 등을 통해 단일민족주의의 배타성과 열린 민족주의를 논하였다.
39 위의 책, 19쪽.

아메리칸으로서 크게 활약하고 있는 럭비선수 하인즈 워드Hines Ward, 소설가 수잔 최, 이창래, 차학경, 코리안 재패니즈 경제인 손정의, 소설가 유미리, 가네시로 가즈키, 구소련권에서 활약 중인 고려인 아나톨리 김, 박미하일 등에 대한 한국사회의 관심은 그러한 글로벌 시민 정신의 변화된 추세를 대변하기에 충분하다. 코리안 디아스포라문학의 정신적 가치와 이미지, 즉 월경과 혼종, 경계 의식과 트랜스네이션, 다중심의 세계관은 오늘을 살아가는 우리들에게 각별한 의미로 다가온다. 재일코리안문학의 보편성과 세계문학으로서의 가치는 글로벌시대를 주체적으로 맞고 있는 한국사회에 던지는 메시지도 분명하다. 일찍부터 재일코리안문학은 왜, 글로벌시대에 포스트 콜로니얼이고 디아스포라이고 월경과 혼종성인지에 대한 문제를 제기하면서 끊임없이 그 해답을 찾고자 했다. 특히 재일코리안문학은 한국사회에서 형성된 유교적 가부장제, 순혈주의, 민족주의, 인종 차별주의, 내부적 시선의 부재와 배타적 단일민족신화에 비판의식을 제공했다. 디아스포라의 이러한 탐문과 열린 세계관은 전세계에 정착해 살고 있는 해외 코리안들의 공통 인식이고, 과거에도 그랬지만 앞으로도 고뇌할 수밖에 없는 문제적 지점이며, 글로벌시대의 다민족사회를 열어 가는데 유의미하게 작용할 것이다.

재일코리안문학의 경계 의식과 트랜스네이션

1. 구심력과 원심력

디아스포라의 경계 의식과 트랜스네이션 개념은 개별 주체들의 선택의 문제이기도 하지만 절대적인 실존의 문제이기도 하다. 디아스포라의 경계 의식과 '트랜스네이션transnation'이라고 할 때 '네이션'의 가치와 이미지는 흔히 말하는 조국의 역사성과 민족 의식으로 한정된 정서로만 읽어낼 수 없는 측면이 있다.[1] '네이션'이 조국과 민족을 비롯해 역사, 언어, 전통, 문화, 가족의 개념까지 포함한다고 할 때 '트랜스'에 담겨야할 가치와 이미지도 확대해석 될 수밖에 없다. 일반적으로 국가의 고유한 정치역사, 사회문화로 연결되는 민족성의 시공간은 주체들과 그들의 삶으로 수렴되는 가치와 의식, 사고와 문화, 환경의 문제까지 포함하기 때문이다. 코리안 디아스포라문학만 해도 각 지역별국가, 대륙로 차별화되는 이주이민의 역사와 전개 양상은 제각기 상이한 형태의 가치와 이미지를 구축한다.

그럼에도 불구하고 코리안 디아스포라문학의 공통적인 현상은 디아스포라의 경계 의식과 함께 구심력과 원심력을 드러낼 수밖에 없다. 구심력을 고향조국, 역사, 민족, 모국어, 가족 등 태생적인 조국과 민족으로 이끌리는 힘이고, 원심력을 이주이동와 정착을 거쳐 거주국에서 접하게 되는 현지어, 동화귀화 등으로 이끌리는 힘이라고 할 때, 그 양쪽을 공유하는 경계영역을 어떻게 수용하고 조율할 것인가, 그것은 디아스포라 입장에서 마주할 수밖에 없는 현실적 고뇌의 지점이

---

1   일본근대문학의 '사소설'에서 일컬어지는 조국과 민족, 정치와 이념 등의 개념은 재일코리안 작가들의 사소설 경향과 다소 차이를 보이는데, 이는 국가와 민족을 둘러싼 정치역사, 사회문화적 현상을 수용하는 범위가 다를 수 있기 때문이다.

다. 어쩌면 디아스포라문학은 그 구심력과 원심력의 끊임없는 밀고 당기기이며 조율의 메커니즘이라고 할 수 있다.

　일제강점기와 해방 이후 일본에서 독창적인 소설세계를 선보였던 다치하라 마사아키와 장혁주, 김사량, 김태생, 김달수, 김석범, 그리고 중간세대 재일코리안 작가로서 내외향적 글쓰기를 선보였던 이회성과 김학영, 양석일, 고사명, 이양지 등의 문학작품은 디아스포라적 상상력을 구심력과 원심력으로 얽어낸 경우에 해당한다. 특히 비슷한 시기에 태어난 다치하라 마사아키와 김석범은 일제강점기와 해방 조국의 복잡한 정치 이데올로기를 장대한 서사로 재현하며 일본문학계에서 작가적 위치를 확립했다고 할 수 있다. 그리고 이회성과 이양지 문학 역시 구심력과 원심력, 경계 의식과 트랜스네이션의 관점에서 유민 의식과 월경, 언어와 공간에 내재된 경계인의 가치와 이미지를 독창적으로 서사화했다.

　디아스포라적 상상력, 즉 구심력과 원심력으로 변주하는 경계 의식과 트랜스네이션의 관점은 특정 지역국가, 대륙과 작가를 불문하고 적용될 수밖에 없는 문학적 가치이고 세계관이라 할 수 있다. 특히 재일코리안 작가의 경우는 역사적으로나 민족적으로 경계 의식과 트랜스네이션으로부터 자유로울 수 없는 위치와 환경에 있다. 이는 해외에 정착한 한인들구소련권의 고려인, 중국의 조선족, 미주대륙의 한인들, 독일, 호주 등의 문학에서도 공통적으로 표상되는 가치와 이미지일 것이다. 그런 측면에서 재일코리안문학을 디아스포라의 관점, 특히 구심력과 원심력, 경계 의식과 트랜스네이션과 연계해 그 문학성과 재일성을 짚는 작업은 유의미하다. 재일코리안사회가 일제강점기부터 해방 조국을 거쳐 한국전쟁, 조국의 근대화산업화와 밀접한 관계 속에서 부침해 왔다는 점에서 디아스포라적 가치와 이미지는 간과할 수 없기 때문이다. 특히 일제강점기와 해방 이후를 연속적으로 살았던 다치하라 마사아키와 김석범의 문학을 비롯해 중간세대로서 치열하게 자기해방을 추구했던 이회성과 이양지 문학은 경계와 혼종성, 트랜스네이션을 의식한 디아스포라적 상상력을 치열하게 보여준 경우라고 할 수 있다.

2. 다치하라 마사아키 문학과 경계 의식 국적과 아이덴티티

다치하라 마사아키立原正秋, 본명 김윤규는 1926년 경북 안동에서 부친 김경문스님과 모친 권음전 사이에서 태어났다. 그가 5살 되던 해에 부친은 병사했고 1937년 삼촌을 따라 일본으로 건너 간다. 친어머니가 일본에서 재혼해 살고 있었기 때문이다. 그는 1939년 요코스카橫須賀 상업학교에 입학했고 국어일본어교사의 영향으로 나쓰메 소세키夏目漱石 등의 소설을 읽으며 작가로서 꿈을 키운다. 1945년 와세다早稲田 대학 법률학과에 입학했고, 1947년 일본인 요네모토 미쓰요米本光代와 결혼하면서 요네모토 가문의 호적에 이름을 올린다. 1956년 「세일즈맨 쓰다 준이치」『근대문학』를 통해 문단에 등장했으며 1965년 한일의 '혼혈아'를 다룬 「쓰루기가사키剣ヶ崎」로 일본문학계로부터 주목받는다. 1966년 「하얀 양귀비」로 제15회 나오키상直木賞을 수상했으며 대표작으로는 「겨울 여행」, 「옻나무 꽃」, 「검과 꽃」, 「귀로」 등이 있다. 「겨울의 유산」은 1933년 안동 심상소학교에 입학한 이후의 이야기를 다룬 자전적 소설이다. 다치하라의 문학은 "일본적인 것"과 "미의 세계"를 밀도 있게 다루는 서사구조를 통해 재일코리안 특유의 디아스포라적 경계 의식과 트랜스네이션을 읽어낸다. 1979년 일본 법원으로부터 다치하라立原라는 성을 정식으로 받고 난 이듬해인 1980년 세상을 떠난다.

개략적으로 다치하라 마사아키의 이력을 짚어보았는데 그는 귀화한 일본인으로 살아가면서도 조선인의 정체성과 '조선적인 것'을 한시도 잊지 않았다. 이국에서 디아스포라로 살아가면서도 자신의 경계 의식을 극복하고 어떻게든 문학가로서 성공하겠다는 자의식이 강했던 것 같다. '조선인'으로서 일본 땅에서 살아갈 수밖에 없었던 그의 경계 의식과 트랜스네이션 의식은 실제로 문학작품에서 국적과 아이덴티티를 표상하는 서사성을 보여주며 일본문학계에 특별한 호소력을 갖게 된다. 특히 디아스포라 입장의 역사성과 민족성, 아이덴티티 문제는 항상 구심력과 원심력의 형태로 조율되었고, 그러한 경계 의식은 단순한

세계유산 안동 봉정사 전경

경계와 월경, 구심과 원심의 개념을 넘어 근원적인 실존성을 되묻는 형태로 서사화된다.

그의 소설에서 한국 안동 근처의 '천등산天燈山 봉정사鳳停寺'에서 부친스님과 함께했던 유년기의 선禪사찰 체험, 경상도 구미에서의 고독했던 기억, 생존투쟁에 내몰렸던 일본에서의 생활 등은 다치하라의 문학적 세계관을 결정짓는 소중한 지점들이다. 그의 문학은 한국한국인과 일본일본인을 넘어 디아스포라의 경계 의식을 잠재울 수 있는 월경적 자의식을 소설적 화두로 삼았다고 할 수 있다. 다치하라의 문학에서 경계 의식의 표상이라고 할 수 있는 '혼혈아' '일본적인 것', 나라奈良와 야마토大和의 전통과 '미의 세계'는 그러한 작가적 고뇌를 '해방'시킬 수 있는 주요한 테마였고, 현실주의에 근거한 실천적 트랜스네이션의 가치였다고 할 수 있다.

그의 대표작「쓰루기가사키劍ヶ崎」는 그러한 디아스포라의 경계 의식과 작가적 '불우성'을 심미적으로 승화시킨 작품이다.

"바보 같은 놈! 기어코 죽창을 썼구나. 불쌍한 놈. 용서해 주지. 죽는 게 너무 빠른 것 같지만, 이렇게 된 이상, 내 20년의 짧은 생애도 너무나도 긴 것이 되었다. 나는 곱절로 40년은 살아온 기분이 든다. 지로, 기억해 둬. 혼혈아가 믿을 수 있는 건 미美 뿐이야. 혼혈은 하나의 죄야. 아무도 그를 거기에서 구해낼 수 없는 죄야. 어머니에게 전해 줘."

타로는 미소를 머금은 채 숨을 거두었다. 목구멍에서 솟구쳐 나온 피가 정원의 흙을

물들이고 있었으며, 바로 위에서 태양이 내리 쬐고, 한여름의 바닷바람이 스치고 지나갔다.[2]

다치하라 마사아키, 『쓰루기가사키』, 신쵸샤, 1965

「쓰루기가사키」에서 한국인과 일본인 사이의 '혼혈아'로 태어난 타로太郎 는 사촌인 겐키치憲吉 에게 죽창에 찔려 죽임을 당하면서도 "혼혈아가 믿을 수 있는 건 미美 뿐이야"라며 '미'를 거론한다. 이 작품은 '혼혈아'인 지로次郎 가 과거를 회상하는 형식으로 전개된다. 아버지 이경효는 한일병합 이후 '국책'에 따라 조선의 귀족과 일본 여성 사이에서 태어난 인물이다. 그는 사관학교를 거쳐 중일전쟁 직후에 행방불명된다. 아버지의 행방불명 이후 어머니는 재혼을 했고 교토대학京大에서 물리학을 전공하던 형 타로는 사촌인 시즈코志津子와 몰래 사랑을 나눈다. 시즈코의 오빠인 우익 청년 겐키치는 '조선의 피'가 흐르는 타로와 여동생의 연애에 불만을 품고 타로를 죽창으로 찔러 죽인다. 동생 지로는 대학에서 국문학을 전공하고 외할아버지 집에서 아내와 함께 강사생활을 한다. 결국 지로는 혼혈아이지만 행방불명된 아버지와 재회하고 문학을 통해 정신적인 '자기 해방'을 맞는다. 패전 직후 삼촌인 이경명은 조선인임을 인정하고 탈주한 형과는 달리 패배한 일본 해군과 함께 운명을 같이 한다며 자살했다. 일본인 시즈코도 패전 다음날 쓰루기가사키에서 바다에 몸을 던진다. 이처럼, 한국한국인과 일본일본인으로 얽힌 가족들의 참극 속에서 살아남은 '혼혈아' 지로는 정신 이상자가 되어 찾아온 사촌형우익청년 겐키치와 재회한다. 켄키치 또한 타로의 육친이고 지로의 육친이다. 겐키치가 죽창으로 찔

---

2   立原正秋, 「劍ヶ崎」, 『筑摩現代文學大系 81 − 立原正秋, 三浦哲郎周, 三浦朱門』, 筑摩書房 , 1981, 396쪽.

러죽인 타로 또한 일본인의 피가 흐르는 존재라는 점에서 혼혈아의 신체성은 한일사회 중간지대에 놓인 자기응시를 극한적으로 보여준다.

「쓰루기가사키」는 일제강점기와 조국이 해방을 맞았지만, 일본에서 한국계혼혈 가족이 어떻게 살아가는가에 대한 단면을 처절하게 보여준다. 작품에서 국문학을 전공한 '혼혈아' 지로는 아버지와 재회했고 "나는 한국인이며 너는 일본인이다. 피로 맺어져 있다고 하더라도 이 입장은 지켜져야만 된다"고 했던 아버지의 말을 수긍한다. 민족성에 대한 이 분명한 명제는 소설가 다치하라의 세계관이기도 한데, 일본사회에서 경계인으로 고뇌하는 '혼혈아'가 '자기 해방'을 취해가는 방향성을 제시한 것이라 할 수 있다. 타로가 죽창에 찔려 죽어가면서 동생 지로에게 남긴 말, 즉 "기억해 둬. 혼혈아가 믿을 수 있는 건 미美뿐이야"라는 짧은 문장에는 작가의 문학세계가 단적으로 "일본적인 것"과 전통적인 "미의 세계"에 있음을 표상한다. 다치하라의 '전통'과 '미'로 상징되는 문학세계는 내면에 가득한 경계 의식을 걷어내고, '벽'을 넘어 초월적인 평정의 세계를 찾고 싶은 작가적 열망의 윤곽과 지향을 보여준다. 다치하라가 왜 역사성과 민족성을 의식할 수밖에 없는 "좌든 우든 정치냄새가 나는 단체, 모임에는 얼굴을 내밀지 않는 것이 나의 신념"이라고 했고, 초월적인 "화조풍월을 사랑한 작가에 불과"하다고 했는지, 강력한 남성상을 자랑하며 항상 일류호텔, 요리, 요정, 옷, 술, 차 등만을 고집하는 스노비즘snobbism적 취향을 보였는지를 이해할 수 있다.

다치하라의 문학 세계는 첨예한 정치역사와 이데올로기적 상황과 연계된 사회적 현상과 거리를 두고 "일본적인 것" "전통과 미"로 표상되는 관념적이고 실존적인 것을 일관성 있게 추구했다. 특히 『다키기노薪能』에서는 일본의 전통예능인 '노能'의 세계로 주인공을 끌어들여 자기해방을 탐닉하게 만들고, 일본 중세시대의 전통예능과 작가의 미의식을 연결한다. 『하얀 양귀비』나오키상 수상작 이후에도 많은 작품을 발표했는데, 그 중에서도 소년원생활을 이어가는 주인공의 당당한 삶을 그린 『겨울 여행』, 남녀 간의 애욕을 담아낸 『옻나무 꽃』, 나라奈良와 야마토

大和의 미를 추구했던『귀로』, 유소년기의 선불교 체험을 살려낸 자전적 소설『겨울의 유산』등은 그의 문학적 세계관을 상징적으로 보여주는 작품들이다. 전체적으로 다치하라의 문학세계는 일본의 '고전' '전통' '미'를 천착하면서 동시에 태생적인 '혼혈'의 문제를 거론하거나 '정념'을 주제화하는 형태로 디아스포라 특유의 문학성을 보여주었다.

일제강점기 안동에서 출생한 다치하라는 '재일조선인'으로서 보수적인 일본 문단에서 살아남아야만 한다는 절박함 속에서 디아스포라의 경계 의식을 전략적으로 풀어간 작가라고 할 수 있다. 이를테면『立原正秋集』현대장편문학전집 49권 의 자필 연보에서 다치하라는 부친을 '혼혈'로 기재하기도 했다. 그는 요코스카 중학교에서 일본인 학생에게 칼부림을 일으켜 퇴학당했고 도쿄제국대학 예과에 입학했다고도 적었다. 이렇게 자신의 이력자체를 허위로 적시하면서까지 경계인의 자의식에 집착했다. 그는 일본에서 살아남기 위해 거칠고 험한 일을 마다않는 동생에게 "나 같으면 그렇게 더러운 일을 하면서 돈을 버느니 차라리 죽고 만다"[3]는 식의 강한 자존심의 소유자였다.

'재일조선인'으로서 강한 남성상을 과시하고 항상 일류만을 지향하고자 했던 취향은 태생적으로 "무거운 짊을 짊어진" 그만의 독특한 현실주의적 사고방식이었다고 해야하지 않을까. 물론 디아스포라의 경계 의식과 증폭된 자필 연보에서 드러나는 강렬한 자의식은 그의 문학작품을 통해서도 확인된다. 다치하라는 디아스포라의 입장에서 한국·한국인·한국문화와 일본·일본인·일본문화 사이의 경계 의식을 분명히 자각하고 있었다. 그가 문학적으로 "중세를 주 무대로 한 일본 고전으로의 몰입은 스스로를 완벽하게 일본인으로 만들어 가기 위해 그가 거쳐야만 했던 과정"[4]을 몸소 보여준 것이라고 할 수 있다.

---

3   다카이 유이치,『한국사람 다치하라 세이슈』, 고려원, 1992, 72쪽.
4   위의 책, 72쪽.

3. 김석범 문학과 디아스포라 의식 제주도와 4·3

김석범은 1925년 오사카大阪에서 태어났고 해방 전후에 조국을 오가면서 "작은 민족주의자"[5]로 성장한다. 사정상 1946년 일본으로 들어간 이후 42년간 조국을 찾지 못했지만, 해방 전후에 몇 차례 오간 조국제주도 체류의 경험은 소설가 김석범에게 고향 의식과 실존적 자의식을 구축하는 계기가 된다. 제주도는 김석범에게 "'황국'소년이었던 나의 내부세계를 부셔버리고 나를 근원적으로 바꿔버리는 계기"로 작용하였고 "작은 민족주의자로 눈뜨게" 한 시공간으로서 "자아형성의 핵"[6]의 근간이 된다. 대표작 『까마귀의 죽음』, 『관덕정』, 『화산도』 등은 그러한 김석범의 경계 의식, 자의식, 디아스포라적 상상력을 압축적으로 보여준 작품들이다. 그런데 그 아름다운 고향祖国이자 "자아형성의 핵"이었던 제주도, 그곳에서 형용할 수 없는 '4·3'이 습격했고, 그 충격적인 사건으로 인해 김석범은 운명적인 길을 걷게 된다. "섬 전체가 학살된 인간의 시체를 쪼아먹는 까마귀 떼가 날뛰는 곳이 되어"버린 그 참혹한 고향의 아픔을 기억하기 위해 그는 작가가 되기로 결심한다. 김석범에게 제주도4·3와 디아스포라 의식은 그렇게 작가로서 현대사적 쟁점을 치열하게 풀어내야만 했던 화두였던 셈이다. 대하장편 『화산도』는 김석범이 제주도4·3와 운명적으로 함께 했음을 총체적으로 보여준 대장정이었다.

『화산도』는 작가의 문학적 사유와 디아스포라적 상상력을 바탕으로 해방정국의 복잡한 생태학적 요소들을 총체적으로 담아낸 작품이다. 특히 조국의 역사성과 민족 의식, 토속적 정서, 개인의 실존성까지 얽어내면서 『화산도』는 역사적, 문학사적으로 큰 의미를 지닌다. 『화산도』가 "일제강점기를 과거형으로 수렴하고 해방정국에 남북한 정권이 수립되는 1948년과 1949년을 시간적 배경으로 삼고, 제주도4·3를 중심으로 남한·북한·일본, 일본의 홋카이도·도쿄·교토·오사카·

---

5   磯貝治良·黑古一夫 編, 「年譜」, 『在日文學全集 3－金石範』, 勉誠出版, 386쪽.
6   金石範, 『言葉の呪縛』, 筑摩書房, 1972, 249쪽.

222   제1부 | 재일디아스포라의 문학적 시공간

고베, 서울·대전·부산·광주·목포·제주, 육지·바다·섬으로 이어지는 육로와 바닷길을 공간적 배경으로 삼는다는 점"은 특별하다. 그리고 내용적으로 "제주도 4·3를 해방정국의 극단적인 민족주의, 좌우익과 남북한의 정치이데올로기, 친일파 청산 등과 강하게 연동된다는 점은 지극히 생태학적이고 초국가적"[7]이다.

특히 『화산도』에서 주인공 이방근이 '4·28화평협상'을 파괴한 외가의 친척인 정세용을 한라산 중턱에서 권총으로 단죄하고, 게릴라 측 조직 명단을 팔아넘긴 친구 유달현을 부산행^{釜山行} 밀항선의 마스트에 거꾸로 매달아 단죄하는 장면, 그것은 해방정국에 활개쳤던 친일파와 제주4·3의 원죄들과 실질적인 결별을 의미한다.

유달현의 몸이 갑판으로부터 조금씩 마스트 위를 향해 올라갔다. 영차, 영차, 꽤 무겁군. 마스트는 그리 높지는 않았다. 얼굴이 보이지 않는 유달현이 뭔가 소리를 지르고 있는 것 같았지만, 거의 무저항, 아니 아무것도 할 수 없었다. 두 사람의 손에서 벗어난 몸은 배의 흔들림을 타고, 그네처럼 마스트에 튕기면서 공중에서 춤추었다. 유달현의 발목이 청년들의 머리 위를 꽤 넘어갔을 즈음에, 하나로 묶여 있는 다리를 다시 마스트에 고정했다.[8]

경찰로부터 도망치는 자들의 밀항선에서, 배신자의 장례는 있을 수 없었다. 토벌대에 의해 마을이 모조리 불타 버린 소개민이 마구 체포되고, 상금을 노려 게릴라 대신

---

7   김환기, 「김석범·『화산도』·〈제주4·3〉」, 『일본학』 41, 동국대일본학연구소, 2015, 13쪽.

8   김석범, 김환기·김학동 역, 『화산도』 11, 2015, 보고사, 335쪽. 『화산도』에는 유달현을 극심한 이념정국과 연계시켜 읽어내면서 "야나기사와 타쓰겐(柳沢達鉉), 협화회의 열성분자로 친일파인 그 말이야. 경시청의 표창을 받았던 예전의 유달현. 지금은 이미 시대가 가 버렸지만 말일세. 혁명의 시대가 해방 직후의 좌익만능의 혁명시대가 갔다는 거겠지. 반공입국, 반공국시를 내세우며 좌익을 국가의 적으로 만들어 버린 대한민국의 시대가 되었다는 것이야. 그는 해방 직후 서울에서 적극적인 혁명분자로 학생조직의 지도를 담당하는 당조직의 조직책을 하고 있었지. 일본의 패전 후에 180도 전환하고 지금 또 180도 뒤집었어. 그것도 스파이로서 말야……"로 그려낸다(『화산도』 11, 보고사, 173쪽).

귀가 잘리고 목이 잘리고 있는 제주도였다. 유달현의 시체는 마침내 밧줄에서 풀려 어두운 바다로 던져졌다. 유달현은 죽었다. 유품은 선창에 있던 직사각형의 여행가방과 코트. 선실에 남겨진 사냥모와 구두. 가방 속에는 상륙한 뒤 입을 양복 한 벌, 기타. 하도롱지 꾸러미가 나왔는데, 내용물은 일본지폐 천 엔으로 3백 장. 30만 엔의 거금이었다.[9]

"이거 봐, 방근이, 무슨 짓이냐. 너희들은 날 묶고 무슨 짓을 하려는 게냐. 방근이, 줄을 풀어, 풀라고." 정세용이 발버둥 치며 절망적인 소리를 질렀다. "너, 넌 날 죽이는 걸 도우러 온 게냐. 넌 무슨 원한이라도 있는 거냐. 너와 나의 관계에 무엇이 있단 말이냐. 방근이, 살려 줘! 이봐—……." 부르짖는 정세용의 입을 대원이 수건으로 틀어막았다. 두 개의 눈빛이 발광하고, 동공에 뇌수까지 달할 듯한 캄캄한 구멍이 열려 있었다. 버둥거리는 양 다리도 묶였다. 그다지 굵지 않은 나무줄기가 흔들려 머리 위 가지로부터 눈이 흘러내렸다.[10]

정세용이 끼—악 하고 무서운 비명을 지른 순간, 거의 지옥의 불꽃이 들여다보이는 그 눈을 향해 발사되려던 권총의 총구멍이 왼쪽 가슴을 향해 불을 뿜었다. 찌른 칼날을 뽑는 듯한 감각이 이방근의 전신을 서서히 달렸다. 이방근은 옆에 망연히 서 있던 남승지에게 권총을 돌려주고, 다가오는 강몽구를 거들떠보지도 않은 채, 꿈속의 아무도 없는 설원에서 살인을 범한 듯한 황량한 마음에 사로잡혀, 소나무 숲 밖의 눈 속을 향해 걸어갔다.[10]

『화산도』에서 유달현과 정세용에 대한 단호한 단죄는 특별한 의미가 있다. 주인공 이방근과 인연이 깊은 인물친일파와 4·3의 원흉과의 결별이기 때문이다. 해방의 시공간에서 광범위하게 얽혀 있는 친일파의 연결고리를 일일이 찾아내 단두대

---

9   위의 책, 351쪽.
10   위의 책, 313쪽.
11   위의 책, 316쪽.

에 올리지는 않지만 인간적으로 가까웠던 친구와 외가의 친척을 단호하게 처형했다는 사실은 대단히 상징적이다. 그리고 제주4·3을 둘러싼 군경의 피비린내 나는 초토화 작전이 끝나자 이방근의 주변 인물들은 죽거나 고향^{조국}을 등지고 제주도 바깥^{육지, 일본}으로 밀항하고, 이방근 자신은 산천단 언덕에서 권총으로 자살을 한다. 동시에 국가 권력에 의해 초토화된 제주도의 해방 공간에는 누군가 주인공이 되어 새 시대를 맞아야만 한다. 그 역할은 이제 막 태어난 이방근의 동생이 맡게 될 것이다. 초토화된 제주도에 세대교체와 함께 새로운 인물들이 채워지고 육지와 바닷길을 오가며^{이주와 이동} 새로운 세계를 열어갈 것이다.

『화산도』의 이러한 경계 의식과 트랜스네이션의 감각은 결국 한반도가 좌우와 남북한으로 분할되고 정치 이데올로기적으로 반목했던 역사적 부성을 명확히 성찰하게 만들기에 충분하다. 극심한 정치 이데올로기의 반목을 경험했던 만큼 반듯한 통일조국을 위해 근원적으로 무엇을 새겨야 하는지를 일러주고 있다. 『화산도』의 서사구조는 제국과 국가주의, 역사와 이데올로기, 민족주의를 포함해 디아스포라의 관점에서 짚어야할 부분이 적지 않다. 김석범은 자신의 고향^{조국} 제주도^{4·3}를 중심으로 해방정국에서 한반도·현해탄·일본으로 월경하고 변주되는 문학적 시공간에 특별한 의미를 부여했다.

김석범은 2015년 한국어판『화산도』^{전12권}의「서문」에서 자신의 문학을 "일본문학이 아니라 일본어문학, 디아스포라문학"이라고 주장했다. 또한 그는 일본문학계에서 이단의 문학이자 망명문학의 성격을 띠면서 "원한의 땅, 조국 상실, 망국의 유랑민, 디아스포라의 존재, 그 삶의 터인 일본이 아니었으면" 탄생할 수 없었던 작품이『화산도』이자 그의 문학이라고 주장했다. 고향 의식, 유민 의식, 경계와 월경, 글로컬^{글로컬리즘}, 열린 세계관 등으로 표상되는 디아스포라 의식을 김석범 문학은 지극히 민족적이면서도 중층적인 세계관으로 직조했음을 보여주고 있다.

김석범의 디아스포라적 세계관은『화산도』를 비롯해 대부분의 문학작품에 관통되는 주제 의식이다. 재일코리안 특유의 역사적 부성과 경계 의식^{월경}, 글로컬 개념과 열린 세계관이야말로 작가 정신의 근간임을 잘 보여주고 있다. 『화산도』는 그의 문학이 문학적 보편성과 세계문학을 천착하고 실천적으로 디아스포라적 상상력을 발휘한 극점을 보여준다.

4. 유민 의식의 시공간과 월경

재일코리안 작가 이회성은 자신의 디아스포라적 경험을 문학적 상상력으로 얽어낸 작가다. 그는 1935년에 사할린에서 태어나 와세다대학 러시아학과를 졸업했고 일제강점기를 배경으로 역사와 민족성에 기반한 한국적 정서를 축조해 낸 『다듬이질하는 여인』^{제66회 '아쿠타가와상' 수상}을 통해 일본 문단으로부터 고평을 받았다. 특히 재일코리안 작가로서 일본 최고의 문예상인 '아쿠타가와상'을 최초로 수상하면서 국내외적으로 큰 방향을 불러일으켰다.

이회성은 자신의 디아스포라 입장을 "저 또한 디아스포라이며 세계 7개국에 걸쳐 가족이 흩어져 살고 있는 현실이 견딜 수 없을 만큼 슬픕니다. 그 비애와 분노가 뼈 속 깊이 스며 있음을 느낍니다. 그 점에서 저는 '재일'이면서 '재일' 70만 중에서도 도드라져 있는 인간이 아닐까 생각합니다"[12]라고 밝힌다. 그리고 그러한 도드라진 디아스포라이기에 작가로서 "우리들은 21세기 세계에 부끄럽지 않은 위대한 문학을 지구상에 내놓을 가능성이 크다"고 했다. 이러한 이회성의 디아스포라적 자의식은 세계문학과 디아스포라의 관계성, 재일디아스포라의 위상을 통해 잘 드러난다. 이를테면 디아스포라의 '유민 의식'과 월경, 민족적 아이덴티티, 초국가적 세계관 등으로 표상되는 작가의 내면 의식이 작품을 통해 구체

---

12   이회성, 『나의 삶, 나의 문학』, 동국대학교문화학술원, 2007, 7쪽.

화된다. 특히 구소련권의 고려인들이 스탈린 정권에 의해 중앙아시아^{카자흐스탄, 우즈}
베키스탄 등로 강제이주 당했던 소위 '1937년 사건'을 테마로 삼은 『유역』은 작가의
디아스포라적 유민 의식을 서사화한 작품이다.

> 조선인들은 사흘 안으로 짐을 꾸려 포셰트 역으로 모이라는 명령이 떨어졌지. (…중
> 략…) 남편은 느닷없이 고함을 질러댔어. '뭘 그렇게 꾸물거리고 있느냐. 대갓집 마나
> 님도 아닌 주제에. 빨리 가재도구를 꾸리라'고…… 남편은 항상 그런 식이었다오. 그래
> 서 부랴부랴 짐을 꾸리고…… 부모님 산소에 가서 흙을 한 줌 수건에 싸들고 와서 짐
> 속에 집어넣고…… 가는 곳이 어딘지도 모른 채 포셰트 역으로 갔지." 뭐니뭐니 해도
> 먹을 것과 병에 대한 걱정이었지. 먹을 것은 몽땅 챙겨서 가져갔어. 쌀, 보리, 검은 빵,
> 된장, 고추장, 말린 생선, 해바라기 씨…… 하나도 남기지 않고 차에 실었지, 냄비와 솥,
> 호리병까지도 전부 (…중략…)
>
> 우리 부부가 도착한 데가 크질오르다였어. 카자흐 공화국의 크질오르다, 지금은 큰
> 도시가 되었지만 그때는 불품없는 마을이었지. 거기서 4, 5백 명은 내렸을거야. 나머지
> 사람들은 더 먼곳으로 실려갔고, 열차에서 내린 건 좋았는데 온통 갈대밭이었어. (…중
> 략…) 게다가 난 말라리아에 걸려 고생이 말이 아니었지. 더구나 두 살짜리 갓난애까지
> 딸려 있었으니 원. 아이는 젖을 달라고 보채지, 젖은 불지 않지…… 카자흐인 여자가
> 보다 못해 양젖을 나누어주었는데, 어찌나 고맙던지. 여기 와서 양젖을 먹어보셨나? 지
> 방분이 많아서 입맛에 맞을지. 내 자식은 양젖을 먹고 심한 설사가 나서, 하마터면 이
> 어미랑 함께 저세상으로 가버릴 뻔했다우. 그런 식으로 카자흐에서의 생활이 시작되
> 었지…… 벌써 오래 전 이야기지.¹³

『유역』에서는 중앙아시아 고려인들을 취재하러 온 재일코리안 춘수 일행에게

---

13 이회성, 김석희 역, 『流域』, 한길사, 1992, 98~105쪽.

이회성, 『백년동안의 나그네』, 신쵸샤, 1994

한 고려인 노파가 1937년 스탈린 정권에 의해 카자흐스탄으로 강제이주 당했던 체험을 곡진하게 들려준다. 카자흐스탄에 정착한 고려인들의 디아스포라 의식은 "조국을 떠난 지 백 년이 넘는 세월이 지났으니까요. 족보라고 해도 그런 건 아무 도움이 되지 않아요. 살고 있는 현장이 있을 뿐"이라는 대목에서는 약소민족이 겪은 비극적인 사태의 본질을 생생하게 언급한다. "백 년에 이르는 유랑 끝에는 '족보' 따위는 개나 먹으라"[14]는 발언은 유민 의식의 내면을 가장 요약적으로 보여주는 대목이다. 강제이주 당한 고려인들에게는 조국은 물론이고 스탈린 정권으로부터 철저하게 버림받고 애초부터 '선택'의 여지가 없었던 "그냥 살고 있는 현장"이 있을 뿐이었다. 구소련권 고려인들은 "사람이 사람과 헤어지고 버리고 버려지는 비극"이 일상화된 유역유민의 시공간에서 건조한 삶을 이어갈 뿐임을 담담하게 술회하고 있다.

『유역』의 공간적 배경과 시간적 축은 구소련권 고려인들의 강제이주와 간고한 삶의 정착을 디아스포라의 처절했던 경험을 축약하는 유민 의식으로 직조된다. 그것은 스탈린 정권의 정치 이데올로기와 제국 일본에 의해 타자화된 재일코리안의 입장이 조국의 굴절된 근현대사와 다면적으로 얽히고 겹쳐지는 형태로 진행된다. 작가의 문학 세계는 "근대·근대성 차원의 민족 담론을 사할린·일본열도·한반도라는 '삼각관계'란 공간으로 표상되고, 그 이동의 공간에서 타자화된 '재일성'을 디아스포라적 상상력으로 풀어낸다는 점"[15]에서 주목된다. 이회성의 작품 『또다시 이 길을』을 비롯해 『백 년 동안의 나그네』, 『다듬이질하는 여

---

14   위의 책, 88~89쪽.
15   김환기, 「재일코리언문학과 디아스포라」, 『일본학』, 2011, 148쪽.

인』, 『가야코를 위하여』 등도 유민 의식으로 표상되는 디아스포라적 세계의 역사성을 부조한 작품이라 할 수 있다. 『유역』에서 범민족적 차원의 '공통점' 찾기를 시도하는 재일코리안 춘수와 강창호는 구소련권 고려인들의 자기 해방을 향한 갈망이 곧 자신들의 문제이고, 근원적으로 자기민족 아이덴티티를 되묻는 문제임을 인식하고 있다. 조국과 '족보'보다 "살고 있는 현장이 있을 뿐"인 버림받은 삶, "더듬이를 잘린 벌레 꼴"인 고려인들의 신세타령은 재일코리안 자신들의 현재를 비추는 거울인 셈이다.

재일코리안 작가 이양지 역시 자신의 내면에 위치한 디아스포라적 경계 의식을 구심력에 매달리며 치열하게 극복하고자 노력했던 인물이다. 재일코리안이 한국한국어, 한국문화과 일본일본어, 일본문화의 경계선상에서 고뇌할 수밖에 없는 관념적, 민족적, 이데올로기적 정서, 거기에서 해방되는 것은 그녀의 문학이 추구했던 최대의 과제였다. '재일동포'의 경계 의식과 트랜스네이션을 그녀의 문학은 특별히 모어와 모국어, 한국한국인과 일본일본인, "한국의 소리"와 "일본의 소리"를 화두로 삼고 자기민족 아이덴티티의 확립을 위해 고뇌하는 모습으로 부조한다. 중간 세대의 재일코리안에게 운명적으로 주어진 경계 의식을 풀어내는 과정이 그녀의 문학이었던 셈이다. 『유희』는 그러한 경계 의식과 트랜스네이션으로 표상되는 재일코리안의 복잡한 내면의식을 섬세하게 보여준다.

『유희』는 화자인 하숙집의 '나'와 숙모가 지난 6개월간 서울에서 함께 생활하다가 일본으로 돌아간 재일코리안 '유희'의 마음을 읽어내는 형식을 취한 작품이다. '나'는 유희와 함께 했던 하숙집 동거생활을 회상하며 "왜 유희가 이 나라에 계속 머무르지 못했던 것일까"를 끊임없이 자문하고 답을 찾으려 한다. '나'는 유희가 한밤중에 '우리나라'라는 글씨를 써 놓고 울고 있던 일, 세종대왕은 존경하지만 지금 한국에서 사용하는 한글을 싫어하던 일, 아침에 일어나면 '아'인지 'ア아'인지 '말의 지팡이'를 찾지 못한다는 일을 떠올리면서 그녀의 속마음을 읽어보고자 노력한다. 또한 '나'는 한국으로 유학 온 유희를 두둔하던 숙모의 입장, 즉

"일본에서 태어났으니까 어쩔 수 없잖아. 유희만의 사정도 분명 있지 않겠니. 너는 숙부처럼 민족주의자"라고 나무라던 일, 결국 재일코리안인 유희의 자의식은 제3자가 "아무리 마음을 쓰고 응원해도 유희 스스로 생각하고, 느끼면서 힘을 길러 가는 수밖에 없다"며 본질적인 문제로 되돌리던 상황을 떠올린다.

나는 일본말을 쓰는 유희의 버릇과 인상이 한글에도 그대로 나타나고 있다는 사실도 회상하고 있었다. 유희가 쓰는 한국어와 일본어 두 종류의 글씨는 양쪽 모두 익숙하게 쓴다는 인상을 주었고, 또 어딘지 모르게 어른스러웠는데 역시 유희가 그랬듯이, 불안정하고 불안스러운 숨결까지는 감추지 못하는 것 같았다. (…중략…) 날짜는 없고, 여기저기 한두 줄씩 떼어 쓰고 있었는데, 표정의 변화가 그때 그때의 유희 자신의 마음의 변화를 상상시키듯 선명했다. 어떤 부분과 글자는 울면서 썼다는 생각을 갖게 하고, 어떤 부분과 글자는 초조해 하고 노하기도 하며, 때로는 유희가 이따금씩 드러내 보이던 갓난애 같은 표정과 응석 어린 목소리를 느끼게 하는 것도 있었다. 유희는 이러한 일본어를 쓰면서 일본어 글자 속에 자신을, 자신의 내면에서 남에게 보이고 싶지 않은 부분을 아무런 눈치도 거리낌도 없이, 몽땅 드러내 놓고 있다는 생각이 자꾸만 들었다.[16]

유희가 한국을 떠나면서 '나'에게 남긴 글 속에는 '나'와 숙모의 갈등처럼 유희 내면의 얽히고 설킨 심리적 갈등의 세부 내용이 그대로 담겨있다. 한국한국어, 한국문화와 일본일본어, 일본문화 사이에서 느끼는 유희의 경계 의식은 불안정한 '모국어' 글씨가 말해주지만 결국 숙모가 언급한 "한국이나 일본이나 다를 게 없다고. 인간이 어떻게 살고 자신이 어떻게 살아가느냐를 지켜보는 것이 중요하다"로 자연스럽게 귀결된다. 작가 자신은 『유희』를 거론하면서 "유희로 상징되는 재일동포 문제는 바로 인간 모두가 갖고 헤매는 이상과 현실의 격리라는 문제로까지 보편화

---

16   이양지, 김유동 역, 『유희』, 삼신각, 1992, 424~425쪽.

되어야만 하는 문제"[17]로 인식한 바 있다. 실제로 이양지는 자신의 내면에 자리 잡은 '조국의 소리'와 '일본의 소리'를 어떻게 조율할 것인가를 문학적 화두로 삼 았다고 할 수 있다. 다시말해 그녀의 문학은 한국 / 일본, 한국인 / 일본인, 모국 어 / 모어로 길항하는 이분법적 대립 구도가 아닌 국적과 민족이 겹쳐진 중간지 대에서 양자 사이에 가로놓인 간극과 소외를 직시하며 그것의 조화와 소통을 시 도하는 특징을 보여준다.

이양지의 에세이 「후지산富士山」은 재일디아스포라의 한층 성숙된 경계 의식과 자의식을 보여주고 있다. 이양지는 역사성과 민족성을 의식하기 시작하면서부 터 후지산을 "끔찍한 일본 제국주의와 조국을 침략한 군국주의의 상징으로 나타 나 부정하고 거부해야만 하는 대상"으로 인식했다. 하지만 조국에서 유학을 경험 하면서, 그동안 "하루빨리 부정하며 청산해 버려야 하는 일본의 상징"으로 인식 했던 후지산을 한층 보편적, 실존적인 존재로 받아들이게 된다. 실제로 『유희』를 완성한 이후, 이양지는 후지산을 어떤 "의미나 가치에 연연하지 않고 어떠한 판 단이나 선입관도 갖지 않고 사물과 대상을 있는 그대로의 모습"으로 받아들인다.

이렇게 보면 이회성의 문학은 디아스포라 특유의 경계 의식과 트랜스네이션 감각을 작가의 유민 의식과 월경, 초국가적인 차원으로 확장했다고 할 수 있고, 이양지의 문학은 '조국의 소리'와 '일본의 소리'로 표상되는 경계 의식을 조율하 는 형태로 주체성과 실존적 자의식을 추구했다고 할 수 있다. 이러한 문학적 전 개 양상은 재일코리안의 경계 의식과 이방인 의식을 일본國家을 벗어난 월경의 시공간에서 작동되는 구심력과 원심력으로 읽어낸다는 점에서 특징적이다. 그 리고 이러한 역사적 부성에 근거한 자기民族 아이덴티티를 문학적 화두로 삼은 것은 김학영과 고사명, 양석일의 문학을 포함한 중간세대 재일코리안문학의 자 기 검증이자 '탈각'에 해당한다.

---

17 이양지, 신동한 역, 「나에게 있어서의 母國과 日本」, 『돌의 소리』, 삼신각, 1992, 249쪽.

5. 문학의 보편성과 글로컬리즘

전세대 재일코리안으로 일컬어지는 다치하라 마사아키와 김석범의 문학은 디아스포라의 입장에서 역사성과 민족 의식, 이데올로기와 아이덴티티를 천착하면서 다양한 서사적 면모를 보여주었다. 중간세대인 이회성과 이양지는 유민의식과 월경, 경계 의식과 트랜스네이션의 감각을 문학적으로 얽어냈다. 거의 동시대에 태어난 다치하라와 김석범의 문학세계는 작가적 이력을 포함해 비교 관점에서 공통점과 대별되는 지점이 존재하고, 이회성과 이양지의 문학 역시 유민 의식과 월경, 초국가적 세계관에서 대조적인 디아스포라적 가치를 다루었다.

1925년 일본에서 태어난 김석범은 식민지 지배국인 일본에서 '일본어 글쓰기'를 통해, 한국·한국인·한국의식을 해방 조국의 굴절된 정치 이데올로기와 연계해 얽어내고, 1926년 식민지 조선에서 태어난 다치하라 마사아키는 의식적으로 일본·일본인·일본의식을 일본의 전통과 미적인 세계로 그려냈다는 점에서 크게 대별된다. 다치하라 마사아키가 자신이 부모로부터 물려받은 본명 김윤규를 6번씩 바꿔가며[18] 일본문학계에서 추구했던 그의 디아스포라로서 위기의식, 경계 의식, 실존성은 무엇이었을까. 그리고 김석범이 같은 디아스포라로서 해방정국을 제주도4·3 중심으로 집요하게 피력하고자 했던 민족 의식, 기억의 투쟁 정신은 어떻게 이해할 수 있을까. 일제강점기와 굴절된 해방정국의 극심했던 혼란상을 겪으며 치열하게 살았던 두 작가의 성장 과정과 작품세계가 던지는 의미는 무엇인가.

다치하라 마사아키 문학이 추구했던 전통과 미의 세계, 실존성, 거기에는 디

---

18 다치하라 마사아키는 한국 이름 김윤규를 노무라 신타로(野村震太郎, 일본에 도착해 짧은 기간 사용), 긴인케이(金胤奎 : 본명을 일본어로 읽음), 가나이 세이슈(金井正秋 : 창씨개명), 요네모토 세이슈(米本正秋 : 결혼 후 처가의 호적에 입적), 다치하라 마사아키(立原正秋 : 죽기 2개월 전에 변경)로 모두 6번의 걸쳐 변경해 사용했다.

아스포라의 자기 고뇌로 수렴되는 표면적인 고향조국 회귀, 민족 의식, 역사성으로만 접근할 수 없는 특별한 가치가 함의되어 있다. 또한 김석범 문학은 디아스포라의 입장에서 경계 의식과 트랜스네이션의 감각을 초국가적 보편성과 연계한 세계성을 천착한다는 점에서 역시 중층적이다. 이처럼 두 작가의 문학세계는 디아스포라의 구심력과 원심력의 조율, 월경주의와 초국가적인 가치를 담은 이야기로 풀어내고 실존적 가치와 보편성을 추구한다는 점에서 공통적이지만, 문학적 자의식과 자기해방의 실천 방식은 상이하다고 할 수 있다. 이것은 제국과 국민국가의 계급적 질서체계로 내달렸던 이데올로기와 디아스포라의 실존적 자의식을 구분할 필요가 있음을 의미한다. 디아스포라의 경계 의식과 트랜스네이션, 열린 세계관은 혼종적, 중층적, 다중심적 가치를 내포하기 때문이다.

그리고 이회성 문학은 구소련권 고려인의 안착하지 못한 유민 의식을 근간으로 디아스포라 의식을, 이양지 문학은 경계선상의 이방인 의식과 자기민족 아이덴티티를 화두로 삼은 경우이다. 특히 '1937년 사건'으로 표상되는 구소련권 고려인들의 간고했던 디아스포라의 여정을 보여준 이회성의『유역』과 한국의 전통적 '어머니상'을 천착한『다듬이질하는 여인』은 한 맺힌 디아스포라의 유민 의식을 녹여낸 작품이다. 또한『유희』를 비롯해 일종의 '해방감'을 안겨준「후지산」은 디아스포라의 경계 의식과 이방인 의식, 자기 찾기, 아이덴티티에 대한 자기 성찰이라는 점에서 이양지 문학의 독창성이 잘 드러난다. 이들의 문학은 재일디아스포라의 입장에서 조국과 일본, '조국의 소리'와 '일본의 소리'를 특유의 구심력과 원심력, 경계 의식으로 얽어내면서 자기 해방을 추구했다.

이러한 재일디아스포라의 문학적 상상력은 시공간을 달리하며 지구촌에 흩어져 살고 있는 코리안 디아스포라의 문학작품에서도 확인된다. 이를테면 캐나다의『캐나다문학』창간호~제17집에 수록된 이민소설이 보여준 주제 의식고향 의식, 모자이크 문화, 이주·이동과 정착 등, 미국의『미주문학』창간호~제74집과『뉴욕문학』창간호~제25집에 수록된 한국어 작품의 주제 의식민족 의식, 아이덴티티, 용광로 문화 등, 멕시코의『깍뚜스』창간호~

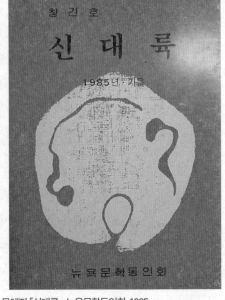

문예지 『깍뚜스』, 멕시코한인문인협회, 2008   문예지 『신대륙』, 뉴욕문학동인회, 1985

^{제3집}, 아르헨티나의 『안데스문학』^{창간호~제13집}, 브라질의 『열대문화』^{창간호~제11집}에 수
록된 한국어 작품의 주제 의식은 문학적 보편성과 세계문학으로서 가능성을 보
여준다. 물론 일본의 재일코리안 문예잡지 『민주조선』을 비롯해 『한양』, 『삼천
리』, 『청구』, 『호르몬문화』, 최근의 『항로』에 이르기까지 일련의 문예잡지 및 종
합잡지에서 표상되는 민족정신과 경계 의식, 자기^{민족} 아이덴티티와 열린 세계관
도 크게 다르지 않다.

　또한 중남미 지역인 파라과이의 아동문예지 『파랑새』^{창간호~제16집}와 페루의 『한
사랑』^{창간호~제12집} 역시 코리안 디아스포라의 혼종성과 중층적 가치, '주변부 영역'
에서 활성화된 다이나미즘을 보여주는 성과물이다. 구소련권의 『레닌기치』<sup>1938~
현재</sup>와 중국 조선족의 『연변문예』는 거주국의 계급적 공산사회주의 이데올로기
의 변곡점을 신체적으로 받아들이며 소수민족으로서의 입장을 대변했고, 조국
의 산업화와 연동된 역사성과 민족성을 상징하는 독일의 코리안문학에 이르기
까지 코리안 디아스포라문학의 상상력은 지금도 계속된다.

그런 의미에서 코리안 디아스포라의 문학적 상상력은 경계 의식과 초국가적 열린 세계관의 관점에서 여전히 유효하다. 오늘날 세계문학을 "범세계적·보편적인 인간성 추구의 문학"임과 동시에 "서구 중심주의에서 제3세계 문학을 널리 포괄하는"[19] 문학으로 인식할 때, 현재의 코리안 디아스포라의 경계 의식과 초국가적 다원주의, 다중심적 열린 세계관으로 확장되는 문학적 상상력은 분명 글로벌 경쟁력을 담보하는 세계문학으로 자리잡게 될 것이다.

---

19 박태준, 「제3세계문학과 세계문학」, 『東方』2, 한국외대, 1982, 33쪽 참조.

제2부

디아스포라와
'재일성'의 문화적 실천

김달수
『박달의 재판』·『태백산맥』

1. 일제강점기 일본어 글쓰기

김달수金達壽, 1919~1997는 일제강점기에 일본어 글쓰기를 시작하여 해방 이후 재일코리안문학의 출발지점에서 크게 기여한 작가이다. 그는 해방 전후의 재일코리안사회를 중심으로 정치 이데올로기, 민족 의식, 지식인과 민중들의 움직임을 구체적으로 서사화하면서 한국과 일본의 문학계로부터 주목받는다. 그의 창작활동은 일제강점기인 1940년에 시작되었지만 본격적인 소설가로서 활동은 해방 이후부터라고 할 수 있다. 그의 데뷔작은 1940년 니혼日本대학 예술과 재학 중에 교내 동인 잡지인『예술과』에 게재한 단편소설「위치」이다.[1] 김달수는 1945년 조국이 해방을 맞을 때까지 몇 편의 단편소설을 발표했다. 첫 작품「아버지」『예술과』, 1940.11를 비롯해「기차 도시락」『예술과』, 1941.3,「족보」『신예술』, 1941.11,「쓰레기」『문예수도』, 1942.3,「잡초처럼」『신예술』, 1942.7,「후예의 거리」『계림』, 1944.2「조모에 대한 추억」『계림』, 1944.3이다.

일제강점기 김달수는 모든 작품을 일본어로 창작했고 니혼대학의 학내 잡지와 문예잡지에 발표했다. 일제강점기였던 만큼 필명은 '창씨개명' 된 일본명 오

---

1   김달수는 1920년 경남 창원에서 태어났고 1930년(10세) 조모와 함께 일본으로 건너간다. 1931년 오이 심상(大井尋常) 야학교를 다니며 일본어 공부를 시작했고, 이듬해 에바라초(荏原町) 소학교 4학년으로 편입하면서 문예지『소년구락부』를 읽는다. 전구 염색공장, 건전지 공장, 목욕탕 보일러공을 거쳐 1936년(16세) 영사기사(映寫技師) 견습, 넝마주의, 막노동판을 전전하고 독학하면서『세계문학전집』,『일본현대문학전집』등을 섭렵한다. 1939년(19세) 니혼대학 전문부 예술과에 입학하였고『경성일보』기자 생활을 하다 해방을 맞는다.

사와 다쓰오大澤達雄, 가네미쓰 준金光淳을 사용했다. 당시 재일코리안들이 일본어로 창작을 하고 일본명으로 소설을 발표하는 일은 흔한 현상이었다. 일제강점기 문학가로서 명성을 얻고 있던 한국의 근대문학가들이 일본식 이름으로 일본어로 작품 활동을 했었다는 점에서, 일본에서 생활하는 재일의 입장에서 일본어 글쓰기는 당연한 일이었다고도 할 수 있다.

김달수의 일본어 글쓰기는 일제강점기 '조선인' 작가의 존재성에 대한 자각과 선배 작가인 김사량金史良의 영향이 적지 않았다. 김달수는 1939년 '조선인' 마해송馬海松이 발간했던 "통속적 시국 연합적인 형태"의 잡지 『모던 일본』의 임시 증간호인 『모던 일본·조선판』10월호에 실린 '조선' 소개란을 읽고나서 큰 충격을 받는다. 거기에는 처음 들어보는 '조선인' 작가 "이효석의 「메밀꽃 필 무렵」, 이태준의 「까마귀」, 이광수의 「무정」과 같은 조선의 문학작품이 일본어로 번역되어 실려 있었다. "나는 그 작품들을 정신없이 읽으면서 '아아 조선이다. 조선이 여기에 있다'며 그때 처음으로 조국 조선을 향해 눈을 뜨게"[9] 된다. 김달수에게 김사량의 존재는 단순한 '조선인' 작가가 아닌 삶의 텍스트였고 민족의 작가로서 한없는 '선망의 대상'[3]에 가까웠다. 김사량의 「조선 작가를 말한다」『모던 일본·조선판』, 「빛 속으로」『문예수도』를 접하면서 김달수의 관심이 급격히 '조선'으로 선회한 점에서 그 같은 정황이 포착된다. 거기에다 "김형이야말로 일본 거주 조선인의 생활감정, 나아가 우리들의 생활감정을 훌륭한 소설로 써주시오. 김형은 써낼 수 있습니다"[4]라는 김사량의 주문이 김달수를 정신적으로 고무시켰고, 문학의 근간을 '민족적인 것'으로 구축하는 계기로 작용했을 개연성이 높다.

또한 김달수는 "일본인들의 인간적인 진실에 호소"[5]하기 위한 수단으로서 일

---

2   金達壽, 「わが文学と生活」, 『金達壽小說全集』 4, 筑摩書房, 1980, 314~315쪽.

3   김학동, 「김달수 문학의 사상적 배경」, 『재일동포문학과 디아스포라』 3, 제이앤씨, 2008, 13쪽.

4   金達壽, 「戰死した金史良」, 『新日本文學』, 1952.12, 51쪽(김학동, 위의 글, 13쪽 재인용).

5   金達壽, 『わがアリランの歌』, 中央公論社, 1977, 170쪽.

본어를 선택했다. 김달수는 시가 나오야志賀直哉의 소설에서 "인간적 진실이라는 공통"점을 발견하고, 그러한 인간적인 진실이 국적과 민족의 개념을 넘어 "일본인 조선인에 관계없이 어느 누구에게나 공통적으로 존재"한다는 작가적 신념을 피력한 바 있다. 그의 발언은 왜 일본어로 '조선인의 것'을 그리고자 했는지 그 당위성에 대한 나름의 작가적 소신이라고 할 수 있다. 김달수는 10세 때 일본으로 건너가 "말하는 것 읽는 것 모두가 일본어뿐"이었고 '반일본인'으로서 모국어보다 일본어를 자유롭게 구사하는 것은 당연했다. 그것은 작가로서 "일본어 글쓰기로 조선적인 것을 표현한다는 것에 대해 근본적으로 모순을 느끼지 않았음"[6]을 의미한다. 그의 일본어 글쓰기는 태생적으로 언어적 한계에 따른 불가피한 점이 작용하였고 동시에 '인간적 진실'에 근거한 작가 정신에 따른 언어적 선택이었던 셈이다.

김달수의 일본어 글쓰기는 "해방 이후 재일문학을 본격화시킨 1세대 작가들의 작가적 고뇌가 어디에서 출발하고 있는지를 명확히 하는 것"이면서 동시에 "재일로서 조국, 모국어, '조선반도의 피'를 어떻게 해석하고 계승할 것인지에 대한 진솔한 자기 물음"[7]이었다. 김달수에게 일본어 글쓰기는 재일코리안의 간고한 역사성과 민족성을 비롯해 일본의 잘못된 '타자인식'을 전파할 수 있는 '문화적 실천장치'였던 셈이다.

그렇게 출발한 김달수의 문학은 크게 '재일동포생활사' 흐름, '사회주의자 투쟁사' 흐름, '고대사' 흐름으로 분류[8]하기도 하고, 재일코리안문학사의 관점에서

---

6 김학동, 「민족문학으로서의 재일조선인문학」, 충남대 박사논문, 2007, 41쪽.

7 김환기, 「김길호(金吉浩) 문학을 통해 본 재일문학의 변용」, 『일본학보』 72, 한국일본학회, 2007, 154쪽.

8 최효선은 김달수의 문학을 첫 번째는 "재일동포들이 일제 치하의 수많은 차별 속에서도 '生'을 위하여 열심히 살아가고 있는 모습을 그린 '재일동포생활사'", 두 번째는 "『후예의 도시』 이후 장편의 이념성 깊은 '사회주의 투쟁사'", 세 번째는 "1970년대부터 시작된 『일본 속의 조선문화』 시리즈로 일본 전역을 찾아다니며 세심하게 써 온 '고대사'"의 흐름으로 구분했다(『재일동포 문학 연구』, 문예림, 2002).

는 제1기 문학부터 제3기 문학으로 구분하기도 한다.[9] 저자 역시 김달수의 문학을 일제강점기와 해방 이후의 남북한 정치 이데올로기, 민족 의식, 간난艱難과 생명력, 인간주의, 반민족적 폭력성을 주제화한다는 점을 지적한 바 있다. 이를테면 일제강점기에 발표된 「아버지」, 「족보」, 「쓰레기」, 「잡초처럼」과 해방 이후에 발표된 『태백산맥』, 『고국인』, 『현해탄』, 『박달의 재판』 등은 그러한 작가의 사회주의 사상, 민족 의식, 인간적인 투쟁을 표상하는 민족적 글쓰기라고 할 수 있다.

김달수의 문학은 일제강점기와 해방 이후의 문학으로 구분해 짚어보는 것이 효과적이다. 일제강점기의 문학적 행위가 작가적 고뇌와 문학적 시좌를 확립하는 청년기에 이루어졌고, 그러한 청년기의 자아의식이 해방 이후의 문학 활동에 많은 영향을 끼쳤기 때문이다. 김석범은 해방 이후 "일본어의 소리와 형태, 조선어의 발음이나 형태, 그러한 의상을 벗어 던지면",[10] 거기에서 "어느 정도 공통개념"을 발견할 수 있는데 "조선적인 것을 일본어로 표현할 수 있는 조건을 전제로 _{번역이 가능한 조건} 일본어를 가지고도 조선적인 것을 표현할 수 있다"[11]라고 언급했다. 김석범이 작가로서 '적국'의 언어인 일본어로 글쓰기를 시도하면서도 민족주의적 글쓰기에 매진할 수 있었던 것처럼, 초창기 김달수의 일본어 작품활동은 해방 이후의 민족적 글쓰기에 직간접적인 영향을 끼쳤다.

---

9   이한창은 재일코리안문학을 제1기는 해방 직후부터 1960년대까지, 제2기는 1960년대 중반부터 1970년대 말까지, 제3기는 1980년부터 1990년대 중반까지로 구분했다(「재일교포 문학의 작품성향 연구」, 중앙대 박사논문, 1996).
10   金石範, 『ことばの呪縛』, 筑摩書房, 1972, 133쪽.
11   위의 책, 134쪽.

2. 초창기 문학의 주제 의식 인간주의와 생명력

일제강점기 김달수의 소설은 주제 면에서 '재일동포의 생활사'를 중심으로 다채롭게 그려낸다. 인간주의적 정서우정, 가족애를 비롯해 불굴의 생명력간난과 인내, 조선인의 일본관호의적 시선, 일본인의 차별과 우월주의, 정치 이데올로기와 맞물린 시대정신좌우익, 남북한, 전쟁, 사회성 등이 '재일동포의 생활사'로 수렴되는 주제들인데, 그 내용을 들여다보면 다음과 같다.

첫째는 인간주의적 정서로서 우정과 가족애이다. 특히 친구 간의 우정을 얽어낸 초창기의 작품으로는 「기차 도시락」과 「위치」가 있다. 「기차 도시락」은 일제강점기 일본에 살고 있는 조선인 친구 사이의 우정과 사랑을 다루었다. 주인공 '나'는 절친한 친구 '미나미南'와의 우정과 그의 딸 세쓰코折子에 대한 사랑의 감정을 놓고 고민에 빠진다. 나와 세쓰코의 관계는 동네 앞 방파제에서 만나는 횟수가 늘어날수록 깊어졌고, 결국 미나미가 둘의 관계를 알아차리면서 그들미나미·나·세쓰코의 우정과 사랑은 위기를 맞는다. 다급해진 나는 친구 나카자토中里를 끌어들여 미나미의 오해가 풀릴 수 있도록 중재를 청한다. 나로서는 미나미와의 오랜 친구 관계를 그의 딸과의 사랑으로 인해 깨뜨릴 수 없었기 때문이다. 그런 와중에 미나미가 지병으로 입원을 하고 나의 병문안을 계기로 소원해진 둘의 관계는 점차 회복된다. 두 사람 사이의 우정 회복에는 친구 나카자토의 역할이 컸다. 미나미가 병사한 후, 세쓰코를 찾은 나카자토는 자신들의 우정과 사랑세쓰코와 나의복원을 놓고 대화를 이어간다. 소설 「위치」는 법대생인 재일코리안 장응서오자와 데루오(大澤輝男)와 일본인 가짜 대학생이 함께 자취를 하다가 결별한다는 이야기인데 국적을 초월한 친구 간의 동거생활에 대한 묘사가 인상적이다.

가족애 역시 김달수의 초창기 문학에 나타난 인간주의적 정서를 대변하는 주제라 할 수 있다. 소설 「아버지」와 「잡초처럼」에서 서사화되는 부자 간의 정, 형제 간의 의리, 의부義父와의 화해 등을 통해 확인된다. 소설 「아버지」는 게이스케

啓介와 겐키치健吉 형제가 의부 오기노荻野를 아버지로 모시게 되는 가족서사다. 이들 일가족은 아버지의 죽음으로 인해 어머니 시게茂가 공사장에서 알게 된 오기노와 함께 돈벌이를 떠나고, 큰형 게이스케도 돈을 챙겨 무작정 떠나면서 뿔뿔이 흩어진다. 얼마 후, 의지할 곳 없는 남매 곁으로 장남 게이스케가 돌아오고, 그가 종형 주조暙三의 소개로 결혼을 하게 되면서 일가족은 점차 안정을 되찾는다. 하지만 돈을 벌러 떠났던 어머니가 오기노와 함께 돌아오면서 평온했던 집안은 구성원 간의 신경전으로 급반전된다. 결국 종형 주조가 형제들에게 오기노를 내보내야 한다고 촉구하면서 가족들은 어머니와 별거를 결정한다. 형제들의 생활비60엔 지원에도 불구하고 어머니가 쓰레기 수집을 계속하자, 결국 형제들은 고생하는 어머니를 집으로 불러들여 함께 살게 된다는 이야기다.

「잡초처럼」은 정수丁守와 태준太俊의 끈끈한 우정과 정수 형제의 형제애, 그리고 맹목적인 자식 사랑을 발휘하는 어머니상을 그리고 있다. 소설 「위치」와 「기차 도시락」은 친구 사이의 우정을 근간으로 사랑의 감정을 다루면서 인간애를 피력하고 있으며, 「아버지」, 「잡초처럼」, 「조모에 대한 추억」은 부자 간, 모자 간, 형제 간, 의부와의 화해를 통해 인간주의적 정서를 보여주었다.

둘째는 조선인의 강한 생명력을 들 수 있다. 「잡초처럼」은 일제강점기 재일코리안의 간고한 삶을 사실적으로 묘사하고 있다. 태준은 어린 시절부터 친구였던 정수의 힘겨운 삶을 지켜보며 어떻게든 사무직을 얻고 안정된 생활을 꾸리길 염원하지만, 정수의 생활은 중풍에 걸린 아버지의 무자비한 폭력, 형님 부부의 생활고로 인해 학업은커녕 그날그날 먹고 살기조차도 힘들었다. 그의 희망은 "무질서한 하루살이 생활로부터 벗어나 깔끔한 질서가 있는 생활"[12]이었지만 현실은 전혀 그렇지 못했다. 그런 도탄 생활에 개성을 빼앗겨버린 정수의 삶을 지켜보는 친구 태준의 주문은 단호하다. 정수가 회사의 면접시험을 보기 직전, 꾸물

---

12   金達壽, 「雑草の如く」, 『金達壽小説全集』1, 筑摩書房, 1980, 93쪽.

대는 모습을 보고 "홋카이도北海道 산속까지 가야 했던 막노동판 때를 생각하라"
며 재일코리안의 척박한 환경을 강한 의지로 이겨낼 것을 주문했다.

정수의 '희망'은 어떻게든 실현시켜야만 한다. 이 기회를 살려내야만 한다. 이 기회
를 놓치면 그는 어떤 안도에 사로잡혀 정말로 타성의 향락으로 추락하게 될 것이다. 게
다가 그것은 진정 있어서는 안 될 자포자기를 동반할지도 모른다. 일본으로 이주한 사
람들의 생활, 그 생활의 중심이자 표현인 직업은 대체로 막노동판 노동자나 넝마주의
다. 그 누구도 좋아서 막노동판 노동자나 넝마주의가 되는 것은 아니다. 그것은 알고
있다. 그러나 그 세계로 들어가면 그 나름대로 매력이 있다는 것을 태준도 알고 있다.
거지생활도 3일 동안 이어지면 그만두기 어렵다고 하는 일종의 매력이다. 사람은 그날
을 찰나적으로 사는 것만큼 편한 것이 없다. 하지만 그것은 그 환경을 부여한 것에 대
한 완전한 패배다. 그 환경을 어떻게든 돌파해야만 한다. 아주 조금씩이라도 좋다. 그것
을 무너뜨려야만 한다.[13]

재일코리안의 간고한 생활 환경을 좌절이 아닌 강한 의지로 극복해야만 한다
는 메시지다. 이러한 태준의 생각은 소설 「쓰레기」에서 팔길八吉의 넝마주의에서
도 재현된다. 태준은 "설령 한 쪽 다리가 잘리는 한이 있더라도"[14] 쓰레기 선박을
획득해야 한다며 강한 투지를 불태운다. 「잡초처럼」과 「쓰레기」 두 작품 모두 일
제강점기 재일코리안의 척박한 생활고를 사실적으로 들춰내면서 강한 정신력
으로 현실의 '벽'을 극복해야 함을 강조하고 있다.

셋째는 일본과 일본인을 바라보는 조선인들의 다양한 시선이다. 김달수의 초
창기 소설에서 일본과 일본인을 바라보는 시선은 비교적 호의적이다. 「쓰레기」
의 도입부에서 "늘상 협박당하던 소작 논을 마침내 단념하고 일본으로 건너와

---

13   위의 글, 99쪽.
14   金達壽, 「塵芥」, 위의 책, 73쪽.

보니, 정말이지 낙토와 다름없었다. 도항증명서를 받기 위해 주재소를 드나들었던 4년간이 10년이었다 해도 아깝지 않을 정도"라고 했고, "일본인의 생활은 정말로 풍족해 흘러넘쳐 나고 있다"[15]고도 했다. 또한 「위치」는 '조선인'에 대한 차별과 일본인의 우월 의식을 묘사하고 있어 주목된다. 작품은 법대생인 재일코리안 장웅서와 일본인 가짜 대학생이 함께 자취를 하다가 결별한다는 서사구조다. 오사와는 일본에서 성장하고 교육받은 재일코리안으로서 매달 집에서 생활비를 받으며 안정된 대학생활을 꾸리는 청년이다. 적극적인 성격의 소유자로 일본인 친구 다나아미棚網가 자취생활을 제의해 왔을 땐 두말없이 허락하였고 생활비가 모자라면 책을 내다 팔아 메울 정도로 인간적인 인물이다. 한편 다나아미는 회사원으로서 허영심과 열등의식으로 가득한 가짜 대학생이다. 그는 자신의 이삿짐을 오사와에게 떠맡기고 방세를 대신 물게 만들기도 한다. 또 회사에는 숙부가 죽었다고 속이고 술집 여자와 놀아났고 좁은 방에서는 항상 유리한 쪽의 잠자리를 차지할만큼 이기적인 성격의 소유자다. 다나아미는 선배인 오이시大石와 이즈미和泉를 만났을 때는 굳이 조상까지 들먹이며 자신이 일본인임을 강조하는 인물이기도 하다.

결국 둘은 자취생활을 끝내고 결별하고 말지만 그 과정에서 벌어지는 신경전은 묘한 여운을 남긴다.

"아버지도 조선인과 함께 있다간 어찌 될지 모르니까 빨리 헤어지라 전부터 얘기했어. 그런데도 난 너를 불쌍히 여겨 줄곧 참아왔다. 그런 내 기분도 모르고 뭐야 10엔, 20엔 쩨쩨하게 돈만 들먹이고……. 그래도 대학에 다니고 있으니까 알고 있을 거라 생각했는데, 전혀 아니잖아 이거……."[16]

이렇게 한두 달이 지나가면서 서로는 권태를 느끼게 되었다. 그는 내게 어떤 것을 기

---

15   위의 글, 63쪽.
16   金達壽, 「位置」, 『金達壽小說全集』1, 筑摩書房, 1980, 23쪽.

대했던 것 같은데 그 기대가 충족되지 못했던 것 같고, 난 나대로 우월감을 내보이는 그의 태도가 싫었다. 대체 그 우월감은 어디서 오는 건지 알 수가 없었다.[17]

다나아미가 오사와에게 일본인임을 강조하며 '조선인'을 깔보는 대목이 전자이고, 재일 '조선인'이 일본인의 우월감에 거북함을 피력하며 의아해 하는 장면이 후자다. 재일코리안과 일본인의 격의 없는 의기투합을 보여주면서도 함께 동거할 수 없는 유리遊離의 표출이다. 이처럼 김달수는 「쓰레기」에서 재일 '조선인'의 일본과 일본인에 대한 호의적 감정을 노골적으로 묘사하였고, 「위치」는 제목에서 보듯이 국적이 서로 다른 친구 사이의 자취생활과 결별의 과정을 통해 당시의 재일 '조선인' 청년이 느끼는 민족적 위화감을 사실적으로 보여준다.

넷째는 일제 말기의 시대정신에 대한 형상화다. 15년 전쟁기 일제의 강압적 정치 이데올로기는 조선인들에게 직간접적으로 엄청난 피해를 안겼다. 그 과정에서 태평양전쟁 당시 민중과 지식인, 직업과 계층을 불문하고 '조선인'이면 누구나 조국과 민족, 전쟁과 이념의 틈바구니에서 고뇌할 수밖에 없었다. 김달수의 초창기 소설은 일제강점기의 그러한 격랑의 시대정신을 형상화하고 있지만, 실천주의에 입각한 구체적 형태로 서사화되지는 않는다. 「쓰레기」에서 고물값이 천정부지로 오르는 것을 놓고 "일본은 지금 전쟁중이고 앞으로도 한층 더 큰 전쟁을 할지도 모르니까 고철이 점점 더 비싸질 것"[18]이라는 수준으로 기술되고 있을 뿐이다. 「잡초처럼」에서 "최근 갑자기 정과正科가 된 교련"을 언급하거나 "해군병사들과 섞여 요코스카선橫須賀線 종점에서 도쿄의 학교로 통학"하고 있었고 "전쟁은 확대일로"[19]였다는 언급이 전부다. 또한 「족보」는 초기 소설 중에서도 일제 말기의 '창씨개명'을 다룬다는 점에서 특징적인데 이 작품 역시 일제강

---

17   위의 글, 21쪽.
18   金達壽, 「塵芥」, 앞의 책, 66쪽.
19   金達壽, 「雜草の如く」, 위의 책, 88쪽.

점기 "조선민족의 저항 양상을 표현하고 있다고는 말하기 어렵다."[20] 이렇게 볼 때, 일제강점기 김달수의 소설은 대체로 조국과 민족, 전쟁과 이데올로기와 맞물린 당대의 시대정신을 읽어내긴 하지만, 실천적인 입장을 적극적으로 피력하는 것과는 다소 거리가 있다.

일제강점기 김달수의 소설에서는 남녀간의 연애, 고향祖國에 대한 그리움, 아버지의 폭력, 어머니의 사랑, 웃어른에 대한 예의, 혈통·족보 이야기, 일본행에 대한 희망, 식민과 피식민의 거리감 등 재일코리안의 생활사와 관계된 이야기도 적지 않다. 또한 작품의 내용적 전개 과정에서 재일코리안의 일상생활 속에서 소통되는 모국어를 자연스럽게 부각시키기도 한다. 소설에서는 '온돌', '이놈들', '신'신발, '조심', '어른', '할매'와 같은 한국의 민속적 전통과 관련한 민족의 고유명사가 종종 등장한다. 최효선의 지적처럼 김달수의 초창기 소설적 주제는 "재일동포들이 일제 치하의 수많은 차별 속에서도 '生'을 위하여 열심히 살아가고 있는 모습을 그린 '재일동포생활사'"[21]로 수렴된다. 그럼에도 불구하고 일제강점기 김달수의 소설은 해방 이후 구체적인 면모를 드러내는 민족적 글쓰기와 연계시켜 볼 때, 일본문학의 특징인 사소설적 성격을 넘어선 사회성과 민족성 부각 차원의 서사 구조, 내용 전개, 실천적 현실 인식은 다소 부족했음이 사실이다.

3. 초창기 문학의 문학사적 의미

해방 이후 김달수의 문학은 일제강점기의 문학적 흐름과는 다른 국면으로 진입한다. 철저한 민족 의식, 남북한의 이데올로기적 대립, 조국에의 회귀 의식, 일본 제국주의와 이승만 정권에 대한 비판적 시각을 분명히 하기 때문이다. 그의

20 朴正伊, 「金達壽三つの「族譜」をめぐって」, 『日本教育』 27, 韓國日本語教育學會, 2004, 226쪽.
21 최효선, 『재일동포 문학연구』, 문예림, 2002, 19쪽.

문학은 조국, 전쟁, 이념, 민족 의식에 기초
한 '사회주의 투쟁사' 형태의 글쓰기를 견지
해 나가는 방향을 구현하기 시작한 것이다.

해방 이후의 대표작 『태백산맥』은 사회주
의적 시각에서 친미 이승만 정권의 수립과
정을 강도 높게 비판하고, '민족열사조사소'
의 실질적인 책임자인 백성오를 통해 민족
의 정체성 확립과 지식인의 양심적인 역할을
주문한다. 작품에서는 '김을 매는 농민', '나
무하는 나무꾼', '빨래하는 아낙네', '들판에
서 노는 아이들', '무당이나 점쟁이'[22]까지 다

김달수, 『태백산맥』, 지쿠마쇼보(筑摩書房), 1969

양한 민중들이 일본 제국주의에 맞서 저항하는 모습을 재현해 놓고 있다. 『박달
의 재판』은 머슴 출신인 박달이 빨치산과 내통한 혐의로 유치장 신세를 지고 그
곳에서 빨치산강촌민을 만나 의식화 교육을 받고, 점차 행동가로 변신해 가는 과
정을 담은 작품이다. 박달이 노동조합을 결성하고 스트라이크를 주동하며 "일
본 아메리카가 말하는 것은 듣지 마라!" "미국 놈과 그 앞잡이 밑에서 사는 건 싫
다!" "아메리카는 꺼져라!"[23]는 발언에서 표상되는 반미의식은, 당시 김달수의
사회주의적 시선을 여실히 보여주는 대목이다.

『현해탄』은 강제징용과 황민화 정책을 노골화 하던 일제 말기 피압박 민족 청
년들의 치열한 저항정신을 보여주었고, 『고국인』은 해방 직후 '미제국주의'와 친
미정권에 필사적으로 투쟁하는 공산주의자의 실천적 움직임을 다루었다. 이러
한 해방 이후의 김달수 문학을 놓고 김학동은 "조선을 식민지배한 일본 제국주
의에 대한 적개심으로 나타났으며, 패전 이후의 일본사회의 변혁을 갈구했다"[24]

22   金達壽, 「太白山脈」, 『金達壽小說全集』 7, 筑摩書房, 1980, 233쪽.
23   金達壽, 「朴達の裁判」, 『金達壽小說全集』 6, 筑摩書房, 1980, 46쪽.

고 지적했다. 또한 조국이 미소에 의해 분할될 위기에 처했을 때 "소련의 지원을 받아 친일파를 일소하고 공산주의사회 건설을 추진하는 북한의 정권에 정당성을 부여"하며, "해방 직후 조직된 재일조선인연맹조련에서 헌신적인 노력을 기울였다"[25]고 분석한 바 있다.

일제강점기 김달수의 소설은 서사 구도, 내용 전개, 시대정신 표상에서 해방 이후 그의 문학과 확연히 비교된다. 우선 해방 이전의 소설은 한정된 주제로 서사의 전개가 단조롭고 그에 따른 주인공의 의식세계와 행동반경의 협소함을 지적할 수 있다. 일제 말기의 폭주했던 정치 이데올로기 상황, 즉 지배자와 피지배자, 민족과 반민족, 협력과 비협력의 이항대립적 구도가 명료할 뿐만 아니라 의식적이든 무의식적이든 주인공의 정신적 고뇌와 움직임이 소극적이다. 이를테면 망국적 한을 민족 의식과 실천적인 투쟁의식 차원의 외향적인 형태로 발신시키지 못하고, 이국에서 배가될 수밖에 없는 피식민자의 인간주의와 감정우정, 가족애, 척박한 삶을 피력하는 수준에서 멈추어 있다.

그것은 일제강점기 지식인의 소극적인 현실인식과 시대정신에 대한 진지한 자의식의 부재로 볼 여지가 충분하다. 특히 김달수가 일제 말기의 긴박했던 시대 상황에 『경성일보』 사회부 기자를 경험했고 작가로 활동했다는 점에서, 초창기 그의 소설에서 일본 제국주의, 조국과 민족, 전쟁과 이념, 시대정신을 바라보는 실천주의 입장은 미온적이다. 예컨대 전쟁과 함께 치솟는 고철 값, 학교에서 정과正科로 편성된 교련, 확대일로의 전쟁을 의식하고 거론한 이상, 전쟁의 모순·부조리와 간고한 실생활, 잘못된 일본의 타자 의식, 군국주의의 폐해 등과 관련한 지식인의 냉철한 시선을 담아낼 필요가 있었다는 것이다. 최효선은 이러한 문학적 경향과 관련해 '재일동포생활사'적 흐름을 언급하면서 "「위치」를 쓰기까

24   김학동, 「민족문학으로서의 재일조선인문학」, 충남대 박사논문, 2007.

25   金鶴童, 「김달수 문학의 原點으로서의 『반란군(叛亂軍)』 고찰」, 『日本文化學報』 30, 韓國日本文化學會, 2006, 314쪽.

지 김달수에게는 민족적 자각이 거의 없었기" 때문에 "저항도 모르는 오자와 같은 인물이 그려졌다"[26]고 비판하면서도, '재일동포생활사' 중심의 작품을 "순수하고 아름답고 어느 누구라도 공감할 수 있는 '인간적 진실'로 가득 차 있다"[27]고 높이 평가했다.

그러나 일제 말기 김달수의 일본어 글쓰기의 동기, 『경성일보』 사회부 기자 생활, 작가로서 해방 이후의 강력한 사회주의적 사상 표출 등을 고려해 볼 때, 초창기 김달수 문학의 소극적인 현실 인식과 시대정신에 대한 미온적인 지점은 '민족적 자각'의 부재나 '인간적 진실에 호소'하기 위함 정도로 치부하기에는 다소 미흡해 보인다. 당시 김달수는 대학생이었고 '조선인' 작가의 작품과 김사량의 존재를 충격적으로 받아들였다고 한다. 이런 점을 감안하면, 작가의 의식은 좀 더 '바깥 세계'를 향해 발신되어도 좋지 않았을까. 일제강점기 김달수 소설의 소극적인 현실 인식과 시대정신에 대한 미온적인 지점은 해방 이후 선회하는 정치 사상적인 경향성과도 관련이 없지 않다. 해방 이후 활화산처럼 분출하는 '사회주의적 투쟁사'의 문학적 경향성은 일제강점기 지식인의 소극적인 행보와 "총독부의 기관지 역할을 하던 『경성일보』의 사회부 기자 생활을 했다는 죄책감을 씻어내려는 의식"[28]과 무관하지 않고, 해방 조국에 대한 작가의 지나친 이데올로기적 접근에서 비롯되었다고도 할 수 있다. 물론 '사회주의적 투쟁사' 중심의 문학 활동 이후에 작가의 소설 집필 중단과 1970년대 '일본 속의 조선문화' 찾기 또한 그러한 현실 인식과 이데올로기적 행보와 무관하지 않다.

물론 일제강점기 김달수의 문학의 서사적 전개가 일방적으로 비판받아야 할 이유는 어디에도 없다. 오히려 일제 말기에 재일코리안 지식인의 입장에서 일본 제국주의에 협력적 글쓰기로 휩쓸리지 않은 것만으로도 다행인지 모른다. 그것

---

26   최효선, 앞의 책, 94쪽.
27   위의 책, 32쪽.
28   김학동, 앞의 글, 100쪽.

이 일본어 글쓰기 형태든, 서사 전개의 복선적 형태든, 일제 말기의 강압적인 통제 분위기를 생각한다면 어떤 문필가도 협력·비협력적 글쓰기로부터 자유롭지 못하기 때문이다. 실제로 친일적 행위로서가 아닌 창작상의 수단으로서 일본어를 선택하고, 작가 정신에 기초해 저항 의식을 우회적으로 표현하기 위한 수단으로 일본어를 차용한 작가도 적지 않았던 시대다. 일제강점기 일본어 글쓰기를 놓고 김사량이 "미약하나마 조선문화를 일본, 동양, 세계에 알리는" 중개자 역할을 강조하며 글쓰기의 유의미성을 피력했다는 점에서 초창기 김달수의 문학 활동의 의의는 희석될 수 없다.

그런 측면에서 일제강점기 김달수가 발표한 일본어 소설은 작가 정신의 일단을 보여주는 텍스트이면서 동시에 해방 이후에 본격화될 민족적 글쓰기의 방향을 제시했다는 문학사적 의의를 갖는다. 김달수는 일본어 글쓰기를 통해 당대의 작가적 입장을 객관화하였고 그 과정에서 민족주의적 시좌와 타자 의식을 해체·탈구축 하게 된다. 일제강점기 발표된 소설들은 그러한 작가 정신의 실험장이었던 셈이다. 초창기 소설에서 내용상의 전개, 소설적 구도, 시대정신에 대한 미온적인 움직임 등 당대를 살아가는 인물들의 현실 인식이 미흡하게 전개되었다고 하더라도, 일제 말기의 시대적 격랑을 재일적 삶으로 서사화하고, 그러한 문학을 토대로 해방 이후의 민족주의적 시좌를 구축했다는 점에서, 김달수의 초창기 소설이 확보한 문학사적 의미는 부정하기 어렵다. 해방 이후 김달수 문학의 핵심적인 주제, 재일적 가치의 존중, 인간주의적 정서, 합리적인 '타자인식' 촉구, 이승만 정권에 대한 비판, 철저한 민족 의식, '사회주의적 투쟁사'로 형상화되는 문학적 전개의 토대로 작용했기 때문이다.

4. 해방 이후 조국과 민족 의식의 변용

재일코리안 작가들에게 민족 개념과 보편성의 개념은 어떠한 문학적 의미를 지니며 기존의 민족 개념에 대한 비평적 시각에 이견은 없는가. 이러한 질문을 던지면 여전히 재일코리안문학에서 역사성과 민족 의식은 세대를 불문하고 유효하며 현세대의 실존적 개아와 보편성 담론을 이끌어 내는데 중요한 지점이라고 답할 수밖에 없다. 조국과 민족 의식, 현실주의와 자아, 인간의 보편성을 강조하는 경향은 앞으로도 유효할 것이기 때문이다. 디아스포라의 입장에서 민족 개념은 구심력 차원의 역사성에 근거한 담론과 원심력 차원의 현실사회론적 시각이라고 할 수 있다. 이러한 역사성과 현실사회론을 함의한 조국과 민족 의식은 그 내면을 들여다보면 필연적인 시공간이 존재한다.

그동안 재일코리안문학의 민족·탈민족적 시각은 지나치게 구심력으로 표상되는 조국과 민족 지향으로 재단되면서 재일코리안의 목소리는 축소되거나 아예 부각하지 못하는 경향으로 흘렀다. 재일코리안이 실제로 살고 있는 일본이라는 시공간, 그 타자화된 현실공간을 배제한 민족 담론의 부각에 따른 문학적 한계라 할 수 있다. 좌우와 남북한, 민단과 조총련을 둘러싼 정치 이데올로기의 갈등 구도는 재일코리안사회의 경계 의식과 정체성 혼란을 불러일으키며 운신의 폭을 좁혀왔고, 문학적 자생력 저하로 이어졌음을 부인하기 어렵다. 장혁주와 김사량 문학의 협력·비협력적 서사 구도를 의식하고 김달수와 김석범 문학의 민족주의적 시각을 강조하게 되면서, 현실중심적인 작가의 목소리[29]는 반감되거나 묻히는 결과를 낳았다. 그럼에도 불구하고 재일코리안문학에서 역사의

29　김달수는 시가 나오야와 도스토옙스키를 예로 들면서 그들 문학에는 '인간적 진실'이라고 하는 공통분모가 있기에 감동했다고 했다. 그리고 "그 진실이란 어떠한 생활을 영위하는 사람이건, 조선인·일본인 관계없이 어느 누구에게나 공통이다. 나는 우리들 조선인의 생활을 쓰는 거다. 그리고 그것으로 일본인들의 인간적 진실에 호소하는 것"이라고 하면서 작가적 의식을 분명히 했다(金達壽, 『わがアリランの歌』, 中央公論社, 1977, 170쪽).

식과 민족성 개념은 중요한 문학적 주제임과 동시에 서사의 정체성을 규정하는 문화적 거점이었다고 할 수 있다.

그런 측면에서 김달수는 민족적 글쓰기를 통해 "재일조선인상을 전형화"[30]하고 해방 이후의 재일코리안문학을 본격화시킨 인물이다. 대표작 『태백산맥』을 비롯해 『현해탄』, 『박달의 재판』 등은 전형화된 조선인상과 재일코리안 작가로서의 이미지를 문학적으로 구현한 작품이다. 이들 작품에서는 해방을 전후해 고조되었던 한반도의 정치 이데올로기의 대립적 상황을 민중과 지식인들의 갈등과 고뇌로 서사화하고 조선인의 강한 생명력을 읽어냈다. 이러한 문학적 경향은 김달수 문학의 특징임과 동시에 민족주의를 천착한 작가 정신을 표상한다. 해방 이후 김달수의 민족적 글쓰기는 정치 이데올로기와 연계한 사회성의 부각으로 이해할 수 있다. 그는 소설 창작의 목적을 "일본인의 인간적 진실에 호소"[31]하는 데 두면서도 조선인의 민족정신과 생명력을 부조하며 문학적 보편성을 획득해 나갔다. 해방 이후 김달수의 문학에서 조선인의 특성을 살린 민중상과 지식인상 창출은 당대의 민족 의식과 시대정신을 담아내는 서사구도의 주요 테마였다.

김달수의 문학을 포함한 재일코리안 전세대^{1세대}의 문학은 '경계인'[32]의 자의식을 가지고 민족적 정체성을 부조했으며, 그 조국^{민족}과 정치 이데올로기가 투영된 민중과 지식인상을 선별적으로 천착했다. 일제강점기 김사량의 민족주의적 문학 세계를 포함해 김달수의 대표작 『태백산맥』, 『현해탄』, 『박달의 재판』 등은

---

30 김달수는 「비망록」에서 무식하지만 현실 앞에서 강하게 살아온 신돌석을 "전형적인 조선의 민중, 농민의 모습"이라고 언급하면서 재일조선인의 '본질과 특성'을 잘 나타낸 인물이라고 했다 (「備忘錄」, 『金達壽小說全集 三』, 筑摩書房, 1980, 324쪽).

31 金達壽, 『わがアリランの歌』, 中央公論社, 1977, 177쪽.

32 '경계인'의 사전적 의미는 '주변인'과 동시에 설명되는데 "소속집단을 옮겼을 때 원래 집단의 가치·습관을 버리지 못하고 또한 새로운 집단에도 충분히 적응하지 못하는 사람. 경계인"으로 규정하고 있다. '경계인'이란 용어는 김효식의 「경계인」으로의 삶과 민족적 정체성의 재인식(이회성론)」(『한민족 문화권의 문학』, 국학자료원, 2003), 홍기삼의 「재일 한국인 문학론」(『재일 한국인 문학』, 솔, 2001) 등에서 언급되고 디아스포라문학과 함께 일반적으로 사용된다.

해방 전후의 조선인상을 서사화했고, 김석범은 『까마귀의 죽음』, 『화산도』, 「똥과 자유」 등을 통해 제주4·3의 역사성과 민중성을 부조해 냈다. 초창기 재일코리안문학의 성격을 분명히 보여준 경우에 해당한다. 제1세대 재일코리안 작가들의 해방 이후 민족적 글쓰기는 이후 등장한 재일 중간세대 이회성, 김학영, 이양지 문학의 경계 의식과 이방인 의식으로 표출되었고, 현세대 재일 작가들의 실존적 글쓰기로 계승되었다.

① "무엇이든 좋으니까 어떻게든 현재의 상태를 때려 부수고 싶다." 이 바람이 그들에게 조합을 만들 용기를 주었던 것이다. 그들은 박달이 참가한 모임에서 전상택을 위원장으로 뽑고, 모두들 떠미는 바람에 마지못해 일어난 인텔리 이정주를 부위원장으로 뽑았다. 서기장에는 용기백배한 젊은이 최동길이 선출되었고, 박달도 위원 중 한사람으로 뽑혔다. 이렇게 소위 3역과 위원이 결정되면서 마침내 조합은 결성되었다.[33]

② 나는 내가 조선인이면서 거의 일본인과 다름없는 심정으로 주위를 보고 듣고 경험하며 살아가고 있다. 내 안의 조선인 의식은 항상 관념으로서의 민족 의식이었지 실제 느낌으로서의 의식은 아니었다. (…중략…) 조선인이 일본인에 의해서 조선인 문제를 교육받고 자신이 조선인이라는 것을 인지하게 된다. 그것은 참으로 묘한 일이다. 오히려 부끄러워해야 할 일임에 틀림없다. 하지만 사실 그 기묘한 조선인이 바로 자기라는 인간이다. 이런 현상은 나에게만 한정된 일은 아니다. 나는 일본에서 태어나 자라면서 민족교육을 받지 못하고, 일본학교를 다녔던 많은 재일조선인 2, 3세대들이 같은 입장일 것이라고 생각한다.[34]

③ 서방은 자조 섞인 웃음을 웃었다. 고이치의 마음 속에서 아버지의 존재는 이미 오래전에 소멸해 버렸다. 그것은 서방도 마찬가지였다. 고이치가 어떤 사상을 갖든

---

33 金達壽, 「朴達の裁判」, 『金達壽小說全集』 6, 筑摩書房, 1980, 38쪽.
34 金鶴泳, 「凍える口」, 『金鶴泳作品集成』, 作品社, 1986, 30쪽.

제1장 | 김달수   255

나와는 상관없다. 고이치가 집단촌을 버리는 순간, 아들과의 인연은 영원히 끊어져 버린 거라고. 서방은 마음 속 깊이 솟아오르는 슬픔을 씹어 삼키며 자신에게 그렇게 말했다.[35]

인용문 ①은 재일 1세대 김달수의 『박달의 재판』에서 사회주의에 입각한 조합결성을 묘사한 부분이고, ②는 재일 2세대 김학영의 『얼어붙은 입』에서 현세대가 조국과 자신의 거리감에 고뇌하는 장면이다. ③은 재일 3세대 현월의 『그늘의 집』에서 아버지와 아들 사이의 단절을 그린 대목이다. 이렇게 재일코리안 문학의 민족적 글쓰기는 세대가 거듭되면서 현실을 중시한 개념으로 재편되었고 조국과 민족, 정치와 사상이라는 개념 자체를 약화시키거나 소거하는 형태로 변용되어갔다. 최근 재일코리안 작가들의 탈민족적 현실주의, 즉 개인과 개인, 개인과 가족, 개인과 집단이라는 공간에서 연출되는 일상성을 중시하면서 그 변화는 더욱 가속화되었다. 전세대와 조국 사이에 가로놓인 암울한 역사성과 민족의식을 기억 밖으로 밀어내고, 현실이란 범주에서 고뇌하는 개인(個人)을 천착하는 경향은, 최근 강조되는 재일코리안 작가들의 인간주의와 보편성, 실존적 자아 추구와 무관하지 않다.

현재의 재일코리안사회에는 민족차별의 상징어인 '조센징' 시각에서 벗어나 당당한 일본사회의 구성원이라는 탈민족적 형태인 현실주의가 빠르게 자리잡는 추세다. 세대교체로 인해 전세대가 물러나고 현실주의를 중시하는 현세대 구성원들이 사회 전면에 등장하면서 변용된 시대상이 '재일성'에 투영된다. 개인존중과 현세대의 존재성이 맞물린 가치관과 이미지의 변화, 즉 기성세대와 다른 현세대 특유의 민족적 사고와 보편적 가치가 자리매김하는 것이다. 그것은 현세대 자신들의 분명한 개인 인식이기도 하다. 체험하지 못한 '조국의 소리'[36]보다

35   玄月, 『陰の棲みか』, 文藝春秋, 2000, 20쪽.
36   예를 들면 이양지가 조국에서 유학생활을 하면서 느낀 경험의 총체(대학생활, 하숙집생활, 판소

몸으로 익힌 '일본적 소리'에 공감하는 재일의 실존성을 특징으로 삼는 현세대는 그 현실적인 생활공간에서 전세대들과는 다른 차원의 보편적 개인을 의식한다. 현세대의 이러한 탈민족적 시각이 세대교체의 가속화와 함께 한층 심화된 형태로 인간의 실존성과 삶의 보편성에 대한 주문으로 이어질 것임은 자명하다.

시기별로 정도의 차이는 있겠지만, 해방 이후의 재일코리안문학에서 역사성과 민족 의식 개념은 풀어야 할 화두일 수밖에 없었고, 현세대의 실존적 글쓰기에서도 문학적 근간으로 작용하고 있음은 부인할 수 없다. 다만 세대교체와 함께 점차 이러한 역사성과 민족 의식 개념이 현세대의 현실주의와 자아 존중 방식으로 부각되면서 상대적으로 약화될 뿐이지 소거될 수 없다. 그러한 문학적 경향은 근래의 재일코리안 현세대 작가의 문학을 통해서도 충분히 확인된다. 가네시로 가즈키金城一紀의 『GO』는 단편적이긴 하지만 민족차별 문제를 깊이 있게 부조하고 있으며, 현월玄月의 『그늘의 집』에서 초점화된 집단촌을 둘러싼 소외된 개인, 그리고 유미리의 『소년구락부』에서 다루고 있는 '조센징'에 대한 갈등양상 등이 대표적인 사례에 속한다. 이는 세대의 차원을 넘어 역사성과 민족성 개념이 재일코리안문학의 저변에 일정부분 자리할 수밖에 없음을 말해준다.

5. 김달수의 민족적 글쓰기

1) 지식인상을 통해 본 민족정신

재일코리안문학은 크게 3단계로 나누는데 1단계로 "일본어로 쓰여진 조선인문학"¹세대 문학, 2단계로 "재일조선인문학"중간세대 문학, 3단계로 "재일문학"현세대 이

리와 대금 수업, 전통무용 배우기, 친구 관계 등)로서 민족적 향기의 종합이라 할 수 있다. 그리고 '일본의 소리'는 현세대의 내면에 존재하는 일본적인 사고와 행동 양식, 인식의 일체를 말한다(김환기, 「재일한국인문학과 '이방인' 의식」, 『한림일본학연구』, 한림대 일본학연구소, 2003, 206쪽).

다.[37] 1단계에서는 일제강점기와 해방 이후 조국현실에 대한 체험을 강한 민족적 색채로 서사화했고, 2단계에서는 "조국과 자신간의 거리인식과 민족문제",[38] 3단계에서는 "한국과 일본을 동시에 비추는 거울"[39]로서의 문학을 추구한다.

조국의 근현대사와 민족문제는 1세대 문학에서 집중적으로 형상화되는데, 그 형태는 주로 일제강점기의 협력·비협력 논리, 해방 직후의 친미정권 수립과정 등 굴절된 근현대를 살아왔던 조선인들의 정치이념, 사회문화적 지점을 천착한다. 일제강점기와 해방 이후의 민중상과 지식인상을 통한 이상과 현실의 조율과 반목 과정에서 표상되는 민족정신을 구체적으로 읽어낸다. 일제강점기-조국 해방-한국전쟁으로 이어지는 정치 이데올로기와 격동기 남북한의 시공간에서 고뇌하는 지식인들의 민족적 정체성 찾기는 주목하기에 충분하다. 김달수와 김석범 문학은 민족적 글쓰기의 대표적 사례로서 치열했던 정치사회의 시대정신을 표상한다는 점에서 상징적이다.

해방 이후 김달수는 잡지 『민주조선』 창간에 참여하고 편집을 담당했고 장편 『후예의 거리』를 연재하면서 작가로서 본격적인 출발을 알렸다. 『태백산맥』, 『현해탄』, 『박달의 재판』 등은 김달수를 "일본의 진보적 문학의 대표 작가"[40]로 자리

---

37 이소가이 지로(磯貝治良)는 재일한국인문학은 처음 '일본어로 쓰여진 조선인문학'으로 시작해서 '재일조선인문학'을 거쳐 현재의 '재일문학'으로 이어지고 있다고 언급했다. 그리고 "'재일조선인문학'이라는 호칭은 그렇게 불려진지 30년밖에 되지 않지만 오늘날 재일조선인에 의해 쓰여지는 일본어문학의 전체적 상황에 대한 호칭으로는 그다지 어울리지 않는다. 재일조선인문학이 아닌 '재일문학'이라 부르는 것이 어울린다"고 했다. 또한 현재의 재일한국인문학은 "일본 이름이나 일본 국적을 가진 문인들이 많이 등장하고 있다든가, '조선' '한국'이라는 호칭을 가려서 쓰는 등 이원화되었다고 하는 현상적이고 세대적인 변용"은 물론이고 "작가들의 자세, 문학적 모티브, 주제, 문체, 작풍 등 내질적인 면에서 재일조선인문학은 '재일문학'화하고 있다"고 했다(磯貝治良, 『第1世代の文學略圖』, 『季刊 靑丘』, 靑丘文化社, 1994, 34~35쪽. 홍기삼 편, 『재일 한국인 문학』, 동국대일본학연구소, 2001, 20~21쪽 참조).
38 김환기, 「조국과 자신간의 거리인식과 민족문제의 제기」, 『나쓰메 소세키에서 무라카미 하루키까지』, 글로세움, 2003, 319쪽.
39 유숙자, 「한국과 일본을 동시에 비추는 거울」, 『나쓰메 소세키에서 무라카미 하루키까지』, 글로세움, 2003, 325쪽.

매김하는데 중심적 역할을 했던 작품이다. 특히 『태백산맥』은 사회주의 시각에서 해방 직후의 혼란한 시대성, 즉 감격에 찬 해방 조국의 정치적 상황이 점차 미군정에 의한 친미정권으로 바뀌어 가는 과정을 면밀하게 부조해 낸다. 공산주의자와 반공 친미정권 창출에 가담하는 반민족주의자의 대립을 부각시키며 사회주의 관점에서 남한의 정치 이데올로기를 강도 높게 비판한다. 동시에 민족의 정체성 확립과 관련한 지식인들의 양심적 역할을 초점화한다. 작중 인물 백성오의 '민족열사조사소' 설치에 대한 집념은 그러한 지식인상을 대변한다.

나는 과거 36년간 식민지시대를 거치면서 그렇게 쓰러져간 희생자들과 애국자들의 묘비를 만들고 싶어. 1905년 을사조약 전후의 의병항쟁부터 시작해 3·1독립운동, 6·10항쟁, 광주학생사건, 그리고 저 권창욱이 몸담고 있던 항일 빨치산, 대충 이렇게 윤곽만 잡아도 엄청나게 많아. 무수히 많은 그들의 묘비명을 우리들이 어찌 다 일일이 새길 수가 있을까마는, 어쨌든 그렇게 그것을 우리 조선민족 한 사람 한 사람의 가슴에 새겨 넣어 앞으로 영원히 살아있게 만들고 싶어. (…중략…) 대지주인 우리 집 재산을 다 써서라도 그 일을 해야겠다고 결심했어. 아니, 우리 집 재산을 바로 그 일을 위해서 써야겠다고 생각했지.[41]

백성오는 '민족열사조사소'를 통해 격동기 구국운동을 펼치다 희생된 열사들에 대한 조사기록 뿐만이 아닌 그들의 정신을 계승해야함을 주장한다. 열사들이 목숨을 던지며 싸웠던 것은 개인이 아니라 오로지 조국과 민족을 위함이었다고 부각시킨다. 격동기 민족의 정체성과 연관된 이러한 지식인의 양심적 역할에 대한 민족정신에 대한 주문은 서경태의 의식과도 다르지 않다. 서경태는 '반쪽발이' 의식을 떨쳐내지 못하다 백성오와 의식적 공감대를 형성하고 '민족열사조사

40   新潮社辭典編輯部, 『新潮日本文學辭典』, 新潮社, 1988, 353쪽.
41   金達壽, 「太白山脈」, 『金達壽小說全集』 7, 筑摩書房, 1980, 71쪽.

소'의 실질적 책임을 떠맡은 인물이다. 주로 고서점에서 열사와 관련한 자료와 주요 조선 관련 서적을 수집 정리하는 일을 맡았는데, 그곳에서 백성오처럼 양심적 지식인의 목소리를 내게 된다. "우리들이 이 나라를 다시 세우기 위해서는 무엇보다 우리 조선의 역사를 알아야만 한다. 우리들의 조상은 이 나라를 도대체 어떻게 세웠는지, 또 이 나라를 발전시키기 위해서 어떤 노력을 했는지, 아니면 무슨 노력을 하지 않았는지, 이런 것들을 분명히 알아야 한다"[42]고 목소리를 높인다. 작품에서는 올바른 역사이해의 중요성을 피력하면서 서경태 역시 "한사람의 조선인으로서 의식하기 시작"했다고 서술하고 있다.

지식인의 민족정신은 일제강점기의 민족 반역자들을 끌어들여 친미정권을 수립하려는 이승만을 정면 비판하고, 김성수, 송진우 같은 지주와 부역자 출신의 정당 결성을 반민족적 행위로 규정하는 대목에서 선명하게 드러난다. '민족대동단결'을 외치며 "내 밑에 모이는 사람은 지난 날 그 사람이 어떤 일을 했든 한 사람도 배척할 수 없다."[43] "한국인인 한 그들은 모두 나의 인민"이라는 이승만의 주장을 일축하고, 이를 옹호하는 '한국민주당'에 대한 지식인들의 거부감을 부각시키는 한편, 박은식의 『한국독립운동지혈사』의 한 대목을 인용하며 지식인을 비롯해 조선인 전체가 일본 제국주의에 맞서고 있음을 강조하고 있다.

『태백산맥』에서는 조선인의 강한 민족적 저항을 다음과 같이 서술하고 있다.

밭에서 김을 매는 농민은 잡초를 일본 제국주의로 생각하고 뿌리째 쥐어 뽑고, 산에서 나무하는 나무꾼은 잡목을 적이라고 생각하고 도끼를 치켜든다. 냇가에서 빨래하는 아낙네는 제국주의를 두들긴다는 생각으로 빨래방망이를 내려치고, 들판에서 노는 아이들은 적을 쏜다는 생각으로 참새를 겨냥한다. 무당이나 점쟁이까지 제국주의가 망하라고 빈다.[44]

---

42   위의 책, 142쪽.
43   위의 책, 177쪽.

인용문처럼 농민은 농민대로, 나뭇꾼은 나뭇꾼대로, 빨래터의 아낙네는 아낙네대로, 아이들은 아이들대로, 무당은 무당대로 각자가 제국 일본에 저항심을 염원하고 빈다.

또한, 지식인들의 민족 의식은 다른 작품『고국인』에서도 그대로 드러난다. 이 작품은 해방과 한국전쟁에 이르는 격동기를 대조적으로 살아온 두 청년의 이야기를 수기 형식으로 서술한 경우다. 천문계의 공산주의적 시각을 전면에 내세우며 혁명 청년의 강인한 인상을 강조하는 형식이다. "자네는 우리들을 압박하고 억압한 바로 그것, 제국주의 그 자체에 의한 교육대로, 소비에트를 적색 제국주의라고 믿었다"[45]며 반공주의자 이인종을 비판하였고, "시민과 학생이 '아메리카의 식민지화 반대!'를 외치며 들고 일어났다"는 사실을 강조하며 "남조선노동당의 결성착수"의 정당성을 피력하고 있다. 한편 이인종은 반공주의자로서 해방 후 공비토벌에 나섰고 한국전쟁이 발발했을 때에는 죽기를 각오하고 전쟁에 참가한다. 하지만 이인종은 천문계·옥순 남매의 행동을 지켜보며 그때까지의 반공주의적 사상에 균열을 일으키고, 마침내 형무소 '빨갱이' 처형에 가담하면서 민족적 회의를 느껴 사상적 전향을 한다. 또한 박현배는 승려 신분으로 진정한 적은 민족반역자가 아닌 미국 제국주의라고 믿으며 후방에서 투쟁한다. 3명 모두 공산주의적 시각에서 미국에 의한 제국주의를 강하게 비판하는 입장을 취하고 있는 셈이다.

이처럼 김달수 문학의 민족적 글쓰기는 매우 구체적이며 질기다. 강한 민족주의와 사회주의적 관점은 지식인의 입과 행동을 통해 전달되고 실천된다. 앞서 언급했듯이 민족주의적 시선은 남한의 친미 정권 수립에 대한 강한 불만을 표출하는 백성오와 서경태『태백산맥』, 해방 직후 친미 정권과 미제국주의에 필사적인 투쟁을 감행하는 공산주의자『고국인』, 조국을 잃은 한 인텔리 청년의 암담한 현실

---

44 위의 책, 233쪽.
45 金達壽,「故國の人」,『金達壽小說全集』4, 筑摩書房, 1980, 230쪽.

과 이를 극복하려는 투사 정신의 부조『후예의 거리』, 강제 징용과 지식인들의 '내선일체 = 황민화' 정책에 대한 동조가 노골화되던 일제 말기의 피압박 민족 청년들의 치열한 저항정신『현해탄』, 빨치산으로서 변함없는 투쟁정신을 보여주는 강춘민『박달의 재판』 등으로 구체화된다. 김달수의 정치 이데올로기에 근거한 민족적 글쓰기는 결과적으로 작품성의 한계로 지적되는 면도 없지 않지만 그 양상은 조선인들의 민중상에서도 그대로 이어진다.

2) 민중상을 통해 본 민족정신

김달수 문학에서 민족정신에 대한 접근은 지식인상에서와 마찬가지로 민중상에서도 구체적이다. 지식인상을 상대화하여 대척점으로 삼은 해학성에 근거한 민중상은 조선인의 전통적 이미지로 구현된다는 점에서 주목된다. 『박달의 재판』에서는 전통적 민중상을 해학성으로 풀어내면서 당대의 정치사회성과 민족정신을 담아내고 있다. 특히 타자화된 민중성과 실천주의를 상징하는 박달이라는 인물을 통해 민족적 갈등의 주체와 객체를 일원화하고 현대사적 대립 양상을 부조해낸다.

『박달의 재판』은 주인공 박달이 감옥에서 풀려나는 장면에서 시작된다. 박달은 "남조선 대지주 유劉씨 집안의 머슴" 출신으로서 부모조차도 모르는 일자무식이다. 그의 생활은 "두엄 통을 짊어지거나 가래나 쟁기로 논밭을 가는 정도"가 전부였다. 그런데 해방 이후의 정국 혼란기 빨치산과 내통했다는 혐의로 유치장 신세를 지게 되면서 그의 삶은 일변한다. 그동안 "인간적인 만남이래야 머슴이나 하인들과 이따금씩 음담패설을 주고받는 일" 정도였는데 유치장은 그렇지 않았다. 유치장은 박달로서는 평소에 만날 수 없는 지식인들이 대부분이었고 그들로부터 세상에 눈뜨는 계몽의 장소가 된다. 일자무식인 박달이 손가락이 닳도록 글을 익혔고, 점차 지주며 빨치산, 국가와 민족, 사회주의와 공산주의, 자본주의와 제국주의에 대한 교육까지 받는다. 조선의 역사, 세계의 역사, 김일성과 이승만에 귀 기울이며 감옥은 "지식의 보고"이자 혁명전사 양성소가 된다. 인텔리 청년 강춘민은 박달의 교육에 가장 열정을 쏟았던 빨치산이었다.

강춘민은 대학생 신분으로 빨치산에 가담하고 태백산맥을 중심으로 활동하다 붙잡힌 인물이다. 조선인 인텔리 청년인 그는 곧 처형당할 처지였지만 박달을 향한 의식화 교육에 열정적이다. 한쪽은 도회지 출신의 부르주아 대학생이고, 다른 쪽은 부모의 생사조차 모르는 가난한 머슴 신분이라 동화되기 어려울 법한데도 전혀 그렇지 않다. 오히려 이질적인 요소가 둘 사이를 강하게 결합시킨 셈이다. 결국 24·25세의 인텔리 청년 강춘민이 같은 연배인 박달에게 자신의 모든 지식을 주입시켰고 박달 역시 그의 교화를 수용하는 인물로 발전한다. 강춘민의 의식화 교육은 박달을 확고한 사회적 자각을 성취한 전사로 탄생시킨다. 한국전쟁 직전의 급박했던 정치적 상황, 즉 남한에서 진행되고 있던 "북진통일! 공비를 소탕하자"는 선동에 맞서 "북도 남도 똑같은 조선이다. 전쟁을 하지 말아라!", "정치범을 모두 석방하라!", "일본아메리카가 말하는 것은 듣지 마라"고 하는 선동적 '삐라'로 대응할 만큼 박달의 의식은 진보적으로 변모한다. 한국전쟁이 끝날 때까지 몇 차례에 걸친 박달의 감옥행은 그의 의식을 한층 강화시켰고 투쟁의 형태도 구체적이고 강력해진다. 박달이 노동조합 결성과 스트라이크를 주동하며 강한 반미의식을 피력하는 대목에서는 비장함마저 느껴진다. 세련된 문구는 아니지만 박달이 작성한 선동적 '삐라'의 내용을 살펴 보자.

"이제 식민지는 싫다! 아메리카는 가난한 조선에서 떠나라! K勞動組合"
"공산주이든 뭐든 좋다. 미국 놈과 그 앞잡이 밑에서 사는 건 싫다! K勞動組合"
"조선을 조선 사람들에게 돌려 달라! 아메리카는 꺼져라! K勞動組合"[46]

박달의 민족 의식은 검사 김남철과는 정반대의 사고를 보여준다. 김남철은 일제강점기 재판소 서기를 하다가 해방과 더불어 출세를 했고, 철저한 반공교육으로 사회주의와 공산주의를 극도로 증오하는 인물이다. 그러한 김남철이 노동조합 결성과 관련한 주동 인물들에 대한 취조를 맡게 되는데 그 과정에서 박달에게 무자비한 폭력을 행사한다. 결국 노동조합 결성 사건은 재판에 넘겨졌고 박달의 옥살이는 현실화되는데, 놀랍게도 옥살이가 거듭될수록 박달의 투쟁 의식은 더욱 공고해진다.

『박달의 재판』은 민중을 통한 민족 의식 구축이라는 점을 밀도 있게 묘사한 작품이다. 작품에서는 민중과 지식인의 교감을 통해 계층 간의 이념적 대립과 분화된 민족 의식을 하나로 엮어내려는 노력이 돋보인다. 이 작품의 역사성과 민족 의식은 박달의 해학적 이미지의 정치화라는 관점에서 조선인상 구축과 강한 반미사회주의 측면으로 나누어 생각해 볼 수 있다. 먼저 박달의 해학적 이미지의 정치화 과정과 연동된 전통적 조선인상과 민족정신을 보면, 절박한 정치적 상황에서 표출되는 박달의 웃음은 해학으로만 귀결되지 않는 정치성을 함의한다. 머슴이라는 이미지에는 일자무식의 이미지와 함께 타협할 줄 모르는 저돌성과 주인이 시키는대로 살아간다고 하는 순수성이 동시에 내재하기 때문이다. 일자무식인 박달이 글을 익히고 민족적 대의에 투신하기까지는 앞뒤를 계산하지 않는 단순함과 강한 의지력이 전제되어야만 가능하다. 박달의 불의와 타협 없는 순수성과 강한 의지가 민족 의식과 반미사회주의 사상으로 승화되었다고 할 수 있다. 박달의 '웃음'에는 그러한 가공할만한 역설적 힘이 담긴다.

박달이 빙그레 웃었다.

그러자 방청석의 쉰 명도 빙그레 웃으며 일제히 박달의 웃음에 답했다. 그러나 그뿐이었다. 그들은 다시 본래대로 침묵을 지켰다. 그리고는 눈빛을 번득이며 줄곧 재판관석을 지켜보고 있었다. 피고들 옆에 붙어있던 간수들은 그들의 말없는 눈빛에 기가 질

---

46   金達壽, 「朴達の裁判」, 『金達壽小說全集』 6, 筑摩書房, 1980, 46쪽.

려 안절부절 했다. 하지만 피고인들은 곧 그 눈빛의 의미를 깨달았다. (…중략…) 그는 지금까지 항상 혼자였으며 고독했다. 자신의 행동을 이렇게 모두가 지켜봐 주고 지지한 적은 지금까지 한 번도 없었던 것이다.

"그렇다! 이것이다. 바로 이것이다!"하고 박달은 생각했다. 상당히 먼 길을 헤매다가 겨우 목적지에 도착한 듯한 느낌이 들었다. 그래서 순간적으로 전처럼 "에헤헤……"하고 마음껏 웃고 싶은 충동에 사로잡혔지만 꽉 다문 입술에 더욱 힘을 주며 참아냈다. 말하자면 그는 비로소 집단이라는 의식에 눈뜬 것이다.[49]

박달은 감옥살이를 할 때마다 '에헤헤'라는 바보 같은 웃음을 던지며 주위의 시선을 끌며 절박한 위기를 모면하곤 했다. 경찰들도 '에헤헤'거리는 박달의 바보 같은 웃음에 취조할 힘을 잃고 번번이 풀고 만다.[47] '웃음'은 첨예한 정치 사상적 논리 한복판에 바보가 나설 리 없다는 상대방의 고정관념을 전복하는 기능성을 유감없이 발휘했던 셈인데, 거기에는 바보 같은 웃음을 통해 박달이 상대방의 감시벽을 따돌리고 실천적 투쟁 일선에 나섰다는 점과 정치적 논리를 우매한 민중의 웃음과 거래한다는 풍자적 의미가 내포된다. 말하자면 바보의 웃음이 사회성으로 치환되는 역설적 힘을 보여준다는 점과 우매한 민중까지 떨쳐 일어날 만큼 심각한 정치사회적 혼란상을 피력한 셈이다.

또한 박달의 행동에서는 해방 직후 민중들의 순수함과 생명력을 읽을 수 있다. 억압받고 강요받던 박달이 사회적으로 눈을 뜨게 되면서, 정치이데올로기를 내세우는 대립각은 영웅적인 지도자적 위치를 꿈꿔서가 아니다. 그렇다고 이용

---

47 이재봉은 김석범의 작품 「똥과 자유」, 「만덕유령기담」, 「간수박서방」에 등장하는 바보같은 인물들을 거론하면서 "김석범 소설의 '바보형 인물'을 보면서 독자는 심리적 우월감을 느끼지 못한다"고 하였다. 그리고 "김석범 소설의 '바보형 인물'은 4·3이라는 역사적 소용돌이에서 살육의 참극이 벌어지고 있는 당시의 상황이 과연 바람직한 것인지, 우리가 잃어버리고 있는 것은 무엇인지를 되묻고 있는 존재"라며 바보의 문학적 의미를 구체적으로 분석하고 있다(이재봉, 「바보의 신화화—김석범 소설의 바보형 인물」, 『한국문학논총』, 한국문학회, 2003.8, 259쪽).

당하며 바보 취급만 받는 인물로 설정된 것도 아니다. 박달을 무시하고 바보 취급한 것은 검사 김남철 뿐이다. 김남철은 박달의 노동조합 결성을 취조하며 "도 대체 이런 놈이 어떻게……"라며 어이없어 한다. 배후 관계도 없고 뿌리도 깊지 않다고 결론짓고, 오히려 이런 한심한 놈을 잡아다 취조를 하는 자신을 한심하게 여기곤 했다. 작중의 '저자' 역시 김남철의 그러한 실수를 무척이나 다행스럽게 생각하고 있다. 김남철이 "배후 관계가 없으니까 뿌리가 깊지 않다고 생각하는" 점을 오히려 "배후가 없다는 것, 즉 누구에게 선동당한 것이 아니기 때문에 뿌리가 더더욱 깊다는 점을 간과하고 있는 것이다. 이 점은 그 자신이 자주적 인간이 아니라는 사실을 그대로 입증해주는 본보기"[48]라며 비웃는다. '저자'는 박달을 배후 관계가 없는 순수한 자각에 의한 주체적 인간으로 묘사하고 있으며, 이는 순수함에서 비롯된 의지적 생명력을 일컫는 것과 다르지 않다. 따라서 박달의 심기는 일시적인 선동에 의한 것이 아닌 주체적인 행동에서 발현되기에 강력하면서도 질긴 생명력을 표상한다. 박달의 민중적이고 강인한 주체성은 조선인의 치열한 삶의 현장이며 생명력으로 관통하는 전통의 이미지에 다름 아니다.

또한 『박달의 재판』에서는 반미사회주의적 사고를 통한 민족 의식도 밀도 있게 묘사된다. 특히 일제 식민주의의 청산과 친미 제국주의가 맞서는 대립적 양상을 통해 민족의 정체성을 확립한다는 구도가 주목된다. 위로부터의 일방적인 변혁이나 획일적인 지식인 그룹을 전면에 내세우지 않고 일상에서 축적된 민중적 자의식에 의한 원초적인 힘을 동원한다는 점이 특별하다. 그럼에도 불구하고 김달수 문학의 민족적 글쓰기가 "이데올로기 과잉"[49]과 지나친 반미사회주의적

---

48 金達壽, 「朴達の裁判」, 앞의 책, 60쪽.
49 나카무라 후쿠지는 이 책에서 김달수의 『박달의 재판』과 김석범의 『만덕유령기담』을 비교하면서 『박달의 재판』은 "현실을 무시한 상태에서 구성된 소설"이라며 "이 소설은 이데올로기 과잉을 보여주는 전형적인 소설이다. 이러한 문제점을 제쳐두고 박달이란 하층 민중의 건전함을 익살스럽게 잘 묘사했다고 해서 이 작품을 높게 평가할 수는 없을 것이다"고 했다(나카무라 후쿠지, 『김석범 『화산도』 읽기』, 삼인, 2001, 22쪽).

논리로 흐른다는 점 역시 지적할 수밖에 없다. 『박달의 재판』에서 박달의 의식화 교육이 빨치산 강춘민의 일방적인 교육에 의존한다거나 이념적 교육이 곧바로 노동조합 결성과 민중들의 스트라이크로 직행한다는 점이다.

이러한 이념적 편향과 조선인 민중상을 통한 역사성과 민족 의식은 작가의 다른 작품에서도 그대로 드러난다. 『태백산맥』에서 토지개혁을 둘러싼 지주와 소작농 사이의 갈등과 전통적 민중상이 "혁명의 주체 세력으로서 조형되고"[50] 있으며, 『현해탄』에서 연락선을 타

김달수, 『박달의 재판』, 동방출판사, 1972

기 위한 조선인들의 절박한 행동을 통해 서사화된다. 『태백산맥』에서 북한의 토지개혁정책에 눈물겨워 하며 땅에 대고 큰절을 하는 한 소작농의 행동은 당시 조선인 민중들의 속내는 물론 작가의 사회주의적 사고를 대변하는 정치성을 잘 보여준다.

노인은 모내기를 앞둔 논 한 가운데서 혼자 앉아 어딘가에 대고 자꾸 절을 하고 있지 않겠어? 처음에는 혼자 제사라도 지내는 줄 알고 가까이 가 보았는데 그렇지도 않았어. 그 노인은 논바닥의 진흙을 한 웅큼 파내서 이리저리 훑어 보다가 다시 논에 대고 절을 하곤 하는 거야. 토지개혁으로 토지가 분배되고 나서 자기 것이 된 논에서 덩실덩실 춤을 추는 사람, 노래를 부르는 사람, 그런가 하면 울음을 터뜨리는 사람 등 정말 온갖 모습을 이 눈으로 직접 보았지만, 이 노인처럼 논에 절을 하는 사람은 처음 보았어. 나는 처음에 이 노인이 너무 기쁜 나머지 머리가 돈 게 아닌가 생각했는데, 그것도 아니었어.

50 　朴正伊, 「金達壽「京城もの」三部作に見える人物造形の特徴」, 『韓日語文論集』 8, 韓日日語日文學會, 2004, 129쪽.

한참 만에 노인이 논두렁으로 올라오더니 내게 이렇게 말하더군. "이 논이, 이 땅이 이제는 내 것이란 말이요" 하는 거야. 당시 북조선의 농민이라면 누구나 다 하는 말이지만 나는 고개를 끄덕였어. 그 기분을 알 것 같아서였지. 그러자 그 노인이 이렇게 말했어.

"나는 어렸을 적부터 지주의 천대를 받으며 이 논을 60년이나 지어왔소. 그래서 이 논에 관한 것이라면 나는 내 몸처럼 잘 알고 있소. 그렇지만 이것이 내 것이 되리라고는 꿈에도 생각하지 못했소. 이게 바로 꿈이 아닌가 생각하면 왠지 이 논의 흙이 다 어디로 가버릴 것만 같아서 걱정됐소. 그래서 난 이렇게 이 논의 흙에 대고 절을 한 거요."[51]

해방정국의 민족 정체성에 대한 자각과 주문은 비단 김달수 문학에 한정된 것만이 아니다. 재일 1세대 작가들의 작품에서는 공통적으로 나타나는 문학적 현상이다. 김석범이 해방정국의 비극적인 제주4·3을 민족주의적 시각에서 작품화한다거나 김시종이 사회주의와 민족주의를 천착하고 작품 활동을 했다는 점도 같은 맥락으로 이해할 수 있다.

3) '경계인'의 자의식 구현

앞서 살펴보았듯이 김달수 문학은 일제강점기와 해방 이후의 공간을 채웠던 정치사회적 혼란상을 민족적 글쓰기로 서사화했다. 그는 강한 민족 의식을 바탕으로 정치 이데올로기와 사회문화적 지점을 특유의 조선인상으로 얽어냈다. 또한 그는 민중과 지식인의 교감과 갈등이라는 서사구조를 통해 조선인의 민족적 주체성과 정체성을 구현해냈다. 그 과정에서 정치 사상적으로 반미사회주의 체질을 명확히 한다는 점도 간과할 수 없다. 이러한 김달수 문학의 민족적 글쓰기를 어떻게 이해할 것인가. 경도된 정치 이데올로기를 근간으로 한 민족적 글쓰기와 예술적 관점의 보편성은 상호보완적이었다고 할 수 있을까. 이런 질문을

---

51   金達壽, 「太白山脈」, 『金達壽小說全集』 7, 筑摩書房, 1980, 288쪽.

던져보면 김달수 문학과 연계된 정치사상, 사회문화의 현상들이 중층적으로 읽혀지면서 간단하게 다가오지만은 않는다. 민족주의적 관점에서 개인의 주체적인 정치 사상적 움직임을 긍정적으로 이해할 수 있겠지만, 문학적 보편성과 세계문학의 관점에서 보면 견해를 달리 할 수 있는 부분이 없지 않다.

김달수 문학을 민족적 글쓰기라고 할 때 다음과 같은 몇 가지는 지적할 수 있을 것이다. 하나는 "이데올로기 과잉" 측면의 이념적 편향에 근거한 민족적 글쓰기가 재일코리안의 실질적 목소리를 총체적으로 담아냈다고 하기에는 한계가 있다는 점이다. 주지하다시피, 재일코리안은 디아스포라diaspora로서의 '경계인' 성격을 띠고 있고, 그렇기에 문학작품 역시 디아스포라문학의 성격을 드러내기 마련이다. 구심력 차원에서 조국·민족·모국어를 멀리할 수 없으며 거주국인 일본에서 일본어·일본문화를 등한시할 수도 없는 특별한 경계선상의 존재다. 운명적으로 '조국의 소리'와 '일본의 소리'를 조율하며 개인의 의지와 무관하게 '경계인'으로서 글로컬리티glocality에 근거한 삶을 살아낼 수밖에 없는 '자이니치在日'다. 김달수는 그러한 '자이니치'의 위치를 강한 자의식과 민족주의로 서사화했다고 할 수 있는데 실제로 작품을 통한 문학적 승화는 한계가 있었다는 것이다.

그리고 개인적 주체와 보편성, 실존적 자아를 의식한 인간군상보다는 역사성과 민족 의식, 정치 이데올로기를 지나치게 의식하게 되면서, 일찍이 표방했던 "일본인들의 인간적 진실에 호소"[52]하고 싶었던 실천적 글쓰기가 다소 반감되었다는 인식이다. 결국 편향적인 정치 이데올로기가 '침략 언어' '구적仇敵의 말'[53]에 의한 작가의 실천적 글쓰기의 상징성을 축소시키는 결과를 초래한 셈이다.

또한 지나친 민족주의적 글쓰기 형태가 문학적 보편성 내지 예술적 감각의 승화에 긍정적으로 작용하지 못했다는 견해다. 김달수의 『태백산맥』을 보면 민족의 이념적 대립과 지식인 그룹의 양분 현상이 두드러진다. 한반도는 해방과 더

---

52   金達寿, 『わがアリランの歌』, 中央公論社, 1977, 177쪽.
53   磯貝治良, 『〈在日〉文學論』, 新幹社, 2004, 119쪽.

불어 민중과 지식인들이 독립운동에 가담했던 그룹과 일제 식민지 정책에 동조했던 그룹으로 양분되면서, 민족적 정체성을 둘러싼 심각한 갈등과 대립 현상이 표면화되고, 재차 친미와 반미의 논리로 재편되는 정치적 혼란상을 반복한다. 며칠 사이로 어제의 역적이 출세길에 오르고 반대로 승자가 고개를 숙이는 정치적 혼란·격동 속에서 일반 민중들은 생업을 접고 방황으로 내몰린다.

『태백산맥』은 반목과 갈등의 정치이념의 구렁텅이에서 민족주의라는 명목에 따라 호의적, 배타적 인물로 갈라진다. 일제강점기 경찰관 출신인 이승원, 대지주 백세필과 대적되는 백성오, 박정출과 같은 자의식 강한 소유자를 내세우고, 친일과 항일, 친미와 반미 형태의 대립적 구도가 대표적이다. 이러한 격정적 구도에서 가족, 민중, 자유, 연애에 얽힌 인간주의에 근거한 목소리, 즉 국가, 이념, 인종, 세대를 초월해 수렴될 수 있는 보편성과 실존적 담론이 자리 잡기란 쉽지 않다. 격정적 구도는 달리 말하면, 환희로 달아올라야 할 해방공간이 경도된 정치사상적 이데올로기로 휩쓸리며, 조선인들의 민족적 한, 실존적 가치·이미지가 부각되지 못하는 데서 오는 일종의 유리流離이자 부조화라고 할 수 있다. 이러한 편향성은 정치 이데올로기적 갈등과 대립의 거대한 소용돌이에 휩쓸린 상태와 함께 수평주의, 평화주의, 통일주의 시선의 부재에서 비롯된 특징이기도 하다.

김달수의 "이데올로기 과잉"과 편향된 정치 이데올로기적 글쓰기는 작가로서의 생명을 단축시키는 결과를 초래했다고 할 수 있다. 그의『고국인』은 공산주의자 천문주가 미 제국주의와 투쟁하는 인물로 등장하는데, 그의 존재는 사상적 대척 지점의 순경 이인종을 이끌어낸다. 이인종은 공산주의를 혐오하다 상부 명령대로 형무소 '빨갱이'를 총살시킨 후 민족적 회의를 거듭하다 결국 공산주의자로 전향하는 인물로 설정된다.『반란군』에서는 주인공 추훈秋薰이 "우리들에게는 38도선 분할이라는 현실에 의해 투쟁이 부여되는 것이다. 희생이다! 우리들은 새로운 우리들의 민족을 위하여 희생됨으로서 마침내 잃어버린 민족적 버진Virgin을 되찾을 수 있다"라고 했다. 이들 사례에서 보듯, 작가는 작품속에서 공산혁명을 통한 조국 통일이라는 의도를 분명히 한다. 『밀항자』에서도 공산주의로 조국을 통일시키고자 투쟁하는 청년들을 등장시키며 편향된 정치 이데올로기 성향을 선명하게 보여준다. 실제로 김달수가 29세 때 "민족주의 청년에서 사회주의자가 될 것을 결심하고 스스로 일본 공산당에 입당했던"[54] 점을 상기하면 그러한 작가의 사회주의 사상에 대한 치열함은 짐작하기 어렵지 않다.

훗날 김달수는 조총련의 교조주의에 염증을 느끼고 조직으로부터 탈퇴하면서 자신의 문학적 성과에 회의를 느끼고, 그러한 작가적 고뇌를 일시적인 허무주의를 거쳐 고대사에 관심을 갖는 것도 사상의 편향성을 넘어서는 글쓰기의 전환으로 볼 여지가 충분하다. 조국의 굴절된 근현대사와 맞물린 작가의 정치 이데올로기적 갈등 양상이 결과적으로 작가로서의 길을 소설가에서 '일본 속의 조선문화'를 파고드는 글쓰기를 재촉하는 외적 요인이 되었다고 할 수 있다.

그럼에도 불구하고 김달수와 그의 문학은 모국어가 아닌 '적국'의 '침략언어'로 작품 활동을 이어가며 강한 민족정신을 보여주었다는 점, 해방 이후에 본격화되는 재일코리안문학의 출발점을 이룬다는 점에서 문학사적 의의는 대단히 크다. 김달수의 문학을 해방 이후 재일코리안문학의 효시[55]라는 평가는 시공을 초월한 문학사적 위치를 상징하기에 충분하다. 게다가 김달수의 정치이념과 사회문화적 측면을 부각시킨 민족적 글쓰기는 재일코리안문학계에 '정신적 지주'로서 문학지형의 아이덴티티를 형성하는 근간을 이룬다. 김달수와 그의 문학은 전후문학으로 표상되는 문학사적 흐름에서 한국·한국문학과 일본·일본문학에서 독창적인 영역을 보여주었다고 할 수 있다. 김달수 문학이 시공간한국·일본을 달리하며 긍정과 부정적 평가를 동반하면서도 재일코리안문학의 출발점에서 차지하는 위치는 대단히 크다. 특히 김달수의 민족적 글쓰기가 한국과 일본, 사회와 문학, 국가와 개인, 과거와 현재, 현실과 이상이라는 상호주의적 관계망을

---

54 최효선, 앞의 책, 48쪽.
55 磯貝治良, 앞의 책, 115쪽.

형성하고 새로운 서사담론을 이끌어내는 위치에 있었음을 간과해선 안된다. 그의 문학에서 표상되는 긍정·부정적 견해들, 즉 '경계인'의 목소리, 문학사적 위치, 작가 의식, 문학적 보편성 등이 재일코리안문학의 형성과 미래를 추동했기 때문이다.

김석범
『까마귀의 죽음』·『화산도』

1. 재일코리안문학과 김석범

재일코리안문학은 일제강점기의 협력과 비협력적 글쓰기를 비롯해 해방 이후 1세대 작가의 민족적 글쓰기, 중간 세대의 경계 의식과 자기^{민족} 정체성에 대한 성찰, 신세대 작가의 현실주의적 글쓰기, 최근 뉴커머 작가의 공생 논리에 이르기까지 세대를 거듭하면서 다양하게 전개되어 왔다. 문학적 주제도 재일코리안의 민족 의식, 경계인 의식, 세대 간의 갈등, 주류^{중심}와 비주류^{주변}의 대립, 일상의 문제들까지 매우 다채롭다. 특히 최근의 문학적 주제는 기존의 정치역사, 이데올로기에서 벗어나 현실에서 부딪치는 실질적인 문제들, 즉 사업문제, 취직문제, 결혼문제, 귀화문제, 교육문제, 조상의 산소문제, 일본인과의 공생 등으로 한층 다채로워졌다. 재일코리안문학의 주요 테마들은 "자국 아닌 이국에서 정착하며 살아남기까지 치렀고 감내해야 했던 각고의 역사적 체험, 위치성, 타자와의 타협과 비타협, 조화와 부조화의 관계를 문학적으로 성찰"[1]한다는 점에서 디아스포라 특유의 문학적 성취를 보여준다. 이방인으로서의 삶, 타자와의 투쟁, 핍박의 역사로 상징되는 '한'의 정서와 자기^{민족} 정체성의 문제는 자연스럽게 문학적 주제 의식을 낳는 원천을 이룬다.

디아스포라의 관점에서 보면, 구소련권의 고려인문학, 중국의 조선족문학, 미주대륙의 한인문학 등과 함께 재일코리안문학의 주제 의식은 조국의 굴절된 역

---

1   김환기,『재일디아스포라문학』, 새미, 2006, 16쪽.

사적 지점을 포함해 광범위한 주제 의식을 담아내고 있다. 예컨대 일제강점기 장혁주, 김사량 등의 문학에서 확인할 수 있는 협력과 비협력적 글쓰기, 해방 이후 김달수, 김시종, 김석범, 정승박 등의 민족적 글쓰기는, 그러한 역사성과 민족의식을 대변하면서 초창기 재일코리안문학의 성격을 규정하기에 부족하지 않다. 코리안 디아스포라의 간고했던 정치역사, 이데올로기로 상징되는 지점을 천착한다는 점에서 문학사적 의의도 크다.

김석범의 문학은 재일디아스포라문학에서도 중심에 위치한다. 김석범의 문학은 초창기 재일코리안문학사에서 차지하는 비중도 크지만, 4·3으로 표상되는 민족주의적 시좌를 통한 독창적 글쓰기가 다른 작가들과 확연히 대별되기 때문이다. 김석범은 자신의 문학을 '디아스포라문학'이라고 거리낌 없이 역설하면서 디아스포라문학이야말로 세계성과 보편성을 지닌다고 주장한다. 이 발언은 고향 상실자의 좌표 위에서 제주4·3을 "자아 형성의 핵"으로 보고 "문학의 원천"으로 삼을 만큼, 디아스포라의 불우성과 역동성을 그 누구보다도 간고하게 체득한 그였기에 가능했다. 그의 발언은 경계인으로서의 열린 시좌를 바탕으로 제주 4·3을 서사화 하며 치열한 민족적 글쓰기를 통해 세계문학으로 이끈다는 작가적 자신감의 표현이기도 하다.

분명한 것은 김석범 문학의 주된 소재가 제주4·3이고, 그 문학적 시공간인 제주도를 단순한 지역적 장소성으로만 받아들일 수 없다는 점이다. 김석범 문학에서 제주도는 작가의 주체적인 자의식을 투영한 사상과 철학으로 존재하는 장소이고, 그곳은 자아형성의 산실임과 동시에 고향 상실자의 심상공간이다. 또한 제주도는 디아스포라로서의 문학적 원천을 제공받은 특별한 시공간으로서 김석범의 문학에 로컬리티와 세계성을 동시에 담보해주는 정신적 고향이다. 김석범의 초기작『까마귀의 죽음』과 대표작『화산도』는 그러한 제주4·3으로 표상되는 해방정국의 혼란상을 다각도로 펼쳐 보였던 작품의 시공간으로서 작가적 상상력과 문학성을 검증받는 특별한 무대였다.

2. 김석범 문학의 출발 제주도와 4·3

김석범 문학의 출발점을 거론할 때, 고향祖國 제주도와 4·3, 그리고 디아스포라의 민족주의적 시좌는 간과할 수 없는 지점이다. 그의 문학에서 제주도라는 공간과 그곳에서 일어난 4·3은 굴절된 근현대사의 정치역사, 사회문화, 이데올로기를 함의한 특별한 의미로 읽힌다. 먼저 김석범 문학에서 제주도가 지닌 상징성과 고향祖國 인식, 디아스포라의 민족주의적 시좌의 근간을 알아보려면 해방을 전후한 작가의 행보를 짚어볼 필요가 있다. 김석범이 일본에서 태어나 성장하면서 처음으로 한국을 찾은 것은 1939년 14세 때다. 김석범은 그 무렵부터 반일사상과 '조선독립'을 생각하는 작은 민족주의자로 성장한다. 그는 1943년 가을 제주도의 숙모네 집과 관음사에서 한글을 익히고 김상희와 조선독립에 대해 의견을 교환한다. 1944년 중국으로 탈출을 결심하고 1945년 제주도에서 징병검사를 받은 뒤, 서울 선학원에 머물며 이석구 선생과의 만남, 장용석과의 조선독립에 관한 대화를 나누었던 일화들은 작가의 민족주의적 시좌를 말해주는 동선에 해당한다. 김석범이 선학원에 있을 때, 이석구는 중국으로의 탈출과 일본으로의 재입국을 반대하면서 "금강산의 절로 들어가 잠시 시기를 기다려라, 거기에는 너와 같은 생각을 지닌 청년들이 은신하고 있다, 시기가 오면 연락을 할 테니까 그때 하산을 하라"[2]고 하지만, 김석범은 당시 금강산 은거의 의미를 잘 이해하지 못한 채 7월경 오사카로 돌아온다.

일본으로 돌아온 김석범의 심경은 조국 해방과 함께 급격히 허무적으로 변해 간다. 해방 직후 새로운 조국 건설에 참가하고자 일본생활을 청산하기로 하고 서울로 왔지만 뜻대로 되지 않았기 때문이다. 당시 선학원이 독립운동의 아지트이며, 이 선생이 건국동맹 간부로서 지하운동을 하는 독립투사라는 사실도 그 무렵

---

2   金石範, 「詳細年譜」, 『金石範作品集』 II, 平凡社, 2005, 605쪽.

김석범, 『예술과 이데올로기』, 교토대 졸업논문
(한국문학번역원 소장)

에 알게 된다. 또한 1946년 정인보 선생이 설립한 국학전문학교 국문과에 장용석과 함께 입학하고, 1개월 예정으로 일본으로 밀항한 이후 42년간 조국을 찾지 못한다. 장용석 총살당한 것으로 추정 으로부터 귀국을 재촉하는 편지를 여러 통 받았지만 결국 돌아가지 못한다. 김석범은 일본에서 조선고교 교원, 간사이 関西 대학 경제과 졸업, 교토 京都 대학 미학과를 거쳐 재일조선인 학생동맹 간사이 본부에서 근무하게 된다. 그후 1948년 제주도에서는 4·3이 일어났고 가을부터는 제주도민들이 학살을 피해 일본으로 밀항하게 된다. 당시 밀항한 친척들로부터 제주도민 학살의 실상을 전해 들은 김석범은 큰 충격에 빠진다. 정신적인 고향인 제주도에서 해방된 지 얼마되지 않아 도민들이 무참한 학살을 당했다고 하는 현실에 절망한다.

이렇게 김석범은 해방을 전후해 조국과 밀접한 관계를 유지하게 되는데 여기에서 그의 문학적 원점으로서 두 가지 사실을 주목하게 된다. 하나는 김석범이 일본과 조국을 왕래하면서 제주도를 확고한 고향祖國으로 인식한다는 점이고, 다른 하나는 해방 조국의 혼란한 정치적 상황과 제주4·3이 작가에게 강력한 민족주의적 시야를 구비한 인식의 좌표를 구축하게 했다는 점이다. 이 두개의 원점은 김석범 문학을 이해하는데 중요할 수밖에 없는데, 특히 고향 제주도4·3에 대한 재발견은 작가의 치열한 문학적 실천을 낳았다고 할 수 있다.

일본에서 태어나 성장한 내가 최초로 조선 최남단의 화산도인 제주도로 간 것은 14세 때로서, 태평양전쟁이 시작되기 전해였다. 조선을 본 적도 없는 내 앞에 그 험준하고도 아름다운 한라산과 풍요로운 감 푸른紺碧 바다가 펼쳐지는 웅장한 자연의 자태와

박눌한 인간의 모습으로 나타난 제주도는 나를 완전히 압도해 버렸다. 그것은 지금까지의 '황국' 소년이었던 나의 내부세계를 부셔버리고 나를 근원적으로 바꿔버리는 계기가 될 정도의 힘을 가진 것이었다 하겠다. 반년 정도 체류하고 일본으로 돌아온 나는 어느새 작은 민족주의자로서 눈떠가며 몇 차례 더 조선을 왕래하게 되지만, 그러한 나에게 '조선인'의 자아 형성의 핵을 이루는 것으로서 '제주도'는 존재했다. 제주도는 그러한 의미에서 진정 나의 고향이며 조선 그 자체였다. 그리고 제주도는 그때부터 지리적 공간으로서의 그 실체를 초월하기 시작해 나에게 있어서의 이상적인 존재가 되어간다. 나의 '고향'은 이렇게 만들어졌다. 내가 그 고향을 한층 더 생각하게 되는 것은 전후 그 섬을 습격한 참극 때문이다. 섬 전체가 학살된 인간의 시체를 쪼아먹는 까마귀 떼가 날뛰는 곳이 되어버렸다는 이유 때문이었다.[3]

고향 땅에서 발생한 학살과 투쟁의 사실은 나의 자기 확인을 제주도에서, 그것도 4·3사건 그 자체와 관계하는 것으로 이루어져야 한다고 결정했다.[4]

김석범에게 제주도는 확실히 '고향'으로서의 장소성을 갖는다. 고향이란 공간은 그곳에 살 때는 현실세계로서의 일상이지만 그곳을 떠나면 강력한 원풍경을 만들어 내며 심상공간의 중심으로 재구축되는 장소성을 갖는다. 떠난 자에게 고향은 "지난 세월의 시간성 위에 존재하는 심상공간"이자 "그립게 아쉬워하는 기억의 표상"[5]으로 존재하면서 동시에 그곳에 내재된 절대적 우위와 존재성을 증명하는 공간이다. 고향 상실자로서의 김석범은 현해탄 너머의 고향조국을 가슴속에 담아야 했고, 그래서 제주도는 지리적 공간으로서의 실체를 초월해 이상적인 인격적 존재로 자리할 수밖에 없었다. 이같은 공간성이야말로 김석범 문학에

3   金石範, 『ことばの呪縛』, 筑摩書房, 1972, 248쪽.
4   金石範, 「済州島と私」, 『新編「在日」の思想』, 講談社, 2001, 220~221쪽.
5   김태준, 「근대의 심상공간으로서 고향」, 『근대의 문화지리 '고향'의 창조와 재발견』, 동국대한국문학연구소, 2006, 5쪽.

서 제주도가 단순한 제주도일 수 없는 이유이고 작가에게 재일로서 존재할 수 있는 실존적 근거가 되는 셈이다.

　제주도라는 공간의 존재성과 장소성의 심미화는 김석범 문학이 대부분 제주도를 시공간적 배경으로 삼는다는 점에서도 잘 확인된다. 김석범은 1957년 8월 『간수 박서방』, 12월 『까마귀의 죽음』을 발표하면서 본격적인 작품 활동을 시작하게 된다. 이후 『왕생이문』, 『허몽담』 등 수많은 작품[6]을 발표한다. 주목할 사실은 『까마귀의 죽음』을 비롯해 『만덕유령기담』, 『관덕정』, 『간수 박서방』, 『남겨진 기억』, 『속박의 세월』, 『빛의 동굴』, 『바다 속에서, 땅 속에서』, 『만월』, 『화산도』 등 대부분의 작품이 제주도를 배경으로 삼고 4·3사건을 형상화한다는 것이다. 그리고 제주도와 4·3사건을 육지와 바다, 본토와 섬으로 변주되는 역사적, 정치적, 이념적 굴레를 객관적인 시좌로 얽어낸다는 사실이다. 김석범과 그의 문학은 제주도를 단순한 시공간이 아닌 "자아형성의 핵"을 구축하는 공간이자 "문학적 원천"으로 삼고 있음을 확인할 수 있다.

　김석범 문학의 제주도와 4·3사건에 대한 서사화는 다른 재일코리안 작가들의 단편적인 접근과 차별화되는 공간적 의미로서도 특별하다. 예컨대 재일코리안 작가 종추월은 『이카이노, 여자, 사랑, 노래』, 『이카이노 타령』, 『사랑해』, 『종추월 시집』 등을 통해 양복봉제, 포장마차, 구두 수리공 등을 통해 체득한 경험을 '재일성'으로 얽어냈고, 원수일은 『이카이노 이야기』에서 이카이노에 정착해 살아가는 제주도 여인들의 힘겨운 삶의 현장을 감칠맛 나게 보여주었다. 또한 김창생은 「세 자매」에서 제주도가 고향인 어머니의 희생적인 삶을 보고 어머니처럼은 살지 않겠다며 결혼생활을 청산하는 여성을 그렸다. 이양지는 『해녀』에

6　김석범의 주요 소설로서는 『간수 박서방』을 비롯해 『까마귀의 죽음』, 『만덕유령기담』, 『장화』, 『밤』, 『사기꾼』, 『1945년 여름』, 『남겨진 기억』, 『왕생이문』, 『제사 없는 제의(司祭없는 祭典)』, 『유명의 초상』, 『가위 눌린 세월』, 『바다 속에서 땅 속에서』, 『만월』, 『허몽담』, 『도상』, 『유방 없는 여자』, 『작렬하는 어둠』, 『출발』, 『방황』, 『고향』, 『화산도』 등이 있다.

서 전세대의 황량한 삶을 통해 제주도를, 현월은 『그늘의 집』에서 '서방'의 아버지 삶에서 제주도를 그렸다. 김태생은 「고향의 풍경」에서 노란 유채꽃과 녹색 보리밭 사잇길을 흰수건을 두른 채 대나무 소쿠리를 안고 가는 여인을 제주의 풍경으로 묘사했다.

　김시종 역시 제주도 출신으로서 오사카를 무대로 제국과 국가 이데올로기에 튕겨나간 소수민족의 울분과 약자의 목소리를 시로 읊었다. 특히 제주4・3 당시 실제로 남노당의 '세포'로 활동하기도 했던 김시종은 첫 시집 『지평선』[1955]과 『장편시집 니이가타』[1970], 『광주시편』[1983] 등을 통해 제국과 국가, 전쟁과 이데올로기, 타자화된 비인간성을 소수자의 입장에서 곡진하게 얽어낸다. 그동안 김시종은 자신의 작품에서 제주4・3을 직접 언급한 적이 없었지만 최근 '제주4・3'을 전면에 내세운 시를 발표하였다. 여기에 특별히 시인이 직접 '제주4・3'을 기억하며 읊은 시 한 수를 소개한다.

　기억에는 기억을 멀어지게 만드는
　기억이 있다.
　긴 세월 동안 뒤섞이고 쌓여서
　그 순간순간이 또 다른 장면으로
　변하기도 해서,
　잠들 수 없는 밤의 모처럼의 잠을
　방해하고 만다.
　돌이켜 보면 또다시 똑같은
　쫓기며 숨은 부들부들 떠는 꿈이다.

　나한테는 기도할 수밖에 없는 마음의 짐이
　씻을 수 없는 죄가 되어

웅크리고 있다.
혼자서 아버지를 묻은 어머니의
깊은 슬픔의 어둠 속에
합장을 한다.
줄지어 선 나를 숨겼기 때문에 당한
숙부의 억울한 죽음의 신음을 견디고
묵념을 한다.
동시에 나를 이끌어 입당까지 시킨 그가
찌부러진 얼굴로 숨이 끊어진 무참한 모습에
눈을 감고, 입술을 깨문다.

공양은 아니다.
기억에 시달리는 나를 위한
합장이다.
그래도 잠들지 못하는 밤은 있고
거듭 뇌리에 스쳐오는 것은
무언가의 그늘에서 떨고 있는
소년의 얼굴을 한 나 자신이다.
세월이 지나가면서 아득해지는 게 아니라
기억을 멀리하는 기억에 현기증이 나
기억 속에 4·3이 하나 하나
분해된 것이다.

여자가 웃고 있다.
요기에 홀린 귀신 같은 표정으로

눈가를 치켜 뜨고 웃고 있다.

참혹한 살육의 4·3 속

장비도 장엄한 토벌대 군경에게

양손을 크게 벌리고

껄껄 키득키득 웃기 시작한다.

부풀은 젖가슴도 하얗게 보이는

흘러내린 치마에 맨발의 여자.

마을 전체가 불타버려 젖먹이까지도 총격을 당한

교래리의 학살에서 혼자 남겨진

세 아이의 어머니가 그녀다.

백부의 제삿날 성내로 나왔기에

구제된 목숨.

살아남아 정신이 나간

메마른 목숨.

어떠한 기억도 그녀 앞에서는

웃음의 잔향으로 흩어진다.

미쳐 웃을 수밖에 없는 비탄함이 웃고 있다.

혼자 살아남은 나를 웃는 거다.

어무리 깨어 있고

귀를 파도

꿈은 전혀 나이를 먹지 않는다.⁷

이렇게 「웃다」에서 김시종은 해방정국을 뒤덮은 제주4·3을 직접 체험하고 결국 일본으로 밀항할 수밖에 없었던 그 간고했던 "멀어지게 만드는 기억"을 생

笑う。

記憶には記憶を遠ざけてしまう
　　記憶がある。
長年月に混ざり合って重なって
その端しばしがまた別の場面に
　　成り変わっていたりして
寝つけぬ夜のせっかくの眠りを
　　乱してしまう。
思い返せば　またもや同じ
追われて潜んだ　おののきの夢だ。

私には祈るしかない心の責め苦が
抜いようのない罪とがとなって
　　うずくまっている。
父をひとりで葬った母の
底知れない悲しみの暗さに
　　掌が合わさる。
つらなって私をかくまったがため被った
伯父の非業の死の呻きを耐えて

黙念する。
同時に私を導いて入党までさせた彼が
ひしゃがった顔で悶絶えていた無惨さに
　　目を閉じ　唇を噛む。

供養ではない。
記憶に苛まれる己れのための
　　合掌である。
それでも軽つかれぬ夜はあって
またまた脳裡をかすめてくるのは
なにかの物陰で怯えている
　　少年の顔の自分である。
年につれて古びていったのではなく
記憶を遠ざける記憶にめくるめいて
記憶のなかのふ・ろがひとつひとつ
　　ばらきれていったのだ。

姉が笑っている。
妖気に魅入られた鬼気さながら
目元をつり上げ笑っている。

惨悽な殺戮の4・3のさ中
装備もものものしい討伐隊の軍警に
大仰に両腕をひろげ
ゲラゲラケックと笑いだすのだ。
乳房のふくらみも白く見えている
ずり落ちたチマのはだしの姉。
村ごと焼き払われ乳呑み児まで銃撃された
橋来里の虐殺からひとり取り残されてしまう
　　三児の母の彼女である。

伯父の法事で城内に来ていて
　　助かった命。
生き残って気が狂れてしまった
　乾いた命。
いかな記憶も彼女のまえでは
笑いの残響に四散する。
狂って笑うしかない悲嘆が笑うのである。
ひとり生きのびた私を笑うのである。
いくら醒めても
耳をこじってつのらせて

つぎはぎのまま
夢は一向に年を取らない。

註
※「橋来里」── 旧朝天市の中山間地
　　　　　帯にあった。百戸余りの
　　　　　集落。
※「城内」── 旧道庁所在地であった。
　　　　　済州市の中心市街。

※この二篇の詩「虚墓」・「笑う」は、韓国文学翻訳院
が2022年11月末刊行した季刊文芸誌『ディアスポラ』
の巻頭言として、韓国語で発表された作品の日本語原文。
　　　　　　　　　　ある。金時鐘

김시종, 「웃다」 육필원고

생히 소환한다. 특히 60년이 훌쩍 지난 지금, "참혹한 살육의 4·3"과 "찌부러진 얼굴로 숨이 끊어진 무참한 모습"을 오롯이 기억하며, "억울한 죽음의 신음" 앞에 "미쳐 웃을 수밖에 없는 비탄함"으로 소환한다. 공양이 아닌 기억에 시달리는 나를 위한 합장을 한다.

반면 김석범 문학에서 제주도는 지역의 풍토성과 정치성이 절묘한 이화와 동화를 거치면서 광범위하고도 치열하게 재현된다. 제주도가 고향^{故國}인 다른 재일코리안 작가 김시종, 김태생, 김길호, 종추월 등의 문학에서 제주도와 4·3사건이 단락적인 서술과 철학적 사유의 시공간으로서 보여준 서사구조와도 다른 형국이다. 김석범 문학에서 제주도는 향토적 이미지, 민중과 지식인상, 이데올로기와 정치, 경계인의 방황과 고뇌, 민족 의식, 제주도-조국-세계의 관계성을 드러내는 역사적 공간이자 4·3사건이 그의 문학적 원천으로서 사유이자 행동의 시공간임을 증명하고 있다.

김석범 문학의 원점을 거론함에 있어 또 하나 주목해야 할 사실은, 해방 전후에 휘몰아친 냉혹한 정치적 혼란상이 작가로 하여금 강력한 민족주의적 시좌로 이끌었다는 점이다. 김석범은 자신의 이력에서도 8·15해방 조국은 허울 뿐이고, 제국 일본의 조선총독부 기구를 인수한 미군정이 친일파 세력을 용인하며 현실은 한층 가혹했다고 비판했다. 또한 그는 1948년 4·3사건이 터져 "제주도로부터 학살을 피해 밀항이 시작되었으며, 밀항자들은 침묵했지만 친척들로부터 들은 학살의 실상은 실로 충격적이었다"[8]고 회상했다. 동족학살의 충격과 절망은 "반일사상과 조선독립을 열렬히 꿈꾸는 작은 민족주의자"[9]의 정신적 해방과 조국건설에의 희망을 급격히 좌절과 허무로 내모는 요소로 작용하였다.

한편 조국의 해방을 전후한 반일사상, 중국으로의 망명 시도, 징병검사, 독립

---

7   김시종, 「웃다」, 『웹진-너머』 창간호, 한국문학번역원, 2022.
8   金石範, 「詳細年譜」, 위의 책, 606쪽.
9   위의 글, 604쪽.

운동의 아지트인 선학원에서 만난 이 선생과 장용석, 예상되는 장용석의 총살, 미군정에서 친일파 세력의 득세, 조선인 탄압에 대한 항거, 참혹한 제주4·3, 제주도민들의 밀항과 침묵, 일본 공산당 입당과 탈당, '공화국계' 조직에서의 활동 등은 작가 김석범에게 강력한 민족주의적 성향을 부여하는 계기가 된다. 특히 1945년 이후 고향 제주도와 그곳에 휘몰아친 4·3사건은 '황국'소년의 의식을 청산하고 민족주의에 근거한 '조선인'의 "자아 형성의 핵"을 심어주는 원초적 공간으로 전혀 부족함이 없었다.

이렇게 볼 때, 김석범과 그의 문학에서 제주도와 4·3사건은 단순한 향토적 의미의 제주도가 아닌 역사적 진실과 철학적 사유를 풀어내야 하는 실천적 공간으로서의 고향이며, 재일로서 작가로서 살아갈 수 있는 존재의 근거를 찾고 민족주의적 시좌를 구축할 수 있는 원풍경으로서의 시공간이었다. 실제로 김석범 스스로 "4·3은 나의 문학의 원천"이라고 했듯이 제주4·3이 그의 민족주의적 글쓰기의 사상적 근간이요 출발지점이었다. 김석범의 대표작 『까마귀의 죽음』은 그러한 제주도에 내재된 역사성과 '문학의 원점'으로서 작가 정신을 상징적으로 보여준 작품이라 할 수 있다.

3. 『까마귀의 죽음』·『화산도』와 제주도4·3

해방을 전후한 김석범의 행보와 '공화국계'에서 활동했던 센다이仙台의 경험에서 알 수 있듯이, 작가는 해방과 함께 자기구제의 방식을 놓고 심각한 고민에 빠진다. 급기야 김석범은 허무주의자로 변해 가게 된다. 해방된 조국의 전면에 등장한 친일파 세력, 독립운동에 가담했던 동지들의 처형, 제주4·3과 제주도민들의 밀항, '공화국계' 지하조직의 참가와 이탈 등을 직간접적으로 경험하며 "작은 민족주의자"의 심경이 너무도 절망적이었기 때문이다. 또한 조국으로의 귀국

을 물리고 일본에 머물던 김석범에게 밀
항자들이 들려준 참담한 '제주4·3'의 실상
은 충격 그 자체였으며, 그것은 당시 김석
범의 내면에 팽배했던 허무주의적 시각을
자극하기에 충분했다. 제주4·3의 충격은
작가의 내면에 자리잡고 있던 '민족주의자'
로서의 위기감을 절감하게 했고 자기 구제
의 방향키를 잡는 계기로 작용한다. 이른바
『까마귀의 죽음』은 그러한 김석범의 내적
위기의식과 자기 구제의 치열한 투쟁 과정
을 보여준 작품이다.

김석범, 『까마귀의 죽음』, 고단샤, 1971

　『까마귀의 죽음』은 미군정청 통역원으로 근무하는 정기준과 빨치산 장용석
을 중심으로 한 혁명정신, 정기준과 용석의 여동생 양순의 순수한 사랑, 자산가
의 아들로서 대학을 그만두고 방탕한 생활을 이어가고 있는 이상근, 권력의 밑
바닥에서 목숨을 연명하는 부스럼 영감 등의 독특한 행보가 이야기의 중심이다.
정기준은 일제강점기에 일본 유학을 경험한 자로서 해방 이후 고향 제주도에서
미군정청 소속 통역원으로 근무한다. 그는 고향 친구인 빨치산 장용석에게 권력
층의 정보를 빼돌리는 스파이이기도 하다. 정기준은 장용석의 여동생 양순과는
연인 사이지만 양순과 그녀의 부모가 처형당하는 모습을 지켜보면서도 아무런
조치를 취하지 못하는 무기력한 자신을 책망한다. 그는 경찰서의 긴급회의에서
"이승만 대통령과 신승모 국방장관이 제주도에 온다"는 귀중한 정보를 듣고 현
관문을 나서 돌계단에 섰을 때, 경찰서 앞마당에 널부러져 있는 죽은 소녀의 시
체를 노리는 까마귀 한 마리를 발견한다. 정기준은 소녀를 노리는 까마귀를 향
해 권총을 발사했고 죽은 소녀의 가슴에도 권총 3발을 발사한다.

수십 정의 카빈총이 눈을 흩날리며 요란하게 불을 뿜기 직전이었다. 사형대에서 "아이고 이놈의 자식아! 우리 불쌍한 용석아!"하고 자식을 부르는 노부부의 처참한 목소리를 기준은 띄엄띄엄 들었다. 그 순간 기준은 누군가에게 감사했다. 그리고 양순도 불렀을 그 용석의 이름 그늘에 담겨있는 자신에 대한 끊임없는 저주의 목소리를 들었다. 그것으로 좋다고 그는 생각했다. 기준은 처형의 마지막까지 지켜보았다. 무수한 시체의 산더미가 트럭에 실려 가까운 밭에 버려졌다. (…중략…) 내일도 이런 처형은 계속된다. 절름발이가 된 정신의 무거운 발을 질질 끌며 나는 더 높은 곳으로 자꾸만 올라가지 않으면 안된다. 기준은 차마 견디기가 어려웠다. 이런 일도 있는 법이야, 할 수 없지, 하며 그는 중얼거렸다. 인간의 행위를 가능하게 하기 위해서는 우리가 체념하지 않으면 안 되는 것도 있는 법이다.[10]

기준의 손은 무의식적으로 안주머니의 권총에 닿아 있었다. 그 손동작을 보고 까마귀는 화가 나서 어깨를 흔들었다. 까마귀가 하품이라도 하듯 날개를 천천히 펼친 순간, 요란한 총성이 울렸다. 화약냄새가 코를 찌르고 까마귀가 떨어졌다. 까마귀는 소녀 위에서 검은 날개를 뒤틀듯 커다랗게 펼쳤다가 오그라뜨리며 파닥파닥 발버둥을 쳤다. 그리고는 소녀 위에서 미끄러져 옆의 물웅덩이로 굴러 떨어졌다. (…중략…) 갑자기 귀를 먹먹하게 하는 불꽃이 번쩍였다. 기준은 한걸음 앞으로 내디디며 귀여운 소녀의 젖가슴에 조용히 세발의 계속해서 쏘았다. 기준은 부장에게 겨누어진 탄환이 왜 소녀 위에서 불을 뿜었는지 알 수가 없었다. 다행이다! 본능적으로 그렇게 느꼈을 뿐이었다. 자기 가슴에 쏘아진 듯한 그 불행한 탄환은 소녀의 젖가슴을 깊이 뚫고 들어가 피를 내뿜었다. 방심한 그는 권총을 늘어뜨린 채 걸어갔다. 빗줄기는 그의 이마에 늘어진 머리카락을 더욱 세차게 사정없이 씻어냈다. 모든 것이 끝나고 모든 것이 시작되었다.[11]

10 김석범, 김석희 역, 『까마귀의 죽음』, 소나무, 1988, 119쪽.
11 위의 책, 135쪽.

앞의 인용은 고향 친구인 빨치산 장용석의 혁명정신을 이어가는 애인 양순과 그녀의 양친의 처형 장면을 지켜보는 장면이고, 뒤의 인용은 죽은 소녀의 시체를 노리는 까마귀와 소녀의 가슴에 권총을 발사하는 장면이다. 위의 두 인용에서 정기준의 입장은 확실한 혁명정신을 보여주지도 않지만 충직한 미군정청 통역원으로서의 위치를 오롯이 대변하지도 않는다. 애초부터 미군정청 통역원이면서 남로당 비밀당원으로 등장했기에 어느 한쪽으로 충직한 행보를 기대하긴 어려웠다.

정기준의 이중적인 행보에는 특별한 의미가 담긴다. 정기준은 빨치산과 경찰관 양측 모두의 비양심적, 반민족적, 반역사적, 반통일적인 행위를 비판하고 동시에 민족적, 역사적, 통일적인 관점에서 무엇을 할 수 있을까를 자문하며, 작가는 민족주의자로서 답을 찾고 있다. 좌우와 남북 간의 극한적 이데올로기의 대립 속에서 '내적 위기'를 정확히 짚어내고 허무주의적 실체를 낱낱이 파헤침으로서, 새로운 주체적 자의식과 민족주의적 관점을 마련하는 것이다. '제주4·3'의 반민족적, 반통일적 행위에 대한 철저한 반성과 새로운 '투쟁의 의지' 표명이라는 점에서 "모든 것이 끝나고 모든 것이 시작"되는 것이다. 정기준의 이중적 행보에서는 '제주4·3'을 바라보는 경계인의 중립적인 위치도 읽을 수 있다. 이 시좌는 해방 직후 재일코리안으로서 살아갈 수밖에 없는 작가의 객관적인 관점으로서, 1950년대 일본공산당과 '공화국계' 지하조직 활동을 통해 새롭게 구축한 조국관이자 통일관이기도 하다. 좌우와 남북한의 복잡한 정치상황이 만들어낸 반민족적, 반통일적 전선에 "재일조선인의 창조적 위치"가 통일조국 건설에 긍정적인 역할을 할 수 있을 것이라는 견해다.

또한 '제주4·3' 당시 무고한 양민학살로 해석 가능한 빨치산 장용석의 부모 처형은 제주도민들의 살아남기 위한 처절한 몸부림을 짓밟는 야만적 행위이다. 부스럼 영감의 웃음소리와 외침은 죽은 민중의 영혼의 흐느낌이자 절규다. 부스럼 영감의 절규는 확실히 민중의 절망적인 목소리로서 제주4·3의 반민족적, 반역사적, 반통일적 행위에 대한 고발이자 처절한 밑바닥 삶을 비틀어 보여준다는 점에서 역설이다. 철저한 리얼리즘에서 배태되는 허무주의적 감정을 최대한 들춰내고 비틀어 보여줌으로써, 광란의 양민학살 현장에서 누가 옳고 무엇이 정상적인지를 되물으며 독자들의 마음을 끌어들인다.

이처럼 김석범은 『까마귀의 죽음』에서 '제주4・3'을 문학적으로 재현하며 작가의 내면 위기로 집약되는 허무주의를 타파하고 작가로서 새롭게 출발한다. 특히 통일조국 건설에 직접적으로 참가할 수 없는 재일코리안의 입장에서 고향조국 제주도에서 자행된 반민족적, 반역사적, 반통일적인 양민학살의 현장을 오롯이 되새기고 짚어봄으로써, 간접적으로나마 통일조국 건설에 동참하겠다는 의지를 담아낸다. 그것은 『까마귀의 죽음』의 서사구조와 사상적 흐름이 이후 김석범 문학의 화두이자 지속적인 과제임을 피력한 것이기도 했다. 실제로 김석범의 장편서사 『화산도』는 『까마귀의 죽음』을 근간으로 삼고 있으며 두 작품의 등장인물을 들여다보면 인물 조형의 측면에서 겹쳐지는 부분이 적지 않다.

김석범 문학의 화두인 제주4・3은 『까마귀의 죽음』 이후, 『만덕유령기담』, 『1945년 여름』, 『왕생이문』 등을 통해 더욱 구체화되고 마침내 장편서사 『화산도』를 통해 집대성된다. 『화산도』는 1976년 『문학계』에 연재되기 시작해 1997년 마지막 7권이 완성되기까지 무려 20년 동안 집필된다. 400자 원고지 12,000매 정도의 대하 역사 드라마다. 『화산도』의 시공간적 배경은 1948년 2월부터 1949년 6월까지 제주도와 한반도를 둘러싼 육로와 해로를 아우른다. 내용적으로는 미군정과 인민위원회, 3・1기념대회, 연대장 김익렬과 김달삼의 협상, 오라리 연민촌 방화사건과 5・3기습사건, 제9연대장 김익렬의 경질, 제11연대장 박진경 암살사건, 구체화된 토벌작전, 여수・순천 반란사건, 무장대의 반격, 제주도의 계엄령 선포, 초토화 작전 등이 중심이다.

김석범의 『화산도』는 '제주4・3'을 계기로 등장인물 간의 고리 역할을 맡으며 서사구조의 중심에 위치하는 이방근을 비롯해, 그의 가족이태수, 선옥, 이용근, 이유원, 친구들양준오, 유달현, 한대용, 송내운, 문난설 등, 남로당 당원과 중학교 교원을 거쳐 게릴라가 된 남승지와 그의 가족어머니, 남말순, 남승일 등, 지인들손 서방, 이성운, 김성달, 천동무, 임동무, 장동무 등, 친구들우상배, 김동진, 김문원, 윤상길 등, 미군청청 인물과 군인과 경찰, 서북청년단, 목탁 영감과 목포 보살, 용백 등 수많은 인물들이 등장한다. 등장인물 대부분은 반정부측 입장을 직·간접적으로 대변하거나 이끌어가는 인물들이다. 작품에서 주목할 대목은 역사적 사실을 토대로 토벌대와 무장대 간의 첨예한 갈등과 대립에서 빚어지는 반민중적, 반통일적 행태가 거침없이 피력되고 있다는 작중 현실이다.

『화산도』는 제주도와 4·3에 얽힌 역사적 사실을 배경으로 민족과 반민족, 역사와 반역사, 통일과 반통일로 반목했던 지점의 사고와 행동을 리얼리즘에 입각해 고발하고, 기억 저편으로 묻혀가는 역사적 진실을 소환한다. 해방정국의 좌우와 남북한으로 갈라진 정치 이데올로기적 혼란상을 민중과 반민중, 통일과 반통일의 움직임 형태로 얽어낸다. 좌우와 남북한으로 갈라진 정치 이데올로기가 한라산을 중심으로 결집되고 흩어지는 과정을 통해 진정한 민족 의식과 통일정신의 재구축^{發見}을 모색한다. 김석범은 일찍이 『화산도』로 집대성한 자신의 문학에 대해 "이 작품은 역사의 부재^{不在} 위에서 탄생"한 것이라 언급하고, '제주4·3'에 대한 문학적 복원은 "기억의 살육과 기억의 자살을 동시에 받아들여 거의 죽음에 가깝게 침몰한 망각으로부터의 소생"[12]이라고 표현했다. 또한 그는 『화산도』의 집대성을 '기억의 승리'이자 "살아남은 자들이 감행한 망각으로부터의 탈출"이며, 이 탈출은 "어둠 속에서 벗어나 증언을 통해 '기억의 빙하'에 갇혀 있던 죽은 자들의 목소리를 되살려 낸 것으로 규정하면서 '역사와 인간의 재생', '인간해방'이라 천명"[13]했다.

이렇게 볼 때, 김석범의 대표작 『까마귀의 죽음』에서 『화산도』에 이르는 일련의 서사화 행보는 '제주4·3'을 그 자체가 역사이고 기억의 해방이라는 문화 실

12 　金石範, 「よみがえる〈死者たちの声〉」, 『毎日新聞』, 1998.3.31.
13 　위의 글.

천이며, 침묵해온 해방정국의 문학사적 복원이고 해방이다. 한국의 근현대문학사에서 거의 다루지 못했던 '제주4·3'을 재일코리안^{경계인}의 위치에서 재현해냈다는 점, 묻혀서 망각될 수밖에 없었던 비극적 역사의 실체를 객관적인 시좌로 부조해 정명^{正名}하고자 한다는 점, 한국의 근현대문학사에 미처 채우지 못했던 문학사적 공백을 채워주고 있다는 점에서 특별하다. 『화산도』의 가치는 코리안 디아스포라문학의 문학사적 의미와 확장성을 보여주는 실제 사례일 뿐만 아니라 경계 의식과 혼종성을 통한 세계문학으로서의 면모를 확인시켜 준다는 점에서도 주목할 수밖에 없다.

4. 계속되는 디아스포라문학

김석범은 자신의 문학을 "디아스포라문학"이라 정의하면서 "준 통일 국적의 필요성", "재일조선인의 창조적 위치", "남북의 통일체가 조국", "망명문학" 등과 연계해 언급한 적이 있다. 디아스포라의 입장에서 창작활동을 통해 남북한 양쪽을 아우르는 형태의 통일조국을 전제로 한 역사성과 민족 의식을 강조한 것이다. 이러한 작가적 의식은 '한민족작가연합'의 미래지향적 문학관, 즉 "세계사적인 보편성에 입각한 문학예술 창작"이라는 정신적 기조와도 상통한다. 넓게 보면 코리안 디아스포라의 공통적인 관심사를 반영하는 지극히 객관적이고 설득력 있는 견해다. 코리안 디아스포라의 경계 의식과 혼종성에 함의된 보편성과 세계성을 폭넓게 인정하고 그들 디아스포라문학이 세계문학으로 자리매김 되어야함을 피력한 것이기도 하다. 일찍부터 김석범은 자신의 문학을 디아스포라문학이자 망명문학으로 규정했다.

나는 4·3사건 당시 일본으로 밀항^{지금으로 말하면 난민, 망명일 것이다}해 온 것이 아니다. 피식민지인으로서 조국 상실자, 일본으로 간 유민의 자손이다. 그러나 『까마귀의 죽음』에서 『화산도』에 이르기까지의 나의 작품은 '재일在日'이 아닌 '재한在韓'이었다면 쓸 수 없었던 '망명문학'으로서 성립된 것이다. 나는 내 작품을 망명문학이라고 부른 적도 없고 그렇게 불리는 걸 좋아하지 않지만, 작품의 현실은 망명문학에 다름 아니다.[14]

자신의 문학을 디아스포라문학, 망명문학으로 보는 김석범의 견해는 국적을 둘러싼 "남북의 통일체가 조국"이라는 시각과도 상통한다. 동시에 작가로서 디아스포라의 입장은 "재일조선인의 창조적 위치"를 강조하는 의미로 해석할 수 있다. 북한과 일본의 국교정상화가 이루어질 경우, 일본 국적은 물론 남북한 어느 쪽의 국적도 취득하지 않겠다며 '조선'적을 그대로 유지하겠다는 김석범의 주장은, 그러한 "재일조선인의 창조적 위치"에서 통일조국에 대한 역할에 대한 의지 표명이다.

'재일조선인문학은, 적어도 김석범 문학은 일본문학이 아니라 일본어문학, 디아스포라문학'이라는 주장을 오래전부터 해왔고, 이를테면 김석범 문학은 일본문학계에서 이단의 문학이다. 그것은 한마디로 일본어로 쓰여졌다 해서 일본문학이 아니다. 문학은 언어만으로써 형성, 그 '국적'이 규정되는 것이 아니라는 점을 일관되게 주장해 왔다.
나는 『화산도』를 존재 그 자체로서 어딘가의 고장, 디아스포라로서 자리잡으면 좋겠다고 생각한다. 『화산도』를 포함한 김석범 문학은 망명문학의 성격을 띠는 것이며, 내가 조국의 '남'이나 '북'의 어느 한쪽 땅에서 살았으면 도저히 쓸 수 없었던 작품들이다. 원한의 땅, 조국 상실, 망국의 유랑민, 디아스포라의 존재, 그 삶의 터인 일본이 아니었으면 『화산도』도 탄생하지 못했을 작품이다. 가혹한 역사의 아이러니!![15]

---

14   金石範, 「かくも難しき韓國行」, 『虛日』, 講談社, 2002, 7쪽.
15   김석범, 김환기·김학동 역, 「한국어판 화산도 출간에 즈음하여」, 『화산도』 1, 보고사, 2015, 3쪽.

김석범, 『화산도』, 보고사, 2015

이러한 김석범의 견해는 '조국 상실자' '유민' 의식을 통해 디아스포라문학의 "세계사적인 보편성"을 강조하고, 경계인의 입장에서 통일 조국 건설에 창조적인 역할론을 주장하고 있는 셈이다. 세계문학사의 관점에서 디아스포라의 입장인 김석범의 문학을 짚어보면, 역시 작가의 문학적 화두와 글쓰기의 양상은 정치, 역사, 이데올로기적으로 어느 한쪽만을 지향하는 형태로 진행되지는 않는다. 경계인의 조건에서 확보된 중립적이고 객관적인 관점은 좌우와 남북 간의 정치 이데올로기 현장을 직시하고, 동족 간의 반민족적 반통일적 행위를 짚는다. 디아스포라 입장에 놓인 민족주의자로서 작가 김석범은 통일조국을 지향하는 관점과 준비를 촉구한다. 김석범이 자신의 문학을 "디아스포라문학", "망명문학"으로 규정할 수 있는 것은 역으로 디아스포라문학이고 망명문학이기에 가능한 "창조적 위치"를 확신하기 때문일 것이다.

예컨대 『까마귀의 죽음』에서 정기준이 한층 공고하게 투쟁의식을 내세울 수 있고, 『화산도』의 이방근이 좌우와 남북 간의 극심한 이데올로기적 혼돈 속에서 행동반경을 넓혀갈 수 있었던 정신적 힘, 그것은 역시 재일코리안으로서의 객관적인 시각과 창조적인 위치를 확신했기에 가능한 미적 특성이다.

최근 김석범은 『화산도』의 속편 『땅 밑의 태양』을 발표했다. 이 소설은 『화산도』의 연장선에서 이방근의 민족정신과 투쟁의식을 재검토함과 동시에 제주 4·3의 역사적 의미를 총체적으로 정리한다는 특별한 의미가 담긴다. 평론집 『국경을 넘는 것―「재일」 문학과 정치』도 내놓았다. 그리고 1946년 이래 42년간 밟지 못했던 고국 땅을 13차례에 걸쳐 찾았고, 그때마다 일본문학계에 기행문을 발표했다. 이러한 김석범의 디아스포라 작가로서 역사적, 민족주의적 행보는 특

별한 의미로 받아들여진다. 그것은 지금까지 그래왔던 것처럼, 앞으로도 『화산
도』를 중심으로 '제주4·3'에 대한 기억의 증명 작업이 계속될 것임을 예고한다.
이것이야말로 "재일조선인의 창조적 위치"에 대한 자각이고 문학적 실천이다. 이
같은 문학적 행보는 김석범 문학의 원점인 '제주4·3'이 표면상의 평화담론으로
머물지 않고 통일조국을 통한 진정한 좌우와 남북 간 화해와 상생으로 이어져야
하고, 그러한 목표가 실현되는 날까지 계속될 것임을 피력한 것이기도 하다.

　앞서 언급했듯이 김석범은 여러 차례에 걸쳐 한국을 방문했다. 김석범은 김환
기, 조동현, 조헌주와 함께 경주 불국사와 석굴암을 둘러보고 현해탄을 직접 배
를 타고 건너갔던 경험을 기행문 「자유로운 한국행」에 남겼다. 김석범은 해방
이후 42년만인 1988년 11월 처음으로 한국을 방문하고 일본으로 돌아간 후 기
행문 「42년 만의 한국」[16]을 썼다. 그후에도 몇 차례 한국을 찾으며 기행문 「이토
록 어려운 한국행」[17]을 비롯해 「고난의 끝으로서 한국행」, 「싫은 한국행」, 「적敵
이 없는 한국행」, 「자유로운 한국행」 등을 내놓았다. 고향祖國을 상실한 김석범이
재일디아스포라로서 간고했던 조국의 "풀 한 포기, 나무 한 그루, 돌맹이 하나"와
호흡하며, 실로 잃어버린 것이 무엇이고 또 찾을 것이 무엇인지를 고뇌하는 회
한의 심경을 담고 있다.

　'남북의 통일체'와 재일로서의 '창조적 위치'를 강조하는 김석범의 민족 의식
과 역사인식은 백수를 눈앞에 둔[18] 현재에도 계속된다. 에세이 「나는 보았다!
4·3학살의 유골들을!」은 디아스포라로서 김석범의 민족주의적 시선이 어디를
향하고 있는지 보여주기에 충분하다.

16　金石範, 「かくも難しき韓国行」, 『虚日』, 講談社, 2002.
17　金石範, 「眩暈のなかの故国」, 『故国行』, 岩波書店, 1990.
18　김석범은 1925년생으로 2024년 현재 99세이다. 2022년 말 CUON출판사에서 일본어판 『까
　　마귀의 죽음』을 출간했고 현재도 글을 쓰며 작품활동을 이어가고 있다. .

돌이 튀어나온 울퉁불퉁한 길을 멀리 돌아서 울타리가 쳐진 옆 텐트 속으로 텐트 밑 자락을 들고 들어갔다. 전방에 길이 4~5미터, 폭 1미터 남짓한 깊은 구덩이가 있다. 가까이 다가서 보니, 구덩이 안쪽에 쌓인 흙에 머리 부분부터 하반신에 걸쳐서 거의 전신의 유해가 상반신부터 비스듬히 누워 있다. 주변에는 몇 개인가의 두개골과 두개골이 없이 양측의 늑골이 확실히 보존되어 있는 것이 있었다. 허리부분에서 하반신에 걸친 유해가 여성의 것으로 보이는 녹슨 양철처럼 보이는 커다란 골반 조각도 있었다.

턱만 남아있는 유해도 있었다. 상하 치아가 고른 마치 살아있는 사람과 같은 약간 색이 바랜 아름다운 치아의 섬세하고 우아한 형태의 턱은, 아마 젊고 아름다운 여성이었을 것이다. 잇바디가 떠오르듯 빛을 반사하며 아름다워 보이는 것은 작업원이 정중히 반복해서 붓으로 흙을 털어낸 탓일 것이다. 아름다움美, 그 아름다움이 흙구덩이 속에 있었다. 슬픈 아름다움이.

"팬티의 고무예요."

"으음."

"여성의 것입니다."

거무스름해진 각상 고무줄이 묶인 채로 옆에 놓여져 있었다.

몇 걸음 떨어진 곳에 유해가 있었고, 옆에 흙이 조금 쌓인 볼록한 곳에 작은 단추가 있었다. 뭐라고 확실히 말할 수 없는 노란색 도금의 흔적이 남아있는 단추. 그곳에 정중하게 놓여져 있다는 느낌으로, 수집할 때까지 발견한 장소에 원상태로 남겨져 있었던 것 같다. (…중략…)

나는 전신의 모양을 그대로 남긴 유해 가까이에 가서 허리를 숙였다. 그리고 오른손을 뻗어 커다란 눈의 구멍이 뚫린 두개골의 정수리 부분을 손바닥으로 살짝 쓰다듬었다. 미세한 흙이 부드럽게 까칠했다. 한번 더 손바닥을 대었다 뗐다. 그리고 조금 떨어진 장소로 이동해, 외따로 놓여진 출토된 마른 나뭇가지 같은 다갈색의 대퇴부라 생각되는 두터운 뼈를 만져보고 난 다음 일어섰다.

나는 잠수한 해녀가 도중에 해면에 떠올라 공기를 마시듯이, 조금 어두운 텐트 속에서 무한한 조망을 볼 수 있는 밖으로 나와 밝은 공기를 들이마셨다. 나는 끝없는 수평선이 펼쳐진 바다를 바라보고 웅대한 한라산을 아래에 품은 하늘로 시선을 돌렸다.[19]

김석범의 기행문 「나는 보았다! 4·3학살의 유골들을!」은 기억의 고통에서 쉽게 벗어나지 못하고 있음을 보여준다. 비록 "자유로운 한국행"이 실현되었지만, 제주도가 자유롭지 못하고 역사적 기억으로부터 해방되지 못한 분단 조국의 현재적 상황을 작가는 고통스럽게 받아들이고 있다. 그것은 왜! 김석범 문학의 원점이 제주도이고 제주4·3이어야만 하는지, 작가의 민족 정신의 근간뿌리이 무엇인지를 일러준다. 또한 그것은 아직도 김석범의 역사적 기억의 '정명'과 '승리'를 위한 문학적 투쟁이 끝나지 않았음을 보여준다.

---

19   김석범, 「나는 보았다! 4·3학살의 유골들을!」, 『문학과 의식』 73, 2008, 284~286쪽.

이회성

『유역』・『다듬이질하는 여인』

1. 재일코리안문학과 디아스포라

재일코리안의 역사는 구한말부터 일제강점기를 거쳐 현재에 이르기까지 긴 시공간을 아우른다. 그 역사성과 민족 의식을 표상하는 시공간은 일제강점기의 민족 의식과 저항, 해방 이후의 냉전 이데올로기, 민족・탈민족적 글쓰기, 최근의 '재일성'과 실존적 자아까지 재일코리안문학의 다채로운 변용[1]의 배경이 된다. 그러한 문학적 변용 양상은 일제강점기와 해방 이후의 식민・피식민, 주류・비주류, 중심・주변으로 변주되는 문학적 구도와 근래의 디아스포라 의식과 맞물린 월경의 자의식에 이르는 과정을 통해 확인할 수 있다.

재일코리안문학은 크게 근대・근대성 중심의 민족적 담론과 현실 중심의 탈민족적 가치・세계관으로 구분할 수 있는데, 전자에는 소설가 김달수, 김석범, 정승박, 시인 허남기, 김시종 등의 문학이 해당되고, 후자에는 현세대 작가 유미리, 현월, 원수일, 김창생, 가네시로 가즈키, 사기사와 메구무 등의 문학이 포함된다. 민족적 글쓰기 양상은 대체로 초창기 재일코리안 1세대의 문학에서 형상화되는 제국과 국가주의, 근대적근대성적 담론과 맞물린 디아스포라의 정치역사와 사회문화적 현상을 천착하는 경우가 일반적이었다. 해방 직후 민족의 비극이었던 제주4・3을 서사화했던 김석범의 문학은 제국・국가주의, 보편성과 세계를 되묻는 과정을 통해 디아스포라문학의 성격을 분명히 했던 경우일 것이다. 물론 제주4・3

---

1   김환기 편, 『재일디아스포라문학』, 새미, 2006, 16쪽.

의 당사자였으면서도 평생을 "침묵할 수밖에 없었던" 문학적인 실천 '행위'로 얽어낼 수 없었던 시인 김시종의 '고뇌'도 디아스포라의 간고함과 맞닿아 있다.

일체 4·3과 관련한 것은 쓰지 않았어요. 그것은 우선, 제주도라는 자신이 자란 곳이 가장 어려운 시기, 그 어려움을 유인하지 않았다고 할 수도 없는 측의 말단의 한사람이었음에도 불구하고 도망쳤지요. 그 도망자 의식이 짐이 되어 쓰는 일보다 행위 쪽에 절대적인 사명이 되었습니다. 우선 활동하는 것, 그것이 도망쳐 나온 것, 아무 것도 하지 못했던 것에 대한 벌충과 같은 것이었습니다. (…중략…) 4·3사건 체험자로서의 마음의 빚, 트라우마가 역으로 움직여 제가 작품화 할 수 있었던 『광주시편光州詩片』이라는 시집이 있습니다. 광주시민의거를 새긴 이 시집은 4·3사건과 서로 겹쳐지지 않았다면 쓸 수 없었습니다. 권력의 횡포를 규탄하는 것이 주안이 아니라 그 '사건'과 맞서는 자신의 생각 밑바닥의 욱신거림을 응시합니다. 그것을 끄집어내고자 했던 것이 『광주시편』이었고, 이와 같은 방법 의식을 저에게 가져다 준 것이 제가 겪은 4·3사건이었다고 할 수 있지요.[2]

초창기 재일코리안 작가들의 민족적 글쓰기로 수렴되는 국가와 민족, 정치와 이념으로 표상되는 디아스포라의 정서는 재일 중간세대 작가인 이회성, 김학영, 이양지, 고사명, 양석일 등의 문학에서도 치열하게 전개되었다. 이들 중간세대 작가들의 작품은 "가장 재일조선인문학다운 문학"[3]으로서 '반쪽바리'의 패배 의식, 유민 의식으로 표상되는 디아스포라의 가치·이미지가 내향적 또는 외향적인 자기찾기 형태로 서사화된다. 김학영, 이양지의 문학이 원죄격인 '재일성'을 내향적인 자기고뇌 형태로 극복하고자 했다면 이회성, 양석일의 문학은 외향적인 형태의 서사로 발신했다고 할 수 있다.

---

2   金石範·金時鐘, 『なぜ書きつづけてきたか, なぜ沈黙してきたか』, 平凡社, 2001, 179~180쪽.
3   川村湊, 『戰後文學を問う』, 岩波新書, 1995, 204쪽.

또한 재일코리안문학은 세대교체가 거듭되면서 보다 현실적이고 실존적 자아를 강조하며 열린 세계관을 천착하는 경향이 강하다. 최근 재일코리안문학의 특징은 한마디로 제국·국가주의와 밀접하게 얽힌 역사성과 정치 이데올로기를 벗어난 지점에서 현실주의를 주제화하고 있다고 할 만하다. 유교적인 가부장적 사고의 재해석종추월, 김창생 등, 대중성에 근거한 엔터테인먼트양석일, 가네시로 가즈키 등, 역사적 보편성에 근거한 자기自國중심의 논리로부터 탈피김중명, 이주인 시즈카 등, 탈민족적 가치와 이미지유미리, 김길호 등까지 넓은 의미의 디아스포라적 상상력을 특징으로 삼는다. 가네시로 가즈키金城一紀의 소설 『GO』에서 보여주는 견고한 '코리안 재패니즈' 의식과 탈민족적 현실 중심의 가치관은 변용된 디아스포라 의식을 확인시켜주기에 충분하다.

"일본에서 태어나서 일본에서 자라고 일본 국적을 갖고 있으니까 그렇다는 것뿐이야. 네가 미국에서 태어나 미국에서 자라고 미국 국적을 갖고 있다면 미국인이었을 텐데."

"그러나 뿌리는 국적에 얽매이지 않는다." (…중략…)

"뿌리라는 거, 어디까지 거슬러 올라가 생각하면 되는 거야?"

일본인 여자애가 다시 물었다.

"우리 집 족보 같은 거 없거든."

짧은 웃음소리가 일었다. 웃음소리가 잦아든 후 정일이가 말했다.

"귀찮으니까 차라리 도중은 다 생략하고, 오직 한 사람의 여자가 살았던 시대에는 국적도, 무슨무슨 인이라는 구별도 없었어. 우리는 우리들 자신을, 그 자유로웠던 시대의, 그냥 자손이라고 생각하면 되지 않을까." (…중략…) 나는 말했다.

"애당초 국적 같은 건, 아파트 임대계약서나 다를 바 없는 거야. 그 아파트가 싫어지면 해약하고 나가면 돼."[4]

---

4   가네시로 가즈키, 김남주 역, 『GO』, 북폴리오, 2000, 93쪽.

이렇게 전세대의 민족적 글쓰기와 현세대의 탈민족적 글쓰기를 디아스포라 의식과 연계해 보면, 역시 재일 중간세대의 문학이 디아스포라의 한복판에서 철저하게 고뇌할 수밖에 없는 위치임을 의식하게 된다. 재일 중간세대 작가의 중심에 있는 "가장 재일조선인문학다운" 이회성, 이양지, 김학영, 양석일 등의 문학을 짚어보지 않을 수 없다. 특히 소설가 이회성이 스스로를 700만 코리안 디아스포라의 한명으로 규정하며[5] 실천적으로 보여주는 특유의 디아스포라 유민 의식은 그의 문학적 상상력과 독창성의 기반이기도 하다. 이회성 문학은 유역화·유민화된 코리안 디아스포라의 시공간을 일정한 거주·정착지에 가두지 않는다. 이회성 문학은 열린 세계관에 입각해 타자와의 관계성을 통해 자기민족 정체성을 확립하고, 원초적인 인간의 실존성과 월경의 가치·이미지를 놓치지 않는다는 점에서 주목할 수밖에 없다.

2. 유역의 '고려인들'

재일코리안문학에서도 이회성의 문학은 민족적 글쓰기를 포함해 디아스포라의 경계 의식과 트랜스네이션을 통해 "가장 재일조선인문학다운 문학"을 보여주었다. 그의 문학은 일찍부터 디아스포라의 상상력에 근거한 열린 세계관과 유민 의식을 통해 다양한 문학적 스펙트럼을 선보였다는 점에서, 기존의 1세대 작가들과는 확연히 구별되는 특징을 가지고 있다. 이회성의 문학이 국가와 민족, 역사와 정치, 사회와 이데올로기를 전면에 내세우고 역사적 부성負性을 함의한 '재일성'을 구체적으로 얽어내면서도, 한편으로는 디아스포라를 의식하여 서사의

---

5   이회성은 자신을 "디아스포라이며 세계 7개국에 걸쳐 가족이 흩어져 살고 있는 현실이 참을 수 없을 만큼" 슬프고, "비애와 분노가 뼈 속 깊이 스며 있음"을 느낀다. 70만 재일 중에서도 도드라진 인간이라고 했다(이회성, 『나의 삶, 나의 문학』, 동국대 문화학술원, 2007, 16쪽).

이회성, 『이회성의 문학』, 홋카이도립문학관, 2012

시공간을 동북·중앙아시아로 확장시키고 있다는 점에서 그러하다.

주지하다시피, 이회성은 1935년 가라후토樺太 마오카真岡에서 태어났다. 그의 양친은 일제강점기 한반도의 함경남도아버지와 경상북도어머니에서 '징용' 노동자로 일본으로 건너갔고 둘은 규슈의 탄광에서 만난다. 양친은 규슈에서 홋카이도로, 다시 일자리를 찾아 일본의 최북단 가라후토로 이주해 마오카 시에 정착한다. 당시 마오카 시에는 같은 입장의 조선인들이 살고 있었고 그곳에서 이회성은 조선 고유의 전통문화를 접하며 성장한다. 그리고 아홉 살 때, 친어머니 장술이와 사별하고, "제2차 세계대전이 끝나고 12세 때 러시아가 점거하면서 호칭이 바뀐 사할린에서 일본으로 가족과 함께 귀환한다. 그때 외가 쪽의 조부모와 사촌 언니豊子를 사할린에 남겨두고 왔는데, 그것이 이회성의 마음에 큰 응어리로 남는다"[6]고 했다. 그래서이겠지만 이회성 문학과 가라후토사할린의 관계는 운명적이기에 깊고 질기다. 이회성은 "나에게 '가라후토'는 아무리 생각해도 운명적이었던 것임에 틀림없다. 만약 내가 이 최북단 섬에서 태어나지 않았다면 작가가 되어 있을지 어떨지 의심할 정도"[7]라고 했다. 이른바 가라후토는 이회성의 고향이면서 문학의 원점이었고, 그의 모든 것을 송두리째 빨아들이고도 남을 만큼 강력한 정신적 구심력으로 작용했다.

실제로 이회성은 소설가로 활동하면서 당시 어머니의 죽음과 일가 친족과 이별을 경험한 "가라후토 땅은 이회성 문학의 원점"이라며 끊임없이 작품을 통해

---

6   李恢成, 『李恢成の文學』, 北海道立文學館, 2012, 12쪽.
7   위의 책.

소환한다. 이를테면 이회성의 작품『다듬이질
하는 여인』을 비롯해 작가가 사할린에서 일본
으로 귀환해 정착하기까지의 과정을 그린『백
년 동안의 나그네』, 일본의 패전과 함께 1947
년 사할린에서 홋카이도로 귀환한 작가 자신
의 일가족 이야기를 얽어낸『또다시 이 길을』,
사할린에서 일본으로 귀환한 가족과 사할린
에 남은 친척들의 생활을 서간 소설 형태로 얽
어낸『나의 사할린』, 사할린 '동포'들의 절실한
문제를 다룬『사할린 여행』등이 사할린의 기
억을 얽어낸 작품들이다.

이회성, 『나의 사할린』, 고단샤(講談社), 1975

　특히 이회성의 문학은 근대·근대성 차원의 민족담론을 사할린-일본열도-한
반도라는 '삼각관계'의 시공간을 동원하고, 그 이주·이동의 공간에서 타자화된
'재일성'을 디아스포라적 상상력으로 풀어내고 있다. 그의 대표작『또다시 이 길
을』,『백 년 동안의 나그네』,『유역』,『다듬이질하는 여인』등은 그러한 디아스포
라적 상상력을 나그네의 유민 의식으로 극대화시킨 작품들이다.

　『유역』은 재일코리안 작가인 춘수와 저널리스트인 강창호가 구소련권 연해
주-중앙아시아-모스크바를 여행하면서 보고 들은 고려인의 이야기를 다루고
있다. 소설의 시간적 배경은 동구권 사회주의 국가들이 동요하면서 붕괴를 알리
기 시작할 무렵이고, 국내적으로는 서울올림픽이 열린 이듬해북한의 세계청년학생축전
이다. 춘수와 강창호는 러시아의 연해주와 중앙아시아의 카자흐스탄, 모스크바
로 이어지는 취재 여정을 통해, 1937년 스탈린 정권에 의해 강제이주 당해야 했
던 고려인들의 간고했던 기억과 체험을 풀어낸다. 그리고 춘수와 강창호는 중앙
아시아에서 '37년 문제'를 취재하는 과정에서 '버림받은' 고려인들의 이주역사와
유민생활에 내재된 참혹한 실생활을 확인하게 된다.

우리는 '선택'할 수 없는 조건에서 살아왔습니다. 이게 무슨 소리냐? 선택할 수 있는 길도 없고 선택할 자유도 전혀 허용되지 않는 극한상황에서 살아왔다는 겁니다. 유진도 그렇고, 하진도 그것이 뼈에 사무치고 있습니다. '의견서'를 발표한 뒤, 우리는 두 번 다시 조국땅을 밟지 못했어요. 그게 우리가 받은 대가였지요.[8]

유진은 젊은 시절에 알마아타로 '추방'되어 줄곧 이 땅에서 살아온 사람이다. 페레스트로이카 이전에는 보호 감찰을 받은 신분이었다. 그런 유진에게 여유가 있을 리 만무하다. 그의 부드러운 인상·겸손함·과묵함·자기억제……이런 자질들은 이 땅에서의 생활이 그에게 강요한 것인지도 모른다.[9]

"일본에서는 1세대 사이에서 특히 문제가 됩니다. 최근에는 한국에서 '족보'를 사다가 파는 사람까지 생겨났어요."

"장사가 꽤 잘되는 모양이더라구요." 강창호가 보충하듯 말했다.

"이쪽은 조국을 떠난 지 백 년이 넘는 세월이 지났으니까요. 족보라고 해도 그런 건 아무 도움이 되지 않아요. 살고 있는 현장이 있을 뿐이지요." (…중략…) "백 년에 이르는 유랑 끝에는 '족보' 따위는 개나 먹으라고 말하게 되는 것일까."[10]

인용문에서처럼 『유역』은 1937년 스탈린의 소수민족 강제이주 정책에 의해 극동 연해주로부터 황무지뿐인 중앙아시아카자흐스탄, 우즈베키스탄, 키르기즈스탄 등로 강제 이주당한 고려인들의 삶의 흔적들을 '취재 여정'을 통해 사실적으로 담아낸다. 소설 『유역』에서는 스탈린의 철권통치에 유린당해야 했던 고려인들의 일상과 '북조선'의 이데올로기적 상황에 휩쓸려야 했던 간고한 기억도 함께 되새김된다. 부모님 산소에서 흙을 한 줌 수건으로 싸들고 짐 속에 집어 넣고, 고향 땅 연해주

---

8   이회성, 김석희 역, 『流域』, 한길사, 1992, 4쪽.
9   위의 책, 54쪽.
10   위의 책, 88~89쪽.

로부터 강제로 추방당해야 했던 고려인들의
울분이 격정적으로 그려진다.

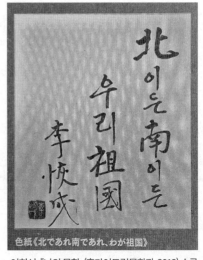
色紙《北であれ南であれ、わが祖國》
이회성, 『나의 문학』(홋카이도립문학관, 2012) 수록

"이봐, 대체 어떻게 된 놈의 세상이야. 돼지
새끼 한 마리, 닭 한 마리도 남김없이 가져가고
남겨둔 건 이와 벼룩과 똥뿐이니. 이게 지금까
지 피와 눈물로 재산을 쌓아올린 토지 소유자
에 대한 보답이냐. 하다못해 돼지나 닭을 한 마
리 남겨두었다면 젯상에라도 올릴 수 있고, 병
약한 노인네한테 닭곰탕이라도 끓여드릴 수
있지 않느냐. 이러쿵 저러쿵 허튼소리로 백성을 속이는 짓은 그만두어."

아바이는 이 사회에 완전히 실망했기 때문에 이런 식으로 실컷 매도했지요.[11]

이렇게 척박한 자연조건에서 황무지를 개간하며 삶의 뿌리를 내리기까지 구
소련권에서 '버림받은' 고려인들의 통한의 심경은 '한'의 감정을 실어 직설적으
로 토로된다. "고려인사회와도 접촉하지 않고. 토박이도 되지 못한 채, 그 쓸쓸함
을 '일'로 달래며 살고 있는" 버림받은 '부스'의 삶처럼 "사람이 사람과 헤어지고
버리는 비극"이 일상화된 구소련사회를 비판하며 고려인들의 절박한 삶이 고발
된다. 한 세기에 이르는 고려인들의 유랑생활에서 역사성과 민족성으로 표상되
는 "족보' 따위는 개나 먹으라고 말하게 되는 것일까." 과거를 상징하는 '족보'보
다는 엄혹한 삶의 현장이 우선일 수밖에 없는 고려인 디아스포라의 현재성을 강
조한다. 이렇게 작품에서 유역을 떠돌던 '버림받은' 소수민족 고려인들의 절규는
마침내 '유역' 밖으로 전파해 나간다.

---

11   위의 책, 122쪽.

3. '1937년 사건'과 개척정신

구소련권 고려인들의 삶은 이주-정착-이주-정착의 연속이었다. 초창기 연해주로의 이주와 정착, 1937년 중앙아시아로의 강제이주와 정착, 최근 러시아 모스크바·우크라이나 등지로의 이주와 정착이라는 유민생활의 고리는 끊임없이 이어지고 있다. 청산되지 못한 유민생활의 연속은 고려인들의 삶을 한층 벼랑 끝으로 내몰았다. 하지만 '고려인' 특유의 부지런함과 개척정신은 척박한 현실 속에서도 강인한 생명력을 발휘해 왔다. 연해주의 혹독한 자연환경을 극복하고 일궈낸 삶의 터전, 사막과 소금덩어리 뿐인 중앙아시아에서 뿌리내리기, 최근 대도시 문명의 중심지로 이주·이동하며 거주국의 주류사회로 편입되기까지 그 이주와 정착의 과정에서 고려인들의 개척정신은 치열하게 전개된다.

> 우리 일가족이 열차에서 내린 곳은 카자흐 공화국의 우시토베라는 곳이었소. 그런데 땅의 염분이 너무 많아서, 모두들 실망이 이만저만이 아니었어요. 논을 만들려면 우선 도랑을 파서 염분을 희석해야 했지요. 개간한 밭에 물을 넣어두면 며칠 뒤에는 밭이 소금으로 하얗게 뒤덮이는 형편이었답니다. 어머니는 그걸 보면 머릿속이 새하얘진다고 말씀하셨지요. 사람들은 모두 나가서 열심히 일했어요. 어린애까지도.[12]

> 이동하는 사람의 강인함은 눈이 휘둥그레질 정도로 놀랍다. 춘수는 카자흐스탄에서 그것을 느꼈다. 많은 '고려인'을 만났지만, 비탄에 빠져 신세타령이나 하고 있는 사람은 아무도 없었다. 강제이주로 말미암은 인생의 파란은 끔찍한 것이었을 텐데……물론 그들은 유역에서의 생활이 초래한 변화를 이야기 했지만, 변천한 끝에 절망해버린 모습은 아니었다. 그것이 어렴풋하게나마 희망이라는 것을 느끼게 한다. (…중략…) 그

---

12 위의 책, 126쪽.

카자흐스탄 우슈토베에 세워진 고려인 정착 기념비

들에게는 어떤 강인함이 있었다. 인생을 즐기고 있다고는 말할 수 없지만, 그렇다고 절
망하지도 않고 그 경계지대에서 꿋꿋하게 살아가고 있다는 느낌이다.[13]

1937년 극동 연해주에서 중앙아시아로 강제이주 당한 고려인들이 처음 도착
한 카자흐스탄 우슈토베Ushtobe는 염분이 많은 스텝지역으로서 애초부터 농사짓
기에는 열악한 땅이었다. 그럼에도 고려인들은 농사를 짓기 위해 도랑을 파서
물줄기를 끌어들여 염분을 희석시키며 논농지를 개간해야만 했다. 우슈토베의
바스토베Bastobe산 기슭에 남아있는 고려인 초기 정착지의 땅굴 움막집과 흔적
뿐인 거주지, 고려인 공동묘지 전면으로 펼쳐지는 거대한 농지, 농노길, 물줄기
는 당시 강제이주 당한 고려인들의 척박했던 삶을 고스란히 대변하고 있다.

구소련권 고려인 디아스포라의 부지런함과 개척정신은 비단 그들 사회에 국
한된 현상만이 아니다. 일제강점기의 재일코리안들을 비롯해 중국, 미국, 남미
등지로 이주했던 코리안 디아스포라에게도 공통적으로 적용되는 민족적 저력
이다. 1963년부터 광부·간호사로 독일로 들어간 코리안들은 조국의 근대화·산
업화를 이끈 장본인들로서 독일의 열악한 탄광과 병원에서 젊음을 바치며 살았

---

13   위의 책, 330쪽.

고, 계약이 만료된 이후에는 남미와 캐나다 등으로 재이주해 새로운 삶을 개척하게 된다. 오늘날 전지구촌에서 코리안들이 활동하고 경제적으로 성공을 거둘 수 있었던 것도 한민족의 근면함과 개척정신의 결과임은 자명하다. 이러한 한민족의 근면함과 개척정신은 코리안 디아스포라의 거주국에 대한 정착심과 고향^{조국, 민족} 의식을 이끌어내면서 한층 확장된 형태의 열린 세계관을 구축하는데 중요한 역할을 담당한다. 최근 재일코리안문학을 비롯해 코리안 디아스포라문학이 근대적 민족 담론^{혈통주의, 단일민족신화}에 머물지 않고 탈민족적 글쓰기로 소통되고 있음은 디아스포라의 열린 세계관을 상징적으로 보여주는 예이다.

4. 『유역』의 시공간과 '재일성'

이회성의 『유역』에서 스탈린 정권에 의해 강제이주 당한 고려인들의 역사성과 민족 의식은 대단히 현실적으로 그려진다. 그들은 조국과 민족으로부터 '버림받은' 존재임을 강조했고 실제로 고려인들의 이국생활은 '역사적 조국'으로부터 기민화棄民化되고 소비에트 러시아로부터도 보호받지 못한 채 버림받았다. 공산 사회주의 체제로 점철했던 이데올로기적 시공간에서 남겨진 것은 척박한 현실 뿐이었다.

그래서이겠지만 그들 고려인들의 유민 의식은 한층 근원적인 형태의 자기^{민족} 정체성과 자기해방에 목말라 한다. 고향 의식^{조국, 민족}은 그렇게 '버림받은' 고려인 디아스포라의 상처를 보듬어줄 수 있는 유일한 공간이었다. 고향은 시간과 공간을 초월하여 특별한 생명력을 부여받은 장소로서 '버림받은' 자들의 유민 의식에 내재된 소외 의식과 아픔, 상처, 눈물, 냄새마저 감싸 안을 수 있는 안식처다. 고향은 '헤어진' 자, '버림받은' 자, 떠난 자, 남은 자가 역사성과 민족 의식, 이념의 굴레를 넘어서 함께 공유할 수 있는 소통의 공간이기도 하다. 구소련권 고려인

들은 그러한 고향에 대한 회귀 의식을 누구보다
도 목말라했으며 그 상처와 아픔을 치유받을 수
있는 시공간에서 보다 근원적인 자기 찾기와 정
체성을 확인하고 싶어했다.

엄혹했던 동서냉전 체제에서 구축된 강제된
배타주의, 제국·국가주의와 맞물린 근대적 사유
체계는 고려인들의 의식세계를 송두리째 빼앗
아 버렸다. 스탈린의 철권통치는 고려인들의 유
민생활에 얽힌 기억과 강제이주의 체험마저 철
저하게 유린해 버린다. 유린당한 영혼들은 이역
만리에서 허공을 맴돌고 있다.

이회성, 『유역』, 고단사(講談社), 1992

춘수는 조선인한테는 '곡哭' 문화밖에 없다고 믿고 있었다. 삶을 잃으면 죽음 밖에 없
지만, 삶과 죽음을 사이에 둔 일상생활 속에서 부모들은 끊임없이 '곡'의 분위기에 잠
겨 있었다. 그 신세타령의 생활에는 눈에 띄는 화려함이나 우쭐거림이 없었지만, 생각
해 보면 그것은 살아 있을 때의 활기를 잃어버렸기 때문이다. 그들은 태어나서 자란 나
라의 말을 잃고 고향 장터의 후덥지근한 떠들썩함을 잃어버리고, 더듬이를 잘린 벌레
꼴이 되어 '곡'에 잠겨 있었다. 그들에게는 생산자의 기쁨이 없었다. 그때의 떠들썩한
소음, 난잡한 환희를 잊어버리고 있었다. 지금 저 노인은 그 잃어버린 시대의 장터의 목
소리를 사람들에게 알리고 있다. 얼마나 씩씩하고 믿음직한 고집쟁이 할아버지인가.[14]

구소련권의 고려인들은 "더듬이를 잘린 벌레꼴"이 되어 신세타령을 통해 '유
역'에서의 상처와 아픔을 달래고 있다. "어떤 땅에서 태어났건 모든 사람에게 그

---

14   위의 책, 291쪽.

태어난 곳이 고향이라면" 그 고향이야말로 누구든 공유하고 보듬어줄 수 있어야한다, "민족이 어떻고 과거의 역사가 어떠하든 고향이란 그런 사람들이 공유하는마당"[15]이어야 한다며 제국과 국가주의의 상징이었던 상대화된 배타주의를 질타한다. 또한 제국과 이데올로기에 버림받은 고려인들은 자신들의 한을 해소하며 안착할 수 있는 공간을 갈망한다. 소설 『유역』에서는 어느 '역사학도'의 탈경계적인 시좌를 통해 보다 건설적이고 범민족적 차원의 협력과 소통을 주문한다.

나는 조국의 개념이나 실체를 파악하지 못하고 있다. 나에게 조국은 열차 창문으로스쳐지나가는 하나의 풍경으로밖에 받아들여지지 않는다. 그보다도 나에게 중요한 것은 '자아'의 문제이고, 그것은 개인적 차원의 문제라기보다 '철학적 차원'의 것이다. 이것은 정치적 억압자와의 투쟁보다 더 어려운 주제다. 왜냐하면 '외부'의 억압은 눈에 보이지만 '내부'의 억압은 마음의 눈으로만 볼 수 있기 때문이다. (…중략…) 우리는 조상이 같은 '민족'이라든가 같은 '언어'를 쓰고 있다는 식의 종래의 사상적·민족적 정서에의존하는 것이 아니라 현대에는 좀더 새로운 공통점을 찾아낼 필요가 있지 않을까. 그러지 않으면 조선 자체를 모르는 젊은 '소련 조선인'은 소외되어 버린다. 넓은 의미의공통점을 범민족적인 관계나 교류 속에서 발견할 수는 없을까. 다양성을 확인하는 것이 민족적인 유대를 오히려 깊게 하는 계기가 되지 않을까.[16]

범민족적 차원의 '공통점' 찾기를 재일코리안의 입장에서 지켜보는 춘수와 강창호의 심경은 복잡하다. 구소련권 고려인들의 문제 의식과 자기 해방을 향한갈망, 그것은 곧 재일코리안의 문제 의식임과 동시에 자신들의 자기 해방과 정체성을 묻는 문제로 귀결되기 때문이다. '헤어짐'과 '버림받은' 삶, "더듬이를 잘린 벌레꼴"로 살아가는 고려인들의 신세타령을 통해 재일코리안 자신들이 제

---

15 위의 책, 90쪽.
16 위의 책, 129~130쪽.

국·국가주의에 버림받은 "더듬이를 잘린" '반쪽발이'임을 의식하기에 이른다.

이회성이 '구소련의 고려인'을 의식하는 행위는 "가라후토, 삿포로, 도쿄, 한국의 경상도" 등으로 안착지를 찾아 이주^{移動}해 왔던 작가적 경험에서 비롯된다. 그의 문학세계에서 "사할린, 조선, 일본이라는 3개의 소용돌이 무늬가 일으키는 갈등이 상상력의 원리로 분출"[17]된 것은 그렇게 주류^{主流}사회에서 버림받고 이주·이동하는 과정에서 구축된 월경적 시좌이다. 적성민족으로 낙인찍혀 강제이주당한 '크림 타타르족'의 독립투쟁사, "자주성을 잃은 민족"이고 이방인으로서 남의 땅을 떠돌고 있는 팔레스타인들의 모습, 그리고 "더듬이를 잘린 벌레꼴"로 유역화된 공간에서 유민생활을 이어갈 수밖에 없는 구소련권 고려인들의 현재적 지점이 다르지 않다. 고려인이라는 타자인식을 통해 춘수 일행은 재일코리안 자신들의 디아스포라적 '반쪽발이' '재일성'을 되짚고 있는 것이다.

5. 나그네 의식과 『다듬이질하는 여인』

구소련권에서 강제이주에 얽힌 고려인들의 삶을 취재하는 과정을 통해, 재일코리안인 춘수 일행은 한층 근원적인 측면에서 보편적 가치와 자기^{民族} 정체성을 고뇌한다. 유역화된 시공간에 함의된 고려인들의 복잡한 역사성과 민족성, 관념적 이데올로기 상황을 통해 끊임없이 오버랩 되는 재일코리안의 과거와 현재, 즉 식민과 피식민, 차별과 피차별, 중심과 주변, 민단과 조총련으로 변주되는 역사적, 민족적, 이념적 굴레를 되짚는다. 춘수 일행은 국경을 넘어 횡행^{橫行}되는 '적성 민족'의 이주역사를 통해 탈경계적 월경주의, 인간주의, 보편성, 현실주의적 세계관을 핍진^{逼眞}하게 인식하게 된다. 넓은 의미에서 국적과 민족을 넘어 "범

---

17   호쇼 마사오 외, 고재석 역, 『현대 일본 문학사』 하, 문학과지성사, 1998, 221쪽.

민족적인 관계나 교류 속"에서 공통점을 발견할 수는 없는지, "다양성을 확인하는 것이 민족적인 유대를 오히려 깊게 하는 계기"가 됨을 분명하게 인식하고 있다. 디아스포라의 유민생활이 그렇듯이 "갈 데까지 가면 무엇인가 보이겠지"라는 희망을 갖는 자기 확신이 중요함을 피력한다.

이제부터가 시작이야. 갈 데까지 가면 무언가가 보이겠지. 조선도 마찬가지가 아닐까? (…중략…) 때로는 '적'이라고 생각했던 사람이 오히려 '동지'가 되어 합류하는 경우도 있겠지. 때에 따라서는 '동지'가 '적'이 되기도 할테고. 어쩌면 진짜 적이 될 지도 몰라. 하지만 또 세월이 흐르면……장기적으로 보면, 통일의 참모습은 그런 반복 속에서 확실해지는 것이 아닐까? 그 '통일'이 이루어진 뒤에도 '적'이니 '동지'니 하는 일이 또 끝없이 이어지겠지만……진짜 적이 '적'이 되었다가 다시 '적'이 아니게 되고……그런 일이 끝없이 되풀이되는 역사. 수렁처럼 빠져나올 수 없는 역사……우리는 그 역사의 한때를 살고 있을 뿐이야.[18]

동서 간의 냉전체제가 종식되고 근대적인 자국 중심적 가치가 힘을 잃어가는 국제정세 속에서, 춘수의 중층적 역사 인식은 현실주의와 맞물려 열린 세계관을 지향하게 된다. '적'과 '동지'로 반목해 왔던 재일코리안사회의 이항대립적 사고에 회의를 느끼며 한층 현실주의적 입장에서 '재일성'에 내재된 관념적, 역사적, 이념적 굴레를 비판적으로 읽어내고자 한다. 그러나 구소련권의 고려인과 재일코리안들이 거주국의 정치 이데올로기로부터 자유롭지 못했던 것처럼, 국가 중심의 이항대립적 구도가 배태시킨 유역화_{유민화}된 시공간은 개인의 상처와 아픔을 온전히 보듬기엔 한계가 있다. 냉전시대의 종식과 함께 월경주의에 입각한 열린 세계관이 인간 본연의 존재감을 확인하고, 그 개별적 존재들이 시공을 초

월해 소통 가능한 구조를 만들어갈 뿐이다.

구심력과 원심력을 자유롭게 넘나드는 경계인의 역할론과 탈경계적 세계관은 이러한 역사 인식의 전환과 자기 검증의 단계를 거치며 자연스럽게 힘을 얻는다. 경계인 역할론은 소통을 가로막는 각종 정치 이데올로기의 '장벽'을 넘어 한층 보편적인 형태의 세계관을 주문하고 있다. 작은 '밀알'로서 재일코리안의 존재는 이쪽과 저쪽, 여기와 저기에서 피상적인 존재가 아닌 '공통점'을 지향하며 양존할 수밖에 없는 경계인으로서의 긍정적인 역할을 수행하는 주체이다.

이회성, 『다듬이질하는 여인』, 문예춘추, 1972

"자네는 남북 다 비판하고 있는데, 도대체 어느 쪽인가?"

"그런 발상 자체가 분단을 고착화하고 있는 걸세. 남이든 북이든, 우리 조국이니까 비판하는 거지." 춘수는 화가 나서 말했다.

"'남'도 '북'도 아닌 놈이 무슨 힘이 있나? 어차피 통하지도 않는 횡설수설일 뿐이지."

"'남'이니 '북'이니 하는 중심축을 세우는 방식부터가 잘못됐어. 우리야말로 중심이야."[19]

"재일은 한 알의 밀알이야, 작지만 큰 존재지."

"지금은 이데올로기를 운운하는 사람이 훌륭한 게 아니라 그 사상이나 신념을 인간으로서 실천하는 사람이 감동을 준다."

"버림은 죄악이다."[20]

---

19   위의 책, 221쪽.
20   위의 책, 480쪽.

구소련권의 고려인을 취재하면서 재일코리안 작가 춘수는 흩어진 코리안 디아스포라를 포용할 수 있고 범민족적 차원에서 소통할 수 있는 세계관을 의식한다. 긍정적인 측면에서 경계인의 역할론, 즉 버리고 버림받는 악의 굴레에서 한층 주변부로 떠밀리는 존재가 아닌 현실주의적 관점에서 건설적이고 주체적인 역할론을 찾고자 한다. 개인의 주체적인 세계관을 회복시키고자하는 그들 경계인들의 갈망은 "잃어버린 고향을 찾으려는 인간 본연의 목마름"[21]의 표상이다. 이회성의 『유역』은 그렇게 유역화·유민화로 '버림받은' 디아스포라들에게 고향의식을 심어주고 개인의 주체성을 주문한다는 점에서 기존의 민족적 글쓰기와 분명히 대별된다.

버림받은 자들의 '고향' '조국'을 향한 목마름은 이회성의 대표작 『다듬이질하는 여인』에서도 확인된다. 이 소설은 일제강점기 고향을 떠나 일본으로 '흘러 들어간' 장술이어머니와 그곳에서 만난 남편아버지의 떠돌이생활이 친정 할머니의 신세타령과 아들인 '나'의 시선으로 고발된다. 장술이는 남편과 한평생을 함께 했던 유민생활의 심경을 "어디까지 흘러가는 거예요, 시모노세키로도 충분해요. 그걸 혼슈에서 홋카이도, 다시 가라후토로. 당신이 사는 길도 거기에 따라 흘러가는 것"[22]이라 했다. 마침내 죽음을 앞두고 남편에게 "더 이상은 흘러가지 말아요"란 말을 던짐으로서 유역화유민화로 점철했던 간고했던 생활에 종지부를 찍는다.

이회성은 1935년 가라후토 마오카에서 태어났고 일본의 패전과 함께 사할린에서 일본으로 쫓겨들어와 오무라수용소 등을 전전하다 자유인이 된다. 홋카이도에서 고등학교를 거쳐 와세다대학교 노문과를 졸업했고 조총련 중앙교육부와 '조선신보사'에서 근무하기도 했다. 이회성은 재일코리안 작가 중에서도 독특한 이력의 소유자인데, 그의 문학은 재일의 민족 의식, 제국주의의 침략과 역사

21 김석희, 「역자의 말」, 위의 책, 481쪽.
22 李恢成, 「砧をうつ女」, 『〈在日〉文学全集 4 -李恢成』, 勉誠出版, 2006, 263쪽.

적 범죄, 일본사회의 차별 의식과 사회적 모순 등을 그려냈다. 이회성은 2007년 동국대 초청강연회에서 이렇게 언급한 바 있다.

> 우리 민족은 디아스포라 집단입니다. 700만의 이민이나 망명자가 있는 이민민족입니다. 이러한 문화를 가진 것은 문학 면에서는 대단히 중요합니다. 풍부한 작품테마, 소재, 모티브를 지니고 있기 때문입니다. 따라서 우리들은 21세기 세계에 부끄럽지 않는 위대한 문학을 지구상에 내놓을 가능이 크다고 할 수 있습니다. (…중략…) 저 또한 디아스포라이며 세계 7개국에 걸쳐 가족이 흩어져 살고 있는 현실이 참을 수 없을 만큼 슬픕니다. 그 비애와 분노가 뼈 속 깊이 스며 있음을 느낍니다. 그 점에서 저는 '재일'이면서 '재일' 70만 중에서도 도드라져 있는 인간이 아닐까 생각합니다. 오히려 700만의 일원이라고 생각하곤 합니다.[23]

이회성에게 디아스포라 의식은 제국과 국가주의, 전쟁과 이데올로기, 경계와 월경을 직접 경험하면서 축적된 특별한 세계관이다. 일본-러시아-한반도를 둘러싸고 한치 앞도 내다볼 수 없었던 역사성, 민족성, 정치성, 이념성이 복잡하게 교차했던 사할린을 고향으로 인식하며, '범국가적'인 '공통점'을 통해 인류애를 실천하고 싶은 작가의 솔직한 심경을 읽을 수 있다. 코리안 디아스포라로서 "세계 7개국에 걸쳐 가족이 흩어져 살고 있는 현실이 참을 수 없을 만큼 슬프고" 비애와 분노가 느껴진다는 작가인식은 각별한 울림을 갖는다.

『다듬이질하는 여인』에서 장술이는 남편이 평생을 오갔던 가라후토-홋카이도-시모노세키-혼슈라는 시공간을 특별하게 지켜보았음에 틀림없다. 죽기 직전에 이곳저곳을 정착하지 못하고 평생을 흘러 다녔던 남편을 향해 "더 이상은 흘러가지 말아요"란 장술이 아내의 말은 특별하게 읽힐 수밖에 없다. 그런 맥락

---

23 이회성, 『나의 삶, 나의 문학』, 동국대 문화학술원, 2007, 16쪽.

에서 디아스포라의 이주와 이동, 경계와 월경, 열린 세계관은 이회성 문학에서 화두와 같은 것이었다. "전세계 7개국에 걸쳐 가족이 흩어져 살고 있는 현실"을 작가로서 어떻게 이해하고 풀어낼 것인가, 그것이 이회성 문학의 근원적인 출발점이었던 것이다. 그의 소설『또다시 이 길을』,『백 년 동안의 나그네』등에서도 그러한 "일본·가라후토·조선"으로 변주되는 서로 "자유롭지 못한 삼각관계"[24] 속에서 배태되는 유민 의식과 고향으로의 회귀 의식은 끊임없이 이어진다.

이회성의 문학은 역사와 민족, 정치와 이념을 중심으로 한 제국·국가주의의 근대적 민족 담론을 형상화하면서도 보다 확장된 의미의 디아스포라 의식, 즉 민족적 혈통주의를 넘어서 탈경계적인 형태의 보편성과 열린 세계관을 중시한다. 그는 "인간이란 다중성을 띤 존재"이고 "민족으로 수렴되면서도 그것을 넘어선 세계를 찾고 있는 존재"[25]로서 "편협한 내셔널리즘으로부터 탈피"해야 한다고 했다. 이렇게 이회성의 문학은 재일디아스포라 담론을 기존의 국가 중심의 근대적인 이항대립적 구도를 배제하지 않으면서도, 한층 확장된 열린 시좌로 경계인의 역할론을 강조하고 있다.

6. 이회성 문학과 열린 세계관

코리안 디아스포라는 조국의 격심한 정치 경제적인 변화와 거주국의 정치 이데올로기와 동거하며 제국·국가주의에 희생된 경계인의 위치에서 다양한 목소리를 남겨왔다. 국가 중심의 정치 이데올로기에 희생된 구소련권의 고려인과 중

---

24 이회성은 "일본·가라후토·조선은 나에게 어떤 관계냐 하는 것인데, 적절한 말로 표현하기 어렵지만, 한마디로 말한다면 서로 견제하며 자유롭지 못한 관계라고나 할까⋯⋯. 삼각관계 같은 느낌"이라고 언급한 바 있다(李恢成, 「時代のなかの'在日'文学」, 『社会文学−特集「在日」文学』 26, 2007, 3쪽 참조).

25 李恢成, 「死者と生者の市」, 『〈在日〉文學全集4−李恢成』, 勉誠出版, 2006, 406쪽.

국의 조선족들, 일제강점기에 강제된 삶과 맞물린 부성과 해방 이후의 주체성 회복 사이에서 고뇌했던 재일코리안, 개별적이고 주체적인 이주^{이동}이었음에도 여전히 소수민족으로서의 한계를 극복하지 못한 채 차별주의와 맞서고 있는 재미 코리안들. 그들은 제국과 국가주의의 근대성 논리에서 완전히 탈피하지 못한 채 여전히 디아스포라로서 민족과 탈민족, 주류와 비주류, 중심과 주변을 오가며 삶을 영위하고 있다.

앞서 살펴보았듯이, 코리안 디아스포라문학은 그러한 한국 근현대사의 역사성과 민족성, 사회성과 이념성을 담은 코리안들의 삶과 역사를 읽어낸 기록문화라고 할 수 있다. 구소련권의 한글신문『선봉』,『레닌기치』,『고려일보』와 중국 조선족의『연변일보』,『송화강』,『문학과 예술』,『은하수』, 재일코리안의『민주조선』,『삼천리』,『진달래』,『청구』,『민도』등은 그러한 코리안 디아스포라문학을 추동했던 소중한 미디어장이다. 또한 지역별^{국가,언어}로 발간된 수많은 신문매체, 문예지, 작품집²⁶은 지역별 코리안 디아스포라의 역사성과 민족성을 내장한 정치 이데올로기와 사회문화를 기록해 왔다.

코리안 디아스포라문학사에서도 재일코리안문학은 역사적으로 문학사적으로 특별한 위치에 있다. 일제강점기와 해방 이후까지 '적국'에서 조국의 굴절된 근현대사를 고스란히 담아내고 있기 때문이다. 일제강점기의 일본어 글쓰기를 비롯해 해방 이후 재일코리안 작가들의 민족적, 탈민족적 글쓰기는 중층적 디

---

26 현재 코리안 디아스포라는 전세계적으로 740만여 명에 이른다. 이들 코리안 디아스포라는 구소련권을 비롯해 미국, 중국, 일본, 브라질, 아르헨티나, 독일, 호주 등지에 상대적으로 많이 거주하고 있다. 이들 코리안들은 거주국에서 한글신문과 문예잡지(단행본)을 지속적으로 발행하며 문학 활동을 이어가며 나름대로 자기(민족) 정체성을 유지 계승해 가고 있다. 저자는 국가별로 이들 코리안 디아스포라의 문학지형을 검토한 바 있다. 남미지역 브라질 / 아르헨티나 / 파라과이는 농업이민과 의류산업, 문예잡지『열대문화』,『안데스문학』의 주제 의식, 북미지역 캐나다 / 미국은 문예잡지『미주문학』,『뉴욕문학』,『캐나다문학』의 주제 의식, 멕시코는 한글신문『신한민보』와 문예잡지『깜뚜스』의 주제 의식, 독일은 1960년대 파독 광원 / 간호사와 문예잡지『재독한국문학』의 주제 의식을 중심으로 검토했다. 구소련권은 한글신문『선봉』과『레닌기치』, 중국은 조선족 문예잡지『연변문예』를 중심으로 문학사적 의미를 짚었다.

아스포라 의식을 서사화한 경우라고 할 수 있다. 특히 초창기 재일코리안문학을 이끌었던 김사량, 장혁주, 김달수, 김석범, 정승박, 김태생, 김시종을 비롯해 중간 세대 작가인 이회성, 고사명, 이양지, 김학영, 양석일, 고사명, 그리고 현세대 작가 유미리, 현월, 김창생, 가네시로 가즈키, 사기사와 메구무 등의 문학의 경우가 그러했다.

　이들 재일코리안 작가들 중에서도 이회성의 디아스포라 의식은 특별하다. 작가 스스로 사할린-홋카이도-시모노세키-혼슈로 이어지는 이주 이동의 중심에 있으면서 그 디아스포라의 여정을 문학적 화두로 삼고 다양한 경험을 서사화했기 때문이다. 특히 이회성 문학은 역사와 민족, 정치와 이데올로기, 사회적 현상으로 표상되는 민족적 글쓰기를 견지하면서도, 디아스포라의 구심력과 원심력을 조화롭게 조율하며 확장된 형태의 디아스포라적 상상력을 문학적으로 얽어냈다. 코리안 디아스포라의 유민 의식을 국경을 넘어 범민족적 차원의 '공통점'으로 의식하며, '탈'의식적 경계와 월경을 인간의 보편성과 열린 세계관으로 확장해 가는 문학적 시좌는 아무나 모방하기 어려운 차원이다.

　이회성 자신이 "가라후토, 삿포로, 도쿄, 한국의 경상도" 등으로 안착지를 찾아 이주 이동해 왔듯이, 그의 디아스포라적 문학세계는 사할린, 조선, 일본으로 휘감기는 갈등의 "소용돌이 무늬"를 상상력의 원리와 월경적 시좌를 통해 구현한다. 『유역』에서 형상화되는 구소련권의 고려인들 의식에 내재된 유민 의식과 고향조국으로의 회귀 의식은 그러한 디아스포라적 상상력이 문학적 보편성과 열린 세계관으로 수렴됨을 구체적으로 보여주는 사례다. 최근 재일코리안 현세대 작가들의 '탈'의식적 글쓰기, 즉 역사와 전통에 기초한 동아시아적 시좌, 가족해체와 같은 현대사회의 병리 현상, '코리안 재패니즈' 의식, 유교적 가부장제에 대한 비판적 시좌, 현실 중심적인 가치관, 공생 의식 등으로 수렴되는 현실 중심의 열린 세계관은 이회성 문학이 촉발한 범민족적 디아스포라 의식과 무관하지 않다. 그런 관점에서 이회성 문학은 재일코리안문학의 디아스포라 의식을 확장했을 뿐만 아니라, 경계와 월경, 구심력과 원심력으로 변주되는 코리안 디아스포라문학의 전형을 통해 세계문학으로서의 위치[27]를 확보하는 문학적 보편성으로 한층 다가섰다고 할 수 있다.

---

27   이회성은 "앞으로 '재일' 문학이라는 것은 세계문학으로서의 스케일을 내재시켜가고 있다"면서, "거기에는 양의성이라든가 이중성이라는 것이 이제부터 한층 더 심리적인 세계에서도 심화되고, 이제부터 일본인과 피가 섞인 하프, 쿼트가 확산될수록 생활 스타일과 아이덴티티가 왕성해지고, 지역성은 있지만 세계문학화해 가고 복잡하게 얽히게 된다"고 했다(李恢成, 「時代のなかの'在日'文学」, 『社会文学-特集「在日」文学』, 26, 2007, 23쪽).

김학영

『얼어붙은 입』·『흙의 슬픔』

1. 김학영 문학과 '말더듬기'

재일코리안문학에서 역사성과 민족성을 함의한 '한恨'의 정서는 비중 있는 주제 중의 하나다. 이국에서 구심력으로 표상되는 조국, 민족, 모어, 고향 의식을 민족적 '한'과 연계해 읽어내는 경우가 적지 않다. 구심력고향, 민족, 역사, 한글으로 수렴되는 애증愛憎과 고향조국 아리랑을 소재로 삼는 경우, 회귀 의식과 망향가를 포함해 전세대의 굴절된 그림자를 통해 '조선인'의 정체성을 파고드는 등 그 문학적 양상은 다양하다. 재일코리안문학 중에서도 김학영의 문학은 작가 자신도 그랬지만 구심력과 원심력으로 수렴되는 '한'과 '벽'을 주제로 독창적인 문학성을 보여주었다.

김학영은 1938년 군마현群馬縣에서 재일코리안 2세로 태어났다. 대학을 들어가기 전까지 '야마다山田'라는 일본명을 사용하였고, 1958년 도쿄東京대학교 이과에 입학하면서부터 본명인 '김광정'을 사용한다. 실생활에서 본명으로 이름 석자를 사용한 것은 그게 처음이었다. 일찍부터 자신이 조선인인 줄 알면서도 일본에서 일본인과 동일하게 일본어로 교육받으며 자랐고, 그래서 조선인이라는 이유로 특별히 일본·일본인들로부터 차별받거나 상처를 입는 일은 없었다. 막연히 현해탄 건너가 조국이고 피상적으로 자신이 조선인이라는 정도의 의식이 있을 뿐이었다. 그러나 실생활에서 한국식 본명을 사용하면서부터 상황은 급변한다. "대학에 들어와서 '김'이라는 이름으로 통용되면서 그것이 분명 본명임에도 불구하고, 그의 내부에는 강한 위화감을 느끼지 않을 수 없었다. 이름과 자기라는 실체가 도저히 서로 맞물리지 않는 느낌이었다."[1] 이미 김학영의 내면에는 한국·한국인보다는 일본·일본인에 가까운 신체적 리듬과 정서가 자리하고 있었기 때문이다. 재일 현세대로서는 일본에서 태어나 의식·무의식적으로 거주지의 관습에 맞춰 20년 이상 길들여졌기에 당연한 귀결이다.

그런데 지극히 당연하다고 받아들였던 사실이 현실에서 부정되는 순간, 경계인의 정신적 일탈 현상은 가속화될 수밖에 없다. 김학영의 작가적 고뇌는 이렇게 시작되었고 그 자기 정체성의 부정과 일탈이 문학적 출발점이었던 셈이다. 이처럼 되돌릴 수 없는 이력 앞에서, 김학영은 말더듬기를 포함해 선택사항이 아닌 운명적으로 주어진 조국과 민족, 아버지를 의식하게 된다. 특히 태생적인 '말더듬기'는 본인의 의지와 무관하게 작가를 옭죄어 왔다. 운명적인 말더듬기는 자발적 의지나 타자인식으로 해결할 수 없었고 인내심과 희생만을 강요당할 뿐이다.

조국과 민족, 아버지의 존재도 크게 다르지 않다. 조국과 민족, 아버지의 존재 역시 말더듬기와 마찬가지로 현세대가 취사선택할 수 없는 강제된 운명이기 때문이다. 김학영 문학은 그 태생적인 운명 앞에서 끊임없이 자신의 존재성을 묻는 형태로 파고든다. 바깥세계로의 발산형이 아닌 내면적인 고뇌로, 폭이 아닌 깊이로 자신의 존재성을 응시한다. 그리고 끊임없는 자기 '탈각'을 통해 답을 얻고자 고뇌했다. 작가 김학영에게 운명적인 말더듬기, 조국과 민족, 아버지의 존재는 현실과 문학에서 풀어내야했던 절대적인 화두였던 것이다.

그의 초기작 『얼어붙은 입』은 재일 현세대의 '말더듬기'를 집요하게 파고든다. '말더듬기'의 당사자에게 그 신체적 현상은 절체절명의 화두로 인식된다.

보통 사람이라면 생각하는 것과 말하는 것이 거의 등식으로 이루어지고 직선적으로 연결되어 있다. 생각하는 것에 아무런 저항도 장애도 에너지도 필요로 하지 않듯이, 물

---

1   金鶴泳, 「空白の人」, 『金鶴泳作品集成』, 作品社, 1986, 389쪽.

生涯を文学に捧げ尽くした作家の
待望久しい作品集

김학영, 『얼어붙은 입』, 크레인(クレイン), 2004

흐르듯 자연스럽게 입에서 흘러나온다. 하지만 나에게 생각과 말하는 것 사이에는 높은 산이 가로막고 있다. 이 산을 넘어 입에서 말로 나오기까지 필요한 만큼의 에너지를 요구한다. 그만큼의 에너지를 갖지 못한 생각은 결국 생각으로 끝나고, 내 입에서 발설되는 일이 없다. 내가 말을 하기까지는 육체적인 에너지를 필요로 할 뿐만 아니라, 동시에 정신적 심리적 에너지도 필요로 한다.[2]

『얼어붙은 입』에서 '나'는 타인과의 대화 자체가 두려움이요 공포다. 대학원 실험실에서 동료들이 내뱉는 말잔치에 동참은커녕 오히려 슬픔과 고통을 느낀다. 말더듬기는 동료들의 인격이나 존재성에 대한 상대적 궁핍이 아닌 그들이 주고받는 말 그 자체에 압도되어, 홀로 이방인처럼 나앉은 자신에 대한 슬픔이요 고통이다. 왜 '나'는 주체적인 한 인간으로서 그들과 마주하지 못하고 그들이 내뱉는 말잔치에 압도되어야 하는가. '나'는 그들과 동일한 인격체로서 그들 속에 내가 들어가거나 내 속에 그들을 끌어들일 수 있는 인간일 수 없는가. 김학영은 재일 현세대 '나'에게 타자와의 관계 속에서 이지적으로 말더듬기를 극복할 수 있는 근원적 힘과 공간을 제공하지 않는다. 제한적인 공간에서 말더듬기는 홀로 내몰린 모퉁이에서 철저하게 자기 고뇌를 강요한다. 문학적 화두로 말더듬기를 던져놓는다.

따라서 김학영의 문학에서 말더듬기의 실체가 무엇인지, 말더듬기와 얽혀 있는 조국과 민족, 아버지, 그리고 현세대의 '몽롱한 불안'의 실체가 무엇인지를 찾아내는 작업은 중요할 수밖에 없다. 그것은 운명적인 실체들의 연결고리를 찾는

---

2   金鶴泳, 「凍える口」, 위의 책, 14쪽.

작업이고 주박呪縛으로 얽힌 고리의 해체를 의미한다. 주박으로부터의 탈출과 고리 해체는 곧 현세대의 '몽롱한 불안'을 해체하는 행위이다. 말더듬기는 그 운명적인 화두를 깨는 일이다. 말더듬기에 대한 이해는 김학영 문학의 본질을 이해하는 일임과 동시에 재일코리안의 '반쪽바리' 의식의 실체를 밝히는 작업이다.

그런 의미에서 김학영 문학이 '말더듬기'를 원점確頭으로 삼고, 이방인 의식, 민족적 '한', 현실의 '벽'을 조명하고 내향적 승화의 실체에 접근하는 방식은 매우 중요하다. 문학 작품에 등장하는 재일 현세대의 이방인 의식, 실존적 자의식, 자기 '탈각'이라는 독특한 '재일성'의 확인을 통해 김학영 문학의 실체를 들여다 볼 수 있고 문학적 보편성에 접근할 수 있기 때문이다.

2. 재일 현세대의 '이방인 의식'

재일코리안문학에서 현세대의 이방인 의식을 집중적으로 다루기 시작한 것은 재일 중간세대 작가들이 본격적으로 등장하면서부터다. 1세대 작가들은 그들의 삶 자체가 조국의 굴절된 근현대사와 함께했던 만큼 있는 그대로의 정치역사, 사회문화적 사실을 고발하는 형태로 역사성과 민족성을 감싸 안을 수 있었지만, 재일 중간세대 작가들은 체험하지 못했던 정치역사의 이데올로기라 조국과 민족을 내면적으로 감싸 안을 수 없었다. 김학영 문학은 후자의 입장에서 현세대의 정신적 해방을 이끌어내고자 부단히 고뇌했다. 현세대의 자기 찾기는 바깥세계를 겨냥한 극복과 초월의 형태가 아닌 내면세계를 향한 방황과 고뇌로 일관하게 된다.

이렇게 재일 중간세대 작가들은 이전과는 달리 '부'의 정치 역사적 지점을 넘어 인간의 보편성과 맞닿는 문학적 양상을 한층 구체적으로 읽어낸다. 이들 작가들은 '조국의 소리'와 '일본의 소리' 사이에서 생기는 마찰음을 한 단계씩 작품을 통해 담아내기 시작했다. 1세대의 저항 의식, 향수와 귀향 의식, 일상 속 애환의 목소리에서 점차 재일코리안 스스로의 존재성과 정체성을 자문하는 형태로 조율된다. 그러한 문학작품은 근래에 서서화되는 개인의 해방, 보편성과 실존을 의식한 탈민족적 자기 찾기의 경향에서 찾을 수 있다.

1) 조국과 민족

재일코리안에게 조국과 민족은 특별한 의미를 갖는다. 재일코리안 1세대들에게 조국은 조상 대대로 이어져온 삶의 터전이자 회귀할 공간으로서, 그들의 정신적인 구심점이자 잊을래야 잊을 수 없는 고향이다. 조국의 근대사와 함께 이런저런 이유로 현해탄을 건너간 그들은 이국의 차별과 멸시 속에서 생존을 위해 몸부림쳤고, 그러한 간난신고艱難辛苦는 그들 내면의 깊숙한 심상공간에 그리움과 향수를 채워놓는다. 인권 사각지에서 강제된 노무에 시달렸던 이국에서의 눈물과 애환은 당사자만이 온전히 가늠할 수 있는 영역이다.

재일코리안 1세대 작가들은 그러한 조선인들의 애환과 '한'을 문학으로 그것도 '적국'의 언어로 엮어냈다. 일제강점기 조국에서 벌어지는 민중 수탈과 정치적 대립 현장을 다루었고, 일제에 맞서며 나라 잃은 울분을 민족정신으로 되살려 가며 조선인의 강한 생명력을 서사화했다. 이른바 1세대 작가 김사량, 김달수, 김석범, 김시종, 정승박, 김태생 등의 문학이 그러했다. 이들 재일코리안 1세대 작가들의 문학적 주제를 한마디로 단정하기는 어렵지만, 정서적으로는 민족적 저항과 그리움이 우세하다. 김달수가 『태백산맥』에서 서사화한 토지개혁에 따른 민중의 분열 양상, 김석범의 『화산도』에서 엿볼 수 있는 정치 이데올로기적 대립과 민중의 고통, 일본에서 공사판 잡부와 밀주를 제조하며 조선인의 질긴 생명력을 보여주었던 정승박의 『벌거벗은 포로裸の捕虜』 등이 그러한 문학적 경향을 대변한다. 김시종 시인의 잔잔하면서도 강력한 형태의 민족정신, 김사량이 『노마만리』에서 보여준 조국의 독립운동에 대한 현실감 넘치는 묘사는 그러한

민족정신에 근거한 저항적 이미지를 표상한다.

그러나 1세대 작가들과 달리 중간세대 작가들의 작품에서는 조국과 민족에 대한 피상적인 접근과 전세대들에 대한 부정적인 시각을 뚜렷하게 보여준다. 전·현세대 간의 동화되기 어려운 현실의 '벽'을 주제로 삼아 실생활 속에서 방황과 고뇌를 그리고 있다는 점에서 그러하다. "'재일조선인이' '일본어로' '민족적 아이덴티티'의 위기 속에서 그들의 '고뇌'와 '저항'을 그렸다"[3]고 할 수 있다. 대표적인 작가로서는 김학영, 이회성, 이양지 등을 들 수 있다. 김학영은 조국의 일그러진 근현대사와 맞물린 전세대의 곡진한 개인사를 현세대의 입장에서 내면적 자기해방을 추구하고, 이양지는 조국을 찾아 직접 전통 '가락'을 익히며 개아를 천착한 의식의 지팡이를 찾는다. 이러한 중간세대의 문학적 독창성은 재일코리안문학의 과거와 현재, 그리고 미래의 방향을 가늠해 볼 수 있는 중요한 잣대일 수 있다. 중간세대의 문학은 기성세대가 추구했던 역사성과 민족정신에 기초한 저항과 향수의 기조에서 벗어나, 현실주의에 근거해 과거를 보고 현실을 직시하며 미래의 방향성을 추구하기 때문이다. 이러한 현실주의에 입각한 독창적인 '재일성'은 김학영 문학의 현세대와 조국, 현세대와 전세대, 현세대와 일본 간의 실질적인 '벽'에서도 잘 확인된다.

하지만 김학영 문학은 재일코리안의 '한'과 '벽'을 함의한 '재일성' 극복이 결코 단순하지 않음을 보여준다. 김학영 문학은 일본사회에 대한 분노와 저항, 민족이라는 아이덴티티에 대한 각성보다도 모든 문제의 근원을 자기 내부에서 찾는다는 지적[4]처럼, 확실히 이방인 의식과 공고한 '벽'에 갇혀 고뇌한다. 현세대는 소외감과 고독감을 과거와 현실의 '벽'에 갇혀 바깥세계로 분출시키지 못하고 자기심화라는 내향적 형태로 끌어간다. 김학영 문학의 이방인 의식은 재일코리안이면 누구도 피해갈 수 없는 조국의 굴절된 근현대사와 민족적 아이덴티티까지

---

3   川村湊, 『戰後文學を問う』, 岩波新書, 1995, 204쪽.
4   이한창, 「소외감과 내향적인 김학영의 문학 세계」, 『일본학보』 37, 한국일본학회, 1996, 38쪽.

내향적 세계로 끌어들여 스스로를 채찍질한다.

김학영의 『얼어붙은 입』은 재일 현세대에게 조국과 민족을 둘러싼 역사 인식이 태생적으로 극복하기 쉽지 않은 공고한 '벽'이었음을 고백한다.

나는 전차 안에서 조선 관련 책을 읽기로 했다. 조선사, 해방 투쟁사, 남북 조선의 시사문제에 관한 잡지나 책을 읽고 있는 것이다. 읽는다고는 하지만 그것들은 조선어로 쓰여진 것이 아닌 일본어로 쓰여진 책들이다. 조선인이면서 나는 아직 조선어를 알지 못하는 것이다.

일본에서 태어나고 유치원부터 대학까지 줄곧 일본에서 다닌 나는 조선으로부터 벗어난 격리된 곳에서 자라왔다. 자연히 나는 조선적인 것과 소원해졌고 민족 의식도 희박하다. 아무튼 망각하기 일쑤인 자신 내부의 조선인을 전차 안에서 학습함으로써 조금이라도 회복시키고 있다. 혹은 회복하려고 하고 있다고 말할 수 있을지도 모른다. 아니 회복이라는 용어는 적절하지 않을지도 모른다. 회복이라는 것은 과거에 있었던 것을 되돌리는 것이다. 나에게 조선인 의식은 애초부터 자신 속에 없었던 것을 눈뜨게 하고 육성시키는 것이기에, 회복이라기보다 오히려 각성시킨다 또는 획득한다고 말해야 하지 않을까.[5]

재일 현세대에게 조국이나 민족 개념은 그들 내면에 신체적으로 존재하는 의식의 세계가 아니다. 그들은 애초부터 존재하지 않는 민족 의식을 하나씩 성취^각하며 각성해 가야 하는 운명이다. '적국'에서 태어나 '적국'의 언어로 교육받고 자랐던 재일 현세대에게 근현대사와 함께 했던 전세대^{조부모, 부모}의 간난의 역정은 일견 패배자의 유물로 비춰질 수도 있다. 따라서 재일 현세대에게 조국과 민족 의식은 "애초부터 자신 속에 없었던 것을 눈뜨게 하고 육성시키는 것이기에 회

---

5   金鶴泳, 「凍える口」, 앞의 책, 29쪽.

복이라기보다 오히려 각성시킨다 또는 획득한다"는 표현이 어울릴 수밖에 없다. 바꿔 말하면 재일 스스로 민족 의식과 자기^{민족} 정체성을 '획득'하지 못한다면 역사성과 민족 의식을 둘러싼 현세대의 자기 해방은 요원한 희망사항일 뿐이다.

조국의 근현대사를 둘러싼 현세대의 피상적인 민족 의식은 소설 『유리층』과 『겨울의 빛』에서 한층 고조된다.

아버지의 북조선관은 무조건적으로 철저한 예찬주의자였다. 아버지의 뇌리에는 북조선이 마치 조선인들에게 낙원으로서 자리잡고 있는 것 같았다. 귀영은 그렇게 생각하는 아버지의 마음도 이해할 것 같았다. 조선의 역사상 처음으로 독립국이고 사회주의국이고 새로운 체제가 들어선 이후 한번도 가보지 못한 조국인 만큼, 그것은 자연히 미화되기 쉬운 것이고, 결국에는 아버지의 뇌리에 낙원으로까지 자리잡게 된 것이다. 그리고 더 나아가 그곳을 낙원으로 남겨두고 싶었는지도 모른다. 또한 고난의 역사를 살아왔던 만큼, 그곳을 자신들의 조국이기에 더 한층 희망의 나라로 생각하고 싶었는지도 모른다.⁶

현길은 처음으로 창환으로부터 한글을 배우게 되었다. 이 마을 동포들 중에서 조선어를 읽고 쓸 수 있는 사람은 창환이 정도가 고작이었는데, 몇 년 전 창환이와 동포 어른들 사이에서 아이들에게 조선어를 가르치자는 이야기가 나왔던 것이다. 그리고 그 이야기가 정리되면서 여름방학 1개월 동안 매일 오전에 창환이 집에서 조선어를 배웠던 것이다. 조선어뿐만이 아니고 조선의 지리와 역사도 배웠다. 지리라고 해도 창환이 흑판에 지도를 그려놓고 어디어디가 무슨 도이고 무슨 지방이다, 혹은 삼한사온 같은 조선 특유의 기후에 대해 배웠고, 역사라고 해도 조선이 일본의 식민지가 된 이후를 간략히 정리한 것이었다. 그런데 그러한 것을 가르칠 때, 창환의 열의에 찬 표정, 특히 식

---

6   金鶴泳,「遊離層」, 위의 책, 143쪽.

민지시대의 조선인 독립운동에 대해 이야기 할 때의 타오를 듯한 자부심에 찬 얼굴은 현길에게도 강한 인상을 주었다.[7]

앞의 인용은 '북조선'에 대해 무조건적으로 '낙원'이라 '예찬'하며 긍정론을 펼치는 전세대를 현세대가 비판하는 대목이고, 뒤의 인용은 현세대가 같은 재일 현세대로부터 '조선어'를 처음 배우게 되는 과정을 묘사한 대목이다. 전세대의 '북조선'에 대한 '예찬주의자' 시각이나 현세대의 조국에 대한 무관심은 재일코리안사회에서 흔히 볼 수 있는 일반적인 현상이다. 그것은 일본으로 건너간 조선인들에게 애초부터 예견된 상황이겠지만, 세대를 막론하고 조국과 관련한 인식의 깊이가 피상적인 수준에 그치고 있음을 표상한다. 실제로 일본에서 현실 중심의 사고를 중시하는 현세대가 조국과 민족 의식을 내세우며 감각적, 정서적으로 다가서기란 현실적으로 쉽지 않다.

특히 조국과 민족을 직접 체험하지 못한 현세대가 느끼는 역사성과 민족 의식, 그곳으로 다가서지 못하는 거리감은 클 수밖에 없다. 김학영 문학의 현세대는 전세대와 조국으로부터 거부감을 느껴왔고, 그러한 역사성과 민족 의식에서 탈피하고자 부단히 노력하고 있다. 자신의 '몽롱한 불안'의 실체를 향해 현세대는 끊임없이 자신을 돌아보며 역사성과 민족 의식으로 수렴되는 자기^{민족} 정체성을 찾아 고뇌한다. 그러나 현세대의 '한'으로 표상되는 자기^{민족} 정체성은 여전히 현실의 '벽' 앞에서 흔들렸고 끊임없는 불안의 세계에 노출되어 있다. 내면적 '탈각'의 자기 반목을 김학영 문학은 '일본의 소리'[8]와 '조국의 소리'의 파열음으로 얽어내고 있다.

왜, 김학영 문학은 조국과 민족이란 고유명사 앞에서 내면적 채찍으로만 일관했던 것일까. 왜, 조국과 민족을 향해 열정적으로 다가서지 못하고 패배주의와 다름없는 이방인 의식으로 점철했던 것일까. 이러한 물음은 비단 김학영 문학에

7   金鶴泳,「冬の光」, 위의 책, 333쪽.
8   김환기,「이양지의 『유희』론」,『일어일문학연구』41, 한국일어일문학회, 2002.5, 23쪽.

만 던질 수 있는 건 아니지만, 확실히 김학영 문학의 이방인 의식과 화두를 푸는 데 유효해 보인다. 김학영의 말더듬기는 태생적인 운명의 지점이지만 어렸을 적부터 끊임없이 작가를 괴롭혀 온 고뇌의 근원이다. 말더듬기는 작가의 삶을 통째로 집어삼켰기에 말더듬기로부터 해방되는 것이 진정한 자기해방의 길이다. 김학영은 말더듬기의 원죄, 한평생을 괴롭혔던 자신의 말더듬기를 이렇게 받아들인다. 결국 "말더듬기를 따지고 들어가면 왜 한국인이면서 일본으로 흘러 들어와 살게 되었냐는 문제에 봉착하게 되고, 그 근원을 찾다보면 민족 문제에 이르게 된다"[9]라고.

김학영은 자신의 삶과 문학에서 풀어내야 할 최대의 과제를 말더듬기로 보고 그 화두를 푸는데 한평생을 몰두했다. 그리고 운명적인 말더듬기를 감당할 수 없었던 것처럼, 점차 조국과 전세대와의 관계도 인간의 이지와 '탈각' 작업만으로 극복하기 힘든 영역임을 통감한다. 치열한 내향적 고뇌로 재일 현세대 자신을 옥죄는 '재일성'이 부각되는 이유다. 김학영 문학에서 모든 문제의 시각이 자신의 내부로 향하고 있다고 하는 것은 그렇게 말더듬기로 표상되는 운명적 지점에서 비롯된 자아탁마自我琢磨라고 할 수 있다.

2) 현세대와 '아버지'

김학영 문학에서 이방인 의식은 조국의 굴절된 근현대사와 함께 세대간의 유리遊離를 통해서도 구체화된다. 소설『흙의 슬픔』에는 전세대인 조모의 굴절된 삶에 대한 현세대의 회상이 구체적이고 울림을 준다. 이국땅에서 굴절된 삶으로 평생을 살았던 조모가 철도 건널목에서 자살한 사연을 전하는 현세대의 목소리에는 깊은 '한'의 감정이 실린다. 조모가 평소에 입에 달고 살았던 '쓸쓸하다' '조선으로 돌아가고 싶다'고 했던 목소리에는 단순한 고향祖国으로의 회귀 의식이

---

9   김학영, 하유상 역, 「자기 해방의 문학」, 『소설집 – 얼어붙은 입』, 화동출판사, 1922, 20쪽.

김학영, 『흙의 슬픔』, 크레인, 2006

아닌 역사성과 민족적 감정을 포괄하는 한스러움이 담겨 있다.

조국을 떠나 일본에서 시작된 전세대들의 삶은 그야말로 저항과 투쟁, 그리움과 고향으로의 회귀 의식으로 점철된 '한'의 세월 그 자체였다. 남은 가족들은 자살한 할머니의 시신도 찾지도 못한 채 철도변의 흙 한 줌을 항아리에 담아 유골 대신으로 모신다. 작품의 제목인 『흙의 슬픔』이 의미하듯이, 현세대는 조모의 사진 한 장 남아있지 않은 '한' 맺힌 일생을 완전한 '無'로 보고 그것을 완벽한 사랑의 '無'로 받아들이고 있다. 즉, 할머니를 조국과 가족의 사랑으로부터 버림받은 인물로 여기면서 내면의 심상공간에 유골 대신 묻은 흙 한 줌을 '한'의 상징으로 받아들이고 있다. 현세대의 내면적 '해방'을 위한 자기성찰은 정신적 빈곤 상태에서 자라면서 아버지의 폭력도 용인하며 무기력함으로 이어지게 된다.

나무 봉이 부러지려면 상당한 힘이 필요하다고 생각합니다. 지금 생각해 보면 왜 그 때 어머니는 두개골 골절상을 입거나 뇌진탕을 일으켜 실신하지 않았는지 이상할 정도입니다. 게다가 당시 어머니는 동생을 임신하고 있어서 제법 배가 불러 있었습니다. 아마도 이따금씩 맞은 곳이 어머니 머리 부분의 급소를 빗나갔던 것일 테지요. 어머니는 실신하는 일 없이 비틀 비틀거리다가 쓰러졌고, 마치 배 안의 아이를 보호라도 하듯, 새파랗게 질린 얼굴로 바닥에 엎드려 눈을 감고 머리를 떨군 채 아픔을 참는 것 같았습니다. 그리고 마침내 피가 한줄기 실처럼 끊이질 않고 천천히 관자놀이 사이를 타고 흘러내렸습니다.[10]

"이놈! 애비를 깔보다니"라고 고함치듯 내뱉으며 계속해서 때렸다. 경순景淳은 계속해서 두들겨 맞고 있었는데도 아픔을 느끼지 못했다. 잠시 눈을 뜨는 순간 또 한차례 아버지의 주먹이 날아들었고, 그 순간 획하고 피가 눈앞으로 날리는 것을 볼 수 있었다. 그 저편에 아버지의 얼굴이 있었다. 그 모습은 경순이 지금까지 본 적이 없는 도저히 아버지라고 생각할 수 없는 흉악한 얼굴이었다.[11]

아버지의 폭력을 현세대는 "새파랗게 질린 얼굴"로 담담히 받아들일 뿐이다. 작품은 자포자기의 현세대 시선으로 전세대인 아버지의 폭력성을 리얼하게 고발한다. 특징적인 것은 작품의 서사적 전개가 유소년 시절을 생생하게 기억하는 끔찍한 집안의 치부폭력를 현세대가 회고하는 서술형식을 취한다는 점이다. 과거 회상식 서사구조는 작품의 긴장감을 떨어뜨리고 생동감을 반감시키기도 하지만, 한편으로는 왜 세대를 거듭해 조부모의 굴절된 삶이 부모세대로 이어지고, 또 현세대로 이월되는가 하는 물음을 던지게 만든다. 평범한 물음이지만 명쾌한 해답을 찾기란 쉽지 않다. 세대교체의 주인공인 현세대가 콤플렉스를 극복하고 창조적인 삶을 이끌어내는 길밖에 없을 텐데, 작품 속 현실은 안타깝게도 탈출구를 찾아가는 여정과는 거리가 멀다. 말더듬기란 콤플렉스를 내향적인 체념적 논리로 일관하기 때문이다. 말하자면 현세대의 말더듬기를 일제강점기 국권 상실과 연계시키고, 전세대아버지의 폭력과 연계시키면서 문제의 본질 해명이나 극복은 엄두도 내지 못한 채 넘어야할 '벽'은 한층 견고해지는 꼴이다.

그런 의미에서 김학영의 작품에서 이야기되는 전세대의 폭력은 현세대의 콤플렉스인 말더듬기와 조국 상실의 개념과 한층 중층적으로 맞물린다. 애초부터 현세대에게 개별개인적인 차원의 문제 해결을 허용하지 않는다. 국권 상실-조부모의 피폐한 삶-아버지의 폭력성-현세대의 말더듬기의 공고한 연결고리, 그것은 역사성과 민족성을 함의한 굴절된 '부'의 시공간임을 분명히 한다. 따라서 김

---

10   金鶴泳, 「土の悲しみ」, 앞의 책, 408쪽.
11   金鶴泳, 「鑿」, 앞의 책, 359쪽.

학영 문학의 말더듬기는 단순한 신체적인 트라우마 이상이다. 이 신체적 결함과 정신적 콤플렉스는 조국과 민족, 정치와 이데올로기를 함의한 문화적 복선[13]으로서 각별하게 받아들여질 수밖에 없다.

3) 현세대와 '일본'

김학영 문학에서 일본을 바라보는 시각은 다채롭다. 재일코리안 전세대와 현세대가 느끼는 일본을 향한 '벽'은 역사적인 부분을 포함해 정치경제적인 측면까지 다양하게 얽혀 있다. 전세대의 입장에서 일본일본인은 선택의 대상이 아니었다. 전세대 작가들에게 일본일본인은 선택의 대상이 아닌 굴절된 근현대사의 생존투쟁 과정에서 마주해야 했던 민족차별과 멸시를 강요했던 대상이었다. 그러나 김학영 문학은 전세대와 일본일본인 사이의 불협화음을 구체적으로 다루지 않는다.

김학영의 문학은 작중 전세대아버지의 직업이 막노동판, 폐품 수집, 밀거래라고 하는 소위 3D 업종에 매달릴 수밖에 없는 재일코리안의 애환과 고뇌를 천착하면서도 직접적으로 일본일본인을 겨냥하지는 않는다. 실제로 『얼어붙은 입』에서 전세대에 대한 언급은 '나'의 친구 이소가이磯貝의 유서를 소개하는 대목에서 보듯 현장에서 마주하는 부의 역사적 지점을 적극적인 형태로 소환하지 않는다. "조부가 시내의 F조라는 토건 회사에 근무했던 관계로 아버지도 15세 무렵부터 같은 F조에서 일하게 되었던 것 같다. 아버지는 강가의 자갈 줍기로 출발해서 지금의 재산을 형성했다"[13]라는 사실에 대한 언급이나 부모의 결혼 실패를 거론하는 정도이다. 『유리층』 역시 귀영貴映의 부모님이 고향에서 불고기집을 운영한다는 사실을 소개하면서 "이국에서 고생을 많이 한 아버지로서는 먹고사는 문제가 최우선"[14]이라고 언급한다. 또한 『돌의 길』에서도 쌀의 밀거래와 곱창집을 운영하는 전세대의 힘겨운 삶을 소개하는 정도다. 이처럼 김학영의 문학은 전세대의

---

12   김환기, 「김학영의 『얼어붙은 입』론」, 『일어일문학연구』 39, 한국일어일문학회, 2001. 11, 26쪽.
13   金鶴泳, 「凍える口」, 앞의 책, 68쪽.

맹목적일 수밖에 없었던 간고한 삶을 고발하는 선에서 그친다.

앞서 언급했지만, 김학영 문학에서 아버지는 걸핏하면 가족들에게 폭력을 휘두르는 폭군으로 그려지기 일쑤다. 현세대는 일본 땅에서 간고한 삶으로 점철했던 전세대를 굴절된 '부'의 역사성의 연장임을 전제한다. 양석일의 『피와 뼈』에서 '신체성'을 강조한 폭군의 아버지상이 일제강점기 조선인들을 피폐한 생활상을 상징하듯이, 지배와 피지배, 식민과 피식민, 중심과 주변의 수직적 변주를 전제한 현실적 간고함을 보여준다. 그것은 전세대의 폭력적인 비인간성을 부각시키는 만큼, 그들 세대와는 다른 현세대의 상대화된 냉철함에 정당성을 부여하는 일종의 문학적 장치로 읽힌다.

따라서 김학영 문학에서 전세대의 피폐한 삶과 폭력적 행위, 그리고 현세대의 간고한 방황과 고뇌는 현실 공간에서 일본·일본인·일본사회를 의식한 행위에 가깝다. 현세대에게 '일본'의 배타성과 차별주의는 극복하기 힘든 현실의 '벽'이다.

주종일朱宗一은 경순景淳과 같은 고등학교를 졸업한 선배로서 경순이 소학교를 다니고 있을 때, 도쿄東京대학 법학부에 들어갔다. 열 몇 세대의 동네 동포 중에서 처음으로 들어간 대학생이라 많은 동포들은 장래를 기대하고 있었는데, 그 중에는 "조선인이 일본 법률을 공부해서 뭐가 된다는 거냐. 재판관이나 변호사가 될 리도 없고 쓸데가 없지 않느냐"라고 헐뜯는 이도 있었다. 예상했던 대로 주종일은 대학을 졸업하고 고향으로 돌아왔다. 역시 국적 때문에 취직할 곳이 없어 어쩔 수 없이 돌아왔다는 소문이었다.[15]

"최근 당신을 결혼 상대자로서 생각하지 않게 되었어요. 유년 시절부터 잘 아는 친한 친구 이상으로 생각할 수 없게 된 것이지요. 게다가……."

"게다가?"

14　金鶴泳, 「遊離層」, 위의 책, 114쪽.
15　金鶴泳, 「鑿」, 위의 책, 372쪽.

"우리들. 역시 결혼은 무리라고 생각해"라고 후미코文子는 단호한 어조로 말했다. "아버지 어머니 모두 반대도 하구······."

"조선인이니까?"

"그것은 접어두더라도, 최근에 와서 전 여러 가지를 생각했어요. 봐요. 당신은 생각한 적이 없나요? 저와 당신이 결혼한 이후, 우리들 사이에 태어날 아이에 대해서 말이에요. 저는 불쌍하다고 생각해요. 조선의 피가 흐르는 것이 불쌍하다는 것이 아니고 혼혈이라는 것이 불쌍하다는 거예요. 여러 가지 문제가 생겨날 것이고, 혼혈이라는 것만으로도 이미 하나의 큰 불행이라고 생각해요. 피할 수 있다면 피하는 것이 좋다고······"라고 후미코는 말했다.[16]

전자는 재일 현세대 주종일이 명문 도쿄대학을 졸업하고도 직장을 구하지 못해 낙향하고, 술로 전전하다가 추운 날 동사凍死한다는 이야기를 그린『끌鑿』의 한 대목이고, 후자는 현세대 귀영이 결혼을 약속한 일본인 여성 후미코로부터 혼혈아는 낳을 수 없다는 말을 들으며 결혼을 거부당하는『유리층』의 일부이다. 양자 모두 삶에서 가장 중요한 결혼과 직장 문제를 다루고 있는데, 그 중차대한 선택의 기로에서 '조선인'이라는 이유로 일본·일본인·일본사회로부터 배척당하는 현세대의 좌절감을 그리고 있다. 이처럼 김학영 문학은 현세대가 학창 시절에 겪게 되는 일본일본인으로부터의 민족차별과 멸시도 구체적으로 읽어낸다.

김학영 문학의 현세대는 실질적인 삶의 공간인 일본에서 소중한 직장과 결혼을 포함해 고향祖國에서조차 이방인 의식을 지워버리지 못한 채 좌절과 고뇌로 점철한다. 소설 속 인물들은 아무런 대안도 없이 현실의 '벽' 앞에서 이방인 의식에 휩싸인 채 내면적 갈등을 거듭한다. 김학영 소설 속 등장인물들은 이양지가『마음에 태양을 안고』라는 작품을 통해 향일성을 키웠고,『유희』를 탈고하면서

---

16   金鶴泳,「遊離層」, 위의 책, 112쪽.

경계인으로서의 정신적 고뇌를 "사물과 대상을 있는 그대로의 모습으로 받아들이는" 형태와는 다르다. 김학영 문학은 그렇게 재일 현세대의 정신적 방황과 고뇌를 현실 공간에서 잠재울 수 없었다. 현세대가 안고 있는 조국과 민족에 대한 거리감, 전세대와의 거리감, 현실의 '벽'은 결국 운명적인 시공간으로 수렴되는 거대한 일본·일본인·일본사회와 맞물린 제국·국가주의와 공고하게 맞물려 있음을 보여준다. 김학영과 그의 문학이 현세대의 끊임없는 내향적 고뇌를 강조하고 한발자국씩 어둠 속으로 이끌리는 것은 공고한 '벽' '일본'과 마주하는 데서 오는 이방인 의식이다.

3. '벽'과 '원죄'로서의 현실 인식

김학영 문학은 재일 현세대를 중심으로 조국의 굴절된 근현대사를 등에 업고 일본 땅에서 살아가는 가족서사가 적지 않다. 일본 근대소설의 독창적인 사소설적 양상과 닮아있다. 재일 현세대의 '말더듬기'를 주제화한 작품은 『얼어붙은 입』과 『눈초리의 벽』인데 작품 전체를 놓고 보면 많은 편이 아니다.[17] 초기에 발표된 김학영의 『얼어붙은 입』은 그의 대표작으로서 세간으로부터 크게 주목받았다. 작가의 숙명적인 말더듬기를 문학적 출발점으로 삼은 것이 독창적인 까닭은 그 말더듬기의 인물 형상이 그의 문학에서 시종일관 화두로 기능했기 때문이다.

작가는 말더듬기의 근원을 파고들면 부의 역사와 맞물린 민족문제에 봉착하게 된다고 했다. 이 발언은 『얼어붙은 입』을 발표하면서 작가 자신에게 '왜 나는 말을 더듬어야 하는가?'란 개인적 트라우마에 대한 근원적인 해답을 찾기와 맞

17　箕輪美子,「在日朝鮮人文學における苦惱の形」, 慶熙大大學院, 1992, 51쪽. 이 논문에서는 김학영의 주요 작품에서 민족문제와 부친 문제가 각각 50%를 차지하는데 비해 말더듬기 문제는 1%밖에 차지하지 않는다고 밝히고 있다.

물린다. 또한 그것은 '왜 나는 조국과 민족 그리고 일본 사이에서 고뇌하여야 하는가?'란 자신의 아이덴티티에 대한 자문自問이기도 하다. 이러한 일련의 물음에 답하고자 그의 문학은 끊임없이 몸부림쳤다. 즉, 원체험이 없는 조국과 현세대 사이에 가로놓인 '벽', 전세대인 아버지와 현세대 사이의 '벽'을 허물고자 치열하게 고뇌했다. 그 현실의 '벽' 앞에서 현세대는 '몽롱한 불안'[18]으로 빠져들었고 벼랑으로 내몰렸다. 조선인도 일본인도 아닌 이방인 의식에 사로잡혀 꼼짝달싹 못한 채 안으로만 채찍질하는 형국이다.

앞서 언급했듯이 말더듬기는 본인의 노력으로 극복하기엔 한계가 있는 선천적인 장애다. 개인의 이지적 노력과는 별개로 말더듬기의 당사자는 그 숙명적인 운명을 떠안고 살아갈 수밖에 없다. 그에 따른 사회적 불이익과 불편은 고스란히 당사자가 떠맡아야 하는 몫이다. 운명적이기에 말더듬기를 긍정적인 삶으로 설계할 것인지, 아니면 멍에에 사로잡혀 삶 자체를 회의적으로 볼 것인지에 따라 자의식의 결과는 달라진다. 『얼어붙은 입』의 '나' 최규식은 전자에 해당한다고 할 수 있고, 이소가이는 후자의 삶을 선택한 경우라고 할 수 있다. 최규식의 "'말더듬기'는 내게 있어 틀림없는 하나의 숙명이며 '말더듬기'에 패하는 것은 숙명에 패하는 것이다. 이는 곧 숙명에 저항하며 그것을 극복하려는 투쟁의 도정인 인생에 패하는 것"[19]이란 인식과 이소가이가 "죽음에 대해 깊은 매력을 느껴왔다"[20]는 인식으로 갈라진다.

이처럼 『얼어붙은 입』은 말더듬기인 현세대가 자신의 숙명적 콤플렉스를 극복하느냐 그렇지 않느냐라는 물음을 제기한다. 그 물음은 김학영 자신의 신체적 트라우마인 말더듬기를 '나'와 '이소가이'로 양분해 형상화했다고도 할 수 있다. 현세대인 '나'와 '이소가이'가 동일한 말더듬이를 놓고 현실에서 실질적 대화 방

---

18   김환기, 「김학영 문학과 '벽'」, 『일본학』 19, 동국대일본학연구소, 2000, 254~255쪽 참조.
19   위의 글, 22쪽.
20   위의 글, 64쪽.

식이 아닌 심리적 대결로 풀어간다는 점에서 그러한 사고를 읽을 수 있다. 현세대인 '나'와 '이소가이'는 같은 재일코리안 2세, 같은 대학 이과 대학생, 말더듬기, 내성적 성격, 변변찮은 부모의 직업이란 공통분모를 가지고 있고, 타자화된 공간의 특수성 위에서 이심전심으로 통한다. 그러니까 김학영의 말더듬기는 단순한 언어적 장애를 넘어 작가의 내면세계가 응축된 일종의 원죄에 해당한다. 작가는 그 원죄를 두 말더듬기를 통해 얽어냈다고 할 수 있다. 이러한 관점은 현세대의 '벽'을 생각할 때, 조국[21] 또한 현세대에게는 선택의 문제가 아닌 강제된 숙명이자 굴절된 원죄로 인식된다.

> 나는 내가 조선인이면서 일본인과 거의 다름없는 심정으로 주위를 보고, 듣고, 경험하며 살아가고 있다. 내 안의 조선인 의식은 항상 관념으로서의 민족 의식이었지 실재 느낌으로서의 의식이 아니었다. 그런데 전차 속에서 조선에 관한 책을 읽을 때마다 나는 매일처럼 자신이 조선인이라는 것을 새삼스럽게 느끼게 되고 생각하게 된다. (…중략…) 조선인이 일본인에 의해서 조선인 문제를 교육받고 자신이 조선인이라는 사실을 생각하게 된다. 그것은 참 묘한 일이다. 오히려 부끄러워해야 할 일임에 틀림없다. 하지만 사실 그 기묘한 조선인이 바로 자기라는 인간이다. 이런 현상은 나에게만 한정된 일이 아닌 일본에서 태어나 일본에서 자라고, 민족 교육을 받지 않고 일본 학교를 다녔던 재일조선인 2, 3세대의 많은 사람들이 같은 입장일 것이라고 나는 생각한다.[22]

조선인이면서 일본인으로 살아가는 '나'의 조국과 민족, 그리고 조선인에 대한 인식은 지극히 피상적이다. 조선·조선인으로서의 의식은 "항상 관념으로서의 민족 의식이었지 실재 느낌으로서의 의식"이 아니다. 전차 안에서 조선 관련 서

---

21 여기에서 '조국'이란 개념은 재일 한국인이 안고 있는 민족 문제는 물론, 조선·조선인 문제까지 포함하는 정치역사, 사회적인 부분까지 포함하는 넓은 의미의 조국을 말한다.
22 金鶴泳, 「凍える口」, 앞의 책, 30쪽.

적을 읽으며 조국 가까이로 다가설수록 우울해지고 침울해지는 관념화된 의식이다. 그것은 지난날 '동포들'이 억압받고 학대받으며 살아왔고, 지금도 그러한 비참함과 고뇌으로부터 벗어나지 못한 채 살아가고 있는 역사의 연속성, 그 연속성 위에 서 있는 자신의 존재에 대한 회의懷疑를 의미한다. 현세대의 존재에 대한 의식은 자신에게 "일본에 대한 증오의 마음을 자극하고, 그렇게 자극함으로써 그동안 자신과 깊숙이 융합해온 주변 인연들과의 사이에 이방인이란 단층"[23]을 만들어 낸다. 그것은 조국의 굴절된 근현대사와 자신들이 단절의 형태가 아닌 단단한 고리로 묶여져 있음을 의미하며, 현세대 스스로 그 연결고리를 끊을 수 없는 데서 오는 정체성의 확인을 보여준다.

현세대는 "왜 지난 조국의 역사가 현재의 자신들의 삶을 억압하고 재단하는가"에 대한 자문을 포기할 수 없다. 이들은 민족 의식을 통해 역사성과 민족 의식에 함의된 굴절된 근현대사적 장벽을 극복해야만 한다. 문제는 현세대의 민족적 감정이 깊어지고 고취되면 될수록 자신들의 존재성은 '부성'에 젖은 기피하고픈 대상으로서의 이미지가 부각된다는 점이다. 말더듬기가 자신의 트라우마에 사로잡혀 운신의 폭을 좁혀가듯 민족 의식이 깊어질수록 현세대의 미래지향적인 길은 멀고 어두울 뿐이다.

일제강점기 건설현장에 동원된 강제 노역, 강제 징용, 관동대지진 때의 조선인 학살, 민족차별 문제 등에 대한 인식이 현세대의 자의식을 지배한다. 역사 의식과 민족 의식을 통한 실질적이고 근본적인 자기 구제의 대안을 찾지 못한 채 조국이란 덫에 걸려 꼼짝을 하지 못한다. 본인의 의사와는 무관하게 현세대에게 부여된 조국은 신체적 트라우마인 말더듬기처럼, 현세대에게 선택이 아닌 숙명의 문제로서 한층 원죄적 성격[24]으로 결박된다. 전세대인 아버지의 존재 역시 재

---

23 위의 글, 33쪽.
24 "내가 조선인으로 살아가기 위해서는 좀더 조선인을 가깝게 느낄 수 있어야 할 것이다. 그런데 아버지로부터 벗어나려 했던 나는 어느새 누이동생들과는 반대로 조선 그 자체로부터 벗어나려

일 현세대에게는 넘기 어려운 원죄격 '벽'이다.

어머니는 부엌 구석에서 피를 닦으려고도 하지 않았다. 낮은 목소리로 가슴을 쥐어 짜는 비통한 소리로 속으로 울고 있었다. 이는 몇 개인가 부러졌고 입안은 온통 피로 뒤범벅이었다. 가슴팍에서 무릎까지 코피가 흘러내려 옷은 온통 붉은 선혈로 낭자했다. 나와 도자道子는 서로 부둥켜안고 울고 있는 어머니의 끔찍한 모습을 바로 앞에서 바라보며 함께 울었다. 나와 도자는 어머니의 비통함을 울었고, 그 어머니의 비애는 나와 도자의 마음 속으로 한없이 파고들어 영원히 고쳐지지 어려운 상흔傷痕으로 굳어졌다. 이와 비슷한 일들은 수없이 많았다. 그리고 그 하나 하나가 의식이 싹틀 무렵의 내 마음에 지나칠 정도의 강렬하고 선명한 인상으로 남아 있다. 잊을래야 잊을 수 없는 쓰라림으로 내 가슴 깊숙이 각인되어 있다. 내 마음 속에. 내 성격 속 깊숙이……[25]

『얼어붙은 입』에서 아버지는 어머니에게 무자비한 폭력을 휘둘렀다. 『착미』에서 현세대는 "이 세상에서 가장 추악한 것이 부모의 싸움이었다. 그 추악함은 그 안에 몸이 얼어버릴 것 같은 음습함과 음험함을 함축하고 있어 더 한층 질이 나쁜 추악함이었다"[26]라며 아버지의 폭력에 몸서리친다. 또한 『알콜램프』에서는 현세대 준길의 아버지가 막내딸이 일본인 청년과 사귄다는 이유로 머리카락을 잘라버리는 폭력을 자행하고, 『겨울의 빛』에서는 현세대 현길의 아버지가 밥상을 던지며 어머니와 가족들에게 폭력을 가한다. 이렇게 김학영의 소설에서 전세대아버지의 직업은 3D업종으로 설정하고 폭군으로서 조국과 민족을 향해 끊임없

했다는 생각이 든다. 그러나 아무리 벗어나려고 한다지만 완전히 벗어날 수 있는 것이 아니다. 아버지를 넘어설 수도 없고 아버지로부터 벗어날 수도 없다. 나는 그 속에서 방향을 잃은 채 방황하며 잠시 멈춰서 있는 인간에 지나지 않는다"며 현세대는 조국과 아버지에 대한 한계를 운명적으로 받아들인다(金鶴泳,「錯迷」, 앞의 책, 222쪽).

25 金鶴泳,「凍える口」, 위의 책, 69쪽.
26 金鶴泳,「錯迷」, 위의 책, 182쪽.

이 애증愛憎을 보이는 인물로 묘사한다.

김학영 문학에서 현세대에게 굴절된 아버지상은 선택이 아닌 숙명처럼 주어진 멍에다. 재일코리안사회에 팽배한 갈등과 고뇌를 중재하거나 희석시킬 힘이 현세대에게는 애초부터 주어지지 않는다. 그것은 조국의 굴절된 근현대사와 맞물린 전세대의 폭력, 현세대의 말더듬기로 표상되는 '부'의 역사적 지점이기에 현세대가 선택할 수도, 환원할 수도, 바꿀 수도 없는 절대적인 영역에 해당한다. 따라서 현세대는 굴절된 '부'의 역사지점으로 수렴되는 숙명적인 말더듬기를 원죄로 인식하고, 그 원죄로부터 자유로워지기 위한 실존적 자아를 찾아 끊임없이 고뇌할 수밖에 없다.

4. 자아탁마와 '恨'의 내향적 승화

김학영 문학의 현세대는 시종일관 이방인 의식에서 벗어나지 못한 채 정신적 고뇌를 거듭하게 된다. 특히 현세대가 자신들의 정체성 문제를 놓고 '조국' 앞에서 주체적인 목소리를 내지 못하고 아버지의 폭력도 굴절된 근현대사가 남긴 '부'의 유물쯤으로 인식한다. 현세대의 견고한 이방인 의식은 굴절된 근현대사의 현장을 향해 저항과 투쟁의 목소리로 표출되지 않는다. 설령 근현대사 '벽'과 마주하더라도 최소한의 불만을 토로하는 수준에 그친다. 이러한 문학적 경향을 자기 심화의 실존적 고뇌로 보고 긍정적으로 평가하는 경우도 없지 않다.

다케다 세이지竹田靑嗣는 김학영의 문학을 사회적 거대 서사 대신 고통에서 벗어나기 힘든 한계를 통렬한 심정으로 드러냄으로써 독자들의 호응을 얻는다며 다음과 같이 평가한다.

작가 김학영을 이른바 재일조선인이라는 '피차별'의 틀 안에서 그 슬픔과 고통을 내향적인 형태로 그렸다고 하는 이미지로 받아들 여서는 안 된다. 그에게는 항상 '말더듬' '민족' '아 버지'라고 하는 커다란 모티브가 존재했지만, 이 세 가지 모티브는 서로 얽히어 하나의 극히 문학 적인 테마를 이끌어내고 있다는 느낌이다. 이 테 마를 한마디로 말한다면 아마도 왜 인간은 고통 스러워하는가? 고통 속에서 산다는 것은 어떠한 의미가 있는 것인가? 라고 하는 물음으로 귀착될 것이다. (…중략…) 인간의 고통이라는 테마를 떨리는 감수성으로 완전하게 그려내었다. 그것

김학영, 『김학영 작품집』, 작품사, 1986

은 사회적인 커다란 테마를 앞세우지 않는 대신에 고통으로부터 도저히 벗어날 수 없 는 인간의 통절한 심성으로 파고들어 독자들의 영혼을 울리는 것이다.[27]

가와무라 미나토川村湊 또한 김학영 문학에 대해 "「재일」이라는 의지할 데 없는 비애나 차별 의식에서 오는 갈등을 인간 본질에까지 거슬러 올라가 생각함으로 써 재일문학을 새로운 단계로 끌어올렸다"[28]라고 높게 평가했다. 다케다 세이지 나 가와무라 미나토의 경우, 김학영 문학이 갖는 인간 본질에의 접근과 실존적 존재성에 대한 긍정적인 평가라고 할 수 있는데, 이러한 평가는 재일코리안 1세 대가 추구하였던 '민족적 아이덴티티의 개념'과 오늘날 재일코리안 3, 4세대 작 가들이 추구하는 "민족적 아이덴티티로부터의 탈피적 개념" 사이의 과도기적 양 상을 평가했다는 점에서 주목된다. 김학영 문학의 내면적 자아탁마自我琢磨의 서 사구조는 재일 중간세대로서 내면적 고뇌를 거듭하며 조국과 민족 앞에 떳떳하 고자 노력했던 이양지 문학, 유역화·유민화된 '나그네 의식'으로부터 탈출을 시

27   竹田靑嗣, 「苦しみの原質」, 『金鶴泳作品集成』, 作品社, 1986, 448~449쪽.
28   川村湊, 「'在日'作家と日本文學」, 『講座-昭和文學史』 5, 有精堂, 1989, 30쪽.

도했던 이회성 문학과 비교할 때, 대단히 독창적이라 할 수 있다.

김학영 문학의 독창적 '재일성'을 놓고 우리는 '내향적 문학'이라 부른다. 김학영 문학이 안고 있는 '한'의 세계가족, 민족, 개인적 삶의 '벽'를 외향적으로 끌어가기보다 내향적인 탈각 작업으로 일관했음을 의미한다. 김학영 문학의 현세대는 구심력으로 표상되는 역사성과 민족 의식이 맞물린 전세대의 간난신고, 조국애, 망향의 세계를 안으로 감싸 안고, 현실적 '벽'인 사회적 차별과 멸시, 직장과 결혼 문제를 놓고 겪을 수밖에 없는 좌절감을 투쟁과 저항으로 맞서지 않는다. 가와무라 미나토는 "문학이 지엽적이지 않은 전체적 인간의 삶을 엮어내는 작업이라고 할 때, 김학영 문학은 조선인이란 입장에서 이방인 의식으로 점철하기보다 전체적 인간의 고뇌를 그려내는 배려가 아쉽다"고 지적한 바 있다. 이는 일본에서 소수민족의 특수성을 인간의 보편성 차원으로 풀어내는 작업이 미진했음을 뜻하며, '한'의 세계가 강한 역사성과 사회성을 함의하기에 내향적이든 외향적이든 적극적인 형태로 승화되지 못한 것에 대한 아쉬움의 표현이다.

김학영 문학의 피해 의식과 이방인 의식은 지나치리만큼 광범위하고 중층적이며 그 색깔도 짙다. '존재의 심연'을 통한 자아의 '해방'으로 이해하기에는 정신적 고뇌와 저항의 강도가 너무 여리다. 이를테면 말더듬기를 비관하며 삶에 대한 의욕을 잃어버린 이소가이의 자살『얼어붙은 입』, 취직과 결혼을 앞두고 불안감에 휩싸여 있던 귀춘貴春의 자살『유리층』, 알콜램프를 깨부수고 자포자기 상태로 빠져버리는 준길의 행동『알콜램프』, 절망의 끝이 보이지 않는 현길의 죽음에의 접근『겨울빛』과 같은 일련의 경향들은 그러한 문학적 '재일성'을 대변한다.

김학영의 문학은 일본의 시라카바파白樺派 작가들과 비교해 보면 독자적인 영역이 한층 분명해진다. 시가 나오야志賀直哉가 『암야행로暗夜行路』에서 겐사쿠謙作로 하여금 정신적 자아를 찾아 고행길로 떠밀듯이,[29] 그리고 무샤노코지 사네아쓰

---

29   김학영, 「김학영의 『얼어붙은 입』론」, 『일어일문학연구』 39, 한국일어일문학회, 2001, 11쪽 참조.

武者小路實篤가 사랑을 주제로 한 소설[30]을 통해 자연에 도전장을 던지듯이, 김학영 문학의 현세대는 좀더 적극적인 형태의 자기 '해방'을 향한 모색이 아쉽다는 것이다. 김학영 문학이 독자들의 '밀운불우적密雲不雨的' 갑갑함을 풀어주지 못하고 마지막까지 갈증을 느끼게 만든 것은, 그러한 보편성에 입각한 '해방구'를 제공하지 못한 데서 오는 갑갑함일 것이다. 작가의 자살이라는 선택 역시 결과적으로 그러한 내면의 '밀운불우적' 이방인 의식을 걷어내지 못한 것과 무관하지 않다.

그러나 김학영 문학이 재일코리안의 '한'을 내향적으로 이끌며 "현실과의 적극적인 대결을 모색하기보다 존재의 심연으로 침잠될 수 있는 혼자만의 고독한 장소를 유일한 자신의 안식처"로 보고, 실존적 측면에서 자의식을 모색한 특성은 중요하다. 그의 문학은 재일코리안문학사에서 고뇌파[31]로 분류되며 '한'을 한으로 남겨두되 내향적으로 감싸 안는 독특한 서사구조를 취한다. 트라우마인 '말더듬기'를 풀어야 할 화두로 내걸고, 조국과 개인, 세대 간의 갈등과 현실의 '벽'을 통해 현세대의 현실적 고뇌를 심화시킨다. 운명에 대한 인간의 한계성을 솔직하게 인정하는 심경묘사 형태는 다른 재일코리안 작가와 변별되는 김학영 문학의 독창적인 '재일성'이다. 현세대가 안고 있는 정신적, 심리적 불안이나 '이방인 의식'을 내향적으로 묘사하면서, 그들의 현실 앞에 가로놓인 '벽'[32]을 운명적으로 받아들이는 일련의 패배주의는 김학영 문학만의 독특한 서사구조로 읽

---

30   무샤노코지 사네아쓰는 『한심한 짝사랑』, 『우정』, 『사랑과 죽음』을 통해 아픈 사랑을 그리고 있는데, 인간의 의지를 창조하며 건강한 자아를 확립해 가는 메시지를 전하고 있다. 이른바 자신 앞에 놓인 피할 수 없는 운명을 수용하면서 긍정적인 새로운 무언가를 찾고자 하는 도전장과도 같은 강한 의지를 그리고 있다.

31   최효선은 『재일동포 문학연구』에서 재일 한국인 작가들을 민족파, 실존파, 융합파, 고뇌파로 구분하면서, 민족파로는 김달수, 김석범, 김시종, 김태생, 이회성, 양석일, 이정자를 들고 있다. 그리고 실존파로는 장혁주, 다치하라 세이슈(立原正秋), 쓰카 고헤이(つかこへい), 사기사와 메구무(鷺沢萠), 다케다 세이지(竹田靑嗣), 융합파로는 정승박, 이오 겐시(飯尾憲士), 이주인 시즈카(伊集院靜), 고뇌파로는 김학영, 이양지, 유미리를 들고 있다(최효선, 『재일동포 문학연구』, 문예림, 2002, 161~189쪽 참조).

32   김환기, 「김학영 문학과 '벽'」, 『일본학』 19, 동국대일본학연구소, 2000 참조.

힌다. 제국과 국가주의를 상대화한 지점에서 부상될 수밖에 없는 정치사회적 이데올로기성을 배제하고 실존적 자기심화 방식의 고뇌로 일관했던 김학영 문학에 대한 평가라고 할 수 있다.

이러한 김학영의 문학적 성취는 역사성과 민족성을 둘러싼 재일코리안의 '아리랑'으로서 간고한 삶의 애환과 향수, 자아와 실존의 형태로 구체화된다. 그리고 그러한 재일코리안의 '아리랑'을 '한'의 승화로 받아들인다. 이른바 조국과 민족의 굴절된 근현대사를 직접 다루며 이국에서의 간난신고와 향수를 그린 1세대 문학과 이회성, 양석일 등의 작품을 '한'의 외향적 승화로 볼 수 있고, 이양지와 김학영 문학처럼 고독한 자아를 천착한 실존성에 매달린 작품을 '한'의 내향적 승화로 이해할 수 있다.

5. 현세대의 자의식과 '탈각'

앞서 언급했듯이, 김학영 문학에서 재현되는 현세대의 '벽'은 매우 견고하다. 넓게 보면 현세대에게 애초부터 강제된 '벽'과 현실 공간에서 느끼는 '벽'이다. 현세대에게 원죄처럼 주어진 '벽'은 신체적인 말더듬기를 비롯해 조국·민족 의식과 아버지를 관통하는 '부'의 역사적 지점과 크게 맞물린다. 『얼어붙은 입』은 제목 그대로 현세대가 타자와 마주할 때 경험하는 꽁꽁 얼어붙는 입이다. 『알콜램프』에서 현세대 준길이 "4천만 조선인이 경애하는 위대한 수령"[33]을 향해 충성을 맹세하는 아버지를 바라보는 시선과 『착미』에서 딸을 싣고 떠나는 북송선을 지켜보며 "우리 집에서 조국 건설에 참가하는 애국자가 나왔다"[34]며 좋아하는 아버지를 보는 복잡한 심경과 닮아 있다.

---

33   金鶴泳,「あるこーるらんぷ」, 앞의 책, 237쪽.
34   金鶴泳,「錯迷」, 앞의 책, 206쪽.

하지만 현세대인 '나'는 조국을 향한 아버지의 예찬론에 조국보다 가족을 먼저 챙기라며 비웃는다. 현세대는 조국과 민족, 아버지와 연결된 정치 이데올로기를 끌어안기보다 배타적인 감정으로 맞서고 있는 셈이다. 그것은 현세대의 현실주의를 내세운 저항 의식은 아니며 자신의 현주소에 대한 한탄 조의 체념 의식에 무게가 실린다. 현실 공간에서 느끼는 '벽'은 현세대에게 한층 뼈아프다. 결국 현실 공간의 '벽'도 따지고 보면 원죄격 '벽'과 맞물리는 형태의 '벽'이지만, 일본·일본인·일본사회와 실생활에서 마주하는 '벽'이라는 점이 한층 와닿는다. 현실의 '벽'은 개인의 삶과 안위를 직접적으로 좌우하는 직장과 결혼, 교육의 공간에서 느끼는 차별의 시선이기 때문이다.

> 창환은 도쿄의 사립대학을 나온 인텔리이다. 그럼에도 불구하고 폐품 장사를 할 수밖에 없는 창환은 현길의 눈에도 참혹함을 느끼게 했다. 동시에 창환의 그러한 모습을 현길로서는 자신의 앞날에 대한 막연한 불안으로 받아들이지 않을 수 없었다. 동네 동포들은 자주 '조선인은 일본의 대학을 나와도 결국 기시타씨木下さん처럼 될 수밖에 없다'는 식으로 말한다. 이런 이야기를 들을 때마다, 현길은 언젠가는 자신도 대학을 나와 동포들이 종사하는 폐품 장사, 일일노동자, 트럭 운전사, 곱창집 같은 일이 아닌, 건실한 회사에 착실한 샐러리맨이 되고 싶단 생각을 막연히 해본다. 하지만 현길은 왠지 자신의 앞길에 어떤 '벽'이 기다리고 있다는 생각을 지워버릴 수가 없었다.[35]

현세대의 장래에 대한 불안은 취직뿐만이 아니다. 인생의 새 출발을 알리는 결혼을 둘러싸고 벌어지는 일본·일본인과 한국·한국인의 갈등은 극한적 상황까지 연출된다. 예컨대 『유리층』의 귀춘이 히로코博子와 결혼을 약속하지만 귀춘이 조선인이라는 이유로 결혼을 거절당하자 히로코가 자살해 버리는 사건으로

---

35 金鶴泳,「冬の光」, 앞의 책, 333쪽.

그려진다. 이렇듯 재일 현세대는 자신들 앞을 가로막는 조국의 굴절된 '부'의 잔재가 자신들의 후손까지도 멍에로 작용할 것이라는 생각을 떨쳐내지 못한다. 그런데 문제는 현세대들이 자신들 앞에 가로놓인 근원적인 '벽'과 현실의 '벽' 앞에서 한없이 방황한다는 점이다. 김학영의 문학은 하나같이 "일본사회에 대한 민족적인 분노나 저항을 표출하거나 민족적인 각성을 보이지 않고 모든 문제의 시각이 자신의 내부로 향하고 있다."[36] 왜, 작중의 현세대들은 제국과 국가주의에 희생당한 자신들의 정치적 사회성을 바깥 세계로 이끌어내지 못한 채 자신들의 삶을 포박하는 형태로 일관하는 것일까.

재일 현세대는 일본에서 태어나 그곳에서 먹고 입고 교육받으면서 자란 재일 2세다. "선택의 여지없이 일본에서 태어난 2, 3세대들에게 '재일'의 근거는 일본인이 일본에서 살아가는 것"[37]과 다르지 않다. 조국에서 태어나 강제로 일본에서 정착했던 세대[38]와는 근본적으로 '재일'의 근거를 달리한다. 그러나 현실 공간에서는 조선인이라는 이유로 차별을 강요받고, 취직과 결혼, 사업장에서 불이익을 감수해야만 하는 위치에 놓여 있다. 현실 공간에서 조선인은 등가의 삶을 원천적으로 봉쇄당하는 족쇄를 감수해야 했다. 현세대가 현실의 '벽'을 버겁고 무겁게 받아들이며 좌절하는 이유다. 강제된 문제적 '벽'을 자력으로 해결할 수 없다는 데서 오는 좌절과 고뇌는 순식간에 절망적으로 변한다. 그것은 재일 현세대가 피부로 느끼는 현주소이다.

김학영 문학은 이러한 현세대의 현주소를 적극적으로 얽어내지 못하고 소극적인 방식의 내면적 탈각 작업으로 탈출구를 탐색하고 있다. 재일 현세대는 "현

---

36   이한창, 「소외감과 내향적인 김학영의 문학세계」, 『일본학보』 37, 한국일본학회, 1996, 380쪽.

37   金石範, 「'在日'とはなにか」, 『季刊 三千里』 18, 三千里社, 1979, 28쪽.

38   1946년 2월 일본 정부에 대해 재일조선인 64만 7,006명이 등록에 응하여 그 79%에 해당하는 51만 4,060명이 귀국을 희망했다. 하지만 실제로는 그 대부분이 일본에 남게 되었다. 그 주된 원인은 한반도 정세가 날마다 악화되어 갔다는 점과 조선으로 가져갈 수 있는 귀국 지참금을 1,000엔으로 제한했기 때문이다(鄭早苗, 「在日韓國・朝鮮人の宗教と背景」, 『韓日傳統文化の比較研究』, 小玉大圓編 龍谷大學佛敎文化研究所, 1998, 94쪽).

실과의 적극적인 대결을 모색하기보다 존재의 심연에 침잠될 수 있는 혼자만의 고독한 장소를 유일한 자신의 은신처"[39]로 삼고, 외향적이 아닌 내향적인 삶으로 스스로를 끌어안는다. 그곳은 현세대가 선택한 해방구[40]였다. 그곳은 현세대 스스로의 존재를 부정하는 죽음과 마주했을 때 비로소 원죄로부터 해방되고 현실 공간에서 느끼는 '벽'으로부터 벗어날 수 있는 '장소성'을 함의한다. 말하자면 현세대의 절체절명의 현실 인식은 끊임없는 자기 탈각의 연속성을 통한 새로운 창조적 세계가 아닌 현실에서 존재성을 감추는 형태로 자기 '해방'을 취한다.

6. 밀운불우密雲不雨에서 자기 해방으로

김학영 연보[41]에서는 그가 19세 때 오미야大宮 근처에서 하숙을 하며 재수를 하였고, 20세 때 도쿄대학 이과에 입학하면서 한국명 '김'을 사용하게 된다고 적고 있다. 21세 때는 "그때까지 거의 문학에 관심을 보이지 않았었는데, 그해 가을 시가 나오야志賀直哉, 1883~1971의 『암야행로』를 읽고 깊은 감명을 받아 문학에 눈을 떠는 계기를 마련한다". 또한 22세 때는 고마바駒場 교양학부로부터 혼고本鄕 공업화학과로 진급했지만, 결국 신경 쇠약으로 유년을 결정했으며 그 후 1년간은 거의 등교하지 않았다고 한다. 이러한 일련의 작가적 행보는 20세를 전후한 김학영의 심경이 여러모로 복잡했음을 대변해 준다. 재수를 통해 들어간 도쿄대학에서 학교 측의 요구로 본명을 사용하게 되면서 서서히 눈뜨게 된 민족 의식, 그리고 역사성과 민족성을 의식해 갈수록 복잡해지는 자기의 존재성, 여기에 마

---

39 兪淑子,『在日한국인 문학연구』, 月印, 2000, 197쪽.
40 현세대는 "산 저쪽도 어둠이고 이쪽도 어둠이다. 나에게는 돌아가야만 할 곳은 그 어디에도 없다"며 자신들이 돌아갈 곳을 봉쇄했고 어둠으로 자신들의 존재를 감싸 버림으로서 철저한 고독의 향연장을 마련한다.(『冬の光』, 349쪽)
41 朴靜子編,「年譜·資料」, 앞의 책, 470쪽.

시가 나오야, 『암야행로』, 아름다운세상, 1999

땅한 해답을 찾지 못하고 방황과 고뇌로 점철했던 시기였다고 할 수 있다.

이러한 당시의 작가적 심경을 고려할 때, 시가 나오야의 『암야행로』가 어떤 감명을 주었다고 한다면 거기에는 두 가지 정도를 생각할 수 있지 않을까. 하나는 작가의 심리적 공허감이 『암야행로』의 주인공 겐사쿠謙作의 갑갑함과 상통한다는 점이고, 다른 하나는 시가 나오야의 사소설성에 대한 작가적 가능성의 발견이다. 김학영은 태어나면서부터 자신을 괴롭혀왔던 말더듬기에 몸서리쳐왔고, 도쿄대학에 들어가 본명을 사용하면서부터 민족 의식과 조선인이라는 자신의 존재성에 깊은 갈등을 느껴왔다. 그런 의미에서 김학영으로서는 근원적인 자신의 고뇌와 겐사쿠의 운명적인 삶을 비교하면서 뭔가 돌파구를 찾을 수 있을 것이란 희망을 가졌을 것이다. 이를테면 김학영 자신의 말더듬기와 조선인이라는 운명을 조부와 어머니 사이에서 태어난 겐사쿠의 출생 성분과 겹쳐 읽고, 동일한 형태의 원죄격 운명으로 받아들이며 김학영 역시 겐사쿠처럼 강한 의지로 스스로를 구제할 수 있을 것이란 일종의 해방구 찾기다. 그리고 시가 나오야처럼 개인의 굴절된 가족사를 바탕으로 사소설적 경향의 작품을 쓰는 소설가로서의 가능성을 발견했을 것이다. 그러나 실제로 김학영의 작품세계는 시가 나오야의 작품과는 상당한 거리감을 보여준다.

피로에 지쳐 기진맥진하고 있었지만 그게 이상한 도취감이 되어 그에게 느껴졌다. 그는 자신의 정신도 육체도 지금 이 거대한 대자연 속에 빠져 녹아드는 것을 느꼈다. 그 자연이라는 것은 겨자씨 알만큼이나 작은 그를 한없는 거대함으로 감싸고 있는 기체처럼 눈으로 느낄 수 없는 것이었다. 그는 그 안으로 빠져 녹아들었다. (…중략…) 거대한 자연에 빠져 녹아드는 이 느낌은 그에게 있어 반드시 첫 경험이라고는 할 수 없지만, 그 도취감은 처음 느끼는 것이었다.[42]

'자살'이란 말은 실제로 내게는 대단히 매력적인 말이었다. 나는 내 안의 생각을 드러내지 않을 때, 항상 내 가슴 깊숙한 곳에 소리 없이 흐르고 있는 투명한 물줄기 바닥에, 이 두 문자가 금색 광채를 띠며 조용히 깔려 있는 걸 보게 된다. 자살은 항상 내 가슴 속에 있었다. 지금까지 나의 삶을 지탱해준 것은 언제든지 죽을 수 있다, 언제든지 숨통을 끊을 수 있다는 관념뿐이었다.[43]

전자는 주인공 겐사쿠가 자신의 불행한 운명을 이겨내고자 돗토리현鳥取縣 다이센大山을 찾았을 때, 새벽녘을 맞이하기 직전 등산객 틈에서 낙오하고 대자연의 공간에서 자연과 일체감을 경험하는 『암야행로』의 마지막 대목이고, 후자는 『얼어붙은 입』에서 현세대 이소가이가 죽기 전에 '나'에게 남긴 마지막 유서의 일부다. 앞부분은 겐사쿠가 고행의 과정을 통해 자기완성을 이끌어내는 기쁨을 그렸고, 뒷부분은 현세대 이소가이가 자신에게 주어진 말더듬기와 조선인이란 운명이 강요하는 고통으로부터 벗어나는 길은 죽음밖에 없다며 '자살'을 매력적으로 받아들이는 분위기다.

이렇게 놓고 보면, 두 작가의 작품은 개인사를 작품화했다는 사소설이란 측면에서는 동질성을 갖지만 서사 전개에서 문학적 지향점은 확연히 성격을 달리한다. 시가 나오야의 『암야행로』는 주인공의 방황과 고뇌를 통해 현재적 삶을 극복하려 했다면, 김학영의 『얼어붙은 입』은 주인공이 좌절감에 미래의 삶까지도 접는다는 점에서 상이하다. 재일 현세대에게 자아탁마自我琢磨의 과정은 자기 찾기의 '획득'을 실현하지 못한 것이다. 그리고 바깥세계와의 리얼한 접촉을 통한 적

---

42   志賀直哉, 『暗夜行路』, 新潮社, 1993, 503쪽.
43   金鶴泳, 「凍える口」, 앞의 책, 64쪽.

극적, 긍정적, 외향적 자기성찰이 아닌, 안으로 침잠하는 소극적, 부정적, 내향적 형태의 성찰로 일관한다는 점도 있다. 현세대를 '몽롱한 불안'으로 몰아넣으며 방황과 고뇌만을 강요하게 된다.

김학영은 일찍이 조국에서 이승만 정권 타도를 외치는 4월혁명이 한창이던 1960년 4월, 조국에 대한 자신의 속내를 이렇게 밝힌 적이 있다. 학생들이 데모를 지지하며 열변을 토하는데 자신은 "실제적으로 행동하는데 필요한 무엇인가 절실함 같은 것이 결여되어 있는 느낌이었다. 그 때문에 화가 나질 않았다. 그리고 나는 그처럼 화가 나지 않는 자신에 대한 콤플렉스에 고뇌하고 있었다"[44]고. 이는 곧 '외부의 현실문제'가 자신의 내면의 문제로 와닿지 않는데 대한 자기 고백이자 재일로서의 중층적인 고뇌의 표현이다. 조국의 젊은이들과 호흡할 수 없는 사회적 움직임에 반응하지 못하는 자신의 존재성에 대한 회의라고 할 수 있다. 작가는 그 '외부세계'의 현실적 목소리에 반응하지 못하는 자신의 회의감을 사소설 양상의 글로 해소하려 했던 것이 아닐까.

김학영에게 "소설을 쓴다는 것은 적어도 지금까지는 철저한 자기 해방을 위한 작업이며 자기 구제의 영위"[45]였다. 그러한 자기구제·자기해방을 위해 그의 문학은 말더듬기를 화두로 삼게 된다. 그러니까 김학영 문학에서 말더듬기는 조국과 민족, 그리고 아버지의 역사성과 정치 이데올로기까지 포함하고 있었던 만큼 결코 일시적으로 해결할 수 있는 문제가 아니었다. 끊임없이 자기민족 정체성에 대한 자문을 통해 자신들과 얽힌 역사성, 민족적 고리를 풀어야 하는 문제에 가깝다. 그러나 그의 문학은 "말더듬기를 조국에서 격리되었다는 민족적 장벽으로 문제를 돌리지 못하고 인간의 고독으로 풀어내려는"[46] 기조를 견지한다.

지금까지 김학영 문학을 현세대의 이방인 의식과 '벽', 자기해방의 양상을 살

---

44 金鶴泳, 「一匹の羊」, 위의 책, 439쪽.
45 위의 글, 435쪽.
46 松本健一, 「普遍への意思」, 『金鶴泳作品集成』 付録, 作品社, 1986, 16쪽.

퍼보았는데 종합해 보면 다음과 같다. 첫째는 소설 전개가 지나치게 과거의 굴절된 근현대사를 천착하고 회상식으로 진행되면서 현세대 자신들의 실질적인 현실문제를 부각시키지 못했다는 것이다. 과거의 암울했던 조국의 근현대사의 쟁점을 전세대의 폭력과 어둠에 내줌으로서 서사의 확장성을 이끌어내는데 한계가 있었고, 과거 '부'의 역사적 지점에 현세대를 지나치게 가둠으로서 실질적인 현실 공간의 문제적 지점을 구체화하지 못했다는 것이다. 그것은 재일 현세대가 현실 공간에서 느끼는 절체절명의 직장문제, 결혼문제, 사업문제, 교육의 현장 등에서 발현되는 고뇌와 방황, 자기 해방을 위한 실천적 행위들이 감각적으로 살아나지 못했음을 의미하다.

둘째는 지나친 이방인 의식에 사로잡혀 현세대 자신들 앞에 놓인 현실적 '벽'을 해체할만한 실존적 주체성의 희박함에서 오는 갑갑함이 없지 않다. 김학영 문학의 현세대는 신체적인 트라우마인 말더듬기처럼 조국과 민족, 전세대인 아버지의 '벽'을 넘지 못하고 시종일관 자신의 족쇄에 갇히는 형국이다. 이 내향적 속박은 김학영이 소설가로서 영향을 받았을 것으로 보이는 시가 나오야의『암야행로』에서 겐사쿠를 연상시켜준다. 겐사쿠가 이백의 "장주몽호접 호접몽장주莊周夢胡蝶, 胡蝶爲莊周"[47]의 경지로 스스로를 인도하며 자연과의 합일을 통해 자기 해방을 맞이하는 장면과 대별된다. 또한 김학영의 소설은 남녀의 사랑을 주제로 내적 자아를 '획득'하는 무샤노코지 사네아쓰의 작품[48]과도 크게 차별화된다. 다이쇼시

---

47 이백의 『古風』 제9의 冒頭에 있는 시의 한 구절로서 장자가 나비 꿈을 꾸었는데 나비가 장자가 되었다는 뜻이다. 이른바 이백은 술좌석을 자기만의 세계로 삼아 호탕하게 즐길텐데 진작 겐사쿠 자신은 그렇지 못함을 빗대어 한 말이다(志賀直哉,『暗夜行路』, 新潮社, 1993, 242쪽).

48 무샤노코지 사네아쓰의『한심한 짝사랑』,『우정』,『사랑과 죽음』은 실패한 사랑 앞에서 좌절이 아닌 생산적 자아를 확립해 가는 인간의 의지와 가능성을 제시한 작품이다.『한심한 짝사랑』의 '나'는 "쓰루와 하나됨으로서 처음으로 전인적 인간이 될 수 있다"며 가능성을 열어갔고,『우정』의 노지마와『사랑과 죽음』의 무라오카는 사랑하는 사람을 떠나보내면서도 그 사랑을 앗아간 자연과 운명에 맞서 한 판 승부를 준비한다. 이러한 의식은 자신 앞에 놓인 운명을 수용하면서 뭔가를 더 우려내기 위한 스스로에 대한 도전에 다름 아니다.

대 '시라카바白樺' 작가들의 현실 긍정주의를 통한 자아발견과는 거리가 있다.

셋째는 현세대의 패배 의식이 작품 전체를 짓누르고 있어 밀운불우적 갑갑함에서 벗어나지 못한다는 느낌이다. 즉, 과거, 현재, 미래 어디로부터도 자유로울 수 없다는 현세대의 이방인 의식은 시종일관 작품을 어둡게 이끌면서, 희망적인 무엇인가를 쟁취할 계기를 원천적으로 봉쇄한다. 이러한 내향적 이방인 의식은 현세대에게 운신의 폭을 제한하였고, 소설세계 전반에 걸쳐 생동감을 살리지 못하는 결과로 이어졌다고 할 수 있다.

이렇게 볼 때, 글머리에서 언급했던 말더듬이로 표상되는 김학영 문학의 화두는 결국 미완성의 상태, 미해결의 현실로 남겨졌다고 할 수 있다. 굴절된 근현대 사적 지점이 재일 현세대의 내면 문제로 전이되는 과정에서 생기는 불협화음을 조율하지 못하고, 견고한 이방인 의식에 갇혀 버린 셈이다. 이는 곧 재일코리안 1세대 작가들이 "일제시대의 체험과 해방 후의 조국과 '재일'의 상황을 제재"[49]로 민족 냄새를 농짙게 우려낸 것과도 비교되며, 또한 재일 3세대 작가들이 자신들의 "아이덴티티를 기성의 조국 관념과 민족 이념에 의해서가 아닌 개아個我 의식과 인간적 해방의 의사에 의해 확립하려는 방향"[50]과도 비교되는, 재일 중간세대의 독창적인 실존적 자아의 표출이기도 하다. 그리고 김학영의 자살과 그의 작품에 등장하는 재일 현세대들이 죽음으로 한층 가까이 다가서는 과정[51]은 그러한 현세대의 패배 의식과 이방인 의식을 표상함과 동시에 독창적인 '재일성'을 보여준 것이라고 할 수 있다.

49　磯貝治良,「第一世代の文學略圖」,『季刊 靑丘』19, 1994, 36쪽.

50　磯貝治良,「「在日」文學の変容と繼承」,『季刊 靑丘』13, 1992, 62쪽.

51　실제로 김학영 문학에서 현세대의 죽음은 두 군데에서 확인할 수 있다.『얼어붙은 입』에서 이소가이의 자살과『유리층』에서 귀춘의 등반 자살이 그것이다. 그리고 죽음 가까이로 다가서는 장면으로서는『얼어붙은 입』에서 이소가이의 죽음을 보고 극도의 고독감에 빠지는 '나',『유리층』에서 형의 죽음을 보고 귀영 역시 그곳으로 가야한다고 생각하는 대목이다. 또한『알콜램프』에서 준길의 자포자기 상태,『겨울의 빛』에서 현실에 대한 암담함을 탄식하는 창환과 현길의 의식도 같은 차원에서 해석할 수 있다.

이양지
『유희』·『나비타령』

1. 이양지 문학의 출발점과 문제 의식

이양지李良枝, 1955~1992는 재일코리안 작가 중에서도 독특한 문학성을 보여주었다. 재일 현세대의 정신적 불안감을 현실부정과 피해 의식으로 서사화하면서 민족적 주체성과 개아 의식을 이끌어낸다는 점에서 그러하다. 특히 재일 현세대가 조국에서 직접 '조국의 소리'[1]를 통해 문제의 본질에 다가서고, '모어'와 '모국어' 사이의 '말의 지팡이'를 찾고 '일본의 소리'와 '조국의 소리'의 조율하는 서사 구조를 취한다. 기존의 구심력 차원의 역사성과 민족 의식을 강조했던 문학이나 현실주의와 흔들리는 정체성을 강조했던[2] 문학과 달리, 이양지의 문학은 '조국의 소리'를 통해 실존적 자아를 의식한다는 점에서 차별화된다.

이양지의 유소년과 청년기의 성장 과정은 평탄하지 않았다. 양친의 별거와 이혼 재판이 진행되던 무렵 작가의 정신적 충격과 그에 따른 방황은 한동안 계속된다. 그녀의 정신적 방황은 고등학교의 중퇴, 몇 번인가의 가출, 교토 여관집에

---

1   김환기, 「이양지의 『유희』론」, 『일어일문학연구』 41, 한국일어일문학회, 2001, 23쪽.
2   재일문학가들을 세대별로 구분해 살펴보면 1세대 작가들의 작품은 "일본 프롤레타리아 문학 활동과 깊이 관련되어 있으며 작가의 작품 경향에 좌익 이데올로기를 내세우고 있는 요소가 발견된다." 그리고 2세대 문학에서는 조국(민족)과 재일이라는 자신의 위치 사이에서 갈등하고 고뇌하는 본격적 재일 세대의 모습이 그려진다." 한편 3세대 문학에서는 "한국과 일본 어디에도 자신의 정체성을 발견하기 어렵다는 인식을 보여주고 있으며, 이러한 실존적 상황에서 대면하게 되는 문제 의식을 작품화" 하고 있음을 알 수 있다. 특히 2세대인 김학영의 경우에는 현세대의 고뇌를 '몽롱한 불안'으로 묘사하면서 개인적 자아를 추구했다는 점에서 이양지가 추구한 문학성과 궤를 같이 한다고 할 수 있다(兪淑子, 『在日 한국인 문학 연구』, 月印, 2000, 172쪽).

서의 허드렛일, 고등학교의 편입 과정에서 구체적으로 드러난다. 그녀는 고등학교 시절 의식 있는 일본인 역사 교사를 만나 "재일동포라는 존재가 가진 역사성"[3]에 대한 인식을 하게 된다. 그리고 이양지는 1975년 "관념적이고 정치적인 경향이 짙은" 와세다 대학의 서클 활동에 회의를 느끼게 되면서 대학을 중퇴한다. 한국의 전통 악기인 가야금을 접하게 되는 때와 맞물린다. 이양지와 가야금의 만남은 그녀의 삶을 송두리째 바꾸어 놓는다. 그것은 늘상 정치적 관념적인 세계로 접해 왔던 조국과 민족에 대한 인식을 작가적 내면의 민족 의식을 새롭게 구축하는 결정적인 계기로 작용했기 때문이다.

이양지의 조국 유학은 민족 의식의 발로임과 동시에 근본적으로 '조국의 소리'를 익히고자 하는 작가적 열망에서 결행된다. 당시 일본에서 정신적 안식처를 찾고 있던 그녀에게 인간문화재 박귀희와의 만남과 김숙자의 살풀이춤은 크나큰 충격으로 다가온다. 그후 이양지는 모국 유학을 결심했고, 1984년부터 서울대학교 국문학과를 다니기 시작한다. 그 무렵 일본의 친오빠가 세상을 떠나고 친부모의 이혼을 지켜보아야만 했던 이양지로서는 여전히 심리적으로 불안했고 뭔가에 쫓기는 신세였던 것으로 보인다. 당시 이양지의 불안한 심경은 자전적 소설 『나비타령』를 통해 구체적으로 서서화된다. 이양지는 1988년 서울대학교 국문학과를 졸업하고 1989년 이화여자대학교 대학원 무용과에 입학한다. 석사과정의 연구주제는 "무속과 불교의 습합 현상을 통해서 불교의례무용에 나타난 반복성의 미를 무용학적으로 정리하는 것"[4]이었다. 한국의 대학에서 국문학을 전공하고 대학원에서 이론과 실기를 병행하는 전통 가락을 익히는 과정은 정신적 안식처를 갈망하는 면모이기도 했다.

이양지의 유학생활은 정치적 관념적인 세계에서 바라보는 조국과 민족이 아

---

3   李良枝,「私にとって母國と日本」,『李良枝全集』, 講談社, 1993, 652쪽.
4   황봉모,「이양지론─한국에서 작품을 쓴 재일한국인」,『일어교육』 32, 한국일본어교육학회, 2005, 166쪽.

닌 현세대 자신의 실존적 자아 추구의 열망에서 출발했다고 할 수 있다. 이러한 역사성과 민족 의식을 향한 구심력은 "남성 작가에 비해 이데올로기적인 정치성으로부터 벗어난 장소에 서 있던" 재일코리안 여성 작가들의 공통된 경향이기도 하다. 바꾸어 말하면 "여성 작가들 자신의 선택이라기보다 가부장적인 재일사회의 보수성이 여성을 배제한 것에 따른 것이다. 다른 한편으로는 관념적인 사상에 사로잡혀 움직임이 쉽지 않은 남성에 비해 여성에게 보다 자유롭고 융통성이 있는 사고의 가능성을 부여하는 것이기도 했다."[5] 조국에서 이양지의 유학생활은 철저하게 작가의 내면에 자리하고 있는 '일본의 소리'와 피상적으로 존재했던 '조국의 소리'에 대한 조율로 축약될 수 있다. 그러한 작가로서의 근원적인 문제 의식은 1990년 한일문화교류기금 초청 강연에서도 여실히 드러난다.

-재일동포에게 모국이란 무엇이며 어떻게 인식되어야 하는가?

-또한 자라온 나라이며 동시에 가족, 형제가 사는 일본을 어떻게 인식해야 하는가?

-모국어母國語 란?

-모어母語 란?

-두 나라 사이에 사는 자로서의 정신적 주체성은 어디에 근거를 두고 확립될 수 있는가?

-보다 보편적인 삶에 대한 지향은 가능한가?

-만약 가능하다면 어떠한 실천을 통해서인가?[6]

'모어'와 '모국어', 조국과 일본 사이에서 이양지의 "보다 보편적인 삶에 대한 지향"은 순탄치만은 않았다. 조국에서 접하게 되는 가야금, 대금, 사물놀이, 살풀이춤 등 민족의 전통 예술은 일본식으로 체화된 작가의 의식 내면으로 파고드는

---

5   金熏我, 『在日朝鮮人女性文學論』, 作品社, 2004, 242쪽.
6   이양지, 신동한 역, 「나에게 있어서의 母國과 日本」, 『돌의 소리』, 삼신각, 1992, 21쪽.

과정에서 예상치 못했던 갖가지 파열음을 일으킨다. 전통 가락의 짙은 울림만큼이나 작가의 내면세계에 침잠해 있던 정신적 갈등도 증폭된다. 당연히 조국에서의 유학생활은 해를 거듭할수록 버거워질 수밖에 없었다. 증폭되는 파열음에 몸서리치던 이양지의 내면은 한층 막다른 골목으로 내몰린다.

하숙집에서, 버스 안에서, 골목길에서, 학교생활에서, 친구 관계에서조차 그녀에게 안락함을 안겨주지는 못한다. 타자의 세계로 다가서려고 노력하면 할수록 조국과 일본 사이에 존재하는 엄연한 거리감만 명징하게 각인될 뿐이다. 좁혀지지 않고 조율되지 않는 현세대와 조국 사이에 가로놓인 엄연한 거리감, 그 유리遊離된 채 좁힐 수 없는 거리감을 극복하려는 현세대의 눈물겨운 투쟁 일지, 힘겨운 민족에 대한 구애와 자기 정체성 찾기, 그것이 이양지 문학이다.

이양지 문학에서 기존의 재일코리안 1세대 작가들이 추구했던 민족적 글쓰기와 대별되는 재일 중간세대만이 연출할 수 있는 특별한 '재일성'을 찾기란 어렵지 않다. 뿐만 아니라 이양지의 문학은 민족 의식과 '재일성' 자체가 현실주의와 월경 의식, 실존적 자의식을 강조하는 재일 신세대의 문학성과도 확연히 구별된다. 이를테면 현월의 문학은 개인과 집단 사이의 갈등과 대립의 양상, 전세대와 현세대의 단절과 괴리, 가족 구성원 간의 무관심, 마약과 폭력, 섹스와 강간, 사이비종교의 사회적 문제에 이르기까지 현대사회가 안고 있는 병리 현상을 망라한다. 현월의 대표작 『그늘의 집』은 소외된 시공간에서 벌어지는 합법을 가장한 집단촌의 무자비한 폭력성과 거기에서 무방비로 희생되는 인간들의 침묵 현장을 고발한다. 그야말로 현대사회의 병리 현상[7]의 연쇄작용을 구체적으로 부조한다는 느낌이다. 또한 사기사와 문학은 조국과 민족에 얽힌 문제를 심각하게 다

---

7   현월의 소설 『나쁜 소문』은 현대사회의 폐쇄된 공간 속에서 벌어질 수 있는 단절과 어두운 폭력의 개념을 구체적으로 보여준다. 한 집단촌에서 공동체 구성원들이 '뼈다귀'를 통해 악의적 소문을 퍼뜨림으로써 개인적 속임수를 정당화하고, 타인의 개성을 제어할 수도 있다는 집단적 소문이 갖는 엄청난 파괴력을 고발하고 있다.

루지 않으며 가족, 친구, 사랑과 같은 주제를 가볍게 터치하며 문학적 보편성과 대중성을 확보한다는 특징이 있다.

이처럼 이양지 문학의 '재일성'은 기존의 재일코리안 1세대 문학이나 최근의 신세대 문학과 비교해 보아도 확연히 차별화된다. 초창기의 민족적 글쓰기에서 탈민족적 글쓰기, '해체' 개념으로서 '재일성'을 드러내기까지의 문학적 변용 과정은, 그동안 재일사회의 세대교체와 사회적 변화에서 비롯한 당연한 귀결이다. 그것은 조국과 민족을 비롯해 재일로서의 삶을 받아들이는 현세대의 인식 자체가 기존의 세계관과 다름을 의미한다. 이양지를 비롯해 김학영, 이회성, 고사명, 양석일 등과 같이 재일 중간세대는 재일사회의 내외적인 변화와 문화적 변용의 한복판에 놓일 수밖에 없었고, 정돈되지 않은 경계인의 위치에서 파생되는 정치역사, 민족적 혼란상을 온몸으로 끌어안지 않을 수 없었다. '재일'이라는 숙명적 삶에서 필연적으로 동반되는 정신적 갈등과 고뇌의 파편들, 그것이 개인과 민족의 정체성 문제로 이어지면서 중간세대의 치열한 삶은 한층 깊어질 수밖에 없었다.

이런 맥락에서, 이양지의 조국행은 정치적 관념적인 세계에서 바라보는 조국과 민족이 아닌 현세대의 실존적 '자기 찾기'였다고 할 수 있다. 무의식과 전통 가락의 개념은 그러한 이양지의 문학적 '재일성'을 이해하는데 매우 중요하다. 결국 현실 부정과 피해 의식이 '무의식'을 향한 출발이고 거기에서 인간 본연의 자아가 배태되기 때문이다. 또한 이양지 문학에서 무의식과 전통 가락의 개념은 재일사회의 세대 간의 괴리와 조국민족에 대한 의식의 현주소를 확인하고, 거기에서 전세대의 민족적 자의식이 현세대에게 어떻게 전이되고 상대화유형화 되는지를 확인할 수 있는 거점이었다고 할 수 있다.

이 글에서는 조국 유학을 통해 이양지가 경험했던 무의식과 전통 가락, 즉 '한국의 소리'라는 관점에서 이양지와 그녀의 문학에서 형상화되는 현세대의 현실 부정과 피해 의식의 실체를 짚고, 실존의 관점에서 현세대가 추구했던 '무의식'과 '무의식의 영원[8]'이 인간의 내면세계와 어떻게 연계되는지 살펴보고자 한다.

또한 이양지 문학과 '여성', 정신적 안식처로서의 '의식의 지팡이'를 말년에 집필한 에세이 「후지산」과 연계해 분석해 보기로 한다. 후지산 근처에서 유년기와 청소년기를 보냈던 이양지가 항상 정치이념, 관념적으로 대면해온 '후지산'에 대한 심경 변화는 그 자체가 '재일성'의 변용을 의미하지만, 현세대에게 '의식의 지팡이'로서의 의미도 크다. 그런 관점에서 이양지의 말년 작품 「후지산」에 내재된 작가적 세계관을 '자기 찾기'와 연계해 조명하는 작업은 유의미하다.

2. 현세대의 '벽'과 '무의식'의 양상

1) 현실 부정을 통하여

이양지 문학에 등장하는 재일 현세대는 자신들의 삶을 주체적으로 재단하며 건강한 미래를 열어가기보다는 주어진 현실에 압도당한 채 방향키를 잃고 방황하고 고뇌한다. 거기에는 현세대가 자력으로 넘기 어려운 '벽', 즉 구심력으로 표상되는 조국, 민족, 부모라는 운명 앞에서 추구하는 실존적 자문이기에 그 해답을 찾기란 쉽지 않다. 더욱이 현세대는 태어나면서부터 체화된 일본적 관습과 감정으로 민족 의식을 수혈해야 하기 때문에 그로 인한 정신적 마찰이 불가피하다.

앞서 언급한 김학영 문학의 '벽'처럼 이양지 문학에서도 현세대의 의식 내면으로 파고드는 '조국의 소리'와 '일본의 소리'가 부딪치면서 생기는 파열음은 매우 강렬하다. 현세대는 성장하면서 자신들 내면에 파고든 '일본의 소리'를 이국의

---

8 쓰지 아키라(辻章)는 「해녀」, 「유희」, 「후지산」 등을 통하여 재일 현세대가 갖는 의식의 현주소를 밝히고, 그로부터 자유인이 되려는 현세대의 내면적 고뇌를 조명하고 있다. 특히 「유희」를 통하여 "'모국'이기에 '사랑하지 않으면 안 된다.' '모국'이기에 '이 나라 사람이어야만 한다.' 그러한 자기 내부의 '있지 않으면 안 된다'는 협박적 명령이 유희의 눈에 서울의 거리를 더한층 '괴담과 같은' 외계(外界)로 비추어지게 만들었다"고 하면서, 외계와 내심(內心)의 관계에 대해서 논하고 있다(辻章, 「無意識の永遠について-李良枝」, 『李良枝全集』, 講談社, 1993, 671~682쪽 참조).

소리로 받아들여야 했고, '조국의 소리'를 민족의 소리로 받아들일 수 없는 모순을 안고 있다. 이양지 문학에서 조국과 일본의 '소리'에 얽힌 파열음, 현세대의 방황과 부조화는 심각하게 전개된다.

한 주일이 지난 목요일, 나는 회사를 그만두었다. 그리고 오늘까지 한 주일 동안 방에 틀어박혀 Y의 뎃상을 바라보면서 계속해서 스토리치나야를 마시고 있다. Y는 나타나지 않았다. Y가 누르는 차임벨 소리의 여운, 발자국 소리, 인기척, 이와 같은 환각과 환청은 스토리치나야의 취기 속으로 용해되어 갔고 추억도 함께 마셨다. 마시는 사이에 위장은 추억에 놀라 등 쪽으로 달아났고 나는 토한다. 토하고 울고 다시 스토리치나야를 마시기 시작한다.[9]

재일 현세대의 피해망상증과 자기 파탄의 양상은 적나라하다. 인용문의 '나'처럼 자기 파탄의 현실을 체념하며 암울한 내면 세계에서 헤어나지 못하는 경우는 다른 작품에서도 종종 등장한다. 『나비타령』에서 '나'의 정신적 발작과 가즈오和男와 뎃짱哲ちゃん의 죽음, 『오빠』에서 조국을 그리던 오빠의 죽음, 『갈색의 오후』에서 민족 의식의 부재를 탓하는 동생에게 초연함을 보이던 오빠의 죽음 등이 그러하다. 『해녀』에서 현세대 '나'의 언니가 죽음을 맞는 상황도 마찬가지다. 재일 현세대의 죽음은 대부분 외부세계와 자신들 사이를 가로막고 있는 '벽'을 넘지 못한 데서 오는 선택이지만, 그 죽음으로까지 몰고 가는 '벽'과 고뇌의 실체에 대한 부분은 다소 피상적이다.

분명한 것은 이양지의 문학이 불행으로 점철된 현세대를 비판하고 동조하면서도, 한편으로는 자신들의 이방인 의식을 '조국의 소리'를 통해 해체시키려는 노력도 끊임없이 동반된다는 점이다. 하지만 작가는 왜 조국이고 전통 가락이냐

---

9   李良枝, 「來意」, 『李良枝全集』, 講談社, 1993, 306쪽.

이양지, 『나비타령』, 고단샤문고, 1989

는 물음에 충실한 답을 내놓지는 않는다. 재일 현세대는 조국에서도 일본에서와 다름없이 갈등과 고뇌에 휩싸인 채 자신들의 정신적 안식처를 찾지 못하고 고뇌하고 방황할 뿐이다. 현세대의 정신적 황폐함을 새로운 외부 세계^{조국, 전통} 를 통해 극복하고자 하나 그 선택은 타자의 공간에서 울림만 남길 뿐이다. 민족적 정체성에 다가서면 다가설수록 현세대의 내면에 체화된 '일본식 정서'에 정신적 방황을 거듭한다.

내가 '일본' 냄새를 풍기는 기묘한 이방인이라는 것을 알아차리는 데는 그다지 많은 시간이 걸리지 않았다. 장소는 달라도 '일본'에서 방 벽 한 면을 모포로 가리고 노래를 부르던 무렵의 나와 별반 차이가 없다. 반년 가\까이 지난 지금도 나는 마음대로 노래를 부를 수 없다. 판소리 발성법의 기본인 목구멍을 트는 것조차 남 앞에선 안 되는 것이었다.[10]

수업을 알리는 종소리가 울렸다. 교실로 들어오자 담임 교사가 곧바로 들어왔다. 출석 점검이 끝나자 전원 기립했다. 칠판 위에 설치된 스피커에서 〈애국가〉가 흘러나오기 시작한다. 전원이 가슴에 손을 대고 애국가를 따라 부른다. 매일 아침 이렇게 〈애국가〉를 반복하는데도 가사가 제대로 외워지지 않는 것은 무슨 까닭일까. 고개를 숙인 채 따라 부르는 시늉만 하고 있다. 하지만 혼자서 불러보라고 한다면 교실에서 도망칠 수밖에 없으리라.[11]

---

10   李良枝, 「ナビ・タリョン」, 위의 책, 53쪽.
11   李良枝, 「刻」, 위의 책, 161쪽.

앞의 인용은 이양지의 첫 작품 『나비타령』^{『群像』, 1982}의 일부이고 뒤의 인용은 『각刻』^{『群像』, 1984}의 일부이다. 두 작품 모두 재일 현세대가 조국에서 정착하지 못하고 고뇌하고 방황하는 장면이다. 전자에서는 현세대 '나'가 일본 여관집의 혹독한 처우에 반발하여 자신의 민족적 정체성을 찾겠다며 조국을 찾아왔지만, 조국생활 역시 내면에 존재하는 이방인 의식을 털어내기에 역부족임을 자각한다. 후자에서는 현세대 '나'가 조국에서 애국가를 부르며 자기 내면의 일본적 요소를 일소해 보려 하지만, 오히려 그러한 행동이 자신을 비참하게 만들뿐임을 확인한다. 어느 쪽이든 현세대는 '일본의 소리'에 익숙해 있는 자신들의 이방인 의식을 '조국의 소리'를 통해 민족적 정체성을 되찾고 새로운 삶을 꿈꾼다. 하지만 이들 현세대에게 조국의 현실은 자신들의 욕구를 충족시켜주지 못하고 오히려 "어디로 가나 비거주자"[12]로 머물러야 하는 경계적 존재임을 확인시켜줄 뿐이다.

재일 현세대의 좌표 찾기는 조국이 해결해 줄 문제도 아니고, 그렇다고 삶의 터전으로서 숙명처럼 받아들일 수밖에 없는 모국 아닌 모국^{일본}이 제시해줄 문제도 아니다. 이양지 문학을 감싸고 있는 외부세계, 즉 현세대의 입장에서 조국과 일본은 신체적으로 '불가근 불가원不可近不可遠'의 존재로서 현세대 자신들 내면의 소외 의식을 한층 각인시키고, 문제의 원점을 자기 쪽으로 돌려놓는다. 이양지 문학에서 현세대의 갈등과 고뇌의 문제는 타자 의식을 통해 내면적 자아의 세계를 추구하지만, 근본적인 해결과는 거리가 멀다. 현세대의 정신적 희생을 포함한 원죄격[13] '벽' 앞에서의 갈증과 몸부림은 계속될 수밖에 없다.

---

12   李良枝,「ナビ・タリョン」, 위의 책, 54쪽.
13   재일 한국인 2, 3세대, 즉 현세대에게는 조국과 전세대가 선택의 대상이 아닌 운명적으로 주어진 부분이다. 필자는 현세대의 불행의 근원은 전세대와 조국이 부여한 운명적인 부분이 컸다는 측면에서 원죄라는 용어를 사용하고 있다. 예컨대 김학영은 "나는 조모의 무참한 죽음과 숙부의 원통한 죽음에 대해서 생각할 때면 민족의 운명과 깊숙이 연계되어 있는 인간의 운명이라는 것을 생각하지 않을 수 없다"라고 했다(「土の悲しみ」, 위의 책, 419쪽).

2) 피해 의식을 통하여

이양지 문학의 정신적 좌표 찾기, 현세대의 자기 찾기 작업은 현실부정이라는 파탄적 양상으로 출발하기도 하지만, 한편으로는 현세대의 삶을 원천적으로 구속하며 뒤흔드는 조국과 조선인이라는 운명적 굴레와 맞물린다. 재일코리안에게 조국과 민족의 의미는 중층적이고 복잡하다. 특히 조국과 민족 개념은 재일 현세대의 삶을 일반적으로 재단하는 잣대로 활용되거나 삶을 원천적으로 재단하는 존재로 인식된다. 동시에 정신적으로 자신들의 '의식의 지팡이'로 인정할 수밖에 없는 특별함도 함의한다. 전세대 입장에서 보면 조국은 운명과 연결된 숙명적 존재이고, 현세대 입장에서는 전세대처럼 온몸으로 수용할 수 없는 관념적 피상적인 존재이다.

재일 2, 3세대의 문학이 역사성과 민족주의 경향보다 인간의 보편성과 실존의식을 먼저 내세울 수 있었던 것은 그러한 세대 간에 존재하는 근원적인 의식의 농담濃淡에서 비롯된 차이라고 할 수 있다. 예컨대 유미리의『가족 시네마』가 끊임없이 가족의 해체 과정이 아닌 재결합을 꿈꾸고, 현월玄月의『그늘의 집』과 가네시로 가즈키의『GO』가 재일 현세대의 생생한 삶의 소리를 담아낼 수 있었던 것도 그러한 의식의 차이에서 비롯된 것이다. 현세대가 조국의 근현대사를 운명처럼 여겼던 전세대를 전적으로 수용하지 못하고, 조국과 민족을 일그러진 근현대사의 자화상처럼 보는 태도도 같은 맥락으로 이해할 수 있다.

이양지 문학은 역사성과 민족성을 함의한 조국의 존재성과 굴절된 근현대사적 자화상을 현세대의 입장에서 피해 의식과 이방인 의식으로 형상화하는데, 그 서사 양상은 매우 극단적이다.

일본인에게 피살당한다. 그런 환각이 시작된 것은 그날부터였다. 만원 전차를 탔을 때는 한 역씩 플랫폼에 내려 상처가 없음을 확인하고 다시 전차를 탔다. 홍수처럼 사람들 무리에 떠밀려 역 계단을 내려간다. 여기서 피살되어 나는 피투성이가 된 채 객사하는 것이다. 어떻게 무사히 내려왔다고 해도 다시 계단을 올라가지 않으면 안 된다. 뒤쪽에서 달려 올라오는 인파. 내가 계단을 하나 오르는 순간, 아래 있던 누군가가 내 아킬레스건을 끊는다. 나는 일본인들에게 깔려 질식당한다. 어두운 영화관도 공포였다. 좌석에서 불쑥 튀어나온 후두부가 날붙이에 찔려 머리가 잘린다고 느껴져 제대로 영화를 보지 못한 채 밖으로 뛰쳐나간다.[14]

또다시 관동대지진과 같은 큰 지진이 일어난다면 조선인들은 학살당하게 될지 모르겠죠? 이치엔 고짓센一円五十銭 주엔 고짓센十円五十銭이라고 말해보라며 죽창으로 마구 찔러 댈지도 모르죠? 하지만 이번에는 그런 일이 일어나지 않겠지요. 그 당시와는 세상이 많이 달라졌으니까요. 게다가 이제는 일본인과 거의 똑같이 발음할 수도 있는걸요. 음, 그래도 내가 학살될 지경에 이르게 된다면 그때는 날 애인이라고 꼭 껴안으면서 나와, 나와 함께 해주실 거죠?[15]

앞의 인용문은 『나비타령』에서 현세대가 일본인에게 생명의 위협을 느끼며 불안해하는 대목이며, 뒤의 인용문은 『해녀』에서 현세대가 과거 관동대지진[16] 때 일본인이 조선인을 무자비하게 학살했던 것처럼, 또 다시 자신들을 몰아넣고

---

14 李良枝,「ナビ・タリョン」, 앞의 책, 34쪽.
15 李良枝,「かずきめ」, 위의 책, 81쪽.
16 1923년 9월 1일 관동지방에서 일어난 지진과 그 직후의 화재로 인한 대재해를 말한다. 가옥파괴 12만호, 가옥 전소 45만호, 사자 및 행방 불명자 40만 명에 이르는 엄청난 재앙이었다. 이 재앙을 계기로 정부에서는 민심의 동요를 막고자 계엄령을 선포하게 되는데, 한편 이러한 혼란을 틈타 일본의 육군과 경찰은 사회주의자와 급진적 노동자 검거에 돌입한다. 히라사와 게이시치(平澤計七)・가와이 요시토라(河合義虎) 등 10여 명의 노동자가 군대에서 학살되는 가메이도(龜戸) 사건, 무정부주의자 오스기 사카에(大杉榮)・이토 노에(伊藤野枝) 부부가 아마카스 마사히코(甘粕正彦) 헌병 대위 일당에게 살해되는 아마카스 사건이 대표적이다. 그리고 각지에서 조직된 자경단(自警団, 경찰의 지도 하에 조직된 경우)은 정부 당국과 손을 잡고 수많은 조선인과 중국인을 학살하였다. 그 피해 숫자는 조선인 231명, 중국인 3명, 일본인 59명으로 집계되고 있지만 실제로는 조선인만도 6,000명이 학살된 것으로 추정된다(『日本大百科全書』6, 小學館, 1994, 254쪽 참조).

학살하지 않을까 노심초사하는 부분이다. 두 작품 모두 재일 현세대로 하여금 과거 일제강점기 일본·일본인으로부터 당한 조선인의 절망적 피해 양상을 떠올리게 만들고 정신적 불안감을 조장시키는 피해 의식을 부조하고 있다.

이양지 문학의 피해 의식은 재일코리안 1세대 작가는 말할 것도 없겠지만, 중간세대인 김학영이 일상적 삶과 직결되는 취직문제, 결혼문제, 교육문제 등 현실적 '벽'을 구체적으로 다루었고, 이회성이 민족 문제를 거론하면서 주체성 문제에 접근했다는 점과 비교해도 차별화되는 '재일성'이다. 이양지의 문학은 조국과 현실의 '벽'이 현세대에게 정신적 압박으로 작용하되 실체가 명확하지 않고 어디까지나 무형으로 처리되고 있다. 예컨대 『오빠』에서 왜 히데오秀男가 조국의 노래인 〈연락선〉과 〈도라지〉를 좋아했는지, 『갈색의 오후』와 『그림자 저쪽』에서 재일 현세대가 일본생활을 접고 한국에서 유학을 결심했는지 등, 현세대의 고뇌와 '벽'의 실체를 거의 무형에 가깝게 처리한다. 그것은 현세대의 민족적 주체성과 현실의 '벽'에 대한 무형 처리와 그 이후의 단계, 즉 역사성과 민족 의식보다는 인간의 실존적 자아와 주체성을 자연스럽게 묻는 형태로 옮겨감을 의미한다.

어쨌든 분명한 것은 이양지 문학에서 재일 현세대의 현실과 이상의 괴리에 대한 인식, 즉 현세대가 '조국의 소리'를 통해 자신들의 주체성을 자문하면서 그들 내면의 '일본의 소리'를 인정하고 새로운 삶의 가능성을 찾아간다는 점, 그리고 현세대의 현실 문제를 포함해 걸림 없는 미래지향적 세계를 열고자 하는 실존적 자기 찾기가 계속된다는 점이다. 특히 현실 속에서 주체적 자아를 중시하는 현세대가 '조국의 소리'를 통해 본질적인 차원에서 문제 해결을 갈구한다는 관점은 민족주의를 수렴하면서 문학적 보편성을 열어가는 과정으로 이해할 수 있다.

3. '무의식'과 현세대의 '자아'

이양지 문학에서는 조국의 전통 가락 체험을 통해 재일 현세대의 갈등과 고뇌를 해소하거나 새로운 계기를 맞이하는 모습이 구체적이다. 그 일련의 과정을 보면, 재일 현세대가 그동안 일본에서 어떠한 삶을 살아왔는지, 앞으로 어떠한 삶을 희망하는지, 지금의 삶은 어떤 지향을 보이고 있는지를 확인해 볼 수 있다. 현세대의 조국 체험은 그들 내부의 '일본의 소리'를 상대화하고 내면세계의 뿌리를 객관화시켜 성찰한다는 점에서 그러하다. 일본에서 현세대의 삶은 조국과 전세대가 남긴 부의 역사적 흔적을 싫든 좋든 수용하며 살 수밖에 없었다. 그러한 타자 의식은 그들 내면의 '일본의 소리'를 무디게 만들고 확장된 삶으로 이끌지 못했다는 인식에 도달하게 해준다. 그것은 현세대가 현실주의에 입각한 삶과 철학을 통한 객관적 시좌, 즉 일본사회를 상대화하는 내면적 '일본의 소리'에 대한 무감각을 의미한다.

이양지의 문학에서 보여주는 현세대의 조국행은 많은 의미가 담겨 있다. 먼저 현세대가 내면의 일본적 정서에 대한 실체 파악의 출발점으로 인식한다는 점을 생각할 수 있다. 그동안 일본에서 찾지 못했던 정신적 안식처를 찾고, 당당하지 못했던 자신들을 당당하게 만들 수 있는 의식의 뿌리 찾기 과정으로 이해할 수 있다. 즉 조국이지만 조국처럼 보지 못하게끔, 한국인이지만 한국인으로서 느낄 수 없게끔 자신들의 눈과 귀를 막고 있는, 그들 내면의 '일본의 소리'를 걸러내기 위한 또 다른 주체적인 자기 찾기이다.

그러나 앞에서도 언급했듯이, 현세대는 조국에서 '조국의 소리'를 통해 그들 내면의 '일본의 소리'를 확인하면서 점차 자기 파탄의 양상을 보이기 시작한다. '조국의 소리'에서 정신적 안식처를 찾고 거기에서 새로운 삶의 가능성을 열고자 했던 그들의 바람은 한낱 희망에 불과하다. 왜 재일 현세대는 의식의 좌표를 찾지 못하고 방황해야 했는가. 여기에는 현세대 내면의 '일본의 소리'가 조국 체험으로 간단히 소거될 수 없다는 근원적인 인식의 문제가 가로놓여 있다. 현세대는 그들 내면에 자리하고 있는 '일본의 소리'가 그 자체로 숙명적인 '소리'임을 미처 인지하지 못한 채 표류하고 있는 셈이다.

재일 현세대가 조국의 전통 가락과 무의식의 세계를 통해 근원적인 가능성을 찾고자 하는 행위는 특별하게 읽힐 수밖에 없다. 역사성과 민족성을 함의한 '조국의 소리'를 통해 지난날의 피해 의식과 이방인 의식을 잠재우고, 실존적 정체성을 찾으려는 특별한 과정이기 때문이다. 조국에서의 유학생활을 접고 일본으로 회귀하는 현세대의 내면에는 나름의 '벽'에 대한 한계와 초월을 함의한다. 절망의 끝자락에서 만나는 '무의식'의 평온함, 모든 문제를 원점으로 돌려놓고 새롭게 가능성을 설계한다는 의미를 갖는다. 대표작 『유희』의 원점으로의 회귀 의식은 그러한 양쪽 지점을 아우르는 현세대의 자화상에 가깝다.

이양지의 문학에서 현세대가 '무의식'에 심취하거나 조국생활을 접고 일본으로 돌아간다는 점은 중요한 의미를 내포한다.

> "들어가라, 물 속으로 들어가라."
>
> 머리 속 깊은 곳에서 나지막한 신음 소리가 되살아났다. 그 소리에 쫓기듯 그녀는 욕조 속에 몸을 가라앉히고 머리를 가라앉혔다. 그녀의 귓전으로 제주도의 바위 표면에 부딪치는 파도 소리가 들려왔다. 그녀는 사납게 포효하는 파도 속으로 뛰어들었다. 부서지는 해면의 소리가 멀어져가고 자신의 몸뚱이를 물 속에 풀어놓았다. 두 손과 양 다리가 자유롭게 물의 감촉을 만지작거리기 시작했다. 태어나서 단 한번도 맛본 적이 없는 편온함이 온 몸 깊숙이 스며들고, 물 속에서 그녀는 언제까지나 흔들거리고 있었다.[17]

재일 현세대인 '그녀'는 '인간의 악취'를 벗겨내고자 욕조로 들어간다. 세상에

---

17   李良枝, 「かずきめ」, 앞의 책, 94쪽.

태어나서 단 한 번도 맛본 적이 없는 평온의 세계, 즉 "바람도 없고 소리도 빛깔도 아무 것도 없는 마치 진공 상태를 연상시키는 물 속"[18]에서 절대적 평온함을 얻는다. 현세대는 타자와 단절된 욕조 안에서 홀홀단신 외부세계의 영향이 없는 자기만의 무아지경에 스스로를 풀어놓는다. '일본의 소리'도 '조국의 소리'도 들리지도 않고 의식할 필요도 없는 '무의식'의 세계, 즉 심신에 무엇 하나 걸림이 없는 무의식의 세계에 자신의 육체와 정신을 맡긴다.

여기에서 말하는 가장 편안한 무의식의 세계란 구체적으로 어떠한 세계를 말하는가. 종교적 깨달음을 의미하는 것인지, 산 자의 몽롱한 의식에서 비롯되는 의식의 끝자락을 의미하는지 분명하지 않다. 현세대의 무의식의 실체에 다가서기 위해 『해녀』에 등장하는 '그녀'의 지난 삶을 소환해 보자. 『해녀』의 '그녀'는 항상 일본인에게 살해당할지 모른다는 불안감을 지워버리지 못한다. 항상 피해 의식에 사로잡혀 안절부절 못하고 강박관념에 시달린다. 일정한 직업도 없이 술, 담배, 섹스로 삶의 파탄 상태를 이어간다. 그녀는 삶을 긍정적으로 추스를 힘도 발휘하지 못한 채 오로지 피해 의식과 이방인 의식에 사로잡혀 자신의 삶을 진흙탕 속으로 내몰며 한 발자국도 벗어나지 못한다.

이러한 재일 현세대의 파탄적 삶의 원인은 여러 가지를 거론할 수 있는데, 하나는 현세대가 현실 속에서 사회적인 현상들과 불가피하게 얽힌 연계성에서 오는 피해 의식이다. 개인적 삶과 바깥 세계의 얽히고설킨 관계성, 즉 재일코리안의 입장에서 벗어날 수 없는 운명적인 삶에 대한 인식이다. 그 인식에는 전세대로 상징되는 조국과 아버지라는 근원적인 요인이 전제된다. 그같은 근원적인 숙명이야말로 현세대에게는 넘어설 수 없는 단층이자 벽이다. 현세대가 느끼는 좌절감은 조국과 전세대가 남겨놓은 일그러진 '부'의 역사에서 비롯된 것이다. 이 강제된 운명은 근본적인 해결책을 찾기 어려운 '원죄'와도 같다. 이같은 '벽'의 단절감이

---

18 李良枝, 「かずきめ」, 위의 책, 90쪽.

현세대로 하여금 피해 의식을 심화시키며 능동적인 삶에 장애로 작용한 것이다.

또한 현세대의 파탄적 삶의 근저에는 현실에서 자행되는 인종적 관행적 차별에 대한 회의가 자리잡고 있다. 김학영의 작품『얼어붙은 입』에서 현세대 '나'가 느끼는 직장에 대한 불안감이나 화학실험 시간에 행해지는 일본인의 인종차별, 『유리층』에서 귀영貴映이 후미코文子와의 결혼을 둘러싸고 노출되는 인종적 갈등, 현실적으로 절감하는 인종적 관습적 차별에 따른 좌절과 회의다. 재일 현세대가 자신들의 문제를 해소하려면 그들 자신의 정체성에 대한 자기검증이 선행되어야 하나 검증에 필요한 객관적 인 타자 의식 자체가 부재한다. 문제의 근원적 해결이 어려운 강제된 원죄와 현실의 '벽'을 마주해야 하는 특수한 상황, 그리고 그러한 내면세계를 검증할 수 있는 객관적 시좌의 부재는 이양지 문학의 '자기 찾기'라는 내면 성찰을 한층 격렬하게 감행한다.

그러나 앞에서 언급했듯이, 이양지 문학의 현세대는 근본적인 체질 개선을 이루지 못한 채 거의 대부분의 여성 주인공들은 술, 담배, 섹스로 자기파탄 속에서 막다른 골목으로 내몰린다. 현세대는 그러한 파탄적 삶의 끝자락에서 몽롱한 무의식의 세계로 빠져들면서 자유로움을 만끽한다. 그러니까 현세대의 자기파멸에 가까운 행위에서 느끼는 자기방임과 자학은 자아의 확인을 통한 깨달음의 경지와는 분명히 차별화된다. 피할 수 없는 역사성과 민족 의식, 전세대아버지로부터 비롯된 제약된 삶을 추슬러 보려 고뇌하지만, 결과는 그러한 고뇌 이전의 원죄격 운명을 재확인하는 순환으로 귀결된다. 운명적 한계 앞에서 정신적 안식처를 갈구했고 거기에서 만나는 충동적 공간과 무의식의 세계가 절대적 평온이다.

외부세계와 단절된 자기만의 의식이 숨쉬는 관념적 해방구는 인간이면 누구나 갈구하기 마련이다. 특히 재일코리안에게 조국과 일본은 어느 한쪽도 완전한 자기편이 될 수 없는, 거부할 수도 없는 확실히 '불가근 불가원不可近不可遠'의 표상이다. 가까워할 수도 멀리할 수도 없는 경계 의식에서 벗어나고픈 심경, 즉 강제된 운명과 현실의 '벽' 양쪽 모두를 거부한 자기조차도 잊어버릴 세계가 이양지

문학의 '무의식'이다. 그런 맥락에서 『해녀』에서 '그녀'가 원했던 무의식의 세계는 외부세계와의 교섭이 필요치 않은 의식의 평온이고 마음의 안식처를 재현하고 있다. 『각』에서 보여준 "소박한 행복감을 느끼는"[19] 한순간은 극히 메마른 삶의 이면에 침잠해 있는 갈구하는 평온의 실체를 보여준다. 이양지의 첫 작품 『나비타령』의 현세대 '나'가 보여준 춤사위도 같은 맥락으로 이해할 수 있다.

> 우리나라는 살아있다. 풍경은 변천된다. 나는 그 속에서 가야금을 타고, 판소리를 하고, 살풀이를 춘다. 나는 그런 모양대로 살아갈 수밖에 없다. 살아간다는 것은 어디서나 마찬가지다. 가야금 선율이 연주되기 시작한다. 하얀 나비가 날기 시작한다. 나는 눈으로 나비를 뒤쫓으며 살풀이를 추었다. 끊임없이 가야금은 율동하고 불어대는 바람 속에 수건이 날아올랐다.[20]

현세대인 애자愛子의 춤사위는 애절하면서 무아의 경계를 넘나드는 절박함에서 역설적으로 확보되는 자유고 평온이다. 일본인들 틈에서 삶다운 삶을 살아보지 못하고 어이없이 죽어간 '뎃짱'과 오빠의 죽음을 떠올리며 추는 애자의 살풀이는 속세의 한을 풀어낸다는 심정에서 피안의 세계를 향하고 있다. 죽은 자를 위로하며 자신의 의식마저 편안하게 위로받는 해원의 경지로 다가서고 있는 것이다. 가야금 선율에 한을 풀어내고 나비의 율동과 함께 상처로 가득한 지난 세월의 의식을 순화시키면서 자기의 존재성마저 희미해지는 세계로 스스로를 인도한다.

이런 맥락에서 보면, 이양지 문학의 무의식의 세계는 삶의 정신적 뿌리를 찾은 기쁨에서 오는 의식의 향연장이라고 보기엔 한계가 있다. 그녀의 문학에서 말하는 '무의식'의 세계는 종교적 깨달음의 세계로 볼 수는 없으며, 그렇다고 죽

---

19 李良枝, 「刻」, 위의 책, 162쪽.
20 李良枝, 「ナビ・タリョン」, 위의 책, 60쪽.

음 직전의 의식의 몽롱함으로 단정지을 수도 없는 독특한 무의식의 향연장이다. 현세대의 '무의식' 세계는 피폐한 삶의 끝자락에서 만나는 세계이면서 동시에 새로운 가능성을 여는 출발점이라는 의미를 내포한다. 또한 과거와 현재를 지배했던 현세대의 굴절된 피해 의식이 저항감으로 치달으면서 펼치는 향연장, 의식의 전환을 다시 소환한다는 측면의 역설로서 내면적 세계의 전복도 포함한다.

이를테면 이양지 문학은 고뇌의 끝자락에서 만나는 피안의 세계를 지향한다는 의미와 처음부터 시작한다는 실존성의 재충전 양상을 부조한다고 할 수 있다. 무의식과 연계된 의식의 재충전을 통한 '지팡이' 찾기는 이양지 문학의 여유와 폭을 상징한다고 할 수 있다. 첫 작품 『나비타령』과 『해녀』가 그러한 '무의식'의 세계를 직접적으로 재현했다면, 아쿠타가와상을 수상한 작품 『유희由熙』는 재일 현세대인 '유희'를 실제로 일본으로 돌려보냄으로써, 역설적으로 의식의 뿌리를 찾게끔 종용한 자기 응시인 것이다. 이양지 문학에서 재일 현세대와 무의식 세계를 연계한 원점으로서의 자기 찾기는 『유희』 이후에 또 다른 문학적 시도를 보여준 것인지도 모른다. 『유희』 이후에 발표한 「후지산」에서 재일 현세대의 정신적 '해탈'은 그러한 문학적 가능성을 뒷받침하는 의미로 읽을 수 있기 때문이다.

4. 『유희』와 현세대의 '자기 찾기'

앞에서 이양지 문학의 '무의식'의 세계를 살펴보았는데 그 연장선에서 재일 현세대의 자기 찾기 작업도 짚어볼 필요가 있다. 현세대의 자기 찾기가 무의식의 향연장과 직결된다고 할 수는 없지만, 현세대가 의식의 뿌리를 찾아 좌표를 설정한다는 면에서는 새로운 지향을 제시하고 있기 때문이다. 새로운 좌표 설정은 현세대의 의식의 뿌리를 옮겨놓는 행위이기도 하다. 재일 현세대의 자기 찾기는 표면적으로는 주체성과 맞물린 '일본의 소리'와 '조국의 소리'의 조율로 진

행되지만, 내적으로는 일본·일본인으로부터
상처받은 피해 의식과 이방인 의식을 정화하며
자유로운 자아를 갈망하는 방향으로 전개된다.
형식적 측면과 내적 성찰을 통합하여 모색되는
것은 경계를 넘어선 새로운 좌표 찾기의 과정
이다.[21]

　『유희』는 구체적으로 어떠한 자기 찾기를 시
도하였고 그 새로운 삶의 좌표는 어떤 형태로
구현되는가. 재일 현세대 '유희'는 자기 내면
의 '일본의 소리'를 '조국의 소리'를 통해 상대

이양지, 『유희』, 고단샤, 1989

화하며 삶의 정신적 좌표를 찾기 위해 조국을 찾았다. 유희는 피상적인 조국 체험
이 아닌 정신적으로 새로운 세포를 이식한다는 열정으로 조국을 대했다. 하숙집,
길거리, 캠퍼스에서 온몸으로 울부짖듯이, 때로는 감격하고 때로는 분노하며 '조
국의 소리'를 통해 자기의 내면을 응시한다. 현세대는 그렇게 '조국의 소리'를 통
해 대상화하는 경로에서 그동안 인식하지 못했고 할 수도 없었던 '일본의 소리'
를 대면한다. 이 과정은 새로운 삶의 좌표 설정을 위한 진전에 해당한다.

　그러나 유희는 조국에서 '조국의 소리'를 통하여 정신적 좌표를 찾지 못한 채
자기가 태어나고 자란 일본으로 돌아가고 만다. 그녀의 귀국을 놓고 현세대의
조국을 향한 뿌리 찾기의 실패, 정신적 나약함에 따른 귀국 등 의견이 분분하다.
분명한 것은 그녀의 귀국을 완전한 자기 찾기의 완성으로 보지는 않지만, 거기
에는 현세대의 정신적 뿌리 찾기로 수렴되는 의식의 전환점이 포착된다. 표면상

21　이양지 문학에서 현세대의 자기 해방을 위한 몸부림은 궁극적으로 삶의 좌표를 찾는 작업으로
　　볼 수 있다. 대표작『유희』이전까지의 작품은 조국의 소리'와 '일본의 소리'의 조율을 통한 해방
　　구 찾기라 할 수 있고, 마지막 완성작『유희』에 이르러 비로소 인간 내면의 실존적 좌표 찾기가
　　가시화된다고 말할 수 있다.

으로는 현세대의 귀국이 의식의 안식처를 찾지 못한 채 원점으로 회귀한 것이지만, 내면적으로는 현세대만이 가질 수 있는 특수성에 대한 분명한 자기인식이 귀국의 결행에 포함되어 있기 때문이다. 이러한 '재일성'의 특수한 지점은 조국과 일본 어느 쪽도 일방적으로 강요하거나 수용하기 어려운 지점이라는 측면에서, 자아를 좌우할 수 있는 주체적 결단은 재일 현세대에게만 주어지는 인식의 중간지대다.

따라서 유희가 일본으로 돌아간 것은 자기 내면의 '일본의 소리'를 '조국의 소리'와 차별화 하지 못한 화음의 조율 실패에 따른 좌표 상실이 아닌, 새로운 삶의 출발점을 직시한다는 의미에 힘이 실린다. 『유희』에 등장하는 '숙모'는 유희가 일본으로 돌아갔지만 자신의 하숙집에 머물렀던 '나'에게 이렇게 고백한다.

> 난 유희한테는 말하지 않았지만 내심 응원하고 있었어. 조금만 더 참아보라고. 지금의 괴로운 심정만 극복하게 되면 앞으로는 문제가 없을 거라고. 한국이나 일본이나 다를게 없다고. 사람이 어떻게 살고 자신이 어떻게 살아가는지를 지켜보는 게 중요하다고 말야. 그렇게 지켜보게 될 때까지 조금만 더 견디어보라고 항상 유희를 응원했던 거란다.
> 나는 잠자코 있었다. 숙모가 알고 있는 유희와 내가 알고 있는 유희가 어떻게 다르건 숙모의 말에는 동감이었다. 유희 자신의 문제였던 것이다. 우리가 아무리 마음을 써주고 응원을 한다 해도, 유희 자신이 생각하고 느끼고 힘을 길러 가는 수밖에 없었다. 결코 나약한 아이라고는 생각하지 않았다.[22]

숙모의 시선에서 보면, 유희의 귀국은 확실히 조국에서 정신적 좌표를 찾지 못한 데 따른 단순한 충동적 행동이 아니다. 오히려 현세대의 귀국은 수많은 '벽'과 맞서기 위해 결의로 무장한 결행이라는 점이 밝혀지고, 과거를 되돌아보며

---

22   李良枝, 「由熙」, 앞의 책, 443~444쪽.

그러한 결행의 필연성을 부각시키는 형식을 취하고 있다. 화자인 '나'와 숙모가 유희의 귀국에 당사자의 입장을 존중하고 정당성을 부여하는 것은 유희와의 이별이 아닌 언젠가는 다시 만날 수 있음을 전제로 한다. 그것은 곧 현세대인 유희가 조국 체험을 통해 내면의 '일본의 소리'를 의식하고 전향적으로 경계인의 삶의 좌표를 찾는다는 것을 의미한다. 따라서 현세대에게 조국 체험은 자기 찾기의 출발선이기도 하지만, 내면적 '일본의 소리'를 객관화하고 주체적 삶의 좌표를 구축하는 계기로써 '결산'적 의미[23]가 적지 않다. 이양지 문학에서 『유희』가 특별한 위치를 차지하는 까닭도 경계인의 실존성을 부각한 '결산'적 의미를 가지고 있기 때문이다.

한편 디아스포라의 실존성에 대한 '결산'적 의미가 일본과 일본적인 것을 표상하는 특징은 후지산을 바라보는 현세대의 시각에서도 확연히 드러난다. 일반적으로 후지산은 일본과 일본적인 것을 표상하는 장소성을 가지고 있다. 그리고 이양지에게 후지산은 하루빨리 청산되어야 할 대상, "무서워해야만 할 일본 제국주의와 조국을 침략한 군국주의의 상징"[24]으로서 부정적인 의미를 내포한 장소의 상징이었다. 하지만 작가는 자신의 뿌리 찾기 작업을 마친 이후 일본과 일본적인 것을 상징하던 후지산을 긍정적으로 바라볼 수 있게 된다. 내면에서는 '일본의 소리'를 인정하면서 더이상 후지산의 존재에 대해 거부감을 느끼지 않게 된다. "증오심, 원한, 거부해 왔던 후지富士도 그리고 애처롭고 가슴을 저릴 정도로 그리웠던 후지도 지나간 기억 속의 왜곡된 모습으로서 아주 먼 것이 되어버렸다"고 회상한다. 또한 현세대의 실존적 경계 의식을 인정하게 되면서 "한국을 사

23　이양지는 「유희」의 완성에 특별한 의미를 부여하면서 "'이렇게 살고 있는 나' 혹은 '저렇게 되어야 하는 나'. 이러한 실제와 희망 사이에서 나와 모국과의 만남에서 하나의 단계적 마무리로서, 더 나아가 새로운 중심선을 바라고 그것을 추구하기 위하여 『유희』는 쓰여졌던 것이다." "서울대학교를 졸업한 것과 『유희』를 완성했다는 것은 수없이 많은 온갖 변화와 새로운 과제를 가져다준 새로운 출발점"이라고 했다(李良枝, 「私にとって母国と日本」, 위의 책, 664~666쪽).
24　李良枝, 「私にとって母國と日本」, 위의 책, 667쪽.

랑하고 있다. 일본을 사랑하고 있다. 나는 두 나라를 사랑하고 있다"[25]고백할 수 있게 된다. 후지산을 아무런 감정도 없이 편안하게 "있는 그대로의 모습으로" 받아들일 수 있게 된 현세대의 마음의 평온, 거기에는 "자신에게 있어서, 자신의 육체에 있어서 외계의 모습, 자기의 내부에조차 존재하는 외계의, 그 뿌리를 재어본다"[26]라는 신체와 외계에 걸쳐 있는 좌표 확인과 자기 응시가 전제되어 있다.

『유희』는 이양지 문학의 '무의식'의 세계와 함께 현세대의 자의식을 평온으로 이끄는 특별한 시공간을 제시하고 있다. 『유희』의 유희처럼 현세대는 '조국의 소리'를 통해 그들 내면의 '일본의 소리'를 대상화하며 분열되고 뒤엉킨 내면세계를 감정이 아닌 이지적으로 풀어간다는 점에서 그러하다. 또한 유희는 의식의 지팡이를 찾기 위해 출발선상에 현세대의 현실 부정과 피해 의식을 설정하고 끊임없이 이상과 현실의 간극을 조율해 나간다. 무의식의 세계는 그 간극 조율의 끝자락에서 만나는 자기 구제의 미적 영토에 해당한다. 유희와 같은 현세대에게 재일의 문제는 일본도 조국도 아닌 그들 자신만이 해결의 열쇠를 쥐고 있음을 강조한다. 이양지 문학에서 현세대가 '일본의 소리'와 '조국의 소리'의 조율 과정에서 보여준 자기파탄적 양상과 『유희』에서 보여준 남은 자와 떠난 자 사이의 갈등과 융합을 모색하고 승화해 나가는 자의식은, 자기 찾기의 과정에서 나타난 경계인의 실존적 모험이다. 경계인의 조율 과정은 그런 점에서 의식의 지팡이로 통합되는 '결산'적 의미가 강하다. 작가 의식은 "도대체 춤추는 자기는 어떠한 존재인가? 도대체 글을 쓰는 자기란 무엇인가?"[27]라는 보다 본질적인 문제를 천착하는 디아스포라 작가의 존재를 성찰하고 자문하는 모습을 담고 있다.

일반적으로 실존의 의미는 사물의 본질·본성과 구별지어 그 사물이 존재하는 상태 그 자체를 지칭한다. 이 말에 내포된 의미는 "인간적인 현실 존재 또는 주체

---

25   李良枝, 「富士山」, 위의 책, 624쪽.
26   辻章, 「無意識の永遠について-李良枝」, 『李良枝全集』, 講談社, 1993, 681쪽.
27   위의 책, 672쪽.

적·자각적 생존"28을 전제로 내건다. 그래서 자각적 존재라는 사실을 깨우치기 위해 자기 탐색에 열중하게 된다. 실존이라는 말에는 신성한 종교적 세계, 즉 자아를 통한 깨달음의 세계를 지향하는 불교적 자아탁마自我琢磨, 자아찾기의 도정이 포함된다. 실제로 이양지의 문학에서 살풀이나 백은선사白隱禪師29의 『좌선화찬坐禪和讚』과 같은 불교적 구도행을 통한 현세대의 실존적 깨달음을 의식하는 장면은 적지 않다.

그러나 문학에서 다소간의 불교적 색채를 보여주었다고 해서 이양지의 문학을 종교적인 깨달음과 자기 해방으로 일반화하기는 어렵다. 그녀의 문학을 근원적인 실존성을 포함해 종교적인 깨달음으로 이해하는 문제는 텍스트에 대한 철학적 이해를 필요로 하기 때문이다. 어쨌거나 이양지의 『유희』는 그녀의 문학을 결산하는 특별한 의미로 읽혀진다. 특히 자아의 단련과 각성이라는 자아 찾기의 도정 끝자락에서 만나는 '무의식'의 세계와 "있는 그대로 받아들이는 용기와 삶에 대한 자세"30는 시사하는 바가 적지 않다. 그 연장선에서 의식적이든 무의식적이든 이양지의 문학은 인간의 실존성 문제를 천착하였고 그러한 자기 찾기가 자기 순화의 과정을 거쳐 문학적 보편성을 확보하게 된다.

5. 신체적 감각으로 '재일성' 말하기

이양지 문학에서 현세대의 절실한 고뇌의 양상들과 함께 주목해야 할 것은 소설에 등장하는 인물들이다. 주인공의 대부분은 재일 현세대 여성이다. 이양지의 소설은 조국을 작품의 공간적 배경으로 삼고, 여성 주인공이 '조국의 소리'로 표

---

28   이희승 편저, 『국어대사전』, 민중서림, 1982, 222쪽.
29   김환기, 「이양지의 『유희』론」, 『일어일문학연구』 41, 한국일어일문학회, 2002, 24쪽.
30   이양지, 신동한 역, 「나에게 있어서의 母國과 日本」, 『돌의 소리』, 삼신각, 1992, 247쪽.

상되는 전통 '가락'을 익히고자 애쓴다는 자아의 서사가 대부분이다. 이러한 서사의 면모는 이양지 문학의 독창적 세계를 열어가는 토대이기도 하지만, 경계의식을 둘러싸고 방황하는 현세대를 신체적 정신적 감각으로 끌어들이는 소설적 장치로 유효하다. 이양지 문학에서 현세대 여성들이 발산하는 신체성 리듬과 실천적 조국 체험은 실존적 자의식 측면에서 결산적 의미가 적지 않다.

이양지는 비교적 짧은 시간에 많은 작품을 발표했다. 작품들을 발표 연대순으로 나열해 보면 다음과 같다.

「나비타령」1982, 「해녀」1983, 「오빠」1983, 「각」1984, 「그림자 저쪽」1985, 「갈색의 오후」1985, 「Y의 초상來意」1986, 「푸른 바람」1987, 「유희」1988, 「목련에 기대어」1989, 「돌의 소리」1992.

10년 동안 적지 않은 작품을 발표했는데 제목에서 풍기는 이미지는 이색적이면서도 동적인 움직임과 정감이 느껴진다. 첫 작품 「나비타령」 이후 매년 한 두 작품씩 발표했다. 활발한 작품 발표는 작가의 문학적 열정의 표현이지만 현세대의 신체적 리듬을 탄 치열한 자기 찾기의 과정이기도 하다. 대부분의 작품에는 재일 현세대 여성이 주인공으로 등장하고 주제도 현세대의 치열한 몸부림을 통한 민족적 정체성 찾기를 다루고 있다. 소설의 공간적 배경도 대체로 조국 체험과 관련된 하숙집이나 학교 등으로 설정된다. 그것은 작가가 조국 체험을 전후해 집중적으로 작품을 발표했기에 당연할 수도 있는데, 그렇다고 모든 작품이 조국에서의 개인적 체험담 중심인 것은 아니다. 일본에서 복잡하게 진행되고 있는 부모의 이혼과 오빠의 죽음을 바라보는 작가의 심경묘사도 잔잔하고 울림이 크다. 통시적인 관점에서 보면, 이양지 문학의 주제는 현세대의 모국 체험, 민족적 정체성 찾기, '조국의 소리'와 '일본의 소리'의 조율, 이방인 의식 등에 집중된다. 여성 작가라는 점도 있지만 대부분의 소설 주인공이 재일 현세대 여성이며 이들은 제각기 독특한 '재일성'을 체감하며 '부'의 멍에에서 벗어나고자 몸부림친다.

이양지의 첫 작품 『나비타령』은 재일코리안의 일가족과 조국에서 전통가락을 익히는 여성 '나'의 이방인 의식을 밀도 있게 얽어낸다. 이 작품은 가출한 '나'가 오랜만에 친오빠를 만나 집안의 복잡한 이야기를 풀어가는 대목에서부터 시작된다. 이들 남매는 일본인으로 귀화한 아버지에 대한 증오심, 둘째 오빠의 건강악화, 가정불화에 얽힌 불만을 털어 놓는다. 부모의 이혼 재판에서 제기될 위자료, 재산 분배, 친권자 문제에 대한 복잡한 심경도 공유한다. 교토의 여관집 여주인으로부터 "조선인은 원래 은혜도 모르고 수치도 모른다"는 소리를 들으면서 허드렛일을 했고, 일가족의 공중분해를 지켜보며 절망감에 빠지기도 한다. 그러한 현실공간에서 죽고 싶은 심경을 거침없이 쏟아내며 자포자기의 나날을 이어간다. 실제로 '나'는 담배, 술, 단식을 통해 끊임없이 스스로를 죽음의 나락으로 내몰기도 한다.

하지만 '나'는 자신의 질긴 목숨을 외면할 수 없었다. 오히려 우연한 기회에 '조국의 소리'인 전통가락 속으로 빠져들면서 나락으로 떨어진 자아를 추스르고 점차 피해 의식에서 벗어나고자 한다. 마침내 '나'는 "1천 5백 년 전부터 계속해 타왔다는 가야금을 탈 때마다 실감 없는 말만의 먼 우리나라가 아니라, 음색이 확실하고 굵은 밧줄이 되어 나와 우리나라를 한데 이어준다"고 생각한다. 가야금을 통해 '조국의 소리'를 듣게 되면서 상처투성이의 삶을 털어버리고 새로운 가능성을 열어가는 듯했다. 그러나 조국에서 가야금을 통한 전통 가락과의 만남은 현세대에게 정신적 평온과 해방감을 충족시켜주지는 못한다. 전통 가락을 충실히 익힘으로써 자신의 민족적 아이덴티티의 위기를 극복할 수 있을 것이라는 믿음은 뜻대로 진척되지 않는다. '우리나라'에 가까이 다가설수록 현세대 내면에 자리잡는 '일본식' 의식은 한층 선명해지고 이방인 의식으로 증폭될 뿐이다. 조국에서 체험하는 전통가락의 리듬이 신체적으로 받아들여지지 못하고 겉도는 느낌을 지울 수 없다.

"애자, 다키瀧는 우리말로 폭포, 당신은 뽀뽀, 완전히 틀리죠?"

하지만, 나는 발음의 차이를 잡을 수가 없었다. 다시 노래를 고쳐 본다.

"애자, 폭포는 입술을 세게 파열시켜 발음하는 거예요. 당신의 뽀뽀는 '다키'가 아니라 키스한다는 뜻이 된다니까요."

억지로 참고 있던 웃음은 폭소가 되어 내 등을 짓눌렀다.

'일본'에도 겁내고 '우리나라'에도 겁나서 당혹해 하고 있는 나는 도대체 어디로 가면 마음 편하게 가야금을 타고 노래를 부를 수 있을까. 한편으로는 우리나라에 다가가고 싶다, 우리말을 훌륭하게 사용하고 싶다는 생각이 드는가 하면, 재일동포라는 기묘한 자존심이 머리를 들고 흉내낸다, 가까워진다, 잘한다는 것이 강제로 막다른 골목으로 밀려든 것 같아 이쪽은 언제나 불리하다. 처음부터 아무 것도 없다는 입장이 화가 난다. 아무튼 나라고 좋아서 이런 얄궂은 발음을 한 것은 아니다. 25년 동안 일본에서 태어나 자랐다는 사실에 어쩔 수 없는 결과라고 한숨 돌려본다. 그러나 여전히 나는 충계에 앉아있다. 얄궂은 발음이 얼굴에서 불이 나듯 부끄러웠고, 충계에 앉은 채 열기를 망설이고 있었다.[31]

재일 현세대 '나'는 '조국의 소리'에 익숙해지고자 노력하면 할수록 자기 내면의 '일본의 소리'를 의식하게 되고, 거기에서 발생하는 마찰음은 한층 증폭되어 되돌아옴을 느낀다. 그럴 때마다 현세대는 자신의 존재와 위치를 생각하며 "어디로 가나 비非거주자"로서 궁색한 존재로 부유하며 살아갈 수밖에 없는가를 자문하며 한숨짓는다.

현세대의 방황과 고뇌는 소설 『각』에서도 그대로 이어진다. 이 소설은 조국에서 전통 가락을 배우는 현세대 여성의 쫓고 쫓기는 일상을 그린다. 주인공 '나'는 학교 수업이 끝나면 가야금과 무용학원을 오가며 조국의 전통가락을 익히는데

---

31 李良枝, 「ナビ・タリョン」, 앞의 책, 53쪽.

여념이 없다. 하루라도 빨리 한국말과 '조국의 소리'인 전통 가락을 익혀 온몸으로 민족적 아이덴티티를 느껴보겠다는 의지의 발로에서다. 그러나 '나'의 열정적 의지는 번번이 '벽'에 부딪치게 되면서 점차 조국에서의 유학생활에 자신감을 잃어간다. 수업 시간에는 '말의 지팡이'를 찾지 못해 방황해야 했고 애국가 가사는 제대로 외워지지 않는다. 책을 읽으면 담당 교사로부터 '일본적인 발음'이라는 핀잔을 듣고, 가야금 수업에서는 음색이 조율되지 않아 몇 번씩이나 연주를 중단하며 잘못된 음을 지적받는다. 시간이 거듭될수록 '나'의 쫓기는 심리적 불안은 한층 더해 간다.

"국어, 국사, 국, 국가, 나라, 우리나라……"

國이라는 문자의 덩어리, 나라, 우리나라, 라고 하는 문자의 집단이 거울 앞을 지나간다. 우리나라, 우리나라 하고 중얼거리는 자신의 목소리가 점차로 커진다. (…중략…) 거울에 얼굴을 가까이 가져갔다. 왼쪽으로 가야금이 보인다. 10년 전부터 내 곁에 있어온 물건, 그 물건의 형상을 응시했다. 째각, 째각, 째각……초침소리가 짜증스럽다. 소리가 어딘가를 향하여 나를 몰아붙인다. 이마에 땀이 솟는다. 가죽을 움켜진 손바닥도 축축해진다. (…중략…)

현은 팅하고 둔한 소리를 냈다.

다섯 번째, 여덟 번째, 두 번째……닥치는 대로 현을 끊어갔다. 소용돌이치고 있던 자신의 목소리도 초침소리도 전혀 들리지 않았다. 나는 내 손에 들린 두 개의 가위날을 응시했다. 그 사이에 긴 현을 응시했다. 손에 힘을 줄 때마다 가야금통의 나무결이 흐느적거린다.

가위를 잡은 여자……. 여자의 몸은 달아올라 있었다. 현을 자를 때마다 성기의 안쪽에 짧막한 경련이 일었다. 여자는 얼굴을 벌겋게 상기시키고, 격앙된 거친 숨을 나체의 여인을 향하여 뿜어대고 있다. 열두 개의 현은 모조리 방바닥 쪽으로 내려뜨려져 있다. 여자는 찢어발기듯이 그것들을 뜯어내어 방바닥에 팽개쳤다. 안쪽은 서로 부딪치며 덜그럭 덜그럭 하며 허전한 나무 조각 소리를 냈다.

여자는 거칠어진 숨이 가라앉기를 기다렸다.[32]

하숙집에서 거울을 보며 화장을 하는 동안 "째각, 째각, 째각"하는 시계 초침소리는 불안에 쫓기는 심리를 더욱 압박한다. 시계 초침소리에 짓눌리는 압박감은 재일 현세대의 존재성을 촉구하는 각성제이기에 충분했고, 조국 한복판으로 '몰아붙이는' 장치로서는 적격이다. 현세대의 유학생활은 불안과 압박감 때문에 끝이 보이지 않는다. 방과 후에는 "가야금 학원으로 직행하고 그 다음에는 무용 학원으로" 가야 했다. 쫓기는 불안한 유학생활은 여성 주인공을 괴롭히며 벼랑으로 떠밀어낸다. 게다가 서울 거리는 부정적인 이미지로 가득하다. 버스 안은 시끄러운 라디오 소음과 사람들의 훈기, 체취로 인해 숨조차 제대로 쉴 수 없고, 차장의 '빨리 빨리' 타령에 정신이 없다. 같은 현세대이며 조국으로 유학 온 춘자의 하숙집 아주머니와의 불화도 같은 맥락이다. 이 이질감과 불편함, 불화는 이방인 특유의 의식이다.

재일 현세대가 조국에서 느끼는 이런저런 불평과 불화는 중의적이며 단순한 일상의 불평만은 아니다. 주인공의 불평과 일상 속 불화는 현세대 자신들의 실존적 자의식과 연계된 복잡한 생각에서 발생하는 불협화음이다. 춘자가 "우리나라, 우리나라 사람, 만사가 다 귀찮아질 때" 느끼는 하숙집 아주머니와의 불화는 현세대와 조국 사이에 존재하는 거리감에서 표출되는 부딪침이며 부조화다. 불협화음은 『그림자 저쪽』의 쇼코韶子의 경우 노골적이다.

대학이라는 곳과 하숙이라는 곳, 이 두 장소를 왕복하는 생활은 쇼코에게는 마음을 푹 놓을 한순간조차 허용하지 않았다. 자기 스스로 모국유학을 결심하고 힘들여 아버지

---

32   李良枝, 「刻」, 위의 책, 139쪽.

를 설득했음에도, 날이 갈수록 자신이 한국어를 혐오하게 된다. 생활 습관의 차이에 일일이 화를 내고 동요하게 되는 것을 억제할 수가 없다. 끊임없이 남들 앞에 까발리어지는 듯한 일종의 강박감은, 재일 한국인 혹은 일본 태생이라는 열등감을 자아내게 하고, 동시에 이상하게도 우월 의식이라고 밖에 할 수 없는 감정을 한층 부추기기도 했다.[33]

조국이 현세대에게 어떻게 비춰지고 자리매김 되건 조국은 그대로의 실체를 지켜갈 것이다. '강박감'을 주는 대학과 하숙집, 재일 현세대로서 '화를 내고 동요하게' 되는 환경은 여전히 그 자리에 존재한다. 서울의 거리는 복잡하지만 어쨌거나 '화를 내고 동요하게' 만드는 얼굴로 '우리나라'를 대변하며 변화해 갈 것이다. 그것은 구심력으로 변주되는 고향 의식^{조국, 민족}과 닮은 신체성이다. 역사성과 민족성을 상징하는 조국에서 현세대를 지켜줄 수 있는 무기는 몸^{신체}밖에 없다.

하지만 이양지 문학의 여성은 '조국의 소리'를 신체적으로 리듬화해 체화시킬 수 없음을 절감한다. 재일 현세대 여성은 '조국의 소리'를 통한 자기 찾기의 과정에서 있는 그대로의 '우리나라' 모습을 접할 수밖에 없고, 그 과정에서 생기는 신체적, 정신적 마찰음을 어떻게 잠재울 것인지, 그 해답은 전적으로 재일 현세대에게만 주어진다.

6. 여성적 리듬 살리기

이양지의 대표작 『나비타령』, 『각』, 『그림자 저쪽』, 『유희』 등에서 확인할 수 있듯이, 재일 현세대의 아이덴티티 찾기는 여성적 리듬을 타고 치열하게 전개된다. 작품의 주인공이 현세대 여성들로 설정되어 그렇겠지만, 내용적으로도 여성의

---

33   李良枝, 「影繪の向う」, 위의 책, 245쪽.

이양지, 『이양지 전집』, 고단샤, 1993

신체적 리듬을 강조하는 흐름을 보여준다. 이양지 문학을 '여성'과 연계해보면, 먼저 작품의 주인공은 예외 없이 재일 현세대 여성이 주인공으로 설정되어 있고, 그것이 독창적인 '재일성'을 규정하는 기제라고 할 수 있다. 첫 작품 『나비타령』에서부터 유고작 『돌의 소리』까지 지속적으로 등장하는 현세대 '여성'은 지극히 여성적이고 감각적이다. 특히 여성 작가로서의 감성을 살려내면서 작품에서는 이양지 자신이 체험했던 '조국의 소리', 작가의 가족사, 특히 역사성과 민족성을 상징하는 전통악기를 통해 구체적으로 얽어낸다. 이러한 형식의 서사구조는 이양지 문학이 여성 특유의 생리적 리듬을 살려내고 독창적인 '재일성'을 추동한다고 할 수 있다.

그리고 이양지 문학은 작품의 배경이 조국이고, 민족정서가 강한 전통가락에 몰두하는 현세대 여성이 서사의 중심에 놓여 있다. 재일코리안문학에서 주인공이 조국의 전통악기나 전통춤을 배우기 위해 조국을 찾는 사례는 찾아보기 어렵다. 이양지 문학만의 독창적 서사구조라고 할 수 있다. 재일코리안, 그것도 현세대 입장에서 조국을 찾아 역사성과 민족성이 강한 전통악기 가야금과 대금, 전통춤 승무와 살풀이 등을 배운다는 것은 쉬운 일이 아니다. 전통가락의 특성상 정신과 육체가 동시에 움직여주어야 하고, 남다른 도전정신과 인내력, 자기민족 정체성에 대한 특별한 열정과 자기와의 싸움이 전제되지 않으면 안된다. 전통이 "양식, 인습, 관습의 중심에 있는 정신이면서 당대를 살아온 삶의 주인공들의 숨소리가 고스란히 녹아있는 정신"이라는 점에서, 단순한 익힘과 배움 차원을 넘어 신체와 정신이 균형과 조화를 통한 리듬을 탈 수 있어야 전통적 가락의 습득이 가능하다. 현세대 여성이 모국의 전통가락을 정확히 익히고 체화하려면 먼저 전통 악기와 전통춤에 녹아있는 민족의 '신체성' 내지 감정선을 정확히 파악해야 한다. 이양지 문학에서 현세대가 조국 체험의 과정에서 극도로 불안해하고 방황하는 것은 이러한 역사와 전통, 민속과 민족에 얽힌 정신적 감정선, 즉 정서적 '뿌리'를 명확히 이해하고 체득하기 어려운 데서 오는 불안이고 초초함이다.

또한 이양지 문학에서 현세대 여성은 유학생활과 현실의 '벽' 앞에서 철저하게 이방인 의식에 사로잡힌다는 점이다. 작품에 등장하는 주인공 여성들의 정신적 방황과 이방인 의식은 심각하고 집요하며 탈출구가 없다. 『유희』 이후에 재일 현세대의 정신적 평온이 가시화되긴 하지만, 그 이전까지의 작품「나비타령」, 「해녀」, 「오빠」, 「각」, 「그림자 저쪽」 등은 조국의 하숙집과 학교에서 철저하게 고립된 일상을 드러낸다. 철저하게 고립된 현세대 여성의 일탈은 잔인하리만큼 혹독하다. 술과 담배, 몽롱함, 불면증, 무의식적 자위행위, 환각과 환청 등에 시달리는 현세대의 신체적, 정신적 파탄 양상은 극에 달한다.

이양지 문학은 현세대 여성을 통해 자기 찾기와 민족적 아이덴티티를 확인하고자 하는 목적 의식을 분명히 한다는 점도 간과할 수 없다. 재일 중간세대는 구심력으로 표상되는 부모, 조국, 민족 의식, 자기 정체성을 회피할 수 없고, 동시에 실질적인 생활터전인 일본도 외면할 수 없는 경계인의 태도를 취한다. 그러한 경계 의식은 일본사회에서 이방인으로 존재하는 '불우성'에 대한 인식이기도 한데 이양지 문학은 그것을 주체적 자의식을 통해 극복하고자 했다. 특히 민족의 전통가락을 여성 특유의 신체 감각으로 체득하고자 했다는 점에서 독창적이다.

그 밖에 이양지의 작품에 여성적인 신체 감각과 리듬이 대화체와 심경묘사 형태로 담긴 점도 돋보인다. 재일 현세대 여성 주인공들의 섬세한 성격, 쫓고 쫓기는 긴장감, 증폭된 파열음, 여성의 생리적 감각을 살린 예각현상의 극대화에서 확인할 수 있다. 이를테면 '째각, 째각, 째각'거리는 시계 초침소리에 막다른 골목으로 내몰리는 심리적 불안, 생리기간에 발생하는 여성 특유의 신체적 감각과 리듬이 그려내는 심경묘사가 리얼하다. 일본 근대소설의 사소설적 경향처럼 개인과 가족사를 거침없이 주제로 다룬 점도 특징적이다. 이양지 문학에서 역동적인 조국의 정치이념, 사회적 현상과 상반된 시공간에서 진행되는 현세대 여성의 심리를 위축, 강박관념, 그리고 자기 찾기와 민족적 아이덴티티도 독창적인 '재일성'이다.

이처럼 이양지 문학에서 '여성'이 갖는 문학적 의미는 적지 않다. 현세대 여성 주인공의 방황과 고뇌가 치열했던 만큼 내면적 자기응시와 실존적 세계로 다가 설 수 있었고, 여성 특유의 신체감각과 리듬을 통해 문학적인 강렬함과 섬세함을 부조해낼 수 있었다. 요컨대 이양지만의 독창적 글쓰기는 '여성', '조국', '가락', '신체', '리듬' 등으로 표상되지만, 그것은 확실히 기존의 재일코리안 1세대, 같은 중간세대, 최근의 신세대 문학과 차별화되는 특유의 '재일성'을 구비하고 있다.

7. 의식의 지팡이로서 『유희』, 그리고 「후지산」

이양지의 『유희』는 재일 현세대의 자기 찾기, 이방인 의식, 조국과의 거리감을 총체적으로 얽어낸 작품이다. 1988년 제100회 아쿠타가와상 수상작인 『유희』는 조국에서의 유학생활을 정리하고 일본으로 돌아가는 재일 현세대 여성의 복잡한 심경을 밀도 있게 형상화한 작품으로 하숙집에서 함께 생활했던 제3자숙모, 나가 일본으로 귀국한 유희의 모국생활을 회상하는 형식으로 풀어간다. 주요 등장인물은 유희, '나', 숙모 등이다. 이야기는 화자인 '나'를 중심으로 하숙집에 남겨진 유희의 흔적들을 기억하며 그녀가 선택한 일본행에 담긴 '재일성'의 의미를 풀어낸다.

먼저 '나'는 학생들이 친일 어용지식인이라 싫어하는 이광수를 두둔하던 유희, 한국말을 가르쳐 주었음에도 아랑곳 않고 일본 책만 읽고 있는 유희, 한밤중에 음악을 켜놓고 술을 마시며 '우리나라'라는 글씨를 써놓고 울던 유희, 아침에 일어나자마자 '아'인지 '아ㅎ'인지 '말의 지팡이'를 찾지 못해 고민하던 유희를 떠올린다. 그리고 그동안 힘겹게 살아온 유희를 포용^{受容}해 주지 못했던 감정을 하나씩 풀어간다. 한편 숙모는 '나'의 생각과 다르게 유학 온 유희의 특수한 입장을 각별히 두둔한다. 어쩌다 '나'가 유희에게 쓴소리를 할 때면, 숙모는 "일본에서 태어났으니까 어쩔 수 없잖아. 유희만의 사정도 분명히 있지 않겠니. 너는 숙부처럼 민족주의자야"라며 유희를 감싸주곤 한다.

유희가 일본으로 돌아간 지금, 하숙집에 남아 있는 '나'와 숙모는 한목소리로 유희가 일본으로 귀국한 것을 아쉬워한다. 숙모는 '나'에게 좀더 잘해주지 그랬냐는 말투로 속상해 했고, '나' 역시 감정의 대립각을 세웠던 지난날 유희와의 동거생활을 떠올리며 그녀의 일본행을 안타까워한다. 지금 '나'는 유희가 사용했던 방에서 그녀의 체취를 느끼며 지난날 "지금 괴로운 심정만 극복하면 문제없다"며 유희를 성원했던 숙모의 생각을 이견 없이 받아들인다. 유희를 일본으로 떠나보낸 허전한 하숙집 거실에서 '나'와 숙모 사이의 팽팽했던 유희에 대한 입장이 일정 부분 조율되고 있는 셈이다. 빗줄기 너머, 현해탄 건너 일본에서 일상을 맞이할 유희를 떠올리는 '남은 자'의 포용적 시선이 한결 따뜻하다.

이방인 의식으로 점철했던 유희가 조국의 하숙집을 떠난 것은 조국과의 이별이나 한국인들과의 결별만을 의미하진 않는다. 오히려 국적과 국경을 넘어 상호 간의 깊은 교감에서 이루어진 자연스러운 '회자정이 거자필반^{會者定離去者必返}'의 이별이다. "'나'의 유희에 대한 부족한 이해가 숙모와의 대화를 통해 충족되고, 그 일치점이 다시금 화자인 '나'를 통해 유희의 의식으로 되살아나는"[34] 형식으로 이해할 수 있다. 그것은 "한국에 남은 '나'와 숙모의 의식 내면으로 유희가 파고들었음이며, 반대로 일본으로 떠난 유희의 의식 내면에 '나'와 숙모의 생각이 자리했음을 의미[35]하는 것"이다. 교감하는 동거인들 사이의 '벽' 허물기와 거리감 좁히기는

---

34   김환기, 「이양지의 『유희』론」, 앞의 책, 243쪽.
35   위의 글, 243쪽.

숙모가 유희에게 건넨 "일본이나 한국이나 다를 게 없다. 사람이 어떻게 살아나가고 내가 어떻게 살아가느냐를 지켜보는 것이 중요하다"[36]는 말로 귀결된다.

이러한 형태의 서사구조는 『유희』 이전의 작품에 등장하는 현세대 여성 주인공의 움직임과는 확연히 차이가 있다. 『유희』의 유희는 조국 체험 과정에서 부각되는 방황과 고뇌를 일방적인 형태로 표출하는 것이 아닌, 상대화된 현상과 대상을 관조하듯 응시하는 모양새를 취한다. 현세대가 일본으로 귀환하는 행위는 조국에서의 유학생활에 대한 염증과 반발감도 작용했겠지만, 근원적으로는 다른 차원의 정신적 성숙에서 비롯된 '되돌아감'이라고 보는 게 온당하다. 이를테면 '우리나라'의 생김새, 색깔, 냄새를 있는 그대로 바라볼 수 있는 실존 인식, 좋든 싫든 조국의 현상과 실체를 있는 그대로 받아들일 수 있는 자기, 실존적 개아의 '획득'을 의미하기 때문이다. 바꿔 말하면 조국의 현상과 실체가 한층 또렷해질수록 현세대 내면의 침잠된 '일본의 소리'도 명료하게 모습을 드러내는 형상이다. 그러한 현세대의 자기찾기와 민족적 아이덴티티는 에세이 「후지산富士山」을 통해 결산적 의미로 승화된다.

이양지의 「후지산」은 총 3장으로 나누어진 짤막한 에세이다. 「후지산」은 일본의 상징 후지산을 바라보는 작가의 심경 변화를 구체적으로 피력한다. 이양지는 일본의 야마나시현山梨県 후지산 근처에서 태어났고, 그곳에서 유년기부터 청년기까지 후지산을 바라보며 성장했다. 생장지인 야마나시현을 떠날 때까지도 이양지는 후지산을 일본의 상징으로 "일본의 조선반도에 대한 가혹한 역사의 상징"으로 바라본다. 후지산을 "자신의 몸에 배어있는 일본어와 일본적인 것의 구현자"[37]로 인식했다.

그러나 이양지가 기나긴 타향살이를 거쳐 17년 만에 찾은 후지산 기슭의 고향은 따뜻했고 그곳에서 바라본 후지산은 참으로 아름다웠다. 후지산은 벅찬 감

---

36   李良枝, 「由熙」, 앞의 책, 443쪽.
37   李良枝, 「富士山」, 앞의 책, 622쪽.

동을 안겨주는 존재였다. "구름이 뒤덮인 후지도, 눈부신 햇살 속에 백설이 빛나고 있는 후지도, 해질녘 짙은 남색 하늘에 솟아 있는 후지도, 어떤 순간의 모습을 보아도 아름답게"[38] 바라볼 수 있었던 것이다. 일본의 상징으로서가 아닌 후지산 그 자체의 아름다움을 느끼고 지켜볼 수 있는 자신의 여유로움과 가치관의 변화를 온몸으로 느낀다. 이러한 이양지의 성숙된 정신적 세계는 「후지산」의 "한국을 사랑하고 있다. 일본을 사랑하고 있다. 나는 두 나라를 사랑하고 있다. 그런 혼자말을 조용히 듣고 있는 자기 자신과도 만나고 있다"[39]는 대목과 맞물린다. 작가의 성숙된 정신 세계는 「나에게 있어서의 母國과 日本」에서 한층 구체적이다.

　　가출해서 시골집을 떠났을 때, 그것은 저 나름대로 후지산과의 결별이었던 것입니다. 그리고 민족에 대해 생각하기 시작한 후의 후지산은, 이번에는 끔찍한 일본 제국주의와 조국을 침략한 군국주의의 상징으로 나타나 부정하고 거부해야만 하는 대상이 되었습니다. 모국에 유학하고 난 후의 후지산은 또 다른 양상, 더욱 복잡한 대상으로 나타났습니다. 물론 하루빨리 부정하며 청산해 버려야 하는 일본의 상징인 것은 변함이 없었지만, 모국에 와서야 알게 된 내 자신 속에 배어있는 일본을 인식하면 할수록 부정하려고 하는 것 자체가 부자연스러웠다. 오히려 애착과 집착의 증명이 되는 것 같은 심정을 느끼며, 후지산의 존재가 제 마음 속에서 깊숙이 차지하고 있는 것을 느끼게 된 것입니다. 마침내 『유희』를 완성하고 나서, 저는 이제야 특별한 사랑도 미움도 없이 있는 그대로의 모습으로 후지산과 마주볼 수 있을 것이라는 자신을 갖게 되었습니다.[40]

　　증오심, 원한, 거부해 왔던 후지富士도 그리고 애처롭고 가슴을 저릴 정도로 그리웠던 후지도 지나간 기억 속의 왜곡된 모습으로서 아주 먼 것이 되어버렸다. 후지산은 다만

38　위의 책, 624쪽.
39　위의 책, 625쪽.
40　이양지, 신동한 역, 앞의 글, 25쪽.

자리하고 있었을 뿐이다. 그것을 쳐다보며 아름답다고 중얼거리던 자신도 단지 그렇게 자리하고 있었고 평정이었다. (…중략…) 한국을 사랑하고 있다. 일본을 사랑하고 있다. 나는 두 나라를 사랑하고 있다. 이러한 혼자 말을 조용히 듣고 있는 자기 자신과도 만나고 있었다. 의미와 가치에 연연하지 않고 어떠한 판단과 선입관도 갖지 않고, 사물과 대상을 있는 그대로의 모습으로 받아들이고 대할 수는 없는 것일까. 오랫동안 방황하면서 줄곧 갈구해왔던 은근한 바램이 마침내 그 결실의 첫걸음을 내딛기 시작한 듯한 느낌이었다.[41]

일찍이 이양지에게 후지산은 "무서워해야만 할 일본 제국주의와 조국을 침략한 군국주의의 상징"[42]으로서 부정의 대상이었고 청산되길 원했던 존재였다. 재일 현세대의 의식 속에 맴도는 '몽롱한 불안'이나 떨쳐내기 어려웠던 '이방인 의식'처럼, 그녀를 무겁게 짓눌렀던 멍에와 같은 존재가 후지산이었다. 또한 경계인의 입장에서 후지산은 오랜 방황과 도저到低한 고뇌를 낳은 화두와 같은 존재였다. 깨쳐야 할 화두와 같은 후지산에 대한 작가적 심경이 소설『유희』를 계기로 바뀌고, 청산의 대상에서 "아무런 판단이나 선입관을 갖지 않고 사물과 대상을 있는 그대로의 모습으로 받아들일" 수 있게 된다. 그리고 작가는 "사물을 사물로써 그대로 보는 눈, 그러한 힘을 나는 진심으로 얻고 싶다. 있는 그대로를 보는 눈과 그 힘의 귀중함을 알려주며 격려해 주는 것이 바로 이 땅이며 이 땅의 공기, 빛, 바람을 공유하고 있는 사람들의 모습"[43]이라고 했다. 그것은 초월적인 시각을 내포하면서 재일 현세대의 경계인적 사고, 이방인 의식을 넘어설 수 있는 세계관이다. 방황과 고뇌의 시간을 정리하고 새로운 삶을 가능하게 하는 결산적 의미로서 현세대에게 '의식의 지팡이'를 찾는 의미로 읽힌다.

---

41 李良枝,「富士山」, 앞의 책, 624쪽.
42 李良枝,「私にとって母國と日本」, 위의 책, 667쪽.
43 이양지,「말의 지팡이를 찾아서」,『유희』, 1989, 356쪽.

이렇게 이양지 문학은 다른 재일코리안 작가와는 달리 그녀 특유의 '재일성'을 기반으로 독창적인 영역을 보여주었다. 그녀의 문학은 조국체험의 과정에서 '전통 가락'장구, 대금, 판소리, 살풀이 등으로 표상되는 '조국의 소리'를 민족적 정서나 신체감각으로 받아들이지 못하지만, 작품 『유희』와 「후지산」에 이르러 자기 찾기와 민족적 아이덴티티의 상징인 '의식의 지팡이'를 제시하게 된다. 화두와 같은 현상과 사물을 있는 그대로 수락하는 포용적 깨달음의 경지를 '획득'했다고 할 수 있다.

양석일
『피와 뼈』·『밤을 걸고』

1. 문학과 엔터테인먼트

양석일 문학은 재일코리안문학의 다양성과 변용 지점을 상징적으로 보여준다. 조국의 굴절된 근현대사적 지점을 전면에 내세우면서도 '부島의 역사'적 지점을 의식주로 표상되는 실생활과 연계시켜 구체화한다는 점에서 특징적이다. 서사의 형식과 구성, 문체상의 색감에 강약을 부여하는 과정에서 특유의 '재일성'을 이끌어내는 형식을 취하고 있다. 그의 문학에서 발견되는 순문학과 대중문학의 경계지점을 넘나드는 민족·탈민족적 시좌는 동시대의 재일코리안 작가들, 즉 김학영, 이양지, 이회성 등의 문학과 확연히 비교되는 지점이다. 자기 구제에 목말라했던 김학영 소설의 내향적 '탈각 작업'이나 '모어'와 '모국어' 사이에서 자기 찾기에 골몰했던 이양지 소설과 달리, 양석일의 문학은 조국의 굴절된 근현대사와 맞물린 외부세계他者와의 연결고리를 부각시키며, 일종의 체화된 재일코리안의 '신체성' 언어에 무게를 둔다. 대표작『피와 뼈血と骨』와『밤을 걸고』는 그러한 신체성을 내세운 엔터테인먼트를 추구하면서도 순문학적 가치와 이미지를 놓치지 않는다는 점에서 주목된다.

양석일은 1936년 오사카 이카이노에서 태어나 고등학교 시절 김시종, 정인 등과 문학 동인지『진달래』,『열도』에서 활동했다. 그후 조총련에 가입하기도 했고 인쇄업의 실패를 경험하며 경제적인 파탄을 맞기도 했다. 1972년부터 1982년까지 도쿄에서 택시기사 생활을 하면서 '토군회土軍の會'를 조직해 본격적인 시 창작을 시작한다. 양석일의 초기 단편집『광조곡』을 비롯한『택시기사의 일지』,

『기사 최후의 반역』 등은 작가가 생활고를 타개하기 위해 택시기사로 활동했던 사회적 경험을 살린 이야기다. 그 후 양석일은 소설가로서 명성을 얻으면서 재일코리안 특유의 '신체성'과 맞물린 '재일성'을 천착하면서 『족보의 끝』, 『밤을 걸고』, 『피와 뼈』 등을 발표한다. 소설 『피와 뼈』를 통해 '야마모토 슈고로상山本周五郎'을 수상하고 작품이 영화로 제작최양일 감독되면서 소설가로서 존재감을 보여준다. 소설 『밤을 걸고』와 함께 『피와 뼈』는 대중문학의 관점에서 양석일 문학의 엔터테인먼트와 대중성을 공고히 하며 큰 반향을 불러일으킨다. 이러한 양석일의 작가적 이력과 문학적 대중성과 엔터테인먼트는 기존의 민족적 글쓰기김달수, 김석범, 이회성 등 경향과 다르며, 현세대 작가들의 탈민족적 글쓰기현월, 가네시로 가즈키, 유미리 등와도 차별화되는 독창적인 문학적 성과로 받아들여진다.

이 글에서는 양석일 문학의 강인한 흡인력과 초월적인 이미지를 유교적인 가부장제와 연계시켜 짚어보고, 『피와 뼈』를 관류하는 유교적 세계관과 재일코리안사회의 척박한 생활환경, 밑바닥 삶에서 형상화되는 엔터테인먼트의 '실체' 등을 통해 양석일 문학의 대중문학으로서의 가치와 이미지를 짚어보고자 한다. 그리고 비대칭적 '비틀기' 형태의 '초월성'과 카리스마로 표상되는 무뢰한의 역주행여성 편력, 폭력, 도박, 마약, 살인 등에 내재된 대중 문학성을 엔터테인먼트와 '신체성'으로 읽어내고, 기존의 민족·탈민족적 글쓰기와 차별화되는 양석일 문학의 독창성을 짚어 보고자 한다.

2. 문학적 역설과 유교적 세계관

양석일의 대표작 『피와 뼈』는 일제강점기와 해방 이후를 시공간적 배경으로 삼으면서 당대의 수직적 갈등·대립 구도에서 표상될 수밖에 없는 재일코리안사회의 민족정신과 저항 의식, 간고했던 밑바닥 삶을 노골적으로 서사화한다. 이

소설에 등장하는 제주도와 오사카大阪를 왕래했던 '기미가요마루君が代丸'는 일제 강점기 조선인의 이주와 이동의 상징에 해당한다. 또한 오사카의 어묵 공장 직공들의 열악한 삶과 집단행동, '조선인'과 일본인들 간의 대립과 갈등, '북조선'행 귀국운동과 같은 소재들은 당대의 격심했던 민족주의와 정치 이데올로기를 대변하는 지점이다. 양석일 문학의 현해탄을 넘나드는 월경의 시공간은 기존의 "일본 사회의 뒷모습을 항상 돋보기로 올려다보며 데코레이션으로 장식한 현대 일본의 허식을 한꺼풀씩 벗겨내듯 묘사"[1]한다는 평가와 함께, "일본의 풍토를 가혹하고 유니크하게 조망"[2]한다는 평가를 받는다. 그리고 "기존의 체제와 가치에 저항하는 기질에서 작가의 문제 의식이 발현"[3]된다는 비평에 이어, 가족을 향해 해악害惡을 가하는 독특한 존재로서의 '아버지상父像'[4] 등의 형태로 조명된 바 있다.

양석일의 『피와 뼈』는 일제강점기와 전후 일본사회의 혼란상을 전면에 내세우고, '조선사회'에 팽배했던 유교적 가부장제[5]를 소설의 원점으로 삼으면서, 그 전통과 민속에 근거한 유교적 가치관을 광기와 이단으로 비틀어 버리는 서사 형식을 취한다. 삼강오륜三綱五倫[6]과 같은 유교 사상의 절대적 가치와 이미지를 광포

1 　林浩治, 『在日朝鮮人日本語文學論』, 新幹社, 1991, 180쪽.

2 　長谷川龍生, 「新たなる'恨'の領域へ—梁石日の側面をとらえて」, 『ユリイカ[詩と批評]』(特集・梁石日), 青土社, 2000, 187쪽.

3 　이한창, 「梁石日의 多樣한 文學世界」, 『한일민족문제연구』 9, 한일민족문제학회, 2005, 24쪽.

4 　김영화, 「在日済州人의 世界—梁石日의 『피와 뼈』」, 『탐라문화』 19, 제주대 탐라문화연구소, 1998, 67쪽.

5 　유교적 가부장제의 사전적 의미는 좁게는 아버지의 지배, 즉 가장(家長)인 남성이 가족 구성원에 대해 강력한 권한을 가지고 가족을 지배하고 통솔하는 남성 가부장제를 뜻하며, 넓게는 남성이 강력한 권력을 갖고 지배하는 사회 지배체제를 의미한다. 가부장적 세계관은 조선시대의 수직적인 양반・서민문화가 고착화되면서 한층 공고화되었고, 구한말과 일제강점기를 거치면서 점차 약화되었다(『한국민족문화대백과』 1, 한국정신문화연구원, 1991, 82~83쪽).

6 　삼강(三綱)은 "임금과 신하(君爲臣綱), 어버이와 자식(父爲子綱), 남편과 아내(夫爲婦綱) 사이에 마땅히 지켜야 할 도리"를 말하고, 오륜(五倫)은 『맹자』에 나오는 말로서 "부모는 자녀에게 인자하고 자녀는 부모에게 존경과 섬김을 다하며(父子有親), 임금과 신하의 도리는 의리에 있고(君臣有義), 남편과 아내는 분별 있게 각기 자기의 본분을 다하고(夫婦有別), 어른과 어린이 사이에는 차례와 질서가 있어야 하며(長幼有序), 친구 사이에는 신의를 지켜야 한다(朋友有信)"는

한 무뢰한이 '비대칭'적 상황을 연출하며, 역
으로 정신적인 원점으로 회귀하고자 하는 작
가 특유의 실존성을 천착한다. 무뢰한을 내세
운 역설적인 문학 장치가 양석일 소설의 '초
월성'과 '엔터테인먼트'로 읽혀지는 대목이다.

대표작 『피와 뼈』와 「제사祭祀」에 형상화된
관혼상제와 폭력적인 비틀기 양상은 그러한 문
학적 특징을 상징적으로 보여주는 사례다. 소
설 『피와 뼈』의 전통혼례 장면을 통해 유교적
인 가부장제의 현주소를 확인해 보자.

양석일, 『피와 뼈』, 겐토샤(幻冬舍), 1998

김준평이 가족을 소개하자 영희는 거북한 표정으로 고개를 숙였다. 느닷없는 결혼
식, 그것도 한쪽 당사자가 일방적으로 마련한 결혼식에, 영문도 모른 채 참석한 다른 쪽
당사자는 마치 피고처럼 앉아 있다. 너무나 우스꽝스럽다. 하지만 이 우스꽝스러움에는
부당하고 참을 수 없는 것이 있다. 그것은 유교적인 윤리관에 얽매여 있다는 것이었다.[7]

영희에게 하루미의 결혼은 이제까지의 생활을 매듭짓는 마디이자 총결산의 의미를
갖고 있었다. 지금까지 수행해 온 어머니로서의 의무를 끝내고 새로운 생활을 시작하
기 위한 재출발의 순간이기도 했다. 영희는 그동안 저축해둔 돈을 몽땅 쏟아넣어 호화
로운 결혼식을 치렀다. 물론 신랑 쪽에 대한 허세도 있었다. (…중략…) 하루미는 색동
원삼으로 몸을 감싸고 신랑이 도착하기를 기다리고 있었다. 길에는 신랑신부를 구경
하려는 이웃들로 넘쳐나고 있었다. 집안은 손님을 접대할 준비로 부산했다. 이윽고 사
모관대 차림의 늠름한 젊은이가 말을 타고 나타났다. 일본인은 물론 조선 사람들조차

내용이다(『한국민족문화대백과』 11, 한국정신문화연구원, 1991, 276~277쪽 참조).

7   양석일, 김석희 역, 『피와 뼈』 1, 자유포럼, 1998, 152쪽.

별로 본 적이 없는 모습이었다. (…중략…) 신랑신부는 과일이며 육류, 떡, 나물을 비롯하여 온갖 음식이 가지런히 놓여 있는 식단 앞 의자에 앉았다. 결혼식은 유교의 전통 양식에 따라 진행되었다. 혼례를 주관하는 노인도 예복을 입고 있었다. 엄숙한 의식이 끝나자 사진 촬영을 했다.[8]

　앞의 인용은 주인공 김준평 자신의 결혼식 장면이고 뒤의 인용은 김준평의 첫 딸 하루미의 결혼식 장면이다. 양쪽 모두 한국의 유교적인 전통 의식을 부각시키며 잔칫날답게 '색동원삼', '조선민요', '사모관대', 돼지고기, 막걸리를 동원한 엄숙함과 흥겨움이 어우러진 잔치 분위기를 연출한다. 그런데 내용을 자세히 들여다보면, 김준평의 결혼식은 모든 과정에서 부인으로 맞은 영희의 의사를 전혀 찾아볼 수 없고 남편김준평의 일방적인 결정에 따라 진행된다. 일방적인 남편의 결정을 부인인 영희가 침묵 속에 수용하는 방식을 취하고 있는 형국이다. 결혼식을 올린 뒤 영희는 "남자의 압도적인 힘 앞에 굴복당하는 성의 굴욕"을 감내하며 "거부와 수용의 괴리에 갈피를 잡지 못한 채 그저 아내로서 도리를 다하려" 할 뿐이다. 심지어 김준평과 영희의 결혼식에 하객으로 참석한 재일코리안 남성들은 "여자를 교육시키면 좋을 게 없다." "암탉이 울면 집안이 망한다"라는 가부장적 가치와 이미지, 세계관을 노골적으로 피력한다.

　양석일 소설에서 유교적인 가부장제는 제사祭祀라는 민족 고유의 전통 의식을 통해 구체적으로 그려진다. 『피와 뼈』에서는 민족의 명절이 되면 깔끔한 정장 차림남자들은 양복에 중절모를 쓰고 여자들은 하얀 치마저고리으로 고향조국을 찾고, 설날 아침에는 조상들께 정성껏 음식을 차려놓고 제사를 지내는 풍습을 재현한다. 『피와 뼈』에서는 제주도가 고향인 신선 할머니가 동향인 김준평을 "불효막심한 자식"이라 꾸짖고, 단편소설 「제사」에서는 늙은 장로가 제사 의식을 치르며 재일코리안 후세

8　양석일, 김석희 역, 『피와 뼈』 2, 자유포럼, 1998, 10쪽.

대들에게 '장유유서長幼有序'를 강조한다.

정말로 불효막심한 자식이로고, 느네 삼형제는 모두 고향을 뜨고 집에는 늙은 어멍 밖에 없는디, 연락도 안 허다이……. 조상님은 무슨 낯으로 보젠 햄시냐? 어멍이 굶어 죽어도 모르겠구먼. 난 이태전에 오사카로 나왔져만, 느네 어멍은 하루에 조밥 한 끼밖에 안 먹엄서라. 그래서는 몸이 견뎌내질 못허쥬, 진작에 죽었는지도 모르켜. 당장에라도 돈을 보내라. 그래야 자식된 도리쥬, 아이고 이 불효막심한 놈.[9]

고향에서는 연장자 앞에서 손아랫사람이 담배나 술을 마시기는 고사하고 일언반구라도 말참견하는 것을 용서치 않네. 더군다나 조상의 영전에서 큰소리를 치다니, 당치 않은 일이야. 친척들이 오늘 밤에 이렇게 모일 수 있는 것도 옛 뜻을 중요시하는 우리의 풍습 때문이야. 예부터 조상 영혼을 소홀히 한 가문이 번창하는 예는 없다네.[10]

이렇게 '조선인'들에게 조상을 섬기고 계층 간, 세대 간, 부부 간, 남녀 간의 예의범절과 수직적 질서 의식은 오랜 덕목이었다. "제사를 소홀히 하는 인간은 최대의 불효자"로 낙인찍히는 관습이 민족적 전통으로서 줄곧 지켜져 왔다. 게다가 『피와 뼈』에서는 관혼상제의 규범 외에도 주인공 김준평은 조강지처인 영희가 여자 아이 하나코花子를 낳았을 땐 아무런 반응도 하지 않다가, 첫 아들을 낳자 돈뭉치를 들고 직접 유학자를 찾아 '김청한'이란 이름을 지어올 정도로 딸자식의 존재를 폄하한다. 아들을 챙기는 남존여비 사상을 노골적으로 드러내고, 조강지처糟糠之妻인 영희와 첩이 거북하게 동거하는 비인간적인 몰상식도 거침없이 드러낸다. 그리고 피는 물보다 진하다는 말도 있지만 뼈는 피보다도 진하다

---

9   양석일, 김석희 역, 『피와 뼈』 1, 자유포럼, 1998, 3쪽.
10   梁石日, 「祭祀」, 『〈在日〉文学全集』, 勉誠出版, 2006, 61쪽.

는 논리를 내세운다. 피는 어머니한테 받고 뼈는 아버지한테 받는다[11]는 '조선무가朝鮮巫歌'의 구절을 거론하며 아버지의 존재가 절대적임을 강조한다.

그런데 앞서 언급한 것처럼, 양석일의 소설은 계층 간, 세대 간, 부부 간, 남녀 간의 서열화를 강조하면서도 강력한 무뢰한을 내세워 유교적인 질서체계를 거부하고 비틀어버린다. 주인공김준평은 강력한 광기와 이단적인 행동을 통해 절대적 가치와 이미지의 원점을 '비대칭'으로 상대화하며 체화된 신체 언어로 폭력적 부성父性과 마주하게 만든다. 양석일의 소설처럼 일제강점기와 해방 이후의 재일코리안문학에서 유교적 가부장제와 연계시켜 조국과 민족, 이념과 사상, "민족적 아이덴티티의 위기 속에서의 그들의 고뇌와 저항"[12]을 서사화한 예는 적지 않다. 초창기 민족적 글쓰기로 수렴되는 김달수, 김석범, 이회성의 작품에서 표상되는 세대 간, 계층 간, 부부 간, 남녀 간의 갈등과 이데올로기적 길항 구조가 그러하다.

3. 밑바닥 삶의 시대표상과 '신체성'

양석일의 대표작 『피와 뼈』는 영화로 상영되면서 많은 관객들로부터 호평을 받았다. 영화의 첫 장면은 일제강점기 제주도를 떠나 오사카로 들어가는 연락선 '기미가요마루'호의 갑판에 서 있는 청년 김준평을 비추고 있다. 조국을 떠나 일본 땅으로 흘러 들어가는 당시 코리안들의 기대와 달리, 갑판 너머로 비추어지는 오사카의 검은 공장 굴뚝 연기는 묘한 대조를 이룬다. 현해탄 넘어 신천지에서 새로운 인생을 꿈꾸는 '조선인'들에게 검게 솟구치는 공장의 굴뚝 연기는 희망의 메시지이면서 동시에 거친 생활고를 예고하는 복선伏線에 해당한다.

11   양석일, 김석희 역, 『피와 뼈』 2, 자유포럼, 1998, 31쪽.
12   川村湊, 『戰後文学を問う』, 岩波書店, 1995, 201쪽.

소설 『피와 뼈』에서는 해방 직후 '조선인'들의 척박한 생활고가 구체적으로 묘사된다. 특히 주인공 김준평을 둘러싼 막노동과 여성 편력, 폭력과 도박, 돈과 살인으로 점철되는 주제 의식은 섬뜩할만큼 거칠고 선정적이다. 일제강점기 제주에서 오사카로 들어간 김준평의 광란적인 어둠의 세계는 열악한 노동의 공간인 어묵 공장을 통해 구체적으로 펼쳐진다. 당시 일본에서 특별한 기술이 있을 리없는 '조선인'들은 저임금과 중노동을 강요받아야 했고, '조선인'들을 상대로 한지배자의 노동력 착취는 일본 전역에 광범위하게 진행되었음은 말할 것도 없다. 『피와 뼈』에 등장하는 어묵 공장 '동방산업'은 그러한 오사카 지역의 열악한 작업 환경을 상징적으로 보여주는 공간이다. 김준평은 그곳 어묵 공장의 직공으로서 존재감을 드러내기 시작한다.

공장 이층에 있는 4평 넓이의 방에는 여섯 명의 직공이 살고 있었다. 술에 취해 흙투성이 옷을 입은 채 곯아떨어진 사람도 있고, 싸우다가 피투성이가 된 얼굴을 치료도 하지 않은 채 그냥 자고 있는 사람도 있다. 목욕탕에 다녀온 지 한 달이 넘는 네모토 노부타카根本信高는 온몸에서 퀴퀴한 쉰내를 풍기고 있었다. 솜이 비어져 나온 이불은 피와 땟국과 기름에 절어, 목에 닿는 부분이 검게 번들거리고 있었다. 게다가 1년이 넘도록 이불을 걷은 적이 없고, 청소를 하지 않은 방은 온갖 잡동사니와 술병과 누더기 같은 속옷 따위가 어지럽게 널려 있어서 돼지우리보다도 지독한 상태였다. 천장의 네 귀퉁이와 벽장 속에는 거미줄이 쳐져 있고, 겨울인데도 바퀴벌레가 기어 다녔다. 기둥과 벽의 갈라진 틈새에는 직공들의 피를 빨아먹고 통통하게 살찐 빈대들이 떼지어 행진하고 있고, 이들도 신나게 뛰어다니며 흥겨운 광란의 잔치를 벌리고 있다.[13]

어묵 공장 '동방산업' 직공들의 열악한 작업환경은 수챗구멍에 배설한 사내들

---

13   양석일, 김석희 역, 『피와 뼈』 1, 자유포럼, 1998, 11~12쪽.

의 오줌지린내와 부엌의 생선비린내가 뒤섞인 악취만이 아닌, 방탕한 사내들의 밑바닥 삶을 사실적으로 재현하는 배경이다. 월급을 가불해 유곽에 쏟아붓고 직공들끼리 밤새 노름판을 벌이는 등, 김준평이 일하는 '동방산업'의 직공들 대부분은 삶의 근간인 의식주에 집착하면서도 지극히 비정상적인 생활로 일관한다. 공장의 직공들 중에서도 김준평에 대한 평판은 단연 압도적이다.

그는 도저히 흉내낼 수 없는 엽기적인 행동을 일삼으며 동료들의 정서를 압도한다. "사람을 잡아먹은 상어로 어묵"을 만드는가 하면, 공장장과의 말다툼 과정에서는 공장장의 팔을 "나뭇가지 꺾듯이" 비틀어 부러뜨려 놓는다. 동거녀 미화^{美化}의 난잡한 남성 편력을 알고는 배신 행위라며 그녀를 거꾸로 매달아 물고문을 가한다. 심지어는 무명천으로 감싸 벽장에 보관해둔 회칼로 미화의 엉덩이살을 도려내고는 비명을 지르는 그녀 앞에서 얇게 저민 살을 씹어 먹는다. 그는 느닷없이 쳐들어온 폭력배들과의 몸싸움에서 오한순의 귀를 물어뜯어 뜯겨나온 귀바퀴살을 잘근잘근 씹어 삼켜버리는 엽기적인 행동까지 서슴지 않는다. 그렇게 김준평은 오사카의 척박한 노동환경에서 주변 세계^{他者}를 의식하지 않고, 혼자만의 광폭한 생존방식을 고집하며 점차 주변으로부터 고립되어 간다.

김준평의 광폭한 생존방식은 여성 편력을 통해서도 거침이 없다. 김준평은 고향 친구인 고신의의 소개로 영희와 정식으로 결혼한 이후에도 많은 여성들과 동거하는 여성 편력을 보인다. 김준평의 여성 편력은 도비타^{飛田} 유곽에서 만난 야에^{八重}로부터 배신당하면서 한층 노골화하는 경향을 보인다. 예컨대 영희와 결혼, 미화와의 동거·배신, 식모로 들인 마사코^{まさ子}와의 동거·배신, 기요코^{淸子}와의 동거·배신, 간병인이었던 사다코^{定子}와의 동거·배신 등, 김준평의 광폭한 여성 편력은 그칠 줄을 몰랐고 때와 장소를 가리지 않고 이어진다. 김준평의 반인륜적인 여성 편력은 고향인 제주도에서 유부녀를 겁탈한 뒤 태어난 아들 다케시^武가 등장하면서 극적인 상황을 연출한다. 권총을 들고 세상의 끝을 향해 질주했던 폭력배 아들은 광폭한 김준평에게 새삼 '피'와 '뼈'로 얽힌 질긴 부자간의 인연

을 되새기게 만든다. 결국 아버지와 아들의 격렬한 우중雨中 혈투는 피를 동반한 참혹한 형태로 일단락되지만, 이야기는 부자간의 막장 혈투라는 비대칭적 패륜의 정점을 재현하며 굴절된 시대상과 맞물린 일그러진 '재일성'을 되짚는다.

무시무시한 격투가 시작되었다. 서로 맞잡은 거구의 두 사내가 유리문에 부딪치더니, 그대로 찬장을 쓰러뜨리고 현관으로 굴러 떨어졌다. 증오의 덩어리가 된 두 사내의 살과 살, 뼈와 뼈가 맞부딪치는 소리가 물건이 부서지는 소리와 함께 둔탁하게 울린다. 두 사내는 이를 드러내고 으르렁거리며 서로 맞잡은 채 비가 억수같이 쏟아지는 밖으로 뛰쳐나갔다. (…중략…) 다케시는 김준평의 머리를 빗물이 넘쳐흐르는 개골창에 쑤셔박고 있었다. 더러운 개골창 속에서 바르작거리고 있던 김준평은 다케시를 휙 뿌리치고 박치기를 한방 먹였다. 다케시의 얼굴이 순식간에 코피로 붉게 물들고, 다케시는 균형을 잃고 몸을 뒤로 젖혔다.

"이놈의 새끼! 죽여버릴 테다."

이번에는 김준평이 다케시의 머리를 개골창 속에 밀어넣었다. (…중략…) 겨우 떨어진 두 사람은 서로를 노려보며 욕설을 퍼부었다.

"나가! 어디서 굴러먹던 말뼈다귀인지도 모르는 놈이!"

김준평은 다케시가 제 아들이라는 것을 부인했다.

"두고 보시오. 언젠가는 반드시 어머니의 원한을 갚아줄 테니!"

다케시의 말에는 비수가 담겨 있었다.[14]

김준평의 광포함과 폭력, 반인륜적인 행동은 때와 장소를 불문하고 분출되었고, 그러한 무뢰한의 힘과 넘치는 카리스마는 양석일 소설을 순문학과 대중문학의 논쟁지대로 옮겨놓는다. 이러한 김준평의 광폭한 행동은 해방 이후의 불안했

---

14 양석일, 김석희 역, 『피와 뼈』3, 자유포럼, 1998, 57~58쪽.

던 정치 이데올로기와 불안한 시대성을 감안하더라도 전통적 정서에서 크게 벗어난 일탈이다. 역사성과 민족성을 함의한 유교적 세계관에서 보면 극히 비인간적이고 비대칭적인 몰상식의 전형이다.

김준평의 광폭한 패륜적 행보는 어묵 공장과 사채업 운영을 통해 돈을 만지게 되면서 더욱 극단적인 형태로 표출된다. 김준평의 광폭한 행동은 대체로 돈과 연결된다. 폭력단이 운영하는 도박판에서의 목숨을 건 칼부림이나 야쿠자가 된 아들 다케시와의 극단적 우중 혈투도 결국 돈에서 출발한다. 특히 어묵 공장을 차지하고 경영이 본궤도에 오르면서 김준평의 돈에 대한 집착은 한층 광적으로 변한다. 쌀값과 야채값을 달라는 조강지처 영희에게 "벌써 쌀이 떨어졌단 말이냐"며 호통쳤고, 딸인 하나코가 학비를 달라 청하면 "돈, 돈, 돈, 나한테 돈나무라도 있는 줄 알아"라고 소리친다.

어묵 생산을 독점하며 막대한 수익을 올리면서도 김준평은 가족 부양이라는 관념 자체가 없다. 아이들의 속옷이나 운동화 같은 입성을 헤아리는 경우는 결코 없다. 아이들이 커나가며 집안의 쌀 소비가 많아지자 김준평은 직공들 먹일 쌀로 막걸리를 빚는 것이라며 모든 탓을 아내인 영희에게로 돌린다. 김준평의 돈에 대한 광적인 집착은 역시 아들 다케시와의 격렬한 몸싸움에서 리얼하게 표출된다.

다케시는 김준평에게 집을 나갈 테니까 돈을 빌려달라고 했다.

"돈을 빌려달라고? 돈이 어딨어? 나한테는 한 푼도 없어."

김준평의 입버릇이다. 김준평은 누구한테나 자기는 땡전 한 푼 없다고 말하곤 했다. 물론 김준평이 지난 3년 동안 어묵생산을 독점하여 막대한 수익을 올리고 있는 것은 누구나 알고 있었다. 그런데도 김준평은 자기한테는 땡전 한 푼 없다고 주장했다.

"돈은 저 빌어먹을 할망구가 몽땅 가져갔어." (…중략…)

부탁을 거절당한 다케시는 무슨 생각을 했는지 안방으로 성큼성큼 들어가더니, 허물어지는 횟벽을 보강하기 위해 발라둔 벽지를 기세 좋게 벗겨냈다. 그러자 벽 안에서

100엔짜리 지폐를 묶은 돈다발이 수백만 엔이나 쏟아졌다.

"내 눈이 무슨 옹이구멍인 줄 아시오. 이런 데 돈을 숨겨놓다니. 어이가 없군. 나를 그동안 내팽개쳐두었으니, 그 대가로 100만 엔이나 200만 엔쯤 주어도 천벌은 받지 않을 거요." 이렇게 말하면서 다케시는 벽 속에서 돈다발을 꺼내려고 했다.

"이런 도둑놈!" 곧바로 무시무시한 격투가 시작되었다.[15]

김준평의 돈도박에 대한 집착은 한 치의 양보도 없다. 언제나 격렬한 폭력적 양상으로 번진다. 사채업을 운영하면서 돈을 갚지 못하면 돈을 빌려간 자들에게 엽기적인 행동까지 스스럼이 강요한다. 깨진 컵으로 팔뚝을 긋고 뚝뚝 떨어지는 피를 컵에 담아 내밀면서 "내 돈을 먹는 놈은 내 피를 먹는 것이나 마찬가지다." "내 돈을 먹는 놈은 누구든 용서하지 않겠다"며 채무자에게 강제로 마시기를 강요한다. 이러한 김준평의 광포한 비인간적 행태는 폭력에 그치지 않고 어린 자식까지 굶어죽게 만들고,[16] 애인 기요코가 뇌종양으로 쓰러져 거동이 어렵게 되자 "이년은 빨리 편해지는 게 좋다"며 강제로 숨통을 끊어버리는 살인으로 이어진다.

김준평의 비인간적 행태와 광란에 가까운 폭력성은 일가족을 파멸시키고서야 일단락된다. 필로폰까지 밀조해가며 헌신했던 아내 영희가 자궁암으로 죽고, 김준평 역시 뇌출혈로 쓰러지면서 광란이 비참함으로 바뀌면서 반전을 맞는다. 결국 김준평은 마지막으로 의지했던 사다코에게 예금통장을 빼앗기고 발길질을 당하면서 똥오줌으로 뒤범벅이 된 몸을 쩔며 책상에 얼굴을 묻고 소처럼 절규한다. 회한, 치욕, 오욕, 증오, 무력감과 원망, 온갖 감정과 비애에 몸부림치던

15　위의 책, 58쪽.

16　『피와 뼈』에서는 영희가 불법행위(도살한 돼지를 사서 손수레에 싣고 오다 불심검문에 걸림)로 구속되자 김준평은 세 아이를 데리고 도쿄로 떠난다. 그리고 닛포리(日暮里)에 집을 구한 김준평은 세 아이를 내팽개치고 집을 나가버린다. 남겨진 "세 아이는 밥을 먹지 못해 온종일 배를 곯는 날"이 많았고, 몸은 점차 노인네처럼 메말라간다. 결국 세 아이는 "내천자로 이부자리에 나란히 누워 죽음을 기다리게" 되었고 끝내 막내인 도시코가 숨을 거두고 만다.

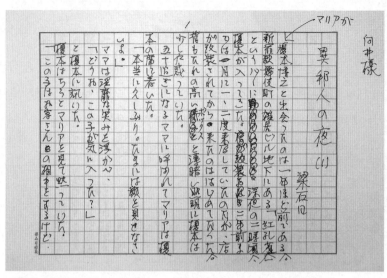

양석일, 『이방인의 밤』 육필원고(한국문학번역원 소장)

김준평은 마지막 혈육인 아들 성한에게 전 재산을 걸고 병든 몸을 맡겨보려 하지만 그마저도 거절당한다. 아들인 성한 역시 지금껏 제멋대로 살아온 인생이니 "우는 소리하지 말고 저 세상까지 돈을 가져가든지, 개골창에 버리면 된다"며 냉담하게 대한다. 떠나가는 아들을 불러 세우는 김준평의 목소리에는 깊은 고독감이 배어 있다. 결국 김준평은 노구老軀를 이끌고 세 아이와 함께 '북조선'으로 들어가 그곳에서 비참한 죽음을 맞는다. 훗날 김준평이 죽었다는 소식을 접한 아들 성한은 혈육이라는 질긴 인연을 생각하면서도 결국 '인과응보'로 받아들인다. 끝까지 "사람은 누구나 각자의 운명을 살아갈 수밖에 없다"[17]며 아버지김준평와의 관계를 마무리한다.

　재일코리안의 척박한 환경과 고단한 삶은 소설 『밤을 걸고』에서도 리얼하게 전개된다. 이 소설은 일제강점기 오사카 병기 제조창 터에서 고철 조각을 주워 생계를 이어가야 하는 재일코리안 '아파치족'의 힘겨운 생존투쟁을 주제로 삼는다. 주민들은 "배고픈 데는 장사가 없다"는 말에 동감하고, "굶주림은 경찰보다도

17　위의 책, 288쪽.

총알보다도 죽음보다도 더 무섭다"며 자신들의 생계를 방해하는 경찰에 맞서 생존투쟁을 멈추지 않는다.

폐허는 출구 없는 전쟁터다. 그곳에 발을 들이면 그것으로 끝일 뿐, 빠져나올 수 있을지 어떨지 아무도 모른다. 경찰과 굶주림의 공포에 끊임없이 대항하여 싸울 수밖에 없다.

끝없이 펼쳐진 거친 들판과 같은 어두운 폐허에 서면 하늘을 향해 우뚝 솟아오른 거대한 굴뚝이 당장이라도 자신을 덮쳐오는 듯했다. 무성하게 우거진 잡초를 스쳐가는 바람소리가 기이한 연주가 되어, 이 폐허를 배회하고 있는 망령들의 노랫소리처럼 들렸다. 귀를 기울이면 아직도 땅속에 묻혀 있는 시신들의 신음소리가 들려오는 듯했다.

아파치족은 쇳덩이를 깨내기 위해서는 투시력을 키워야하고 도망치기 위해서는 다리도 튼튼하게 단련시켜야 한다. 아이들은 정찰대원이며 아낙네들은 보급지기를 지키는 후방대원이다. 만반의 준비를 갖추고 이전보다 더 과감하게 도전해야만 살아남을 수 있다. 비가 오든 바람이 불든, 몸을 낮춰 어둠 속을 기고 구덩이를 파서 두더지처럼 땅속 깊숙이 숨어들어야 한다.[18]

'아파치족'은 자신들을 '쇳조각'보다 못한 존재로 폄하하면서 매일 밤 일제강점기 병기 제조창 터인 '귀신 섬'으로 하나둘 모여 군락을 이룬다. 그곳에서 주민들은 '귀신 섬'을 단속하는 경찰과의 목숨 건 '숨바꼭질'을 이어간다. 아이들과 아낙네까지 동원된 '귀신 섬'의 생존투쟁은 오로지 굶주림을 면하기 위한 자구책의 발로다. 그 투쟁 과정에서 벌어지는 살인과 폭력은 한낱 살아남기 위한 하나의 행위에 불과하다. 그리고 『피와 뼈』의 재일코리안 야쿠자 다케시를 연상케 하는 권총을 소지한 겐이치健一의 처참한 죽음을 통해 삶의 막다른 길로 내몰린 피차별인의 극한적 현실이 드러난다.

---

18   梁石日, 『夜を賭けて』, NHK出版, 1994, 194~195쪽.

이렇게 『피와 뼈』와 『밤을 걸고』는 일제강점기의 식민과 피식민의 연장선에서 주류^{중심}와 비주류^{주변}로 변주되는 척박한 환경에서, '신체'에 의지해 살아갈 수밖에 없는 재일코리안들의 극한지점^{여성 편력, 폭력, 살인, 마약, 도박 등}을 처절하게 재현해냈다. 그리고 원초적인 '신체성'으로 표상되는 작가 특유의 문학적 비틀기^{광기와 이단}을 통한 유교적 가치관과 이데올로기에 대한 거부, 조소와 비대칭적 서사구조를 통해 강력한 대중문학적 이미지와 엔터테인먼트 시좌를 확보한다.

일찍이 양석일은 김석범과의 대담에서 『피와 뼈』의 초월성을 언급하며 "'옛날 친부親父는 이런 측면이 있었다.' 즉 부성과 부권을 상징하듯 이야기되고 있습니다. 저도 그에 대해 반대하는 것은 아닙니다만 실은 그런 소설이 아닙니다. 어떤 의미에서는 역시 신체성의 문제입니다. 지금은 그 신체성이 결락되어 허물이 되어 버린 가운데, 김준평의 존재는 신체성을 특권화한 존재라는 측면이 있습니다"[19]라고 했다. 해방 이후의 지배와 피지배, 중심과 주변으로 변주되는 서사구조는 그렇게 전통적인 유교 사상을 배경으로 삼으면서도, 무뢰한의 역주행^{광기와 이단}을 신체성으로 부조하는 방식을 취한다. 이른바 '신체성'으로 체화된 무뢰한의 극한적 이단의 양상들이 양석일 소설의 '초월성'과 "'내 종족'의 한없는 부성負性"[20]의 실체이며, 작가 자신을 향한 '자기 구제의 길'이었음도 보여준다.

4. 원점으로서의 '피'와 '뼈'

일제강점기와 해방 이후의 재일코리안문학은 식민과 피식민의 논리가 강력하게 작동했고, 그 연장선에서 주류와 비주류, 중심과 주변, 민족차별을 의식할 수밖에 없다. 재일코리안 중간세대와 현세대 작가들의 문학적 주제는 기본적으로

---

19 梁石日·金石範, 「『血と骨』の超越性をめぐって」, 『ユリイカ』, 靑土社, 2000, 74쪽.
20 高橋敏夫, 「槪說」, 『〈在日〉文学全集』, 勉誠出版, 2006, 366쪽.

그러한 식민 지배국을 의식한 지점에서 출발한다. 따라서 재일코리안문학의 주제 의식이 민족 의식, 이방인 의식, 실존적 자아, 자기민족 정체성 찾기를 천착한 민족·탈민족적 글쓰기로 전개되는 것도 당연한 현상이다. 재일코리안을 디아스포라Diaspora라고 할 때, 디아스포라문학이 자국 아닌 이국에서 정착하며 살아남기까지의 각고의 간난사, 위치성, 타자와의 타협과 비타협, 조화와 부조화의 관계를 문학적으로 성찰하듯, 그들의 문학은 "이방인으로서의 삶, 타자와의 투쟁, 핍박의 역사로 상징되는 '한'의 정서와 자기 정체성 문제를 문학적 주제"[21]로 삼는다.

양석일 소설은 일제강점기와 1945년 이후의 격동기를 문학적 시공간으로 삼으면서도, 형식과 내용면에서 중간세대 특유의 경계 의식을 보여준다. 재일코리안 1세대가 추진했던 강력한 민족적 글쓰기와 다르고 현세대의 원심력을 의식한 디아스포라의 탈민족적 글쓰기와도 다른, 양석일 소설은 특유의 문학적 대중성을 확보하며 독자적인 세계를 구축한다. 특히 해방 이후의 포스트 콜로니얼 측면의 냉전 이데올로기와 이항대립적인 갈등 구도를 통해 재일코리안사회의 '어둠'과 '아파치성'을 천착한다는 점에서 독창적이다. 통제 불가능한 무뢰한의 무한 역주행을 통해 인간의 실존적 가치와 보편성을 되짚는 일종의 '신체성'에 담긴 역설이다.

『피와 뼈』에 형상화된 김준평의 광폭, 광란적 이단의 세계는 단순한 광기가 아닌 일종의 '초월성'과 결부된 인간의 실존성에 대한 강력한 소환이라 할 수 있다. 이 이단의 폭력성과 광포함의 세계는 "문학상의 문제"[22]라는 관점에서도 '초월성'과 연루되어 있는 양석일 문학의 '원점'인 셈이다. 여기에서 『피와 뼈』의 '원점'을 좀더 살펴보면, 그 출처의 하나로 일제강점기 이후 재일코리안사회에 팽배했던 '조선과 조선인'의 유교적 세계관과 전통적인 민족정서에 주목하지 않을 수 없다.

---

21   김환기, 『재일디아스포라문학』, 새미, 2006, 16쪽.
22   金石範·梁石日, 「『血と骨』の超越性をめぐって」, 『ユリイカ[詩と批評]』(特集·梁石日), 青土社, 2000.12, 66~78쪽.

양석일, 『밤을 걸고』, NHK출판, 1994

『피와 뼈』는 주인공 김준평을 중심으로 '기미가요마루'에 대한 '조선인'들의 저항, '동방산업' 직공들의 집단행동, 민족 의식과 '조선'행 귀국운동을 선명하게 재현하면서도, 타자화된 피지배자의 간고한 현실과 구심력^{고향 의식, 명절과 제사}으로 표상되는 유교적 질서와 세계관을 등한시하지 않는다. 실제로 김준평은 한민족의 명절인 설날을 비롯해 결혼식 때는 전통주와 '조선민요'가 동원된 흥겨운 한마당을 준비한다. 이때 김준평은 같은 조선인들과 어울려 일상의 희노애락을 즐길 줄 아는 보통의 '조선인'으로 묘사된다. 고향의 '신선할머니'로부터 불효자라 꾸중을 들을 때, 혈육인 자식을 떠나보낼 때, 사랑했던 애인을 간호할 때의 김준평은 무뢰한의 냉혈 인간이 아닌 일상적 인간 그 자체로 존재한다.

강력한 힘과 카리스마로 표상되는 김준평의 광기와 이단의 신체성은 당대의 식민과 피식민, 주류와 비주류, 중심과 주변의 야만적 역학 구도가 만들어낸 이방인의 울분, 원한, 통곡을 표상한다. 제국과 국가주의의 모순과 부조리가 상존했던 사회구조, 격동기 이데올로기 중심의 시대상황 속에서 철저하게 주변화된 '조선인'이 택했던 극한지점^{광기와 이단}, 그것은 전후의 또 다른 냉전구도와 차별화가 만들어낸 한 인간의 굴절된 자화상이며 저항의 몸부림이다. 『피와 뼈』에서 드러낸 폭력과 광기, 이단의 신체성은 제국과 국가주의, 정치 이데올로기, 전통과 역사, 민족정신을 의식하면서 강력한 '비대칭'과 '비틀기'에 문학적 정당성을 확보하는 이야기 전략의 장치라고 할 수 있다.

소설 『밤을 걸고』 역시 그러한 문학적 '비틀기'의 연장선으로 이해할 수 있다. '귀신 섬'으로 명명되는 일제강점기 오사카 병기 제조창 터의 상징성^{제국과 국가주의, 군}

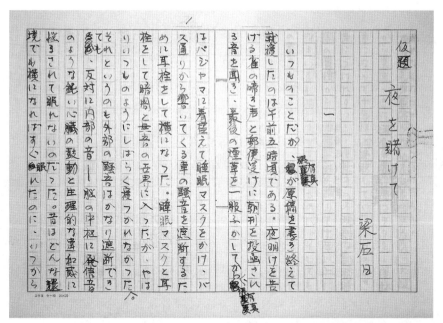

국주의와 전쟁, 타자 의식 등 과 맞서는 철저하게 타자화된 '아파치족'의 목숨 건 생존투쟁이 그러하다. 생존투쟁의 처절함은 결코 주변화된 '조선인'의 개별적이거나 지엽적인 사건으로 폄하할 수 없는 도저한 저항 의식을 함축하고 있다. 제국과 국가주의, 군국주의, 전쟁과 죽음의 이데올로기적 상황을 포스트 콜로니얼의 관점에서 소환하는 '비대칭'적 '비틀기'식 정면대응, 거기에서 양석일 문학의 '신체성'과 엔터테인먼트가 빛을 발하고 있다.

광기에 가까운 신체성은 거대한 제국과 국가주의가 강요하는 수직적 질서체계에 희생당하는 인간의 주체적 존재, 개인의 실존적 자아를 향한 민중들의 처절한 외침이다. 해방 이후까지 국가중심의 민족주의를 강조했던 일본에서 민족적 주체성, 개인의 실존적 지위를 확보하지 못한 입장에서, 근원적인 보편성과 주체성을 위한 재일코리안의 투쟁 의식은 '아파치족'을 통해 직간접적으로 소환되는 구조를 이룬다.

앞서 언급한 『피와 뼈』에서 김준평의 이단적 광란 행태는 일종의 부負의 역사내지 '한恨'의 외향적인 승화로 읽을 수 있다. 재일코리안문학에서 철저하게 주변화된 피지배자의 극한적 상황을 생존 투쟁라고 할 때, 양석일의 소설은 문제의 본질을 개인적인 차원이 아닌 외부세계他者와의 관계를 통해 주체성과 자기회복을 도모하기 때문이다. 이러한 바깥 세계를 향한 문학적 지향은 김학영의 소설 『얼어붙은 입』, 『흙의 슬픔』, 『유리층』 등과 확연히 대별된다. 김학영 소설의 현세대 주인공이 끊임없이 내향적 '자기탈각' 작업의 끝자락에서 이끌리는 비극적 상황어둠, 자살과는 대조적이다.[23]

패전을 맞은 1945년 직후, 일본열도의 혼란스러운 정치적, 경제적 상황은 국민들에게는 "황폐한 도시의 짐승들"[24]의 각축장과 다르지 않았다. 연합군의 강력한 폭격에 초토화된 일본열도는 굶주림에 허덕이는 국민들로 넘쳐났고, 그런 혼란한 시대 상황에서 개인이 의지할 수 있는 건 자신의 '몸뚱아리'밖에 없었다. 해방 이후의 재일코리안사회는 그러한 시대적 혼란상과 주류중심와 비주류주변로 치달았던 일본사회의 민족차별까지 겪으며, 그야말로 벌거벗은 '몸뚱아리'밖에 남지 않은 존재들이었다. 양석일 문학의 '신체성'으로 표상되는 광기와 이단은 그러한 혼란한 시대 정서와 상실한 실존적 개아를 '패도의 짐승'처럼 얽어냈다고 할 수 있다.

말하자면 『피와 뼈』에서 김준평의 광기와 이단적 행태는 전복을 감행하는 아이러니의 강렬한 이미지에 가깝다. 그것은 모순과 부조리가 판치는 혼돈한 사회구조에서 주변으로 내몰려 생존투쟁을 벌여야 하는 개인의 일탈 행위와도 닮아 있다. 시대의 변전과 거대한 권력구도에 유린당한 바보의 웃음이 단순한 바보의 웃음으로 치부될 수 없는 것처럼, 역사적 부성負性을 안고 살아가는 비주류의 광

---

23   김달수와 이회성의 문학은 '조선인의 한'을 외향적인 형태의 '타자'와의 관계 속에서 승화시키고자 했는데 비해 김학영과 이양지의 문학은 '조선인의 한'을 내향적인 형태의 철저한 자기 고뇌를 통해 승화시키고자 했다.
24   가와무라 미나토, 유숙자 역, 『전후문학을 묻는다』, 소화, 1995, 1쪽.

폭한 행동은 단순한 광기와 이단일 수 없다. 그것은 김달수의 『박달의 재판』에서 박달이 감옥에 갇혀 심한 취조를 당하면서도 바보 같은 행동과 웃음으로 취조관을 따돌리고, 출소 후 강력한 투쟁 정신을 이어가는 것과 다르지 않다. 김석범 소설에서 등장하는 바보들『까마귀의 죽음』,「관덕정」 등의 '부스럼영감'이 제주4·3의 역사적 실체를 되짚고 국가와 권력에 타자화된 민중상을 대변하는 것도 같은 이치다.

그런 맥락에서 『피와 뼈』에서 김준평의 '신체성'으로 표상되는 광기 가득한 행위는 개인의 차원을 넘어 제국과 국가주의, 주류중심사회를 포함한 바깥세계타자를 향해 일그러진 표정으로 절규하는 특별한 메시지로 읽을 수 있다. 신체를 지탱하는 '피'와 '뼈'를 통해 육체적, 정신적인 원점을 강력하게 비틀며반가정적, 여성편력, 폭력, 도박, 마약, 살인 표면적으로는 외부세계와 강력한 소통체계를 형성하지만, 내적으로는 강력한 주체성과 저항 의식, 투쟁의 메시지를 담아내는 구조를 형성한다.

이처럼 양석일 소설은 개인의 치열한 생존투쟁의 현장을 통해 피차별인의 단순한 간난艱難이 아닌 주류중심에 대한 비주류주변의 강력한 민족적 주체성과 저항의식을 얽어낸다. 피차별인의 강력한 '신체성' 문학은 일본사회, 일본문학계를 향한 '안티테제'[25]로 기능한다. 그것은 '조선인'의 극한 지점과 '한'의 정서가 내향적으로 승화되든 외향적으로 승화되든, 그 극한적 실존성에서 촉발된 무뢰한의 광폭 행보가 개인을 넘어 타자와의 관계 속에서 형성된 점을 감안할 때, 탈출구역시 바깥세계와의 접촉을 통해 찾아야함을 미루어 짐작할 수 있다.

김학영이 자신의 "말더듬이를 따지고 들어가 보면 왜 한국인이면서 일본으

---

25 가와무라 미나토(川村湊)는 '안티'를 언급하면서 "'안티문학'이란 하나의 문학 장르가 아니고 문학에 관한 하나의 자세가 아닐까 생각한다. 문학 작품을 쓸 때, 그리고 그것을 읽을 때, 비평할 때, 연구할 때의 자세의 방법 같은 것으로서, 그것은 항상 '문학'이라는 것의 고정적인 양상에 안티를 주창하는 것과 같은 문학 작품이고, 문예비평이고, 문학연구가 아닐까 생각한다." 그리고 "내가 '이단'이라는 말을 사용할 때에는 이러한 '안티 미스터리'의 '안티'라는 것을 중첩시켜 생각하고 있다고 할 수 있을지 모른다. 결국 그것은 미스터리, 호라 소설, 판타지아인 것에 안주하지 않고, '문학'이라는 것도 항상 마음이 편치 않음을 느끼고, '반문학'으로서 자신을 형성해 가려고 하는 반역적인 의지인 것"이라고 했다(川村湊, 『異端の匣』, インパクト出版会, 2010, 348쪽 참조).

흘러 들어와 살게 되었나 하는 질문에 봉착하게 되고, 그 근원을 찾아가다 보면 민족문제에 이르게 된다"[26]라고 했듯이, 재일코리안문학에서 형상화되는 개인의 '불우' '비틀기'는 그 의미가 매우 중층적이다. 일본근대문학의 특징인 사소설이 철저하게 사회성을 배제하는 서사구조로 안착하는 것과 달리, 재일코리안문학의 경우는 디아스포라의 구심력으로 수렴되는 조국과 민족, 정치이데올로기와 연동된 사회성 자체가 사소설적 요소인 셈이다. 양석일 문학은 그러한 개인의 철저한 일탈, '신체성'에 의지한 '비틀기'를 통해 "피카레스크 소설"[27] 양상의 독창적인 '재일성'을 보여주고 있다.

5. 문학적 '비틀기'와 초월성

앞서 살펴보았듯이, 양석일 소설에서는 재일코리안 남성의 강력한 '신체성'을 살린 막노동, 여성편력, 폭력, 돈도박, 살인 등 광폭적인 이단의 세계가 구체적으로 그려진다. 비대칭적인 강력한 문학적 '비틀기'를 통해 초월성을 이끌어내고 인간의 보편성과 실존적 지위를 호출하는 방식이다. 일찍이 재일코리안문학에서 찾아보기 힘든 문학적 대중성을 담보하는 '재일성'이며 독창적인 엔터테인먼트라고 할 수 있다. 특히 양석일의 『피와 뼈』는 '신체성'을 표상하는 서사구조를 유감없이 보여주었다. 주인공 김준평의 강력한 비대칭적 비틀기몰인격, 역주행는 개인의 단순한 역주행이 아닌 주류중심사회를 향한 비주류주변의 주체성, 실존적 존재가 제국과 국가주의, 종적인 권력 구도의 근대근대성에 맞서는 신체적 저항이며 투쟁이다. 철저하게 주변화된 개인이 거대한 국가권력에 맞서는 '안티'의 표상이다. 그것은 인간의 보편성과 주체적 자아를 의식한 자기 구원의 몸부림이다. 식

---

26 金鶴泳, 하유상 역, 「자기 해방의 문학」, 앞의 책, 205쪽.
27 고바야시 교지, 「피카레스크 소설의 최고 걸작품」, 『밤을 걸고』 2, 태동출판사, 2001, 248쪽.

민 지배국인 '적국'의 땅에서 재일코리안들이 육체·정신적으로 떠안은 '부'의 역사적 현실이 그만큼 혹독했음을 뜻한다.

하지만 양석일의 문학은 "오직 무겁고 괴로운 형태의 이야기"가 아닌 "유머러스한 홍소哄笑로 가득한 세계", "질주감 넘치는 경쾌한 세계", "오탁汚濁 자체가 광채로 승화되는 세계"[28]로 반전시킨다. 양석일 문학의 강력한 비대칭적 '비틀기' 현상은 겉으로는 일본사회의 종적인 권력 구도에 강력하게 맞서며 갈등하고 대립하는 형태를 취하고, 내적으로는 주류중심사회로부터 주변인으로 내몰린 개인조선인의 황폐함을 부조한다. 양석일 문학은 디아스포라문학의 중층적 서사구조를 통해 민족적 주체성과 자아를 광포하고 인간 이하의 참담한 이미지로 구성해 낸다. 제국과 국가주의, 민족차별, 수직적인 근대근대성의 상대화 지점에서 부각되는 '신체성'을 통해, 가장 근원적인 인간성과 보편성을 부조하는 문학적 장치를 선보인 셈이다. 이러한 초월성을 담보한 문학적 비틀기가 양석일 문학의 엔터테인먼트이고 한층 대중 문학적 성격을 추동한다. 사실 『피와 뼈』를 비롯한 양석일 문학의 강력한 초월적 비틀기는 일제강점기와 해방 이후의 격동기를 시공간적 배경으로 삼고, 그 격동기에 제국과 국가주의로 상징되는 주류중심사회로부터 타자화된 재일코리안사회의 '어둠'에 초점이 맞추어진다. '신체성'으로 표상되는 비대칭적 '비틀기'가 재일코리안사회에서는 누구도 거부하기 어려운 역사성을 함의한 민족적 전통과 유교적 세계관을 통해 구체화된다는 점에서 주목된다.

또한 양석일 문학의 강력한 신체성은 포스트 콜로니얼의 관점에서, 해방 이후의 강력한 냉전체제에서 작동하는 일본과 일본인의 자기自國 중심적인 정치 이데올로기와 길항하는 비주류주변의 저항과 투쟁으로 부각된다. 재일코리안의 부負의 역사와 민족적 한恨의 정서를 내향적인 형태의 '자기 탈각' 작업이 아닌, 제국과 국가주의, 수직적 권력 구도로 표상되는 외부세계타자와의 관계로 확장되는

---

28 高橋敏夫,「解説·やんちな創造的錯乱者」,『〈在日〉文学全集』第七巻, 勉誠出版, 2006, 374쪽.

구조다. 양석일 문학이 역사성과 민족성을 함의한 유교적인 세계관을 천착하고 막다른 골목으로 내몰린 개인조선인에게 비대칭적인 '신체성'을 부여하는 것은 그러한 문학적 확장과 역설을 상징한다.

그런 의미에서 전통적인 유교적 세계관을 소설의 원점으로 삼고, 그 사상적 근간을 뒤집는 『피와 뼈』의 광포한 김준평의 역주행광기와 이단은 개인의 단순한 일탈이라기보다 주류중심사회의 모순과 부조리에 맞서는 비주류주변의 강력한 '외침'이다. 따라서 『피와 뼈』에서 무뢰한 '김준평'의 비대칭적 비틀기는 제국의 식민주의에 침탈당한 민족이라는 신체의 상징과 복권을 뜻하는 셈이다.[29] 제국과 국가주의, 군국주의, 근대근대성로 치달았던 일본사회의 폭력적 권력 구도에 맞서는 문학적 서사구조, 그것이 비대칭적 '비틀기'로 표상되는 양석일 문학의 '신체성'이고 독창적인 엔터테인먼트라고 할 수 있다.

---

29 양석일은 『피와 뼈』를 언급하면서 "내가 묘사하고 싶었던 것은 인간 존재 자체에 대해서였다. 그래서 나는 김준평이라는 인물을 극한까지 적나라하게 묘사하려 노력했다. 그의 행동은 성욕, 식욕, 금전욕 같은 인간의 원초적 욕망에 바탕을 두고 있다. 다른 말로 하면, 김준평이라는 존재는 '근대적 지(知)'에 대한 반역이기도 하다. 김준평은 우리가 근대화라는 개념에 빼앗기고 잃어버린 육체의 상징이고, 또한 그것의 복권(復權)이다"라고 했다(김석희, 「옮긴이의 말」, 『피와 뼈』 3, 자유포럼, 1998, 292쪽 참조).

사기사와 메구무

『돌아가지 못하는 사람들』
『그대는 이 나라를 사랑하는가』

1. 작가적 삶과 문학적 출발

사기사와 메구무鷺沢萠, 1967~2004 문학은 일반적인 디아스포라 개념의 재일코리안문학과는 다소 차이난다. 태생적으로 한국계 일본인이라는 점도 있지만 사기사와 문학의 '재일성'은 기존의 재일코리안문학에서 추구하는 민족·탈민족적 글쓰기와 구별되기 때문이다. 문체의 간결함, 신세대의 솔직함, 경쾌한 리듬, 일상의 감각 살리기 등은 사기사와 문학만의 독창성을 상징하기에 충분하다. '조선반도의 피'로 상징되는 구심력 차원의 문제 의식, 즉 관념적이고 역사성, 민족성 짙은 주제들을 신세대 감각으로 소화하며 가볍게 문제의 본질로 파고든다. 국적과 자기민족 아이덴티티와 같은 재일 현세대에게 무겁게 다가올 수밖에 없는 주제들을 쉽게 접근해 서사화하는 공간기법이 탁월하다. 재일코리안문학의 관점에서 보면, 이 점이 역사성과 민족성을 함의한 '재일성'의 변용을 넘어 해체 개념으로 읽히는 부분이다. 그것은 젊음, 가벼움, 솔직함, 실존의 문제가 동시에 직조되는 사기사와 문학만의 독창적 서사성에 해당된다. 그러니까 사기사와 문학에 대한 문학사적 평가는 '읽기'에 따라 다양하게 해석될 수 있다. 예컨대 재일코리안문학과 '재일성', 일본현대문학과 사회, 여성소설, 사소설, 디아스포라를 의식한 혼종성, 경계 의식과 혼혈개념 등에 이르기까지 다양하게 논의될 여지가 충분하다.

주지하다시피, 사기사와의 이력은 21세를 기점으로 '조선반도의 피'를 의식하기 이전까지20세와 코리안 재패니즈로서의 자각 이후21-34세로 구분해 거론할 수 있다. 먼저 사기사와의 작가적 입장은 '조선반도의 피'를 의식하게 되면서 확연히 달라지는데 그때가 21세[1989]였다. 당시 사기사와는 첫 작품『소년들의 끝나지 않는 밤』과『돌아가지 못하는 사람들』을 출간했는데 이 단행본을 통해 문학계로부터 큰 호응을 받는다. 이후, 소설「달리는 소년」을 집필하는 과정에서 조모의 호적으로부터 자신에게 '조선반도의 피'가 흐른다는 사실을 알게 된다. 곧이어 22세[1990] 되던 해에 결혼하고 이듬해 이혼을 한다. 그리고 1992년 발표한「달리는 소년」으로 '이즈미 교카상泉鏡花賞'을 수상했고, 1993년 1월부터 6개월간 한국 연세대학교 부속 어학연구원에서 유학생활을 경험한다. 그해 6월 일본으로 귀국해『개나리도 꽃, 사쿠라도 꽃』을 간행하고 작가로서 슬럼프에 빠지게 된다. 당시 그녀의 슬럼프는 "레종 데트르raison dêtre가 없는 나날로서 죽어야겠다는 생각"만 되풀이할 정도로 심각했다. 1995년 도내의 한국어학교에 다니며 어학에 열중했는데 상당한 한국어 실력에 자신도 놀라워한다.

한편 1996년 조모가 세상을 떠나면서 "집안 일에 대해서 쓰지 말라"는 유언을 남김으로써 그녀의 작품 활동은 딜레마에 빠진다. 1999년 제1회 사기사와 모임을 결성하고 공식적인 홈페이지도 개설한다. 2001년 제1회 사기사와 모임의 연극작품「장미빛 인생」을 향해 유닛을 세우지만, 9·11테러로 미국을 비롯해 전세계에 대한 불신감이 겹치면서 의욕을 상실한다. 2002년 7년 만에 자전적인 작품『나의 이야기』를 간행하면서 정력적으로 소설과 에세이에 매달린다. 그러나 2004년 직접 영어와 한국어로 번역한 그림책『빨간 물, 검은 물』을 간행하고 4월 1일 자살했다.

사기사와가 '조선반도의 피'를 의식한 21세 이후의 자필 이력[1]을 보면, 그녀가 작가로서 '조선반도'를 상당히 의식하면서 활동했음을 알게 된다. '조선반도

---

1   『文藝』에는 사기사와 메구무의 관련한 글을 소개하고 있는데「자필 연보」를 비롯해「사기사와 메구 자신에 의한 사기사와 메구무」,「언제나 깔깔거리며 웃고 있었다」(酒井順子),「게이힌공업지대의 문학」(永江朗),「자기작품 해제-저역서 일람」등도 함께 실렸다.

의 피'와 관련한 작가적 고뇌는 한국에서의
유학 체험을 비롯해 작가로서의 슬럼프, 한
국어학교, 타자에 대한 불신감, 조모의 죽음,
번역서 ^{한국어} 의 간행으로 이어진다. 작가의
고뇌는 '조선반도의 피'를 의식한 작가적 행
보와 이미지, 즉 한국 유학을 마친 이후에
밀려왔을 일종의 타자 의식과 '재일성'의 실
체를 마주하면서 시작되었다고 해도 과언
이 아니다. 작가로서 반복되는 글쓰기와 슬
럼프의 과정에서 포착되는 것은 또렷이 자
각하는 인간적 고뇌의 흔적들이다.

사기사와 메구무, 『그대는 이 나라를 사랑하는가』,
신쵸문고, 2000

　'조선반도의 피'에 대한 작가적 인식은 그녀의 창작활동에 중요한 기재로 작동
한다. 예컨대 작품에서 '재일성'으로 표상되는 국적 문제, 본명^{한국명}과 통명^{通名 : 일}
^{본명} 사이에서 갈등, 한국 체험에 대한 감상, 코리안 재패니즈의 현재적 위치 등과
같은 개념들이다. 이러한 구심력과 원심력 사이의 '재일성'은 소설 『진짜 여름』
을 비롯해 『그대는 이 나라를 사랑하는가』 등 여러 작품[2]에서 다루어진다. 사기
사와가 '조선반도의 피'를 의식한 이후에 발표한 작품들은 한결같이 '재일성'을
테마로 삼는다. 이들 작품들은 기존의 재일코리안문학과는 다른 사기사와 문학
의 특징을 선명하게 보여주는데, 특히 '조선반도의 피'가 신체에 흐르고 있다는
혼혈 개념을 통해 작가로서의 아이덴티티를 묻고 '탈'의식적^{국가, 민족, 이념} 글쓰기의
다양한 가치와 이미지를 드러낸다.

　또한 '조선반도의 피'가 작가의 창작활동에 지대한 영향을 주었다면 작가의

2　사기사와 문학에서 재일성을 다룬 작품으로는 「진짜 여름」, 「그대는 이 나라를 사랑하는가」, 「개
　나리도 꽃, 사쿠라도 꽃」, 「맨 끝의 두 사람」, 「안경 너머로 본 하늘」, 「고향의 봄」, 「봄이 머무는
　곳」, 「뽕키치·춘코」, 「나의 이야기」 등이 있다.

사생활도 인간의 근원적 실존 의식을 천착한다는 점에서 주목된다. 사기사와는 1968년 도쿄에서 태어나 미수쿠 사쿠라트宿さくら 유치원, 도쿄학예대학 부속 세타가야世田谷 소학교, 중학교, 도쿄도립 유키가아雪谷 고등학교를 졸업하고 조치上智대학 러시아어학과에 입학했다. 중학교 시절 '내부생'으로서 치열한 시험을 거쳐 입학한 '외부생'에게 상대적인 열등감을 느꼈고, 아버지 회사의 도산으로 인한 좌절감, 고교 시절 학비충당을 위한 아르바이트, 조치대학 자퇴, 20대 초반의 결혼과 이혼, 아버지의 죽음이라는 일련의 굴절된 인생역정을 경험하게 된다. 특히 슬럼프로 죽어야겠다는 생각만 되풀이했던 '레종 데트르'가 없는 나날, 9·11테러로 인한 전세계에 대한 불신감, 어머니의 죽음, 조모의 죽음까지 그녀의 정신적 고뇌는 피상적일 수 없는 깊은 상처에 해당한다.

삶의 도정에서 겪는 불행과 절망으로 인한 위기 의식은 누구나 한번쯤 거쳐야 할 과정이라 치부할 수도 있지만, 사기사와의 내면적 위기 의식은 작가로 성장해 가는데 필요한 특별한 고뇌로 자리한다. 학창시절 집안의 경제적 파탄에 따른 생활 리듬의 급변은 심리적인 위축과 함께 깊은 상처로 남을 수밖에 없었고, 청소년기 가족들과의 영원한 이별을 지켜보는 심경도 복잡했을 것이다. 경제적인 부침과 각고의 경험이 작가에게 강한 '직업인' 의식을 심어줌과 동시에 사기사와의 문학이 긍정적 사고와 공생 논리, 근원적인 인간 내면의 실존 탐구로 이끄는 결정적인 역할을 수행했다. 끊임없이 이어지는 굴곡진 생활상을 소화하는 작가적 태도는 믿기지 않을 정도로 침착하고 안정적이며 관조적이다. 사기사와의 소설은 헝클어지고 뒤틀린 간고한 일상에 '좌절감'을 느끼면서도 현실 공간의 생활 자체를 회피하거나 포기하지 않는다. 오히려 냉철함을 토대로 정면에서 응시하는 성숙한 자기성찰을 보여준다. 일상에서 마주하는 엇박자를 부정적으로 보기보다 "있는 그대로의 모습으로 받아들이는"[3] 자세로 작가만의 독특한 생활 철학을 구축한 것이다.

이를테면 경제적인 곤란, 결혼과 이혼, 가족 구성원의 죽음, '조선반도의 피'에

대한 인식, 이런저런 좌절감과 같은 정신적 고뇌와 변화의 추이를 자기성찰의 계기로 삼는다. 그러한 작가적 고뇌는 신세대의 감각 살리기, 버블시대의 어두운 그림자에 대한 기억, '재일성' 천착, 인간 실존에 대한 자의식, 내밀한 자아 탐구로 서사화된다. 작가가 언급했듯이 살아가면서 '상처凹み'나고 '냄새匂い'나는 삶을 인간적으로 수락하며, 삶의 시공간에서 마주하는 다양한 상처와 냄새의 흔적들을 기억하고 글로 옮겨놓은 것이 사기사와의 문학이다.

2. '탈'의식적 감각과 경쾌한 문체

사기사와 문학은 현실주의를 표방하며 일상에 내재된 현세대의 자의식을 자연스럽게 이끌어내는 힘이 있다. 무겁게 느껴질 수밖에 없는 '역사성'과 '민족성' 짙은 소재들을 신세대의 경쾌하고 감각적인 문체로 가볍게 소화한다. 예컨대 자동차 운전 중에 생긴 교통사고를 둘러싸고 연인과 갈등을 빚는 과정에서 국적과 관련한 출생성분을 자연스럽게 이끌어낸다. 연인과 만나고 헤어지는 과정을 깊은 고민이나 마음의 상처 없이 쿨하게 진행하는 '레토르트' 감각이 살아있다. 또한 재일코리안에게 무겁게 다가왔던 귀화문제, 결혼문제, 취직문제, 세대간의 갈등과 단절, 민족차별과 경제적인 문제까지 비교적 가볍게 넘어선다.

이러한 재일 신세대 '탈'의식적 감각은 『갈매기집 이야기』에서 학생 시절에 학원 민주화 운동에 깊이 관여했던 '유'와 도노무라의 의식에서 구체적으로 확인할 수 있다.

---

3   이양지는 「후지산」에서 "후지산은 다만 자리하고 있었을 뿐이다. 그것을 쳐다보며 아름답다고 중얼거리던 자신도 단지 그렇게 자리하고 있었고 평정이었다. (…중략…) 의미와 가치에 연연하지 않고 어떠한 판단과 선입관도 갖지 않고 사물과 대상을 있는 그대로의 모습으로 받아들이고 대할 수는 없는 것일까. 오랫동안 방황하면서 줄곧 갈구해왔던 은근한 바램이 마침내 그 결실의 첫걸음을 내딛기 시작한 듯한 느낌이었다"라고 했다(「富士山」, 『李良枝全集』, 1996, 624쪽).

도시유키는 누나가 셋 있는데 셋 모두 결혼한 직후 일본으로 귀화했다. 제일 큰 누나는 일본인과 결혼하고 그 사람의 호적으로 들어갔고, 둘째 누나와 셋째 누나는 남편이 한국인이었는데 결혼과 동시에 부부가 함께 귀화했다. 따라서 도시유키도 특별한 이유 없이 '나도 귀화하게 될 것이다'라는 정도는 생각하고 있었는데, 반드시 귀화하고 싶다는 것은 아니다. 부모님과 정식으로 논의를 한 적은 없지만 부모님도 자신의 의견대로 하면 좋다고 말했었다

『진짜 여름』은 현실주의 감각을 선명하게 보여준다. 인용에서 드러나는 서술 방식은 조국으로의 귀국운동에 동참할 건지 말 건지를 놓고 가족 구성원들이 심각하게 대립했던 김학영, 이회성 문학과 비교하면, 확실히 사기사와 문학은 일상중심적인 자의식을 견지하고 있다.

사기사와 문학의 '탈'의식적 감각은 등장인물 간의 간결한 대화체를 통해서도 그대로 읽힌다. 성별과 세대 구분 없이 누구에게나 쉽게 수용될 수 있는 간결한 문체는 기본적으로 왜소해진 인간의 마음을 무장해제하게 만드는 힘을 지닌다. 현대사회의 각종 '벽'에 갇혀 살아가는 개인에게 실존적 주체성을 부여하면서도 내밀한 개인의 아픔을 자연스럽게 공유하는 기법의 간결한 문체다. 『갈매기집 이야기』는 학생 시절 동급생이었던 '고우浩'와 '야나기柳'의 격 없이 주고받는 대화 그 자체로 신선하다.

점심을 다 먹은 뒤에도, 그녀가 머리 속에서 떠나지 않아 턱을 괴고 멍청하게 있는데, 전화가 어깨를 들먹이며 요란스럽게 울어댔다.

"예, 갈매기집입니다."

"고우야……?"

"예, 그런데요."

"나야, 나, 나."

"예……"

"야나기라구."

"……어디 편찮으세요? 목소리가 영 안됐네요."

야나기는 단골 손님 중의 한 명인데, 목소리만으로는 알아듣기 어려울 만큼 목이 쉬어 있었다.

"감기에 걸려서 말이야, 한심한 지경이라구."

"괜찮으세요?"

"괜찮지 않다니까, 배고파 죽겠어."

야나기는 비참한 목소리로 고우에게 호소했다.

"부탁이야. 아무 거라도 좋으니까, 뭐 먹을 거 좀 갖다 줘."

"우리 가게는 배달은 안 하는데요."

고우는 웃으면서 일부러 심술궂게 말했다.

"부탁해. 제발, 고우야"

"……할 수 없네요."

고우는 할 수 없이 야나기의 부탁을 받아들이기로 했다.[4]

연속적으로 짧게 이어지는 '고우'와 '야나기'의 대화체 문장은 각자의 위치에서 발신하는 특별한 힘을 내장하고 있다. 경쾌한 대화체 리듬의 둘의 대화는 상대에게 친밀감을 주고 동시에 포용력을 이끌어낸다. 간결한 대화에서는 왜소해진 개인을 서로 위로하고 위로받는 과정에서 흡인력을 발휘한다. 간결한 대화는 그동안 내뱉지 못했던 '상처'와 '냄새'를 드러내면서 파편화된 개인의 순수한 감정을 되살리는 서사적 상황을 재현해 낸다. 이러한 서사구조에는 현대사회에 만연한 각박한 삶에 활기를 불어넣는 특별함이 담긴다. 이처럼 사기사와 문학의

---

4 鷺沢萠,「かもめものがたり」,『帰れぬ人びと』, 文春文庫, 1995, 6쪽.

'탈'의식적 감각은 다양한 형태로 서사화된다. 분명한 것은 이러한 탈의식적 감각이 현세대의 가치와 세계관을 솔직하게 드러내면서 실존적 자아를 부각시키는 한편, 재일 신세대의 거침 없는 행동과 사고, 그 가치와 이미지를 경쾌하고 직설적인 문체로 풀어내는 서사구조를 두드러지게 한다는 점이다. 이러한 현대사회의 개인주의와 해방감은 역사성과 민족 의식 등을 의식하기보다 현실주의적 자의식을 중시하는 관점에서 출발한다.

현대사회의 병리현상은 재일코리안사회를 비롯해 현세대의 인생관, 결혼관, 직업관을 근본적으로 바꿔놓았다. 특히 가정의 붕괴·해체에 따른 개인의 일상적 변화는 소외 의식을 비롯해 개인주의, 이기주의, 배타주의, 고립·고독감을 동반하며 큰 사회적 문제와 맞물린다. 사기사와 문학은 그러한 현대사회의 각종 병리현상을 현세대의 '탈'의식적 감각으로 보여주고자 했다고 할 수 있다. 예컨대 『돌아갈 수 없는 사람들』에서 "꿈은 없지만 현실적인 생활"을 희망하는 젊은 이의 현실주의적 가치관은 그러한 인간의 실존적 지점을 대변한다.

> 무라이는 타인을 속이고 싶지는 않았다. 그리고 또, 타인에게 속는 것도 싫었다. 다만 그저 평범한 인생을 살고 싶을 뿐이다. 평범한 여자와 평범한 가정을 꾸리고, 남달리 뛰어날 것도 없지만 그렇다고 그리 나무랄 데도 없는 그런 일생을 보내고 싶다. 그 이상의 것은 바라지도 않는다고 무라이는 생각했다.
>
> 거센 파도는 처음 한동안은 재미있을지 모르지만 오래도록 계속되면 결국 휩쓸리고 마는 법이다. 무라이는 바람을 가득 안은 범선의 돛을 생각했다. 완만하게 휘어진 돛 위에서 헤엄을 치듯, 모험할 일도 위험 부담도 없는 그런 생활을 원했다. 거기에는 꿈은 없지만 현실적인 생활이 있다.[5]

인용된 서술이 가진 특징은 이념이나 공명심 같은 거대서사에 사로잡히지 않고 가식에 매이지 않는 신세대의 탈의식적 감각에 있다. 상투적이고 현학적이며 관념들로 가득한 세계와는 다른 솔직하고 그런 만큼 상큼한 감각이 돋보이는 셈이다. 말하자면 사기사와 문학에는 "거짓말 같은 진실보다 잘못된 사실이 옳다"라는 특별한 현실주의와 진솔함이 담겨 있다. 무게중심을 현재의 일상에 둔 신세대의 거침없는 사고와 행동, 여기에는 역사성과 민족성을 의식하기보다 오히려 '부'의 역사적 지점을 작금의 '현실'을 풀어가는 소재로 활용하는 힘이 실린다. 관념적, 절대적인 세계에서 상대화된 현재적 지점, 즉 현실 중심의 가벼움, 경쾌함, 월경 의식을 통해 보편성과 실존적 자아에 다가서는 서사적 양상이다. 재일 신세대의 개인주의와 자유, 당돌한 행동, 경쾌한 감각, 현대사회의 요란하고 시끄러운 파열음 등, 신세대의 탈의식적 감각을 통해 자연스럽게 근원적인 실존의 세계를 이끌어낸다.

3. 타자 의식과 현세대의 자의식

사기사와 문학의 타자 의식은 다양한 무늬로 표상된다. 그동안 거론해 왔던 '민족성'과 아이덴티티를 포함해 그 인식의 폭은 넓고 또한 섬세하다. 해체와 변용 개념의 민족 의식, 한국에서 생활하며 '조선반도의 피'를 체감하는 의식, 일본식으로 체화된 내면세계에 대한 재발견 등 모든 자의식에는 타자와의 '관계성'이 자리한다. 타자 의식을 통해 자기^{민족} 아이덴티티를 선명히 드러내는 셈이다. 따라서 사기사와 문학에서 조국을 의식한 '재일성'에 대한 조명은 작가를 비롯한 재일 현세대의 자의식의 실체를 확인하는 작업과 맞물린다. 이양지 문학이 '한국의 소리'와 '일본의 소리'를 치열하게 조율하듯이, 김학영 문학이 신체적인 '말더듬'을 놓고 끊임없이 내향적 '탈각' 작업을 이어가듯이, 사기사와 문학은 타자 의

---

5   鷺沢萠,『帰れぬ人びと』, 文春文庫, 1995, 17쪽.

식을 통해 현세대의 내밀한 '민족성'과 연동된 자기 찾기를 시도한다.

앞서 언급했듯이, 사기사와 문학에서 현세대의 타자 의식은 기존의 재일코리안문학과는 양상을 달리한다. 조국의 역사성과 내셔널리티를 무겁게 의식하는 정서의 도저함과는 전혀 다른 질감을 가진 지극히 피상적인 방식으로 나타난다. 이러한 현세대의 타자 의식은 『진짜여름』을 비롯해 『너는 이 나라를 사랑하는가』, 『개나리도 꽃, 사쿠라도 꽃』에서 잘 나타나 있다.

> 도시유키에게 한국인 친구는 순자 외에는 거의 없다. 도시유키는 보통의 공립 초등학교와 중학교를 졸업하고, 고등학교는 지금 다니고 있는 대학의 부속학교였다. 중학교에 올라가기 전부터 민단의 회합 등에 전혀 나가지 않게 된 것도 자연스러운 귀결이다. (…중략…)
>
> 자신이 한국인이라는 것을 특별히 숨겼다고 생각지는 않는다. 아니 적어도 의식적으로 숨기려고 하지는 않았다. 다만 자신의 이름이라고 여긴 '통명'을 줄곧 사용해 왔고, 그러다 보니 왠지 모르게 그렇게 되어 버렸다고 말할 수밖에 없다.
>
> 따라서 대부분의 친구들은 도시유키가 한국인이라는 사실을 모르지만, 그렇다고 해서 느닷없이 자기 국적을 주위의 친구들에게 밝히는 것도 왠지 묘하다는 기분이 든다.[6]

재일 현세대의 타자 의식은 관념적이거나 역사적인 관점과는 일정한 거리가 있다. 역사성 및 민족 의식과 차별화되는 현실 중심적 세계를 의식하는 형태를 취한다. 사기사와 문학의 '재일성'은 현세대의 정신적 세계와 연결된 자기^{민족} 아이덴티티 정립을 위한 고뇌의 방식이 아니다. 이를테면 사토 요지로^{佐藤洋次郎}의 작품에서 발견되는 특징이기도 한데, 일본의 근현대 작가들이 작품에 간간히 재일코리안을 등장시켜 이야기를 전개시키는 정도의 서사구조와 크게 다르지 않

---

6   사기사와 메구무, 「진짜 여름」, 『그대는 이 나라를 사랑하는가』, 자유포럼, 1998, 3쪽.

다. 사기사와 문학에서는 무겁게 느껴지는 '역사성'과 '재일성'을 가볍게 터치하고 경쾌하게 풀어가는 리듬 감각이 돋보인다. 그것은 '재일성' 자체를 숙명적인 과제로 인식하고 치열하게 풀어내야만 했던 기존의 문학적 양상과는 근원적으로 다르다.

또한, 사기사와의 열린 세계관과 사소설적 작품 경향은 개인의 자유와 실존을 의식한 현실 중심의 자기 응시를 이끌어낸다. 감추고 싶은 개인사를 철저하게 파고들지는 않지만, 가족사에 얽힌 지난날의 간고했던 경험을 통해 진솔하게 문제의 근원을 주목한다. 관념적, 역사적, 이념적 시공간의 이데올로기적 사회성을 배제한 상태에서 자기를 향한 내밀한 응시다. 자기응시를 통해 작가는 있는 그대로의 실존적 자아에 한 걸음 다가서고 있다.

『강변길』에는 정상적인 가족이 붕괴·해체되고 복원을 희망하는 인간의 내밀한 존재가 서술의 지평에서 그 윤곽을 드러낸다. 교통사고로 어머니가 죽고 나자 현세대인 고로吾郎의 가족은 뿔뿔이 흩어져야만 했다. 그런 와중에 아버지는 모르는 여성과 동거를 시작하면서 이복남매인 고로와 도키코는 어쩔 수 없이 작은 아파트로 이사를 하게 된다. 이들 이복남매가 생활하는 아파트의 살풍경은 작품의 시공간을 한층 그로테스크한 분위기로 이끈다.

현관과 이어져 있는 좁은 널마룻바닥 부엌을 보자, 가슴이 덜컹 내려앉았다. 이미 저녁 어둠이 밀려오는 시간이었는데, 안방은 전구가 끊어져 불을 켤 수가 없었다. 그 허전함. 짐이 가득가득 들어 있는 종이 박스에 둘러싸여, 몸을 웅크리고 담요만 덮고 잤다.

이튿날 아침, 그릇이 어느 상자에 들어 있는지 알 수 없어, 어떻게든 공복을 채우려고 가까운 슈퍼마켓으로 빵을 사러 달려갔다. 그런 기분은 설명을 한다고 해서 타인이 이해할 수 있는 종류의 감정이 아니다.

아버지와의 옥신각신, 어머니의 죽음, 세상의 눈은 오누이에게 결코 따뜻하지 않았다. 그 고통스런 시간을 오누이는 둘이서 견뎌 왔다. 암묵의 약속이라도 한 것처럼, 도키코도 고로도 그 시절 얘기를 하는 법이 없다. 기억이 안 나는 것인지도 모른다.

그 무렵, 특히 둘이서 아파트로 이사를 한 날 밤에 도키코와 고로는 거의 입을 열지 않았다. 서로 말을 하지는 않았지만, 어느 쪽이 먼저랄 것도 없이 몸을 바싹 기대고 잠들었다. 둘은 마치 길을 잃고 헤매는 새끼 짐승 같았다.[7]

인용 대목에서 두드러지는 것은 현대사회에서 가정의 붕괴·해체를 맞은 개인의 내면에 산재한 고독과 상처를 솔직하게 서술하고 있다는 점이다. 작품의 서술방식에서는 가족 해체와 함께 뒤엉킨 불행과 왜소해진 자화상을 굳이 감추려하지 않는다. 상처와 냄새로 표상되는 굴절된 삶의 군상을 있는 그대로 직접적이고 감각적인 필치로 옮겨놓는다. 감정에 의존한 솔직한 문체로 내면에 자리잡고 있는 억눌린 심경을 위화감 없이 읽어내기에 한층 실존적이다.

이러한 현대사회의 모순과 부조화의 세계를 가능한 원형 그대로 피력하는 관찰자의 시선은 다름아닌 작가의 의식이며 색다른 '재일성'의 발로다. 작가는 기교를 살린 화려한 수사보다 헝클어지고 교착된 상태, 상처가 나고 썩어 냄새나는 상태 그대로의 추이를 중시한다. 있는 그대로의 현상^{모양, 상태}을 가볍고 경쾌하게 읽어내는 서사적 리듬, 거기에 사기사와 문학의 순문학적 힘과 대중적 확장성이 확보된다.

좋은 놈이라는 그 '좋다'에 관한 기준은 사람마다 다르다고 생각하지만, 적어도 저는 상처가 있는 사람이 좋다. 그 상처에는 무언가가 쌓인다. 그리고 쌓인 것은 언젠가는 섞으며 냄새를 풍긴다. 그것이 좋은 냄새일 리 없지만, 그저 아무런 냄새도 나지 않는 사람보다는, 설령 그 냄새가 아주 고약하더라도, 나는 냄새를 지닌 사람이 좋다.[8]

7   鷺沢萠,「川べりの道」,『帰れぬ人びと』, 文春文庫, 1995, 1쪽.
8   사기사와 메구무, 민성원 역,『레토르트 러브』, 문학사상사, 1991, 32쪽.

삶의 시공간에서 접하게 되는 '상처'와 '냄새'는 작가는 물론 그녀의 문학적 지향점이 어디인지를 선명히 보여준다. 이를테면 상처가 난 곳에는 무언가 고이고, 썩게 되고, 마침내 냄새를 풍기게 마련이라는 평범한 진리가 작품을 관통한다. 삶의 시공간이 누군가에게는 비단길처럼 펼쳐질 수도 있지만 중간에 넘어지고 깨지고 상처입고 냄새를 풍기는 현상, 오히려 그것이 일반적이고 좀더 보편적이다. 그러한 삶이 한층 인간적이고 실존적이라는 것이다.

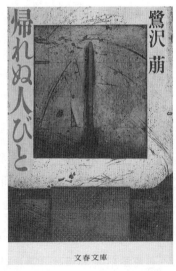

사기사와 메구무, 『돌아가지 못하는 사람들』,
문예춘추, 1992

현대사회의 굴절된 개인과 가족 붕괴·해체와 함께하는 현실 중심의 실존 의식은 사기사와 문학의 '재일성'을 표상하면서 '재일성'의 변용·해체로 이해할 수 있는 특별한 문학적 지점이라 할 수 있다. 그녀의 작품 『돌아가지 못하는 사람들』, 『썩어가는 마을朽ちる町』, 『갈매기집 이야기』에서는 그러한 현세대의 타자 의식과 '재일성'의 변용·해체로 수렴 가능한 주제 의식을 구체적으로 보여주고 있다.

4. 탈민족적 상상력과 '레토르트' 의식

사기사와 문학은 재일코리안을 둘러싼 다양한 '벽'과 '거리'를 현실주의 관점에서 수용한다. 작가로서 역사적 사실과 현실문제를 바라보는 시각은 긍정적이며 갈등과 대립보다 공생 의식을 앞세운다. 그리고 현실중심의 실질적인 문제를 천착하고 정형화된 타자들을 불러들인다. 이러한 문학적 양상은 '재일성' 자체가 역사와 민족 정서를 포함해 보편성 및 세계주의 경향과 맞물려 있기 때문이다.

사기사와 문학은 인간의 실존성을 의식한 탈민족적 글쓰기의 성격을 내장하고 있다고 할 만하다. 특히 재일코리안문학의 다양성과 '재일성'의 해체 및 변용은 기존의 재일코리안문학과 다른 독창성을 보여주는 지점이다.

그런 관점에서 사기사와 문학의 독창적이고 득의의 영역을 몇 가지 짚어보면, 먼저 신세대의 젊은 감각을 밝고 경쾌한 문체로 서술해 나가는 점이 돋보인다. 예컨대 소설 『레토르트 러브』에서는 느낌과 취향만 맞으면 때와 장소를 가리지 않는 레토르트 식품처럼 전개되는 신세대의 사랑을 적나라하게 보여준다.[9] 특히 세대를 불문하고 누구에게나 쉽게 침투할 수 있는 짧고 간명한 문체의 힘을 통해 강렬함을 담아낸다. 기성 문인들이 보여주는 상투적이고 현학성 가득한 글의 한계를 넘어 감각적이고 솔직담백한 감성을 담은 문체를 구사한다.[10] 이러한 젊은 신세대 감각은 한국 유학을 자기민족 아이덴티티 차원이 아닌 한국에서 온 뉴커머를 위해 어학연수를 간다는 형식을 취하며, 무거울 법한 주제를 가볍게 웃음으로 되받아친다.

또한 사기사와 문학은 역사성과 민족 의식 등 관념적이거나 이데올로기적으로 흐르기 쉬운 주제를 비교적 가볍게 터치하며 건너뛴다는 점이다. 기존의 재일코리안문학에서 심각하게 다루어왔던 귀화문제, 결혼문제, 차별문제, 경제적인 어려움, 세대 간의 갈등과 단절 등 구심력 차원의 무거운 주제들을 가볍게 풀어낸다. 이는 경계 의식을 넘어 해체 개념의 '재일성'의 형상화라고도 할 수 있다. 『진짜 여름』에서 재일 현세대의 귀화문제는 일종의 생활 속의 선택적 요소일 뿐이다. 도시유키에게는 누나가 셋이나 있지만, 셋 다 특별한 이유없이 결혼하자마자 일본으로 귀화했다. 도시유키 역시 "별 이유 없이 '나도 귀화하겠지'하는 정도"[11]로 인식한다. 물론 그들의 부모들도 귀화든 결혼이든 본인의 뜻대로 하면 된다는 식이다.

---

9   사기사와 메구무, 민성원 역, 『레토르트 러브』, 문학사상사, 1994, 8쪽.
10   사기사와 메구무, 김석희 역, 『거리로 나가자, 키스를 하자』, 문학사상사, 1994, 6쪽.
11   사기사와 메구무, 「진짜 여름」, 앞의 책, 33쪽.

『안경 너머로 본 하늘』에서는 총련계 학교에 다니는 여학생들이 치마저고리를 대상으로 벌리는 찬반 논쟁은 한일 간의 대립이 아닌 거리감 좁히기 차원에서 거론된다. 조국의 굴절된 근현대사를 의식하면 무겁게 전개될 수밖에 없는 예민한 주제들이지만, 작품에서 외국인등록증 지참과 지문날인에 대한 언급도 갈등과 대립구도를 앞세우는 형식으로 전개되지 않는다. 「고향의 봄」의 주인공 강이사는 자신의 이름에 얽힌 이야기를 가벼운 '웃음'으로 엮어간다. 그동안 재일코리안 문학에서 비교적 무겁게 얽어냈던 역사와 민족, 정치와 이념, 자기민족 아이덴티티를 둘러싼 문제적 지점을 현실주의적 관점에서 가볍고 쉽게 녹여내고 있다.

사기사와 문학이 이분법적 대립 구도가 아닌 조화로운 공생의 논리를 취한다는 점도 간과될 수 없다. 소설 「봄이 머무는 곳」은 '이방인'과 '배타성'에 대한 내용을 담고 있다. 주인공 메이코芽衣子는 집안 사정으로 게이힌京浜 공업지대의 도립고교에 입학했고 그곳의 생경한 분위기로 자신을 '이방인'으로 인식한다. 하지만 그곳이 '배타성'이 없는 고등학교라는 사실도 알게 된다. 이러한 서사 구도는 당시 부친의 사업도산으로 덴엔쵸후田園調布의 대저택을 잃고 가나가와현神奈川県으로 이주해야만 했던 작가의 복잡했던 집안 사정과 심리적 공황, 즉 버블시대의 급격한 사회상의 변화와 "계급 전락의 기분"이 투영되었다고 할 수 있다.

작가의 자전성이 반영된 산물로서 '이방인'과 '배타성'은 그녀의 창작 활동에도 영향을 끼치게 된다. 특히 현상과 사물을 긍정적이고 공생관계로 이해하는 작가 의식은 독창적인 '재일성'과도 무관하지 않다. 사기사와의 독창적인 세계관은 나가에 아키라永江朗의 지적에서도 잘 확인된다.

이 '이방인' '배타성'이라는 말을 생각하면, 그녀가 『달리는 소년』을 쓰기 위해 자료를 수집하던 중 자신의 뿌리의 하나로 조선반도로부터 온 사람들이 있었다는 사실을 발견하고, 거기에서 한국으로의 유학과 『그대는 이 나라를 사랑하는가』로 대표되는 재일 한국·조선인, 혹은 한국계 조선계 일본인에 대해서 소설을 쓰게 되는 것과는, 그 이전의 그녀의 커리어와 그다지 큰 단절은 없는 것처럼 여겨진다. 결국 이방인인 자신을 받아들인 게이힌 공업지대의 그다지 편차치도 높지 않은 도립 고교에 배타성이 없다는 연장선상에, 스스로의 뿌리 문제와 그때까지 그다지 심각하게 생각지 않았던 조선반도와 일본 역사의 문제가 있었던 것이 아닐까. 따라서 그것은 아이덴티티 찾기와 진정한 자기 찾기와는 약간 다른 것이다.[12]

한편 사기사와의 문학은 솔직함을 무기로 근원적인 인간의 실존 의식을 천착한다는 점도 특징적이다. 대표작 『강변길』은 현대사회에 넘쳐나는 가정의 붕괴를 다루면서도 가정 복원의 희망도 함께 그린다. 흩어진 일가족이 "가장자리에 이가 빠진 곳도 있고, 표면을 들쑥날쑥하게 조각한 자리에 때가 눌러 붙어 있었던"[13] 유리그릇에서 단란했던 과거의 추억을 엮어내고자 애쓴다. 하지만 추억을 회상하는 것은 현실적으로 허망한 꿈에 불과하다는 점도 인식하게 된다. 이러한 현대사회의 가정 붕괴와 복원에 대한 재일 현세대의 정리된 감정이 유리그릇에 담겨있을 과거의 추억을 내던지는 형태로 나타난다. 사기사와 문학은 부서진 내면에서 생겨난 상처들로 가득한 일상의 공간을 애써 거부하거나 아름답게 포장하지 않는 대신, 있는 그대로의 흐트러지고 파열한 삶의 면면들을 직접적이고 감각적으로 서술해냄으로써 존재의 심층에 다가선다.[14] 현대사회에서 상처입고 냄새나는 인간군상에 대한 문학적 천착은 '재일성'을 형상화한 소설을 포함해 사기사와 문학에서 엿볼 수 있는 대표적인 특징 중의 하나다.

최근 재일코리안문학의 다양성과 변용, 문학적 보편성과 세계성, 미학의 관점은 확실히 의식의 월경과 현실 중심의 가치관과 맞물린다. 과거보다 현재, 무거움보다 가벼움, 먼 거리보다 가까운 여기의 공간을 직시하는 형식을 취한다. 특

---

12   永江朗, 「京浜工業地帶文學」, 『文藝』, 2004, 104쪽.
13   사기사와 메구무, 「강변길」, 『돌아가지 못하는 사람들』, 문학사상사, 1995, 56쪽.
14   김환기, 「사기사와 메구무의 문학세계」, 『한일민족문제연구』 11, 한일민족문제연구학회, 2006, 48쪽.

히 재일의 현재성을 천착하고 일상에서 변주되는 다양한 현상을 통해 보편성을 의식하는 문학적 구도이기에 신선하고 내밀하다. 이러한 '재일성'의 변용·해체 개념은 사기사와 문학의 독창적 영역이지만 그것은 앞으로 진행될 재일코리안 문학의 모습이기도 하다.

지금까지의 재일코리안문학은 조국의 해방을 전후한 민족적 글쓰기를 비롯해 탈민족적 글쓰기, 변용·해체된 '재일성'의 표상에 이르기까지 다양한 문학적 현상을 보여주었다. 그러나 최근의 재일코리안문학은 관념적, 역사적, 정치 이데올로기에서 탈피해 서로 다른 주체들의 공생구도를 중시하는 경향이 적지 않다. 넓게 보면 탈민족적 글쓰기로서 재일코리안문학의 현실주의에 근거한 문학적 다양성과 변용의 표상이다. 또한 문학적 변용·해체의 개념은 주제적인 측면의 '재일성'도 있지만, 재일코리안문학의 장르도 확장됨을 보게 된다. 즉, 시, 희곡, 시나리오, 에세이 등으로 창작영역이 확장되고, 민족문학, 순문학과 대중문학의 구도에서 벗어나 역사소설, 가족소설, 아동소설, 연애소설, 엔터테인먼트 소설까지 다양하게 전개된다. 김중명『바다의 백성들』^{역사소설}, 이주인 시즈카『기관차 선생님』^{아동문학}, 가네시로 가즈키『스피드』^{엔터테인먼트 소설} 등은 그러한 문학적 변용·해체를 상징하고, 시인 종추월, 정장 등의 문학 활동도 같은 맥락으로 이해할 수 있다.

탈민족적 상상력과 '레토르트'로 표상되는 변용·해체 개념의 '재일성' 미학은 재일코리안문학의 위치를 새롭게 자리매김함과 동시에 보편성과 세계문학의 위치를 획득하는 지점이다. 재일코리안문학의 다양성과 변용·해체의 개념이 소수민족의 문학지형의 약화나 타자화된 민족의 소멸·희석이 아닌 새로운 가능성을 향한 문학적 패러다임을 제시한다.

5. 변용·해체의 문학

재일 신세대문학이라고 하면 최근 왕성한 작품 활동을 하고 있는 유미리, 현월, 가네시로 가즈키, 최실 등을 거론할 수 있다. 이들의 문학은 디아스포라의 구심력을 의식한 역사성과 민족 의식, 이데올로기를 벗어난 현실주의적 가치를 모색한다. 현실적인 입장에서 '코리안 재패니즈'로 수렴되는 가치와 이미지, 인간의 보편성과 실존적 자아를 담아낼 수 있는 형태의 '재일성'을 직조한다. 재일 신세대 작가들은 가족, 계층, 세대 간의 갈등과 고립, 현대사회의 집단주의, 마약과 살인, 폭력, 섹스, 이지메 등을 문학적 주제로 삼는다. 일종의 탈민족적 세계관의 관점에서 현대사회의 각종 병리현상을 천착하는 셈이다.

재일 신세대 문학의 탈민족적 현상은 확실히 개인주의에 기초한 자아가 감행하는 현실 중심의 실존적 글쓰기라는 측면에서 신선하게 읽힌다. 이 글쓰기의 지향은 개인과 집단, 주류^{중심}과 비주류^{주변}으로 변주되는 수직적 권력구조의 길항관계와 맞물린 현대사회의 모순과 부조리를 의식하며 감각적으로 서술해 내는 데 있다. 이러한 현실주의와 개인을 의식한 신세대의 새로운 문학적 패러다임 창출은 그 자체가 인간의 실존성과 보편주의, 세계문학으로 확장해 나가는 새로운 면모이기도 하다.

예컨대 유미리 문학은 가족의 붕괴·해체와 함께 동반되는 인간소외, 현대사회의 일그러진 자화상을 부조해내고 있으며, 현월 문학은 민족적 글쓰기^{조국, 정치,} ^{이념} 차원의 '다테마에 문학'[15]에서 벗어나 현대사회에 횡행하는 문제적 지점^{폭력, 욕} ^{망, 단절 등}을 초점화한다. 가네시로 가즈키 문학은 조국과 민족, 역사와 이데올로기로 변주되는 어둡고 무거운 주제를 가볍게 뛰어넘으며 '코리안 재패니즈'로서의 '재일성'을 선보인다. 김중명의 『환상의 대국수』처럼 재일코리안 청년이 한국과

---

15   梁石日, 『在日韓国人文学の現状』(北村厳, 『梁石日論』), 『新日本文学』에서 재인용

일본의 장기와 바둑이라는 독특한 테마를 통해
일제강점기와 현재를 넘나드는 이야기 방식도
있다. 고대를 시대 배경으로 해상왕 장보고의
전설적인 활약상을 테마로 삼아 소통 가능성을
탐문하는 『바다의 백성』도 재일코리안문학의
확장성을 보여주는 사례에 해당한다.

그런데 사기사와 메구무의 문학은 지금까지
의 재일 신세대 문학과도 차별화되지만 '재일
성'의 변용·해체 차원에서도 문학적 결이 판이
하다. 그녀의 문학은 역사성 및 '재일성'의 출

김중명, 『환상의 대국수』, 신쵸샤, 1990

발점과 지향점을 쉽게 가늠할 수 없다. 무겁고 관념적일 수 있는 역사성과 '재일
성' 개념이 부각되었다가 어느 순간에 경쾌한 리듬으로 전환되면서, 역사성과
'재일성'에 담긴 근원적인 구심력을 의식적으로 이끌어내지 않는다. 이러한 사기
사와 문학의 서사적 특징들이 '재일성'의 해체·변용 개념으로 읽히지만, 확실히
기존의 재일코리안문학에서 보기 드문 사례로서 독창적인 득의의 영역이다.

재일코리안문학은 세대를 불문하고 의식·무의식적으로 밀도는 다르지만, 기
본적으로 "민족적 아이덴티티의 위기" 의식과 개인의 고뇌와 갈등, 저항의 몸부
림을 그려왔다고 설명할 수 있다.[16] 구심력으로 표상되는 디아스포라의 입장을
문학적 배경으로 삼고 "조선인으로서의 민족어, 민족문화의 상실을 전제"[17]로
한 작품군들이 이러한 의미를 잘 보여준다. 그러나 최근의 재일 신세대 문학은
"민족적 아이덴티티의 위기"와 '부'의 역사성으로 수렴되는 문제 의식을 거의 담
아내지 않는다. 그러한 문제 의식을 서사화한다하더라도 내면세계로 체화된 형
태가 아닌 피상적인 수준에 그친다. 그것은 실생활에서 구심력조국, 민족, 모국어으로

---

16   김환기, 『재일디아스포라문학』, 새미, 2006, 41쪽.
17   川村湊, 『戰後文学を問う』, 岩波新書, 1995, 205쪽

이어질만한 특별한 연결고리의 부재에서 오는 당연한 귀결일 수 있다. 역사성과 민족성은 물론 특별히 바깥세계를 의식하지 않는 개인주의와 일상의 자아를 중시하는 형태의 '재일성'이다.

따라서 재일 신세대 문학의 서사구조가 관념적인 역사성과 연계되기보다 보편성과 열린 세계관을 드러내는 이야기 양상으로 전이되어 가는 것은 당연한 현상이다. 과거 '부'의 역사적 지점들과 신세대의 현실중심적 개인주의는 의식적·무의식적으로 딱히 맞물리지 않을 뿐만 아니라 거리감이 있다. 이 거리감은 혈연적인 개념이 엷어진 현대사회에서 변용·해체로 읽히는 '재일성'의 문학적 형상화가 한층 심화될 것임을 예견할 수 있게 해준다. 이오 겐시, 이주인 시즈카, 가네시로 가즈키 등의 문학은 그러한 시공간적 개념의 확장과 문학적 패러다임의 변화를 보여주는 사례이다.

사기사와 메구무는 1968년 도쿄에서 태어났고 조모가 한국인이었다. 그녀의 본격적인 문학 활동은 1987년 소설『강변길』이 문학계의 신인상을 수상하면서부터이다. 그녀의 문학은 재일코리안 3세의 입장에서 내면세계에 있을 리 없는 '민족성'과 '재일성'을 의식하면서도, 자유롭게 사고하고 행동하는 신세대의 자의식을 담아내고 있다. 대표작『그대는 이 나라를 사랑하는가』는 재일 3세인 아미의 내면에 존재하지 않는 국적문제를 다룬다. 주인공은 자신의 두 개의 이름 기야마 마사미木山雅美와 이아미李雅美를 통해 국적이 한국임을 알게 된다. 미국으로 유학했을 때, 한국인 유학생 성진을 통해 "한글에 감전되어" 한국으로 유학까지 결심할 정도로 신세대의 감각에 충실한 인물이다.

문제는 아미에게 한글 배우기는 전통적인 혈연관계나 국적과는 전혀 무관하게 단지 한글이라는 '표음문자'에 대한 흥미에서 출발하고 있다는 점이다. 한국인이라든가 민족 의식이라는 자의식과는 전혀 관련이 없는 감각임을 말해준다. 따라서 아미가 한국에 대해 느끼는 생경함과 심리적 거리감은 재일 3세가 지닌 내면감각을 담아 발화하는 지극히 솔직한 자기 표현에 해당한다.

한글에 감전되어 한국말을 배우러 왔으면서도, 일본말로 대화를 나눌 수 있는 재일 교포 친구들과 함께 있어야만 비로소 마음이 편하다. 자신 속에 내재된 그런 모순 하나 하나가 마사미에게 더욱 깊은 구덩이를 파게 하는 것이었다. 고민하지 않으려고, 느끼지 않으려고 애를 쓰면 쓸수록 마사미의 촉수는 더욱 민감해졌다.[18]

고함소리, 욕하는 소리, 비명 소리, 울음 소리. 감정을 나타내기 위한 다양한 목소리가 거기에 넘쳐나고 있었다. 마사미의 귀에는 더 이상 인간의 음성이 아니라 단순한 '소음'에 불과했지만, 그런 소리들을 글로 나타내려고 하면, 역시 '감전'된 한글을 사용할 수밖에 없다. 그렇게 생각하며 힘이 빠진다.[19]

앞의 인용은 "한글에 감염"되어 한국으로 유학 온 재일 신세대의 가벼운 감성과 고뇌를 담고 있고, 뒤의 인용은 일본생활에 익숙한 재일코리안이 한국에서 마주하는 다양한 현실의 '벽' 앞에서 고뇌하는 감정이 담겨있다. 인용된 문구 모두 한국생활에 익숙하지 않은 재일코리안 신세대가 생각처럼 안정을 찾지 못하는 데서 비롯된 불안한 자의식을 피력하고 있다.

재일 신세대의 구심력 차원의 '민족성' 의식은 『진짜 여름』에서도 생생하게 그려진다. '민족성'을 상실하고 일본 이름인 아라이 도시유키로 살아가는 재일 3세대인 그는 애초부터 민족적 아이덴티티를 상실했다. 민족이란 개념 자체가 그의 내면에는 기입되어 있지 않다. 일찌감치 "한국계 일본인이라면 한국어를 모르는 것은 있을 수 있다"는 아메리카식 가치관이 자리잡고 있다. 한국인가 일본인가, 한국인인가 일본어인가라는 속지주의와 속문주의 형태의 균형감각의 기준이 전혀 필요하지 않은 열린 자의식이 일상을 지배한다.[20] 이같은 인물의 심리적 현

18   鷺沢萠, 『君はこの国を好きか』, 新潮文庫, 2000, 155쪽.
19   위의 책, 15쪽.
20   김환기, 『재일디아스포라문학』, 새미, 2006, 4쪽.

실은 "안티로서의 재일조선인문학의 실효, 혹은 재일조선인문학의 해체 상황이 야말로 이 소설의 주제"[21]임을 암시한다. 혼혈의 개념으로 한국인의 피가 4분의 1 흐른다는 관점에서 보면, 그녀의 내면화되지 못한 피상적인 '재일성'은 그 자체가 가치이고 생활이다.

이러한 재일 신세대의 피상적인 '재일성'은 『강변길』, 『돌아가지 못하는 사람들』, 『쇠퇴하는 마을』, 『갈매기집 이야기』 등을 통해서도 잘 드러난다. 내면에 산재한 추억의 파편들을 직조해냄으로써 침묵의 세계, 무의식의 저변에 놓인 실존의 미학적 의미를 탐색하는 것이 이들 작품의 서술전략이다.[22] 물론 이러한 '재일성'의 현재적 지점이 사기사와에게는 "한국을 둘러싸고 착실하게 진화의 과정을 밟고 있다"[23]는 특별한 의미로도 수용될 개연성이 충분하다.

변용·해체의 개념에 비추어보면, 사기사와 문학은 오늘날 경계가 없는 초국성과 미적 보편성을 보여준다는 점에서 주목된다. 기존의 역사성과 민족성을 함의한 경계 의식과 자기국가, 민족중심적 가치와 이미지를 탈피하여, 현실주의의 재일이라는 조건을 응시하는 자아를 근간으로 보편성과 열린 세계관을 보여주기 때문이다. 특히 문학적 변용·해체와 세계관의 확장은 앞으로의 재일코리안문학이 경계를 넘어 독창적이고 감각적인 형태의 인물, 주제, 문체로 재편될 것임을 미리 보여주는 징후에 해당한다. 최근 국가와 민족의 경계를 넘어 열린 세계관과 함께 디아스포라의 타자 의식이 자연스럽게 확장되면서 사기사와 문학의 '재일성'이 주목받는 이유도 여기에 있다.

21 川村湊, 『戦後文学を問う』, 岩波書店, 1995, 21쪽.
22 박해현, 「침묵의 세계에서 들려오는 소리들」, 『돌아가지 못하는 사람들』, 문학사상사, 1995, 13쪽.
23 磯貝治良, 『〈在日〉文学論』, 新幹社, 2004, 27쪽.

6. 차별화된 '재일성'의 분화

사기사와 문학에서 서사화한 '재일성'을 어떻게 읽을 것인가. 기존의 재일코리안문학에서 서사화한 '재일성'과는 어떻게 차별화되고 '반쪽발이' 내지 '경계인'으로서의 치열한 자기 찾기와는 어떤 관계 정립이 가능한가. 최근 재일 신세대 문학이 추구하는 탈민족적 개인個人 중심의 현실적 사고와 '코리안 제패니즈'로서의 심리적 해방과는 어떻게 소통되는가. 사기사와 문학을 읽노라면 먼저 신세대의 사고를 앞세운 현실적인 감각이 느껴지고 '재일'을 그리되 재일로부터 벗어나 있음을 절감한다. 기존의 재일코리안문학이 조국과 민족을 둘러싼 귀향 의식, 이데올로기, 귀화문제, 민족 의식, 차별문제, 세대 간의 갈등, 언어문제, 결혼문제, 직장문제 등을 그려왔다면, 사기사와 문학은 신세대의 감각을 토대로 현실주의에 입각한 일상에 집중한다. 그녀의 소설은 젊은이들의 사교장을 중심으로 학교생활, 가족 관계, 이성 관계, 밤거리 문화 등 지극히 일상적인 삶의 현장을 천착한다. 이런 측면에서 그녀의 소설은 해체 및 변용 개념의 '재일성'과 인간의 내면과 자기성찰을 다루며 재일코리안의 현재적 지점을 응시한다고 할 수 있다.

사기사와 문학에서 특별히 '재일성'을 다룬 작품으로는 「진짜 여름」을 비롯해 「그대는 이 나라를 사랑하는가」, 「개나리도 꽃, 사쿠라도 꽃」, 「벼랑 끝의 두 사람」, 「안경 너머로 본 하늘」, 「고향의 봄」, 「봄이 머무는 곳」, 「뿡키치·춘코」, 「나의 이야기」 등이 있다. 이들 작품은 하나같이 구심력으로 표상되는 한국과의 인연을 제재로 삼는다. 관념적이고 역사적인 문제를 서사화하기보다 재일코리안사회의 현재적 지점을 진술하게 털어놓는다. 현재의 위치에서 재일코리안을 둘러싼 다양한 '소리'를 들려줌으로써, 그동안 외부 세계로부터 받아왔던 편견과 왜곡을 부조하고 객관적인 보편성의 기반을 제공한다. 사기사와 문학에서 서사화되는 이같은 '재일성'의 실체에 좀더 주목해보면 몇 가지 독창적인 영역이 보인다.

첫째는 재일 현세대가 한국 이름인 본명과 일본에서 사용하는 통명을 둘러싸고 겪게 되는 심리적 갈등으로 '재일성'을 이끌어낸다. 사기사와 작품에서 본명과 통명을 둘러싼 '재일성' 표상은 여러 작품을 통해 확인할 수 있다. 소설 「안경 너머로 본 하늘」은 재일코리안으로서 본명과 통명을 둘러싼 복잡한 심리구도를 섬세하게 부조한 경우다. 이 소설은 한국인임을 숨기고 살아온 주인공과 당당하게 한국인임을 내세우며 살고 있는 백춘순 간의 미묘한 갈등과 대립의 감정을 다룬다. 백춘순은 '재일교포' 3세로서 통명을 쓰는 것을 반대하는 가정에서 태어났고, 학교 출석부에도 자신의 본명을 올려놓았다. 백춘순은 자신의 이름을 어머니가 주신 선물로 인식하며 도서관의 대출카드에 당당하게 자신의 본명을 기재하는 등, 재일코리안 현세대로서 거침없이 주체성을 보여준다.

하지만 최나란은 선배 백춘순의 주체적인 당당한 행동과는 반대로 자신의 본명을 숨기며 살아간다. 수업시간의 영어 예문에 "Are you a Japanese?"가 나오면 영락없이 "Yes, I am. I am a Japanese"라고 답하게 된다. 통명인 '마에카와 나오'라는 이름 때문에 너무도 손쉽게 일본인으로 여겨지는 현실에 놀라워하면서도 한편으로는 위기감을 느끼기도 한다. 그리고 우연히 도서관의 대출카드에 적힌 백춘순이란 이름을 발견하고, 그 밑에 '마에카와 나오'라고 기입할 수밖에 없는 자신의 처지에 힘들어한다.

백춘순.

그 이름 밑에 나란히 적지 않으면 안 될 이름은 '마에카와 나오'였다.

'으아아아아……'하는 절규 같은 것이 몸속 저 깊은 곳에서 용트림하듯 치솟아, 사서와 자신 외에는 아무도 없는 도서실에서 나란은 진짜로 고함을 지를 뻔했다.

의미 없는 절규 뒤에 의미 있는 말이 마음속에서 터져나왔다.

으아아아아……나도 내 본명을 적고 싶다!

진심으로 그랬다. 내 본명을 적었으면 좋겠다.

한번 생각해 보라. 이 학교에서 이 책을 빌린 사람은 추 선배와 나밖에 없다. 그런 사실을 분명한 형태로 남겨두고 싶다. 그러려면 마에카와 나오라는 이름으로는 도저히 안 될 것 같았다.

백춘순이라는 이름 밑에 최나란이라는 세 글자를 적어넣고 싶다. 진짜 내 이름을……. 마음속에서 아무리 그런 욕망이 솟구쳐도 그렇게 할 수가 없었다. 도서카드와 대출카드의 이름이 일치하지 않으면 도서실에서 책을 대출해 주지 않기 때문이다.

나란은 결국 아직 마비가 덜 풀린 듯한 손가락으로 백춘순이라는 이름 밑에 마에카와 나오라고 적어넣었다. 그리고 그 순간 대학 입학과 동시에 꼭 진짜 이름을 쓰리라 확실하게 결심했다.[24]

도서관 대출카드에 적힌 백춘순이라는 "강하고 아름다운 당신의 이름" 앞에서 나란은 한없이 왜소해지는 자신을 발견한다. 나란은 할인된 '가격표'에 불티나게 팔려나가는 옷처럼, 통명을 사용한다는 이유만으로 자기가 간단하게 일본인으로 간주되는 현실 앞에서 "이래도 괜찮은 것인지"를 되묻는다. 10년이 지난 어느 날, 당당하게 '최나란'이란 본명을 쓰게 된 나란은 학창시절 존경했던 "강하고 아름다운 이름을 가진" 추 선배^{백춘순}로부터 "아주 귀여운 이름"이라는 격려를 듣게 된다. 그녀는 백춘순의 격려를 기념비적인 사건으로 받아들인다.

『진짜 여름』에서는 재일코리안 현세대 도시유키^{俊之}를 통해 '재일성'을 드러낸다. 도시유키에게는 "한글이 무슨 기호처럼 보인다. '박준성'이라는 본명조차도 한국말로 뭐라 읽는지 몰랐다. 통명인 아라이 도시유키라는 이름이야말로 자기 이름이라고 도시유키는 20년이 넘도록 믿고 있다."[25] 그리고 『그대는 이 나라를 사랑하는가』에서는 재일 현세대가 자신의 본명과 통명, 이아미^{李雅美}와 기야마 마사미^{木山雅美}를 놓고 솔직하게 현재의 심경을 털어놓는다. 자신은 어릴 적부터 경우에 따라 두 개의 이름을 구분해 쓰면서, 어느 쪽이 자신의 진짜 이름일까

---

24 사기사와 메구무, 조양욱 역, 「안경 너머로 본 하늘」, 『뷰티풀 네임』, 북폴리오, 2006, 61쪽.
25 사기사와 메구무, 「진짜 여름」, 앞의 책, 30쪽.

를 놓고 고민한 일은 거의 없었다[26]며 둘 다 자기 이름이라는 인식을 분명히 한다. 이밖에도 「고향의 봄」, 「봄이 머무는 곳」, 「뽕키치·춘코」 등에서 본명과 통명을 둘러싼 현세대의 미묘한 '경계인' 의식은 반복해서 다루어진다. 사기사와 문학의 반복되는 '재일성'과 경계인 의식은 재일 현세대가 본명과 통명에 대해 어떻게 인식하고 있는지를 포함해, 불가피하게 일본식 통명을 받아들일 수밖에 없는 재일의 현재적 위치를 잘 포착한 사례에 해당한다.

둘째는 재일 현세대로서 조국 체험을 통한 '재일성' 표상이다. 재일코리안 작가로서 사기사와처럼 조국을 찾고 경계 의식을 포함해 자기民족 아이덴티티를 고민했던 작가로는 이양지가 있다. 이양지는 재일 중간세대로서 일찍부터 작가로서의 출발지점을 분명히 드러낸 경우다. 이양지는 작가로서 재일동포에게 모국이 무엇이며 어떻게 인식할 것인지, 가족과 형제가 살고 있는 일본을 어떻게 인식할 것인지, 모국어와 모어, 경계인의 정신적 주체성의 근거, 보편적인 삶에 대한 지향은 어떤 실천을 통해 가능한지[27] 등을 끊임없이 자문하고 답을 구해가는 모색을 보여주었다.

실제로 이양지의 작품에서는 재일 현세대의 자기民족 아이덴티티에 대한 문답이 대단히 구체적이다. 첫 작품 『나비타령』에서는 재일 현세대인 '나'는 천오백년 넘도록 가야금을 연주해온 것을 실감하지 못했던 존재였는데 확실한 음색이 '굵은 밧줄'처럼 '나와 우리나라'를 하나로 이어주는 미적 체험을 통해[28] 민족 정체성을 모색해 나간다. 『각』은 조국에서 익히는 거문고 가락에 대한 한계를 절감하는 심정을 피력하며, 모국어와 모어 사이를 단단히 결속하는 '말의 지팡이'를 찾아내지 못한 채 방황하는 현세대의 내면을 그려낸 경우이다.[29] 『유희』

---

26 사기사와 메구무, 앞의 책, 105쪽.
27 이양지, 신동한 역, 「나에게 있어서의 母國과 日本」, 『돌의 소리』, 삼신각, 1992, 210쪽.
28 李良枝, 「ナビ·タリョン」, 『李良枝全集』, 講談社, 1996. 17쪽.
29 김환기, 「이양지 문학과 전통'가락'」, 『일어일문학연구』 45, 한국일어일문학회, 2003, 274쪽.

는 조국의 하숙집에서 재일 중간세대로서 부
딪칠 수밖에 없는 "조국의 소리'와 '일본의 소
리'의 조율과정에서 생기는 마찰음"30과 한계
를 절감하며 현세대와 조국 사이의 좁혀지지
않는 현실의 벽을 고발한다. 이렇게 이양지의
문학은 재일 중간세대의 아이덴티티와 관련된
실존적 의미를 짚는다. 가와무라 미나토川村湊
가 언급했듯이, 이양지 문학은 재일 중간세대
문학만이 지닐 수 있는 "'민족적 아이덴티티의
위기 속에서 그들의 고뇌와 저항'을 그린 가장
'재일조선인문학'다운 문학"31인 셈이다.

사기사와 메구무, 『개나리도 꽃 사쿠라도 꽃』,
신쵸샤, 1997

그러나 사기사와의 문학은 이양지의 조국 체험과는 근원적으로 '재일성'의 성
격을 달리한다. 우선 작가로서의 출발점이 재일로서의 자기 찾기와는 거리가 있
을 뿐 아니라 조국에 대한 인식 자체도 지극히 피상적이다. 조국으로의 유학은
'조선반도의 피'를 소유한 자로서의 민족 의식이나 아이덴티티와 거리가 있고 한
글만 해도 단순히 '감전'과 호기심에서 출발하는 정도의 끌림이다. '조선반도의
피'에 대한 사기사와의 피상적인 작가 의식은 『개나리도 꽃, 사쿠라도 꽃』을 통
해 분명히 읽을 수 있다.

공원에는 노란 꽃들이 흐드러지게 피어 있었다. 일본어로는 꽃 이름을 알지만 한국
어로는 알 수 없어서 그녀에게 물어 보았다.

"개나리."

그녀가 대답했다.

---

30 김환기, 「이양지의 『유희』론」, 『일어일문학연구』 41, 한국일어일문학회, 2002, 243쪽.
31 川村湊, 『戰後文學を問う』, 岩波新書, 1995, 204쪽.

그렇군요. 잠시 후 나는 다시 걸음을 멈추었다. 길 양쪽으로 여전히 활짝 핀 노란 꽃이 바람에 산들거리고 있었다.

"나그네라고 했던가요?"

내가 물었다. 꽃 이름을 단번에 외울 수가 없었던 것이다. 나그네라는 말은 '여행자'라는 뜻이다. (…중략…) 모국어로서 한국어를 사용하고 있는 사람에게는 아주 이상하게 느껴졌을 단순한 착각에 수영 씨도 햇살 아래서 소리 높여 웃었다. 그리고 나서 그녀는 한 음절 한 음절 끊어서 "개 / 나 / 리"하고 큰소리로 다시 한 번 가르쳐 주었다.

사진도 거의 다 찍고 공원의 출구까지 왔을 때, 이번에는 수영 씨가 멈칫 멈춰 섰다. 그리고 그녀는 옆에 활짝 피어 자태를 뽐내고 있는 노란 꽃을 가리켰다.

"다시 한번 더 복습해요. 이 꽃의 이름은?"

갑작스런 질문에 말이 막혀 우물거리다가 나는 또 다시 실수를 했다.

"나그네……?"

수영 씨는 놀란 토끼 눈이 되는가 싶더니 갑자기 까르르 웃음을 터트렸다.

"나그네라고요?"라는 반문과 함께. 그녀는 자신의 가방에서 수첩을 꺼내서 한 장을 찢었다. 그리고 그 위에 한글로 커다랗게 '개나리'라는 글자를 써서 나에게 건네주었다.[32]

재일 현세대인 '내'가 여성잡지 편집자로 일하는 양수영 씨와 인터뷰를 끝내고 야외 공원에서 개나리꽃 이름을 놓고 벌어진 에피소드의 한 대목이다. 사기사와 문학이 기존의 재일코리안문학과 '재일성'의 결이 다르다고 할 때, 그 다른 결이 어떤 성격인지 '조국의 소리'와 '일본의 소리'의 마찰음에 대한 인식이 어떠한지를 보여준다. 작품에서는 재일 경계인으로서의 현재적 위치를 심각한 갈등이나 대립 구도, 암울한 형태가 아닌 긍정적이면서 유머 감각을 살린 이야기 방식을 취하고 있다.

---

32   사기사와 메구무, 최원호 역, 『개나리도 꽃, 사쿠라도 꽃』, 자유포럼, 1998, 163~164쪽.

『그대는 이 나라를 사랑하는가』는 재일 현세대의 조국 체험기라고 해도 좋을 만큼 조국에 대한 인상을 세부적으로 서술하고 있다. 특히 조국에서 느끼는 현세대의 문화적 충격은 리얼하게 그려진다. 이를테면 길거리에서 타인과 부딪쳐도 '미안합니다'라는 한마디를 들을 수도 없고, 손님으로 가득찬 지하철에서 뻘리내리겠다며 어깨를 밀치며 '내립시다 내려요'를 외치면서도 '미안하다며 좀 비켜달라'는 말을 하는 법이 없다.[33] 하지만 결국에는 "우리나라야", "나도 한국인인 걸"이라는 구심력 차원의 민족 의식으로 받아들인다. 「안경 너머로 본 하늘」은 백춘순이 조국에서 온 '뉴커머'로 불리는 사람들을 위해 한국으로 어학연수를 가고, 「진짜 여름」에서는 도시유키가 한국에서 유학을 마치고 돌아오는 친구를 공항으로 마중 나가지만, 이들 작품이 현세대의 한국체험을 정면으로 다루고 있다고는 말하기 어렵다.

셋째는 사기사와는 코리안 재패니즈라는 작가 의식을 분명히 한다는 점이다. 그녀의 작가 의식은 자신의 몸에 '조선반도의 피'가 흐르는 혼혈임을 분명하게 인식하면서, 현재 코리안 재패니즈로 살아가는 자신을 의심하거나 부정하지 않는다. 그녀는 4분의 1의 '조선반도의 피'를 통해 느끼는 애정과 구심력으로의 '이끌림'에서 한국을 찾았고 그곳에서 한층 성숙한 재일로서의 시각을 획득하게 된다. 그녀는 『개나리도 꽃, 사쿠라도 꽃』에서 "균형 잡힌 인간이고 싶었다. 나 혼자만의 '사정'에 스스로를 가두어 버리면 그만큼 주위 사람들과 보조가 맞지 않게 된다. 시작이 늦어진다"[34]고 했다. 그녀가 역설하는 것은 한일 양국의 관계가 겉치레로 흘러가서는 안되며 양국 모두 자국의 사정과 현실을 공평한 시선으로 바라보며 균형있게 공생해야 한다는 주장으로 축약된다.[35]

사기사와는 재일 현세대가 한국에서 유학을 하고 진실을 말할 수 있는 것은

---

33   위의 책, 132쪽.
34   위의 책, 110쪽.
35   위의 책, 117쪽.

"헐떡거리면서 고통을 극복해 온 우리들의 어머니와 아버지, 우리를 위해 풍요로움을 준비해 준 앞세대"의 희생 덕분이라며, 전세대가 준비해 준 '풍요로움'에 감사의 마음도 빠뜨리지 않는다. 그것은 사기사와가 재일코리안 작가로서 자기 내면의 '조선반도의 피'를 어떻게 인식하고 있는지를 상징적으로 보여준다. 특히 혼혈의 시공간을 부정적으로 인식하지 않고 긍정적 세계관으로 수용하고 있다.

사기사와가 지닌 코리안 재패니즈로서의 열린 세계관은 그녀의 문학을 긍정적으로 이끌며 한층 보편적인 '재일'에 대한 자기 응시를 이끌어낸다. 작가는 기본적으로 무겁게 자신을 짓누르고 있는 "온갖 교활함을 과일 껍질 벗기듯이 벗겨 나가야" 한다는 것이 성찰의 세계관과 구체적인 의식을 이룬다. 작가의 이같은 열린 세계관은 굴절된 가족관계를 비롯한 개인적 트라우마를 과감히 드러내면서도 긍정적인 사고를 심화시킬 수 있었고, 한때의 극한적인 상처경제적 파탄, 학업 중단, 이혼, 조모와 부모의 죽음 등를 치유하고 극복해 나갈 수 있는 힘으로 작용한다. 이러한 코리안 재패니즈로서의 자기인식은 일종의 '해체 및 변용' 개념의 '재일성'으로 볼 여지도 충분하지만, 최근 일본일본인으로 귀화한 재일코리안 작가들의 문학에서 일반적으로 나타나는 현상이라고도 할 수 있다. 예컨대 이주인 시즈카伊集院静, 미야모토 도쿠조宮本徳藏, 마쓰모토 도미오松本富生, 가네시로 가즈키, 유미리 등의 문학이 여기에 속한다.

앞서 살펴보았듯이, 사기사와 문학의 시공간적 배경은 젊은이들의 사교장을 중심으로 학교생활, 가족 관계, 이성 관계, 젊은이의 밤 문화 등 일상적인 삶의 현장이 대부분이다. 기존의 '재일성'과 차별화되는 현실 속의 다양한 주제가 동원되는데, 설령 역사성과 민족성이 짙은 주제라고 하더라도 이야기의 흐름은 거침없고 시원시원하다. 그녀의 문학은 역사성과 민족성을 함의한 '재일성'을 다루면서 자연스럽게 인간의 실존적 가치, 보편적 세계와 연결되면서 말의 성찬을 이룬다. 이러한 서사적 전개양상은 지극히 탈의식적국가, 민족, 이념 차원의 글쓰기이며 경계인이 지닌 실존적 자각과 맞물리는 형국이다.

김길호
『이쿠노 아리랑』·『몬니죠』

1. 재일디아스포라문학의 또 다른 변용

재일코리안 작가귀화 작가, 한국계 일본인작가 포함의 탈민족적 글쓰기를 재일코리안사회의 해체나 위기의 개념으로만 받아들일 수는 없다. 오히려 재일코리안문학의 변용 개념으로서 기존의 문학사적 흐름의 연속선상에서 이해하고, 문학의 보편성과 세계성을 확보하는 열린 세계관으로 보는 것이 온당해 보인다. 뉴커머 작가로서 한국어로 작품활동을 하고 있는 김길호[1]의 문학도 재일코리안문학의 변용을 상징하는 지점으로 이해할 수 있다.

주지하다시피 재일코리안문학은 장르와 주제, 형식과 문체에 이르기까지 글쓰기 형태가 다양하게 분화되거나 변용하고 있다. 구심력으로 수렴되는 조국과 민족을 의식한 정치역사, 사회문화적 측면의 민족 의식과 재일의 주체성을 내세운 글쓰기가 이어지지만, 확실히 현실주의적 시각에서 다양한 개별성을 담아내는 경향이 뚜렷하다. 조국과 민족을 둘러싼 묵직한 주제들은 자취를 감추거나 희미해지고, 신세대의 가치와 이미지가 부각되면서 탈조국, 탈민족, 탈이념적인 성향이 두드러진다. 설령 그러한 선 굵은 주제들이 차용되더라도 변용된 형태의 끼워넣기 수준에 머무르는 경향이 적지 않다. 근래 코리안 재패니즈와 신세대

---

1   김길호는 1949년 제주도 삼양에서 태어났으며 제주상고를 졸업했다. 1979년 이범선의 추천으로 『현대문학』(11월호)에 「오염지대」를 발표했으며, 1973년 일본으로 건너가 오사카문학학교(1980년)를 수료했다. 1987년 『문학정신』(8월호)에 단편 「영가」를 발표하면서 본격적인 작품활동을 시작했고, 한국 문단에 「몬니죠」, 「해빙」, 「호주와 상속인」, 「나가시마 아리랑」, 「이쿠노 아리랑」 등을 발표했다.

문학에서는 애초부터 '역사성'이나 '재일성'과는 무관하게 전개되는 작품도 있다.

이즈인 시즈카의 『해협』에서 한국전쟁에 대한 묘사가 대표적이다. 우리의 정서상 한국전쟁이라고 하면 민족 전체의 비극으로서 결코 가볍게 다룰 수 없는 측면이 있다. 하지만 작품에서 재일 현세대 히데오英雄 소년이 '조선' 문제를 놓고 던지는 질문은 생뚱맞기 짝이 없다. '조선'은 "한국과는 다른 곳인가?" "어째서 이름이 틀리나요"라고 묻는가 하면, 남북한의 전쟁에서 "어느 쪽이 이겼는데"라고 묻기도 한다. 이에 가사도笠戸가 "어느 쪽도 이기지는 못했지"라고 하자 "그럼 비겼다는 건가?"라며 되묻기까지 하는데, 경쾌하고 허를 찌르는 이야기방식으로 '역사성' 짙은 굵직한 주제를 풀어가고 있다.

김중명은 『바다의 사람들류の民』에서 해상왕 장보고의 화려한 행적을 추적하면서 동아시아적 관점에서 초국가적인 형태의 공존을 피력하는 독창적인 작가다. 그는 작품에서 갈등과 대결구도가 아닌 공생 공존하는 지구촌이길 희망하는 메시지를 담고 있다. 김중명의 『환상의 대국수幻の大國手』는 "조선 장기로부터 일본 장기의 호弧를 그린 김상호, 반대로 일본 장기에서 조선 장기로 더듬어 갔던 김민석"[2]이라는 '재일 세대'를 통해 한일간의 소통을 시도하는 사례이다. 그의 소설은 이른바 초국가적인 시좌로 고대사를 바라보았던 역사적 인물과 '역사성'이 묻어나는 한일 양국의 전통놀이 문화를 통해, 현시대의 갈등과 대립 국면을 되새김하며 양국의 공생과 소통의 미학을 재현해 놓고 있다.

재일코리안문학의 변용 양상은 신세대 감각으로 '재일성'을 사사화한 사기사와 메구무 문학에서도 잘 드러난다. 그녀의 문학은 기본적으로 젊은 세대의 거침없는 열정과 솔직함을 무기로 억지로 치장하거나 화려한 수사기법으로 포장하지 않는다. 현대사회의 복잡한 시대성을 가능한 젊은 신세대의 감성으로 활달하게 직조해 가는 이야기하기의 면모가 사기사와 문학의 특징이다. 사기사와는

---

2   이소가이 지로, 「신세대 재일작가의 지형도」, 『재일디아스포라문학』, 새미, 2006, 431쪽.

한국계 일본인 작가로서 현실 중심적인 글쓰기, 즉 젊은 신세대의 탈의식적 감각, 관념적이거나 역사적인 주제를 경쾌한 리듬으로 풀어가기, 주제의 다양성, 긍정적인 사고, 근원적인 인간 실존에의 조명을 선보인다. "상처가 있는 사람이 좋다"며 아주 고약하더라도 상처를 겪고 "냄새를 지닌 사람이 좋다"[3]라는 언급처럼 인간 내면에 관류하는 심층의 문제를 응시하고 있다.[4]

이처럼 최근의 재일코리안문학은 '재일성'에 대한 형상화가 기존의 문학과는 확연히 다른 양상을 보여준다. '탈'의식적 글쓰기가 뚜렷하고 '역사성'과 '재일성' 자체가 자취를 감추거나 희미해지면서 오히려 재일코리안문학의 아이덴티티를 고민해야 하는 형국을 맞고 있다. 이런 현상은 최근 재일코리안문학에서 거론되는 해체와 변용의 담론과 무관하지 않다. '재일성' 자체가 피상적으로 흐른다거나 그 윤곽조차 불투명해지면서 '재일성'을 바라보는 주체 또한 모호해졌다. 예컨대 일본인 작가가 '재일성'을 현상의 일부로 받아들여 서술해 나가는 것과 다르지 않다. 그것은 재일코리안문학이 앞으로 한층 '역사성'과 '재일성' 중심으로 흐르지 않을 것임을 예견하게 해준다. 아동문학 형식을 통한 교양주의적 시각을 제시하고 있는 이주인 시즈카, 엔터테인먼트 성격의 문학적 지평을 열어가고 있는 가네시로 가즈키, 역사적 인물을 등장시켜 동아시아의 공동체 시각을 열어가는 김중명, 청순한 이미지와 성숙된 신세대의 감수성으로 다양한 독자층을 끌어들이고 있는 사기사와 메구무 등의 문학적 행보는 특별하게 여겨질 수밖에 없다. 재일코리안문학의 다양성과 함께 해체와 변용의 현상이 가진 가치와 방향을 가늠할 수 있기 때문이다. 이러한 문학적 해체와 변용은 이들 작가만이 아니라 재일코리안 시인들의 드넓은 활동영역을 통해서도 확인할 수 있다.[5]

---

3   사기사와 메구무, 민성원 역, 『레토르트 러브』, 문학사상사, 1994, 32쪽.
4   김환기, 「사기사와 메구무의 문학세계」, 『한일민족문제연구』 11, 한일민족문제학회, 2006, 58쪽.
5   이러한 재일문학의 변용은 소설뿐만이 아닌 시, 평론 등의 분야에서도 나타나고 있다. 초창기의 허남기 시인의 민족적 글쓰기를 비롯해 김시종, 강순, 이철, 종추월, 정장 등의 작품을 통해 재일 문학의 변용을 확인할 수 있다(佐川亜紀·森田新 編, 『在日コリアン詩選集』, 土曜美術社出版

그런 측면에서 최근 김길호의 한국어 글쓰기, 재일코리안사회의 들여다보기, 제주도를 천착한 문학적 형상화는 현대적 의미의 재일디아스포라가 만들어가는 새로운 형태의 '역사성'이자 '재일성'을 표상한다. 특히 재일코리안문학의 해체와 변용의 관점에서 새로운 가능성을 제시하는 의미로 이해할 수 있다.

2. '뉴커머'의 한국어 글쓰기

김석범은 『말의 주박』에서 일본어 글쓰기에 대한 작가로서의 철학을 피력하면서 "일본어의 소리와 형태, 조선어의 발음이나 형태, 그러한 의상을 벗어던지면"[6] 거기에서 "어느 정도 공통개념"을 발견할 수 있으며, 동시에 "조선적인 것을 일본어로 표현할 수 있는 조건"을 전제번역이 가능한 조건을 전제 로 하면 "일본어를 가지고도 조선적인 것을 표현할 수 있다"[7]고 했다. 또한 김달수는 일본에서의 창작 동기를 언급하면서 조선인들의 생활을 묘사함으로써 "일본인들의 인간적 진실에 호소"[8]하고 싶다고 했다. 이는 해방 이후 재일코리안문학을 본격화시킨 1세대 작가들의 고뇌가 어디에서 출발하고 있는지를 명확히 하는 것이면서 재일코리안으로서 조국, 모국어, '조선반도의 피'를 어떻게 해석하고 계승할 것인지에 대한 진솔한 자기 물음에 해당한다. 따라서 재일코리안의 일본어 글쓰기는 작가로서 글쓰기의 정당성을 확보하는 것일뿐만 아니라 '부'의 역사적 지점을 바깥세계에 알릴 수 있는 최소한의 장치라고 보는 편이 온당하다.

해방정국의 극심한 정치 이데올로기적 대립은 재일코리안사회가 민단과 조

販賣, 2005).

6   金石範, 『ことばの呪縛』, 筑摩書房, 1972, 133쪽.

7   위의 책, 134쪽.

8   金達壽, 『わがアリランの歌』, 中央公論社, 1977, 167쪽.

총련으로 양분되어 극심한 갈등과 반복하는 형태로 재현된다. 그 양대 조직의 대립^{반복} 과정에서 재일코리안 작가들은 '조선어'와 '일본어' 글쓰기 사이에서 심각하게 고뇌하게 된다. 일제강점기의 험악했던 피식민자의 고통과 기억이 또렷이 남아있었고, 오히려 조총련 '문예동在日本朝鮮文學藝術家同盟' 작가들이 주체사상을 토대로 모국어를 강조하는 분위기에서 '적국'의 언어로 작품 활동을 한다는 것은 자칫 반민족적 행위로 비칠 수도 있었기 때문이다. 세대가 교체되면서 재일 2, 3세대 작가들에 의한 한국어 글쓰기가 일반화되긴 했지만 초창기 재일코리안 작가의 일본어 글쓰기는 재일로서의 아이덴티티와 작가 정신을 묻는 지난한 과정으로서 결코 쉽지 않은 일이었다.

오늘날 재일코리안문학에서 일본어 글쓰기는 뿌리를 내렸고, 설령 모국어로 글쓰기가 이루어진다 하더라도 조총련계 '문예동' 작가들을 비롯해 초창기 김학영[9] 등 극히 일부의 작가들에 지나지 않는다. 내용적으로도 북한의 주체사상에 근거한 문예이론의 범주에서 진행된다거나 에세이 중심이었다는 점에서 분명한 한계가 있다. 2006년 간행된 『재일문학전집』[10]은 이러한 재일코리안문학의 일본어 글쓰기의 고착화를 확인시켜 주는 성과물로서 주목받기에 충분했다. 최근 김길호가 전면적으로 한국어로 작품 활동을 하고 있다는 사실이 알려지면서 한국문학계에서도 관심을 보이고 있다. 무엇보다도 한국어로 소설을 집필하면서 한국의 문예잡지에 발표를 하고, 내용적으로 재일코리안의 실생활을 이야기한다는 점이 특별히 주목받을 만하다. 작품의 시공간을 재일코리안의 밀집 지역인 오사카 이카이노로 삼고 있다는 점도 흥미롭다. 이러한 김길호의 글쓰기는 비평가와 독자에 따라 다양한 효과를 불러일으킬 개연성이 높다.

---

9   김학영은 초창기 『漢陽』이라는 잡지에 한국어로 「안개 속에서」(1967), 「얼뜨기」(1967), 「산밑의 마을」(1968), 「과거」(1968) 등을 발표한 적이 있다.

10   磯貝治良·黑古一夫 編, 『〈在日〉文學全集』(逸誠出版, 2006)은 재일 작가 54명의 장·단편소설과 시가를 18권으로 집대성한 역작이다.

김길호의 문학이 가진 문제성은 재일코리안문학의 일본어 글쓰기가 고착화된 현실에서 새삼 한국어 글쓰기가 가진 근거와 가치는 무엇이며, 그러한 한국어 글쓰기가 현실적으로 가능한가. 또한 한국어로 쓰고 한국의 문예잡지에 발표한 작품을 재일코리안문학의 범주로 이해할 수 있는가 등의 성찰을 낳는 효과를 발휘한다. 재일코리안사회의 급격한 세대교체와 거의 불가능한 모국어 구사 능력을 감안하면 당연히 제기될 만한 문제적 현상이다. 재일코리안으로서 한국의 문예잡지에 발표한 글이라는 점에서 굳이 문학의 '속문주의'의 귀속성을 거론하지 않더라도 기존의 재일코리안문학의 양상과는 그 성격을 달리하기 때문이다.

　김길호는 1949년 제주도에서 태어나 그곳에서 성장했으며 1973년 23세의 나이에 일본으로 건너온 작가다. 뉴커머이기에 "자신의 아이덴티티를 살리기 위해서는 한국어 글쓰기가 좋다"[11]고 생각할 정도로 기존의 '재일' 개념에서 벗어나 있다. 비교적 자유로운 입장에서 '재일'을 이야기할 수 있는 문화적 위치에 있다. 이는 전통적으로 재일코리안사회가 안고 있는 '부'의 역사적 지점과 한걸음 떨어져 있고, 기존의 재일코리안문학과는 다른 지점에서 출발하고 있음을 일러준다. 실제로 김길호 문학의 사용 언어, 발표 장소, 주제의 면에서 기존의 재일코리안문학과 출발점을 달리한다. '뉴커머'의 관점에서 읽어내는 김길호 문학의 독창적 지점은 재일코리안문학의 다양성과 해체·변용의 지점과도 맞물려 있다.

　김길호 문학의 귀속성과 아이덴티티의에 대한 문제는 기존의 재일코리안문학의 범주와는 별도로, 새로운 양상의 재일코리안문학이라는 관점에서 '코리안 디아스포라문학' 내지 '한국어 문학'과 연계해 이해할 수 있다. 이 글에서는 김길호 문학의 귀속성을 논하기에 앞서, 재일의 저변을 쫓고 있는 그의 문학을 재일코리안문학의 다양성과 변용의 관점에서 살펴보려 한다. 그것은 김길호의 문학이 재일코리안사회의 살아있는 현장을 치열하게 조명하고 있기 때문이다. 그리고

11　金吉浩, 『朝日新聞(夕刊)』, 2007.3.29.

그의 문학은 뉴커머 작가의 현장 중심의 문학적 표현이야말로 어쩌면 가장 재일 문학다운 문학[12]이라는 특성과 문학적 변용의 사례를 제시하는 것이기도 하다.

3. '뉴커머'와 '지금 여기'의 현실주의

김길호 문학은 재일코리안의 현재적 지점을 사실적으로 담아낸다. 자유로운 서사 형식을 취하면서도 등장인물 상호간의 색깔을 분명히 하고 이야기의 전개가 리듬을 탄다. 김길호 문학의 열린 시야는 재일코리안사회를 포함해 한국과 일본의 경계를 자유롭게 넘나들고 전통과 현대, 전세대와 현세대 사이의 갈등구조를 중층적으로 직조해내는 힘을 발휘한다. 김길호 문학은 재일코리안의 '역사성'과 '재일성'으로 표상되는 지점들을 들춰내고 풀어내는 공감 능력이 탁월하다. 보는 관점에 따라 복잡하게 해석될 수 있는 역사적, 정치적, 이념적 지점을 거론하면서도 현실 중심적으로 풀어내는 힘이 있다.

김길호 문학은 주제 역시 다채롭다. 본명과 통명을 둘러싼 현세대의 고뇌를 비롯해 외국인등록증 갱신, 민단과 조총련의 갈등과 대립, 지문날인 거부, 가족의 이산北韓行, 가족의 해체와 복원, 조상의 산소문제, 제주4·3, 오사카 이쿠노生野와 제주도의 관계성, 결혼 이야기, 뉴커머의 생활까지 실로 다양하다. 대체로 재

12 　이소가이 지로(磯貝治良)는 재일코리안문학은 처음 '일본어로 쓰여진 조선인문학'으로 시작해서 '재일조선인문학'을 거쳐 현재의 '재일문학'으로 이어지고 있다고 말하고 있다. 이소가이는 "'재일조선인문학'이라는 호칭은 그렇게 불려진 지 30년밖에 되지 않지만, 오늘날 재일조선인에 의해 쓰여지는 일본어문학의 전체적 상황에 대한 호칭으로는 그다지 어울리지 않는다. 재일조선인문학이 아닌 '재일문학'이라 부르는 것이 어울린다"고 언급했다. 그는 또한 현재의 재일코리안문학은 "일본 이름이나 일본 국적을 가진 문인들이 많이 등장하고 있다든가, 조선' '한국'이라는 호칭을 가려서 쓰는 등 이원화되었다고 하는 현상적이고 세대적인 변용"은 물론이고 "작가들의 자세, 문학적 모티브, 주제, 문체, 작풍 등, 내질적인 면에서 재일조선인문학은 '재일문학'화 하고 있다"고 했다(磯貝治良, 「第1世代の文學略圖」, 『季刊 靑丘』, 靑丘文化社, 1994, 34~35쪽 참조).

김길호, 『이쿠노 아리랑』, 제주문화, 2006

일코리안사회가 안고 있는 정치역사, 사회문화 지점을 현재의 생활공간에서 얽고 풀어내는 형식의 서사구조라고 할 수 있다. 그런 측면에서 김길호 문학은 과거와 현재, 이상과 현실 사이의 갈등과 길항 구조를 유지하면서도 현실주의적 관점을 중시한다. 과거의 역사적 부負의 지점을 일상의 현실 공간에서 이슈화하고 극복할 수 있는 출구를 찾는다. 이러한 현실주의적 시각은 일본^{일본인} 과 한국^{한국인} 으로 표상되는 식민과 피식민, 주류^{중심}과 비주류^{주변} 의 갈등구조를 역사적, 민족적, 이념적 지점과 연계시키는 과정에서 구체적으로 드러난다.

돌아가신 선친의 산소와 제사 문제를 놓고 대립하는 세대 간의 갈등이 대표적인 사례의 하나다.

솔직히 말해서 할아버지와 할머니에겐 정다운 고향이었으나 우리들에겐 낯설은 고향이었다. 어쩌면 우리들에게 있어서는 돈바야시가 더욱 가까운 고향일는지도 모를 일이었다.

"물론 그렇기야 하지만 그렇다고 해서 일본 땅에다 산소를 쓴다는 건 잘못된 생각이야. 고향에 가서 산소를 쓰더라도 그들에게 의지하지 않아도 이곳에서 충분히 돌아볼 수가 있지. 장례식 때부터 이 말을 하고 싶었는데, 상중喪中에 혈육끼리 다툼이라도 일어나면 남들의 웃음을 살까봐서 참아 왔다. 솔직히 내 심정으로는 화장도 않고 그대로 한국에 모시고 가서 장례를 치르고 싶었다. 그건 나의 지나친 바람이었을런지도 몰라. 그러나 유골만은 가야 된다. 여기 앉아 계신 아주버님들은 이해하실 테니 말하지만, 무엇 때문에 죽어서까지 일본 땅에 묻혀야 되지? 고향에 가면 선산도 있고 당사촌들도

많은데······. 난 도저히 찬성할 수가 없다.[13]

할머니는 돌아가신 할아버지의 유골을 고향인 제주도의 선산에 모셔야 한다는 주장을 굽히지 않는다. 하지만 자식들은 하나같이 "고향에 모신다고 해도 저희들이 종종 찾아갈 수 없다면 더욱 쓸쓸한 일"이라며 오히려 가까운 일본에 모시는 것이 현실적이라고 주장한다. 결국 산소 문제는 손자인 '내'가 할아버지의 유골을 고향의 선산에 모시고 책임지겠다는 말로 일단락되지만, 조상의 산소를 둘러싼 세대 간의 갈등은 할아버지의 친구인 박 노인의 문제이기도 하다.

박 노인은 '나'의 할머니 주장과는 정반대로 한국에 있는 부모의 산소를 일본으로 이장시켜 모시겠다고 선언한다.

솔직히 말해서 이곳에 살고 있는 우리들도 죽어서만은 고향에 묻히고 싶은데 그게 어디 쉬운 일인가? 하물며 고향의 산소를 일본으로 모신다는 것은 말도 안되는 소리일는지 모르네. 그러나 서로가 놓여 있는 환경이 다르지 않은가? 남의 눈만 의식하고 무리하면 나중에는 더욱 큰 혼란만 빚을 뿐이야.[14]

박 노인은 명분보다는 현실적인 사정을 감안한 결정이라며, 결국 산소 문제는 "남은 사람들이 판단할 문제"이고 죽은 자의 "묘란 것도 자신을 위해서 있는 게 아니고 후손을 위해 있는 것"임을 강조한다. 한국에 있는 부모의 산소를 일본으로 이장하겠다는 박 노인의 결정은 명분보다 재일코리안으로서 현실을 중시한 실질적인 선택이다. 인용 대목은 재일코리안사회에 팽배한 현실주의적 시각을 상징적으로 보여준다.

김길호 문학의 현실주의적 시각은 본명과 통명 문제를 일본인 정치인의 선거

---

13   김길호, 「영가」, 『이쿠노 아리랑』, 제주문화, 2006, 26쪽.
14   위의 글, 27쪽.

운동과 연계시키는 구도에서 확인된다. 시장선거에 출마한 나카야마中山는 고교 동창인 재일코리안 니시무라西村의 아들 히데오英男의 명성을 이용해 선거운동을 유리하게 이끌어보자는 전략을 세운다. 지역 예선에서 우승하고 전국고교야구 대회에 출전하게 된 고교의 후원회장이기도 한 나카야마는 주전 투수인 히데오를 공식적으로 후원하면서, 그의 아버지인 니시무라에게 선거운동에 적극적으로 동참해 줄 것을 요청한다. 그런데 히데오가 이번 전국고교야구대회에서는 통명을 사용하지 않고 본명을 사용하겠다고 선언함으로서, 고교 야구의 열기를 선거전에 이용하려던 나카야마를 곤혹스럽게 만든다. "굴절된 심리의 유전을 멍에처럼 짊어지고 유영"[15]하던 히데오의 본명 사용은 재일코리안에게 주체성을 일깨우는 계기를 만들고, 일본인 정치인들이 재일코리안사회를 새롭게 인식하는 동기를 부여한다는 점에서 특별하게 받아들여진다.

또한 김길호 문학은 제주4·3과 같은 암울했던 역사적 사실을 단순한 과거 역사의 부채로 인식하거나 떠밀어내려 하고 않고 오히려 적극적인 형태의 현재진행형으로 받아들인다. 그의 문학에서 제주4·3은 역사성과 이데올로기를 내세운 극단적인 형태의 갈등과 대립 구도로 서사화하기보다 현시점에서 적극성을 동반한 기억의 힘을 중시하는 관점에서 다루어진다. 지금까지 제주4·3을 다룬 작품 대부분은 당시의 토벌대-무장대-주민들을 둘러싼 쫓고 쫓기는 광란의 현장을 고발하거나 정치 이데올로기의 논리로 역사적 현실을 직조했다. 특히 관념적인 이데올로기에 희생당하는 민중들, 같은 동족을 죽고 죽이는 학살의 현장, 이항대립의 논리에 갇혀 고통스러워하는 민중상을 조명하는데 집중했다. 한국 근대문학사에서 거론되는 제주4·3문학[16]뿐만이 아닌 김석범의 『화산도』를 비

15   김길호, 「해빙」, 위의 책, 57쪽.
16   제주4·3문학은 소설(고시홍, 곽학송, 김관후, 김대현, 김석희, 김일우, 김종원, 김창집, 노순자, 박화성, 오성찬, 이석범, 이재홍, 전현규, 정순희, 한림화, 함승보, 현기영, 현길언, 허윤석, 황순원 등), 시(강덕환, 강승한, 고정국, 김경훈, 김관후, 김광렬, 김대현, 김명식, 김석교, 김수열, 김순남, 김용해, 김종원, 나기철, 문무병, 문충성, 양영길, 이산하, 임학수, 홍성운 등), 희곡(강용준, 김

롯한 일련의 재일4·3문학을 보더라도 그러한 국가권력과 연동된 현장 중심의 글쓰기는 뚜렷하다.

김길호의 문학은 제주4·3을 정치 이데올로기의 시공간으로 현재화하거나 당시의 참혹했던 현장 중심의 들춰내기가 아닌 그야말로 국가권력의 이면에 존재하는 과거와 현재의 기억을 마주하게 한다. 역사성과 이데올로기를 앞세운 극단적인 형태의 감정으로 폭발시키지 않는다. 정치 이데올로기의 논리에 묻혀버린 4·3의 현장, 간고했던 기억을 일상의 관점에서 부조하며 실타래를 풀어내듯 기억의 파편들을 소환해낸다.

가난하지만 평화스러웠던 마을을 난데없이 습격하여 죽이고 난 다음날은 그들과 내통했다고 다시 죽이는 미친 시대에, 민주주의다 공산주의다 하고 큰소리 한번 지르지 않았던 저의 시아버지와 남편이 억울하게 죽었습니다. 그 억울함은 일본에 와서 더욱 뼈저리게 느꼈습니다. 전쟁에 진 일본인들은 다시 일어나서 잘 살기 위해서, 돈 벌기 위해서, 밤낮을 가리지 않고 힘을 합해 일을 하는 것을 보니 너무 부러워서 질투가 날 정도인데, 해방되었다는 한국의 제주도에서는 사상이 무엇인지도 모른 채 밤낮으로 사람 죽이기에 혈안이 되었으니, 이게 더 억울했습니다. 이건 사상싸움도 아닌 감정과 증오와 분노와 억울함이 복수로 반죽된 그야말로 범벅싸움이었습니다.[17]

"혼자 울면서 일본 가더니 네 식구가 돼서 돌아왔구나. 명훈이도 이렇게 같이 있으니 얼마나 좋으냐." 친정어머니는 과거의 아픔보다는 오늘의 기쁨을 더 앞장세웠다. 가슴 찡한 반가움 속에 명훈이도 계속 외할머니 집에서 같이 지냈다. 배다른 형제가 아닌 아

경훈, 문무병, 장윤식, 장일홍, 하상길, 함세덕 등) 부분으로 나누어 생각할 수 있다. 김동윤은 이들 작가들의 작품을 「비본질적·추상적 형상화 단계(1948~1978)」, 「사태 비극성 드러내기 단계(1978~1987)」, 「본격적 대항 담론의 단계(1987~1999)」, 「새로운 모색의 단계(2000~)」로 나누어 분석하고 있다.

17   김길호, 『이쿠노 아리랑』, 제주문화, 2006, 332쪽.

버지 다른 삼형제였으나 어릴 때부터 같이 자란 형제들처럼 첫날부터 한방에서 뒹굴
며 지냈다. 위로부터 스무 한 살, 열네 살, 아홉 살이었다. 서로 말이 통하지 않고 나이는
징검다리보다 더 벌어져서 모두 쉽게 건널 수 없을 것 같았으나 이심전심, 그건 기우에
지나지 않았다. 그들은 일주일 동안 한시도 떨어지지 않고 자석처럼 붙어 다녔다.[18]

앞의 인용은 일본에서 거주하고 있는 할머니가 한국에서 찾아온 송 교수에게
제주4·3 당시의 혼돈상과 부조리의 현장을 털어놓는 대목이고, 뒤의 인용은 일
본으로 밀항했던 할머니가 각성바지同腹 두 자식을 데리고 제주도 고향집을 찾
았을 때의 장면이다. 4·3사건의 당사자인 할머니는 참담했던 과거를 되짚되 날
카로운 원한의 칼날로 단죄하는 형식이 아닌 초월적인 시선으로 과거와 현재를
잇고 전세대와 현세대 사이의 단절을 메워간다.

파란만장했던 할머니의 지난 삶은 각성바지 세 아들에게 전이되고 세 아들의
제각기 다른 삶을 통해 재일코리안의 현재적 지점을 되새기게 한다. 재일코리안
사회가 과거회귀일 수 없다는 점을 과거와 현재, 전세대와 현세대 간의 운명적
인 연결고리를 통해 서술하고 있다. 제주도에서 맺은 첫 남편과의 사이에서 태
어난 명훈이가 월남전에 참전했다가 전사하는 과정을 통해 왜곡된 제주4·3의
사상문제를 피력하고 있다. 그리고 두 번째 남편과의 사이에서 태어난 명석이
농대를 졸업하고 북한 주민들을 위해 애쓰는 과정을 통해 살아있는 민족 의식
의 현재적 지점을 보여준다. 세 번째 일본인 남편과의 사이에서 태어난 요시오義
男가 재일의 역사를 가르치는 역사 교사로 거듭나는 과정을 통해 재일 현세대의
월경과 주체적 삶을 담아내고 있다. 조국의 굴절된 근현대사와 함께 했던 할머
니의 한 맺힌 과거의 삶과 기억의 파편들을 각성받이 세 아들의 현재적 삶으로
되살려내고 치유하는 형식으로 전개된다.

---

18   위의 책, 365쪽.

이처럼 김길호 문학은 재일코리안사회의 '역사성' '민족성'과 연관된 실질적인 문제들을 과거와 현재, 이상과 현실의 대립적 구도로 서사화하면서도 철저하게 현실주의적 관점에서 풀어간다. 지난했던 과거의 기억을 또렷이 되새김질하면서도 중립적인 관점에서 일상적 사건으로 풀어간다. 그의 소설은 간고했던 역사를 현시대에 부조해 내면서도 재일코리안의 연속성에 힘을 보탠다. 하지만 이러한 김길호 문학의 현실주의적 글쓰기는 이상과 현실의 거리감을 좁혀주긴 했지만, 다른 한편으로는 제주4·3의 역사적 진실을 구체적으로 부조하거나 실체로의 근원적인 접근을 차단하는 결과를 낳았다는 점도 간과하기 어렵다.

4. 대립에서 공생으로

김길호 문학은 재일코리안사회에서 제기되고 있는 현실적인 문제들을 진솔하게 접근한다. 호오好惡의 감정이나 이념적인 측면을 강조하지 않고 월경과 현실주의에 입각한 '재일성'을 부조한다. 국적과 민족 의식의 표상인 본명과 통명, 외국인등록증과 지문날인, 남북한 이데올로기, 그리고 이데올로기와 별개로 지극히 현실적인 결혼, 취직, 교육, 근래의 뉴커머 생활에 이르기까지 재일코리안사회의 현재적 지점을 망라한다. 그야말로 "동포사회에서 보고, 듣고, 체험한 일상적인 신변사를 소개"[19]하는 형태로 다양한 '재일성'을 서사화하고 있다고 할 수 있다.

주목할 것은 한국한국인과 일본일본인, 주류중심와 비주류주변으로 변주하는 갈등과 긴장국면을 대결구도로 이끌면서도 종국에는 공생의 논리를 내세운다는 점이다. 일제강점기 일본의 지배논리를 비판하고 당대의 모순과 부조리를 짚어가면서도 현재의 실생활 공간에서 느끼는 시선은 미래지향적이고 따뜻함을 유지한

---

19 강재언, 「재일동포사회와 호흡을 같이 하는 작가」, 『이쿠노 아리랑』, 6쪽.

다. 제국일본과 국적, 민족 이데올로기의 갈등구조를 천착하는 가운데 피어나는 김길호 문학의 공생과 화해의 논리는 뉴커머의 세계를 그린 「몬니죠」에서 확인할 수 있다.

이 소설은 이색적인 가라오케 식당 '몬니죠'를 운영하던 뉴커머 박옥서 마마가 지역주민들에게 선행을 베푸는 이야기다. 박옥서 마마는 재일코리안 밀집지역에서 운영하는 가라오케 식당이 번창하게 되자 모두가 지역 주민들의 덕택이라며, 경로회 날 동포 노인들을 '몬니죠'로 초대해 융숭한 대접을 한다. 또한 '재일동포' 사회에서 '몬니죠' 마마를 헐뜯는 온갖 악소문[20]에도 불구하고 그녀는 고베神戸 대지진, 도시샤同志社 대학에 윤동주의 '서시' 시비 건립, 동포 야유회, 광복절 기념 위문 공연 등 동포사회의 행사가 열릴 때마다 봉사활동을 잊지 않는다. '몬니죠' 마마의 선행은 동포사회에 머물지 않고 일본일본인사회로까지 반경을 넓혀 나간다.

우리 동포들은 지역주민의 한 사람이라면서 공생공영을 구호처럼 부르짖으면서 경로회만이 아니고 야유회·신년회·송년회·성인식 등 모든 행사를 우리끼리만 개최하고 있어요. 서로 동질성을 재확인하고 친목과 단합을 위해 아주 좋은 일이죠. 그런데 같은 지역에 사는 일본인과는 전혀 교류가 없어요. 저의 주제 넘는 소리일는지 몰라도 어쩌면 공생공영을 우리 스스로가 무의식 속에 부정하고 있는 건 아닌지요. 마침 몬니죠가 십주년을 맞이하게 되었고 저도 나이 육십을 바라보면서 계속 불어나는 이러한 가게를 언제까지 할는지는 모르겠습니다. 그래서 일본인 노인들만을 모시고 한국인으로서 부끄럽지 않은 경로잔치를 베풀고 싶어요.[21]

---

20 소설에서는 몬니죠 마마를 놓고 "한국에서 카바레 하다 엄청난 빚을 지고 도망 온" 여자, "남편과 애들까지 버리고 온" 여자, "꾸어온 보릿자루 같은 일본 남편 얻어놓고 덴쵸오와 붙어먹는" 여자 등 많은 험담과 뒷공론이 넘쳐난다. 하지만 그녀는 이같은 험담의 목소리에 "왜 좁은 동포 지역에서 남의 발목을 잡고 그렇게 흔들길 좋아하는지 이해할 수 없군요"라고 반문하며 동포사회의 화합을 주도해 나간다.
21 김길호, 「몬니죠」, 위의 책, 103쪽.

'몬니죠' 마마의 지역공동체를 향한 선행과 공생 논리는 재일코리안사회를 넘어 점차 일본^{일본인}사회로까지 옮겨간다. 그녀의 선행은 한국^{한국인}과 일본^{일본인}, 주류^{중심}와 비주류^{주변}사회의 갈등이나 대립구조가 아닌 보다 넓은 의미의 공생을 몸소 실행하는 문화적 실천이다. 역사적 민족적 갈등구조를 넘어 타자와의 관계성 회복을 통한 공생의 논리는 소설 「들러리」에서 젊은 재일코리안과 일본인의 결혼식장 풍경에서도 연출된다. 재일코리안 현우가 딸의 결혼식을 일본식으로 거행하자 친구인 종성이 오늘 결혼식은 "일본인을 위한 들러리"가 되고 말았다며 불평한다. 이에 현우는 자신의 딸이 '민족의상'이 아닌 기모노를 입고 결혼식을 올린 것과 관련해 이렇게 덧붙이며 친구들의 불만을 다독거린다.

정반대로 한국인 딸이 일본인과 결혼할 때, 기모노 입고 식을 올린다면 우리들 입장이나 부모들의 마음은 어떻게 되겠나? 그때도 막무가내로 기모노를 입어야 될까? 나는 부정하네. 그때도 당당히 치마저고리를 입을 수 있어야 되리라고 생각하네. 물론 바늘 가는데 실 가듯이 하나가 되면 좋겠지만 그게 안 되니까 하는 말이네. 특히 일본에 살고 있는 우리의 갈등은 더욱 그렇다고 생각하네. (…중략…) 서로가 자기 것만 강요하지 말고 서로 존중하자는 얘기일세. 아직은 우리가 밀려나고 있지만 이런 의미에서 앞으로 서로의 민족의상을 입고 결혼식을 올리는 신랑 신부가 꼭 나오리라고 나는 장담할 수 있네.²²

국제결혼에서 생길 수밖에 없는 이국간의 배타성을 극복하고, 오히려 타자의 입장을 배려함으로써 양자간에 가로놓인 거리감을 좁히고 신뢰를 구축해 간다는 서사구조다. 국적이 다른^{한국·일본} 두 젊은이의 결혼식에 한국식이냐 일본식이냐, 한복이냐 기모노냐를 민족의 자존심이 걸린 문제라고 생각하면서도 중매쟁

---

22 김길호, 「들러리」, 위의 책, 306쪽.

이와 양가 대표자의 인사말을 통해 상대방의 입장을 존중하는 의식, 그것이 재일코리안사회의 솔직한 속내임을 「들러리」는 일러주고 있다. 그 결과 이야기는 "서로 다른 민족의상을 입고 결혼식을 올리는 신랑신부가 앞으로 나타나기를 기대"하면서 한국한국인과 일본일본인 사이에 가로놓인 '벽'과 감정의 골을 메워나가는 구도로 전개된다.

김길호 문학의 월경적인 사고에 근거한 공생 철학은 「타카라스카 우미야마」에서도 구체적으로 그려진다. 재일코리안이 운영하는 우미야마海山광업회사가 고베대지진 때 산더미처럼 쌓여가는 폐기물을 분리해 수거하고 재활용하는데 성공하면서, 그 기술력을 필요로 하는 한국의 대구시에 도움을 준다는 이야기다. 이 소설에서 강조되는 것은 재일코리안이 운영하는 기업이 일본사회에서 인정받고 확고하게 자리를 굳혔다는 점, 우미야마 회사의 직원 75%가 외국인브라질이라는 점이다. 이러한 서사적 전개는 주류중심와 비주류주변의 갈등이 아닌 초국가적 보편성의 중요성을 피력하는 김길호 문학의 사상적 근간이라 할 수 있다. 그것은 민단과 조총련의 "이분법적 흑백논쟁", 한국한국인과 일본일본인 사이의 감정적인 대립, 주류중심와 비주류주변를 둘러싼 갈등구조를 비판하는 것이면서 동시에 양자 간의 끊임없는 거리 좁히기를 의미한다.

이러한 초국가주의에 근거한 월경과 공생의 개념으로 읽어내는 문학적 변용 양상은 이주인 시즈카의 작품을 통해서도 확인된다. '코리안 재패니즈'로서 문학활동과 함께 언론계의 활약도 컸는데, 그의 초국가주적 시선은 글로벌시대의 사회적 환경과도 맞물리는 트랜스 감각이라 할 수 있다. 특히 아동문학을 통한 긍정적 시각과 문학적 보편성 추구는 이주인 시즈카 문학의 독창성을 보여주는 대목이다. 그의 소설 『해협』은 서사공간을 소년 히데오를 중심에 놓고 바닷가 항구에서 하숙을 치며 살았던 일가족의 삶을 그려낸다. 수없이 왕래하는 유랑민들은 들고 나는 조수와도 같은 시대의 추세에 따라 쫓고 쫓기는 자들처럼, 잠시 머물고 가는 처소가 바로 하숙집 '해협'이 가진 장소성의 본질이다.[23] 그곳 바닷가의 하숙집을 들락거리는 손님들의 숱한 사연들을 월경의 시각에서 한 가닥씩 얽어내면서 인간적인 연민과 향수를 부조한다. 정착하지 못한 채 어딘가로 삶의 보금자리를 찾아 이주·이동해야 하는 인간들의 희노애락이 주인공 히데오의 관찰자적 시선으로 포착된다. 국가와 민족, 정치와 이념의 역학관계를 고려할 필요가 없고 이동의 제한도 걸림도 없는 자유로운 월경과 공생의 세계가 '해협'의 하숙집에서 펼쳐진다.

김중명, 『바다의 백성』, 고단샤, 2000

김중명의 문학은 고대에 해상무역을 통해 '해상왕'으로 불리었던 장보고의 역사적 활약상을 소환한다. 재일코리안문학에서 작품의 시공간을 역사의 지평에서 서사화하는 경우는 극히 드물다. 김중명의 문학은 해역과 영토를 둘러싼 국가 간의 치열한 다툼이 항상 존재해온 역사성을 의식하고 21세기 한중일의 해역과 영토문제를 중첩시켜 얽어낸다. 중동전쟁을 비롯해 최근의 우크라이나와 러시아의 영토전쟁에서 볼 수 있듯이, 해역과 영토를 둘러싼 자국 중심적인 배타적 관점이 분출하면서 끊임없이 불협화음을 노정하고, 그러한 목소리가 집단화되면서 실제로 전쟁으로 이어지는 사례를 자주 목도한다. 김중명의 해상왕 장보고와 한일의 장기 명수를 등장시킨 역사소설 『바다의 사람들』과 『환상의 대국수』는 현재의 제국, 국가, 민족 중심의 해역과 영토를 둘러싼 경쟁 구도에도 경종을 울린다. 그의 문학은 초국가적 시야를 바탕으로 고대사를 이야기로 풀어내면서도 현재의 글로벌 지구촌과 동아시아권의 국가ᴹ족간 갈등과 분쟁을 경계하며 화해와 공생을 피력하고 있는 것이다. 또한 사

---

23   김환기, 『재일디아스포라문학』, 새미, 2006, 44쪽.

기사와 메구무의 문학은 『개나리도 꽃, 사쿠라도 꽃』 등을 통해 공생의 가치를 불러낸다. 초국적인 월경과 공생을 함의한 '재일성'을 재일 신세대의 탈의식적 감각을 통해 경쾌한 리듬으로 얽어낸다.

이처럼 재일 현세대의 감각은 애초부터 한국^{한국인}과 일본^{일본인}의 경계를 넘나드는 자의식이다. 신세대의 감각은 국가와 민족, 역사와 정치, 이데올로기로 표상되는 타자성을 지나치게 의식하지 않으면서도, 특유의 '재일성'을 이야기로 펼쳐보인다. 자연스럽게 월경과 공생, '탈'의식적 감각으로 실존적 삶을 천착하는 구도다. 그리고 코리안 재패니즈를 포함해 신세대 작가들은 문학 작품의 사용 언어와 문체, 해체와 변용으로 읽히는 '재일성' 측면에서 기본적으로 관념적, 역사적, 이데올로기에서 한 발자국 벗어난 지점에서 공생철학과 소통구조를 의식한다. 그런 관점에서 김길호 문학 역시 제주도와 오사카 이카이노를 문학적 시공간으로 삼고 국적을 넘어 공동체사회의 구성원들에게 화해와 소통의 메시지를 던지고 있다.

5. 문체와 리듬

김길호 문학은 기존의 재일코리안문학의 언어, 주제, 문체 등과 비교되는 몇 가지 특징을 확인할 수 있다. 하나는 그의 모든 작품이 한국어로 쓰여졌다는 점이다. 김길호는 제주도에서 태어나 그곳에서 학교를 다녔고 23세에 일본으로 들어온 뉴커머이다. 따라서 일본에서 태어나 자라고 교육받은 전통적인 재일코리안들과는 기본적으로 세계관 자체가 다를 수밖에 없다. 일본어 구사력은 물론이고 생활습관 자체가 한국식이기에 기존의 재일코리안들의 가치관과 상이할 수밖에 없다. 이러한 태생적인 차이는 김길호 문학이 일제강점기의 강제된 역사적 기억을 소환하고 비판하기보다 뉴커머의 입장에서 현실주의와 공생을 천착하는 서사적 경향과도 무관하지 않다.

그리고 김길호 문학은 고사성어 및 속담을 활용하는 특징을 보이고 있다. 소설 「예기치 않은 일」에서는 "이구동성", "설상가상", "전화위복", 「유영」에서 "시작이 반이다." "나중에 난 뿔이 더 무섭다," "솥뚜껑 보고 놀란 토끼처럼," "고향에 가면 고향식으로 따르라"는 글귀들이 반복해서 등장한다. 한국의 전통적인 속담과 고사성어를 반복적으로 동원하는 경향은 재일코리안문학에서는 거의 찾아볼 수 없다. 그것은 확실히 복잡한 서사구조에서 등장인물 사이에 응축된 감정을 전달하고 교감하게 만든다는 관점에서는 효과적일 수 있다. 하지만 빈번하게 등장하는 전통적인 속담과 고사성어가 서사의 전개에 긴장감을 떨어트리고 오히려 극적인 효과를 창출하는데 장애로 작용하기도 한다.

또한 김길호의 소설에는 등장인물 상호간의 사무적인 대화나 공손한 표현이 빈번하게 등장한다. 소설의 주제나 대화의 상대에 따라 강도가 다르고 제주도 사투리도 동원하지만 대체로 등장인물 상호간의 대화체에서 정중어가 동원된다. 이러한 문체상의 서사 기법은 인물 상호간의 긴장감을 고조시켜 유대감을 끌어내기 어렵고 읽는 독자와의 공감대를 형성하는데도 한계로 작용한다. 이를테면 가라오케 식당 '몬니죠'의 박옥서 마마를 바라보는 주변인들의 눈총이 따가운 만큼, 마마를 둘러싼 언쟁들을 한층 거칠고 강하게 질펀한 형태로 대립각을 부각시키는 형태를 취했을 때, 오히려 극적인 효과를 기대할 수 있다.

그 밖에도 김길호 문학에서는 날카로운 갈등구조의 부재가 한계로 지적될 수 있다. 사실 소설이든, 영화든, 연극이든, 클라이맥스의 조성과 폭발 과정은 대단히 중요하다. 그것이 비록 현대사회의 양분된 갈등과 대척점의 충돌은 아니라 하더라도 이야기의 중심은 갈등지점의 극적 충돌과 해소 과정에서 형성되기 때문이다. 그런데 김길호 소설은 변용된 형태의 다양한 현장의 '재일성'을 형상화하면서도 그들의 세계를 지탱하고 있는 실질적인 조국과 민족, 역사와 이념, 인간사회를 둘러싼 갈등구도를 피상적으로 접근한 듯한 인상을 준다. 한국과 일본

한국인과 일본인의 현실적 '벽'을 둘러싼 치열한 인물 상호간의 갈등구조를 통해 '벽'을 넘어서는 서사구조가 아쉽다는 점이다. 대중성 확보와 정치 이념적인 관계성을 내세운 사회소설과도 경향을 달리하는 만큼, 김길호 문학의 재일적 가치·이미지는 좀더 치열하게 타자와의 갈등구조를 부각시키며 문학적 보편성에 다가서려는 서술 전략이 아쉽다.

그럼에도 불구하고 김길호 문학이 다른 재일코리안 작가와 차별화되고 주목받을 수 있는 까닭은 구심력과 원심력으로 변주되는 작가만의 독특한 문학적 상상력을 담고 있기 때문이다. 즉 뉴커머로서 기존의 재일코리안 작가들이 축적해온 조국과 민족 중심의 글쓰기, 중간세대의 경계인 의식과 이방인 의식을 천착한 글쓰기, 신세대 작가의 탈민족적 현실 중심의 글쓰기와는 다른 독창적인 '재일성'을 재현해내고 있다. 그 면모는 신세대 작가들의 특징이기도 한 엔터테인먼트 소설, 가족의 해체와 복원, 여성 해방과 젠더 의식, 실존적 자아와 관련한 담론과의 차별화를 의미한다. 뉴커머의 입장에서 디아스포라의 복합적인 시야를 살려 "중류 의식이 만연한 경제대국 일본에 정주하고 사는 재일동포 개개인의 정체성"[24]을 천착한다는 점에서 그러하다.

그리고 김길호 문학은 철저한 현실주의의 열린 시각과 공생 논리를 토대로 교양주의적 시선을 견지하고 있다. 김길호 문학은 그러한 전통적인 교양주의와 한국어로 한국식 글쓰기를 통해 특별한 재일적 가치를 담아낸다. 그러한 전통과 디아스포라의 월경적 시좌를 살린 서사구조를 통해 설령 그것이 자극적인 엔터테인먼트를 선호하는 현대의 독자층을 만족시켜주지 못할지라도, 뉴커머 작가로서 그의 문학은 특별한 '재일성'을 보여준다. 특히 디아스포라의 상상력을 살린 월경과 공생 의식을 토대로 삼은 한국어 글쓰기 자체가 '재일성'의 해체·변용을 상징하며 문학적 보편성과 확장을 의미한다.

---

24 김시종, 「'在日'의 風化에 파고드는 문학」, 위의 책, 445쪽.

유미리
『풀하우스』・『가족 시네마』

1. 유미리 문학의 출발

재일코리안문학은 일찍부터 가족을 대상으로 한 작품이 적지 않다. 일제강
점기를 비롯해 해방 이후의 재일코리안 1세대 작가들다치하라 마사아키, 김달수, 정승박 등
의 작품, 중간세대 작가들이회성, 이양지, 김학영 등, 현세대 작가들유미리, 사기사와 메구무 등까지
'貧'의 역사성과 민족성으로 수렴되는 가족 서사의 비중이 높다. 조국의 굴절된
근현대사와 맞물린 가족개인의 이주이동, 국민국가민족에서 자의적, 타의적으로 확
장되는 가족과 개인의 영역을 디아스포라의 관점에서 다루었던 것이다.

재일코리안의 가족 서사는 일본 문학의 사소설적 경향과 맞물려 확산된 측면
이 적지 않다. 대체로 사소설은 국가와 민족 의식, 사회성이 강한 정치 이데올로
기를 배제한 가족과 개인의 치부, 내밀한 이야기가 초점화된다. 일본 근대문학
전통에서도 자연주의 작가 다야마 가타이田山花袋를 비롯해 시라카바白樺 작가들
이 개인적인 내면세계를 과감히 들춰내며 활동을 했었다. 일본 문학의 사소설적
글쓰기는 재일코리안 작가들에게도 문학적 가능성을 열어주는 힘이 된다. 예컨
대, 일제강점기 김사량과 김달수는 일본어 소설을 통해 개인적인 감정과 의식을
"일본인들에게 인간적인 진실에 호소"[1]하는 형식을 취했다. 김학영은 '단편소설
의 신'으로 알려진 시가 나오야志賀直哉의 『암야행로』에 감명받아 문학의 길로 들
어선 경우다. 외국인으로서 처음 '아쿠타가와상芥川賞'을 수상한 이회성은 사소

---

1   金達寿, 『わがアリランの歌』, 中央公論社, 1977, 170쪽.

유미리, 『가족 시네마』, 고단샤, 1997

설적 관점에서 자신이 태어난 사할린의 경험과 이주, 유민화된 디아스포라 의식을 서사화했다.

그런데 재일코리안 작가들의 입장은 사소설적 경향을 취했다 하더라도 근원적으로 '부'의 역사성과 민족성, 사회성과 정치 이데올로기와 깊게 맞물릴 수밖에 없다. 그것은 재일코리안문학의 아이덴티티와 맞물리는 특별한 역사 문화적 지점이 있기 때문이다. 1세대의 민족적 글쓰기든, 경계 의식과 트랜스네이션을 의식한 중간세대의 글쓰기든, 현세대의 현실 중심의 탈민족적 글쓰기든, 근원적으로 조국의 굴절된 근현대사와 맞물린 가족이고 개인이다. 김사량과 장혁주를 비롯해 김달수, 정승박, 이회성, 김학영, 이양지, 고사명, 양석일, 김창생, 유미리 등의 문학이 사소설적 경향을 취하긴 하지만, 일본 문학의 전통적인 사소설과는 성격을 달리한다. 소설가 김석범의 『화산도』처럼 일본 문학의 사소설적 경향과 처음부터 무관하게 디아스포라적 상상력을 지향한 작가도 있다. 재일코리안문학이 다양성과 중층성, 보편성과 세계문학으로 읽히는 이유일 것이다.

유미리 문학은 일본의 사소설적 경향과 깊은 관련성을 가지면서 재일코리안문학에서도 독특한 '음색'을 보여준다. 현대사회의 자본주의 및 소비문화, 굴절된 사회상과 맞물린 가정과 개인을 통한 문학적 서사화가 특별하게 읽힌다. 1960년대, 1970년대 고도경제성장기를 거쳐 1990년대 버블경제의 붕괴로 표상되는 현대사회의 각종 모순과 부조리자본주의, 배금주의, 반인간주의, 차별주의, 가부장제, 패티시즘 등를 작가의 굴절된 청소년기의 체험과 연계해 엮어낸다는 점에서 유미리 소설의 고유한 가치가 돋보인다. 특히 현대사회의 가정 붕괴, 파편화된 개인, 자아 상실 등을 사회적 병리현상과 연계시켜 과감하게 있는 그대로의 모습으로 서술하는 면모는 유미리 소설의 독자적인 특징을 보여준다.

유미리 문학은 일본사회의 국가와 민족, 가부장적 사회구조, 사회적 배타주의, 차별 의식과 연동된 가족과 개인을 심층적으로 얽어낸다.[2] 가정의 붕괴·해체로 표상되는 현대사회의 내면적 모순·부조리의 세계를 불온한 개인의 실존적 자화상으로 부조하는 방식이다.

> 나의 조국은 아버지와 어머니, 가정에서밖에 없다는 생각이 든다. 가족이라는 것은 당시의 사회상황과 국가의 영향을 받고 갈라지기도 합니다만, 가족을 밑바닥까지 쓴다면 국가의 삐뚤어짐도 쓸 수 있겠다는 생각이 듭니다[3]

가족서사를 통해 유미리 문학은 가정의 붕괴·해체에 함의된 각종 사회적 지점들을 철저히 응시함으로써 국가와 민족, 사회적 모순·부조리의 현장성을 부각시키는 이야기방식을 취한다. 가정이라는 1차적인 사회집단을 통해 현대사회의 모럴을 촉구하고 문학의 보편성과 세계문학의 가치를 확보하는 셈이다.

2. 현대사회의 모순과 가정 붕괴

현대사회의 가족 개념은 확실히 근대·근대성으로 표상되는 제국과 국민국가의 가족관과 거리가 있다. 1960년대 고도경제성장기 거쳐 1980년대 중반부터

---

2   유미리 문학에 대한 연구는 아키야마 슌(秋山駿)의 『『가족 시네마』-가족붕괴란?』, 기리토시 리사쿠(切通理作)의 「유미리론-'진짜 이야기'를 하고 싶다」, 『문예(여름)특집-유미리』, 가와무라 미나토(川村湊)의 『현대여성작가독본 8-유미리』, 권성우의 「재일 디아스포라 여성문학에 나타난 탈민족주의와 트라우마」, 김정혜의 「『가족 시네마』에 나타난 부친상」 등이 있는데, 대체로 '가정'이라는 1차적 사회집단을 통해 현대사회의 각종 모순과 부조리를 조명했다고 할 수 있다.

3   岡野幸江, 「『家族シネマ』-解体から出発」, 『現代女性作家読本 ⑧-柳美里』, 鼎書房, 41쪽.

일본의 버블경제가 무너지면서 일반인들의 삶은 확연히 변해간다. 국가와 민족을 의식한 관념적, 계급적 이데올로기에서 탈피해 자본 중심의 소비문화, 특히 개인과 자유를 앞세운 현실주의가 힘을 얻는다. 특히 '정치의 계절'을 거쳐 포스트 콜로니얼postcolonial 관점의 사회상은 자본과 결탁한 소비문화로의 재편을 재촉한다. 1964년 도쿄올림픽은 서구화와 자본주의, 현실주의를 상징하는 한편, 제국과 국민국가, 근대·근대성, 이데올로기의 가치보다 국경을 넘는 이주이동, 혼종으로 수렴되는 원심력에 힘을 싣는다. 그것은 관념적이고 계급적인 기성세대의 가치 질서를 부정하고 자본주의와 물질, 개인의 자유가 우선시 되는 현대사회로의 재편을 의미한다.

1960년대에 발표된 이시하라 신타로石原慎太郎의 『태양의 계절』은 그러한 근대·근대성의 균열과 결절점을 표상한다. 젊은 '태양족'이 기성세대의 근대적 가치 질서를 부정하고 자본·물질 중심의 개인을 앞세우는 자유분방함, 그것은 1960년대 일본의 '모터제너레이션Motor generation'으로 표상되는 자동차 문화와도 자연스럽게 연동된다. 요시유키 준노스케吉行淳之介의 소설 『어둠 속의 축제』, 히노 게이조日野啓三의 『채광창이 있는 차고』는 보편화된 '모터제너레이션' 문화를 통해 1970년대의 굴절된 사회상을 보여준다. 소설 『원뢰遠雷』는 1960~1970년대 급속한 도시산업화를 겪는 과정에서 토지소유자가 거액의 보상금을 받고 가정 바깥으로 튕겨 나가는 일탈이 그려진다. 농사꾼 집안에서 갑자기 거액의 보상금을 받게 되면서 아버지는 여색을 탐닉하며 돈자랑을 하고 아들은 자동차로 카바레를 드나들며 방탕한 세계로 질주한다.

일주일 정도는 신나게 놀았다. 돈은 썩을 만큼 있었으니까. 펑펑 썼지. 온천에 가 욕실과 화장실이 딸린 스위트룸을 빌려 사흘 동안 호텔 밖으로 안 나왔어. 차도 커버를 입히고 번호판을 가리고. 갑자기 가에데가 바다가 보고 싶다고 해 곧장 차를 몰고 이번엔 바닷가 호텔로 갔지. 10층 방에서 바다가 보였지. 햇살이 비치고 고깃배가 오가는데 반지르르한 여자 피부를 할퀴는 것 같아 보였지. ─ 이제 와서 남편에, 자식 있는 곳으로 못 돌아간다. 어쩔 거냐고, 항상 이 말뿐이지, 나를 죽이겠다는 거야, 그래 좋다, 죽이고 싶으면 죽여봐라. 늘 똑 같은 걸로 싸움을 벌였어. 화가 나서 이틀을 차로 엄청나게 싸돌아다녔지. 일본은 좁아서 마음만 먹으면 어디든 갈 수 있어. 운전이 싫증 나면 모텔에 차를 집어넣으면 돼.

전통적인 가족관의 변화는 1960년대를 대도시 주변의 아파트 단지가 급증하는 현상과도 맞물린다. 아파트 단지의 '단지족' '단지처' '열쇠 아이鍵っ子'[4]로 표상되는 사회문제는 기존의 전통적 가족관의 붕괴를 의미한다. 고토 메이세이後藤明生의 소설 『의문부로 끝나는 이야기』, 엔치 후미코円地文子의 『식탁 없는 집』 등은 전통적인 가족관의 균열을 읽어내며 핵가족화에 따른 왜소해진 개인의 위치를 조명한다. 관념적, 가부장적 세계에서 벗어나 세대간의 갈등, 비행非行 청소년, 집단적 따돌림, 자살 등 사회의 문제지점을 부각시키며 기존의 전통적 '가정' '집'의 개념을 비틀어 버린다. 예컨대 맨션·아파트라는 거주공간의 탄생은 '쿠션장치' 없는 '부유하는 집' 가림막 없는 세상과 마주하는 형국이다.[5]

도시개발 논리에 휩쓸려 졸부가 된 농촌의 토지소유자들은 큰돈 앞에서 일탈로 치달아간다. 거액의 개발 보상금은 일가족에게 화려한 "자단에다 노송나무, 대리석을 사용한 세련된 일본식과 양식을 절충한 주택에 샹들리에가 걸린 응접실"을 제공하고, 그곳 콘크리트 저택의 소파에서 텔레비전만 보고 있는 노인들의 부자연스러운 풍경을 만들어낸다. 고급스럽게 장식한 집안의 대리석과 샹들리에가 이들 일가족에게는 거추장스럽고 안락감을 안겨주지 못한다. 결국 이들 일가족은 가정 바깥으로 튕겨나갔고 일탈적 행동을 일삼게 된다. 거기에는 이미

---

4 '가깃코(鍵っ子)'는 부모가 늘 집을 비우므로 집 열쇠를 항상 몸에 지니고 다니는 아이를 비유한 말이다.

5 위의 책, 151쪽.

온전한 '가정'은 존재하지 않고 불온한 사회에서 방황하는 왜소화·파편화된 개인만 존재할 뿐이다.

유미리의 소설은 이처럼 1960년대 이후 고도경제성장을 겪은 세대들의 건조한 삶을 천착한다. 유미리 소설 속 서사들은 전적으로 현대사회의 각종 병리현상과 모순·부조리의 세계와 맞닿아 있다. 실제로 청소년기 유미리 자신이 경험했던 각종 사회적 모순·부조리, 사회-가정-개인으로 겹쳐지는 정서적 결절점과 연동된다. 특히 1990년대 버블경제의 붕괴와 함께 세계적인 '신자유주의'와 일본사회의 "국민국가 재편성의 흐름"[6] 속에서, 유미리 문학은 사회적 불온성을 가정의 붕괴 / 해체, 개인의 자아 상실, 성적 변태성 등의 형태로 서사화 하며 왜소화 / 파편화된 개인을 직시한다. 이러한 "일본사회 전반의 열화"[7] 현상은 자연스럽게 유미리 문학에 영향을 주면서 작품 『돌에서 헤엄치는 여자』, 『풀하우스』, 『물고기 축제』, 『골드러시』 등을 생산한다. 불온성 짙은 일본사회의 병리적 현상과 왜소화 / 파편화된 동시대의 자화상을 얽어낸 경우이다.

3. 가족복원을 향한 연기

유미리의 소설 『풀하우스』는 요코하마橫浜의 부도심 개발논리와 맞물린 다양한 사회적 모순·부조리를 다룬 작품이다. 그러나 이 작품에서 붕괴·해체된 가정의 주인공 나모토미는 국가의 도시정비공단이 추진하는 부도심 '뉴타운' 마스트 플랜에 특별한 관심이 없다. 일본의 거품경제가 꺼지기 전, 거창하게 계획된 "총면적 2,530헥타르, 계획인구 30만 명이나 되는 일대 프로젝트"가 제대로 실행될 것이라고 보지 않는다. 요코하마의 부도심을 강조하는 선전표어가 눈에 띄긴 하

---

6   高橋哲哉, 「対談哲学は抵抗たりうるか」, 『前夜』 1, 影書房, 2004, 33쪽.
7   이승진, 「유미리의 『도쿄 우에노 스테이션』 고찰」, 『코기토』 95, 2021, 15쪽.

지만 "내게는 탁상에서 만든 마스트 플랜이 어그러져 고스트 타운이 안된다는 보장이 없다"[8]고 생각한다. 일찍부터 부모의 갈등, 가족의 붕괴·해체를 지켜보았던 자전적 화자인 '나'로서는 인간주의보다 소비문화, 자본 중심의 거품현상에 거부감이 적지 않다.

유미리, 『풀하우스』, 문예춘추, 1996

『풀하우스』에서는 아버지의 꿈인 '풀하우스'가 거품경제 이전의 '뉴타운'에서 가능했을지 모르겠지만 붕괴·해체된 현재의 가정에서 실현될 수 없음을 보여준다. 현대사회의 소비문화와 권력화된 자본, 개발논리의 모순과 부조리, 그렇게 굴절된 시공간에서 흩어진 일가족의 화해와 아버지가 꿈꾸는 '풀하우스'는 허상이라는 것이 작품의 주된 메시지다. 실제로 『풀하우스』에 등장하는 일가족은 처음부터 정서적인 평온함과는 거리가 먼 불안정한 일상을 살고 있다. 도시정비공단의 '뉴타운' 플랜에 현혹되어 '선전표어'에 휩쓸려 외곽으로 팅겨나갈 수밖에 없는 운명의 개별 주체들이다.

우리 모두 오갈 데가 없어 요코하마역橫浜駅 구내에서 생활했어요. 3주간이나 될까? 3주간이나. 여름이었으니 망정이지 겨울 같았으면 온가족 넷이 다 얼어 죽을 판이었지요. 여자의 이야기를 그대로 믿는다면 경위는 이렇다. 그들은 하다노시秦野市 가스가초春日町에서 '아이디슔田전기'라는 상점을 운영했는데 불황으로 부도를 내고 도산했다. 걸어서 10분 되는 곳에 개점한 할인점에 고객을 뺏긴 게 치명적이었다고 한다. 구마모토에 있는 남자의 형님네 집에 몸을 기탁하려고 짐을 정리했다. 마지막으로 남은 30만 엔을

---

8   유미리, 『풀하우스』, 고려원, 1995, 23쪽.

손에 들고 오다큐선小田急線 열차에 올라 소테츠선相鉄線으로 갈아타고 요코하마에 닿았다. 요코하마역에 도착해 가방을 열어보니 30만 엔을 넣어둔 봉투가 없었다. 소매치기를 당한 거라고 여자는 말한다.[9]

『풀하우스』는 "불황으로 부도를 내고 도산"한 일가족이 홈리스로 요코하마역 주변을 전전하다 아버지의 배려로 새로 지은 집에 임시로 거주한다는 내용이다. 아버지는 자신의 붕괴된 가족의 유대를 다시 한번 이어보려고 지은 집이겠지만 그 새집에 관심을 보이는 일가족은 아무도 없다. 주인공인 모토미는 아버지가 새집의 우체통에 네 가족의 이름을 새겨 넣고 지속적으로 가족복원을 희망하지만 "내 안에서의 가족은 벌써 끝나 버렸다"[10]고 인식한다. 이렇게 붕괴·해체된 일가족의 복원을 꿈꾸는 가족서사는 『풀하우스』에 이어 발표된 『가족 시네마』에서도 그대로 이어진다.

『가족 시네마』는 붕괴·해체된 일가족의 가족 관계의 복원에 대한 메시지를 한층 내밀한 '시네마'라는 장치로 얽어낸다. 『풀하우스』의 일가족이 『가족 시네마』에 겹쳐져 그대로 등장하기도 하는데아버지 하야시, 딸 모토미와 요코 기본적인 서사구조는 현대사회의 고도경제성장과 개발 논리에 튕겨 나간 일가족과 개인을 응시하는 데 있다. 특히 『가족 시네마』는 현대사회의 각종 모순과 부조리, '비틀림'과 '어긋남'이 횡행하는 불온한 가정과 왜소화·파편화된 개인들의 실존에 주목한다. 작품의 주요 등장인물은 주인공인 나모토미, 아버지와 어머니, 여동생 요코, 남동생 가즈키다. 이들 일가족은 현대사회의 불온성과 어긋남을 각자의 생존방식으로 수용하며 건조한 일상을 살아간다. 가정의 붕괴·해체에 함의된 현대사회의 병리현상과 모순·부조리의 현장을 현실주의, 배금주의, 개인의 자유, 상실한 자아, 외설적 성문화패티시즘를 통해 구체화한다.

---

9   위의 책, 76쪽.
10   위의 책, 56쪽.

가장인 아버지는 일찍부터 파친코PACHINKO 회사에 총지배인으로 일하며 가족들은 안중에 없고 도박을 일삼고 브랜드 상품을 즐긴다. "사이드 보드 안에는 여러 종류의 술이 늘어서 있다. 매나 말, 돛단배 모양의 하얀 도기에 든 술, 일본 술 고시노 간바이越乃寒梅, 헤네시, 나폴레옹, 발렌타인, 레거시, 레미 마틴"에 "모자, 양복, 시계, 구두는 모두 일류 품으로 치장해서 인색함과 낭비 사이를 왔다 갔다 하는 아버지"[11]다. 아버지는 부인에게 폭력을 일삼고, 키우던 강아지루이를 남의 아이에게 상처를 주었다는 이유로 비정하게 때려 죽이는 폭력성을 분출한다. 신체화된 가부장적 사고 때문일까 아버지의 존재는 타자에 대한 배려심보다는 삶에서 풍기는 분위기가 권위주의적이고 폭력적이다. 어머니는 권위주의적이고 폭력적인 남편에 불만을 품고 가정에서 '어머니' 아내로서의 역할을 포기하고 연하의 남자를 만나 가출한다. 남편을 '3류 인간'이라며 "하야시 씨는 자기 생각밖에 안해요! 가족에 대한 애정 따위는 벼룩이 똥만큼도"[12]도 없고, "생활비도 주지 않고, 나하고 자식들은 끼니를 때울까 말깐데. 자기는 실크 와이셔츠나 주문하고, 백금에 다이아몬드 넥타이핀이랑 카우스 버튼까지 끼고"[13]라며 울분을 토한다.

세 자녀는 불온한 가정을 뒤로하고 능력껏 각개전투로 일상을 살아간다. 장녀인 모토미는 꽃 상품을 기획하는 회사에서 나름의 능력을 인정받고 있고, 요코는 AV 여배우로 활동하기도 했지만 굴절된 현실을 수용하며 이벤트 회사에서 충실하게 살아간다. 막내인 가즈키는 대학생으로서 기성세대인 어른들의 간섭이 싫어 주로 테니스를 치며 자폐증 환자처럼 집안에 틀어박혀 있다.

이들 일가족은 주인공인 나오토미의 생일을 계기로 20년 만에 한자리에 모이고 일가족이 재회하는 장면을 스크린에 담는 '연기'를 요구받는다. 이혼한 아버지와 어머니는 영화촬영 내내 과거의 불온했던 기억에 얽매여, 20년 전의 결혼생활

---

11 위의 책, 20쪽.
12 유미리, 『가족시네마』, 고려원, 1997, 111쪽.
13 위의 책, 34쪽.

과 부모로서의 포지티브Positive한 '연기'를 이끌어내지 못한다. 과거의 결혼생활이 그랬던 것처럼 시종일관 비틀림과 어긋남, '네거티브Negative'[15]한 '연기'로 극적인 반전을 보여주지 못한다. 1차 사회집단인 가정은 공동체 정신과 개인의 욕망 사이에서 균형적 조율을 필요로 하고, 그러한 정신적 가치와 의식의 밀당을 통해 사회적 구성원으로서 덕목을 몸에 익히는 공간이다. 『가족 시네마』에서 요코가 말한 "어쨌거나 가족이란 어느 집이나 다 연극이잖아"[15]는 확실히 가정에서 일가족은 서로 협력하고 타협하며 공동선을 위해 지켜야 할 선이 있음을 의미한다. 그러나 『가족 시네마』의 일가족은 각자의 위치에서 협력하고 타협해야 할 '연기'를 연출하지 못한다. 전통적인 가정의 공동선을 의식하는 구성원은 존재하지 않는 현실인 셈이다.

"자식이 세 명이나 되는 여자가 어째서 카바레 같은 데서 일하지 않으면 안 됐죠? 생활비래야 하루에 고작 오백 엔 밖에 주지 않았잖아요. 경마에 쏟아부은 돈은 3천만 엔이든 4천만 엔이든 아무 문제삼지 않겠죠."

"당신 지금의 모토미하고 똑같은 나이였을 때, 내가 만마권万馬券을 맞춰서, 애들한테 옷을 사주겠다고 했더니 오십만엔이나 하는 투피스를 산 건 누구였지?" 아버지는 빈정거리며 목덜미를 긁었다.

"딱 한 번 뿐이잖아. 인기 있는 말들은 다 제쳐두고, 겨우 10점짜리에다 걸면서 재산을 탕진했다는 얘기는 들어보지 못했어요. 분명히 말해 두지만 돈이 문제가 아니야. 당신이 돈을 걸고 지는 방식을 용납할 수 없는 거예요. 당신, 쓰즈키都筑구에 있는 집하고 땅 전부 팔아서, 천만이든 이천만이든 걸 배짱 있어요?"

여기서 아버지가 격노하여 어머니에게 폭력을 휘두른다는 시나리오겠지.[16]

---

14   南雄太, 「「家族シネマ」―家族和解の不成立と「癒し」を拒否する強き異物としての生」, 『現代女性作家読本 ⑧―柳美里』, 鼎書房, 2007, 46쪽
15   유미리, 『가족 시네마』, 고려원, 1997, 16쪽.

추구하는 공동선이 없고 '물욕'에 휘둘리는 부부에게 '돈'과 '도박'의 유혹은 피해갈 수 없다. 공동선이 작동하지 않는 일가족에게 물욕은 그 자체가 지켜야 할 가치이고 생활이다. 이렇게 배금사상에 내몰린 가정에서 정신적 가치의 붕괴와 개인의 파편화는 시간문제다. 그러니까 『가족 시네마』의 부부이혼, 일가족의 핵가족 현상은 주인공인 나모토미를 포함해 누구도 피해갈 수 있는 상황이 아니다.

따라서 아버지가 희망하는 "쓰즈키 구에 있는 집에서 처음부터 다시 시작하면 어떨까? 우리들은 한 가족이야'라는 말은 전혀 현실감 없는 공허한 메아리다. 애초부터 모토미는 자신의 생일날을 맞아 왜 가족들이 재회하고 그것을 '시네마'로 촬영하는지 이해하지 못한다. 처음부터 '가족 시네마'에 냉소적이었던 모토미를 움직일 수 있는 시공간은 현실적인 '지금 여기'에서만 유효하다. 새삼스럽게 가정을 찾고 가족을 찾고, 연인을 찾는 복잡한 복원·재생의 삶과는 거리가 있다. 즉 비틀림의 되돌림, 어긋남의 새로 고침, 중층적인 연기력을 요구하는 밀당의 과정이 필요하지 않다. 그냥 현시점에 존재하는 자기, 현실에 비춰지는 자기, 실존적 자아로서의 담담한 인식이 필요하다. 따라서 여성의 '엉덩이'만을 집착하는 변태성 '남자의 집'에 이끌려 비춰주는 육체는 관념적, 철학적, 실존적 감정이나 이성과는 별개로 움직인다. 물상화物象化[17]된 피사체로서 흘러가고 비춰지는 있는 그대로의 몸일 뿐이다.

이렇게 붕괴·해체된 가정에서 왜소화·파편화된 개인들이 이성적 가치가 작동하는 가족관계를 이끌어낼 수 있을까. 복원·재생을 향한 일가족의 '시네마' 촬영은 계속되지만 '연기'가 진행될수록 사회와 가정, 가족과 개인, 개인과 개인을 둘러싼 '비틀림'과 '어긋남'의 고리는 한층 복잡해진다. 가장인 아버지가 아무리 "처음부터 다시 시작하면 어떨까? 우리들은 한 가족이야"[18]라고 해도 가족복원

---

16 위의 책, 36쪽.
17 김난주, 「페티시즘의 가족」, 『가족 시네마』, 고려원, 1997, 197쪽.
18 위의 책, 106쪽.

의 메시지는 허공을 맴돈다. 왜소화·파편화된 일가족에게 이성적인 감정에 근거한 공동선의 세계는 결코 '연기'로 되찾을 수 있는 상품이 아니다. 화려한 '전원주택'을 짓고 값비싼 물건들로 내부를 장식해도 가정 복원·재생은 요원하다. 이미 물욕에 휩쓸린 일가족이 값비싼 '자동차'며 '카바레'의 유혹을 벗어나기 힘들다. 오히려 어머니는 '전원주택'을 어떻게 하면 부동산 투자를 위한 희생물로 삼을까 골몰한다. 붕괴·해체된 가정의 일가족에게는 비틀리고 어긋난 불온했던 과거의 감정선만 자극하는 꼴이다.

　무슨 일이 생긴다 해도, 우리 형제에게는 대수로운 일이 아니다. 아버지의 폭력에도, 어머니의 성적 방종이 초래한 치욕에도, 우리는 그럭저럭 견디어 왔다. 비굴한 정도로 순순히 받아들였다고 해도 좋다. 나나 요코나 가즈키 또한 단단히 뿌리내린 아버지와 어머니에 대한 증오심을 바깥으로 향하게 할 수밖에 없었다. 그저 타인과 타협하지 못해 미워했을 뿐이다. 부모를 증오하는 죄에 비하면 값싼 대가라 해야 할 것이다. 그러나 아버지가 실직했다면, 경제적인 문제보다 파친코 점의 총지배인, 팔십만엔이란 고액의 월급으로 간신히 지탱해 왔던 자존심에 상처를 입게 되어, 모든 것에 제대로 적응할 수 없게 될 것이다.

　"좋은 점은 좋지만, 나쁜 점은 서로 반성하고 개선하기로 하고, 다시 한번 시작합시다. 당신이 나를 배신하고 집을 나간 일은 없었던 일로 하지."

　서투른 배우가 대본대로 암기한 대사를 그대로 읽어내리는 것보다 더 한심하다. 어머니가 얼굴로 흘러오는 담배연기를 피하면서 잔나무가지로 모닥불을 쑤시고 있다. 그 빛을 받아, 눈, 광대뼈, 아래턱으로 절박한 감정이 자글자글 타오를 듯이 보인다. 초바늘이 시각을 새길 때마다 죄어오는 긴장감을 견딜 수 없었는지, 요코가 지금까지와는 전혀 다른 가냘픈 소리로 말했다.

　"그렇게 해요. 엄마. 응? 우리 가족 모두 함께 살자구요." 애원하듯 목소리까지 떨렸다. (…중략…)

"나는 같이 못살아."[19]

"다시 한 번 시작하자"는 아버지의 가정 복원·재생의 메시지, "우리 모두 함께 살자"는 요코의 떨리는 목소리에도 장녀인 모토미의 반응은 단호하게 "같이 못 살아"다. 모토미는 몸서리치며 거부했던 과거의 비틀림과 어긋남의 가족 공간을 '연기'로 소환하지만 이미 치유할 수 없는 상처만 재확인하는 꼴임을 알고 있다. 가족이란 "족쇄에서 해방되었다고 생각하고" 있었던 모토미는 과거의 부모와 형제자매에 대한 상처의 기억을 '타협'을 통해 돌파구를 찾을 수 있다고 보지 않는다. 모토미에게 정신적으로 붕괴·해체된 가정의 복원·재생은 이미 현재화할 수 없는 심상공간에 갇힌 기억일 뿐이다.

4. 파편화된 사회의 건조한 일상들

과거로 '돌아가지 못하는 사람들'의 기억은 심상공간에 선명히 각인되어 남는다. 그 기억이 강렬할수록 심상공간의 이미지는 공고하고 깊숙이 자리하게 마련이다. 유소년기 강렬했던 트라우마의 기억은 개인의 일생을 좌우할 만큼 파급력도 크다. 유미리의 문학은 그러한 강렬했던 기억을 소환해 현재의 삶과 겹쳐 얽어낸다. 작가가 경험했던 시공간은 굴절된 가정과 학교였고 그곳에서 불온했던 일탈의 기억이 또렷하다. 실제로 유미리의 청소년기는 부모이혼, 가정불화, 가출 등으로 점철했다. 1968년 재일코리안 집안에서 태어난 유미리는 가정에서 부모의 불화를 보며 글쓰기가 유일한 위안이었고, 청소년기 가출과 자살미수로 고등학교 때 중퇴한다. 곧이어 극단 '키드 브라더스'의 연기자로 활동하며 실어증을

19 위의 책, 106~107쪽.

겪고 희곡을 썼으며 18세에 극단 '청춘 5월당'을 결성한다.[20] 청소년기의 가출, 자살미수, 학교중퇴, 극단창단, 작가로 자리매김하기까지의 이력은 정형화된 문단의 시선을 끌기에 충분하다.

청소년기의 굴절된 경험은 그녀의 작품에도 큰 영향을 끼치게 된다. 예컨대 유미리 문학의 붕괴·해체된 가정, 왜소화·파편화된 개인들, 상실한 자아, 성적 페티시즘, 재일코리안 문제에 이르기까지 일련의 문학적 주제 의식은 작가적 경험에서 비롯된 자전적 측면이 크다. 주목할 것은 문학적 주제 의식이 기존의 전통적인 가치를 의식한 복원·재생의 개념보다 실존하는 인간, 건조한 자아 그 자체에 무게를 둔다는 사실이다. 예컨대 『풀하우스』에서 자매인 모토미와 요코는 확실히 "우리가 아버지와 함께 살 생각이 없다"[21]는 것이고, 『가족 시네마』의 모토미는 20년 만에 재회한 가족들로부터 "의식이 서로 닿을 때마다 접촉 불량을 일으켜 웅성거리는 증오와 짜증"[22]을 느낀다. 이미 오래전에 가족의 "족쇄에서 해방되었다고 생각"하는 현재의 모토미는 과거의 시공간을 벗어났고 전통적인 가정, 형제애, 복원·재생의 길과는 거리가 먼 존재이다.

『풀하우스』는 심상공간에 자리매김한 굴절된 기억을 현재의 공간에서 소환해 '지금 여기'의 일상과 겹쳐 얽어낸다. 작품에서는 붕괴·해체된 가정과 왜소화·파편화된 개인의 기억을 소환하되 결코 과거의 시공간으로 복원·재생될 수 없다는 시각을 분명히 한다. 그것은 현재를 살아가는 '돌아가지 못하는 사람들'[23]의 공통된 자의식이다.

20　川村湊 編,『現代女性作家読本 ⑧－柳美里』, 鼎書房, 2007, 159쪽.

21　유미리,『풀하우스』, 고려원, 1995, 14쪽.

22　위의 책, 23쪽.

23　사기사와 메구무(鷺沢萠)의 소설 중에『돌아가지 못하는 사람들(帰れぬ人びと)』이 있다. 이 작품에서 주인공은 아버지가 말했던 "내겐 고향이 없어"라는 말을 떠올리며 어른들은 항상 어디론가 돌아가고 싶어하지만 사실은 돌아갈 곳이 없음을 알고 있다. "돌아갈 수도 벗어날 수도 없다면 지금 걸어가고 있는 곳만이 앞으로 우리가 '돌아갈 곳'이다"라고 생각한다.

"처음에는 하반신만 벗고 후카미가 요구하는 대로 포즈를 취했는데, 금방 전라가 되는 편이 자연스럽고 부끄럽지도 않겠다는 생각에 윗도리도 벗었다.

"패티시즘인가요"라고 묻자,

"멍청이, 그런 게 아니야"라는 말을 내뱉었다. (…중략…)

촬영은 끝났다. 옷을 껴입을 기분이 들지 않아, 시트로 몸을 휘감았다. 참고 있었던 담배가 무지무지하게 피우고 싶어져 가방에서 버지니아 슬림을 꺼내 불을 붙였다. 그는 사진을 책상 위에 늘어놓고, 전문사진가처럼 몇 번이나 자리를 뒤바꾸었다. 곁눈질해 보니, 엉덩이는 이상하리만큼 광택을 띠고 둥글고 커다랗게 과장되어 있다. 그는 한숨을 쉬면서 세 장만 남기고 나머지는 고무줄로 묶었다. 벽장 안으로 기어들어간 그가 파일을 옆구리에 끼고 나오자, 그 세 장을 스크랩했다.

"이름은?"

"하야시예요."

"멋진 엉덩이야." (…중략…)

수도꼭지를 눌러 대야에 물을 받고, 비누 거품을 내어 얼굴에 바르고, 따뜻한 물로 거품을 씻은 후 김서린 거울에 얼굴을 들이밀었다. 거의 하루를 잠으로 죽였는데도 눈 아래가 거무스름하다. 피부가 유난히 누르죽죽 하게 보인다. 유방은 축 늘어져 있고 풍만감도 없다. 나는 배꼽 위 두 단으로 겹쳐 있는 하복부의 지방을 꾹 집었다.[24]

생명력 있는 복원·재생의 가치가 추동되지 않는 시공간에서 이루어지는 커뮤니케이션은 무미건조할 수밖에 없다. 모토미의 '풍만감' 없는 '늘어진 유방'은 생명력 있는 이성·감정의 세계와 거리가 있고 긴장감 없는 네거티브한 삶의 현재적 지점을 표상한다. 피사체인 물건처럼 이성·감성과 생명력이 소거된 정지된 물체로서 살아 움직이는 인간의 몸과는 거리가 있다. '김서린 거울'에 비친 희미

---

24   유미리, 앞의 책, 67쪽.

한 자신의 모습과 탄력 잃은 몸에서 생명력 있는 메시지는 찾아보기 어렵다. 노인의 성적 변태성^{패티시즘}에 맡겨진 모토미의 신체적 움직임은 모순·부조리로 가득한 현대사회, 비틀림과 어긋남을 표상하는 굴절된 자아의 편린이다.

이렇게 잃어버린 생명력과 굴절된 자아의 세계는 근원적으로 권력화·계급화된 현대사회의 모순·부조리와 맞닿아 있다. 권력화된 거대자본 앞에서 보편성에 근거한 인간주의는 작동하기 어렵다. 거대한 고층빌딩 숲에 갇힌 전통가옥처럼 권력화된 현대사회의 구조물은 가정과 개인의 일상을 건조하게 만들고 갑갑하게 조여온다. 작중 현실은 살아 움직이는 실존적 생명체가 고사^{枯死}한 물건처럼 취급되고 정체된 가치와 정지된 사고가 근저에 흘러넘치는 부조리한 공간이다.

자본주의의 개발 논리에 휩싸인 '거품'의 거리는 "승려, 상인, 관리, 셀러리맨처럼 도시를 형성하는 갖가지 부류의 사람들이 행진해 오는 모습이 햇살이 강하게 반사되는 4차선 가도 위에서 하루살이처럼 흔들거리다가 사라진다."²⁵ 붉은색과 흰색의 가로무늬가 쳐진 쓰레기 처리장의 굴뚝을 끼고, '뉴타운' 개발 프로젝트로 부산하게 고층건물 맨션들이 들어서지만, 왠지 모르게 정체되어 건조하기 짝이 없다. "이미 7월인데 어떻게 된 걸까? 공원과 공터투성이인데도 불구하고 잠자리며 나비, 메뚜기도 찾아볼 수 없다."²⁶ 거대자본이 추진하는 '뉴타운' 프로젝트에 휩쓸린 황량한 공간은 생명체가 살기 힘든 견고한 콘크리트 고층건물, 거기에서 왜소화·파편화된 개인은 방향을 잃고 거리를 헤맨다.

네거리에서 오른쪽으로 돌고 왼쪽으로 돌고, 바로 또 모퉁이를 돌아야 하는데, 오른쪽으로 돌아야 하는지 왼쪽으로 돌아야 하는지 생각나지 않는다. 그런데 내 다리는 자신 있게 오른쪽 모퉁이를 돌았다. (…중략…) 그네에 앉았다. 발로 지면을 차자, 건물 유리창에 반사된 석양이 내 움직임을 따라 춤을 추었다. 색채가 번져 뿌예지고 뒤에는

25   위의 책, 31쪽.
26   위의 책, 37쪽.

음영만 남았다. 3월의 끝, 뜨뜻미지근한 바람이 불어와 교정에 잔물결을 일으켰다. 뒤꿈치로 흔들리는 그네를 멈추게 하였다. 그러나 발치에서 모래가 움직이고, 썰물 같은 바람에 떠밀려 갈 것만 같다. 나는 바람과 타협하기 위해 몸을 흔들었다.[27]

불온한 가정에서 성장한 모토미의 내면세계는 근원적으로 흩어진 일가족의 재회로 치유·재생될 수 있는 의식이 아니다. 외부현실과 타협할 수 없는 것이 근원적인 심상공간의 가치이고 실존적 자의식이다. 그것은 현대사회의 불온한 병리현상, 모순과 부조리, 비틀림과 어긋남의 결절점이기에 흔히 말하는 희망적인 복원·재생과는 거리가 있다. 예컨대 붕괴·해체된 가정과 왜소화·파편화된 개인이 안고 있는 근원적인 결절점을 "바깥 세계에 대한 폭력적 행동을 행하는 것으로 해소하려 하지 않고, 그것을 안은 채로 담담하게 일상을 살아갈 뿐"[28]이다. 거기에는 여권에 찍힌 도장처럼 '혼자가 된' 지금 '집을 빠져나온' 타자와 타협할 수 없는 개인의 자립이 이미 전제되고 있다.

그것은 "자신이 안고 있는 상처를 치유되어야 할 결손이 아니라 자기를 구성하는 삶의 일부로서 받아들이는, 바꿔 말하면 『가족 시네마』에서 모색하는 것은, 역시 수복 불가능하게 된 가족과의 '타협'이 아닌, 오히려 자신이 안고 있는 상처와의 '타협'이었다"[29]고 말할 수 있을지 모른다. "자신의 '붕괴'를 회복시켜야만 하는 결손이 아닌 삶의 조건으로서 받아들이는"[30] 실존적 자의식이다.

이러한 문학적 자의식은 「한여름」의 여주인공을 통해서도 그대로 노정된다. 3일간 "전철을 타고 여덟 번 왕복하면서 취향에 맞는 여자의 뒤를 밟는 것이 일과"인 페티시즘의 '초로의 남자'와 보냈던 '여자'의 심리와 닮아 있다. 초로의 성

---

27   유미리, 『가족 시네마』, 고려원, 1997, 118~119쪽.
28   竹田青嗣, 「異物としての生」, 『群像』, 1997, 397쪽.
29   南雄太, 앞의 글, 45쪽.
30   위의 글, 47쪽

적 변태성 남자와 헤어지고 가정이 있는 남자와 3년간 동거했던 오피스텔로 돌아왔을 때, 선뜻 집 안으로 들어가지 못하고 계단에서 "불쑥 터져 나온 웃음"에 사로잡혀 꼼짝달싹 못하는 '여자'와 겹쳐진다. 그것은 "웃음으로 젖혀진 머리로 무슨 기억인가 떠올리려 해도"[31] 웃음에 매몰된 채 방향감을 잃고 한여름의 강렬한 태양 볕이 내리쬐는 삼거리로 내몰린 자아를 표상한다.

5. 유미리 문학의 힘, 문학적 보편성

유미리 문학은 파편화된 사회의 건조한 일상의 편린들을 구체적으로 얽어낸다. 붕괴·해체된 가정과 왜소화·파편화된 개인을 둘러싼 일상세계의 견고한 구조물을 구체적으로 소환하는 형식이 아니다. 표면적으로 드러나는 거대한 이야기의 건축학적 구조물의 실체를 하드웨어라고 하고 구조물 내부에 채워진 각종 기계들과 상품들을 소프트웨어라고 한다면, 유미리 문학은 건축 구조물에 채워진 각종 상품들을 구체적으로 의식하는 방식을 취한다는 것이다. 일본의 고도경제성장과 근대산업화 과정에서 노정된 국가와 이데올로기, 자본주의와 개발 논리에 함의된 각종 병리현상과 모순·부조리의 실체를 소프트웨어_{가정과 개인} 차원에서 얽어내기 때문이다. 이러한 문학적 서사구조는 "현실 비판주의"와 "인간의 비극을 만드는 원흉은 자본주의의 소비문화와 인간들의 마음 저변에 배어든 배금주의"[32]라고 보는 시선과 궤를 같이 한다.

예컨대 『풀하우스』에 등장하는 홈리스 일가족과 성적 변태성에 몸을 맡기는 요코, 『가족 시네마』에서 물욕에 매몰된 부부, 남자의 패티시즘, 자폐성을 띤 가즈키, 「한여름」에서 변태성 남자에 몸을 맡기는 '여자', 『돌에서 헤엄치는 물고

---

31 유미리, 「한여름」, 앞의 책, 142쪽.
32 許金龍, 「柳美里の文學世界」, 『柳美里』, 鼎書房, 2007, 14쪽.

기』에서 주제화된 재일코리안이 안고 있는 문제, 임신과 낙태, 남녀의 성애, 가족의 붕괴·해체, 『골드러쉬』에서 선보이는 소년의 살인사건, 『콩나물』에 등장하는 남녀의 불륜, 『그림자 없는 풍경』의 교내 폭력 등이다. 재일코리안에 대한 문학적 접근도 크게 다르지 않다. 1세대 작가들김사량, 김달수, 정승박 등은 물론 중간세대 작가들의 작품들, 즉 양석일의 『피와 뼈』, 김학영의 『얼어붙은 입』, 이회성의 『다듬이질하는 여인』, 이양지의 『유희』 등과 비교해 보더라도, 유미리의 문학은 일제 강점기의 '부'의 역사성과 민족성을 구체화하지 않고 비틀림과 어긋남을 통해 재일코리안의 '어둠'의 세계를 짚고 있다. 이처럼 유미리 문학은 현대사회의 건조한 일상의 편린들을 소프트웨어 차원의 세목들로 건축 구조물을 촘촘히 채워간 경우라고 할 수 있다.

유미리 문학의 개별 주체들이 보여주는 굴절된 일상의 편린들은 기본적으로 가정과 개인의 영역으로 귀결된다. 현대사회에서 '타협'할 수 없는 가정과 개인의 영역, 파편화된 건조한 삶의 영역에서 부유하는 흔적들을 각종 사회적 병리현상, 모순·부조리, 일상의 불온성 형태로 그려진다. 비틀림과 어긋남이 일상화된 현대사회의 결절점과 의식의 지팡이 사이에서 방황하는 자아의 세계라고도 할 수 있다. 그런데 유미리 문학에서 주제화하는 현대사회의 각종 변리현상, 모순·부조리, 비틀림과 어긋남의 현장은 거창하게 포장되기보다 솔직하게 있는 그대로의 현상으로 직시한다. 기존의 인간주의를 의식한 생명력, 희망, 복원·재생의 이미지가 아닌 비틀리고 어긋난 현상 그대로의 세계, 굴절된 가정과 개인의 현재적 지점을 리얼하게 얽어낸다. 이러한 문학적 개성은 유미리가 "가족을 밑바닥까지 쓴다면 국가의 삐뚤어짐도 쓸 수 있겠다"고 언급했던 자의식과 맞닿아 있다.

유미리는 동년배인 사기사와 메구무鷺沢萠의 『개나리도 꽃, 사쿠라도 꽃』의 「해설」에서 자신과 사기사와를 교차시키며 재일코리안 입장을 피력한 적이 있다. 자신이 "재일 한국인으로서 '교포'라 불리는 존재"이고 일반적으로 "한국인의 피를 비밀로 하는 이유는 일본사회에서 살아가는 데 그 사실이 불리하게 작용하기 때문"이라고 했다. 또한 유미리는 같은 재일코리안의 "피의 계보"를 지닌 사기사와의 서울 유학생활을 다음과 같이 언급한 바 있다.

사기사와 씨 할머니의 친형제나 친척이 일본에 있는지는 모르겠으나, 만약에 있었다면 절연을 하고 지냈을 것이다. 이것은 어떤 의미에서는 조국, 피의 계보에 대한 '배신'이다. 오해는 없길 바란다. 나는 그녀의 일가나 나의 큰아버지가 비밀로 했던 것을 배신이라고 여기지는 않는다. 그들에게 흐르는 피가 스스로 그렇게 하도록 만들진 않았을까 하는 말을 하고 싶을 따름이다. 사기사와 씨는 그 내면적으로 흐르는 배신을 원죄에 가까운 것으로 느껴서, 가문의 비밀에 대한 말썽의 소지를 없애기 위해서 유학을 결심했다. 이렇게 추측하는 이유는 만약 우리 선조가 백정 출신자였는데, 어느 날 부모가 그 사실을 숨기고 있었던 것을 알았다면, 나는 그 사실을 적극적으로 틀림없이 공표했을 것이기 때문이다. 조부모나 양친의 마음의 상처를 이어받으려 했을 것이라는 뜻이다. 나아가서는 작가이면서 백정 출신이라는 사실에 감사했을지도 모르겠다. 자신의 내면에 잠재해 있는 것을 파고드는 마음의 움직임은 글을 쓰는 인간의 '업業'이다.[33]
인간은 유전자에 의해서 행동과 감정까지 지배받고 있다. 곧장 믿기는 어려워도 '나'의 대부분은 유전자에 의한 영향을 벗어날 수 없다. 유전자에 의해 짙게 배양되는 것은 가족이다. 그러나 자기의 유전자를 직접 눈과 손으로 만지면서 확인하기란 불가능하다. 사기사와 씨는 과감하게 유학생활을 보내고, 말을 배우고, 한국 사람들과 접하면서 할머니·아버지의 조국을 보았다.[34]

유미리는 재일코리안이라는 동떨어진 상황이 오히려 자기에게 아이덴티티에 대해 무관심하게 만들었을지 모르지만 "자신의 아이덴티티와 뿌리찾기는 그다지 의미있는 일이 아니다. 자기나 아이덴티티나 불변의 그 무엇이 아니기에 절

---

33 柳美里, 「解說」, 鷺沢萠, 『ケナリも花, さくらも花』, 新潮文庫, 1997, 179.
34 위의 글, 181쪽.

대적인 것으로도 존재하지 않는다. 그렇지만 사람들이 뿌리를 찾으려 애쓰는 그 절실함 만큼은 가슴에 사무칠 정도로 이해가 된다"[35]고 했다. 말하자면 유미리는 재일코리안의 입장을 "피의 계보"로서 "유전자에 의한 영향"에서 벗어날 수 없는 존재로 이해하고 있다.

유미리의 문학은 기본적으로 재일코리안의 입장을 포함해 국가와 이데올로기, 자본의 권력화라는 구조물 위에서 전개된다고 할 수 있다. 하드웨어 성격의 구조물을 구체적으로 들춰내지는 않지만 이미 '유전자'로 교감되는 소프트웨어 성격의 각종 컨텐츠를 통해 재일코리안사회의 부의 역사성과 민족성, 불온성, 폭력성, 차별성 등을 구체적으로 담아낸다. 유미리의 문학에는 국가와 이데올로기, 자본주의의 폐해, 주류·중심에서 튕겨나간 개별 주체들의 건조한 일상들, 즉 붕괴·해체된 가정, 왜소화·파편화된 개인, 자아 상실, 성적 패티시즘 등이 '유전자'처럼 흐른다. 여기에서 유미리 문학은 2000년대 들어서도 초기작품에서 서사화했던 격동기 사회상과 연동된 개인과 가족 담론을 확장하면서 재일코리안과 마이너리티의 입장을 읽어낸다.

일제강점기 일본에서 마라토너로 활동했던 할아버지의 삶을 '부'의 역사성과 민족 의식과 연계한 『8월의 저편』과 계급적인 제국과 국가주의, 천황 이데올로기를 홈리스의 시선으로 상대화한 『도쿄 우에노 스테이션』은 그러한 '피의 계보'의 확장성을 보여준 작품이다. 이러한 소프트웨어를 활용한 제국과 국가주의, 민족주의로 수렴되는 각종 모순과 부조리에 대한 직격, 거기에서 유미리 문학의 확장성, 문학적 보편성과 세계성의 실체를 확인할 수 있다.

---

35   위의 글, 178쪽.

가네시로 가즈키

『플라이 대디 플라이』·『GO』

1. 가네시로 문학의 출발

가네시로 가즈키金城一紀[1]의 소설은 작품명『GO』,『SPEED』,『런 보이즈 런ラン,
ボイズ, ラン』,『플라이, 대디, 플라이フライ, ダディ, フライ』처럼 어딘가 목적지를 향해 끊
임없이 움직인다. 가네시로 소설에 등장하는 인물들은 재일코리안을 비롯해 오
키나와 출신, 홋카이도 출신 등 다양한데 대체로 마이너리티minority로서 주류중심
사회에 안티의식을 발휘한다. 또한 기존의 재일코리안문학과 확연히 다른 서사
적 리듬을 선보인다.

그동안 재일코리안문학은 재일 1세대 작가들의 민족적 글쓰기를 비롯해 중간
세대 작가의 경계 의식, 그리고 현세대 작가들의 탈민족적 현실주의가 중심이었
다. 넓게 보면 조국과 민족, 역사와 이데올로기를 둘러싼 '재일성'을 천착하며 재
일코리안으로서의 고뇌와 저항, 민족적 아이덴티티를 서사화했다고 할 수 있다.
즉 주류중심로 표상되는 일본 / 일본인 / 일본사회를 상대화하는 마이너리티의 대
항의식과 '안티테제antithese'의 형상화인 것이다. 그러한 재일코리안문학의 전개는
일제강점기가 끝나고 해방을 맞은 이후에도 '포스트 콜로니얼postcolonial'과 냉전/

---

1   가네시로 가즈키(金城一紀)는 1968년 사이타마현(埼玉県)에서 태어나 조총련계 초·중·고
   등학교를 졸업하고 게이오대학 법대를 졸업했다. 첫 소설『레볼루션 No.3(レヴォリューショ
   ンNo.3)』(1998)로 소설현대상,『GO』(2000)로 나오키상(直木賞)을 수상했다. 그후 계속해
   『플라이, 대디, 플라이(フライ, ダディ, フライ)』(2003),『SPEED』(2005),『대화편(対話篇)』
   (2003),『영화편(映画篇)』(2007)을 발표했으며, 특히『GO』와『플라이, 대디, 플라이』는 영화로
   제작되어 큰 반향을 일으킨다.

탈냉전의 관점에서 지속적으로 그려진다. 재일코리안문학이 이항대립의 서사 형식을 노정하며 끊임없이 식민과 피식민, 지배와 피지배, 중심과 주변으로 반목했던 이유이기도 하다. 실제로 일제강점기 김사량과 장혁주 문학은 협력과 비협력 형태의 서사구조를 보여주며 굴절된 시대상을 '부'의 역사성과 민족 의식을 통해 부조해 낸다. 해방 이후의 김달수, 허남기, 김석범, 정승박 등의 문학이 포스트 콜로니얼의 관점에서 일제강점기와 해방정국의 정치 이데올로기적 혼란상을 문학적으로 얽어낸 경우도 다르지 않다. 특히 해방된 조국과 별개로 유역의 시공간에서 간고한 삶을 이어갔던 코리안 디아스포라의 문학적 활동이 그러했다. 재일코리안문학의 민족적 글쓰기, 경계 의식과 월경, 디아스포라의 구심력과 원심력, 현실주의와 실존적 자의식은 그러한 문학적 변용 지점을 대변한다고 할 수 있다.

그러나 가네시로 가즈키 문학은 마이너리티의 관점에서 디아스포라diaspora의 구심력으로 수렴되는 역사적, 사회적, 이데올로기의 시공간보다 현실주의와 주체적 자의식을 중시하는 문학적 변용이라는 점에서 특징적이다. 작품은 주류중심에서 튕겨나간 마이너리티들을 통해 제국과 국가주의, 민족주의를 의식한 거대담론에 다가서기보다 일상을 배경으로 한 주체적 자의식, 즉 주류사회를 상대화하는 마이너리티의 '안티테제'가 그려진다. 또한 현실주의와 빠른 문체는 대중문학의 성격을 담보하는 문학적 장치로서 부족하지 않다. 비평가들은 가네시로 문학의 리드미컬rhythmical한 문체와 엔터테인먼트의 서사구조를 "서구적 이미지 형상화"[2]와 대중성으로 해석하고, '코리안 재패니즈'를 통해 "기존의 민족적 패러다임을 탈구축하고 경계인 저편"[3]을 지향한다고 했다. 필자 역시 가네시로 소설의 리드미컬한 문체와 월경적 세계관이 문학적 보편성과 대중성, 엔터테인먼트를 담보하는 독창적인 서사구조로 이해한다. 이를 통해 문학과 영화의 경계를 넘나들며 확장성을 보여주는 가네시로 문학 특유의 '재일성'과 힘을 발견할 수 있다.

---

2   서해란, 「가네시로 가즈키(金城一紀) 문학 연구」, 동국대 대학원, 2009, 17쪽.
3   磯貝治良, 『〈在日〉文學論』, 新幹社, 2004, 238쪽.

2. '부'의 역사성과 현실주의

가네시로 가즈키 문학에서 '재일코리안'이란 고유명사는 기존의 문학과 확연히 차별화된다. 재일코리안의 역사와 민족문제가 서사의 중심이라고 할 수 없지만 현세대의 민족^{자기} 아이덴티티를 규정짓는 위치에 있다. 그의 문학에서는 거대담론이라고 할 수 있는 '부'의 역사성과 민족성, 즉 국적문제, 민족차별, 귀국운동, 외국인등록증, 지문날인 등이 간간이 리드미컬한 리듬을 타고 모습을 드러낸다. 이는 국가권력과 '단일민족신화'의 일본사회를 상대화하는 서사 기제로서 역사적 지점을 끌어들인다. 일제강점기의 계급적 폭력성과 모순 / 부조리를 독특한 문체로 희화화하며 자연스럽게 현세대의 현실주의와 실존적 자아에 힘을 싣는 구조다.

그러나 가네시로 문학의 '재일성'은 본격적인 실체에 대한 접근 형태로 서사화하지 않는다. 재일 현세대의 확고한 현실주의와 주체적 자아를 부조하는 과정에서 자연스럽게 역사성과 민족 의식이 동원되는 형식이다. 재일코리안의 '국적' 문제만 해도 등장인물의 역사관이나 민족 의식과는 거리가 있다.

아버지는 일본사람이었다. 이유는 간단하다. 옛날에 조선^{한국}은 일본의 식민지였으니까. 일본 국적과 일본 이름과 일본 말을 강요당한 아버지는 어른이 되면 '천황폐하'를 위하여 싸우는 군인이 될 예정이었다. 부모가 일본의 군수공장에 징용을 당하는 바람에 어린 아버지도 함께 일본으로 건너왔다. 일본이 패하고 전쟁이 끝나자 아버지는 더 이상 '일본 사람'이 아니었다. 이어 일본 정부로부터 '볼 일이 없어졌으니 돌아가라'는 일방적인 통보를 받고 허둥대다 보니, 알지도 못하는 사이에 조선반도가 소련과 미국의 알력으로 북조선과 한국, 두 나라로 갈라지고 말았다. 일본에 있어도 상관은 없었지만 어느 쪽이든 선택해야 할 처지에 놓인 아버지는 북조선을 선택하기로 했다. 이유는 북조선이 가난한 사람들에게 친절한^할 마르크스주의를 내세우고 있다는 것과, 일본

에 있는 '조선인^{한국인}'에게 한국 정부보다 더 신경을 써
주기 때문이었다. 그런 사연으로 아버지는 조선 국적을
소위 '재일조선인'이 되었다.

젊은 나이에 두 번째 국적을 갖게 된 아버지는 나이
가 들어 하와이 때문에 세 번째 국적 취득에 나섰다.[4]

『GO』에서 아버지의 '국적 취득'은 역사와 민족을
의식한 고민 끝에 획득한 것이 아니다. 일제강점기
와 조국 해방의 시대 상황 속에서 민족적 자의식과
무관하게 취득한 국적이다. 굴절된 근현대를 살아가

가네시로 가즈키, 『GO』, 고단샤, 2000

는 주체로서 불가피하게 '일본 국적'에서 '재일조선인'을 취득했고 "하와이로 가기
위해 국적을 조선에서 한국으로"[5] 바꿀 뿐이었다. 아버지의 굴절된 국적 의식은
아들^{스기하라}에게 "국적은 돈으로도 살 수 있는 거야. 네 녀석은 어느 나라 국적을
사고 싶으냐?"고 반문할 정도로 조국과 민족 의식은 피상적인 것에 불과하다. 그
것은 현세대 스기하라의 민족^{자기} 아이텐티티와도 자연스럽게 맞물린다.

『GO』에서 스기하라는 민족학교에 다니면서 국적을 '조선'에서 '한국'으로 바
꾸었고 그 국적 변경을 이유로 학교로부터 '민족 반역자' '매국노' '배신자'로 낙
인찍힌다. 심지어 민족학교 담임선생으로부터 "넌 매국노야"라는 소리를 들으며
걷어차이고 따귀까지 얻어맞는다. 하지만 스기하라는 왜 자신이 매국노가 아닌
지를 표현할 길이 없다. 담임선생에게 매국노로 낙인찍혀 얻어맞고 있을 때, 같
은 반 정일이가 "우리들은 나라라는 것을 한 번도 가져본 적이 없습니다"[6]라는
외침에 크게 공감한다. 조선 국적을 지닌 부모 사이에서 태어난 "나는 알고 보니

---

4   가네시로 가즈키, 『GO』, 북폴리오, 2003, 12쪽.
5   위의 책, 10쪽.
6   위의 책, 76쪽.

조선 국적을 지닌 재일조선인이었고, 철이 들 무렵부터 하와이를 타락한 자본주의의 상징이라고 배웠고, 표지에 마르크스니 레닌이니 트로츠키니 체 게바라니 하는 이름들이 적혀 있는 책에 에워싸여 자랐고, 또 알고 보니 학교는 조총련에서 운영하는 민족학교, 즉 '조선학교'에 다니고 있었고, 거기에서 미국이란 나라는 절대적으로 적국이란 가르침을 받았을"7 뿐이기 때문이다. 말하자면 스기하라의 역사성과 민족 의식은 "뭐 공산주의 사상에 푹 젖어 있었던 것은 아니다. 북조선도 마르크스주의도 조총련도 조선학교도 미국도 내 알 바 아니었다. 나는 선택의 여지가 없는 환경에 순응하며 그저 살아왔을 뿐"8이라는 인식이 전부다.

가네시로 문학은 1950년대 말부터 본격화한 '귀국운동'에 대한 현실주의적 입장도 비교적 명료하다. 귀국운동은 일제강점기와 포스트 콜로니얼의 관점에서 조국과 일본, 남한과 북한, 민단과 조총련이 반목했던 근현대사의 불온성과 이데올로기를 상징한다. 그러한 귀국운동을 『GO』에서는 깊숙이 실체에 접근하며 반목의 역사와 민족 의식으로 얽어내기보다는 현실주의적 사고로 그려낸다. 스기하라의 삼촌은 일본에서 학대받는 '재일조선인'들이 '지상낙원'인 '북조선'에서 함께 열심히 살아보자는 귀국운동에 동참했다. 그러나 북으로부터 "페니실린과 카시오 디지털 시계를 가능한 한 많이 보내 달라"9는 편지를 받고서 그곳이 '낙원'이 아님을 깨닫는다.

사실 '귀국운동'은 역사와 민족 의식을 포함해 가족과 개인의 생존과 직결되는 중대한 문제였다. 일제강점기 민족의 독립운동과 관동대지진 때의 '조선인학살사건', 해방 이후까지 계속된 일본·일본인·일본사회의 민족차별과 연동된 민족의 정신사적 투쟁사와도 맞물리는 지점이다. 하지만 『GO』에서는 광범위하게 진행된 귀국운동을 매우 단편적으로 불러들인다. 예컨대 당시 귀국운동에 휩쓸려

7   위의 책, 16쪽.
8   위의 책, 16쪽.
9   위의 책, 14쪽.

'북조선'으로 들어갔던 동생통길을 위해 아버지는 많은 돈을 들여 '3톤 트럭'까지 보냈지만 결과는 동생이 죽었다는 소식을 듣는 게 전부였다. 현세대인 스기하라는 삼촌을 죽음으로 내몬 '북조선'을 향해 '돼지' 같은 놈들 때문이라며 분노한다.

현세대의 현실주의적 세계관은 '북조선'의 김일성 교조주의를 단호하게 비판한다. 스기하라는 수많은 김일성의 전설이 빈약하다며 전혀 매혹적으로 받아들이지 않았다. 일찍부터 민족학교의 18번인 '총괄'과 '자아비판'이 있는 공산주의를 인정할 마음이 없었다. 일본의 불온한 외국인등록법에 대해서도 현세대는 현실주의적 시좌를 선명히 한다.

일본에는 외국인등록법이라고 해 일본에 거주하는 외국인을 관리하기 위한 법률이 있다. 관리라고 하면 듣기에 별 거북함은 없지만 '외국 사람이 나쁜 짓을 하니까 목에다 쇠목걸이를 걸어두자'는 발상에서 나온 법률이다. 나는 일본에서 태어나 일본에서 자랐지만 '일본에 거주하는 외국인'이기 때문에 의무처럼 등록을 해야 하고 당연히 증명서도 갖고 있다. 그 '외국인등록증명서'는 늘 갖고 다녀야만 하는데, 위반하면 경우에 따라서는 '1년 이하의 징역, 또는 20만 엔 이하의 벌금'형을 받는다. 요컨대 쇠목거리를 푼 놈에게는 쇠창살이 기다리고 있는 셈이다. 나는 국가의 손에 사육되는 가축이 아니므로 쇠목걸이는 하고 있지 않다. 앞으로도 할 뜻이 없다.[10]

스기하라는 일찍부터 일본이라는 국가에 의해 '사육되는 가축'이 아님을 분명히 한다. 외국인등록증명서 같은 '쇠목걸이'를 할 필요가 없다는 인식이다. 재일 현세대의 현실주의에 근거한 자의식을 명확히 보여주는 지점이다. 이러한 민족적 자의식은 아버지가 50년 만에 고향제주도을 찾아 할아버지 할머니 산소에 꽃을 바쳤지만 아무런 감정도 느끼지 못한다는 점, "북조선이나 한국이나 중국이나 유

---

10   위의 책, 187쪽.

교 사상에 물들어 있는 나라는 전부 가망 없다구. 남자라고, 그저 나이만 먹었다고 큰소리 칠 수 있는 시대는 끝났다"[11]고 외치는 대목에서도 그대로 드러난다.

이처럼 가네시로 문학은 재일코리안사회의 역사성과 민족성을 현실주의자의 입장을 내세워 부조해 낸다. 일제강점기를 비롯해 귀국운동, 민족학교, 민족차별, 민단과 조총련, 국적, 귀화, 지문날인 등을 거침없이 불러들인다. 다만 형식과 내용에서 관념적인 역사와 민족, 이데올로기를 집착하는 구조가 아니고 견고한 현실주의로 수렴하는 형식을 취한다. 현세대의 주체적인 자의식이라 할 수 있다. 이를테면 비현실적인 세계로 희화되는 '북조선'의 김일성 교조주의를 향해 분명히 'NO'를 선언하고 "북조선 땅에 똬리를 틀고 앉아 으스대다 썩어갈 놈들을 절대로 용서하지 않겠다"는 형태의 현실주의다.

3. 마이너리티의 '신체성'과 도전정신

가네시로 가즈키 문학은 대체로 재일코리안이 등장하는 경우가 많다. '삼류 남자고등학교' 학생들의 '혁명'을 다룬 『레볼루션 No.3ﾚｳﾞｫﾘｭｰｼｮﾝNo.3』를 비롯해 고교생의 연애를 엮어낸 『GO』, '보석' 같은 딸을 폭행한 고교 '복싱 3관왕'에게 복수극을 펼치는 『플라이, 대디, 플라이』까지 민족학교 출신의 재일코리안이 서사의 중심에 자리한다. 이들 고교생들은 주류主流에서 튕겨 나온 마이너리티 특유의 생존본능을 자랑하는 인물들이다. 강한 운동신경으로 신체성을 자랑하는 주인공들은 마이너리티로서 일찌감치 '의사나 변호사'와는 거리가 먼 삶을 지향한다. 『GO』에서 원초적인 신체감각을 지닌 스기하라는 일본의 '단일민족 신화'의 계급적 허상, 즉 관념적인 제국과 국가, 민족과 이데올로기에 함의된 모

---

11 위의 책, 34쪽.

순과 부조리의 실체를 거침없이 내뱉는다.

단일, 차별, 동화, 배척, 혼혈, 이질, 균질, 잡종, 야마토 민족, 이민족, 혈통, 아이누 족, 구마소熊襲, 옛날 큐슈 남부에 살았던 부족, 류큐琉球, 오키나와 지역, 국체, 국수, 양이, 순결, 황국사관, 팔굉일우八紘一宇, 만세일계萬世一系, 대동아공영권, 부국강병, 일시동인一視同仁, 일성일체, 일선동조, 한일합병, 황민화, 신민, 총독부, 창씨개명, 영유, 제국, 식민, 통합, 침략, 정복, 괴뢰, 복종, 억압, 지배, 예속, 결절, 격리, 잡혼, 잡거, 혼합, 선주, 도래, 차이, 편견, 이동, 증식, 번식, 이인종, 열등인종, 우등인종, 혈족, 팽창, 영토, 통치, 착취, 약탈, 애국, 우생학, 동포, 계층, 이족異族, 융합, 화합, 야합, 배외排外, 배타, 배제, 살육, 섬멸.[12]

오랫동안 일본·일본인·일본사회의 '단일민족신화'를 표상하거나 상대화 하는 각종 정치역사, 사회문화, 이데올로기적 지점을 정치 수사학적 관점에서 희화화한다. 제국과 국가의 '단일민족신화'로 얽힌 '고유명사'는 절대적인 구심력을 발휘하며 각종 마이너리티의 '부성'을 재생산한다. 민족적 구심력조국, 민족, 모국어, 고향을 상실한 마이너리티에게 격절감과 패배 의식을 안기는 지점들이다. 생존을 위해 본능적으로 맞서지만 권력화된 제도권에서 마이너리티의 경쟁력이 통할 리 없다. 『GO』의 주인공 스기하라는 현실주의자로서 일본의 견고한 '단일민족신화'를 희화하며 관념적 개념에 균열을 가한다. 갑자기 '노르웨이인'이 되겠다는 선언을 통해 혈통과 민족 신화의 상징인 계급계층적 '고유명사'를 거부하는 형식이다. 권투 선수 출신인 아버지에게 "예쁘장한 노르웨이 여자와 결혼해서 귀여운 혼혈을 낳아 행복한 가정을 꾸밀 거"라며 일본·일본인·일본사회의 견고한 '단일민족신화'의 계급성, 폭력성, 허구성을 절묘하게 희화해 버린다. 그리고 "저 넓은 세계를 봐…… 그 다음은 네가 정해"[13]라는 아버지의 말에 좁은 세상에서

---

12   위의 책, 96쪽.
13   위의 책, 19쪽.

넓은 세계로 나갈 선택권을 얻었다며 한층 강해지기로 한다.

『GO』에서 아버지의 생존 본능은 타의 추종을 불허한다. 아들인 스기하라에게 "보디에 펀치를 맞고 쓰러지는 그런 놈은 틀린 거다. 일류가 될 수 없어. 그러니까 죽도록 보디를 단련해라. 보디로 펀지를 흡수해 상대방의 힘을 빼앗는 거다. 그 대신 머리는 단단히 지켜라. 몸이 너덜너덜해져도 머리만 말짱하면 기회는 있다. 반드시"[14]라고 주문한다. 복싱으로 단련된 아버지의 신체를 바라보며 스기하라는 "이 인간 대체 뭐야? 뭘 쳐 먹으면서 이런 몸을 만든 거야?"라며 놀라워한다.

> 이 영감탱이는 초등학교밖에 나오지 않았는데 독학으로 마르크스와 니체를 읽어냈다. 철근 콘크리트 같은 몸과 얼음처럼 차가운 두뇌로 줄기차게 싸워 이 터프한 나라에서 살아남았다. 나는 이 망할 영감탱이가 왜 국적을 한국으로 바꿨는지 그 이유를 알고 있다. 하와이에 가기 위해서가 아니다. 나를 위해서였다. 나의 두 발을 옭아매고 있는 족쇄를 하나라도 풀어주려 한 것이다. 이 망할 영감탱이가 왜 현관에 키스를 받으면서 더블 브이자를 그리고 있는 수치스러운 사진을 걸어놓았는지 나는 알고 있다. 조총련과 민단 양쪽에 모두 등을 돌림으로서 거의 모든 친구를 잃고 집을 찾아오는 사람조차 없어지리라는 것을 알고 있었기 때문이다. 아무도 도와주는 이 없이 고독한 싸움을 계속하고 있는 이 망할 영감탱이의 이 노고를 치하해 줄 인간은, 그러나 이 나라엔 존재하지 않는다. 그래서 내가 해주기로 했다.[15]

파친코 경품 교환소를 운영하는 아버지는 야쿠자와 관계를 맺고 사업을 한다는 주류들경찰출신의 작당으로 경품교환소 운영권을 탈취당하면서도 눈물 한 방울 흘리지 않는 강고한 신체성의 소유자다. 권투선수 시절 아버지는 전체 26번

---

14   위의 책, 213쪽.
15   위의 책, 218쪽.

의 시합에서 단 한 번도 무릎을 꿇은 적이 없어 '철근 콘크리트' '스기하라 히데요시'라는 별명까지 얻는다. 강고한 신체성을 자랑하는 아버지로부터 아들^{스기하}라은 어릴 때부터 생존본능을 익힌다.

권투란 자기 원을 자기 주먹으로 뚫고 나가 원 밖에서 무언가를 빼앗아오는 행위다. 원 밖에는 강력한 놈들이 잔뜩 있어. 빼앗아오기는커녕 상대방이 네 놈의 원 속으로 쳐들어와 소중한 것을 빼앗아갈 수도 있다. 게다가 당연한 일이지만 얻어맞으면 아플 것이고, 상대방을 때리는 것도 아플 일이다. 아니 무엇보다 서로 주먹을 주고받는다는 것은 무서운 일이다.[16]

그런데도 권투를 배우겠느냐며 견제하는 아버지에게 스기하라는 단호하게 배울 거라고 응수한다. "네 주먹이 그린 원의 크기가 대충 너란 인간의 크기"라는 아버지의 훈수에 '늙은이'로 응수할 만큼 현세대 스기하라의 자의식은 강했다. 일찌감치 스기하라는 '원' 바깥의 넓은 세계, 강력한 놈들이 우글거리는 현실 세계를 향해 움직이고 있었다.

너희들이 나를 재일이라고 부르든 말든, 부르고 싶으면 얼마든지 그렇게 불러. 너희들, 내가 무섭지. 어떻게든 분류를 하고 이름을 붙이지 않으면 안심이 안 되지? 하지만 나는 인정 못해. 나는 말이지 '사자'하고 비슷해. 사자는 자기를 사자라고 생각하지 않지. 너희들이 멋대로 이름을 붙여놓고 사자에 대해서 다 아는 것처럼 행세하고 있을 뿐이야. 그렇다고 흥에 겨워서 이름 불러 가며 가까이 다가오기만 해봐. 너희들의 경동맥에 달려들어 꽉 깨물어 죽일 테니까. 알아 너희들이 우리를 재일이라고 부르는 한, 언제든 물려죽어야 하는 쪽이라구. 분하지 않냐구? 내 말해 두는데, 나는 재일도 한국인

---

16 위의 책, 61쪽.

도 몽골로이드도 아냐. 이제는 더 이상 나를 좁은 곳에다 처박지 마. 나는 나야. 아니, 난 내가 나라는 것이 싫어. 나는 내가 나라는 것으로부터 해방되고 싶어. 나는 내가 나라는 것을 잊게 해주는 것을 찾아서 어디든 갈 거야. 이 나라에 그런 게 없으면, 너희들이 바라는 바대로 이 나라를 떠날 것이고, 너희들은 그렇게 할 수 없지? 너희들은 국가나 토지나 직함이니 인습이니 전통이니 문화니 그런 것들에 평생을 얽매여 살다가 죽는 거야. 제길. 나는 처음부터 그런 것 갖고 있지 않으니까 어디든 갈 수 있어. 언제든 갈 수 있다구. 분하지? 안 분해……? 빌어먹을.[17]

스기하라는 일본인 여자친구^{사쿠라이}로부터 자신의 아빠는 절대로 한국과 중국 남자와 사귀면 안 된다. 한국과 중국 사람들의 피는 더럽다는 말을 했다는 것을 듣고 헤어졌다. 하지만 스기하라는 이에 개의치 않고 불굴의 신체성을 자랑하며 생존본능을 발휘하는 밀림의 '사자'처럼 '원' 바깥의 넓은 세상, 현실 세계와 마주하는 주체성이 강한 자의식의 소유자다. "국가나 토지나 직함이니 인습이니 전통이니 문화니 그런 것들에 평생을 얽매여 살다가 죽는"[18] 그런 일본·일본인·일본사회의 '너희들'과는 다름을 선언한다. 이처럼 스기하라는 "재일도 한국인도 몽골로이드"도 아닌 일본·일본인·일본사회에서 해방된 시공간을 꿈꾸는 현실주의자다.

『GO』에서 마이너리티^{재일코리안, 외국인}를 차별화하는 주류사회를 향해 현실주의자는 각성을 촉구하는 강력한 메시지를 보낸다. 원초적인 신체성을 발휘하며 밀림^{일본}에서 생존해 온 아버지처럼 스기하라는 장벽이 없는 원시림의 '사자'가 된다. 헤어졌던 사쿠라이와의 재회는 좁은 '원'에 갇혀 있지 않은 강한 현실주의자가 보여줄 수 있는 주체적인 자의식의 표상이다.

---

17   위의 책, 234쪽.
18   위의 책, 234쪽.

4. 리드미컬한 문체와 엔터테인먼트

대중문학의 관점에서 가네시로의 문학은 리드미컬한 문체가 중요한 위치를 차지한다. 빠르게 전개되는 서사구조는 유머러스한 문체와 어울려 한층 역동성을 이끌어낸다. 그것은 "악과 대결하는 선의 투쟁을 그림으로써 독자가 현실에서는 결코 경험할 수 없는 사건을 대리 경험하게 하는 도식성과 오락성을 주요한 특질로 삼는"[19] 대중소설의 성격과 맞물린다. 실제로 가네시로는 『GO』의 나오키상 수상소감을 통해 "기존의 재일문학은 모두 무겁고 어두우며 재미가 없었다. 우리들 세대를 향한 새로운 여흥엔터테인먼트을 쓰고 싶었다"[20]고 밝힌 바 있다.

『플라이 대디 플라이』는 리드미컬한 문체를 통해 무겁게 전개되기 쉬운 '부'의 역사성과 민족성, 즉 국적문제, 귀국운동, 지문날인, 외국인등록증 등을 가볍게 이끌어낸다. 권투선수가 전략적으로 연속적인 '쨉'을 날리듯이 짧고 가볍지만 결코 가벼울 수 없는 무게감을 동반한 문체상의 리듬이다.

"그 상처는 어떻게 생긴 거야?"

"초등학생 때 칼에 베였어." 박순신은 앞만 바라보며 무덤덤하게 대답했다.

"왜?"

"싸웠으니까."

"초등학교 때 나이프를 휘두르는 싸움을 한 거야?" 박순신은 여전히 앞만 바라보며 말했다.

"아저씨가 사는 세계와 내가 사는 세계는 달라." 그로부터 잠시 말없이 걸었다. (…중략…)

"할아버지는 어떤 분이셨어?"

---

19 장영우, 「대중소설의 유형과 그 특질」, 『대중문학과 대중문화』, 동국대한국문학연구소, 2000, 61쪽.
20 『경향신문』, 2000.12.21.

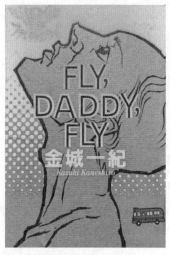

가네시로 가즈키, 『FLY DADDY FLY』,
고단샤, 2003

"할아버지는 전쟁 때 일본으로 끌려왔어. 할아버지의 등에는 칼에 베인 상처가 있었어. 일본인이 베었대. 그렇지만 나는 할아버지가 죽기 전까지 그 상처를 본 적이 없었어. 할아버지는 절대로 우리 앞에서 옷을 벗지 않았거든. 그래서 나는 할아버지와 함께 목욕탕에 가서 등을 밀어 본 적이 없어. 단 한 번도. 할아버지가 죽기 전에 그 상처를 알았더라면, 나는 죽을 힘을 다해서 할아버지의 상처를 지워 주려 했을 거야."

박순신이 왼손 검지 끝으로 나의 심장을 콕 찔렀다.

"여기 상처를 말이야."[21]

『플라이 대디 플라이』에서는 일제강점기에 강제로 전쟁터로 끌려간 할아버지가 일본인에 의해 칼에 베인 '상흔', 초등학교 때 칼부림에 휘둘려 입은 '상처', 딸에게 폭행을 가한 놈에게 복수를 하는 일본인 '아저씨'의 마음 '상처'를 동일선상에 올려놓는다. 시공간적으로 결코 동급일 수 없는 역사적 '상처'와 칼부림 '상흔', 현재의 마음 '상처'를 연계시켜 관념적 역사적 무게감을 희화화한다.

이러한 역사성과 관련한 문학적 희화화는 "니들 뭐야! 게이치고는 나이가 너무 많아. 그런데 박군이라고 했지? 너희들 외국인이야? 외국인은 일본을 떠나야지, 눈에 거슬려." "떠날 때는 엔을 두고 떠나라구. 주소를 가르쳐주면 우리가 부쳐줄 테니까"라는 말에 재일 현세대 박순신이 "나를 죽일 수 있겠어. 일본인?"으로 응수하는 데서도 확인할 수 있다. 그것은 해방 직후 '적국'의 땅에서 귀국길에 오른 '조선인'들에게 지참금을 1,000엔과 짐의 무게를 10kg으로 제한했던 제국 일본의 국적·민족 차별을 연상시키기 때문이다. 가벼움과 엔터테인먼트를 통해

---

21 가네시로 가즈키, 『플라이, 대디, 플라이』, 북폴리오, 2003, 72~73쪽.

'부'의 역사성과 민족 의식을 소환하면서 자연스럽게 문학적 보편성과 세계성을 담보하는 서사구조이다.

가네시로 문학은 각종 문학작품, 영화, 음악, 미술의 세계를 종종 동원한다. 『GO』에서는 『로미오와 줄리엣』, 『Born in the U.S.A』, 『네 멋대로 해라』, 『데드 존』, 『알카스트라스로부터의 탈출』, 『록키』, 『스타워즈-제국의 역습』, 『Singing in the rain』, 『나는 고양이로소이다』, 『유망기』, 『주유侏儒의 말』, 『스타 스팽글 버너』, 『자라투스트라는 이렇게 말했다』, 『어스 스리』 등이 등장인물의 개성과 '움직임'에 보조를 맞추는 형태다. 예컨대 『Singing in the rain』에서 진 켈리가 춤추는 장면, 『로마의 휴일』에서 오드리 헵번과 그레고리 펙의 순수한 사랑, 『쥬라기 공원』에서 벨로키랍토르의 눈매 등을 통해 서구적 이미지와 대중성을 확보하고 독자층에 "간결한 메시지를 전달"한다.[22] 물론 서사적인 큰 줄기 없이 미술관에 들러 루오, 브라크, 샤갈, 피카소, 달리의 그림을 거론하기도 한다.

민단과 조총련의 끊임없는 반목을 "『로미오와 줄리엣』의 몬테규와 캐플릿 양가처럼 떼려야 뗄 수 없는 관계 속에서 종종 충돌을 일으키며 반목한다"[23]로 비유하고, 복잡한 재일코리안의 심경을 『Born in the U.S.A』에서 등장하는 "나는 미국에서 태어났다"를 "나는 일본에서 태어났다"로 바꿔 부르기도 한다. 근대 국민국가의 계급적, 민족적 이데올로기를 넘어 현대사회를 표상하는 문학으로서 "속도감 있는 문체와 경쾌함, 유머 등으로 명랑한 사고방식과 현실을 적극적으로 풀어헤쳐 나아가려는 삶"[24]을 제시했다고 할 수 있다.

이처럼 가네시로 가즈키 문학은 리드미컬한 문체를 근간으로, 대중문학의 특징인 "주요 인물들을 뚜렷한 개성을 지닌 살아 있는 인물"[25]을 추구한다는 점에서 주

---

22   서해란, 앞의 글, 17쪽.
23   가네시로 가즈키, 앞의 책, 11쪽.
24   강혜림, 「재일 신세대 문학의 탈민족 글쓰기에 관한 연구」, 동국대 석사논문, 2005, 47쪽.
25   위의 글, 37쪽.

목된다. 서사적 기재로서 각종 문학, 영화, 음악, 미술의 세계를 끌어들이고 마이너리티를 상징하는 인물들의 개성을 이끌어낸다. 현세대의 개성과 역동적인 이미지를 통해 주류사회로부터 타자화된 마이너리티의 가능성에 힘을 실어주는 형식이다. 그런 점에서 각종 경계를 넘어 소통되는 서적, 영화, 음악, 미술의 세계는 가네시로 문학의 대중성과 보편성, 세계성을 확보하는 소중한 기제일 수밖에 없다.

5. GO, RUN, FLY

가네시로 문학에 등장하는 'GO' 'RUN' 'SPEED' 'FLY'[26]는 어떤 의미를 담고 있는가. 기본적으로 『GO』는 연애소설로서 교교생의 영웅적인 신체성을 내세워 주류중심사회에 맞서는 마이너리티의 주체적 삶을 서사화하고, 「런 보이즈 런」은 '살아 있는 시체' '더 좀비스'로 불리는 '삼류고교'의 마이너리티들이 자신들의 여행비용을 강탈한 불량배의 댄스파티장뻐꾸기 둥지을 습격하고 돈을 되찾는 이야기다. 『플라이, 대이, 플라이』는 마이너리티 출신, 즉 재일코리안 박순신을 중심으로 이다라시키오키나와 출신, 가야노홋카이도 출신, 혼혈인 아기필리핀로부터 트레이닝을 받은 일본인 셀러리맨아버지이 딸을 폭행한 전국 고교 '권투 3관왕'에게 통쾌하게 복수를 한다. 세 작품 모두 현대사회의 비도덕성과 모순·부조리에 맞서 '복수혁명를 한다는 특별한 움직임을 보여준다.

가네시로 문학은 대개 마이너리티 그룹이 어딘가 목적지를 향해 분명히 가고GO, 달리고RUN 날아간다FLY. 기본적으로 그 '움직임'은 주류사회로부터 타자화된 공간에서 마이너리티들이 현대사회의 각종 모순과 부조리에 맞서는 형식이다.

---

26 같은 재일 현세대인 유미리의 문학에는 'ROUSE', 'Full House', 'GOLD RUSH', 사기사와 메구무 문학에는 'RETORT LOVE', 'HANG LOOSE', 'Bye-Bye', 'STYLISH KIDS', 원수일 문학에는 'All Night Blues', 'AV·Odyssey' 등이 문학 작품명을 외래어로 사용했다.

재일코리안을 비롯해 오키나와와 홋카이도 출신의 사회적 약자들이 실행하는 '복수 / 혁명'이다. 평범한 가정의 아버지가 "특별할 것도 없는 인생 여정에서 아내와 딸의 존재만이 나의 자랑이며 지켜야 할 보물이다. 가족 조사란에 아내와 딸을 넣을 때의 그 행복, 그 행복을 깨뜨리고 더럽히는 자는 용서할 수 없다"는 지극히 평범한 논리의 '복수'이다.

그리고 마이너리티의 안티테제로서 '움직임복수, 혁명'은 제국과 국가주의, 단일민족신화와 이데올로기로 표상되는 구심력보다 넓은 세계로 향하는 현실주의자의 원심력을 동반한다. 이를테면 재일 현세대는 권투선수 출신 아버지의 "재일이니 일본인이니 하는 것, 앞으로는 없어질 거야. 장담한다. 그러니까 너희들 세대는 밖으로 눈을 돌려야 해"[27]라는 충고를 받아들인다. 그리고 야쿠자의 아들인 가토일본인가 "나나 너 같은 놈은 애초부터 약점을 짊어지고 살아가고 있다구. 우리는 쌍둥이처럼 똑같단 말이야. 우리 같은 놈들이 이 사회를 헤쳐 나가려면 정공법으로는 안 된다." 그동안 우리들을 얕보고 차별했던 놈들에게 앙갚음을 해주자고 제안하지만, '코리안 재패니즈'는 명확히 "나하고 너는 닮지 않았어, 나하고 너는 달라"[28]로 응수한다. 민족학교의 친구 정일이의 어이없는 죽음을 계기로 뒷골목을 배회하는 야쿠자 같은 삶에 NO를 선언하고 한층 넓은 세계를 향한 도전을 택한다.

이러한 마이너리티의 '움직임'은 일본·일본인·일본사회의 민족차별에 대한 강한 비판의식을 담는다. '삼류고등학교' '아메바' '더 좀비스' '단세포'로 호명되는 생존본능을 자랑하는 마이너리티의 주류종심를 향한 안티의식이다. '미트콘드리아 DNA'를 거론하며 국적과 민족, 인종과 종교, 이데올로기의 배타적 이기주의를 넘어선, 주체적인 현재의 '나'로 살아가고픈 '움직임'으로서의 '복수 / 혁명'이고 뒤집기다.

---

27   위의 책, 217쪽.
28   위의 책, 137쪽.

"미트콘드리아 DNA를 사용해서 최근에 조사를 했는데 혼슈에 살고 있는 일본 사람의 50%가 한국과 중국에 많은 타입의 미트콘드리아 DNA를 갖고 있다는 것이 밝혀졌어. 일본 사람 고유의 미트콘드리아 DNA를 갖고 있는 사람은 약 5%에 불과했지."

"약 2,000년 전, 야요이弥生인이라 불리는 많은 사람들이 일본으로 건너왔어. 정말 많은 수가 말이야. 그래서 나중에 알고 보니 혼슈에서는 일본인이 마이너리티가 되어 있었다는 얘기야."

"하지만 한국이나 중국의 미토콘드리아 DNA를 갖고 있어도 그 사람은 일본인이 아니잖아."

"일본에서 태어나서 일본에서 자라고 일본 국적을 갖고 있으니까 그렇다는 것뿐이야. 네가 미국에서 태어나 미국에서 자라고 미국 국적을 갖고 있다면 미국인이었을 텐데."

"그러나 뿌리는 국적에 얽매이지 않는다." (…중략…)

"애당초 국적 같은 거, 아파트 임대계약서나 다를 바 없는 거야. 그 아파트가 싫어지면 해약을 하고 나가면 돼."[29]

가네시로 문학은 거칠지만 재일코리안을 비롯한 마이너리티들이 넓은 세계를 향해 주체적인 삶을 지향한다. 마이너리티들은 국적과 민족을 근거로 차별하는 인간들을 무지한 가엾은 인간이라 치부하고, 우리들이 강해져서 그런 인간들을 용서해주면 된다는 논리의 현실주의자다. 애당초 "우리들은 나라란 것을 가져본 적이 없다"[30]는 현세대의 민족 의식처럼 '아파트 임대계약서'와 다를 바 없는 국적과 민족의 논리에 얽매이기보다 "No soy coreano, ni soy Japanēs, yo soy desarraigadoē. 나는 조선 사람도 일본 사람도 아닌 떠다니는 일개 부초다"라는 자의식을 보여준다.

가네시로 문학을 관통하는 움직임GO, RUN, FLY은 단순한 대중문학 차원의 가벼

---

29 위의 책, 94쪽.
30 위의 책, 76쪽.

움과 엔터테인먼트를 넘어 마이너리티가 무겁게 짊어지고 있는 '부'의 역사적 지점까지 현재화한다. 배타적인 국가주의와 '단일민족신화'를 표방하는 일본사회의 전근대성과 현대사회의 모순·부조리에 맞서는 견고한 '안티테제' 정신을 담고 있다. 소설 속에서 마이너리티의 가치관은 분명하지는 않지만, 일단 올바르다고 생각하는 일을 실천하고 험한 꼴을 당하더라도 권력화된 힘에 대항한다는 주체적인 자의식의 표출이다.[31]

그런 의미에서 권력화·계급화된 세계에 넘쳐나는 부조리와 불공평에 대항해 힘껏 대결하고 싸우는 가네시로 문학의 복수와 혁명의 가치·이미지는 "건전한 욕망마저 억압하는 덫을 도처에 숨겨놓은 비뚤어진 사회"[32]에 매몰되지 않고, 한층 밝고 넓은 사회로 나아가려는 젊은 세대의 역동적인 날개짓이라 할 수 있다.

---

31 가네시로 가즈키, 『SPEED』, 2005, 193쪽.
32 김난주, 「마이너리티는 살아 있다」, 『GO』, 북폴리오, 2003, 278쪽.

부록

1922.6	정연규, 「혈전의 전야(血戰の前夜)」, 『예술전선-신흥문학29인집』, 자연사(自然社)
1923.2	정연규, 『떠돌이의 하늘(さすらひの空)』, 선전사(宣傳社); 『삶의 번민(生の悶え)』, 선전사
1926.3	김희명, 「이방애수(異邦哀愁)」, 『문예전선』, 문예전선사
1927.3	정인섭, 『온돌야화(溫突說話)』, 일본서원
4	김희명, 「여물모욕회(麗物侮辱の會)」의 한 절, 『문예투쟁』
8	한식, 「엿장수(飴賣り)」, 『프롤레타리아 예술』, 마르크스쇼보(マルクス書房)
9	김희명, 「이끼 밑을 가다(苔の下を行く)」, 『문예전선』, 문예전선사 한설야, 「감사와 불만」, 『문예전선』, 문예전선사
1928.9	김달수, 『공복이문(公僕異聞)』, 동방사 이북만, 「추방」, 『전기』, 전기사(戰旗社)
10	김근렬, 「그는 응시한다」, 『문장구락부』
1929.6	손진태 편, 『조선고가요집(朝鮮古歌謠集)』, 도강서원(刀江書院)
7	김소운, 『조선민요집(朝鮮民謠集)』, 태문관(泰文館)
1930.10	손진태, 『조선신가유편(朝鮮神歌遺篇)』, 향토연구소; 『조선민담집(朝鮮民譚集)』, 향토연구소 장혁주, 「백양목(白楊木)」, 『대지에 서다(大地に立つ)』, 춘추사(春秋社)
1931.7	최연, 『우울한 세계(憂鬱の世界)』, 평범사(平凡社)
10	김용제, 「사랑하는 대지여(愛する地よ)」, 『나프』
1932.4	장혁주, 「아귀도(餓鬼道)」, 『개조』, 개조사(改造社) 유석우, 「기록(記錄)」, 『횃불(炬火)』, 성문당(盛運堂)
6	장혁주, 「하쿠타농장(追田農場)」, 『문학쿼터리』, 문학쿼터리샤(文学クオタリイ社)
9	박용, 「내 편(味方)」, 『프롤레타리아문학』, 일본프롤레타리아작가동맹출판부
10	장혁주, 「쫓기는 사람들(追はれる人々)」, 『개조』, 개조사 윤백남, 「휘파람(口笛)」, 『개조』, 개조사
1933.1	김소운, 『조선동요선(朝鮮童謠選)』, 이와나미서점(岩波書店); 『언문조선구전민요집(言文朝鮮口伝民謠集)』, 제일서방
5	장혁주, 「형의 다리를 자른 남자」, 『문예수도』, 후에 「형의 다리를 자르다」로 제목이 바뀜.
8	김소운, 『조선민요선(朝鮮民謠選)』, 이와나미서점

9	장혁주, 「무지개(虹)」, 『동아일보』 연재; 「분기하는 자(奮い起つ者)」, 『문예수도』, 문예수도사
12	장혁주, 「권이라는 남자(権といふ男)」, 『개조』, 개조사
1934.1	장혁주, 「아내(女房)」, 『문예수도』, 문예수도사
3	장혁주, 「갈보(ガルボウ)」, 『문예』, 개조사
5	장혁주, 「우열한(愚劣漢)」, 『문예』, 개조사; 「늑대(山犬)」, 『문예수도』, 문예수도사
6	장혁주, 「갈보(ガルボウ)」, 「열정한(劣情漢)」, 「소년(少年)」, 「형의 다리를 자른다(兄の脚を切る)」, 「산령(山霊)」, 「아귀도(餓鬼道)」, 『권이라는 남자(権といふ男)』, 개조사; 「열정한(劣情漢)」, 『행동(行動)』, 후에 「열정자(劣情者)」로 제목이 바뀜
8	장혁주, 「장례식 밤에 일어난 일(葬式の夜の出来事)」, 『문예』, 개조사
9	장혁주, 「삼곡선(三曲線)」, 『동아일보』, 연재
11	정우상, 「소리(声)」, 『문학평론』, 나우카샤(ナウカ社)
	장혁주, 「16일밤에(16夜に)」, 『문예』, 개조사
1935.1	장혁주, 「하루(一日)」, 『개조』, 개조사
3	『영혼과 육체(靈と肉)』, 『아동(兒童)』, 후에 「인왕동시대(仁王洞時代)」로 제목이 바뀜 (1934.11~1935.3); 「우열한(愚劣漢)」, 『문예』, 개조사
5	장혁주, 「분쟁(あらそひ)」, 『문예수도』, 문예수도사
6	장혁주, 「1일(一日)」, 「열정한(劣情漢)」, 「16야(16夜)」, 「산개(山犬)」, 「장례식 밤에 일어난 일(葬式の夜の出来事)」, 「인왕동시대(仁王洞時代)」, 『인왕동시대』, 가와데쇼보
8	장혁주, 「성묘 가는 남자(墓参に行く男)」, 『개조』, 개조사
9	장혁주, 「미사코(美佐子)」, 『약초(若草)』, 보문관(宝文館)
10	장혁주, 「분개함(口惜しがる)」, 『약초』, 보문관
11	이북명, 「초진(初陳)」, 『문학평론』, 나우카샤
1936.1	장혁주, 「산 사람(山男)」, 『신쵸』, 신쵸샤
	「앙헬라(アンヘエラ)」, 『문학안내』, 문학안내사, 「여명성(黎明星)」, 『동아일보』, 연재(한국어, 중단); 「산사람(山男)」, 『신쵸(新潮)』, 신쵸샤
2	김시창(= 김사량), 『짐(荷)』, 사가고등학교 문학과 을류 졸업기념지
3	장혁주, 「광녀 점묘(狂女点描)」, 『문예수도』, 문예수도사(文芸首都社)
6	김사량, 「잡음(雑音)」, 『제방』
8	김성민, 「반도의 예술가들(半島の芸術家たち)」, 『선데이마이니치』, 마이니치신문사(毎日新聞社)
9	장혁주, 「심연의 사람(深淵の人)」, 『문학안내』, 문학안내사(文學案内社)
	김사량, 「토성랑(上城廊)」, 『제방』
11	장혁주, 「월희와 나(月姫と僕)」, 『개조』, 개조사; 「어느 시기의 여성(ある時期の女性)」, 『문예

수도』, 문예수도사

1937.1 「술에 못 취한 이야기(酔えなかった話)」, 『문학계』, 문학계잡지사

2 「빠져나올 수 없는 구렁(出られぬ淵)」, 『약초』 보문관(宝文館)

3 김사량, 「빼앗긴 시(奪われの詩)」, 『제방』
김사량, 「윤참봉(尹参奉)」, 『도쿄대학신문』(荷의 개작)

4 장혁주, 「다툼(あらそひ)」, 「심연의 사람」, 『심연의 사람』, 아카츠카쇼보(赤塚書房)

5 장혁주, 「애원의 정원(哀怨の園)」, 『문예』, 개조사

6 「치인정토(痴人浄土)」, 『후쿠오카일일신문(福岡日日新聞)』

8 장혁주, 『삼곡(三曲)』, 한성도서

11 장혁주, 「우수인생(憂愁人生)」, 『일본평론』, 일본평론신사(日本評論新社)

1938.4 장혁주, 〈희곡〉「춘향전(春香伝)」, 『신쵸』, 신쵸샤; 「춘향전」, 「우수인생」, 「애원의 정원」, 『춘향전』, 신쵸샤

6 김단미, 〈희곡〉「황혼의 마을(黄昏の村)」, 『떼아뜨르』, 카모마일사(カモミール社)
아오키 히로시, 「도쿄의 한 구석에서(東京の片隅で)」, 『문예수도』, 문예수도사
장혁주, 「분위기(雰囲気)」, 『문예』, 개조사

10 「골목길(路地)」, 『개조』, 개조사

11 장혁주, 「골목(路地)」, 『개조』, 개조사

1939.1 〈좌담회〉「조선문화의 장래(朝鮮文化の将来)」, 『문학계』, 문학계잡지사(아키타 우자쿠·하야시 후사오·무라야마 도모요시·장혁주·가라시마 다케시·후루카와 가네히데·정지용·임화·유진오·김문집·이태준·유치진)
장혁주, 「가토 기요마사(加藤清正)」, 『문예』, 개조사

2 장혁주, 「줄다리기(綱引)」, 「골목(路地)」, 「이치삼(李致三)」, 「분위기」, 『골목(路地)』, 아카츠카쇼보

3 장혁주, 『치인정토(痴人浄土)』, 아카츠카쇼보(赤塚書房)

4 장혁주, 「가토 기요마사(加藤清正)」, 개조사

6 김사량, 「밀항(密航)」, 『조광』, 조선일보사

9 김사량, 「에나멜 구두의 포로(エナメル靴の捕虜)」, 『문예수도』, 문예수도사

10 김사량, 「빛 속으로(光の中に)」, 『문예수도』, 문예수도사
잡지 『모던일본』 조선판, 모던일본사(モダン日本社)

11 장혁주, 『아름다운 결혼(美しき結婚)』, 아카츠카쇼보; 〈희곡〉「가토 기요마사」, 『떼아뜨르』
이은직, 「흐름(流れ)」, 『예술과』, 일본대학 예술과

1940.2 김사량, 「낙조(落照)」, 『조광』, 조선일보 연재(한국어 시작); 「토성랑」, 『문예수도』(荷의 개작), 문예수도사; 신건편 역, 『조선소설대표작집(朝鮮小説代表作集)』, 교재사(教材社)

3 김사량, 「빛 속으로」, 『문예춘추』, 문예춘추

김소운, 「증답연화편(贈答蓮花片)」, 『중앙공론』, 중앙공론신사
장혁주·유진오 외, 『조선문학선집(朝鮮文学選集)』 1, 아카츠카쇼보

4　　김사량, 「어머니에게 보낸 편지(母への手紙)」, 『문예수도』, 문예수도사
　　　김소운 편역, 『유색구름(乳色の雲)』, 가와데쇼보(河出書房)

5　　장혁주, 「여인초상(女人肖像)」, 『마이니치신보』 연재(한국어); 「밀수업자(密輸業者)」, 『개조』,
　　　개조사

6　　김성민, 『녹기연맹(綠旗聯盟)』, 하네다서점(羽田書店)
　　　김사량, 「천마(天馬)」, 『문예춘추』, 문예춘추; 「기자림(箕子林)」, 『문예수도』, 문예수도사; 「빛
　　　속으로」, 『일본소설대표작전집(日本小説代表作全集)』 4, 오야마서점(小山書店)

7　　김사량, 「풀속 깊숙이(草深し)」, 『문예』, 개조사
　　　이은직, 「브랑코(ぶらんこ)」, 『예술과』, 일본대학 예술과
　　　장혁주, 「두 개의 애정(二つの愛情)」, 『월간문장』; 「욕심 의심(欲心疑心)」, 『문예』, 개조사

8　　김달수, 「위치(位置)」, 『예술과』, 일본대학 예술과
　　　김사량, 「현해탄 밀항(玄海灘密航)」, 『문예수도』(密航(한국어)과 거의 같은 내용), 문예수도사
　　　장혁주, 「밀수업자」, 「취할 수 없었던 이야기」, 「욕심의심」, 「심연의 사람」, 『애증의 기록』, 가와
　　　데쇼보; 「춘향전」(희곡), 『협화사업(協和事業)』, 중앙협화회

9　　김사량, 「무궁일가(無窮一家)」, 『개조』, 개조사
　　　장혁주·유진오 외, 『조선문학선집』 2, 아카츠카쇼보(赤塚書房)

10　　김성민, 「단풍나무 삽화(楓の挿話)」, 『월간문장』, 후생각(厚生閣); 장혁주, 「푸른 북녘」, 가와
　　　데쇼보(『인간의 굴레(人間の絆)』 3부작 중의 제3부)

11　　장혁주, 「전원의 뇌명(田園の雷鳴)」, 낙양서원(洛陽書院); 「춘향전」(희곡), 『협화사업(協和事
　　　業)』, 중앙협화회(中央協和會)
　　　오사와 다쓰오(=김달수), 「애비(をやじ)」, 『예술과』, 일본대학 예술과

12　　김사량, 「빛 속으로」, 「토성랑」, 「천마(天馬)」, 「뱀(蛇)」, 「무궁일가(無窮一家)」, 『빛 속으로』,
　　　오야마서점; 「무궁일가(無窮一家)」, 『조선문학선집(朝鮮文学選集)』 3
　　　장혁주 외, 『조선문학선집』 3, 아카츠카쇼보

1941.1　　장혁주, 「심청전」(방송극), 『협화사업』, 중앙협화회

2　　김사량, 「광명(光冥)」, 『문학계』, 문학계잡지사; 「낙조(落照)」, 『조광』(한국어, 연재종료), 조선
　　　일보; 「유치장에서 만난 사나이(留置場で会った男)」, 『문장』(한국어)
　　　장혁주, 『인간의 연(人間の絆)』, 가와데쇼보; 『심청전·춘향전(沈清伝·春香伝)』(人間の絆 3
　　　부작의 1), 아카츠카쇼보

3　　김달수, 「기차변(汽車弁)」, 『신예술』, 일본대학예술과
　　　김사량, 「화전지대를 가다(火田地帯を行く)」, 『문예수도』(山家三時間의 일본어판), 문예수
　　　도사

4　　장혁주, 『7년의 폭풍(七年の嵐)』(제1부 비장의 전야), 낙양서원

5　　김사량, 「도둑(泥棒)」, 『문예』, 개조사; 「고향을 그리다(故郷を想ふ)」, 『지성』, 국토사(国土社)
　　　장혁주, 『광야의 처녀(曠野の乙女)』, 남방서원(南方書院)

6	장혁주, 『아름다운 억제(美しき抑制)』, 가와데쇼보(人間の絆 3부작의 2), 「다리 위에서」, 『예능과연구』; 「다리 위에서(橋の上にて)」, 『예능과연구(芸能科研究)』
7	김사량, 「향수(郷愁)」, 『문예춘추』, 문예춘추사; 「벌레(虫)」, 『신쵸』, 신쵸샤
	김소운, 『조선민요집(朝鮮民謡集)』, 신쵸샤
	장혁주, 『춘향전』, 신쵸샤
8	미야하라 소이치(= 김성민), 『혜련 이야기(惠蓮物語)』, 신원사(新元社)
10	김사량, 「코(鼻)」, 『지성』; 「색시(嫁)」, 『신쵸』, 신쵸샤
	장혁주, 『백일의 길(白日の路)』, 남방서원
11	장혁주, 『푸른 북국(緑の北国)』, (人間の絆 3부작의 3), 가와데쇼보(河出書房)
	오사와 다쓰오(= 김달수), 「족보(族譜)」, 『예술과』; 「불화(仲違ひ)」, 『현대문학』, 린센서점(臨川書店)

1942.1	김사량, 「우두머리 꼽새(親方コブセ)」, 『신쵸』, 신쵸샤
	이정래, 「애국 아이들부대(愛國子供隊)」, 『문예』, 개조사; 「남쪽의 使節(南の使節)」, 『현대문학』; 장혁주, 「이상(李さん)」, 『협화사업』, 중앙협화회(中央協和會)
2	장혁주·유진오, 〈좌담회〉「조선문학의 장래(朝鮮文学の将来)」, 『문예』, 개조사; 「고독한 혼(孤独なる魂)」, 미사키쇼보
	김사량, 「물오리섬(ムルオリ島)」, 『국민문학』, 국민문학사
	아오키 히로시, 「미인 며느리(ミインメヌリ)」, 『중앙공론』, 중앙공론신사
	이은직, 「둔주보(鈍走譜)」, 『신예술』, 일본대학예술과
3	장혁주, 『화전 어느쪽도 버리지 못하고(和戦何れも辞せず)』, 다이칸도(大歓堂)
	김광순(= 김달수), 「쓰레기(塵芥(ごみ))」, 『문예수도』, 문예수도사; 『화전 어느 쪽도 불사하다』, 『대관당(大観堂)』-'7년의 파동(七年の嵐)' 제2부
4	김사량, 「벌레(虫)」, 「Q백작(Q伯爵)」, 「광명(光冥)」, 「윤주사(尹主事)」, 「천사(天使)」, 「월녀(月女)」, 「산신들(山の神々)」, 「도둑(泥棒)」, 「향수(郷愁)」, 『고향(故郷)』, 갑조서림(甲鳥書林)
	철심평(= 김소운), 『삼한 옛날 이야기(三韓昔がたり)』, 학습사
	장혁주, 「개간(開墾)」, 중앙공론사
5	장혁주, 「조선문학의 유행(朝鮮文学の流行)」, 「조선문단의 대표작가(朝鮮文壇の代表作家)」, 「조선문학계의 상황(朝鮮文学界の状況)」, 「오늘의 조선문학(今日の朝鮮文学)」, 「내일의 조선문학(明日の朝鮮文学)」; 〈평론〉『나의 풍토기(わが風土記)』, 아카츠카쇼보
6	김소운, 『석종(石の鐘)』, 동아서림
7	김달수, 「잡초(雑草)」, 『신예술』, 일본대학예술과
8	김사량, 「벌레(虫)」, 『일본소설대표작전집(日本小説代表作全集)』 8, 오야마서점(小山書店)
9	장혁주, 『흥부와 놀부(フンブとノルブ)』, 아카츠카쇼보
	김소운, 『은전목공(恩田木工)』, 천우서방(天佑書房)
11	김소운, 『푸른 잎사귀(青い葉つば)』, 삼학서방(三学書房)
	윤덕조(= 윤지원), 〈시가〉『월음산(月陰山)』, 하북서방(河北書房)

장혁주, 「민족(民族)」, 『창건』(3회 연재로 중단), 창건사(創建社)

5	김원기, 「누이의 결혼(姉の結婚)」, 『민주조선』, 민주조선사
	장두식, 「중매쟁이(仲人)」, 『민주조선』, 민주조선사
7	김달수, 「이천씨에 대한 2장(李川氏についての2章)」, 『민주조선』, 민주조선사
8	장두식, 「퇴거(立退き)」, 『민주조선』, 민주조선사
	김원기, 「봉구의 혼(奉求の魂)」, 『민주조선』, 민주조선사; 「척토송출(拓土送出)」, 『개척(開拓)』, 만주이주협회(満洲移住協会)
9	윤덕조, 「소적(焼跡)」, 『국제타임스』
10	윤덕조, 「이런 일도 있었다(こんなこともあった)」, 『국제타임스』
	재일본조선거류민단 결성
11	윤덕조, 「방범 포스터 사견(防犯ポスター私見)」, 『국제타임스』
12	이은직, 「탈피(脱皮)」, 『민주조선』, 민주조선사
	장혁주, 『고아들(孤児たち)』, 만리각
1947.1	김사량, 「보틀리의 군복(ボットリの軍服)」, 『민주조선』, 민주조선사(김원기가 발견하여 일본어로 번역, 게재)
	윤덕조, 「검군의 미소(剣君の微笑)」, 『국제타임스』; 「아키타 아메자쿠 선생님(秋田雨雀先生)」, 『국제타임스』
2	김원기, 「동생의 도망(弟の出奔)」, 『민주조선』, 민주조선사
	김달수, 「조선민족문학운동의 전개(朝鮮民族文学運動の展開)」, 『국제타임스』; 「쓰레기(塵)」, 『민주조선』, 민주조선사
	윤덕조, 「호랑이와 곶감(虎と干柿)」, 『국제타임스』; 「대동강(大同江)」, 『민주조선』, 민주조선사
	이은직, 「살아 있다면(生きてありなば)」, 『민주조선』, 민주조선사; 장혁주, 「사람의 선함과 악함(人の善さと悪さと)」, 『예림간보(芸林間歩)』, 마토바쇼보(的場書房)
3	장두식, 「조부(祖父)」, 『민주조선』, 민주조선사
	김달수, 「쓰레기선 후기(塵芥船後記)」, 『민주조선』, 민주조선사
	장혁주, 「내 제자의 고백(内弟子の告白)」, 『시대』, 평범사(平凡社); 「영원히(とこしえに)」, 『소설과 독물(小説と讀物)』
4	김달수, 「조선문학자의 입장(朝鮮文学者の立場)」, 『국제타임스』
	김사량, 「동원작가의 수첩(動員作家の手帖)」, 『문화전선』
	윤자원, 「소적(焼跡)」, 『민주조선』, 민주조선사
5	강위당, 「항아리 가게의 고려인(壺屋の高麗人)」, 『문화조선』, 동아교통공사(東亞交通公社)
	외국인등록령 공포
6	김달수, 「잡초처럼(雑草の如く)」, 『민주조선』, 민주조선사
	장혁주, 「사람의 좋고 나쁨(人の善さと悪さと)」, 『예림간보(芸林向歩)』, 마토바쇼보(的場書房)
7	이은직, 「단층(断層)」, 『민주조선』, 민주조선사
	김달수, 〈평론〉 「어느 날의 노트(或る日のノウト)」, 『민주조선』, 민주조선사; 「거짓말하는 여자(嘘をつく女)」, 『국제타임스』; 「호랑이를 쫓는 여자(虎をつく女)」, 『국제타임스』

8	김달수, 「어느 날의 노트」, 『민주조선』, 민주조선사; 「여운형의 생애(呂運亨の生涯)」, 『민주조선』, 민주조선사
	윤자원(= 윤덕조), 「조선 민요에 대해서(朝鮮の民謠について)」, 『민주조선』, 민주조선사; 「폭풍(嵐)」, 『조선문예』
9	김달수, 「이만상과 차계류(李万相と車桂流)」, 『민주조선』, 민주조선사
	박원준, 「잃어버린 혼(失える魂)」, 『민주조선』, 민주조선사
	허남기, 「석경설(石鏡說)」, 『민주조선』, 민주조선사
	이은직, 「탈주병(脱走兵)」, 『민주조선』, 민주조선사
10	김달수, 「8·15 이후(八·一五以後)」, 『신일본문학』, 신일본문학회
	윤자원, 『38도선(38度線)』, 하야카와쇼보(早川書房)
	장두식, 「귀향(帰郷)」, 『민주조선』, 민주조선사
12	김달수, 「이만상과 차계류(李万相と車桂流)」, 『민주조선』, 민주조선사
	장혁주, 『사람의 좋고 나쁨과(人の善さと悪さと)』, 단쵸쇼보(丹頂書房)
1948.1	김달수, 「족보(族譜)」, 『민주조선』, 민주조선사; 「상흔(傷痕)」, 『조선문예』; 「조선문학의 민족의식 흐름(朝鮮文学における民族意識のながれ)」, 『문학』
	김사량, 『풍상(風霜)』, 조선인민출판
	장혁주, 「미야의 범죄(ミヤの犯罪)」, 『지상(地上)』
	문부성이 '조선인 설립 학교 취급에 대하여'를 통달해 민족교육 탄압 개시
2	김달수, 「자기소개(自己紹介)」, 『동경민보』; 장혁주, 「죄의 행방(罪の行方)」, 『시대』, 평범사(平凡社)
3	김달수, 「사련정 57번지(司練町五十七番地)」, 『문학시표』; 「새로운 조선문학운동에 대하여(新しい朝鮮文学運動について)」, 『세계문학연구』; 『후예의 거리』, 조선문학사
	박원준, 「김양의 일(金嬢のこと)」, 『민주조선』, 민주조선사
4	김달수, 「하나의 가능성(一つの可能性)」, 『조선문예』
	박원준, 「연대기(年代記)」, 『조선문예』
	이은직, 「이웃사람(隣人)」, 『민주조선』, 민주조선사
	제주4·3, 한신교육 투쟁
5	김달수, 「북조선의 문학(北朝鮮の文学)」, 『신일본문학』, 신일본문학회; 「조선 현황과 그 전망(朝鮮の現状とその展望)」, 『민주조선』, 민주조선사
7	이은직, 「저미(低迷)」, 『조선문예』
8	대한민국 수립
9	김달수, 「탁주 건배(濁酒の乾杯)」, 『사조』
	조선민주주의인민공화국 수립
10	재일본조선거류민단을 재일본대한민국거류민단으로 개칭
11	강현철, 「서탑 근처(西塔界隈)」, 『민주조선』, 민주조선사
	김원기, 「어머니상(母の像)」, 『민주조선』, 민주조선사
	박원준, 「마늘 씹는 남자(にんにくをむ男)」, 『민주조선』, 민주조선사

이은직, 「동료(仲間)」, 『민주조선』, 민주조선사; 「폭풍전야(暴風の前夜)」, 『조선문예』
김달수, 「화촉(華燭)」, 『동양문화』, 동경대학동양문화연구소

12   장혁주, 「갈보(ガルボウ)」, 「장례식날 밤에 일어나 일(葬式の夜の出来事)」, 「열여섯 밤에
(一六夜に)」, 「우열한(愚劣漢)」, 『우열한』, 부국출판사
이은직, 『신편춘향전(新編春香伝)』, 극동출판사

1949.2   장혁주, 「지옥의 여자(地獄の女)」, 『문예독물(文藝讀物)』, 문예춘추사(文芸春秋社)

3   김달수, 「번지 없는 부락(番地のない部落)」, 『세계평론』, 세계평론사; 「너말들이 통 아줌마
(四斗樽の婆さん)」, 『신가나가와』
장혁주, 『은혜를 갚은 제비(恩を返したツバメ)』, 하네다서점(羽田書店)

5   김달수, 『후예의 거리』(재간행), 세계평론사

6   김달수, 「조선남북의 문학정세(朝鮮南北の文学情勢)」, 『전망』
박원준, 〈희곡〉 「계절풍(季節の風)」, 『민주조선』, 민주조선사; 장혁주, 「위선자(偽善者)」, 『소
설계』, 소설계사(小説界社)

8   김달수, 「반란군(叛乱軍)」, 『탁류』
이은직, 「에도가와초1초메(枝川町1丁目)」, 『민주조선』, 민주조선사

9   허남기, 〈시집〉 『조선겨울이야기(朝鮮冬物語)』, 아사히쇼보
재일본조선인연맹 해산 (1945.10 결성)

10   민족학교 탄압. 제2차 폐쇄령 공포

11   김달수, 「대한민국에서 온 남자(大韓民国から来た男)」, 『신일본문학』, 신일본문학회
「재일조선인의 지향(在日朝鮮人の志向)」, 『세계평론』, 세계평론사; 장혁주, 「슬픈 영혼(悲し
い魂)」, 『소설계』, 소설계사

1950.2   장혁주, 「비원의 꽃」, 『후지(富士)』, 후지여자단기대학(藤女子短期大学)

3   장혁주, 『비원의 꽃(秘苑の花)』, 세계사

4   김달수, 「야노쓰고개(矢の津峠)」, 『세계』, 이와나미서점

5   김달수, 「1949년 9월 8일의 기록(一九四五年九月八日の記録)」, 『민주조선』, 민주조선사;
「대한민국에서 온 남자」, 「화촉(華燭)」, 「8·15이후(八·一五以降)」, 「반란군」, 『반란군(反乱
軍)』, 동아서방,
김시종, 「꿈같은 것(夢みないなこと)」, 『신오사카신문』

6   김달수, 「조선문학·문화의 문제(朝鮮文学·文化の問題)」, 『신일본문학』, 신일본문학회
김시종, 「한낮(真昼)」, 『국제신문』, 국제신문사
한국전쟁 발발

7   장두식, 「운명의 사람들(運命の人々)」, 『민주조선』, 민주조선사
『민주조선(民主朝鮮))』 종간(1946.4 창간)

8   김시종, 「녹슨 수제 하나(一本の錆びたスゼ)」, 『국제신문』, 국제신문사

9   김시종, 「밤의 중얼거림(夜のつぶやき)」, 『국제신문』, 국제신문사

11	윤자원(= 윤덕조), 『38도선』, 하야카와쇼보
	허남기, 『일본시사시집(日本時事詩集)』, 아사히쇼보
12	김달수, 「안색(眼の色)」, 『신일본문학』, 신일본문학회
	김소운, 〈수필〉『아직 희망을 버릴 수 없다(希望はまだ捨てられない)』, 가와데쇼보

1951.1   재일조선통일민주전선 결성

    3   김석범, 『예술과 이데올로기(芸術とイデオロギー)』, 도쿄대학문학부

    4   윤자원, 「밀고자(密告者)」, 『사회문학』, 삼양당서점(三陽堂書店)

    5   김달수, 「후지가 보이는 마을에서(富士のみえる村で)」, 『세계』, 광문사(光文社); 『전후10년
        명작선집』 2
        김시종, 「굶주린 날의 기록(飢えた日の記録)」, 「재일조선인(在日朝鮮人)」
        허남기, 「화승총의 노래(火縄銃のうた)」, 『인민문화』

    6   김시종, 「거리는 고통을 먹는다(距離は苦痛を食っている)」, 「1951년 6월 25일의 만찬회
        (一九五一年六月二五日の晩餐会)」, 「여름의 광시(夏の狂詩)」, 「장마의 밤(梅雨の夜)」, 「카
        메라(キャメラ)」, 「밤은 요코이(夜はよこい)」
        김달수·박원준 역, 『되살아난 대지(蘇った大地)』, 나우카사(ナウカ社)

    8   허남기, 〈시집〉『화승총의 노래』, 아사히쇼보

    9   김달수, 「손영감(孫令監)」, 『신일본문학』, 신일본문학회

    10   김시종, 「유민애가(流民哀歌)」, 『조선평론』, 조선인문화협회; 다치하라 마사아키, 「늦여름─
        혹은 이별의 곡(晩夏─或は別れの曲)」, 『문학자』, 우에다아서점 문학자발행소

    11   윤자원, 「밀고자(密告者)」, 『문예수도』, 신태양사

    12   김석범, 「1945년경의 일지로부터(一九四九年頃の日誌より)」, 『조선평론』, 조선인문화협회
        『조선평론』, 조선인문화협회 창간(1954.8 종간)

1952.1   김달수, 「현해탄(玄海灘)」, 『신일본문학』, 신일본문학회

    2   김시종, 「거제도(巨済島)」, 『조선평론』, 조선인문화협회
        장라, 〈희곡〉「평양해방(平壌解放)」, 『조선평론』, 조선인문화협회
        장혁주, 「오호 조선(嗚呼朝鮮)」, 『신초』, 신쵸샤
        김달수, 「부산」, 『문학예술』 리얼리즘연구회, 『현대리얼리즘단편소설선』
        이은직, 「나의 자존심을 지켜라(我が誇りを守らん)」, 『조선평론』, 조선인문화협회
        허남기, 『조선은 지금 싸움의 한가운데 있다(朝鮮はいま戦いのさなかにある)』
        허남기, 『시집 조선은 지금 싸움이 한창이다(詩集:朝鮮はいま戦いのさ中にある)』, 삼일서방

    4   김달수, 「전야의 장(前夜の章)」, 『중앙공론』, 중앙공론신사
        조기천, 허남기 역, 『백두산(白頭山)』, 하토쇼보(ハト書房)
        허남기, 『백두산』, 하토쇼보
        장혁주, 「부락의 남북전(部落の南北戦)」, 『별책 문예춘추』, 문예춘추
        샌프란시스코강화조약 발효
        '외국인등록법' 공포

5	장혁주, 『오호조선』, 신쵸샤; 「피난민」, 『신쵸(新潮)』, 신쵸샤
6	장혁주, 「어느 범죄(或る犯罪)」, 『문예』, 개조사; 「여간첩(女間諜)」, 『별책문예춘추』, 문예춘추
7	김태중, 『포로의 거리(囚われの街)』, 유리이카(ユリイカ); 장혁주, 「이국의 아내(異國の妻)」, 『경찰문화(警察文化)』
8	허남기, 『화승총의 노래』, 아오키서점
9	김달수, 「번지없는 부락(番地のない部落)」, 「쓰레기(塵芥)」, 「속 쓰레기(續塵芥)」, 「손영감(孫令監)」, 「눈의 색(眼の色)」, 「후지가 보이는 마을에서」, 『후지산이 보이는 마을에서』, 동방사 허남기, 〈시집〉 『거제도』, 이론사; 『조선겨울이야기』, 아오키서점 장혁주, 「부산항의 푸른 꽃(釜山港の青い花)」, 『오모시로이구락부』
10	김달수, 「혜순의 바람(惠順の願い)」, 『부인민주신문』
11	김달수, 「표찰(標札)」, 『신세기』, 신세기사 윤자원, 「밀고자」, 『문예수도』, 문예수도사
12	정태유, 〈희곡〉 「섬사람들―거제도는 살아있다(村の人々―巨済島は生きている)」, 『인민문학』; 장혁주, 「부산의 여간첩(釜山の女間諜)」, 『별책 문예춘추』, 문예춘추
1953.1	김달수, 「부대장과 법무중위(副隊長と法務中尉)」, 『근대문학』, 근대문학사 장혁주, 〈기록〉 「조선」, 『군상』, 고단샤 김시종, 「눈(眼)」, 「봄(春)」, 『시와 진실』, 관서시인회
2	김시종, 「타로(タロー)」, 「제1회 졸업생 여러분에게(第1回卒業生の皆さんへ)」 『진달래』, 오사카조선시인집단 창간(1958.10 종간)
3	김소운 편역, 『조선시집(朝鮮詩集)』, 창원사; 장혁주, 「협박(脅迫)」, 『신쵸』, 신쵸샤
4	김민, 「서분의 항의(西粉の抗議)」, 『문학보』
5	김시종, 「품(ふところ)」, 『조선평론』, 조선인문화협회
6	박원준, 「서영감과 그 외아들(徐令監とその一人の息子)」, 『인민문학』 김소운 편, 『노파 귀의 왕(うばの耳の王さま)』, 대일본웅변회, 고단샤
7	판문점에서 휴전협정 정식 조인
8	장혁주, 「창자의 경우(昌子の場合)」, 『신쵸』, 신쵸샤
10	장혁주, 「눈(眼)」, 『문예』, 개조사
11	김시종, 「사이토 킨사쿠의 죽음에서(齋藤金作の死に)」, 「악몽(惡夢)」, 「살아남는 것(生きのびるもの)」, 『세월의 여울(年の瀬)」
12	김소운 편, 『파를 심은 사람(ネギをうえた人)』, 이와나미서점
1954.1	윤자원, 「장안사(長安寺)」, 『문예수도』, 문예수도사 김달수, 『현해탄』, 지쿠마서점
5	김달수, 「어머니와 두 아들(母と二人の息子)」, 『군상』, 고단샤 윤자원, 「인공영양(人工栄養)」, 『총평』, 일본노동조합총평의회

이오 겐시, 「예루살렘의 아침안개(エルサレムの朝霧)」, 『히가시규슈문학』

6   김달수, 「토성랑(土城廊)」, 「기자림(箕子林)」, 「윤주사(尹主事)」, 「산신들山の神々)」, 「풀 속 깊숙이(草深し)」, 「빛 속으로(光のな中に)」, 「천마(天馬)」, 「천사(天使)」, 「우두머리 꼽세(親方コプセ)」, 「무궁일가(無窮一家)」, 「바다가 보인다(海が見える)」 1~3, 『김사량작품집』, 이론사
노구치 가쿠츄(= 장혁주), 『무궁화』, 대일본웅변회, 고단샤
김사량, 『김사량작품집 전(金史良作品集 全)』, 이론사

7   김태중, 『포로의 거리(囚われの街)』, 쇼시유리이카(書肆ユリイカ)

8   『조선평론(朝鮮評論)』 종간(1951.12 창간)

9   김민, 「시여회(試与会)」, 『조선평론』, 조선인문화협회
김시종, 「지식(知識)」, 「묘비명(墓碑銘)」, 「확실히 그런 날이 있다(たしかにそういう日がある)」
이오 겐시, 「모색기(暮色記)」, 『히가시규슈문학』
『신조선(新朝鮮)』 창간

10   김달수, 「고국인(故国の人)」, 『개조』, 개조사; 「우는 면상(泣き面相)」, 『별책문예춘추』, 문예춘추
허남기, 〈시나리오〉 「조선해협(朝鮮海峡)」, 국문사
김달수, 『현해탄(玄海灘)』, 지쿠마쇼보
『광야(曠野)』 창간
장혁주, 「호적등본(戸籍騰本)」, 『소설공원(小説公園)』, 육흥출판사(六興出版社)

11   장혁주, 『편력의 조서(遍歴の調書)』, 신쵸샤
김소운, 『은수30년(恩讐三十年)』, 다윗사(ダヴィット社)
김소운, 『조선시집(朝鮮詩集)』, 이와나미서점
장혁주, 「권력장(権力者)」, 『신쵸』, 신쵸샤
『새로운 조선(新しい朝鮮)』 창간(1955.5 종간)

12   김시종, 「당신은 이제 나를 배차할 수 없다(あなたはもうわたしを差配できない)」

1955.3   김시종, 「규율의 이방인(規律の異邦人)」, 『국제신문』, 국제신문사
윤자원, 「공명을 서슴지 마라(功名をあせるな)」, 『총친화(総親和)』

4   김달수, 「고서점 이야기(古本屋の話)」, 『신일본문학』, 신일본문학회
김시종, 「산다는 것(生きるってこと)」
외국인등록법에 따른 지문날인 제도 개시, 도쿄 조선대학교 창립

5   김시종, 「후지(富士)」, 『현대시』
재일본조선인총연합회 결성

6   장혁주, 「자식을 위한 애정(子への愛情)」, 『소설공원』, 육흥출판사(六興出版社)

7   허남기, 『허남기시집(許南麒詩集)』, 도쿄서림(東京書林)

8   김달수, 〈평론·기록〉『나의 창작과 체험(私の創作と体験)』, 요시출판사(葦出版社)
김시종, 「아이들과 달(子供と月)」, 「취우(驟雨)」
허남기, 『조선시선(朝鮮詩選)』, 아오키서점
한설야, 이은직 역, 『대동강(大同江)』, 동방사

이효석 외, 『현대조선문학단편선』, 동방사
이오 겐시, 「검은 그림자(黒い影)」, 『히가시규슈문학』
장혁주, 「선거」, 『문예』, 개조사

9   김달수, 「탁주 건배(濁酒の乾杯)」, 「부대장과 법무중위」, 「전야의 장」, 「우는 면상」, 「위치」, 「잡초처럼」, 「조모의 추억」, 「어머니와 두 아들」, 『전야의 장』, 도쿄서림
김시종, 「먼 날(遠い日)」, 『국제신문』, 국제신문사; 「마른 유방(あせた乳房)」, 『국제신문』, 국제신문사; 「가래 컵(痰コップ)」, 신간사

11   김달수, 「탄광에서 만난 사람들」, 『신일본문학』, 신일본문학회
박춘일, 「검은 한숨」, 『호세이대학신문』
장혁주, 「환상과 현실(幻と現実)」, 『소설공원』, 육흥출판사

12   김시종, 〈시집〉 『지평선(地平線)』, 진달래발간소

1956.1   장혁주, 『젊은 여자』, 동방사

4   김소운, 〈수필〉 『아시아의 4등선실(アジアの四等船室)』, 대일본웅변회 고단샤

5   김달수, 「출동(出動)」, 『신일본문학』, 신일본문학회
김시종, 「정책발표회(政策発表会)」, 『진달래』, 오사카조선시인집단, 「맹관총창(盲貫銃創)」, 「무풍지대(無風地帯)」, 「제초(除草)」, 「나의 집(私の家)」
이오 겐시, 「시보로(試歩路)」, 『히가시규슈문학』

6   김시종, 「내가 나인 때(ぼくがぼくであるとき)」, 『수목과 과실』

7   김시종, 「뒷마당(裏庭)」, 『국제신문』, 국제신문사
손보태, 『조선의 민화』, 이와사키서점
윤자원, 「박근태 이야기(朴根太の話)」, 『신일본문학』, 신일본문학회
허남기, 『춘향전』, 이와나미쇼텐

8   김달수, 「일본의 겨울(日本の冬)」, 『아카하타(赤旗)』, 아카하타사
김시종, 「홍소(哄笑)」, 『현대시』, 「하얀 손(白い手)」, 「인디언 사냥(インディアン狩り)」, 「사육제(謝肉祭)」, 「일만년(一万年)」, 「나의 작품 장소와 『유민의 기억』, 私の作品の場と『流民の記憶』」, 『진달래』, 오사카조선시인집단
다치하라 마사아키, 「세일즈맨 쓰다 준이치(セールスマン・津田順一)」, 『근대문학』, 근대문학사
장혁주, 「선녀의 목소리(天女の聲)」, 『소설공원』, 육흥출판사(六興出版社)

9   김달수, 『고국인』, 지쿠마서점

10   김시종, 「운하(運河)」, 『국제신문』, 국제신문사

11   김시종, 「도로가 좁다(道路がせまい)」, 『국제신문』, 국제신문사
노구치 가쿠츄(= 장혁주), 『그늘의 아이(ひかげの子)』, 신쵸샤

12   김시종, 「이카이노 2초메(猪飼野二丁目)」
다치하라 마사아키, 「예수와 유다에 대해서(イエスとユダについて)」, 『근대』, 근대도서

1957.1   김시종, 「뉴 룩(ニュールック)」; 「로봇의 수기(ロボットの手記)」, 『진달래』, 오사카조선시인집단

4   김달수, 『일본의 겨울』, 지쿠마서점
          김태생, 「심력(心曆)」, 『문예수도』, 문예수도사
          이오 겐시, 「가늘고 긴 방(細長い部屋)」, 『시와 진실』, 시와진실사

6   김달수, 「옆에서 본 메이데이(横から見たメーデー)」, 『신일본문학』, 신일본문학회
          김태생, 「무관의 문을 닫으며(無関の門さながら)」, 『문예수도』, 문예수도사
          윤자원, 「말에 대한 신경(言葉への神経)」, 『국제타임스』
          허남기, 「이 세상에서 제일 훌륭한 나라」, 조선민보
          노구치 가쿠츄(= 장혁주), 『아름다운 저항(美しい抵抗)』, 가도카와서점; 장혁주, 「지치부 밤 축제(秩父夜祭)」, 「킹」, 대일본웅변회고단샤(大日本雄弁会講談社); 『아름다운 저항(美しい抵抗)』, 가도카와소설친서(角川小説親書)

7   김시종, 「장님과 뱀의 입씨름(盲と蛇の押問答)」, 「일본의 냄새(日本の臭い)」, 「오사카총련(大阪総連)」, 『진달래』, 오사카조선시인집단

8   김달수, 「사실을 사실로써(事実を事実として)」, 『신일본문학』, 신일본문학회
          김석범, 「간수 박서방(看守朴書房)」, 『문예수도』, 문예수도사
          이오 겐시, 「달빛이 숨쉴 때(月光が息づくときに)」, 『시와 진실』, 시와진실사
          김태생, 「E급 환자(E級患者)」, 『문예수도』, 문예수도사

9   다치하라 마사아키, 「치자나무가 있는 집(梔のある家)」, 『근대』

11   김시종, 『일본풍토기(日本風土記)』, 국문사; 「적을 파다(的を掘る)」, 『현대시』, 「비와 묘와 가을과 어머니(雨と墓と秋と母と)」, 『진달래』, 오사카조선시인집단; 「개를 먹다(犬を喰らう)」, 「쪽방의 웅덩이(長屋の淀)」, 「가출(家出)」, 「오리 떼(かものむれ)」, 「발정기(発情期)」, 「일요일(日曜日)」, 「젊은 너를 나는 믿었다(若いあなたを私は信じた)」, 「겉모습(表影)」
          변희근 외 『단편소설집』, 외국문출판사
          이오 겐시, 「원고없음(原稿なし)」, 『히가시규슈문학』, 「송사리의 시(めだかの詩)」, 『시와 진실』, 시와진실사
          전화황, 『간난이의 매장(カンナニの埋葬)』, 여명사(黎明社)
          『학지광(学之光)』 창간

12   김석범, 「까마귀의 죽음(鴉の死)」, 『문예수도』, 문예수도사
          허남기, 『조국에 드리는 노래시집(祖国に捧げる歌 —詩集)』, 조선작가동맹

1958.1   김시종, 「이의 조리(歯の条理)」, 『신일본문학』, 신일본문학회; 「오사카풍토기(大阪風土記)」, 『국제신문』, 국제신문사

2   김태생, 「동화(童話)」, 『문예수도』, 문예수도사; 「해돋이 없음(日出度いはなし)」, 『문예수도』, 문예수도사

3   김달수, 「이건 인간문제가 아닌가(これは人間問題ではないか)」, 『세계』, 이와나미서점
          윤자원, 「생활 구석에서(生活の隅から)」, 『코리아평론』, 민족문제연구소; 「'한일회담'과 재일조선인」, 『신일본문학』, 신일본문학회

4   김시종, 「구멍(穴)」, 『현대시』
          박춘일, 「G선상의 아리아(G線上のありあ)」, 『학지광』 2호, 재일본도쿄조선유학생학우회

5   김태생, 「세월의 저편에(歳月の彼方に)」, 『문예수도』, 문예수도사; 장혁주, 「다른 풍속의 남편

(異俗の夫)」,『신쵸』, 신쵸샤

6   김문집, 「이발사(理毛師)」, 「아리랑 고개(ありらん峠)」, 「여초력과 나의 청춘(女草履と僕の 青春)」, 「귀족(貴族)」, 「그랜드 보헤미안 호텔(グランドボヘミヤンホテル)」, 「타히티의 환상 (タヒチの幻想)」, 「소변과 영원의 여성들(小便と永遠の女性達)」, 「일본 모습(日本姿)」

     장두식, 〈기록〉「내가 걸어온 길(私の歩いて来た道)」,『아리랑고개』,『계림』, 계림사

     김시종, 「봄은 모두 다 피어나니까(春はみんながもえるもので)」,『시학』, 「제2세 문학론－젊 은 조선인의 고통(第二世文学論－若き朝鮮人の痛み)」,『현대시』

     이오 겐시, 「문이 떨어진 방(戸のはずされた部屋)」,『시와 진실』, 시와진실사

     장혁주, 「산비둘기 우는 날(山鳩鳴く日)」(희곡),『비극희극(悲劇喜劇)』, 하야카와쇼보

7   전윤옥, 「가출」,『학지광』, 재일본도쿄조선유학생학우회

     이오 겐시, 「빛나는 의자(燦めく椅子)」,『히가시규슈문학』

8   김달수, 「조선민주주의인민공화국에 대하여(朝鮮民主主義人民共和国について)」,『일본요 미우리신문』, 요미우리신문사

     김태생, 「거울(鏡)」,『문예수도』, 문예수도사, 「시모가모(下賀茂)」,『문예수도』, 문예수도사

     이진우의 고마쓰가와 사건 발생 (8.21 사형선고)

9   김달수,『조선』, 이와나미서점

10   김달수, 「조선 활자 이야기(朝鮮の活字の話)」,『인쇄계』, 일본인쇄신문사

     노구치 가쿠츄(＝ 장혁주),『검은 지대(黒い地帯)』, 신제사(新制社)

    『진달래』, 오사카조선시인집단 종간(1953.2 창간)

11   김달수, 「박달의 재판(朴達の裁判)」,『신일본문학』, 신일본문학회; 「일록(日録)」,『요미우리신 문』, 요미우리신문사

     김태생, 「후예(末裔)」,『계림』, 계림사

     김석범, 「지금부터(これから)」,『문예수도』, 문예수도사

    『계림』, 계림사(鷄林社) 창간(1959.12) 종간

12   김시종, 「제비뽑기에 살다(籤に生きる)」,『와카야마산 현대시 연구회 1985년 어프로치』; 「목 면과 모래(木綿と砂)」,『국제신문』, 국제신문사

     다치하라 마사아키, 「타인의 자유(他人の自由)」,『군상』, 고단샤

1959.1   김달수, 「참외와 황제(まくわ瓜と皇帝)」,『계림』, 계림사

     김달수, 「일본문학 속 조선인 상」,『문학』, 「밀항자(密航者)」,『리얼리즘』, 리얼리즘연구회

     윤자원, 「내 고향 울산 강양 봉근산 (わがふるさと・蔚山 江陽の鳳根山)」,『계림』, 계림사

2   김달수, 「재일조선인작가와 작품(在日朝鮮人作家と作品)」,『문학』; 「『조선』에 대한 비판에 대하여(『朝鮮』をたいする批判について)」,『아카하타』, 아카하타발간소(赤旗發行所)

3   김달수, 「위원장과 분회장(委員長と分会長)」,『문학계』, 문학계잡지사; 「조선의 학생들(朝鮮 の学生たち)」,『학생통신』, 삼성당; 「호무라 길동전의 시도(壺村吉童傳の試み)」,『별책문예 춘추』, 문예춘추사

4   허남기,『조선해협(朝鮮海峽)』, 국문사

     다치하라 마사아키, 「밤친구(夜の仲間)」,『와세다문학』, 와세다문학회; 「마른 토지(乾いた土 地)」,『근대문학』, 근대문학회

장혁주, 「검은 소용돌이(黑い渦)」, 『보석』, 광문사

8 이오 겐시, 「홀로 광채를 그려라(独りで光彩を画け)」, 『시와 진실』, 시와진실사

9 허남기, 「현대조선 시선」, 조선문화사
　　 이은직, 『니가타춘향전(新潟春香伝)』, 조선문화사

10 다치하라 마사아키, 「피의 밭(血の畑)」, 『근대문학』, 근대문학회

11 윤자원, 「칠전 이야기(七銭の話)」, 『통일평론』, 통일평론사

1961.1 『조선시보』(일본어판) 창간

2 『월간조선자료』 창간

3 김달수, 「밤에 온 남자」, 「참외와 황제」, 「이만상과 차계류」, 「호천길동전의 시도」, 「고서점 이
　　 야기」, 「우는 면상」, 「여행에서 만난 사람」, 「일본에 남기는 등록증」, 「니가타에서 돌아온 사람
　　 들」, 『밤에 온 남자』, 동방사

5 김석범, 「관덕정(観徳亭)」, 『문화평론』, 문화평론사
　　 김달수, 「일본인처(日本人妻)」, 『별책주간아사히』, 아사히신문사; 「고마쓰가와 사건의 안과
　　 밖(小松川事件の内と外)」, 『신일본문학별책』, 신일본문학회
　　 김시종, 「두 폐색성(二つの閉塞性)」, 『현대시』

6 다치하라 마사아키, 「사랑하는 사람들」, 『군상』, 고단샤; 「바다와 세 편의 단편(海と三つの短
　　 篇)」, 『문학계』, 문학계잡지사

8 김달수, 「태평양 전쟁 하의 조선문학」, 『문학』
　　 다치하라 마사아키, 「붉은 벽돌집(赤煉瓦の家)」, 『문학계』, 문학계잡지사
　　 『조국의 통일을 위해(祖国の統一のために)』 창간

9 김달수, 「일본인 아내」, 『별책주간아사히』, 아사히신문사; 「백일몽(白昼夢)」, 『일본요미우리』,
　　 요미우리신문사

10 장혁주, 『무사시 진영(武蔵陳屋)』, 설화사(雪華社)
　　 김달수, 『「고마쓰가와 사건의 안과 밖」 보충(『小松川事件の内と外』補遺)」, 『신일본문학』, 신
　　 일본문학회
　　 김달수, 「황사영의 순사(黄嗣永の殉死)」, 『BOOKS』, Books의모임
　　 다치하라 마사아키, 「질투(嫉妬)」, 『문학계』, 문학계잡지사

11 김시종, 「솥이 먼저다(釜が先だ)」, 『현대시』
　　 이오 겐시, 「물과 빛(水と光)」, 『시와 진실』, 시와진실사
　　 장혁주, 「신라왕관 최후의 날(新羅王舘最後の日)」, 『보석』, 광문사

12 허남기, 〈희곡〉 「단 하나의 길」, 『문학예술』, 리얼리즘연구회

1962.1 김달수, 「일본 속의 조선문화」, 『젊은 세대』, 김시종, 「신년보(新年譜)」, 『상공신문(商工新
　　 聞)』, 상공신문사)

2 노구치 가쿠츄(＝장혁주), 『호수 위의 불사조(湖上の不死鳥)』, 동도서방(東都書房)
　　 김달수, 「분회와 그 사람들(分会とその人々)」, 『문화평론』, 문화평론사
　　 김달수, 「장군 상(将軍の像)」, 『문화평론』, 문화평론사

이오 겐시, 「부재의 감정(不在の感情)」, 『시와 진실』, 시와진실사

장혁주, 『호상의 불사조(湖上の不死鳥)』, 동도서방

3 김달수, 「고독한 그들」, 『신일본문학』, 신일본문학회

다치하라 마사아키, 「사월의 비(四月の雨)」, 『문학계』, 문학계잡지사

5 장두식, 「어느 재일조선인의 기록(ある在日朝鮮人の記録)」, 『현실과 문학』, 현실과문학사

김달수, 「살해당한 조용수에 대하여(殺された趙鏞寿のこと)」, 『신주간』

김석범, 「관덕정」, 『문화평론』, 문화평론사

6 百姓元潤(= 강두흥), 「농민(農民)」, 『전망』, 지쿠마서점

임호, 「한 광인의 반생애(一狂人の半生涯)」, 『전망』, 지쿠마서점

임성황, 「작은 너무나 작은 일(小さなあまりに小さな出来事)」, 『전망』, 지쿠마서점

고관민, 「묻혀진 날의 일(埋もれた日のこと)」, 『전망』, 지쿠마서점

7 윤자원, 「벌꿀과 콩죽 이야기(蜂蜜と豆粥の話)」, 『통일평론』, 통일평론사

장혁주, 「붉은 월병(赤い月餅)」, 『보석』, 광문사(光文社)

8 김달수, 「식민지 속의 작가(植民地のなかからの作家)」, 『아시아・아프리카 통신』

아시아・아프리카작가회의일본협의회, 「"아시아 근대사"의 문학화」, 『도해・국민의 역사(図説・国民の歴史)』, 국문사

9 윤자원, 「검은 소를 탄 노인(黒い牛に乗った老人)」, 『통일평론』, 통일평론사

11 김달수, 「"한일회담"에서 생각할 것」, 『현대의 눈(現代の眼)』

윤자원, 「노승과 소년(老僧と少年)」, 『통일평론』, 통일평론사; 「방귀시합(放屁試合)」, 『통일평론』, 통일평론사

『한국문학(韓国文学)』 창간(1963.11 종간)

12 전화황, 「산수화(山水画)」, 『문화평론』, 문화평론사

김달수, 「장군상(將軍の像)」, 『문화평론』, 문화평론사; 「중산도(中山道)」, 『신일본문학』, 신일본문학회

허남기, 『조국을 향하여』, 조선작가동맹 출판사

1963.1 정귀문, 「상흔(傷痕)」, 『조양』, 조양회(朝陽会)

남휘, 「폭풍의 기록(嵐の記録)」, 『조양』, 조양회

김달수, 「종합적방법의 가능성(総合的方法の可能性)」, 『아카하타』, 아카하타발간소(赤旗発行所); 「인간차별과 문학(人間差別と文学)」, 『부락』, 부락문제연구소출판부

2 김시종, 「엽총(猟銃)」, 『가리온』, 오사카조선시인집단

『가리온(カリオン)』 종간(1959.6 창간)

3 정귀문, 「민족의 노래(民族の歌)」, 『조양』, 조양회

김달수, 「1963년 1월(一九六三年一月)」, 『조양』, 조양회

윤자원, 「네 명의 덩치 큰 사나이(四人の大男)」, 『통일평론』, 통일평론사; 「개를 그리며 마시다(犬を画いて飲む)」, 『통일평론』, 통일평론사; 「와우(臥牛)」, 『통일평론』, 통일평론사

5 정귀문, 「어린아이의 혀(稚児の舌)」, 『현실과 문학』, 현실과문학사

김달수, 「조선인과 민족 의식」, 『중앙공론』, 중앙공론신사

윤자원, 「백로이야기(白鷺の話)」, 『통일평론』, 통일평론사; 「청개구리(雨蛙)」, 『통일평론』, 통일평론사; 「할아버지와 개(お爺さんと犬)」, 『통일평론』, 통일평론사; 「부모를 버린 사나이(親を捨てた男)」, 『통일평론』, 통일평론사

6   김달수, 『밀항자(密航者)』, 지쿠마서점

8   가지야마 도시유키, 『이조잔영(李朝残影)』, 문예춘추신사
    김달수, 「이진우의 죽음(李珍宇の死)」, 『현실과 문학』, 현실과문학사
    다치하라 마사아키, 「파도(波)」, 『문학계』, 문학계잡지사; 「아름다운마을(美しい村)」, 『근대문학』, 근대문학사

10 김달수, 『중산도』, 동방사; 김달수, 「서울의 해후(ソウルの邂逅)」, 『문화평론』, 문화평론사

11 김달수, 「위령제」, 『현대의 눈』, 현대평론사, 「중소 논쟁에 대한 감상(中ソ論争についての感想)」, 『현실과 문학』, 현실과문학사
    『한국문학(韓国文学)』종간(1962.11 창간)

12 역도산 사망

1964.1 이회성, 「그 전야(その前夜)」, 『통일평론』, 통일평론사
    김달수, 「창작방법 토론에 따라(創作方法の討論によせて)」, 『현실과 문학』, 현실과문학사
    『조선체육신문』창간, 월간지『조국』창간

3   한무부, 〈가집〉『양의 노래(羊のうた)』, 사쿠라모모서림(桜桃書林)
    김달수, 「직함 없는 남자(肩書きのない男)」, 『신일본문학』, 신일본문학회

4   김달수, 〈기록〉「1964년 1월(一九六四年一月)」, 『현실과 문학』, 현실과문학사; 「"한일회담"이 초래할 일」, 『마나부』 노동대학출판센터, 労働大学出版センター)

5   김달수, 「일본의 문학운동과 내 입장(日本の文学運動と私の立場)」, 『현실과 문학』, 현실과문학사
    다치하라 마사아키, 「신능(薪能)(薪能)」, 『신쵸』, 신쵸샤

6   이오 겐시, 「돌(石)」, 『시와 진실』, 시와진실사
    『아리케(ありけ)』창간(1965.9 종간)

8   김달수, 「8·15 이전(八・一五以前)」, 『영화예술』, 영화예술사

9   김달수, 「태백산맥」, 『문화평론』, 문화평론사, 다치하라 마사아키, 『신능(薪能)』

11 다치하라 마사아키, 「창간사(創刊の辞)」, 『코뿔소』, 이오 겐시, 「불꽃(炎)」, 『시와 진실』, 시와진실사

1965.1 김달수, 「제국주의감각은 되살아날 것인가(帝国主義感覚はよみがえるか)」, 『현실과 문학』, 현실과문학사
    김태생, 「인간시장(人間の市)」, 『신작가』, 신작가협회
    다치하라 마사아키, 『애인들(恋人たち)』, 광풍사(光風社)

2   손성조, 『망명기』, 미스즈쇼보(みすず書房)
    이오 겐시, 「구멍(穴)」, 『시와 진실』, 시와진실사

3   김달수, 「박달의 재판」, 「고국인」, 『신일본문학전집13 – 김달수·니시노 다쓰키치 집』, 슈에이샤

김학영,「골프공과 밤의 사탄(ゴルフの球と夜のサタン)」,『정우』

4   김달수,「정월의 여행(正月の旅)」,『현실과 문학』, 현실과문학사
       윤자원,「헌병 구두(憲兵の靴)」,『통일조선신문』, 통일조선신문사
       다치하라 마사아키,「쓰루기가사키(劍ヶ崎)」,『신쵸』, 신쵸샤

5   김웅걸 외,『통신병』, 외국문출판부
       김달수,「인간과 리얼리즘의 회복」,『문학』;「조선에서 본 도요토미 히데요시(朝鮮からみた豊臣秀吉)」,『역사독본』, 신인물왕래사

6   김달수,「공복이문(公僕異聞)」,『현실과 문학』, 현실과문학사
       이오 겐시,「석관(石棺)」,『시와 진실』, 시와진실사
       「한일기본조약 및 제협정」 조인(6.22),『아리케(ありけ)』종간(1964.6 창간)

7   김달수,「"한일조약"으로의 자세」,『도쿄대학신문』

8   다치하라 마사아키,『쓰루기가사키』, 신쵸샤

9   김달수,『공복이문』, 동방사
       다치하라 마사아키,「옅은 꽃(淡の花)」,『별책문예춘추』, 문예춘추
       이오 겐시,「복권(復権)」,『시와 진실』, 시와진실사

10   김병훈 외,『길동무(道づれ)』, 외국문출판사
       김만석,〈시집〉『태양과 나팔(태양과 ラッパ)』, 자비출판

11   김학영,『얼어붙은 입(凍える口)』,『문예』, 개조사
       김달수,「뭐가 "친선우호"냐(なにが"親善友好"か)」,『아카하타』, 아카하타발간소(赤旗發行所)
       다치하라 마사아키,「가마쿠라 부인(鎌倉夫人)」,『주간신쵸』, 신쵸샤

12   다치하라 마사아키,「흰 양귀비(白い罌粟)」,『별책문예춘추』, 문예춘추

1966.1   이오 겐시,「옥수수 길(とうもろこしの道)」,『시와 진실』, 시와진실사
       정승박,「도미타가와(富田川)」,『센류 아와지』, 신간사

2   장두식,『어느 재일조선인의 기록』, 동성사
       정승박,「전월 구평(前月句評)」,『센류 아와지』, 신간사

3   정귀문,『민족의 노래(民族の歌)』, 동방사
       오임준,「아리랑 노래 소리(アリランの歌ごえ)」, 신흥서방
       다치하라 마사아키,『옅은 꽃(淡の花)』, 문예춘추
       이오 겐시,「이혼(離婚)」,『시와 진실』, 시와진실사

4   김학영,『도상(土壤)』, 신사조
       김달수,「나에시로 강(苗代川)」,『민주문학』, 일본민주주의문학회;『후예의 거리』, 동풍사

5   정귀문,「최후의 문맹(最後の文盲)」,『민주문학』, 일본민주주의문학회
       천세봉 외,『봄의 농촌에 찾아온 젊은이(春の農村にやってきた若者)』, 외국문출판사
       김달수,「작가에게 있어 현실과 방법(作家における現実と方法)」,『문학』
       정승박,「기주의 고리(紀州の古里)」,『센류 아와지』, 신간사

6   김달수,『박달의 재판』, 동풍사

다치하라 마사아키, 『가마쿠라 부인』, 신쵸샤

8   김달수, 「문학과 지도자 의식에 대하여(文学と指導者意識について)」, 『민주문학』, 일본민주
주의문학회

9   김달수, 「반민족교육을 받았기 때문에(反民族教育を受けたものから)」, 『교육』
다치하라 마사아키, 『아름다운 마을(美しい村)』, 고단샤

10   오임준, 『미 제8군의 수레바퀴(アメリカ第八軍の車輪)』, 신흥서방

11   김학영, 「얼어붙은 입(凍える口)」(문예상 수상작), 『문예』, 개조사

12   강위당, 『살아있는 포로(生きている虜囚)』, 신흥서방
김학영, 「미로의 끝(迷路の果て)」, 『한양』, 한양사
이오 겐시, 「작은 술집(小さい酒場)」, 『시와 진실』, 시와진실사
정승박, 「산인 지방을 여행하며(山陰地方を旅行して)」, 『센류 아와지』, 신간사

1967.1   이기동, 〈시집〉 『기억의 하늘(記憶の空)』, 소림사(昭森社)
정승박, 「도긴개긴(どっちもどっち)」, 『센류 아와지』, 신간사
다치하라 마사아키, 「검과 꽃(剣と花)」, 『주간현대』, 고단샤

2   이춘목, 「진달래(つつじ)」, 『세타가야 문학』, 세타가야문학회
전화황, 「두 개의 태양(二つの太陽)」, 경문사(京文社)

3   정귀문, 「가면의 날들(仮面の日々)」, 『민주문학』, 일본민주주의문학회
김학영, 「안개 속에서(霧の中)」, 『한양』, 한양사

4   다치하라 마사아키, 『사랑의 보금자리(恋の巣)』, 신쵸샤
영주권 취득 한국 국적 재일코리안에게 일본 국민건강 보험법 적용

5   이은직, 『탁류 1 그 서장(濁流1 その序章)』, 신흥서방
김달수, 「『맨발의 달리에』론, 『はだしのダリエ』論)」, 『동구문학전집』
김달수, 「어느 편지·도표·논문(ある手紙·図表·論文)」, 『민주문학』, 일본민주주의문학회
김달수, 「재일조선인에게 있어 민족교육의 의미」, 『아사히저널』, 아사히신문사
정승박, 「산쿠마 산(三熊山)」

6   이순목, 「도하(渡河)」, 『민주문학』, 일본민주주의문학회
임계, 『세월(歳月)』, 신흥서방

7   김학영, 「완충용액(緩衝溶液)」, 『문예』, 개조사
이오 겐시, 「비(雨)」, 『시와 진실』, 시와진실사

8   정승박, 「북두회, 내빈 여러분, 수고 많으셨습니다(北斗会, ご来賓皆様, ご苦労様でした)」,
『센류 아와지』, 신간사
『황해(黄海)』 창간

9   김석범, 「까마귀의 죽음(鴉の死)」, 신흥서방

10   김석범, 「간수박서방(看守朴書房)」, 「까마귀의 죽음」, 「관덕정(觀德亭)」, 「똥과 자유(糞と自由と)」, 『까마귀의 죽음』, 신흥서방
정승박, 「파산(破産)」, 『센류 아와지』, 신간사; 「비화의 땅 아가무라에서 일어난 가을 음행(悲

話の地阿賀村で行われた秋の吟行)」, 『센류 아와지』, 신간사

다치하라 마사아키, 『꽃의 생명체(花のいのち)』, 신쵸샤

11 김학영, 「얼뜨기(うすのろ)」, 『한양』, 한양사

12 허남기, 「돌에 깃든 이야기」, 재일본조선문학예술가동맹

1968.1 김학영, 「유리층(遊離層)」, 『문예』, 개조사

정승박, 「여자 기숙사 전문(女子寮の專門)」, 『센류 아와지』, 신간사

다치하라 마사아키, 「마음의 고향을 가다(心のふるさとをゆく)」, 『여행』, 문예춘추

2 김희로 사건 발생

3 이오 겐시, 「네 명의 중년자(四人の中年者)」, 『시와 진실』, 시와진실사

4 다치하라 마사아키, 『검과 꽃(劍と花)』, 고단샤; 『아름다운 성(美しい城)』, 문예춘추

5 오임준〈시집〉『바다와 얼굴(海と顔)』, 신흥서방

다치하라 마사아키, 「겨울 여행(冬の旅)」, 요미우리신문

7 이은직, 『탁류 2 폭압 아래서(濁流 2 暴圧の下で)』, 신흥서방

9 김학영, 「탄성한계(弾性限界)」, 『한양』, 한양사

다치하라 마사아키, 『다치하라 마사아키, 초기 작품집(立原正秋 初期作品集)』, 심야총서사
(深夜叢書社)

10 이은직, 『탁류 3－인민항쟁(濁流 3－人民抗争)』, 신흥서방

11 김달수, 「일본인의 차별 의식에 대하여」, 『홀프』

김학영, 「눈초리의 벽(まなざしの壁)」, 『문예』, 개조사

이오 겐시, 「국선 변호인(国選弁護人)」, 『시와 진실』, 시와진실사

1969.1 허남기, 『허남기 시집(許南麒詩集)』, 국문사

2 오임준〈평론〉, 『기록없는 수인 어느 조선인 전중파의 정신사(記録なき囚人 ある朝鮮人戦
中派の精神史)』, 삼일성당(三一省堂)

다치하라 마사아키, 「복간의 말(復刊の辞)」, 『와세다문학(早稲田文学)』, 와세다문학회

김석범, 「재일조선인의 독백」, 『아사히저널』, 아사히신문사

3 김달수, 「조선유적 여행(朝鮮遺跡の旅)」, 『민주조선』, 민주조선사

『일본 속의 조선문화(日本のなかの朝鮮文化)』 창간(1981.6 종간)

5 김달수, 『태백산맥(太白山脈)』, 지쿠마서점

6 이회성, 「또 다시 이 길을(またふたたびの道)」(제12회 군상신인문학상수상작), 『군상』, 고단
샤; 『또 다시 이 길을』, 고단샤

손호연〈가집〉, 『제2무궁화(第 2 無窮花)』, 고단샤

장두식『일본 속의 조선인(日本の中の朝鮮人)』, 동성사

이오 겐시, 「본당후기(本堂裏記)」, 『시와 진실』, 시와진실사

8 김석범, 「허몽담(虚夢譚)」, 『세카이』, 이와나미서점

이회성, 「우리들 청춘의 도상에서(われら青春の途上にて)」, 『군상』, 고단샤

9	김학영, 「탄성한계(弾性限界)」, 『문예』, 개조사
	김재남, 「남쪽에서 온 남자(南から来た男)」, 『문학예술』, 문학예술사
	다치하라 마사아키, 『겨울 여행 상·하(冬の旅, 上·下)』, 신쵸샤
10	김달수, 「김희로는 누구인가(金嬉老とはなにか)」, 『중앙공론』, 중앙공론신사
11	박춘일 〈평론〉『근대일본문학에서 조선상』, 미래사
	김학영, 「눈초리의 벽(まなざしの壁)」, 『문예』, 개조사
	이오 겐시, 「타인과 인대(他人と靭帯)」, 『시와 진실』, 시와진실사
1970.1	김달수, 〈기행〉「조선사적의 여행(朝鮮史跡の旅)」, 『사상의 과학』, 사상의 과학사
2	이회성, 「죽은 자가 남긴 것(死者の遺したもの)」, 『군상』, 고단샤
	김달수, 「고려청자(高麗青磁)」, 『세카이』, 이와나미서점
3	임영수『아득히 먼 공화국(遙かなる「共和国」)』, 삼일성당(三一省堂)
	다치하라 마사아키, 『아다시노(あだし野)』, 신쵸샤
4	김석범, 「고향 제주도(ふるさと済州島)」, 『세카이』, 이와나미서점
5	이회성, 「증인이 없는 광경(証人のいない光景)」, 『문학계』, 문학계잡지사
6	이회성, 「우리들 청춘의 도상에서」, 「죽은 자가 남긴 것」, 『우리들 청춘의 도상에서』, 고단샤
7	김학영, 『얼어붙은 입』, 가와데쇼보신샤
8	김시종, 〈시집〉『니가타(新潟)』, 고조사(構造社)
	강순, 『되는 대로(なるなり)』, 사조사(思潮社)
	이회성, 「가야코를 위하여(伽倻子のために)」, 『신쵸』, 신쵸샤
9	김석범, 「언어와 자유―일본어로 쓴다는 것(言語と自由―日本語で書くということ)」, 『인간으로서』, 지쿠마서점
10	이회성, 「무장하는 내 아이(武装するわが子)」, 『문학계』, 문학계잡지사
	김석범, 「까마귀의 죽음」, 고단샤
	정승박, 「수평선(水平線)」, 『센류 아와지』, 신간사
	다치하라 마사아키, 『여름 햇살(夏の光)』, 문예춘추
11	김달수, 「단 하나의 말(ただ一つのことば)」, 『마이니치신문』, 마이니치신문사; 「조선문학에서 나타나는 유머와 풍자(朝鮮文学におけるユーモアと風刺)」, 『문학』, 이와나미서점
	김석범, 「일본어로 쓴다는 것」, 『문학예술』, 문학예술사
12	김석범, 「만덕유령기담(万徳幽霊奇譚)」, 『인간으로서』, 지쿠마서점
	고사명, 「밤이 세월의 발길을 어둡게 할 때(夜がときの歩みを暗くするとき)」, 『인간으로서』, 지쿠마서점
	이회성, 『가야코를 위하여』, 신쵸샤
	김달수, 〈기행〉『일본 속의 조선문화』, 고단샤
	박종석의 히타치투쟁 발생
1971.1	김달수, 「우에다 마사아키『일본신화』, 上田正昭『日本神話』)」, 『세카이』, 이와나미서점; 「일본 속의 조선(日本の中の朝鮮)」, 『요미우리신문』, 요미우리신문사

정승박, 「낚싯배 조난기(釣舟遭難記)」, 『아와지신문』, 아와지신문사; 「중얼중얼(つぶらこか
し)」, 『아와지신문』, 아와지신문사
다치하라 마사아키, 『남성적 인생론『제군!』(男性的人生論『諸君！』)』, 우시오출판사(潮出版社)

2 김달수, 「『인간』을 읽어라(『にんげん』を読んで)」, 『아사히신문』, 아사히신문사
김하일, 「무궁화(無窮花)』, 광풍사(光風社)
고준석, 「조선인·나의 기록」, 동성사(同成社)

3 이회성, 「청구의 집(青丘の宿)」, 『군상』, 고단샤
오임준, 『조선인 속의 일본』, 삼일성당(三一省堂); 『조선인 속의 일본』, 삼성당
신래현『조선의 신화와 전설(朝鮮の神話と伝説)』, 1943년판 재간, 태평출판사

4 김시종, 「결락의 하니와(欠落の埴輪)」, 『신일본문학』, 신일본문학회
김석범, 「장화(長靴)」, 『세카이』, 이와나미서점
종추월『종추월시집(宗秋月詩集)』, 편집공방노아
이오 겐시, 「거짓말(嘘)」, 『시와 진실』, 시와진실사
다치하라 마사아키, 『다치하라 마사아키의 책 KK 베스트셀러즈『켄노』(立原正秋の本)』KK베
스트셀러스『曠野』, 가도카와서점

6 이회성, 「다듬이질하는 여인(砧をうつ女)」, 『계간예술』, 계간예술 출판사; 「청구의 집(青丘の
宿)」, 「무장하는 내 아이(武装するわが子)」, 『청구의 집』, 고단샤
정승박, 「쫓기는 나날들(追われた日々)」, 『농민문학』, 일본농민문학회
다치하라 마사아키, 『무가(舞の家)』, 신쵸샤

7 김달수, 「종이뭉치(紙つぶて)」, 『주니치신문』, 주니치신문사
김석범, 「어째서 일본어로 쓰는가」에 대하여」, 『문학적 입장』, 케이소서방
김학영, 「착미(錯迷)」, 『문예』, 개조사

8 김석범, 「민족의 자립과 인간의 자립(民族の自立と人間の自立)」, 『전망』, 지쿠마서점

9 고사명, 「미륵보살(彌勒菩薩)」, 『인간으로서』, 지쿠마서점; 『밤이 세월의 걸음을 어둡게 할
때』, 지쿠마서점
김석범, 「원래의 사람(遠来の人)」, 『인간으로서』, 지쿠마서점
김시종, 「선택한 내가 선택한 풍경(選んだぼくの選ばれた風景)」, 『유리이카(ユリイカ)』, 세
이도샤
오임준, 『조선인으로서의 일본인(朝鮮人としての日本人)』, 합동출판

10 이오 겐시, 「기어다니는 피(這う血)」, 『시와 진실』, 시와진실사

11 김달수, 「가와치의 조선도래인 사원(河内の朝鮮渡来人寺院)」, 『여행』
김석범, 「만덕유령기담」, 지쿠마서점; 「밤」, 『문학계』, 문학계잡지사
김시종, 「마른 때를 서성이는 것(涸れた時を佇むもの)」, 『도시샤대학 종교학보』
오임준, 〈평론〉『재일조선인』, 우시오출판사(潮出版社)
정승박, 「벌거벗은 포로(裸の捕虜)」, 『농민문학』, 일본농민문학회
이회성, 「반쪽바리(半チョッパリ)」, 『문예』, 개조사
다치하라 마사아키, 「산화초(散花抄)」, 가도카와서점

12 김석범, 「고향」, 『인간으로서』, 지쿠마서점

1972.1	김시종, 「자기복원의 희구(自己復元の希求)」, 『아사히신문』, 아사히신문사

1972.1　김시종, 「자기복원의 희구(自己復元の希求)」, 『아사히신문』, 아사히신문사
　　　　안우식, 『김사량-저항의 생애(金史良-その抵抗の生涯)』, 이와나미서점
　　　　이회성, 「인면 대암(人面の大岩)」, 『신쵸』, 신쵸샤; 「나의 사할린(私のサハリン)」, 『군상』, 고단샤
　　　　다치하라 마사아키, 「키누타(きぬた)」, 『문학계』, 문학계잡지사
　　　　정승박, 「거북이와 스트립(亀とストリップ)」, 『아와지신문』, 아와지신문사; 「고향의 정월(ふるさとの正月)」, 『아와지타임즈』
　　　　월간지 『오늘의 조선』 창간
　　　　이회성, 제66회 〈아쿠타가와상(芥川賞)〉 수상

　　2　김시종, 「뒈져라, 좋아하는 것(くたばれ, 好物)」, 『신문학』, 아시쇼보
　　　　김학영, 「알콜램프(あるこーるらんぷ)」, 『문예』, 개조사
　　　　이회성, 「또 다시 이 길을」, 「죽은 작가 남긴 것」, 「무장하는 내 아이」, 「인면 대암」, 『신예작가총서-이회성, 집』, 가와데서방; 「다듬이질하는 여인(砧をうつ女)」, 「반쪽바리(半チョッパリ)」, 『다듬이질하는 여인』, 문예춘추(* 1972년 「다듬이질하는 여인」으로 제66회 '아쿠타가와상' 수상)
　　　　정승박, 「벌거벗은 포로(裸の捕虜)」, 『문학계』, 문학계잡지사

　　3　김달수, 「아스카와 벽화고분(飛鳥と壁画高墳)」, 『도쿄신문』, 도쿄신문사
　　　　김시종, 「사시사철, 의아함, 흔해빠짐(しきなり, いぶかり, ありきたり)」, 『신문학』, 아시쇼보
　　　　정승박, 「이것저것 있었다(いろいろあった)」, 『산케이신문』, 산케이신문사
　　　　다치하라 마사아키, 『여자의 방(女の部屋)』, 문예춘추

　　4　김시종, 「두 가닥 빛의 교차(ふたすじの光の交叉)」, 『요미우리신문』, 요미우리신문사
　　　　오임준, 「조선소년시편집성(異郷殘高詩篇集成)」, 「조선인 속의 '천황'(朝鮮人の中の「天皇」)」; 〈평론〉『조선인 속의 '천황'(朝鮮人の中の「天皇」)』, 변경사; 〈평론〉『조선인의 빛과 그림자(朝鮮人の光と影)』, 합동출판사
　　　　정승박, 「벌거벗은 포로」, 『농민문학』, 일본농민문학회; 「내게 있어 "고향"은(私にとって"ふるさと"とは)」, 『신니치신문』, 아사히신문사
　　　　김사량, 『김사량전집 I~IV(金史良全集 I~IV)』, 가와데쇼보신샤

　　5　김달수, 「어떤 해후(ある邂逅)」, 『문예』, 개조사
　　　　「조선과 『만요슈』, 朝鮮と『万葉集』)」, 『국문학』, 국문학잡지사
　　　　김시종, 「두 광기(二つの狂気)」, 『신문학』, 아시쇼보
　　　　김석범, 「등록증 도둑(トーロク泥棒)」, 『문학계』, 문학계잡지사

　　6　김시종, 「붐 덕분에(ブームのかげに)」, 『신문학』, 아시쇼보
　　　　김석범, 「말의 주박(ことばの呪縛)」, 지쿠마서점; 「김지하와 재일조선인문학자」, 『전망』, 지쿠마서점
　　　　김태생, 「뼛조각(骨片)」, 『인간으로서』, 지쿠마서점

　　7　김석범, 「말의 주박-「재일조선인문학」과 일본어」, 지쿠마서점
　　　　김학영, 「얼어붙은 입」, 「탄성한계」, 「착미」, 『신예작가총서-김학영집(新鋭作家叢書-金鶴泳集)』, 가와데쇼보
　　　　이오 겐시, 「두 명의 남자 (二人の男)」, 『시와 진실』, 시와진실사

김석범, 『말의 주박－「재일조선인문학」과 일본(ことばの呪縛－「在日朝鮮人文学」と日本語)』, 지쿠마쇼보

통일에 관한 남북공동성명 발표

8   김달수, 「「귀화인」이란 무엇인가(『帰化人』とはなにか)」, 『역사독본』, 신인물왕래사

정승박, 「지점」, 『문학계』, 문학계잡지사

김사량, 『노마만리－항일중국기행(駑馬万里－抗日中国紀行)』, 아사히신문사

9   김사엽, 『조선의 마음(朝鮮のこころ)』, 고단샤

이회성, 「북이든 남이든, 내 조국(北であれ南であれ,わが祖国)」, 『문예춘추』, 문예춘추

김석범, 〈수필〉「처형(処刑)」, 『전망』, 지쿠마서점; 「방황(彷徨)」, 『인간으로서』, 지쿠마서점

김재남, 「용기(勇気)」, 『문학신보』, 일본민주주의문학동맹

오임준, 〈평론〉「보이지 않는 조선인(見えない朝鮮人)」, 합동출판사

10   김달수, 「나의 전후사(私の戦後史)」, 『아사히신문』, 아사히신문사

정승박, 「용궁성은 어딘가(竜宮城はどっちか)」, 『시나노마이니치』, 시나노마이니치사

한덕수, 〈시집〉『60만 동포가 드리는 충성의 노래(六十万同胞がささげる忠誠の歌)』, 조선화보사

11   정승박, 「전등이 켜져 있다(電灯が点いている)」, 『문학계』, 문학계잡지사

12   김석범, 「거리감(距離感)」, 『전망』, 지쿠마서점; 「사라져 버린 역사(消えてしまった歴史)」, 『인간으로서』, 지쿠마서점

이오 겐시, 「평화로운 일요일(平和な日曜日)」, 『시와 진실』, 시와진실사

1973.1   김달수 외, 『김사량전집(金史良全集)』, 가와데쇼보(河出書房)

정승박, 「전등이 켜져 있다(電灯が点いている)」, 『문예』, 개조사

김시종, 「남북조선『융화』속의 단층(南北朝鮮『融和』の中の断層)」, 『조선신문』, 조선신문사

2   정승박, 「벌거벗은 포로(裸の捕虜)」, 「지점(地點)」, 「전등이 켜져 있다(電灯が点いている)」, 『벌거벗은 포로(裸の捕虜)』, 문예춘추

3   김달수, 「아리타와 나에시로강(有田と苗代川)」, 『태양』, 태양사

김석범, 「내게 있어서의 말(私にとってのことば)」, 『와세다문학』, 와세다문학회

김학영, 「헌등없는 집(献灯のない家)」, 『문예』, 개조사; 〈연재〉「사대주의(事大主義)」, 「애플파이(アップルパイ)」, 「아빠와 아들(父と子)」, 『통일일보』, 통일일보사

오임준, 「끊임없는 가교(絶えざる架橋)」, 풍매사(風媒社)

다치하라 마사아키, 「남은 눈(残りの雪)」, 『니혼게이자이신문』, 니혼게이자이신문사

4   김달수, 「고대사가로서의 사카구치 안고(古代史家としての坂口安吾)」, 『중앙공론』, 중앙공론신사

김학영, 「통일풍화(統一風化)」, 「편견(偏見)」, 「하나의 제안(ひとつの提案)」, 『통일일보』, 통일일보사

이회성, 「약속의 땅(約束の土地)」, 『군상』, 고단샤

오임준, 〈평론〉「일본인의 조선상(日本人の朝鮮像)」, 풍매사

이오 겐시, 「고고하게 살다(孤高に生きる)」, 『엔지니어』

5   강기동, 『반쪽바리』, 사가판

김달수, 「일본고대사의 「귀화인」」, 『오하라류 꽃꽂이』, 오하라류

김시종, 「일본어의 공포(日本語のおびえ)」, 『조선인』

김학영, 「4·3 사건(四·三事件)」, 「지상과업(至上課業)」, 「긴 여름(長い夏)」, 「광녀의 노래(狂女の歌)」, 『통일일보』, 통일일보사

다치하라 마사아키, 『검과 꽃(剣と花)』, 고단샤

6   김학영, 「상쾌한 저항(さわやかな抵抗)」, 「사실의 무게(事実の重み)」, 「마음은 수국(心はあじさい)」, 「희고 마른 길(白く乾いた道)」, 「독서안내(読書案内)」, 『통일일보』, 통일일보사

이회성, 『약속의 땅(約束の土地)』, 고단샤

김석범, 「이훈장(李訓長)」, 『문학계』, 문학계잡지사; 〈에세이〉「오니시로야마단상(鬼城山断想)」, 『문예』, 개조사

정승박, 「펍(ポップ屋)」, 『풍경』, 풍경발간소

7   성윤식, 『조선인부락(朝鮮人部落)』, 동성사

김달수, 「아베 씨의 편지(阿部さんの手紙)」, 『문예』, 개조사

김석범, 「출발(出発)」, 『문예전망』, 지쿠마서점

김학영, 「알콜램프」, 가와데쇼보신샤

고사명, 「끝없는 구렁텅이에 걸쳐서(底知れぬ淵に跨り)」, 『문예전망』, 지쿠마서점

8   고사명, 〈평론〉『저편의 빛을 찾아서(彼方の光を求めて)』, 지쿠마서점

이회성, 「상어에게 인간은 언제까지 먹힐 것인가ー김대중씨 납치사건을 생각하다(フカに人間はいつまでくわれるかー金大中氏拉致事件におもう)」, 『와세다문학』, 와세다문학회

정승박, 「연기에 대한 애착(芝居への愛着)」, 한구용, 『바닷가의 동화(海べの童話)』, 보쿠서점(牧書店)

김대중 납치사건 발생

9   오임준, 『해협(海峡)』, 풍매사

이오 겐시, 「살인 변론(殺人弁論)」, 『유동』, 유동출판

10   김학영, 「돌의 길(石の道)」, 『계간예술』, 계간예술출판

오임준, 〈시집〉『해협(海峡)』, 풍매사

김석범, 「등록증 도둑(トーロク泥棒)」, 「이훈장(李訓長)」, 「밤」, 『밤(夜)』, 아사히신문사, 『밤에 온 남자(夜)』, 문예춘추

이회성, 「장수도(長寿島)」, 『문예춘추』, 문예춘추

이오 겐시, 「방문객에 대한 예의(訪客への礼)」, 『시와 진실』, 시와진실사

『계간 마당(季刊まだん)』 창간(1975.6 종간)

12   김석범, 「사기꾼」, 「까마귀의 죽음」, 『군상』, 고단샤

차윤순 〈가집〉, 『불사조의 노래(不死鳥のうた)』, 고미네서점(小峰書店)

1974.1   김학영, 「감동있는 소설(感動ある小説)」, 『문학계』, 문학계잡지사

이회성, 〈에세이〉「서울 파시즘의 겨울ー한국의 민주화운동과 김대중사건을 둘러싸고(ソウル・ファシズムの冬ー韓国の民主化運動と金大中事件をめぐって)」, 『한일저널』, 한일협력위원회

2   김시종, 「거듭되는 음화(かさなる陰画)」, 『조선신문』, 조선신문사

김학영, 「사람없는 곳에서의 기도(人なきところでの祈り)」, 『통일일보』, 통일일보사; 「M군

의 일(M君のこと)」,『계간마당』, 소키보신샤
이회성,「기적의 날(奇跡日)」,『고1시대(高1時代)』, 오분샤
다치하라 마사아키,『유년 시절(幼年時代)』, 신쵸샤

3 　김달수,「덴무천황은 동생인가?(天武帝は弟か？)」,『마이니치신문』, 마이니치신문사
김학영,「가면(仮面)」,『문예』, 개조사
이회성,『북이든 남이든, 내 조국(北であれ南であれ, わが祖国)』, 가와데쇼보신샤
허남기,『백두산』, 태평출판사

4 　고사명, 〈수필〉「망나니의 자립(あぶれ者の自立)」,『종말로부터』, 지쿠마서점
김석범,『1945년 여름(1945年夏)』, 지쿠마서점;『밤의 소리(夜の声)』,『문예』, 개조사
김학영,「월식(月食)」,『신쵸』, 신쵸샤;「노이로제 기질(ノイローゼ気質)」,『통일일보』, 통일일보사
오임준『전설의 군상(伝説の群像)』, 동성사, 다치하라 마사아키,『풍경과 위자(風景と慰藉)』, 중앙공론사;『잔설(残りの雪)』上・下, 신쵸샤

5 　김달수,「소설도 쓴다……(小説も書く……)」,『문예』, 개조사
김석범,「도상(途上)」,『바다』, 중앙공론사
이회성, 〈수필〉「임진강을 향할 때−이방인의 섬(イムジン江をめざすとき−異邦人の島)」,『야성시대(野性時代)』
정승박,「문예아와지에 기대한다(文芸淡路に期待する)」,『문예아와지』, 문예아와지동인회

6 　김사엽,『조선의 풍토와 문화(朝鮮の風土と文化)』, 롯코출판(六興出版)
김학영,「여름의 균열(夏の亀裂)」,『문학계』, 문학계잡지사
정승박,「창조(創造)」,『단』, 다치하라 마사아키,『꿈은 마른 들을(夢は枯野を)』, 중앙공론사
이오 겐시,「자결의 주변(自決の周辺)」,『시와 진실』, 시와진실사

7 　김석범,「사기꾼(詐欺師)」,「밤의 소리(夜の声)」,「도상(途上)」,『사기꾼(詐欺師)』, 고단샤;「『재일조선인문학』에 대하여」,『신일본문학』, 신일본문학회;「제주도 4·3 사건과 이덕구(済州島四·三事件と李徳九)」,『역사와 인물』, 중앙공론사;「말해라, 말해, 찢긴 몸으로(語れ, 語れ, ひき裂かれた体で)」,『중앙공론』, 중앙공론신사
김소운,『일본이라는 이름의 기차(日本という名の汽車)』, 토쥬사

8 　김달수,「우리 내면의 황국사관(わが内なる皇国史観)」,『전망』, 지쿠마서점
김학영,「새로운 재일조선인(新しい在日朝鮮人)」,『계간마당』, 소키보신샤
이회성,「추방과 자유(追放と自由)」,『신쵸』, 신쵸샤
김지하,『김지하시집(金芝河詩集)』, 아오키서점
히타치투쟁 승소
박종석 히타치제작소 입사

9 　이회성,「민족의 명예를 위한 투쟁(民族の名誉のための闘い)」,『중앙공론』, 중앙공론신사

10 　김석범,「내 안의 조선(私の中の朝鮮)」,『월간 이코노미스트』, 마이니치신문사
김시종,「쥐색 햇살 밑에서(にび色の日射しの下で)」,『문학』, 이와나미서점
김학영,「타자를 이해한다는 것(他者を理解するということ)」,『해(海)』,「파란 하늘과 코스모스(青空とコスモス)」,『통일일보』, 통일일보사
이회성,『참가하는 말(参加する言語)』, 고단샤

다치하라 마사아키,『다치하라 마사아키, 선집(立原正秋, 選集)』, 신쵸샤
이오 겐시,「최을순의 상신서(崔乙順[チェウルスン]の上申書)」,『유동』, 유동출판

11   김학영,「유지매미(あぶら蟬)」,『군상』, 고단샤
김달수,「박달의 재판(朴達の裁判)」,「공복이문(公僕異聞)」,『박달의 재판(朴達の裁判)』, 동방출판사
김석범,「박정권과 테러리즘(朴政権とテロリズム)」,『중앙공론』, 중앙공론신사

12   김학영,「돌의 길(石の道)」,「가면(仮面)」,「여름의 균열(夏の亀裂)」,『돌의 길(石の道)』, 가와데쇼보신샤
고사명,『산다는 것의 의미(生きることの意味)』, 지쿠마서점
김동욱,『조선문학사(朝鮮文学史)』, 일본방송출판협회

1975.1   김시종,「드러내지는 것과 드러내는 것(さらされるものとさらすものと)」,『해방연 리포트(解放研リポート)』
이회성,『추방과 자유(追放と自由)』, 신쵸샤;『일본교양전집17 노사카 아키유키・이쓰키 히로유키・이회성집(日本教養全集17 野坂昭如・五木寛之・李恢成集)』, 가도카와서점
이오 겐시,「뇌의 눈(脳の眼)」,『시와 진실』, 시와진실사

2   김시종,「이카이노시집(猪飼野詩集)」,『삼천리』, 삼천리사
『계간 삼천리(季刊三千里)』 창간(1987.5 종간)

3   김달수,「호류지와 쇼토쿠 태자(法隆寺と聖徳太子)」,『문예춘추 디럭스』, 문예춘추
김학영,〈수필〉「만남(出会い)」,『군상』, 고단샤

4   김달수,「대마도까지(対馬まで)」,『문예』, 개조사
김시종,「눈부신 축복(まぶしい祝福)」,『문학전망』
김석범,〈평론〉『입 있는 자는 말하라(口あるものは語れ)』, 지쿠마서점
김학영,「막걸리(にごり酒)」,『풍경』, 풍경발간소
민단〈모국(한국)방문단〉결성
장혁주,「폭풍의 시(嵐の詩)」, 고단샤

5   김달수,「중산도」,「위령제」,「조모의 추억」,「어머니와 두 아들」,「잡초처럼」,「위치」,「이만상과 차계류」,「쓰레기」,「반란군」,「부대장과 법무중위」,「전야의 장」,『소설 재일조선인사』 상, 창수사
김석범,「취우(驟雨)」,『삼천리』, 삼천리사
김학영,「붓을 잡더라도(筆とれども)」,『신쵸』, 신쵸샤

6   『계간 마당(季刊まだん)』 종간(1973.10 창간)

7   김달수,「8・15이후」,「번지 없는 부락」,「야노츠고개」,「여행에서 만난 사람」,「손영감」,「호무라 길동전의 시도」,「위원장과 분회장」,「후지가 보이는 마을에서」,「고독한 그들」,「밤에 온 남자」,「일본에 남긴 등록증」,『소설 재일조선인사』 하, 창수사;「귀화인인가 도래인인가(帰化人か渡来人か)」,『주간요미우리』, 요미우리신문사
이회성,『일본 교양 전집(日本教養全集)』 11, 가도카와서점
다치하라 마사아키,『겨울의 한 켠에(冬のかたみに)』, 신쵸샤

8   고사명,「해후(邂逅)」,『계간삼천리』, 삼천리사

김석범, 「『마당』의 질문에 답하다」, 『まだん』の質問に答える)」, 『삼천리』, 삼천리사

김시종, 「이카이노시집3(猪飼野詩集3)」, 『삼천리』, 삼천리사

김태생, 「어느 여자의 생애(ある女の生涯)」, 『삼천리』, 삼천리사

이회성, 〈에세이〉『임진강을 향할 때』, 가도카와서점

9 김달수, 「야나기 무네요시와의 만남(柳宗悦との出会い)」, 『국제통신』, 국제통신사, 김시종, 『드러내지는 것과 드러내는 것(さらされるものとさらすものと)』, 메이지도서출판

김석범, 「남겨진 기억(遺された記憶)」, 『문예』, 개조사

10 김달수, 「『임진왜란』의 길을 걷다(『壬辰の乱』の道を歩く)」, 『도쿄신문』, 도쿄신문사

이오 겐시, 『고고-전통을 지키는 사람과 기술과(孤高-伝統を守る人と技と)』, 엘름

11 김시종, 「이카이노시집 4」, 『삼천리』, 삼천리사

김태생, 「소년(少年)」, 『삼천리』, 삼천리사

이회성, 〈작품집〉「나의 사할린」, 「장수도」, 「기적의 날」, 「물 긷는 유아(水汲む幼児)」, 『나의 사할린』, 고단샤

『민도(民涛)』 창간(1990.3 종간)

12 김시종, 「누가 규탄하고 누가 규탄받나(だれが糾し, だれが糾されるのか)」, 『도쿄신문』, 도쿄신문사

이회성, 〈번역〉『불귀-김지하 작품집(不帰-金芝河作品集)』, 중앙공론사

이오 겐시, 『소설 변호사(小説弁護士)』, 엘름

1976.1 김달수, 「근 에도 칸논지산과 사사키성(近江戸観音寺山と佐々木城)」, 『산케이신문』, 산케이신문사

김시종, 「망령의 서정(亡霊の抒情)」, 『문학』, 이와나미서점

김학영, 「스팽글(スパングル)」, 『유동』, 유동출판, 「야경의 비밀(夜景の秘密)」, 『통일일보』, 통일일보사

정승박, 「쓰레기장(ゴミ捨て場)」, 『단』

다치하라 마사아키, 「마음에 절도(心に節度)」, 『니혼게이자이신문』, 니혼게이자이신문사; 「일본의 정원(日本の庭)」, 『예술신쵸』, 신쵸샤

김석범, 『남겨진 기억(遺された記憶)』, 가와데쇼보신샤, 1976, 1.

김지하, 『김지하작품집(金芝河作品集)』 1, 2, 아오키서점, 1976, 1.

2 김달수, 「내 이조자기」, 『예술신쵸』, 신쵸샤; 「재판이라는 것(裁判というもの)」, 『전망』, 지쿠마서점

김석범, 「해소(海嘯)」, 『문학계』, 문학계잡지사

김달수, 『김달수 평론집·상 나의 문학(金達寿 評論集·上 「わが文学」)』, 지쿠마서점

김학영, 「어딘가 살아 있다(どつこ生きている)」, 『통일일보』, 통일일보사

김지하, 『김지하전집(金芝河全集)』, 한양사, 1976, 2

3 김달수, 『김달수, 평론집·나의 민족(金達寿 評論集·下 「わが民族」)』, 지쿠마서점; 「차별이라는 것(差別というもの)」, 『전망』, 지쿠마서점; 「김경득군의 『청원』에 대하여 (金敬得君の『請願』について)」, 『아사히신문』, 아사히신문사

김학영, 「수험기간(受験期)」, 『통일일보』, 통일일보사

4 김달수, 「권력이라는 것(権力というもの)」, 『전망』, 지쿠마서점; 「나의 들풀 고찰(わが野草

考)」,『요미우리신문·일요판』, 요미우리신문사

김학영, 「말더듬이 강연(吃音講演)」,『문학계』, 문학계잡지사; 「1960년 4월 16일」,『통일일보』, 통일일보사

5 김달수, 「장유유서(長幼序あり)」,『현대』, 고단샤
정승박, 「쓰레기장(ゴミ捨て場)」,『삼천리』, 삼천리사

6 김학영, 「다리와 스파게티(脚とスパゲティー)」,『통일일보』, 통일일보사; 「상상력을 막는 것 (想像力を阻むもの)」,『문학』, 이와나미서점

7 김달수, 「재일조선인의 청춘(在日朝鮮人の青春)」,『호세이통신(法政通信)』, 호세이통신교육부
김시종, 「바람에 흩어지는 말의 노래(風に散らした言葉のうた)」,『신문학』, 아시쇼보
김학영, 「여름 하늘에 여름 꽃(夏の空に夏の花)」,『통일일보』, 통일일보사
이회성, 「못 다한 꿈(見果てぬ夢)」,『군상』, 고단샤

8 김석범, 「재일조선인문학」,『이와나미 강좌 문학 제8권』, 이와나미서점
김학영, 「원초의 빛(原初の光)」,『통일일보』, 통일일보사

9 김달수, 「일본의 축제와 조선의 축제 (日本の祭りと朝鮮の祭り)」,『문예춘추 디럭스』, 문예춘추
김태생, 「나의 일본지도(私の日本地図)」,『미래』, 미래사
김학영, 「여름 끝의 바다(夏の終わりの海)」,『통일일보』, 통일일보사
정승박, 「외줄 낚시(一本釣り)」,『단』
장두식『정본·어느 재일조선인의 기록(定本・ある在日朝鮮人の記録)』, 동성사

10 김석범, 「일본어로「조선」을 쓸 수 있는가 (日本語で「朝鮮」が書けるか)」,『언어』, 다이슈칸서점(大修館書店)
김학영, 「가을 날(秋の日)」,『통일일보』, 통일일보사
성율자『이국의 청춘(異国の青春)』, 한료샤
정승박, 「음울(陰鬱)」,『단』
이오 겐시, 「굴(牡蠣)」,『시와 진실』, 시와진실사

11 김석범, 〈평론〉『민족·말·문학(民族・ことば・文学)』, 창수사; 「우아한 유혹(優雅な誘い)」,『문예』, 개조사
김학영, 「그때의 하늘(あの時の空)」,『통일일보』, 통일일보사; 「겨울의 빛(冬の光)」,『문예』, 개조사
정승박, 「야마구치에서의 아침(山口での朝)」,『단』

12 김학영, 「연탄 화로와 온돌(練炭火鉢とオンドル)」,『문예』, 개조사
정승박, 「불의 산(火の山)」,『단』

1977.1 고사명,『한 줌의 눈물을 끌어안으며 - 탄이초와의 만남(一粉の涙を抱きて－嘆異抄との出会い)』, 마이니치신문사
김석범, 「남겨진 기억(遺された記憶)」,「취우(驟雨)」,「우아한 유혹(優雅な誘い)」,『남겨진 기억(遺された記憶)』, 가와데쇼보신샤
정승박, 「만사는 생각하기 나름(物は思いよう)」,『단』
다치하라 마사아키, 「고려 이조 10선(高麗李朝十選)」,『니혼게이자이신문』, 니혼게이자이신

문사; 「히가시가타니야마 소식(東ヶ谷山房たより)」, 『도쿄 신문』, 도쿄신문사

2   김석범, 「재일조선인 청년의 인간선언－귀화와 아이덴티티」, 『주간 이코노미스트』, 마이니치
     신문사
     정승박, 「이상한 취미(変な趣味)」, 『단』

3   김학영, 「겨울의 빛(冬の光)」, 『세계의문학』, 민음사(*한국문예지)
     다치하라 마사아키, 『여행자(たびびと)』, 문예춘추(文藝春秋)
     정승박, 「우사의 청년(牛屋の青年)」, 『단』

4   김태생, 「홀로서기(巣立ち)」, 『문예전망』, 지쿠마서점
     김학영, 「가위 소리」, 『월간세대』(*한국문예지)
     안우식, 「천황제와 조선인」, 3・1서방
     다치하라 마사아키, 「봄의 종(春の鐘)」, 『니혼게이자이신문』, 니혼게이자이신문사; 『일본의
     정원(日本の庭)』, 신쵸샤
     김지하, 『한국의 지식인과 김지하(韓国の知識人と金芝河)』, 아오키서점

5   정승박, 「균열 자국(亀裂のあと)」, 『계간삼천리』, 삼천리사

6   고준석, 『월경－조선인・나의 기억(越境一朝鮮人私の記録)』, 사회평론사
     김달수, 『나의 아리랑 노래(わがアリランの歌)』, 중앙공론사; 〈수필〉 「10년(十年)」, 『문예』,
     개조사; 『나의 강사 체험(私の講師体験)』, 『도쿄신문』, 도쿄신문사
     김학영, 「얼어붙은 입」, 『한국문학』, 한국문학사
     조남철, 「김지하와 그 세대의 시인들」, 『시인회의』, 시인회의
     고준석, 『초경－조선인・나의 기록(越境:朝鮮人・私の記録)』, 사회평론사

7   김달수, 〈수필〉 「조국은 멀리 있고(祖国は遠きにありて)」, 『문학계』, 문학계잡지사
     김시종, 「어째서 "조선어"인가(なぜ「朝鮮語」か)」, 『국어통신』, 지쿠마서점
     김학렬, 〈평론〉 「현대조선문학의 도정(現代朝鮮文学の道程)」, 『통일평론』, 통일평론사
     임영수, 「은행나무여 말하라!(銀杏の木よ語れ!)」, 갑생서방(甲生書房)
     레이라, 『죽은 자의 관을 흔들지 말라(死者の柩を揺り動かすな)』, 도쿠마서점(徳間書店)(徳
     間書店)
     박관범, 「국화와 조소(菊と潮騒)」, 『통일평론』, 통일평론사

8   김달수, 「다케다 다이준 씨와 있었던 일(武田泰淳氏とのこと)」, 『문예』, 개조사
     김태생, 「동화(童話)」, 『삼천리』, 삼천리사
     김시종, 「여름에 걸쳐(夏へかけて)」, 『문학』, 이와나미서점,
     다치하라 마사아키, 「여행중(旅のなか)」, 가도카와서점(角川書店)
     이오 겐시, 「쉬어버린 강(饐えた川)」, 『시와 진실』, 시와진실사

9   김시종, 「여름・2제(夏・二題)」, 『문학전망』, 「희끄무레한 동굴바람(ほの白いほら穴の風)」,
     『펜의 음모』, 우시오출판사; 「이 여름(この夏のこと)」, 『문학』, 이와나미서점; 『'재일'의 가능성
     을 살아가는 세대들(『在日』の可能性を生きる世代たち)」, 『현대교육과학』, 메이지도서출판
     김태생, 「동화(童話)」, 「소년(少年)」, 「뼛조각(骨片)」, 「어느 여자의 생애(ある女の生涯)」, 『뼛
     조각(骨片)』, 창수사

10   고사명, 『한 방울의 눈물을 안고』, 매일신문사

김견남, 「꽃놀이(花見)」, 『신일본문학』, 신일본문학회

김달수, 「장두식의 죽음(張斗植の死)」, 『선데이마이니치』, 마이니치신문사

김시종, 「떠나버린 여름(逝った夏)」, 『문학』, 이와나미서점

장혁주, 『한과 왜(韓と倭)』, 고단샤

11 김영종, 「어느 날의 일(ある日の事)」, 『삼천리』, 삼천리사

이회성, 『못 다한 꿈 1(見果てぬ夢 1)』, 『금지된 토지』, 고단샤

12 김석범, 「만덕유령기담(万徳幽霊奇譚)」, 「허몽담(虚夢譚)」, 『지쿠마현대문학대계95 – 김석범, ·마루야마 겐지·기요오카 다카유키·아베 아키라 집(筑摩現代文学大系95 – 金石範·丸山建二·淸岡卓行·阿部昭 集)』, 지쿠마서점

김달수, 「어느 책장의 역사(ある本棚の歴史)」, 『올 이야기(オール物語)』, 명성사

김학영, 「최후의 연하장(最後の年賀状)」, 『통일일보』, 통일일보사

1978.2 이회성, 『못 다한 꿈 2 찢겨진 날들(見果てぬ夢2引き裂かれる日々)』, 고단샤

김달수, 「행기의 시대(行基の時代)」, 『삼천리』, 삼천리사

김사엽, 『한국·시와 에세이의 여행(韓国·詩とエッセーの旅)』, 롯코출판(六興出版)

『운동사연구(運動史研究)』 창간(1986.2 종간)

3 성윤식, 「바다를 건너면 나의 고향(海を渡ればわがふる里)」, 『통일평론』, 통일평론사

4 이회성, 『침묵과 바다 – 북이든 남이든 나의 조국(沈黙と海 – 北であれ南であれわが祖国)』 1, 가도카와서점

윤학준, 『시조(時調)』, 창수사

최승하, 〈희곡〉 「여동생의 귀국(妹の帰国)」, 『통일일보』, 통일일보사|

다치하라 마사아키, 『빛과 바람(光と風)』, 가도카와서점

이오 겐시, 『전후의 청춘 3 폐를 앓는다(戦後の青春 3 肺を病む)』, 다이마츠신쇼

레이라, 『도산회로(倒産回路)』, 슈에이샤

5 이회성, 『못 다한 꿈 3 아슬아슬한 하늘(はらからの空)』, 고단샤

6 김태생, 〈기록〉 『나의 일본지도』, 미래사

김학영, 「끌(鑿)」, 『문학계』, 문학계잡지사

이회성, 「죽은 자가 남긴 것」, 「반쪽바리」, 「나의 사할린」, 『지쿠마현대문학대계 96 – 이회성·후루이 요시키치·구로이 센지·고토 메이세이 집(筑摩現代文学大系 96 – 李恢成·古井由吉·黒井千次·後藤明生 集)』, 지쿠마서점

이오 겐시, 「나이프(ナイフ)」, 『시와 진실』, 시와진실사

7 김달수, 「최후의 참봉」, 『문예전망』, 지쿠마서점; 「후예의 거리」, 「후지가 보이는 마을에서」, 「부산」, 『지쿠마현대문학대계 62 – 김달수·다무라 다이지로·오하라 도미에 집(筑摩現代文学大系 62 – 金達寿·田村泰次郎·大原富枝 集)』, 지쿠마서점

김시종, 「오사카 항(大阪港)」, 『시와 사상』, 토요미술사출판판매

김석범, 「만덕이 이야기(マンドギ物語)」, 『지쿠마서점

다치하라 마사아키, 『봄의 종(상·하)(春の鐘(上·下))』, 신쵸샤

양석일, 「여진(余塵)」, 『문예전망』, 지쿠마서점

8 김석범, 「지존의 자식(至尊の息子)」, 『스바루』, 슈에이샤

김창생,「나의 이카이노(私の猪飼野)」,『한양』, 한양사

김학영,〈작품집〉『끌(鑿)』, 문예춘추

이회성,『못 다한 꿈4－7월의 서커스』, 고단샤

9   김지하·김지하간행위원회 편,『고행(苦行)』, 중앙공론사

김지하,『고행－옥중에서 나의 싸움(苦行:獄中におけるわが闘い)』, 중앙공론사

10   김시종,『이카이노시집(猪飼野詩集)』, 도쿄신문출판국,

허남기,〈시나리오〉「길(道)」,『통일평론』, 통일평론사

이회성,『못 다한 꿈 5 제비여, 왜 오지 않는가(見果てぬ夢 5 燕よ, なぜ来ない), 고단샤

11   김석철,「순이(順伊)」,『통일평론』, 통일평론사

김석범,「결혼식 날(結婚式の日)」,『삼천리』, 삼천리사

12   김달수,「나의 문장수행(私の文章修行)」,『주간 아사히』, 아사히신문사

김학영,「박리(剝離)」,『문체』, 문체사;「그 일년(その一年)」,『문학계』, 문학계잡지사;「차별·편견이라는 가면교사(差別·偏見という仮面教師)」,『통일일보』, 통일일보사

이오 겐시,「海の向こうの血(바다 건너의 피)」,『스바루』, 슈에이샤

1979.1   김학영,「매실나무(梅の木)」,『그때』, 야요이쇼보(弥生書房)

다치하라 마사아키,「여행길에(旅ののちに)」,『요미우리 신문』, 요미우리신문사

2   김길호,「오염지대(汚染地帯)」,『현대문학』, 현대문학사

김달수,「『전후문학과 라디오』에 대하여」,『공명신문』, 공명당기관지위원회

정승박,「현대의 출판물 사고(現代の出版物思考)」,『MY BOOK』, 성금당(成錦堂)

3   이순목,「오륙도 환경(五六島幻景)」,『민주문학』, 일본민주문학회

4   김달수,『낙조(落照)』, 지쿠마서점

김달수,『교과서에 쓰인 조선(教科書に書かれた朝鮮)』, 고단샤

5   김태생,「이연미씨에 대해(李蓮美さんのこと)」,『삼천리』, 삼천리사

정승박,「통나무 다리(丸木橋)」,『삼천리』, 삼천리사;「문화는 먼저 말하는 것부터(文化はまず語ることから)」,『아와지 문학』, 아와지문학회

이회성,『못 다한 꿈 6－영혼이 외치는 황야(見果てぬ夢 6 魂が呼ぶ荒野)』, 고단샤

이오 겐시,「징(鉦)」,『스바루』, 슈에이샤

최일혜,〈시집〉『나의 이름(わたしの名)』, 코리아평론

6   김학영,「공포의 기억(恐怖の記憶)」,『통일일보』, 통일일보사

7   김달수,「조선문화유적 여행(朝鮮文化遺跡の旅)」,『아즈토』(연재시작)

한구용,「고목에 꽃은 피지 않는다」,『통일평론』, 통일신문사

김학영,「재일동포지식의 길(在日同胞知識の道)」,『통일일보』, 통일일보사

8   김달수,「비망록(備忘録)」,『문예』, 개조사

김시종,「"추함"을 살아가는 사상("醜"を生きる思想)」,『세카이』, 이와나미서점

김석범,「왕생이문」,『스바루』, 슈에이샤

이양지,「산조의 율동 속으로(散調の律動の中へ)」,『삼천리』, 삼천리사

김태생,「어느 재일조선인의 어머니」,『미래』, 미래사

김학영, 「그 여름(あの夏)」, 『통일일보』, 통일일보사; 「비애(悲哀)」, 『통일일보』, 통일일보사

성율자, 『이국으로의 여행(異国への旅)』, 창수사

레이라, 『산하애호(山河哀号)』, 슈에이샤

조총련〈단기 조국(북한) 방문단〉결성

9   장두식, 「중매쟁이(仲人)」, 「물러감(立退き)」, 「조부(祖父)」, 「귀향(帰郷)」, 「데릴사위(婿養子)」, 「운명의 사람들(運命の人びと)」 외 평론, 『운명의 사람들(運命の人びと)』, 동성사

이소가이 지로, 『시원의 빛(始原の光)』, 창수사

『계간 잔소리(季刊ちゃんそり)』창간(1981.12 종간)

10   김달수, 『대마까지(対馬まで)』, 가와데쇼보신샤; 「재일외국인에게 투표권을(在日外国人に投票券を)」, 『아사히신문』, 아사히신문사

김학영, 「생각이 떠오르는 시국풍경(思いが浮かぶ時局風景)」, 『통일일보』, 통일일보사

이회성, 「문학 혁명 인간(文学·革命·人間)」, 『군상』, 고단샤

허남기, 『허남기의 시(許南麒の詩)』, 동성사

11   김석범, 『왕생이문(往生異聞)』, 슈에이샤

김학영, 「강도 노이로제의 것(強道ノイローゼのもの)」, 『통일일보』, 통일일보사

정승박, 「시설의 달(施設の月)」, 『고벳코』, 월간고벳코

다치하라 마사아키, 「그해 겨울(その年の冬)」, 『요미우리신문』, 요미우리신문사

허남기, 『허남기의 시(許南麒の詩)』, 동성사

12   김소운, 『가깝고도 아득한 나라로부터(近く遥かな国から)』, 신쵸샤

김학영, 「액년(厄年)」, 『통일일보』, 통일일보사; 「일기(日記)」, 『가키노하(柿の葉)』, 가키노하카이

1980.1   김태생, 「이노카이노 재방문(猪飼野再訪)」, 『미래』, 미래사

김학영, 「유아체험의 무게(幼児体験の重さ)」, 『통일일보』, 통일일보사

이회성, 「유랑담(流離譚)」, 『문예』, 개조사; 「마산까지(馬山まで)」, 『군상』, 고단샤

다치하라 마사아키, 「헛매미(空蟬)」, 『신쵸』, 신쵸샤

2   김태생, 「나가오소경(長尾小景)」, 『신일본문학』, 신일본문학회; 「'나카노 시게하루 시집'과의 만남(「中野重治詩集」との出合い)」, 『삼천리』, 삼천리사

김학영, 「청춘의 골짜기에서(青春の谷間で)」, 『통일일보』, 통일일보사

이오 겐시, 「서울의 위패(ソウルの位牌)」, 『스바루』, 슈에이샤

다치하라 마사아키, 『귀로(帰路)』, 신쵸샤

3   김달수, 「재일 50년-나의 문학과 생활」, 『마이니치신문』, 마이니치신문사

정승박, 「독서 그룹의 발전을 기도한다(読書グループの発展を祈る)」, 『MY BOOK』; 「빼앗긴 말(奪われたことば)」, 『인간잡지』, 초풍관(草風館)

4   김달수, 「『고사기』속의 조선(『古事記』の中の朝鮮)」, 『문학』, 이와나미서점

김석범, 「영화「방랑 연예인의 기록」을 보고(映画「旅芸人の記録」のこと)」, 『스바루』, 슈에이샤

김학영, 「마음의 고향의 노래(心のふるさとの歌)」, 『통일일보』, 통일일보사

5   김석범, 「일본어의 주박(日本語の呪縛)」, 『언어생활』, 지쿠마서점

김학영, 「역사의 거리 오하마(歴史の町小浜)」, 『통일일보』, 통일일보사

다치하라 마사아키, 「다치하라 문학과 인생의 궤적(立原文学と人生の軌跡)」, 『공명신문』, 공명당기관지위원회

7	김학영, 「빨간 필통(赤い筆入れ)」, 『가키노하』, 가키노하회(柿の葉會) 레이라, 『내 시체에 돌을 던져라(わが屍に石を積め)』, 슈에이샤 김달수, 『김달수소설전집 1~7(金達壽小說全集 1~7)』, 지쿠마쇼보
8	김석범, 「광주학살을 생각하다(光州虐殺に思う)」, 『삼천리』, 삼천리사 김학영, 「전화와 전화의 거리(電話と電話の距離)」, 『통일일보』, 통일일보사 이회성, 『유민전(流民伝)』, 가와데쇼보신샤 양석일, 『몽마의 저편으로(夢魔の彼方へ)』, 리카쇼보(梨花書房) 이오 겐시, 『서울의 위패』, 슈에이샤 최화국, 『당나귀의 콧노래(驢馬の鼻歌)』, 시학사
9	김학영, 「스와신사안내(諏訪神社案内)」, 『통일일보』, 통일일보사 이오 겐시, 「박쥐(蝙蝠)」, 『스바루』, 슈에이샤
10	고사명, 『심오한 운명에 눈 뜨며(深きいのちに目覚めて)』, 야요이쇼보(弥生書房) 김태생, 「나의 일본지도(私の日本地図)」, 『기록』, 기록의회 김학영, 「소설을 쓰기 시작한 즈음(小説を書きはじめた頃)」, 『통일일보』, 통일일보사
11	김시종, 『클레맨타인의 노래(クレメンタインの歌)』, 문화서방(文和書房) 김학영, 「등장하는 세대(登場する世代)」, 『통일일보』, 통일일보사 김학현, 「황야에서 부르는 소리(荒野に呼ぶ声)」, 쓰게쇼보(柘植書房) 김시종, 『클레멘타인의 노래(クレメンタインの歌)』, 문화서방 장혁주, 『도자기와 검(陶と劍)』, 고단샤
12	김학영, 「'상식인' 희망(「常識人」希望)」, 『통일일보』, 통일일보사
1981.1	김석범, 「제사없는 축제(祭司のなき祭り)」, 『스바루』, 슈에이샤 김소운, 『마음의 벽-김소운 에세이선(こころの壁-金素雲エッセイ選)』, 사이말출판회(サイマル出版会)
2	김학영, 「동병상련(相見互い)」, 『통일일보』, 통일일보사 정승박, 「아와지의 조선문화연구회(淡路の朝鮮文化研究会)」, 『삼천리』
3	김학영, 「또 하나의 자신(もうひとりの自分)」, 『통일일보』, 통일일보사
4	김달수, 「37년 만의 고국방문」, 『요미우리신문』, 요미우리신문사, 김학영, 「말더듬이의 인연(吃音の縁)」, 『통일일보』, 통일일보사 장두식, 『어느 재일조선인의 기록』, 동성사
5	김달수, 「내 안의 아Q(私の中の阿Q)」, 『도쿄신문』, 도쿄신문사 김시종, 「"광주사태"의 안팎」, 『일본독서신문』, 일본출판협회; 「광주시편(光州詩片)」, 『일본독서신문』, 일본출판협회; 「그래서, 지금(そうして, 今)」, 『일본독서신문』, 일본출판협회 김석범, 「유방없는 여자」, 『문학적 입장』, 일본근대문학연구소 김학영, 「뻔뻔한 아이(図太い子)」, 『통일일보』, 통일일보사 이오 겐시, 「피(血)」, 『계간 잔소리』, 잔소리편집위원회

6	김석범,『제사없는 축제』, 슈에이샤

김석범,『제사없는 축제』, 슈에이샤
김학영,「밤하늘에 핀 수국(夜空に咲いたあじさい)」,『통일일보』, 통일일보사
이회성,『청춘과 조국』, 지쿠마서점
김달수·강재언,『수기＝재일조선인』, 류케서사(龍溪書舍)
김소운,『안개가 걷히는 날－김소운 에세이선2(霧が晴れる日－金素雲エッセイ選２)』, 사이말출판회(サイマル出版会)
김달수·강재언 편(金達壽·姜在彦 共編),『수기＝재일조선인(手記＝在日朝鮮人)』, 류케이서사(龍溪書舍)
고사명,『목숨의 상냥함(いのちの優しさ)』, 지쿠마쇼보(筑摩書房)
『일본 속의 조선문화(日本のなかの朝鮮文化)』종간(1969.3 창간)

7 김달수,「고국으로의 여행(故国への旅)」,『문예』, 개조사
김태생,「메르헨(めるへん)」,『신일본문학』, 신일본문학회
레이라,『오행도 살인사건(五行道殺人事件)』, 도쿠마서점(徳間書店)
다케다 가쓰히코(武田勝彦) 편저,『다치하라 마사아키, 사람과 문학(立原正秋－人と文学)』, 창림사

8 김석범,「해소(海嘯)」,『문학계』, 문학계잡지사
김학영,「나의 8·15」,『통일일보』, 통일일보사
정승박,「먹기 회(たべる会)」,『아와지 문화』;「민구에 생각하다(民具に思う)」,『아와지의 조선문화』
허남기,『조선세시기(朝鮮歳時記)』, 동성사
이오 겐시,「숲을 나서다(林を出る)」,『스바루』, 슈에이샤

9 김학영,「어느 스파이의 사정(あるスパイの事情)」,『통일일보』, 통일일보사

10 이오 겐시,「애꾸눈 사람(隻眼の人)」,『문학계』, 문학계잡지사

11 김달수,「고국으로의 여행」,『이노우에 야스시 역사소설집 월보(井上靖歴史小説集月報)』, 이와나미서점
김학영,「감모여행(感冒旅行)」,『통일일보』, 통일일보사
양석일,『광조곡』, 지쿠마서점
양석일,『광조곡(狂躁曲)』, 지쿠마쇼보

12 김달수,「고국으로의 여행」,『문예』, 개조사;『일본 속의 조선문화(日本の中の朝鮮文化)』, 월간역사교육
김석범,『「재일」의 사상(「在日」の思想)』, 지쿠마서점
김학영,「어느 우연(ある偶然)」,『통일일보』, 통일일보사
정인,『감상 주파수(感傷周波)』, 칠월당
고사명,『밤하늘에 별이 빛나는 한－O.M씨에게로의 편지(夜空に星のまたたく限り－O.M さんへの手紙), 백수사
『계간 잔소리(季刊ちゃんそり)』종간(1979.9 창간)

1982.1 김달수,「일본 속의 조선문화」,『삼천리』, 삼천리사;「반핵 성명에 대하여」,『스바루』, 슈에이샤
김달수,「행기의 시대 (行基の時代)」, 아사히신문사
김석범,「유명의 초상(幽冥の肖像)」,『문예』, 개조사

이회성, 「사할린으로의 여행」, 『군상』, 고단샤

2 김학영, 「일기 재개의 기록(日記再開の記)」, 『통일일보』, 통일일보사
   이오 겐시, 「어둠이 오다(闇がくる)」, 『스바루』, 슈에이샤
   정승박, 「돼지우리의 파수꾼(豚舍の番人)」, 『문예담로』, 문예담로동인회

3 김학영, 「어느 선술집의 이야기(ある居酒屋の話)」, 『통일일보』, 통일일보사

4 김달수, 『고국까지』, 가와데쇼보
   이회성, 『아침을 보는 일 없이(朝を見ることもなく)』, 민예
   성율자, 『하얀 꽃 그림자(白い花影)』, 창수사
   다카자키 류지(高崎隆治), 『문학 속의 조선인상(文学の中の朝鮮人像)』, 청궁사

5 정승박, 「마음의 상흔(心の傷痕)」, 『도야마비코』, 고가쿠샤

6 김달수, 「아메노히보코(天日槍)」, 『탐방 일본의 전설(探訪日本の伝説)』, 「우리 부인 칭찬(う
   ちのヨメ讚)」, 『주간 아사히』, 아사히신문사
   김석범, 「화산도(火山島)」 1, 문예춘추
   이오 겐시, 「자결―모리 근위 사단장 참살 사건(自決―森近衛師団長斬殺事件)」, 『스바루』,
   슈에이샤
   이회성, 『이회성 십년의 대론(李恢成十年の対論)』, 동시대사

7 김달수, 「조선에서 도래한 신(朝鮮から渡来した神さま)」, 『탐방 신들의 고향(探訪神々のふ
   るさと)』 9, 소학관
   「우리 집 삼대째(わが家三代目)」, 『중앙공론』, 중앙공론신사
   「행기와 그 주변(行基とその周辺)」, 『현대사상』, 김석범, 『화산도(火山島2)』 2, 문예춘추
   김학영, 「게타 소리(下駄の音)」, 『가키노하』, 가키노하회(柿の葉會)

8 김달수, 「한일좌담회와 그 후」, 『요미우리신문』, 요미우리신문사; 『나의 소년시대』, 포플러사
   (ポプラ社)
   김석범, 「취몽의 계절(酔夢の季節)」, 『바다』, 중앙공론사
   정승박, 「공습, 그리고 관헌의 날(空襲, そして官憲の日)」, 『삼천리』, 삼천리사
   이오 겐시, 『자결―모리 근위 사단장 참살 사건』, 슈에이샤
   레이라, 『미치노쿠 살인행(みちのく殺人行)』, 도쿠마서점

9 김석범, 『화산도3(火山島3)』, 문예춘추
   김태생, 「말예(末裔)」, 『신일본문학』, 신일본문학회
   김학영, 「그날(その日)」, 『가키노하』, 가키노하회
   이오 겐시, 「다락방이 있는 집(屋根裏部屋のある家)」, 『문학계』, 문학계잡지사; 「37년 전후의
   잊은 물건(37年, 戦後の忘れもの)」, 『스바루』, 슈에이샤; 「전쟁문학에 있어서 진실의 무게(戦
   争文学における真実の重み)」, 『청춘과 독서』, 슈에이샤

10 김석범, 『유명의 초상』, 지쿠마서점
   정승박, 「단애(断崖)」, 『문예아와지』, 문예아와지동인회
   이오 겐시, 「웃음(笑)」, 『시와 진실』, 시와진실사

11 김달수, 「다이후쿠(大福)」, 『주간 아사히』, 아사히신문사
   김창생, 『나의 이카이노 ― 재일 2세에게 조국과 이국』, 풍매사

이양지, 「나비타령」, 『군상』, 고단샤

| 12 | 김달수, 「일본어와 조선어에 대하여(日本語と朝鮮語のこと)」, 『문예』, 개조사 |
| | 김시종, 「"이카이노"의 해질녘("猪飼野"の暮れ)」, 『아사히신문』, 아사히신문사 |

1983.1	김학영, 「파란 하늘(青い空)」, 『가키노하』, 가키노하회(柿の葉會)
	이오 겐시, 「늙은 여자의 살의(老女の殺意)」, 『별책문예춘추』, 문예춘추; 「아득한 푸른 하늘의 점경(遥かなる青空の点景)」, 『오이타 합동신문』, 오이타합동신문사
	정승박, 「포장마차에서 얘기한 신세타령(屋台で語った身世打鈴)」, 『문예이와지』, 문예이와지동인회
	다케다 세이지 「'재일'이라는 근거(〈在日〉という根拠)」, 국문사
	다케다 세이지(竹田青嗣), 『〈재일〉이라는 근거-이회성·김석범·김학영(〈在日〉という根拠-李恢成·金石範·金鶴泳)』, 국문사
	정귀문, 『고국 조국(故国祖国)』, 창생사(創生社)

| 2 | 김달수, 「문학에 대한 두려움(文学へのおそれ)」, 『누청(塁青)』; 「단고의 이세궁(丹後の伊勢宮)」, 『취필』, 이사카쇼텐 |
| | 이오 겐시, 「전함과 사람-후쿠다 열 해군 기술 중장과 조선관의 전투 기록(艦と人-福田烈海軍技術中将と造船官の戦いの記録)」, 『스바루』, 슈에이샤 |

| 3 | 김달수, 『일본 속의 조선문화』, 『계간삼천리』, 고단샤 |
| | 김태생, 「일본지도 다르게 보기(日本地図への別の見方)」, 『조선인』, 조선인사 |

4	김석범, 「현기영에 대하여(玄基榮について)」, 『바다』, 중앙공론사
	이양지, 「해녀(かずきめ)」, 『군상』, 고단샤
	이오 겐시, 「사고(事故)」, 『스바루』, 슈에이샤

5	김학영, 「하나의 생애(一つの生涯)」, 『통일일보』, 통일일보사
	정승박, 「이순자 리사이틀과 아와지문화(李順子リサイタルと淡路文化)」, 『MY BOOK』
	이회성, 『사할린으로의 여행』, 고단샤
	김소운, 『하늘의 절벽에서 살지라도(天の涯に生くるとも)』, 신쵸샤
	부모 중 한 명이 일본인이면 일본국적을 인정하는 국적법·호적법 개정

| 6 | 김석범, 『화산도(火山島)』 1~7, 문예춘추 |
| | 레이라, 『사쿠라코는 돌아왔는가(桜子は帰ってきたか)』, 문예춘추 |

7	김석범, 「돈에 매달린 세월(金縛りの歳月)」, 『스바루』, 슈에이샤
	김학영, 「죽음의 냄새(死の匂い)」, 『가키노하』, 가키노하회; 「향수는 끝나고, 그리고 우리들은(郷愁は終り, そしてわれらは)」, 『신쵸』, 신쵸샤
	이오 겐시, 『전함과 사람-해군조선관 800명의 사투(艦と人-海軍造船官八百名の死闘)』, 슈에이샤; 「이면의 치열한 삶(裏方の熾列な生きざま)」, 『청춘과 독서』, 슈에이샤
	정승박, 「친구(友人)」, 『문예담로』, 문예담로동인회

| 8 | 김달수, 「기마인물형토기(騎馬人物形土器)」, 『도쿄신문』, 도쿄신문사 |
| | 가야마 스에코 『구사쓰아리랑(草津アリラン)』, 이화서방(梨花書房) |

| 9 | 김태생, 「나가사키로부터(長崎から)」, 『미래』, 미래단가회 |
| | 이오 겐시, 「군가(軍歌)」, 『문학계』, 문학계잡지사 |

재일코리안 34명 「지문날인거부예정자회의」 결성 및 발족식 거행

10   김달수, 「일본 속의 조선문화」, 『삼천리』, 고단샤
      「이순신에 대하여(李舜臣のこと)」, 『태양』, 태양사
      김태생, 「동행자 무리(同行者大勢)」, 『신일본문학』, 신일본문학회

11   김달수, 「자료를 읽는 즐거움(資料を読むたのしみ)」, 『만다(まんだ)』, 만다편집부
      김태생, 「붉은 꽃(紅い花)」, 『스바루』, 슈에이샤
      김학영, 「자기개방의 문학(自己開放の文学)」, 『파』, 파의회;『향수는 끝나고, 그리고 우리들은
      (郷愁は終り, そしてわれらは)』, 신쵸샤
      안우식, 『평전 김사량(評伝金史良)』, 초풍관

12   김창생, 『『그대의 다이마루』 이후……여자가 말하는 세상(『君が代丸』以後……おんなが語
      るいくさ世)』 3, 『개풍』, 개풍사
      김학영, 「세미우감(歲末偶感)」, 『통일일보』, 통일일보사
      이양지, 「오빠(あにごぜ)」, 『군상』, 고단샤;『해녀』, 고단샤

1984.1 김달수, 「약광고려신사 유래(若光高麗神社由來)」, 『고향과 전설의 여행(ふるさと伝説の
      旅)』, 쇼가쿠칸; 「소학생의 선생님(小学生の先生)」, 『홀프(ホルプ)』; 「일본 속의 조선문화」,
      『삼천리』, 삼천리사
      김학영, 「연(鳶)」, 『가키노하』, 가키노하회(柿の葉會)
      이오 겐시, 「창공에 희망이 닿은 두 사람의 여행(蒼穹に望みつながん二人旅)」, 『오이타 합동
      신문』, 오이타합동신문사

2   이오 겐시, 「성터〈오키나와 본섬〉(城址〈沖縄本島〉)」, 『중앙공론』, 중앙공론신사

3   김달수, 『일본의 조선문화유적3』, 고단샤
      이오 겐시, 「고요함과 울음〈오키나와현 구메지마섬〉(静と哭〈沖縄県久米島〉)」, 『중앙 공론』,
      중앙공론신사
      「히라도 마쓰우라 번의 고뇌와 번영(平戸松浦藩の苦悩と繁栄)」, 『날개의 왕국』, ANA날개의
      왕국편집부
      김찬정, 「저항시인 윤동주의 죽음(抵抗詩人尹東柱の死)」, 아사히신문사

4   김달수, 「일본의 조선문화유적」, 『삼천리』, 삼천리사
      『역사의 교차로에서(歴史の交差路にて)』, 고단샤
      김학영, 「역방(釈放)」, 『가키노하』, 가키노하회
      이오 겐시, 「지방 법원에서(地裁で)」, 『별책문예춘추』, 문예춘추
      정승박, 「내가 만난 사람들(私の出会った人々)」, 『고베신문』, 고베신문사

5   김달수, 「일본의 조선문화유적」 6, 『공제시대』, 전노제
      이오 겐시, 『섬에 해가 뜨다―전 육군참모 이이오 촌장과 마을주민의기록(島に陽が昇る―元
      陸軍参謀飯尾町長と町民の記録)』, PHP연구소
      정승박, 「문명의 미각(文明の味覚)」, 『MY BOOK』

6   김달수, 「일본 속의 조선문화유적(日本の中の朝鮮文化遺跡)」, 『공제시대』, 전노제; 「귀화인
      (帰化人)」, 『센터통신』, 오이타현교육센터; 「물 수필・핵전쟁이 없더라도(水・ずいひつ・核戦
      争がなくても)」, 『락(楽)』, 이즈웍스

7	김달수, 「일본 속의 조선문화」, 『삼천리』, 삼천리사

8 김달수, 「고대 일본과 조선(古代の日本と朝鮮)」, 『센터통신』, 오이타교육센터
이양지, 「각(刻)」, 『군상』, 고단샤
이오 겐시, 『애꾸눈 사람(隻眼の人)』, 문예춘추

9 김달수, 「도전(挑戰)」, 『행기의 시대(行基の時代)』, 아사히신문사; 「고대 일본과 조선(古代の日本と朝鮮)」, 『센터통신』, 오이타교육센터; 「천황의 『말씀』(天皇の『お言葉』)」, 『직』, 직회(直の会)
김시종, 「계속 불리는 노래의 슬픔(歌い継ぐ歌のかなしさ)」, 『아사히신문』, 아사히신문사
이양지, 『해녀』, 모음사(*한국어판 출판)
이오 겐시, 「어떤 풍경초(ある風景抄)」(이후 「고개」에 개제), 『스바루』, 슈에이샤
최화국, 『고양이 이야기(猫談義)』, 화신사(花神社)
양석일, 『택시기사 일지(タクシードライバー日誌)』, 지쿠마서점
이정자, 『봉선화의 노래(鳳仙花のうた)』, 가리쇼칸
이정자, 『봉선화의 노래-이정자시집(鳳仙花(ポンソナ)のうた:李正子歌集)』, 간쇼칸(雁書館)

10 김달수, 「민중 레벨의 한일시대라는 것(民衆レベルの日韓新時代とは)」, 『이코노미스트(エコノミスト)』, 마이니치신문사(毎日新聞社)
『고대일본과 조선문화』, 지쿠마서점; 「일본 속의 조선문화」 8, 『계간삼천리』, 고단샤
정귀문, 『투명한 마을(透明の街)』, 창생사

11 윤동주, 이부키 고(伊吹郷) 역, 『하늘과 바람과 별과 시(空と風と星と詩)』, 기록사

12 김달수, 「나의 출입국(私における出入国)」, 『직』, 직회(直の会); 「나와 택시(私とタクシー)」, 『교통계속보』, 교통계
다치하라 마사아키, 『다치하라 마사아키 전집1~24 별권(立原正秋全集1~24 別巻)』, 가도가와서점(角川書店)

1985.1 김달수, 「일본 속의 조선문화」, 『삼천리』, 삼천리사

2 김달수, 「'도래인'이라는 말(「渡来人」ということば)」, 『직』, 직회(直の会)
김태생, 『나의 일본지도』, 청구사
정승박, 「고향」, 『월간 사회당』, 일본사회당중앙본부기관지국
이양지, 『각(刻)』, 고단샤; 『각』, 중앙일보사(*한국어판 출판)
이오 겐시, 「좌고우면(左顧右眄)」, 『믹스』
변재수, 『조선문학사(朝鮮文学史)』, 아오키서점

3 김시종, 「가로막힌 생각이 연주하는 울림(隔てた思いが奏でる響き)」, 『마이니치신문』, 마이니치신문사
김태생, 「저자로부터의 메시지(筆者からのメッセージ)」, 『사회신보』, 일본사회당중앙본부기관지국
김학영, 「마음은 수국(心はあじさい)」, 『문예』, 개조사; 〈작품집〉 『얼어붙은 입』, 출판사간
이회성, 〈에세이〉 「정치적인 죽음(政治的な死)」, 『문학계』, 문학계잡지사

4 김달수, 「김학영의 자살(金鶴泳の自死)」, 『도쿄신문』, 도쿄신문사
「일본 속의 조선문화」, 『삼천리』, 삼천리사

김태생, 「파충류가 있는 풍경(爬虫類のいる風景)」, 『스바루』, 슈에이샤

5 이양지, 「그림자 너머(影絵の向こう)」, 『군상』, 고단샤
이오 겐시, 「가이몬다케ー폭음과 아리랑의 노래가 사라져 간다(開聞岳ー爆音とアリランの歌が消えてゆく)」, 『스바루』, 슈에이샤; 『기예일대ー전통을 지키는 사람과 기술(技芸一代ー伝統を守る人と技と)』, 『아콘』
다치하라 마사아키, 『겨울꽃(冬の花)』, 신쵸문고

6 김달수, 「매실과 호박(ウメとカボチャ)」, 『직』, 직회(直の会)
김학영, 「흙의 슬픔(土の悲しみ)」, 『신쵸』, 신쵸샤
김달수, 「일본고대사와 조선(日本古代史と朝鮮)」, 고단샤
「일본 속의 조선문화」, 『삼천리』, 삼천리사
김달수, 「고려신사와 진다이지(高麗神社と深大寺)」, 『도래인(到来人)』, 가와데쇼보
이기승, 「제로한(ゼロはん)」, 『군상』, 고단샤

7 김석범, 「귀도(帰途)」, 『세카이』, 이와나미서점
이오 겐시, 「가이몬다케ー폭음과 아리랑의 노래가 사라져 간다(開聞岳ー爆音とアリランの歌が消えてゆく)」, 슈에이샤; 『자결ー모리 근위 사단장 참살사건(自決ー森近衛師団長斬殺事件)』, 슈에이샤

8 김태생, 「나그네 전설(旅人(ナグネ)伝説)」, 기록사
가지야마 도시유키, 『성욕이 있는 풍경(性欲のある風景)』, 가와데쇼보
제1회 원코리아·페스티벌 개최

9 김달수, 「도래인과 도래문화(渡来人と渡来文化)」, 『직』, 직회; 『일본고대사와 조선(日本古代史と朝鮮)』, 지쿠마서점
이기승, 『제로한』, 고단샤

11 이양지, 「갈색의 오후(鳶色の午後)」, 『군상』, 고단샤

12 김태생, 「눈물은 사치스런 것(涙はぜいたくな持物)」, 『십대 어떤 교사를 만났는가(十代にどんな教師に出合ったか)』, 미래사
강태성 외, 『정신나간 친구(狂った友)』, 조선청년사
레이라, 『아즈미 살인행(あずみの殺人行)』, 도쿠마서점

1986.1 김달수, 「『풍토기』의 교주에 대하여ー이요「미시마」의 경우(『風土記』の校注についてー伊予「御島」のばあい)」, 『직』, 직회
다케다 세이지, 〈해설〉 『김학영작품집성(金鶴泳作品集成)』, 작품사
김학영, 『김학영작품집성(金鶴泳作品集成)』, 작품사

2 김하일, 『황토』, 단가신문사, 허남기, 『축복의 노래(祝福のうた)』, 미래사
『운동사연구(運動史研究)』 종간(1978.2 창간)

3 조남철, 『연작시 바람의 조선(連作詩ー風の朝鮮)』, 렌가쇼보신사(れんが書房新社)

4 김시종, 「꽃의 소재ー『한겨레콘서트』로부터 1년(花のありかー『ハンギョレコンサート』から1年)」, 『마이니치신문』, 마이니치신문사
정승박, 「청춘 내 친구여(青春わが友)」, 『아사히신문』, 아사히신문사
이오 겐시, 「중사의 죽음(軍曹の死)」, 『별책문예춘추』, 문예춘추

5 　김시종, 『『재일』의 틈새에서(『在日』のはざまで)』, 릿푸쇼보(立風書房)
　　　이양지, 「내의(来意)」, 『군상』, 고단샤
　　　정승박, 「문화로의 인식(文化への認識)」, 『아와지섬 그리고 무궁화의 나라(あわじ島そして
　　　むくげの国)』, 아와지조선문화연구회; 「공출, 부역, 유랑(供出, 賦役, 流浪)」, 『삼천리』, 삼천
　　　리사

6 　김달수, 「80년대 후반이 되어」, 『동아시아의 고대문화』, 대화서방(大和書房)
　　　김달수, 「죠몬인과 야요이・고분시대인(縄文人と弥生・古墳時代人)」, 『삼천리』, 삼천리사
　　　김석범, 「화산도(제2부)(火山島(第2部))」, 『문학계』, 문학계잡지사(연재시작)

7 　김달수, 「한국・가야와 고대일본(韓国・加耶と古代日本)」, 『조선일보』, 조선일보사
　　　종추월, 『이카이노 타령(猪飼野タリョン)』, 사상의 과학사
　　　성미자, 『동포들의 풍경(同胞たちの風景)』, 아키쇼보(亜紀書房)

8 　김달수, 「역사가로서의 사카구치 안고(歴史家としての坂口安吾)」, 『유리이카(ユリイカ)』,
　　　세이도샤
　　　박중호, 「이별(別離)」, 『북방문예』, 북방문예간행회
　　　레이라, 『영령의 몸값(英霊の身代金)』, 문예춘추

9 　김달수, 「정복이라는 말(征服ということば)」, 『대법론(大法論)』, 대법론각
　　　김석범, 『돈에 매달린 세월(金縛りの歳月)』, 슈에이샤
　　　허남기, 『남쪽에서 온 송가(南からの頌歌)』, 미래사
　　　레이라, 『현해탄 살인행(玄界灘殺人行)』, 도쿠마서점

10 　김달수, 「오키나와로의 여행(沖縄への旅)」, 『국제전신전화』, 국제전신전화주식회사; 「어느 술
　　　집주인의 이야기」, 『고대일본과 일본문화』, 고단샤; 「일본 속의 조선문화」, 『삼천리』, 삼천리사
　　　이오 겐시, 『5고교생 살인(五高生殺人―思いや狂う)』, 슈에이샤

11 　김달수, 「미치노쿠로의 길(みちのくへの旅)」, 『직』, 직회
　　　이기승, 「바람이 달린다(風が走る)」, 『군상』, 고단샤

12 　쓰가 고헤이, 『히로시마에 원폭을 떨어뜨리는 날(広島に原爆を落す日)』, 가도카와서점

1987.2 　박중호, 「밀고(密告)」, 『북방문예』, 북방문예간행회)
　　　곽조묘, 『아버지 KOREA(父―KOREA)』, 장정사(長征社)

3 　김달수, 「16년 후 또다시(十六年後のいままた)」, 『직』, 직회
　　　정귀문, 『일본 속의 조선민예미(日本のなかの朝鮮民芸美)』, 조선문화사

4 　허남기, 『백두산』, 렌가쇼보신샤

5 　김달수, 「『계간 삼천리』의 종간에 이르러(『季刊三千里』の終刊にあたって)」, 『요미우리신문』,
　　　요미우리신문사
　　　『계간 삼천리(季刊三千里)』 종간(1975.2 창간)

6 　이오 겐시, 「뒤틀린 꽃(歪み花)」, 『스바루』, 슈에이샤; 「말을 알아듣지 못하는 육친의 일(言葉
　　　を解かせない肉親のこと)」, 『문학계』, 문학계잡지사

7 　원수일, 『이카이노 이야기(猪飼野物語)』, 초풍관

종추월, 『사랑해(サランへ―愛してます)』, 가게쇼보(影書房)

8 김달수, 「일본 속의 조선문화」, 『한국문화』, 한국문화원
   김길호, 「영가(霊歌)」, 『문학정신』, 들뫼

9 김달수, 「어째서 『소이야』인가(なぜ『ソイヤ』か)」, 『직』, 직회

10 양석일, 『운전사 최후의 반역(タクシードライバー 最後の叛逆)』, 정보센터출판국
   허남기, 『화승총의 노래(火縄銃の歌)』, 동광출판사

11 박중호, 「회귀(回帰)」, 『민도』, 민도사
   『우리생활(ウリ生活)』 창간(1995.8 종간)

12 김윤호, 『이야기조선시가사(物語朝鮮詩歌史)』, 사이류사(彩流社)

1988.1 김달수, 「『도래자의 마을』은 없는가, (『渡来者の村』はないか)」, 『동아시아의고대문화』, 대화
       서방

3 최화국, 『최화국 시 전집(崔華國詩全集)』, 토요미술사출판판매
   이오 겐시, 「손(手)」, 『문학계』, 문학계잡지사

4 김달수, 「『왕장』 명철검에 대하여(『王腸』銘鉄剣のこと)」, 『중앙공론』, 중앙공론사

7 김창생, 「붉은 열매(赤い実)」, 『민도』, 민도사

8 서준식, 『서준식 출옥메시지(徐俊植出獄メッセージ)』, 서군형제를 구하는 모임

9 김달수, 「일 주변(しごとの周辺)」, 『아사히신문』, 아사히신문사
   레이라, 『지옥의 특수공작원(地獄の特殊工作員)』, 토쿠마쇼보
   최화국, 『피터와 G(ピーターとG)』, 화신사
   서울올림픽 개막

10 정승박, 「사과의 맛(りんごの味)」, 『고베신문』, 고베신문사
   「우리 먹보(私の食いしん坊)」, 『고베신문』, 고베신문사
   이오 겐시, 「영혼에게(魂へ)」, 『별책문예춘추』, 문예춘추

11 이양지, 「유희(由熙)」, 『군상』, 고단샤
   정승박, 「숙면보다 좋은 건 없지(熟眠に勝るものはなし)」, 『고베신문』, 고베신문사; 「얌전
   한 안내인(とんまな案内人)」, 『고베신문』, 고베신문사; 「산 속의 인정(山峡の人情)」, 『고베신
   문』, 고베신문사

12 정승박, 「노인과 갈매기(老人と鷗)」, 『고베신문』, 고베신문사; 「무언의 여행(無言の旅)」, 『고
   베신문』, 고베신문사

1989.1 양석일, 『족보의 끝(族譜の果て)』, 릿푸쇼보(立風書房)
       김시종, 「근하신년(謹賀新年)」, 『사회신보』, 출판사 누락; 「모국어로부터 잘려나간 황국소년
       으로서(母国語から切り離された皇国少年として)」, 『아사히저널』, 아사히신문사
       정승박「나를 이끌어 주신 선생님(私を導いてくれた先生)」, 『효고교육』, 효고교육잡지사
       이양지 제100회 〈아쿠타가와상〉 수상

2 이양지, 『유희(由熙)』, 고단샤
   김시종, 「세 경계를 총칭, 민족융화로의 실천(三つの境界を総称, 民族融和への実践)」, 『아사

히신문』, 아사히신문사

박중호, 「개의 감찰(犬の鑑札)」, 『민도』, 민도사

김재남, 「지하 배수로에서(暗渠の中から)」, 『민도』, 민도사

3 마쓰모토 도미오, 『사비강(蛇尾川)』, 『군상』, 고단샤

박중호, 『개의 감찰』, 청궁사

이회성, 『사할린으로의 여행』, 고단샤

5 김석범, 「42년 만의 한국 나는 울었다(四二年ぶりの韓国私は泣いた)」, 『문예춘추』, 문예춘추

정승박, 「조카의 내일―이 성가심은 언제 풀리나(甥の来日―この蟠りはいつ解ける)」, 아와지의 조선문화

6 장혁주, 『마야·잉카에 조몬징을 찾는다(マヤ·インかに縄文人追う)』, 신예술사

7 레이라, 『헤이안 천년살 만다라(平安千年殺曼茶羅)』, 후타바샤(双葉社)

김시종, 「백자 뼈항아리(白磁の骨壺)」, 『민도』, 민도사

조남철, 『나무의 부락(樹の部落)』, 렌가쇼보

김재남, 「어둠 속의 박꽃(くらやみの夕顔)」, 『민도』, 민도사

8 『계간 청구(季刊青丘)』 창간(1996.2 종간)

9 김석범, 「현기증 속의 고국(眩暈のなかの故国)」, 『세계』, 이와나미서점

사기사와 메구무, 「소년들의 끝나지 않는 밤(少年たちの終わらない夜)」, 가와데쇼보신샤

이양지, 『나비 타령(ナビ·タリョン)』, 고단샤문고(講談社文庫)

10 전미혜, 「판문점(パンムンヂョム)」, 『비둘기여(鳩よ！)』, 매거진 하우스

최화국, 『최화국시집』, 토요미술사

장장길, 『조선·언어·인간』, 가와데쇼보

11 이기승, 「상냥함은 바다(優しさは, 海)」, 『군상』, 고단샤; 「번드르르(きんきらきん)」, 『군상』, 고단샤

사기사와 메구무, 「돌아오지 않는 사람(帰れぬ人びと)」, 『문예춘추』, 문예춘추

12 이오 겐시, 『반찬가(半讃歌)』, 『민도』, 민도사

시라카와 유카타(白川豊), 「장혁주연구(張赫宙研究)」, 동국대 박사논문

1990.1 김시종, 「어운의 성(語韻の城)」, 『군상』, 고단샤

사기사와 메구무, 『바다의 새·하늘의 물고기(海の鳥·空の魚)』, 가와데쇼보

이오 겐시, 「소의 침(牛の涎)」, 『별책문예춘추』, 문예춘추

변재수, 『남조선문학점묘』, 조선청년사

사기사와 메구무, 『바다의 새, 하늘의 물고기(海の鳥, 空の魚)』, 가도카와문고

3 김달수, 「쇼와·기노시타·기무라(昭和·木下·木村)」, 『청구』, 청구문화사

4 김시종, 「영화『죽음의 가시』에 따라(映画『死の棘』に寄せて)」

쇼치쿠사업부 팜플렛, 「죽은 자도 입을 연다(死者も口を開ける)」, 『사상과 과학』, 사상과과학사

양석일, 『아시아적 신체(アジア的身体)』, 청봉사(青峰社)

5 김길호, 「윤동주 시 일본 교과서 소개의 의미(尹東柱詩日本教科書紹介の意味)」, 『통일일보』, 통일일보사

김시종, 「사라진 하이네(消えたハイネ)」, 『하이네작품집(ハイネ作品集)』, 후지와라서점;
『『통석의 념』을 막는 벽(『痛惜の念』をはばむ壁)』, 『공동통신사』

6   김시종, 「사회주의자로부터(サフェジュイジャ(社会主義者)から)」, 『아사히저널』, 아사히신
문사; 「나의 사회주의(私の社会主義)」, 『문학시표』, 문학시표사; 「말의 안팎(言葉の内・外)」,
『신오키나와문학』, 오키나와타임즈사
박중호, 「아저씨(アゾッシ)」, 『북방문예』, 북방문예간행회
이기승, 「심정화(沈丁花)」, 『군상』, 고단샤
사기사와 메구무, 『스타일리쉬 키즈(スタイリッシュ・キッズ)』, 가와데쇼보(河出書房)

7   이오 겐시, 「이쿠모노 강(逝くものの川)」, 『문학계』, 문학계잡지사
하야시 고지, 『재일조선인일본어문학론(在日朝鮮人日本語文學論)』, 신간사

8   김석범, 『고국행』, 이와나미서점
김하일, 『점자와 함께(点字と共に)』, 호성사(皓星社)
이오 겐시, 『조용한 자서전(静かな自裁)』, 문예춘추
사기사와 메구무 「어린 잎 난 벚나무의 날(葉櫻の日)」, 『신쵸』, 신쵸샤

9   김재남, 「도가리 고개(戸狩峠)」, 『관서문학』, 관서문학회
이오 겐시, 『섬에 해가 뜨다-전 육군참모초장과 마을 주민들의 분투기(島に陽が昇る一元陸
軍参謀町長と町民の奮闘記)』, 슈에이샤문고
『호르몬문화(ほるもん文化)』 창간(2000.9 종간)

10   김시종, 「화석의 여름(化石の夏)」, 『화신(花神)』, 해풍사
김달수, 「고대 조선에서 온 지명(古代朝鮮からきた地名)」, 『국어과통신』, 가도카와서점
마쓰모토 도미오, 『들장미의 길(野薔薇の道)』, 시모노신문사(下野新聞社)
쓰가 고헤이, 『딸에게 말하는 조국(娘に語る祖国)』, 광문사(光文社)
이주인 시즈카, 『유방(乳房)』, 고단샤
레이라, 『도산전략(倒産戦略)』, 도쿠마서점

11   김달수, 「도래인과 도래문화(渡来人と渡来文化)」, 가와데쇼보
양석일, 『밤의 강을 건너라(夜の河を渡れ)』, 지쿠마서점
김중명, 『환상의 대국수(幻の大国手)』, 신간사
사기사와 메구무, 『어린 잎 난 벚나무의 날(葉櫻の日)』, 신쵸샤

12   김창생, 「세 자매(三姉妹)」, 『민도』, 민도사
이회성, 『조선 문학선 1 (20세기 민중의 세계 문학 7)(朝鮮文学選 1 (20世紀民衆の世界文学
7)』, 미토모샤출판
박중호, 「미오키(澪木)」, 청궁사
김학렬・고연의(高演義)편, 『조선환상소설걸작집』, 백수사(白水社)

1991.1 『봉선화(鳳仙花)』 창간(2013.9 종간)
장혁주, *Rajagriba-A tale of Gautama-Buddba, Forlorn Journey(or Kirisitan)*(Chansun International)
(인도・뉴델리) 출간

3   김달수, 「노마 씨로부터 격려(野間さんからの激励)」, 『치쿠마』, 치쿠마단가회

4   김석범, 「꿈, 풀 깊숙이(夢, 草深し)」, 『군상』, 고단샤

「권력은 자신의 정체를 드러낸다(権力は自らの正体を暴く)」,『세카이』, 이와나미서점
전미혜, 「황토」,『사용』

5　　이정자,『나그네 타령(ナグネタリョンー永遠の旅人)』, 가와데쇼보신샤
미야모토 도쿠조,『호포기(虎砲記)』, 신간사

7　　김달수, 「죠몬인·야요이인(縄文人·弥生人)」,『IN·POCKET』, 고단샤
정승박, 「자연 속에서 자신과 마주하다(自然の中で自分と向き合う)」,『고베신문』, 고베신문사
이오 겐시, 「파리의 자살(蠅の自殺)」,『문학계』, 문학계잡지사
가야마 스애코,『지저분한 지옥골(鶯の啼く地獄谷)』, 호성사(皓星社)
하야시 고지,『재일조선인일본어문학론(在日朝鮮人日本語文学論)』, 신간사

8　　김석범, 「만덕유령기담·사기꾼(万徳幽霊奇譚·詐欺師)」, 고단샤
이오겐시, 「끌향(鏧響)」,『올 이야기』, 문예춘추
김중명,『신사전기(算士伝奇)』,『계간청구』, 청구문화사
강신자,『달팽이 걸음걸이(かたつむりの歩き方)』, 아사히신문사

9　　김달수, 「난고촌'백제의 마을'(南郷村「百済の里」)」,『미야자키일일신문』, 미야자키일일신문사
사기사와 메구무,『거리로 나가자, 키스를 하자(町へ出よ, キスをしよう)』, 고사이도출판(広
済堂出版)
전미혜,『우리말(ウリマル)』, 자양사(紫陽社)
정승박, 「추억 속의 마을(思い出の村)」,『고벳코』, 고벳코출판

10　　김달수, 「신고·일본 속의 조선문화(新考·日本の中の朝鮮文化)」,『한국문화』, 한국문화원(한
국문화원)
사기사와 메구무,『사랑해(愛してる)』, 가도카와서점
이주인 시즈카『해협(海峡)』, 신쵸샤

11　　김석범, 「고국 재방, 이뤄지지 못 하고(故国再訪, 成らず)」,『문학계』, 문학계잡지사
김시종,『들판의 시(野原の詩)』, 릿푸쇼보
사기사와 메구무,『사랑하고 있다(愛してる)』, 가도가와서점
유미리,『정물화(静物画)』, 지리츠쇼보
전미혜, 「세상 이야기(世間話し)」,『음향가족(音響家族)』3
협정영주, 특별영주를 합친 특별영주 제도 개시
『청구문화(青丘文化)』창간

12　　김달수, 「일본 속의 조선문화」12, 고단샤
이오 겐시, 「떨어진 풀(落ちこぼれ草)」,『계간청구』, 청구문화사

1992.1　　김달수, 「풍토와 변용이라는 것(風土と変容ということ)」,『청구』, 청구문화사
이주인 시주카,『고개 목소리(峠の声)』, 고단샤

2　　김석범, 「고국에의 질문－재방문이 거부되며(故国への問い一再訪を拒まれて)」,『세카이』,
세계사
정승박, 「변덕스런 여행사(気まぐれな旅行社)」,『청구』, 청구문화사

4　　김달수, 「'왜인'이란 무엇인가(「倭人」とはなにか)」,『동아시아의 고대문화』, 고대 학연구소
사기사와 메구무,『진짜 여름(ほんとうの夏)』,『신쵸』, 신쵸샤『달리는 소년(駆ける少年)』,

문예춘추

이회성, 「유역(流域へ)」, 『군상』, 고단샤

5　김길호, 「결혼행진곡(結婚行進曲)」, 『제주도』, 탐라연구회

　　정승박, 「노경에 각하다 (老境に思う)」, 『아와지문학』, 아와지문학(あわじ 文化)

　　양석일, 『자궁 속의 자장가(子宮の中の子守歌)』, 청봉사(青峰社)

6　김석범, 「고국에의 질문-친일에 대하여(故国への問い-親日について)」, 『세카이』, 이와나미서점

　　이회성, 『유역으로(流域へ)』, 고단샤

7　박중호, 「아득한 것으로(はるかなるものへ)」, 『북방문예』, 북방문예간행회

9　이양지, 『돌의 소리(石の聲)』, 『군상』, 고단샤

10　김달수, 「지금도 마시고 있다(いまも飲んでいる)」, 『술(酒)』

　　윤민철, 『불의 목숨(火の命)』, 부유사

　　사기사와 메구무, 『돌아가지 못하는 사람들(帰れぬ人びと)』, 문예춘추

11　김재남, 『봉선화의 노래』, 가와데쇼보

　　사기사와 메구무, 『행 루 스 (ハング・ルース)』, 가와데쇼보신샤

12　사기사와 메구무, 『They their them』, 가도카와서점

　　정승박, 「야나기하치로 선 생을 회상하다(柳八郎先生を偲ぶ)」, 『문예이와지』, 문예이와지동인회

　　후카자와 가이, 『밤의 아이(夜の子供)』, 고단샤

1993.1　김달수, 「신라 침공의 『왜』는 어디에서 왔는가(新羅侵攻の『倭』はどこから来たか)」, 『동아시아의 고대문화』, 고대학연구소

　　이오 겐시, 「야차(夜叉)」, 『올 이야기』, 문예춘추; 「1940년 부산(一九四〇年釜山)」, 『별책문예춘추』, 문예춘추

　　유미리, 『해바라기의 관(向日葵の柩)』, 지리쓰쇼보(而立書房)

2　이기승, 「서쪽 거리에서(西の街にて)」, 『군상』, 고단샤

3　정승박, 『정승박 저작집(鄭承博著作集)』, 신간사

　　양석일, 『택시운전사 호로니가 일기(タクシードライバーほろにが日記)』, 쇼시르네상스

4　로진용, 『기쁘다, 슬프다, 즐겁다(売詩, 叶詩, 田野詩「うれしい, かなしい, たのしい)』, 사가본

　　이오 겐시, 「소년(少年)」, 『스바루』, 슈에이샤

　　김태생, 『붉은 꽃-어느 여자의 일생(紅い花-ある女の生涯)』, 사이타마문학학교출판부

5　이오 겐시, 「"타무라 타카히로"의 눈물, 『田村高廣』の涙)」, 『아카하타』, 아카하타샤(赤旗社)

　　이양지, 『이양지전집(李良枝全集)』, 고단샤

6　김달수, 「이에야스·요리노부의 『국제주의』, 家康·頼宣の『国際主義』)」, 『도쿄신 문』, 도쿄신문사

　　이오 겐시, 「껴안는 환상 (抱きつづける幻)」, 『새누리』, 새누리당 문화정보센터

　　레이라, 『사쿠라코는 들어왔는가(桜子は帰ってきたか)』, 문예춘추

　　정승박, 「솔잎 팔기 (松葉売り)」, 『문예이와지』, 문예이와지동인회

7	김길호, 「트롤리(トロリ)」, 『제주문학』, 제주특별자치도문인협회
	김달수, 「나의 문학과 생활 (わが文学と生活)」, 『청구』, 청구문화사
	김석범, 『전향과 친일파(転向と親日派)』, 이와나미서점
	김하일, 『야요이(やよい)』, 단가신문사
	최용원, 『새는노래를 불렀다(鳥はうたった)』, 화신사(花神社)
8	정승박, 「자저를 말하다(自著を語る)」, 『청구』, 청구문화사
9	김석범, 「만들어진 어둠 (作製する闇)」, 『스바루』, 슈에이샤
	황민기, 『그들이 울기 전에(奴らが哭きまえに)』, 치쿠마서점
	이주인 시즈카, 『조류(潮流)』 고단샤
10	정승박, 「구리스 시치로 선생(栗須七郎先生)」, 『낙조해방전쟁(部落解放闘争)』
	김석범, 「작렬하는 어둠(炸裂する闇)」, 『스바루』, 슈에이샤
	양석일, 『단층해류(断層海流)』, 청봉사
	손지원, 『닭은 울지 않을 수 없다(鶏は鳴かずにはいられない)』, 조선청년사
11	김달수, 『일본 속의 조선문화(日本の中の朝鮮文化)』 10, 고단샤
	김리자, 『흰고 무신(白いコムシン)』, 돌의시회
	이오 겐시, 「원망Won Man－일본인의 잊은 물건(怨望WonMan－日本人の忘れもの)」, 가이규샤(蝸牛社)
	개정 외국인등록법 시행 특별영주자의 지문 날인 제도 폐지
12	김달수, 「다시 보는 고대 일본과 조선(見直される古代の日本と朝鮮)」, 『THIS요미우리(THIS読売)』
1994.1	이오 겐시, 「소녀의 잔상(少女の残像)」, 『올 이야기』, 문예춘추
	임전혜, 『일본에서 조선인문학과 역사－1945년까지』, 호세이대학출판국
2	사기사와 메구무, 『대통령의 크리스마스 트리(大統領のクリスマスツリー)』, 고단샤; 『개나리도 꽃, 사쿠라도 꽃(ケナリも花, サクラも花)』, 신쵸샤
	이오 겐시, 『히라마츠 모리히코의 의욕을 일으키다 (平松守彦のヤル気を起こす)』, 추케이출판; 「안녕히! (アンニョンヒ！)」, 도쿄신문
3	유미리, 『그린 벤치(Green Bench)』, 가와데쇼보신샤
4	민단이 재일본대한민국민단으로 개칭
6	레이라, 『신라 천년 비보 전설(新羅千年秘宝伝説)』, 일본문예사
8	김민기, 『아침이슬－김민기를 노래하다, 악보와 가사(朝露－キム・ミンギを歌う：楽譜と歌詞)』, 신간사
9	박중호, 「울타리 밖(垮外)」, 『북방문예』, 북방문예간행회
	이회성 「백년 동안의 나 그네 (百年の旅人たち)」, 신쵸샤
	유미리, 『돌에서 헤엄치는 물고기(石に泳ぐ魚)』, 『신쵸』, 신쵸샤
	이용해, 『서울(ソウル)』, 신간사
10	김리자, 『하얀 고무신』, 『불냄새 불냄새(火の匂い火の匂い)』, 돌의시회
	김석범, 「김일성의 죽음, 그 외(金日成の死, その他)」, 『문학계』, 문학계잡지사

사기사와 메구무, 『일간 사기사와(日刊鷺沢)』, 고단샤; 『기적의 섬(奇跡の島)』, 한일출판사
정승박, 『"식』의 정보 소중히(『食』の情報大切に)」, 「고베신문」, 고베신문사; 「구석 기사에도
역사의 진실(片隅の記事にも歴史の真実)」, 「고베신문」, 고베신문사; 「표제는 신문의 품격
(見出しは新聞の品格)」, 「고베신문」, 고베신문사; 「신세계의 아줌마(新世界の おばさん)」,
『문예이와지』, 문예이와지동인회; 「동인지로의 회상(同人誌への回想)」, 『문예이와지』, 문예
이와지동인회
레이라, 『단층한류』, 문예춘추
안복기자(安福基子), 『아카사카 마경−슬픈 한국여자들(赤坂魔境−哀しい韓国女たち)』, 아
키쇼보(亜紀書房)

11 이오 겐시, 「살의(殺意)」, 『스바루』, 슈에이샤; 「"어둠"의 주변(『闇』の周辺)」, 『청춘과 독서』, 슈
에이샤
이정자, 『뒤돌아보면 일본(ふりむけば日本)』, 가와데쇼보신샤

12 김석범, 「빛의 동굴(光の洞窟)」, 『군상』, 고단샤
양석일, 「밤을 걸고(夜を賭け て)」, 일본방송출판협회

1995.1 김달수, 『"보장"의 보충(「補章」の補足)」, 『IN・POCKET』, 고단샤 , 이오 겐시, 「끝없는 노인의
추궁 (終わりなき老人の追及)」, 『아카하타』, 아카하타사
한신・아와지 대지진 발생
가와무라 미나토, 『전후문학을 묻는다(戦後文学を問う)』, 이와나마서점

2 양석일, 『수라를 산다 「한」을 넘어서(修羅を生きる「恨」をのりこえて)』, 고단샤

3 이기승, 「여름의 끝자락에(夏の終わりに)」, 『군상』, 고단샤
김수선, 『제주도 여자(済州島の女)』, 토요미술사출판판매
신유인, 『낭림기(狼林記)』, 호성사

5 가야마 스에코, 『파란 안경(青いめがね)』, 호성사
유미리, 『가족의 표본(家族の標本)』, 아사히신문사
양석일, 『어둠의 상상력(闇の想像力)』, 해방출판사
이양지, 『이양지전집』, 고단샤

6 김석범, 『꿈, 풀 깊숙이(夢, 草深し)』, 고단샤
김창생 『김창생 작품집 붉은 열매 (金蒼生作品集赤い実)』, 행로사; 「도라지(桔梗)」, 『신일본
문학』, 신일본문학회

7 로진용, 『붉은 달(赤い月)』, 학습연구사

8 김길호, 「예기치 못한 사건(予期せぬ出来事)」, 『제주도』, 탐라연구회
이오 겐시, 『1940년 부산(一九四〇年釜山)』, 문예춘추; 「나와 '전후 50년」, 『민주문학』, 일본
민주주의 문학회
이오 겐시, 『1940년대 부산(一九四〇年釜山)』, 문예춘추
다케다 세이지, 『〈재일〉이라는 근거(〈在日〉という根拠)』, 筑摩書房
『우리생활(ウリ生活)』 종간(1987.11 창간)

9 김석범, 「화산도(제2부)(火山島(第2部))」, 『문학계』, 문학계잡지사(완결)
전미혜 『우리마을(ウリマル)』, 자양사(紫陽社)

10   양석일,『뢰명(雷鳴)』, 도쿠마서점(德間書店)

11   이오 겐시,「하이쿠 살인고(俳句殺人考)」,『스바루』, 슈에이샤
「서울의 위패」, 프리미엄북스
원수일,『제주의 여름(チェジュの夏)』,『계간 청구』, 청구문화사

12   김석범,「누런 태양, 하얀 달(黄色き陽、白き月)」,『군상』, 고단샤
사기사와 메구무,「난 그걸 참을 수 없다(私はそれを我慢できない)」, 신쵸샤
마쓰모토 도미오,『바라이 통하는 길(風の通る道)』, 시모츠케신문사(下野新聞社)(下野新聞社)
박중호,『사라진 날들(消えた日々)』, 청궁사
히라오카 마사아키(平岡正明),『양석일은 세계문학이다(梁石日は世界文学である)』, 비렛지
센타출판국(ビレッジセンター出版局)

1996.1   유미리,『물고기의 축제(魚の祭)』, 백수사(白水社)
김마스미,『메조트(メソッド)』, 가와데쇼보신샤
사기사와 메구무,『꿈 꾸지 말고 잘자(夢を見ずにおやすみ)』, 고단샤
전미혜「상담코너(相談コーナー)」,『사용』
조남철『따뜻한 물(あたたかい水)』, 화신사
이오 겐시,「아사키보시의 행실(浅木房市の行)」,『올 이야기』, 문예춘추

2   『계간 청구(季刊青丘)』종간(1989.8 창간)

3   이오 겐시,「한역기우(韓訳杞憂)」,『스바루』, 슈에이샤

4   강상중,『오리엔탈리즘의 너머(オリエンタリズムの彼方へ 近代文化批判)』, 이와나미서점

5   이회성,『죽은 자와 산자의 시(死者と生者の市)』,『문학계』, 문학계잡지사

6   김석범,『땅의 그림자(地の影)』, 슈에이샤
유미리,『풀하우스(フルハウス)』, 문예춘추
전미혜,「작은 섬 (小さな島)」,『사용』

7   이회성,『시대와 인간의 운명(時代と人間の運命)』, 동시대사

8   김석범,『화산도(火山島)』4, 문예춘추

10   이회성,『죽은 자와 산자의 시(死者と生者の市)』, 문예춘추
사기사와 메구무,『대통령의 크리스마스 트리(大統領のクリスマスツリー)』, 고단샤
이회성,「8월의 비(八月の碑)」,『군상』고단샤
전미혜,「눈물(涙)」,『사용』

11   이주인 시즈카,『데쿠(でく)』, 문예춘추
김석범,『화산도 (火山島)』5, 문예춘추
이오 겐시,「홀로 가루타―카네마츠시 즈코의 노트 초(独り歌留多一簍 松志づ子のノート
抄)」,『스바루』, 슈에이샤

12   유미리,『창문이 있는 서점에서』, 가도카와하루키사무소
정장,「겨레맹세―윤동주 묘앞에서(はらからの誓い 尹東柱の墓の前で)」,『천지(天 池)』
노성옥,「무궁화―또 하나의 여자의 일생 : 재일1세의 자기사(無窮花―もうひとつの女の一
生 : 在日一世の自分史)』, 야마나미기획(山波企画)

1997.1   유미리,『가족시네마(家族シネマ)』, 고단샤

사기사와 메구무,『바이바이(バイバイ)』, 가도카와서점

이회성,「왔다 갔다 (いきつもどりつ)」,『신쵸』, 신쵸샤

이오겐시,「끌리는 피(引きずる血)」,『올 이야기』, 문예춘추;「살의(殺意)』, 슈에이샤

오무라 마스오·호테이 도시히로 편(大村益夫·布袋敏博 編),『조선문학관계일본어문헌목록 (朝鮮文学関係日本語文献目録)』, 녹음서방(綠陰書房)

2   기타에이치(北影一),『자유의 땅은 어디에(自由の地いずこ)』, 가와데쇼보신샤

유미리,『물가의 요람(水邊のゆりかご)』, 가도카와서점

윤동주시비건립위원회 편,『별 노래하는 시인(星うたう詩人)』, 삼오관(三五館)

김석범,『화산도(火山島)』 6, 문예춘추

김창생,「이카이노발 코리안 가루타 (猪飼野発同胞歌留多)」,『호르몬문화』, 호르몬문화편집 위원회

3   원수일,「AV 오디세이(AV・オデッセイ)』, 신쵸샤

사기사와 메구무,「개나리도 꽃, 사쿠라도 꽃(ケナリも花, さくらも花)』, 신초문고

4   김석범,「다시 한국, 다시 제주도ー『화산도』로의 길(再びの韓国, 再びの濟州道ー『火山島』へ の道)」,『세카이』, 이와나미서점

전미혜,「한국어 입문 (コリア語入門)」,『사용』

7   사기사와 메구무,『당신은 이 나라 사랑하는가(君はこの国を好きか)』, 신쵸샤

8   김시종,『풀숲의 시간(草むらの時)』, 해풍사

조영순,『일본 친구에게 보내는 편지』, 아사히신문출판서비스

9   김석범,『화산도 7(火山島 7)』, 문예춘추

10   강기동,『신세타령(身世打鈴)』, 세키후샤

김마스미,「불타는 초가(燃える草家)」,『신쵸』, 신쵸샤

전미혜,「바카촌 카메라バカチョンガメラ」,『사용』

11   이정자,「잎이 돋을 쯤의 벚나무(葉桜)」, 가와데쇼보

송민호,『브루크린(ブルックリン)』 청토사(青土社)

유미리,『타일(タイル)』, 문예춘추

하야시 고지(林浩治),『전후비일문학론(戰後非日文學論)』, 신간사

12   이흔동,『나의 성지(私の聖地)』, 청수사

아오야나기 유코(青柳優子),『한국여성문학연구 I(『韓國女性文學硏究 I)』, 오차노미즈서방 (お茶の水書房)

1998.1   로진용,『고베드림(コウベドリーム)』, 동방출판(東方出版)

이회성,「리스트(リスト)」,『군상』, 고단샤

『코리안 마이너리티 연구(コリアン・マイノリティ研究)』 창간(2000.12 종간)

2   양석일,『피와 뼈(血と骨)』, 겐도샤

사기사와 메구무,『F 낙제생(F 落第生)』, 가도카와서점

이오 겐시,「독소(毒笑)」,『스바루』, 슈에이샤

3   최화국,『최화국시전집(崔華國詩全集)』, 토요미술사출판판매

4   사기사와 메구무,『어쩔 수 없는 방과후(途方もない放課後)』, 신쵸샤
     전미혜,「오노매토피어(オノマトペ)」,『사용』
     유미리,『가면의 나라(仮面の国)』, 신쵸샤

5   김석범,「제주도 4·3 사건 50주년에 반세기를 되돌아보며」,『새누리』, 새누리당문화정보센터
     이오 겐시,「외로운 과학자(淋しい科学者)」,『스바루』, 슈에이샤
     김달수,『나의 문학과 생활』, 청구문화사

6   사기사와 메구무,『코마의 어머니(コマのおかあさん)』, 고단샤
     노자키 미츠히코,『조선 이야기(朝鮮の物語)』, 다이슈칸서점(大修館書店)

7   이회성,「한국 국적 취득기(韓国国籍取得の記)」,『신쵸』, 신쵸샤
     이오 겐시,「노녀『키시하쿠니』의 이야기(老女『岸羽クニ』の話)」,『스바루』, 슈에이샤

8   이오 겐시,「스님을 찌른 청년(和尚を刺した青年)」,『스바루』, 슈에이샤
     송민호,『야콥슨의 유언(ヤコブソンの遺言)』, 청토사
     오노 데이지로(小野悌次郎),『존재의 원기-김석범문학(存在の原基金石範文學)』, 신간사

9   후카사와 카이,『팔자타령(パルチャ打鈴)』,『군상』, 고단샤

10   김석범,「모시 성한 어린 묘(紵茂る幼い墓)」,『군상』, 고단샤
     「지금,“재일”에 있 어서“국적”이란 무엇인가-이회성 군에게 보내는 편지(いま,「在日」にとっ
     ての「国籍」とは何か-李恢成君への手紙)」,『세카이』, 이와나미서점
     사기사와 메구무,『술과 주사위의 날들(酒とサイコロの日々)』, 신쵸샤
     정장,『민족과 인간과 사람(民と人間とサラム)』, 신간사
     김시종,『화석의 여름(化石の夏 詩集)』, 해풍사
     현월,『젖가슴(おっぱい)』,『수림』, 수림사(樹林社)

11   유미리,『골드러쉬(ゴールドラッシュ)』, 신쵸샤

12   김석범,「어렵기만 한 한국행(かくも難しき韓国行)」,『군상』, 고단샤
     현월,「무대배우의 고독(舞台役者の孤独)」,『백아』, 백아문학회
     최효선,『해협에 선 사람들(海峡に立つ人-金達寿の文学と生涯)』, 비평사
     최효선,『해협에 선 사람-김달수의 문학과 생애(海峡に立つ人-金達壽の文学と生涯)』, 비
     평사

1999.1   로진용,『새벽 거리(未明の街)』, 오쓰키서점(大月書店)
     이회성,『무국적자(無国籍者)』, 세계
     이오 겐시,「폭음(爆音)」,『스바루』, 슈에이샤
     마츠모토 도미오,「통곡의 요사가와 (慟哭の余笹川)」, 시모츠케신문사(下野新聞社)

2   이오 겐시,『자결-모리 코노애 사단장 참살 사건(自決-森近衛師団長斬殺事件)』, 고진샤
     NF분코

3   김석범,「문화는 이리도 국경을 넘는가-재일조선인 작가의 시점에서(文化はいかに国境を
     超えるか-在日朝鮮人作家の視点から)」,『릿쿄 아메리칸 스터디즈(立教アメリカン・スタ
     ディーズ)』, 릿쿄대학 릿쿄 아메리칸 스터디즈;『까마귀의 죽음, 풀 깊숙이(鴉の死夢, 草深

し)』, 소학관

양석일, 『이단은 미래의 문을 연다(異端は未来の扉を開く)』, 아톤

5   김석범, 「다시, 「재일」에 있어서의 「국적」에 대하여−준 통일 국적 제도를」, 『세카이』, 이와나미서점

로진용, 『소생기(蘇生紀)』, 근대문예사, 전미혜, 「'웃음'에 얽힌 세가지 옵니버스」(「笑う」にまつわる三つのオムニバス), 『사용』, 현월, 「나쁜 소문(悪い噂)」, 『문학계』, 문학계잡지사

유미리, 『풀하우스』, 문예춘추

8   사기사와 메구무, 『지나는 강, 흐려진 다리(過ぐる川, 烟る橋)』, 대화서방

9   이회성, 「상황과 참여−새로운 세기를 맞이하는 한국과 일본의 문학(状況と参加−新しい世紀にむかう韓国と日本の文学)」, 『군상』, 고단샤

유미리, 「여학생의 친구(女学生の友)」, 문예춘추

10   사기사와 메구무, 『바다의 새, 하늘의 물고기(海の鳥·空の魚)』, 가도가와서점

이미자, 『머나먼 둑(遥かな土手)』, 토요미술사출판판매

11   김창생, 『이카이노발 코리안 가루타(イカイノ発コリアン歌留多)』, 신간사(新幹社), 현월, 「그늘의 집(蔭の棲みか)」, 『문학계』, 문학계잡지사

양석일, 『さかしま』, 아톤(アトン)

12   사기사와 메구무, 『최후의 두 사람(さいはての二人)』, 가도카와서점

이오 겐시, 「사라진 노인(消えた老人)」, 『스바루』, 슈에이샤

2000.1   이회성, 『지상생활자』, 『군상』, 고단샤

2   김석범, 『海の底から, 地の底から(바다 속에서, 땅 속에서)』, 『군상』, 고단샤

유미리, 『남자(男)』, 미디어팩토리

고사명, 『고사명 신란 논집(高史明親鸞論集)』, 법장관(法蔵館)

로진용 『천년전설(千年伝説)』, 사가본

사기사와 메구무, 〈에세이집〉 『나그네 여행 도중(ナグネ·旅の途中)』, 가도카와서점

이오 겐시, 「조용한 히토 미에무라 키타 대위−나의 전쟁 체험(静かな人枝村喜太大尉−私の戦争体験)」, 문예춘추

3   강신자, 『기향노트(棄郷ノート)』, 작품사

현월, 『그늘의 집』, 문예춘추

가네시로 가즈키, 『GO』, 고단샤

4   사기사와 메구무, 『그대는 이 나라를 사랑하는가』, 신쵸문고

다치하라 미쓰요(立原光代), 『다치하라 가의 식탁(立原家の食卓)』, 고단샤

노구치 도요코(野口豊子), 『김시종의 시(金時鐘の詩)』, 모즈공방(もず工房)

5   김길호, 「유영(遊泳)」, 『계간 문학과 의식』, 화서

6   현월, 『나쁜 소문』, 문예춘추

원수일, 「강남의 밤(江南の夜)」, 『신일본문학』, 신일본문학회; 「코모가 꿈꾸던 아들과의 재회(コモが夢見た息子との再会)」, 『한일신문』, 한일신문사

김중명, 『바다의 백성(皇の民)』, 고단샤

남북공동선언 발표

7　유미리, 『명(命)』, 소학관
　　정환기, 『정환기수상록(鄭煥麒随想録)』, 육영출판사

9　사기사와 메구무, 『실연(失恋)』, 실업지일본사(実業之日本社)
　　이오 겐시, 「최후를 택한 사나이(最期を選んだ男)」, 『군상』, 고단샤
　　『호르몬문화(ほるもん文化)』 종간(1990.9 창간)

10　임용택, 『김소운 『조선시집』의 세계(金素雲『朝鮮詩集』の世界−祖国喪失者の詩心)』, 중앙공론사
　　유미리, 『물고기가 본 꿈(魚が見た夢)』, 신쵸샤
　　고사명, 『현대에 되살아나는 탄이초(現代によみがえる嘆異抄)』, NHK출판

11　김재남, 『머나먼 현해탄 (遥かな玄海灘)』, 창수사(創樹社)

12　김사엽, 『한국・역사와 시의 여행(韓国・歴史と詩の旅)』, 아카시서점(明石書店)
　　『코리안 마이너리티 연구(コリアン・マイノリティ研究)』 종간(1998.1 창간)

2001.1　정장, 『마음소리 정신의 소리(マウムソリー心の声)』, 신간사

2　유미리, 『혼(魂)』, 소학관

3　김마스미, 「나성의 하늘(羅聖の空)」, 『신쵸』, 신쵸샤
　　원수일 「한국문학의 금기와 자유(韓国文学の禁忌と自由)」, 『간사이대학동서학술연구소기요(関西大学束西学術 研究所紀要)』, 간사이대학동서연구소; 「포스트콜로니얼 그리고 재일문학(ポストコロニアルとしての在日文学 クレオール化の水流)」, 『포스트콜로니얼 문학연구(ポストコロニアル文学の研究)』, 간사이대학동서연구소
　　최석의, 『방랑의 천재 시인 김삿갓(放浪の天才詩人金笠)』, 슈에이샤
　　이오 겐시, 「작은 칼날(小さい刃物)」, 『스바루』, 슈에이샤
　　유미리, 『말은 조용히 춤춘다(言葉は静かに踊る)』, 신쵸샤; 『루주(ルージュ)』, 가도카와서점
　　정승박, 『수평인 쿠리스 시치로 선생과 나(水平の人−栗須七郎先生と私)』, 미즈노와출판(みずのわ出版)

4　김석범, 「만월(満月)」, 『군상』, 고단샤
　　전미혜, 「교복(制服)」, 『사용』 II
　　정대균, 『재일 한국인의 종언(在日韓国人の終焉)』, 문예춘추
　　양석일, 『수마(睡魔)』, 겐토샤(幻冬舍)
　　이우환, 『멈춰서서(立ちどまって)』, 쇼시야마다(書肆山田)
　　정대균, 『재일조선인의 종언(在日韓國人の終焉)』, 문예춘추

5　김석범, 『신편 「재일」의 사상(新編「在日」の思想)』, 고단샤
　　사기사와 메구무, 『터무니없는 방과후(途方もない放課後)』, 신쵸샤

6　원수일, 「P의 황혼(Pの黄昏)」, 『신일본문학』, 신일본문학회

7　남부진, 『근대문학의 〈조선〉체험(近代文学の〈朝鮮〉体験)』, 벤세이출판; 『근대일본의 조선인상 형성(近代日本の朝鮮人像の形成)』, 벤세이출판

8　김석범, 『만월(満月)』, 고단샤; 「제주도 4・3사건을 어째서 계속 쓰는가 (濟州道四・三事件を

なぜ書き続けるか)」,『세카이』, 이와나미서점

9 유미리,『생(生)』, 소학관

10 김석범,「재일조선인문학과 일본문학」,『스바루』, 슈에이샤
전미혜,「깃발이 있는 풍경 (旗のある風景)」,『사용 II(さよん II)』, 가네시로 가즈키『레볼루션 No.3(レヴォリューション No.3)』, 고단샤

11 김석범,「고난 끝의 한국행(苦難の終わりの韓国行)」,『문학계』, 문학계잡지사
고길희,『〈재조일본인2세〉의 아이덴티티 형성(〈在朝日本人二世〉のアイデンティティ形成)』, 기리쇼보(桐書房)
김석범・김시종(金石範・金時鐘),『어째서 계속 써왔는가 어째서 침묵해왔는가(なぜ書きつづけてきたか, なぜ沈黙してきたか)』, 평범사

12 이오 젠시,「양갱을 사는 남자(羊羹を買う男)」,『스바루』, 슈에이샤

2002.2 사기사와 메구무,『지나는 강 흐려진 다리(過ぐる川、煙る橋)』, 신쵸샤
신기수(辛基秀) 편저,『김달수 르네상스ー문학・역사・민족(金達壽ルネサンスー文学・歴史・民族)』, 해방출판사

3 사기사와 메구무,『키네마 제철(キネマ旬砲)』, 가도카와서점

4 원수일,「나비의 무대(蝶の舞台)」,『신일본문학』, 신일본문학회
이회성,「가능성으로서의 '재일'(可能性としての「在日」)」, 고단샤문예문고

5 김석범,「허일(虛日)」,『군상』, 고단샤
전미혜,「다양하게(様々に)」,『사용 II』
윤민철『μ의 기적(μの奇蹟)』, 신간사
2002년 FIFA 월드컵 개막

6 정승박,『정승박유고・추도집(鄭承博遺稿・追悼集)』, 신간사

7 김길호,「나가시마아리랑(長島アリラン)」,『제주문학』
최용원,「유행(遊行)」, 서사청수사(書肆青樹社)

8 김석범,「거짓말은 이리도 커지는가(嘘は如何にして大きくなるか)」,『문학계』, 문학계잡지사;「월드컵과 내셔널리즘(W杯のナショナリズム)」,『문학계』, 문학계잡지사
가야마 스에코,「앞치마의 노래(エプロンのうた)」, 호성사

9 현월,「수다스러운 개(おしゃべりな犬)」,『문학계』, 문학계잡지사
북일 평양선언 채택

10 사기사와 메구무,『내 이야기(私の話)』, 가와데쇼보
유미리,『돌에서 헤엄치는 물곡기(石に泳ぐ魚)』, 신쵸샤

11 사기사와 메구무,『우리집에 없다구, 나!(ウチにいないぞ、俺!)』, 가와데쇼보신샤

12 김석범,「허일」, 고단샤;「역사는 완수되는가ー한일국교 정상화에 대하여(歴史は全うされるかー日韓国交正常化について)」,『세카이』, 이와나미서점
사기사와 메구무『이 행성 위를 걷자(この惑星のうえを歩こう)』, 야마토서점

2003.1 가네시로 가즈키,『플라이, 대디, 플라이(フライ, ダディ, フライ)』, 고단샤

가네시로 가즈키, 『대화편(対話篇)』, 고단샤

2　　현월, 「수다스러운 개(おしゃべりな犬)」, 문예춘추
　　　김향도자, 『이카이노 뒷골목의 도란세(猪飼野路地裏通りゃんせ)』, 풍매사
　　　야마사키 마사즈미(山崎正純), 『전후〈재일〉문학론(戰後〈在日〉文學論)』, 양양사(洋洋社)

3　　김하일, 『점자와함께(개정판)(点字と共に(改訂版))』, 호성사
　　　최석의, 『김립시선(金笠詩選)』, 평범사
　　　현월, 「정말… 어떻게 된걸까(ほんまに…どないなっとんねん)」, 포플러사(ポプラ社)

4　　조지현, 『사진집 이카이노(写真集 猪飼野)』, 신간사(新幹社)

5　　전미혜, 「립 서비스 (リップサービス)」, 『사용 II』; 「속담과 동물들(ことわざと動物たち)」, 『사용 II』
　　　현월, 「적야(寂夜)」, 고단샤
　　　신일본문학회(新日本文學會), 「재일문학으로의 어프로치」, 『신일본문학(新日本文學)』

6　　와타나베 가즈타미(渡辺一民), 『〈타자〉로서의 조선(〈他者〉としての朝鮮)』, 이와나미서점

7　　마츠모토 도미오, 『생명이 있는 한 (生命のかぎりに)』, 시모츠케신문사(下野新聞社)
　　　최용원, 『여행(遊行)』, 서사청수사(書肆青樹社)

8　　현월, 「파라독스(パラドックス)」, 아톤

9　　김길호, 「이쿠노아리랑 (生野アリラン)」, 『월간 문학』
　　　조남철, 『굿바이아메리카 (グッバイ アメリカ)』, 아톤
　　　이오 겐시, 「기연(機緣)」, 『스바루』, 슈에이샤

11　안준휘, 『우종자야(芋種子野)』, 사조사(思潮社)

10　강상중, 『재일로부터의 편지(在日からの手紙)』, 오타출판(太田出版)
　　　전미혜, 〈소설집〉「귀걸이·풋워크·헤드헌팅·마인드컨트롤·검은벌레·빨간하트(イヤリング・フットワーク・ヘッドハンティング・マインドコントロール・黒い虫・赤いハート)」, 『사용 II』

12　박중호, 『일본 마을의 엽전(にっぽん村のヨブチョン)』, 오차노미즈쇼보(御茶の水書房)
　　　이승순, 『풍선에 갇힌 초상화(風船に閉ざされた肖像画)』, 화신사

2004.1　김석범, 「귀문으로서의 한국행(鬼門としての韓国行)」, 『문학계』, 문학계잡지사

2　　사기사와 메구무, 『붉은 물, 검은 물(赤い水, 黒い水)』, 작품사
　　　마츠모토 도미오, 『사랑은 이해의 다른 이름이다(愛は理解の別名なり)』, 안탑사(雁塔舎)

3　　사기사와 메구무, 『웰컴 홈(ウェルカム・ホーム)』, 아키타서점; 『실연』, 신쵸샤

4　　이소가이 지로(磯貝治良), 『〈재일〉문학론(〈在日〉文學論)』, 신간사

5　　사기사와 메구무, 『뷰티풀 네임(ビューティフル・ネーム)』, 신쵸샤
　　　전미혜, 「나는? 라고 시를 쓸 때의 나(私は？って詩を書く時の私)」, 『사용 II』; 「깊이 간직하다 (仕舞い込む)」, 『사용 II』

6　　사기사와 메구무, 『귀여운 아이에게는 여행을 시키지 마(かわいい子には旅をさせるな)』, 가와데쇼보

이기승, 「파친코 회계(パチンコ会計)」, 비전서치사(ジョンサーチ社)

무사시노대학문학부 일본어·일본문학연구실 편, 『현대여성작가독본(現代女性作家読本)』별권 1 ─ 사기사와 메구무(鷺沢萠)』, 가나에서방(鼎書房)

7 　 김학영, 『얼어붙은 입(凍える口)』, 크레인

8 　 김석범, 「국경을 넘는 것 ─ 「재일」의 문학과 정치(国境を越えるもの ─ 「在日」の文学と政治)」, 문예춘추

사기사와 메구무, 「기도하라, 마지막까지(祈れ, 最後までサギサワ麻雀)」, 타케쇼보(竹書房)

유미리, 『8월의 저편』, 신쵸샤

김훈아, 『재일조선인여성문학론』, 작품사

9 　 원수일, 「올 나이트 블루스(オールナイトブルース)」, 『신간사』

정장, 『활보하는 재일(闊歩する在日)』, 신간사

10 　 김길호, 「다카라즈카의 해산(宝塚の海山)」, 『계간 미래 문학』

사기사와 메구무, 『장밋빛 인생(ばら色の人生)』, 작품사

이정자, 『맛바람언덕(マッパラムの丘)』, 작품사

최석의, 『재일교포의 원풍경 ─ 역사·문화·사람(在日の原風景 ─ 歴史·文化·人)』, 아카이시서점(明石書店)

이오 겐시, 「가다(逝く)」, 『스바루』, 슈에이샤

김시종, 『우리 삶과 시(わが生と詩)』, 이와나미서점

11 　 고사명, 『어둠을 먹다(闇を喰む)』, 가도카와서점

사기사와 메구무, 『시네마 홈(シネマ·ボム!)』, 액세스 퍼블리싱

이회성 「사계(四季)」, 『신쵸』, 신쵸샤

2005.1 　 김태중, 『회상 40년(回想四十年)』, 사가판

2 　 전미혜, 「한글 빙글빙글 초(ハングルぐるぐる抄)」, 『이행시』, 이행시인사(二行詩人社)

3 　 전미혜, 「계속 한글 빙글빙글 초(続々·ハングルぐるぐる抄)」, 『이행시』, 이행시인사(二行詩人社)

이명숙, 『망향(望郷)』, 천리시보사

4 　 김태중, 『나의 고향은 호남땅(わがふるさとは湖南[ホナム]の地)』, 사조사(思潮社)

전미혜, 「자전거(自転車)」, 『사용 II(さよんII)』, 「꿈속의 꿈(夢のまた夢)」, 『사용 II』; 『최후의 두 사람(さいはての二人)』, 가도가와서점

현월, 「이물(異物)」, 고단샤

종 완, 『지수기(知水記)』, 센쇼보(千書房)

5 　 전미혜, 「한글 인 더 일본어(ハングル·イン·ザ·にほん語)」, 『이행시』, 이행시인사

모리타 스스무·사가와 아키(森田進·佐川亜紀), 『재일코리안 시선집(在日コリアン詩選集)』, 토요미술사출판판매

6 　 김석범, 「적 없는 한국행」, 『스바루』, 슈에이샤

전미혜, 「계속 한글 빙글빙글 초(続々·ハングルぐるぐる抄)」, 『이행시』, 이행시인사

현월, 「야마다타로라고 합니다(山田太郎と申します)」, 문예춘추

이회성, 『지상생활자 제1부 북방에서 온 우자(地上生活者 第1部 北方からきた愚者)』, 고단

샤,『지상생활자 제2부 미성년의 숲(地上生活者 第2部 未成年の森)』, 고단샤

7   김석범,「돼지와 꿈(豚の夢)」,『스바루』, 슈에이샤
     가네시로 가즈키,『SPEED』, 가도카와서점

8   사기사와 메구무,「고마워(ありがとう)」, 가도가와서점
     김시종,『경계의 시, 김시종시집선(境界の詩, 金時鐘詩集選)』, 후지와라서점

9   김석범,『김석범 작품집(金石範作品集)』Ⅰ·Ⅱ, 평범사
     조영순,『봉선화 피었다』, 신간사
     이기승,「파친코 회계」2, 비전서치사(ジョンサーチ社)
     이회성,『사계』, 신쵸샤
     김석범,『김석범 작품집Ⅰ·Ⅱ(金石範作品集)Ⅰ·Ⅱ』, 평범사

10   김석범,「이방근의 죽음(李芳根の死)」,『스바루』, 슈에이샤,『궤멸(壊滅)』2
     최석의,『노란게-최석의 작품집(黄色い蟹-崔碩義作品集)』, 신간사
     사기사와 메구무,『나의 이야기』, 가와데쇼보신샤
     쓰부라야 신고(円谷真護),『빛나는 거울-김석범의 세계(光る鏡-金石範の世界)』, 논창사
     (論創社)

2006.1 김석범,「깨진 꿈(割れた夢)」,『스바루』, 슈에이샤,『궤멸(壊滅)』3

2   김길호,『이쿠노아리랑(生野アリラン)』, 제주문화
     원수일,「혼자만의 민주주의(一人だけの民主主義)」,『관서문학』
     마쓰모토 도미오,『은혜와 사랑의 인연(恩愛の絆)-무궁화의 나라에서』, 벤세이출판(勉誠出版)
     가네시로 가즈키,『GO』, 고단샤문고

3   고사명,『세상에 안식 있으라(世のなか安穏なれ)』, 평범사
     양석일,『미래로의 일기(未来への記憶)』, 아톤(アートン)

4   김석범,「하얀 태양(白い太陽)」,『스바루』, 슈에이샤
     김학영,「김학영작품집Ⅰ『얼어붙은 입』(凍える口 金鶴泳作品集)」,「김학영작품집Ⅱ『흙의
     슬픔』(土の悲しみ 金鶴泳作品集)」

5   한국민단과 조선총련, 화해를 위한 6개조항 합의 공동 성명 발표
     최석의,『한국역사기행-기행에세이(韓国歴史紀行-紀行エッセイ)』, 가게쇼보

6   이소가이 지로·구로코 가즈오,『재일문학전집(在日文学全集)』, (제1권 : 김달수, 제2권 : 허남
     기, 제3권 : 김석범, 제4권 : 이회성, 제5권 : 김시종, 제6권 : 김학영, 제7권 : 양석일, 제8권 : 이
     양지, 제9권 : 김태생, 제10권 : 현월·김창생, 제11권 : 김사량·장혁주·고사명, 제12권 : 이기
     승·박중호·원수일, 제13권 : 김중명·김재남, 제14권 : 후카사와카이·김마스미·사기사와메
     구무, 제15권 : 작품집 1, 제16권 : 작품집 2, 제17권 : 시가집 1)
     이소가이 지로·구로코 가즈오 편(磯貝治良·黒古一夫 編),『〈재일〉문학전집1~18(〈在日〉文
     学全集1~18)』, 벤세이출판(勉誠出版)

9   현월,「목언(睦言)」, 아톤
     박경미,『고양이가 아기고양이를 데리고 오다(ねこがねこ子をくわえてやってくる)』, 쇼시
     아마다(書肆山田)

11	『땅에 배를 저어라(地に舟をこげ)』창간(2012. 11 종간)
	이미자, 『시집 가루비야 번창기(詩集－かるびや繁昌記)』, 토요미술사출판판매
	최현석, 『구과(毬果)』, 화신사
	김석범, 『땅 밑의 태양(地底の太陽)』, 슈에이샤
12	마츠모토 도미오, 『은애의 인연(恩愛の絆)』, 벤세이출판(勉誠出版)
2007.2	가와무라 미나토(川村湊) 편, 『현대여성작가독본 ⑧－유미리(現代女性作家読本 ⑧－柳美里 : YuMiri)』, 가나에서방(鼎書房)
4	유미리, 『달에 오른 겐타로군(月へのぼったケンタロウくん)』, 포프라사
5	와카모리 시게오(若森繁男), 『문예(여름)－특집 유미리(文芸(夏)－特集柳美里)』, 가와데쇼보신샤
6	신영호, 『푸른 해협(蒼い海峡)』, 신간사
	황영치, 『기억의 화장(記憶の火葬)』, 가게쇼보
7	가네시로 가즈키, 『영화편(映画篇)』, 슈에이샤
8	유미리, 『야마노테선 내선 순환(山手線内回り)』, 가와데쇼보신샤
	김태중, 『가면(仮面)』, 사조사
10	고전혜성(高全惠星) 감수, 『디아스포라로서의 코리안(ディアスポラとしてのコリアン)』(가시와자키 지카코(柏崎千佳子) 역), 신간사
11	현월, 「친족(眷族)」, 고단샤
	김시종, 『재역－조선시집(再訳－朝鮮詩集)』, 이와나미서점
2008.2	김응교, 『치마저고리』, 화남
6	신영호, 『해명(海鳴り)』, 신간사
7	이회성, 『지상생활자 제3부 난상(地上生活者 第3部 乱像)』, 고단샤
8	현월, 「넘실거리는 방(めくるめく部屋)」, 고단샤
2009.3	정장, 『사람의 존재(サラムの在りか)』, 신간사
5	김태중, 『고려 맑음(高麗晴れ)』, 사조사
6	윤건차, 『겨울의 숲(冬の森)』, 가게쇼보
10	유미리, 『온에어(상)(オンェア(上))』, 고단샤
	유미리『온에어(하)(オンェ(下))』, 고단샤
	안북기자, 『파도치는 군상(波涛の群像)』, 고단샤
12	최용원, 『인간의 종족(人間の種族)』, 혼다기획(本多企画)
2010.1	왕수영, 『판소리(パンソリ)』, 북명사(北溟社)
2	김시종, 『잃어버린 계절－김시종사시시집(失くした季節－金時鐘四時詩集)』, 후지와라서점
4	김석범, 『김석범『화산도』를 말한다』, 우교서원(友交書院)
9	정해옥, 『국어의 규칙(こくごのきまり)』, 토요미술사출판판매

10	김석범, 『사자는 지상에(死者は地上に)』, 이와나미서점
	이승순, 『그렇게 조용히 웅크려있다(そのように静かに蹲っている)』, 사조사
11	이정자, 『사과, 사과 그리고(沙果[サグァ], 林檎そして)』, 가게쇼보(影書房)
2011.2	가네시로 가즈키, 『레볼루션 No.0(レヴォリューション No.0)』, 가도카와서점
3	동일본 대지진
	임상민, 『전후 재일코리안문학의 반·계보(戰後在日コリアン表象の反·系譜)』, 화서방
4	서설사(敍說社), 『문학비평 서설 III-06-조선/한반도와 일본근현대문학』, 화서원(花書院)
9	이회성, 『지상생활자 제4부 통고의 감명(地上生活者 第4部 痛苦の感銘)』, 고단샤
	현월, 「광향기(狂饗記)」, 고단샤
12	유미리, 『평양의 여름휴가ー내가 본「북조선」(ピョンヤンの夏休みーわたしが見た「北朝鮮」)』, 고단샤
2012.2	김석범, 『과거로부터 행진(過去からの行進)』 상·하, 이와나미서점
8	김태중, 『나의 미크로코스모스(わがミクロ·コスモス)』, 사조사
7	외국인등록법 폐지, 주민기본대장제도 적용
10	유미리, 『자살의 나라(自殺の国)』, 가와데쇼보신샤
11	『땅에 배를 저어라(地に舟をこげ)』 종간(2006. 11 창간)
12	이철, 『가슴을 찢는 슬로건(胸をくだいた合いことば)』, 신간사
2013.2	후카자와 우시오, 『한 사랑 사랑하는 사람들(ハンサラン 愛する人びと)』, 신쵸샤
6	곽남연 편저(郭南燕編著), 『바이링걸 일본어문학(バイリンガルな日本語文学)』, 삼원사
9	『봉선화(鳳仙花)』 종간(1991.1 창간)
12	황영치, 『저 벽까지(あの壁まで)』, 가게쇼보
2014.2	김일남, 『길가의 엉겅퀴(道の辺に野あざみ)』, 일본문학관
3	후카자와 우시오, 『반려의 편차치(伴侶の偏差値)』, 신쵸샤
	유미리, 『도쿄 우에노스테이션(JR上野駅公園口)』, 가와데쇼보신샤
8	후카자와 우시오, 『런치하러 갑시다(ランチに行きましょう)』, 도쿠마서점
2015.4	유미리, 『가난의 신(貧乏の神様)』, 후타바샤(双葉社)
6	황영치, 『전야(前夜)』, 콜샥샤(コールサック社)
	조영순, 『초생(草生)』, 화신사(花神社)
9	윤건차, 『재일의 정신사(「在日」の精神史)(1·2·3)』, 이와나미서점
	이회성, 『지상생활자 제5부 해후와 사색(地上生活者 第5部 邂逅と思索)』, 고단샤
	『항로(抗路)』 창간
10	후카사와 가이, 『후카사와 카이 작품집(深澤夏衣作品集)』, 신간사
11	후카자와 우시오, 『초록과 빨강(緑と赤)』, 실업지일본사

2016.1	후카자와 우시오, 『가나에 아줌마(縁を結ぶひと)』, 소학관
5	히로세 요이치(廣瀬陽一), 『김달수와 그 시대(金達壽とその時代)』, 크레인
6	유미리, 『고양이 집(ねこのおうち)』, 가와데쇼보신샤
	'본국 외 출신에 대한 부당한 차별적 언동의 해소를 위한 조치에 관한 법률' 실시
7	최실, 『지니의 퍼즐(ジニのパズル)』, 고단샤
9	원수일, 『이카이노타령(猪飼野打令)』, 초풍관
	종추월, 『종추월전집(宗秋月全集)』, 토요미술사출판판매
10	원수일, 『이키이노 이야기-제주도에서 온 여성들(猪飼野物語-済州島からきた女たち)』, 초풍관
11	후카자와 우시오, 『엄마들의 하극상(ママたちの下剋上)』, 신쵸샤
12	정장, 『시비(詩碑)』, 신간사
2017.1	박일, 『재일 마네-전쟁(在日マネ-戦争)』, 고단샤
3	김창생, 『제주도에서 살아보면(済州島で暮らせば)』, 신간사
5	이정자, 『방황 몽환 (彷徨夢幻)』, 가게쇼보(影書房)
8	오문자, 『기억의 석양 속에서(記憶の残照のなかで)』, 사회평론사
11	후카자와 우시오, 『애매한 사이(あいまい生活)』, 도쿠마서점
12	유미리, 『기르는 사람(飼う人)』, 문예춘추
	최용원, 『먼날 꿈의 모습은(遠い日の夢のかたちは)』, 콜삭사(コールサック社)
	유미리, 『봄소식(春の消息)』, 제3문명사
2018.2	김시종, 『김시종컬렉션(전12권) 제1권 일본에서 시작의 원점(金時鐘コレクション(全12巻) 第1巻 日本における詩作の原点』, 후지와라서점
	평창동계올림픽 개막
3	후카자와 우시오, 『바다를 안고 달에 잠들다(海を抱いて月に眠る)』, 문예춘추
	김시종, 『기도-김시종시선집(祈り-金時鐘詩選集)』, 미나토노히토(港の人)
4	김시종, 『등 지도-김시종시집(背中の地図-金時鐘詩集), 가와데쇼보신샤
	남북정상회담
5	후카자와 우시오, 『버젓한 아버지에게(ひとかどの父へ)』, 아사히신문출판
6	최진석, 『사람(サラム-ひと)』, 야광사(夜光社)
	북미정상회담
11	후카자와 우시오, 『조각 모양(かけらのかたち)』, 신쵸샤
	유미리, 『마을의 유물(町の形見)』, 가와데쇼보신샤
12	김중명, 『소설 청일전쟁-갑오년의 봉기(小説日清戦争:甲午の年の蜂起), 가게쇼보
2019.1	후카자와 우시오, 『초록과 빨강(緑と赤)』, 소학관
4	황영치, 『무섭다 무서워(こわい, こわい)』, 삼일서방

6	김석범, 강신자 편,『김석범평론집(金石範評論集)』1, 아카시서점(明石書店)
	북미정상회담
8	왕수영,『다른 강(よその河)』, 동방사
12	'가와사키시 차별없는 인권존중의 도시만들기 조례' 공포·시행
2020.2	이회성,『지상생활자 제6부 마지막 시도(地上生活者 第6部 最後の試み)』, 고단샤
	김석범,『바다의 밑에서(海の底から)』, 이와나미서점
3	유미리,『미나미소마 메들리(南相馬メドレー)』, 제3문명사
4	김창생,『바람소리(風の声)』, 신간사
9	후카자와 우시오,『유방의 나라에서(乳房のくにで)』, 후타바샤(双葉社)
	최실,『pray human(pray human)』, 고단샤
2022.3	조수일,『김석범 문학(金石範の文学)』, 이와나미서점

– 본 '재일코리안문학 연표'는 가지이 노보루(梶井陟)의 「재일조선인문학의 작품연보」(『季刊 三千里』20, 三千里社, 1979)를 바탕으로 기무라 가즈아키(木村一信) 편, 「한류백년의 일본어문학─작품연표」(『韓流百年の日本語文學』, 人文書院, 2009), 이소가이 지로·구로코 가즈오 편(磯貝治良·黒古一夫 編), 「『〈재일〉문학전집』1~18─작가연표」(『〈在日〉文學全集』1~18, 勉誠出版, 2006), 신일본문학회, 「〈재일〉작가의 전모─94인 전소개」(『新日本文學』5·6合倂号, 2003), 윤자원·송혜원, 「윤자원 일기」(『越境の在日朝鮮人作家─尹紫遠の伝えること』, 琥珀書房, 2022), 김학동,『張赫宙의 일본어 작품과 민족』(국학자료원, 2008), 일본국립국회도서관(www.ndl.go.jp)의 자료를 추가해 재구성했음을 밝힌다.

– 출판사명은 한국에서 일반적으로 통용되는 용어(민주조선, 작품사, 문예춘추 등)와 일본의 고유명사(가도가와, 아사히, 신쵸사 등)로 구분해 표기했다.

참고문헌

기본자료

이 책에서 사용한 재일코리안문학 관련 이미지는 「한국문학번역원」 사업(일본 한인문학 기초자료 구득 및 디지털콘텐츠 구축사업 연구용역, 책임자:김환기)을 통해 입수한 자료로서 현재 김시종, 김석범, 양석일의 육필원고를 비롯해 저작물 대부분은 '한국문학번역원'이 소장하고 있다.

가네시로 가즈키, 『GO』, 북폴리오, 2003.
＿＿＿＿＿＿, 『플라이, 대디, 플라이』, 북폴리오, 2003.
＿＿＿＿＿＿, 『레벌류션 No. 3』, 북폴리오, 2003.
＿＿＿＿＿＿, 김난주 역, 『연애소설』, 북폴리오, 2004.
김길호, 『이쿠노 아리랑』, 제주문화, 2006.
김달수, 『나의 아리랑 노래』, 중앙공론사, 1977.
＿＿＿＿, 『日本속의 韓國文化』, 朝鮮日報選書, 1986.
＿＿＿＿, 김석희 역, 『현해탄』, 동광출판사, 1989.
＿＿＿＿, 임규찬 역, 『박달의 재판』, 연구사, 1989.
＿＿＿＿, ＿＿＿＿ 역, 『태백산맥』 上・下, 연구사, 1988.
김동윤 편, 『김석범 한글소설집 혼백』, 보고사, 2021.
김마스미, 최순애 역, 『Los Angeles의 하늘』, 재팬리서치21, 2011.
김사량, 오근영 역, 『김사량작품집 빛 속으로』, 소담출판사, 2001.
＿＿＿＿, ＿＿＿＿ 역, 『김사량작품집 천마』, 소담출판사, 2001.
＿＿＿＿, 이상경 외편, 『김사량작품집 노마만리』, 동광출판사, 1998.
＿＿＿＿, 김재남 편, 『김사량작품집 종군기』, 산림터, 1992.
＿＿＿＿, 김재용 역, 『노마만리』, 실천문학사, 2002.
김석범, 이호철・김석희 역, 『화산도』 1~5, 실천문학사, 1988.
＿＿＿＿, 김환기・김학동 역, 『火山島』 1~12, 보고사, 2016.
＿＿＿＿, 김석희 역, 『까마귀의 죽음』, 각, 2015.
＿＿＿＿, 오은영 역, 『언어의 굴레』, 보고사, 1990.
＿＿＿＿, 김학동 역, 『과거로부터의 행진』 上・下, 보고사, 2018.
＿＿＿＿, 김계자 역, 『1945년 여름』, 보고사, 2017.
김중명, 이영호 역, 『배반당한 협상』, 보고사, 2021.
김학영, 하유상 역, 『얼어붙은 입』, 화동, 1992.
＿＿＿＿, 姜尙求 譯, 『金鶴泳小說集 흙의 슬픔』, 日善企劃, 1988.

다치하라 마사아키, 김형숙 역,『겨울의 유산』, 한걸음더, 2009.

_____, _____,『겨울여행』上·下, 답게, 1992.

사기사와 메구무, 김석희 역,『그대는 이 나라를 사랑하는가』, 자유포럼, 1999.

_____, 김난주 역,『돌아가지 못하는 사람들』, 문학사상사,1996.

_____, 민성원 역,『레토르트 러브』, 문학사상사, 199.

_____, 조양욱 역,『뷰티플 네임』, 북폴리오, 2006.

_____, _____,『웰컴 홈』, 북폴리오, 2006.

_____, 崔元浩 역,『개나리도 꽃 사쿠라도 꽃』, 자유포럼, 1998.

_____, 김석희 역,『거리로 나가자, 키스를 하자』, 문학사상사, 1994.

양석일 외, 이한창 역,『재일동포작가 단편선』, 小花, 1996.

_____, 김석희 역,『피와 뼈』1~3, 자유포럼, 1998.

_____, 김응교 역,『어둠의 아이들』, 문학동네, 2010.

_____, 윤현 역,『달은 어디에 떠 있나』1·2, 인간과예술사, 1994.

_____, 김성기 역,『밤을 걸고』1·2, 태동출판사, 2001.

원수일, 김정애·박정이 역,『이카이노 이야기』, 새미, 2006.

유미리, 김난주 역,『가족 시네마』, 고려원, 1997.

_____, 곽해선 역,『풀하우스』, 고려원, 1995.

_____, 김난주 역,『루즈』, 열림원, 2001.

_____, _____ 역,『물고기가 꾼 꿈』, 열림원, 2001.

_____, _____ 역,『여학생의 친구』, 열림원, 2000.

_____, 함정연 역,『돌에서 헤엄치는 물고기』, 도화서적·한국문원, 1995.

_____, 김유곤 역,『생명』, 문학사상사, 2000.

_____, 김난주 역,『8월의 저편』上·下, 동아일보사, 2004.

_____, 송현아 역,『그 남자에게 보내는 일기』, 동아일보사, 2004.

李起昇, 김유동 역,『잃어버린 도시』, 삼신각, 1992.

이주인 시즈카, 권남희 역,『기관차 선생님』, 뜨인돌, 2009.

이회성, 이호철·김석희 역,『禁斷의 땅』1~3, 미래사, 1988.

_____, 김석희 역,『流域』, 한길사, 1992.

_____, 이호철 역,『다듬이질하는 여인』, 正音社, 1972.

_____, 김숙자 역,『죽은 자가 남긴 것』, 小花, 1996.

이양지, 김유동 역,『由熙』, 삼신각, 1988.

_____, 신동한 역,『돌의 소리』, 삼신각, 1992.

_____, 이상옥 역,『해녀』, 삼신각, 1993.

이양지, 신동한 역, 『나비타령』, 삼신각, 1989.

황영치, 한정선 역, 『전야』, 보고사, 2017.

현월, 신은주·홍순애 역, 『그늘의 집』, 문학동네, 2000.

_____, _____·_____, 『나쁜 소문』, 문학동네, 2002.

호테이 도시히로 편, 『장혁주소설선집』, 태학사, 2002.

『民主朝鮮』第1~33号, 1946~1950.

『三千里』第1~50号, 三千里社, 1975~1987.

『青丘』第1~25号, 青丘文化社, 1989~1996.

『民濤』第1~10号, 民濤社, 1987~1990.

『ほるもん文化』第1~9号, 新幹社, 1990~2000.

人名·事項篇, 『日本現代文學大事典』, 明治書院, 平成6年.

日本近代文學館編, 『日本近代文學大事典』, 講談社, 1990.

磯貝治良·黒古一夫編, 《在日》文学全集』1~18, 勉誠出版, 2006.

高史明, 『夜がときの歩みを暗くするこき』, 筑摩書房, 1971.

金達壽, 『金達壽小說全集』1~7, 筑摩書房, 1980.

_____, 『故國の人』, 筑摩書房, 1956.

金史良, 『金史良全集』I~IV, 河出書房新社, 1973.

金石範, 『金石範作品集』I·II, 平凡社, 2005.

_____, 『火山島』I~VII, 文藝春秋, 1997.

_____, 『過去からの行進』上·下, 岩波書店, 2012.

_____, 『地底の太陽』, 集英社, 2006.

_____, 『死者は地上に』, 岩波書店, 2010.

_____, 『満月の下の赤い海』, CUON, 2022.

_____, 『故國行』, 岩波書店, 1990.

_____, 『万德幽靈奇譚』, 筑摩書房, 1971.

金重明, 『幻の大國手』, 新幹社, 1990.

金蒼生, 『濟州島で暮せば』, 新幹社, 2017.

_____, 『風の声』, 新幹社, 2020.

金泰生, 『紅い花·ある女の生涯』, 埼玉文学学校出版部, 1993.

_____, 『私の人間地図』, 青弓社, 1985.

_____, 『私の日本地図』, 未来社, 1978.

金鶴泳, 『金鶴泳作品集成』, 作品社, 1986.

_____, 『土に悲しみ』, クレイン, 2006.

金鶴泳,『凍える口』, クレイン, 2006.

梁石日,『血と骨』上・下, 幻冬舍, 2001.

_____,『睡魔』, 幻冬舍, 2001.

_____,『さかしま』, アトン, 1999.

_____,『夜を賭けて』, NHK出版, 1994.

元秀一『AV・オデッセイ』, 新幹社, 1997.

_____,『オルナイトブルース』, 新幹社, 2004.

李良枝,『李良枝全集』, 講談社, 1993.

李恢成,『サハリンへの旅』, 講談社, 1983.

_____,『伽倻子のために』, 新潮社, 1974.

柳美里,『仮面の国』, 新潮社, 1998.

_____,『ゴールドラッシュ』, 新潮社, 1998.

_____,『家族シネマ』, 講談社, 1997.

_____,『生』, 小學館, 2001.

_____,『命』, 小學館, 2000.

_____,『魂』, 小學館, 2001.

_____,『フルハウス』, 文芸春愁, 1996.

丁章,『サランの在りか』

____,『闊歩する在日』, 新幹社, 2004.

____,『民族と人間とサラム』, 新幹社, 1998.

____,『マウムソリ』, 新幹社, 2001.

朴重鎬,『犬の鑑札』, 青弓社, 1989.

_____,『*木』, 青弓社, 1990.

麗羅,『桜は帰ったきたか』, 文芸春愁, 1983.

鄭承博,『鄭承博著作集』1~6, 新幹社, 1993.

宗秋月,『サランへ』, 影書房, 1987.

曹智鉉寫眞集『猪飼野』, 新幹社, 2003.

崔碩義,『黄色い蟹』, 新幹社, 2005.

玄月,『蔭の棲みか』, 文藝春秋, 2003.

鷺沢萠,『帰れぬ人びと』, 文春文庫, 1992.

_____,『海の鳥, 空の魚』, 角川文庫, 1992.

_____,『ケナリも花, さくらも花』, 新潮文庫, 1997.

_____,『君はこの国を好きか』, 新潮文庫, 2000.

鷺沢萠,『途方もない放課後』, 新潮文庫, 2001.

_____,『過ぐる川, 烟る橋』, 新潮文庫, 2002.

立原正秋,『女の部屋』, 文芸春愁, 1972.

_____,『冬の旅 上・下』, 新潮社, 1969.

_____,『残りの雪 上・下』, 新潮社, 1974.

_____,『剣と花』, 講談社, 1973.

_____,『冬の花』, 新潮文庫, 1985 志賀直哉『暗夜行路』, 新潮社, 1993.

_____,『志賀直哉全集』1~16, 岩波書店, 1973.

松本富生,『恩愛の絆』, 勉誠出版, 2006.

森田進・佐川亜紀,『在日コリアン詩選集』, 土曜美術社出版販賣, 2005.

深沢夏衣,『深沢夏衣作品集』, 新幹社, 2015.

단행본

가와무라 미나토, 유숙자 역,『전후문학을 묻는다』, 소화, 2005.

가라타니 고진, 박유하 역,『일본 근대문학의 기원』, 도서출판b, 2010.

강진구,『한국문학의 쟁점들 탈식민・역사・디아스포라』, 제이엔씨, 2007.

고명철,『탈구미중심주의・세계문학, 그 너머―탈구미중심주의・경계・해방의 상상력』, 소명출판, 2023.

권성우,『비평의 고독』, 소명출판, 2016.

김학동,『張赫宙의 일본어 작품과 민족』, 국학자료원, 2008.

김광열,『한인의 일본이주사 연구―1910~1940년대』, 논형, 2010.

김상현,『재일한국인―교포80년사』, 단곡학술연구원, 1969.

김영미,『글로컬리즘 시대의 비평적 문화간 의사소통 전략』, 한국문화사, 2012.

김동윤,『4・3의 진실과 문학』, 각, 2003.

김영화,『분단상황과 문학』, 국학자료원, 1992.

_____,『변방인의 세계』, 제주대 출판부, 2000.

김용직,『韓國現代文學의 史的 探索』, 서울대 출판부, 1997.

김재용,『협력과 저항―일제 말 사회와 문화』, 소명출판, 2004.

김종회 편,『한민족 문화권의 문학』, 국학자료원, 2003.

_____,『한민족 문화권의 문학』2, 국학자료원, 2006.

김현택,『재외 한인작가연구』, 고려대한국학연구소, 2001.

김환기,『재일 디아스포라문학』, 새미, 2006.

_____,『시가 나오야』, 건국대 출판부, 2003.

나카무라 후쿠지, 『김석범 『화산도』 읽기』, 삼인, 2001.

다케다 세이지, 재일조선인문화연구회 역, 『'재일'이라는 근거』, 소명출판, 2016.

동북아역사재단 편, 『대한민국 국가 발전과 재일코리안의 역할』, 청암대 재일코리안연구소, 2015.

레이 초우, 장수현·김우현 역, 『디아스포라의 지식인』, 이산, 2005.

박유하, 『반일 민족주의를 넘어서』, 사회평론, 2004.

서경식, 『디아스포라 기행-추방당한 자의 시선』, 돌베개, 2006.

_____, 박광현 역, 『시대의 증언자 쁘리모 레비를 찾아서』, 창비, 2006.

손지연, 『전후 오키나와문학을 사유하는 방법』, 소명출판, 2020.

송혜원, 『'재일조선인문학사'를 위하여』, 소명출판, 2019.

시라카와 유타카, 『장혁주 연구』, 동국대 출판부, 2009.

신승모, 『일본 제국주의 시대 문학과 문화의 혼효성』, 지금여기, 2011.

_____, 『재조일본인 2세의 문학과 정체성』, 아연출판부, 2018.

안우식, 심원섭 역, 『김사량 평전』, 문학과지성사, 2000.

양왕용, 『일제강점기 재일한국인의 문학활동과 문학의식연구』, 부산대 출판부, 1998.

오무라 마스오, 심원섭·정선태 역, 『조선의 혼을 찾아서』, 소명출판, 2007.

우스이 요시미, 고재석·김환기 역, 『일본 다이쇼문학사』, 동국대 출판부, 2001.

兪淑子, 『在日 한국인 문학연구』, 月印, 2000.

윤인진, 『코리안 디아스포라』, 고려대 출판부, 2004.

오은영, 『조선적인 것』, 선인, 2015.

이광규, 『재외동포』, 서울대 출판부, 2000.

이명재, 『세계문학 넘어서기』, 문학세계사, 2018.

이영미, 『한인문화와 트랜스네이션』, 한국문화사, 2009.

이지형, 『과잉과 결핍의 신체』, 보고사, 2019.

이토 세이, 유은경 역, 『일본문학의 이해』, 새문사, 1993.

이한정·윤송아 편, 『재일코리안문학과 조국』, 지금여기, 2011.

이한창 외, 『재일동포문학과 디아스포라』 1~3, 제이앤씨, 2008.

_____, 『재일동포 문학의 연구 입문』, 제이엔씨, 2011.

이회성, 『나의 삶, 나의 문학』, 동국대 문화학술원, 2007.

임종국, 『친일문학론』, 민족문제연구소, 2002.

임채완 외, 『재일코리안 디아스포라문학』, 북코리아, 2012.

장윤수, 『코리안 디아스포라와 문화 네트워크』, 북코리아, 2010.

전북대 재일동포연구소 편, 『재일 한국인 백년사』, 제이앤씨, 2010.

정은경, 『디아스포라문학』, 이룸, 2007.

정종현, 『동양론과 식민지 조선문학』, 창비, 2011.

정창석, 『동아시아의 로칼리즘, 내셔널리즘, 리저널리즘』, 인간사랑, 2007.

정희선 외편, 『재일코리안의 삶과 문화 2 '교육·학술' 편』, 선인, 2015.

제주작가회의 편, 『역사적 진실과 문학적 진실』, 각, 2003.

조동일, 『한국문학과 세계문학』, 지식산업사, 1991.

지충남, 『재일한인 디아스포라-재일본대한민국민단과 재일본한국인연합회의 단체 활동과 글로벌
　　　　네트워크』, 마인드탭, 2015.

청암대 재일코리안연구소 편, 『재일코리안 디아스포라의 형성』, 선인, 2013.

_____, 『재일코리안운동과 저항적 정체성』, 선인, 2016.

최강민, 『탈식민과 디아스포라문학』, 제이엔씨, 2009.

崔孝先, 『재일동포 문학연구』, 문예림, 2002.

秋錫敏, 『金史良文學の硏究』, 제이엔씨, 2001.

피터 버크, 강상우 역, 『문화 혼종성』, 이음, 2012.

한승옥 외, 『재일동포 한국어문학의 민족문학적 성격연구』, 국학자료원, 2007.

한일민족문제학회 편, 『재일조선인 그들은 누구인가』, 삼인, 2003.

황보모, 『재일 한국인 문학 연구』, 어문학사, 2011.

호쇼 마사오 외, 고재석 역, 『현대 일본 문학사』 하, 문학과지성사, 1998.

호테이 토시히로 편, 시라카와 유타카 해설, 『장혁주 소설선집』, 태학사, 2002.

홍기삼, 『文學史와 文學批評』, 해냄, 1996.

_____, 『재일 한국인 문학』, 솔, 2001.

히야마 히사오, 정선태 역, 『동양적 근대의 창출』, 소명출판, 2000.

姜在彦, 『在日朝鮮人渡航史』, 朝鮮硏究所, 1957.

姜尙中, 『オリエンタリズムを彼方へ』, 岩波書店, 1996.

_____·內田雅敏, 『在日からの手紙』, 太田出版, 2003.

高祐二, 『在日コリアンの戰後史』, 明石書店, 2014.

郭南燕 編著, 『バイリンガルな日本語文学』, 三元社, 2013.

金達壽, 『わがアリランの歌』, 中央公論社, 1977.

_____, 『見直される古代の日本と朝鮮』, 大和書房, 1994.

_____, 『金達壽評論集 上, わが文学』, 筑摩書房, 1976.

_____, 『金達壽評論集 下, わが民族』, 筑摩書房 1976.

_____, 『我が文学と生活』, 靑丘文化社, 1998.

_____·姜在彦 共編, 『手記＝在日朝鮮人』, 龍溪書舍, 1981.

金德龍, 『朝鮮学校の戰後史──一九四五~一九七二』, 社会評論社, 2002.

金石範·金時鐘,『なぜ書きつづけてきたか, なぜ沈黙してきたか』, 平凡社, 2001.

_____,『ことばの呪縛』, 筑摩書房, 1972.

_____,『金石範『火山島』を語る』, 友交書院, 2010.

_____『新編〈在日〉の思想』, 講談社, 2001.

_____,『國境を超えるもの―〈在日〉の文学と政治』, 文芸春愁, 2004.

金英達,『日朝國交樹立と在日朝鮮人の國籍』, 明石書店, 1992.

金賛汀,『在日コリアン百年史』, 三五館, 1997.

_____,『韓國併合百年と「在日」』, 新潮社, 2010.

金鶴泳,『凍える口』, クレイン, 2004.

金壎我,『在日朝鮮人女性文學論』, 作品社, 2004.

南富鎭,『近代文学の〈朝鮮〉体験』, 勉誠出版, 2001.

_____,『近代日本の朝鮮人像の形成, 勉誠出版, 2002.

朴慶植 編,『在日朝鮮人關係資料集成』第1~5卷, 三一書房, 1975~1976.

朴春日,『近代に本文学における朝鮮像』, 未來社, 1969.

辛基秀 編著,『金達壽ルネサンス―文学·歴史·民族』, 解放出版社, 2002.

安宇植,『金史良』, 岩波書店, 1972.

_____,『評傳金史良』, 草風館, 1983.

梁石日,『異端は未来の扉を開く』, アートン, 1999.

尹健次,『「在日」の精神史』1~3, 岩波書店, 2015.

李恢成,『砧をうつ女』,『〈在日〉文学全集 4 ―李恢成』, 勉誠出版, 2006.

_____,「時代のなかの'在日'文学」,『社会文学―特集「在日」文学』第26号, 2007.

_____,『可能性としての〈在日〉』, 講談社, 2002.

林相珉,『戦後在日コリアン表象の反·系譜』, 花書院, 2011.

任展慧,『日本における朝鮮人の文学と歴史―1945年まで』, 法政大学出版局勉, 1994.

林鍾國,『親日文學論』, 平和出版社, 1963.

鄭大均,『在日韓國人の終焉』, 文藝春秋, 2001.

趙秀一,『金石範の文学』, 岩波書店, 2022.

宗秋月,「猪飼野のんき眼鏡」,『民濤』, 1987.11.

崔孝先,『海峡に立つ人―金達壽の文学と生涯』, 批評社 , 1998.

靑柳優子,『韓國女性文學研究I』, お茶の水書房, 1997.

秋山駿,「『家族シネマ』―崩壊家族とは」,『武蔵野日本文学』, 1999.

磯貝治良·黒古一夫 編,『〈在日〉文学全集10―玄月, 金蒼生』, 勉誠出版, 2006.

_____,『〈在日〉文學論』, 新幹社, 2004.

磯貝治良,『戦後日本文学の中の朝鮮・韓国』, 大和書房, 1992.

_____,『〈在日〉文學論』, 新幹社, 2004.

安田浩一,『ネットと愛國－在特會の「闇」を追いかけて』, 講談社, 2012.

飯田剛史,『在日コリアンの宗教と祭り－民族と宗教の社会学』, 世界思想社, 2002.

小沢有作,『日本人と朝鮮人』, エール出版社, 1972.

円谷真護『光る鏡－金石範の世界』, 論創社, 2005.

小野悌次郎『存在の原基金石範文學』, 新幹社, 1998.

大村益夫・布袋敏博 編,『朝鮮文学関係日本語文献目録』, 緑陰書房, 1997.

川村湊 編,『柳美里』, *書房, 2007.

_____,『戦後文学を問う』, 岩波書店, 1995.

_____,『異郷の昭和文学』, 岩波書店, 1990.

切通理作,「「柳美里論」－「本当の話」をしたいです」,『文学界』, 1996.

杉原達,『越境する民－近代大阪の朝鮮人史研究』, 新幹社, 1998.

須藤松雄,『志賀文學の自然・生命力』,『文藝讀本 志賀直哉』, 1976.

白川豊『張赫宙研究』東国大学校大学院 博士学位請求論文, 1989.

_____,『植民地期朝鮮の作家と文学』, 大學教育出版, 1995.

新日本文學會,『新日本文學』, 2003.

外村大,『在日朝鮮人社会の歴史学的研究－形成・構造・変容』, 緑蔭書房, 2004.

高崎隆治,『文学の中の朝鮮人像』, 青弓社, 1982.

高全惠星 監修, 柏崎千佳子 譯,『ディアスポラとしてのコリアン』, 新幹社, 2007.

竹田青嗣,『〈在日〉という根拠－李恢成・金石範・金鶴泳』, 國文社, 1983.

_____,『〈在日〉という根拠』, 筑摩書房, 1995.

武田勝彦編著,『立原正秋, 人と文学』, 創林社, 1981.

立原光代,『立原家の食卓』, 講談社, 2000.

谷川健一 編,『近代民衆の記録10－在日朝鮮人』, 新人物往来社, 1978.

中根隆行,『〈朝鮮〉表象に文化誌』, 新曜社, 2004.

_____,『金石範と「火山島」』, 同時代社, 2001.

中村光夫,『明治文学史』, 筑摩書房, 1985.

西館一郎,『ユリイカ詩と小説－梁石日』12, 青土社, 2000.

野口豊子,『金時鐘の詩』, もず工房, 2000.

_____,『資料「金時鐘」論』, 金時鐘詩集『原野の詩』を読む会, 1991.

山崎正純,『戦後〈在日〉文学論』, 洋洋社, 2003.

水野直樹, 文京洙,『在日朝鮮人－歴史と現在』, 岩波書店, 2015.

松田利彦, 『戰前期の在日朝鮮人と參政權』, 明石書店, 1995.

元省鎭, 『日本のなかの朝鮮問題-文化のファシズムと在日朝鮮人』, 現代書館, 1986.

林浩治, 『戰後非日文學論』, 新幹社, 1997.

_____, 『在日朝鮮人日本語文學論』, 新幹社, 1991.

樋口雄一, 『日本の朝鮮・韓國人』, 同成社, 2002.

廣瀨陽一, 『金達壽とその時代』, クレイン, 2016.

平岡正明, 『梁石日金は世界文学である』, ビレッジセンター出版局, 1995.

古屋哲夫 編著, 『近代日本のアジア認識』, 綠蔭書房, 1996.

福岡安則, 『在日韓國・朝鮮人-若い世代のアイデンティティ』, 中央公論新社, 1993.

若森繁男, 『文芸(夏)-特集柳美里』, 河出書房新社, 2007.

渡辺一民, 『〈他者〉としての朝鮮』, 岩波書店, 2003.

논문

강기철, 「영화『GO』에 나타나는 재현과 소통의 차이」, 『일어교육』 45, 한국일본어교육학회, 2008.

강소희, 「'반난민'적 존재의 정체성-이양지의 「나비타령」, 「유희」를 중심으로」, 『한국문학이론과 비평』 57, 한국문학이론과비평학회, 2012.

강혜림, 「재일 신세대 문학의 탈민족 글쓰기에 관한 연구」, 동국대 대학원, 2005.

고명철, 「'탈식민냉전', '65년 체제', 그리고 김석범의 한글 단편소설-「꿩 사냥」, 「혼백」, 「어느 한 부두에서」를 중심으로」, 『영주어문』 54, 영주어문학회, 2023.

곽형덕, 「일제말 이은직과 김달수의 일본어 창작과 동인지 활동에 관해서」, 『일본학보』 103, 한국일본학회, 2015.

_____, 「김달수 문학의 '해방' 전후-「족보」의 개작과정을 중심으로」, 『한민족문화연구』 54, 한민족문화학회, 2016.

구재진, 「제국의 타자와 재일(在日)의 괴물 남성성-양석일의『피와 뼈』연구」, 『민족문학사연구』 43, 민족문학사연구소, 2010.

권성우, 「김학영의『얼어붙은 입』에 대한 세 가지 해석과 논점」, 『한민족문화연구』 60, 한민족문화학회, 2017.

_____, 「김석범 대하소설『화산도』에 나타난 장소와 공간의 의미-밀항, 이카이노, 경성(서울)에 대한 묘사를 중심으로」, 『현대소설연구』 78, 한국현대소설학회, 2020.

_____, 「김석범과 김시종-허구와 직접 체험의 차이, 우정과 연대(連帶)의 글쓰기」, 『국제한인문학연구』 36, 국제한인문학회, 2023.

_____, 「재일 디아스포라 여성문학에 나타난 탈민족주의와 트라우마-유미리의 에세이를 중심으로」, 『한민족문화연구』 36, 한민족문화학회, 2011.

김계자, 「유미리의 평양방문기에 나타난 북한 표상」, 『일본학보』 112, 한국일본학회, 2017.

_____, 「사할린에서 귀환한 재일문학-이회성의 초기작을 중심으로」, 『일본학』 49, 동국대 일본학 연구소, 2019.

_____, 「재일코리언 문학의 당사자성-양석일의 [밤을 걸고]」, 『일본학』 41, 동국대 일본학연구소, 2015.

_____, 「김석범의 '제주'와 재일의 사상-『바다 밑에서(海の底から)』를 중심으로」, 『비교일본학』 58, 한양대 일본학국제비교연구소, 2023.

김동윤, 「4·3문학의 전개와 그 역사적 의미」, 『기억 투쟁과 문화운동의 전개』, 역사비평사, 2004.

_____, 「김석범의 한글소설 「화산도」 연구」, 『영주어문』 41, 영주어문학회, 2019.

_____, 「김석범의 『바다 밑에서』에 나타난 4·3난민의 좌절과 재생」, 『영주어문』 54, 영주어문학회, 2023.

김동현, 「변절, 음험한 신체의 탄생과 의심의 정치학-김석범의 『화산도』를 중심으로」, 『동악어문학』 73, 동악어문학회, 2017.

_____, 「번역적 신체의 탄생과 마이너리티의 목소리-제주와 오키나와를 중심으로」, 『일본학보』 126, 한국일본학회, 2021.

김병택, 「4·3소설의 유형과 전개」, 『한국문학과 풍토』, 새미, 2002.

김사량, 「재일조선인 연극운동의 전개과정과 공연방식 연구」, 서울대 박사논문, 2016.

김선정, 「이양지문학의 보편성」, 『일본근대연구』 37, 한국일본근대학회, 2012.

김정혜, 「『家族シネマ』に表われた父親像」, 『日本現代小説論』, 세종출판사, 2005.

김주영, 「이회성의 유역으로 연구-죄의식 서술을 통한 이동 서사의 방법화」, 『일어일문학연구』 102, 한국일어일문학회, 2017.

_____, 「다문화문학 교육교재로서의 재일문학 텍스트 읽기-이양지의 「유희」를 중심으로」, 『일본 어문학』 72, 한국일본어문학회, 2017.

김지혜, 「양영희감독 영화에 나타난 평양의 공간성」, 『로컬리티 인문학』 12, 부산대 한국민족문화연 구소, 2014.

김태경, 「양석일 『피와 뼈』론-신성과 권력의 역학」, 『일본학연구』 61, 단국대 일본연구소, 2020.

김태영, 「에스닉미디어에 나타나는 자기정체성의 전개」, 『한국민족문화』 30, 부산대 한국민족문화연 구소, 2007.

김학동, 「재일작가 김달수의 『행기의 시대(行基の時代)』와 고대 한반도 도래인의 형상화」, 『일본연 구』 57, 한국외국어대 일본연구소, 2013.

_____, 「친일문학과 민족문학의 전개양상 및 사상적 배경-재일작가 장혁주·김달수·김석범의 저 작을 중심으로」, 『일본학보』 120, 한국일본학회, 2019.

김학동, 「재일의 친일문학과 민족문학의 생성 조건 – 재일작가 장혁주, 김달수·김석범의 청소년기 일본체험을 토대로」, 『일본학』 47, 동국대 일본학연구소, 2021.

_____, 「小說 『太白山脈』 研究 – 金史良·金達壽·趙廷來を中心に」, 충남대 석사논문, 2005.

_____, 「김석범(金石範)의 비(非) '4·3문학' 작품과 조국에 대한 애증의 형상화 양상」, 『일본학』 46, 동국대 일본학연구소, 2018.

김학영, 하유상 역, 「자기해방의 문학」, 『소설집 – 얼어붙은 입』, 화동출판사, 1992.

김한성, 「재일한국인 작가의 자전적 소설에 나타난 한·일 간의 트랜스 내셔널, 문화 횡단의 가능성 – 이회성의 다듬이질하는 여인, 이양지의 유희, 유미리의 풀하우스를 중심으로」, 『디아스포라연구』 10-1, 전남대 글로벌디아스포라연구소, 2016.

김환기, 「김달수 문학의 실존적 글쓰기」, 『일본어문학』 29, 일본어문학회, 2005.

_____, 「현월 문학의 실존적 글쓰기」, 『일본학』 61, 한국일본학회, 2004.

_____, 「이양지 문학과 전통 '가락'」, 『일어일문학연구』 43, 한국일어일문학회, 2003.

_____, 「김학영의 『얼어붙은 입』론」, 『일어일문학연구』 39, 한국일어일문학회, 2001.

_____, 「梁石日 文學의 儒敎的 世界觀, 그리고 狂氣와 異端」, 『비교일본학』 27, 한양대 일본학국제비교연구소, 2012.

_____, 「사기사와 메구무(鷺沢萠)의 文學世界」, 『韓日民族問題硏究』 11, 한일민족문제학회, 2006.

_____, 「김길호 문학을 통해 본 재일문학의 변용」, 『일본학보』 72, 한국일본학회, 2007.

_____, 「코리안 디아스포라문학의 경계 의식과 트랜스네이션」, 『횡단인문학』 1, 숙명인문학연구소, 2018.

_____, 「『三千里』와 재일코리안의 문화 정체성 – 문학텍스트를 중심으로」, 『일본학보』 104, 한국일본학회, 2015.

_____, 「재일 4·3문학의 문학사적 위치와 의의」, 『일본학보』 69, 한국일본학회, 2006.

_____, 「김석범·『화산도』·〈제주4·3〉」, 『일본학』 41, 동국대 일본학연구소, 2015.

_____, 「코리안 디아스포라문학의 '혼종성'과 초국가주의 – 남미의 코리안 이민문학을 중심으로」, 『比較文學』 58, 韓國比較文學會, 2012.

나승희, 「재일한인 잡지의 변화의 양상과 『靑丘』의 역할」, 『일어일문학』 36, 한국일어일문학회.

문재원, 「재일코리안 디아스포라문학사의 경계와 해체 – 현월과 가네시로 가즈키의 작품을 중심으로」, 『동북아문화연구』 26, 동북아시아문화학회, 2011.

박광현, 「재일한국인·조선인의 정체성에 관한 연구」, 『일본연구』 13, 일본연구센터, 2010.

_____, 「김달수의 자전적 글쓰기의 정치 – '귀국사업'과 '한일회담'을 사이에 두고」, 『역사문제연구』 34, 역사문제연구, 2015.

_____, 「'반쪽발이들'의 성장 서사」, 『일본학』 50, 동국대 일본학연구소, 2020.

박수미, 「가네시로 가즈키 소설의 크레올성 연구」, 『인문과학연구논총』 42, 명지대 인문과학연구소, 2015.

박정이, 「유미리 『8월의 끝』에 보이는 '경계'」, 『일어일문학』 38, 대한일어일문학회, 2008.

_____, 「영화 〈GO〉에 나타난 '재일' 읽기」, 『일어일문학』 54, 대한일어일문학회, 2012.

_____, 「한국병합과 재일조선인 이주 양상-김달수 초기작품을 중심으로」, 『한일민족문제연구』 18, 한일민족문제학회, 2010.

_____, 「양석일 『밤을 걸고서』의 세 공간의 의미」, 『일어일문학연구』 71, 한국일어일문학회, 2009.

박죽심, 「이양지 소설에 나타난 재일 여성의 정체성」, 『한국문예비평연구』 23, 한국현대문예비평학회, 2011.

_____, 「사기사와 메구무 문학의 원풍경-초기 작품을 중심으로」, 『어문론집』 82, 중앙어문학회, 2020.

_____, 「재일조선인 여성 작가의 존재 방식에 대한 연구-이양지와 유미리를 중심으로」, 『어문론집』 73, 중앙어문학회, 2018.

박치환, 「코드화된 문화적 주체들의 타자와의 공감 문제-가네시로 가즈키의 『Go』를 중심으로」, 『해석학연구』 36, 한국해석학회, 2015.

변화영, 「폭력과 욕망으로 표현된 식민지배의 야만성」, 『영주어문』 23, 영주어문학회, 2012.

_____, 「문학 교육과 디아스포라-재일한국인 이양지의 소설을 중심으로」, 『한국문학이론과 비평』 10-3, 한국문학이론과비평학회, 2006.

_____, 「記憶의 敍事敎育的 含意-유미리의 '8월의 저편'을 중심으로」, 『한일민족문제연구』 11, 한일민족문제학회, 2006.

사이키 카쓰히로, 「'이동'으로의 회귀-사기사와 메구무(鷺澤萠) 문학에 나타난 '재일성'의 기능」, 『코기토』 78, 부산대 인문학연구소, 2015.

서동주, 「'전후-밖-존재'의 장소는 어디인가?-양석일의 〈밤을 걸고〉를 중심으로」, 『한국학연구』 43, 인하대 한국학연구소, 2016.

소명선, 「양석일(梁石日)의 「운하(運河)」론-신체감각과 공간표상에 관해」, 『동북아문화연구』 32, 동북아시아문화학회, 2012.

서해란, 「가네시로 가즈키(金城一紀) 문학 연구」, 동국대 대학원, 2009.

송명희·정덕준, 「재일 한인소설 연구-김학영과 이양지의 소설을 중심으로」, 『한국언어문학』 62, 한국언어문학회, 2007.

송민수, 「이양지(李良枝)와 양이(楊逸) 작품의 비교 연구-「유희」와 「시간이 스며드는 아침」을 중심으로」, 『일본학보』 104, 한국일본학회, 2015.

송완범, 「재일지식인 김달수(金達寿)를 통한 '한·일 역사화해'의 모색」, 『동아시아고대학』 53, 동아시아고대학회, 2019.

송하춘, 「역사가 남긴 상처와 민족 의식-이회성론 1」, 『한국학연구』 10, 고려대 한국학연구소, 1998.

＿＿＿, 「역사가 남긴 상처와 민족 의식-이회성론 2」, 『한국학연구』 11, 고려대 한국학연구소, 1999.

신소정, 「영화 『달은 어디에 떠있는가?』 연구-뉴커머와 재일조선인의 관계를 중심으로」, 고려대 석사논문, 2009.

신승모, 「재일문예지 『민도(民涛)』의 기획과 재일문화의 향방-서지적 고찰을 중심으로」, 『일본학연구』 43, 2014.

＿＿＿, 「재일조선인문학과 '스파이 이야기'-김학영과 원수일의 작품에 나타난 인간의 내면을 중심으로」, 『동악어문학』 73, 동악어문학회, 2017.

신은주·홍순애 역, 「작가인터뷰-인간의 보편성을 그리고 싶다」, 『그늘의 집』, 문학동네, 2000.

신하경, 「1960년대 오시마 나기사(大島渚) 영화 속의 재일조선인 표상」, 『일본문화학보』 45, 한국일본문화학회, 2010.

신재민, 「1980년대 이회성의 활동과 소설 「협죽도」 연구」, 『일본학보』 135, 한국일본학회.

심원섭, 「「유희」 이후의 이양지」, 『일본학』 19, 동국대 일본학연구소, 2023.

스즈키 에이코, 「유미리의 『8월의 저편』론-등장인물들의 디아스포라로서의 한(恨)에 관하여」, 『일본언어문화』, 한국일본언어문화학회, 2011.

양명심, 「디아스포라 서사와 강요된 모빌리티의 재현-이회성의 『유역』을 중심으로」, 『일본언어문화』 50, 한국일본언어문화학회, 2020.

양인실, 「해방 후 일본의 재일조선인 영화에 대한 고찰」, 『사회와 역사』 66, 한국사회사학회, 2004.

엄미옥, 「재일디아스포라문학에 나타난 언어경험 양상-김학영, 이양지, 유미리의 작품을 중심으로」, 『한민족문화연구』 41, 한민족문화학회, 2012.

오선영, 「이양지 소설에 나타난 경계인 양상 연구-〈나비타령〉과 〈유희〉를 중심으로」, 『한국문학논총』 59, 한국문학회, 2011.

오세종, 「未完の沖縄構想と在日朝鮮人文学者の思想との連結のために」, 『일본학』 53, 동국대 일본학연구소, 2021.

오은영, 「언어의 굴레 속에 있는 재일조선인 작가-김석범 작가의 언어·문학론을 중심으로」, 『인문학연구』 38, 인천대 인문학연구소, 2022.

오윤호, 「제국의 경계 공간과 전후 재일조선인의디아스포라 정체성 연구-양석일의 『밤을 걸고』를 중심으로」, 『일어일문학연구』 102, 한국일어일문학회, 2017.

오태영, 「재일조선인 여성의 자기 기획과 장소 상실-유미리의 가족 이야기를 중심으로」, 『한국학연구』 43, 인하대 한국학연구소, 2016.

우메자와 아유미, 「사소설 문법으로 읽는 재일조선인문학-이회성과 이양지 작품을 중심으로」, 『한국학연구』 39, 인하대 한국학연구소, 2015.

유양근, 「영화 〈GO〉, 〈피와 뼈〉, 〈박치기〉의 변주와 수렴」, 『일본학연구』 36, 단국대 일본연구소, 2012.

윤상인,「전환기의 재일 한국인 문학」,『재일 한국인 문학』, 솔, 2001.

윤송아,「재일조선인의 평양 체험 – 유미리,『평양의 여름휴가 – 내가 본 북조선』과 양영희,『가족의 나라』를 중심으로」,『우리어문연구』 47, 우리어문학회, 2013.

윤애경,「유미리 소설에 나타난 문학적 통섭 연구 –『8월의 저편』(한국어판)을 중심으로」,『우리문학연구』 41, 우리문학회, 2014.

윤정화,「재일한인작가 유미리 소설에 나타난 '장소성' 양상 연구」,『한국문학이론과 비평』 72, 한국문학이론과비평학회, 2016.

_____,「제노사이드 기억의 재현방식과 재일한인의 정체성 – 재일한인 작가 이양지 소설을 중심으로」,『현대소설연구』 46, 한국현대소설학회, 2011.

_____,「재일한인의 소문적 정체성과 그 서사적 응전 – 양석일과 현월의 소설을 중심으로」,『현대소설연구』 51, 한국현대소설학회, 2012.

이승진,「가네시로 가즈키『GO』론 – 경계의 해체인가 재구성인가」,『일본어문학』 56, 한국일본어문학회, 2013.

_____,「재일한국인 문학과 일본근대문학과의 영향 관계 고찰 – 재일한국인 2세대 작가 김학영을 중심으로」,『아시아문화연구』 33, 가천대 아시아문화연구소, 2014.

_____,「사기사와 메구무(鷺沢萠)론 –『진짜 여름』,『그대는 이 나라를 사랑하는가』를 중심으로」,『일본어문학』 62, 일본어문학회, 2013.

_____,「유미리의『도쿄 우에노 스테이션』고찰 – '자의식'에 대한 물음에서 '현실 세계'를 향한 목소리로」,『코기토』 95, 부산대 인문학연구소, 2021.

이승희,「재일코리안 문제를 둘러싼 일본 우익 내부의 균열 양상 –『사피오(SAPIO)』의 '재특회(在特會)' 기사에 대한 분석을 중심으로」,『일본학』 39, 동국대 일본학연구소, 2014.

이영미,「가네시로 가즈키의 《고GO》에 나타난 '국적'의 역사적 의미」,『현대소설연구』 37, 한국현대소설학회, 2008.

이영호,「1970년대 재일조선인문학 장르 형성 연구 – 1971년 이회성의 아쿠타가와상 수상을 중심으로」,『한림일본학』 27, 한림대 일본학연구소, 2015.

_____,「김희로 사건과 재일조선인문학 이회성(李恢成)의「우리 청춘의 길목에서」를 중심으로」,『일본연구』 27, 고려대 글로벌일본연구원, 2017.

_____,「재일조선인문학과 일본문학의 관계성 재정립 – 김학영의「끌(鑿)」을 중심으로」,『비교일본학』 46, 일본학국제비교연구소, 2019.

_____,「냉전과 해빙의 시대 재일코리안과 고려인 디아스포라 – 재일코리안 잡지 청구(青丘)의 기사를 중심으로」,『디아스포라연구』 15권 2, 전남대 글로벌디아스포라연구소, 2021.

_____,「재일코리안과 고려인의 초국가적 교류와 디아스포라 문화지형 –「삼천리(三千里)」,「민도(民涛)」,「청구(青丘)」를 중심으로」,『인문과학』 124, 연세대 인문학연구원, 2022.

이영호, 「재일코리안과 조선족의 초국가적 교류와 디아스포라 문화담론 ─ 『삼천리(三千里)』, 『청구 (靑丘)』를 중심으로」, 『한림일본학』 42, 한림대 일본학연구소, 2023.

_____ · 이용규, 「디아스포라 네트워크의 형성과 구축 및 자료관리 ─ 재일코리안 잡지 『계간 삼천리 (季刊三千里)』를 중심으로」, 『일본학』 57, 동국대 일본학연구소, 2022.

이양지, 「나에게 있어서의 母國과 日本」, 『돌의 소리』 신동한 역, 삼신각, 1992.

이영미, 「가네시로 가즈키의 『고(GO)』에 나타난 '국적'의 역사적 의미」, 『현대소설연구』 37, 한국현 대소설학회, 2008.

이재봉, 「틈새 인간의 말더듬이 존재론 ─ 김학영과 그의 문학」, 『현대문학이론연구』 43, 현대문학이론 연구, 2010.

_____, 「'ウリナラ/한국', 'ウリマル/한국어'의 거리 ─ 이양지의 이중언어 문학」, 『현대문학이론연 구』 51, 현대문학이론학회, 2012.

이한정, 「『민주조선(民主朝鮮)』과 '재일문학'의 전개」, 『일본학』 39, 동국대 일본학연구소, 2014.

_____, 「이양지 문학과 모국어」, 『비평문학』 28, 한국비평문학회, 2008.

_____, 「김석범의 언어론 ─ '일본어'로 쓴다는 것」, 『일본학』 42, 동국대 일본학연구소, 2016.

_____, 「재일조선인 잡지 계간 삼천리와 코리안 디아스포라」, 『日本語文學』 89, 한국일본어문학회 소, 2021.

이한창, 「재일 교포 문학」, 『외국문학』, 열음사, 1994.

_____, 「소외감과 내향적인 김학영의 문학세계」, 『일본학보』 37, 한국일본학회, 1996.

_____, 「재일 교포문학의 주제 연구」, 『일본학보』 29, 한국일본학회, 1992.

_____, 「민족문학으로서의 재일동포문학 연구」, 『일본어문학』 3, 일본어문학회, 1997.

_____, 「양석일의 다양한 문학세계」, 『한일민족문제연구』 9, 한일민족문제학회, 2005.

_____, 「소외감과 내향적인 김학영의 문학세계」, 『일본학보』 37, 1996.

_____, 「김달수의 작품 연구 ─ 고국의 정치현실을 그린 문학작품을 중심으로」, 『일어일문학연구』 95, 한국일어일문학회, 2015.

_____, 「이회성의 전기 작품 활동과 문학세계」, 『일본어문학』 72, 한국일본어문학회, 2017.

_____, 「이양지의 「해녀」에 관한 연구 ─ 트라우마의 형성과 발현을 중심으로」, 『일본어문학』 64, 한 국일본어문학회, 2015.

이헬렌, 「이회성의 『다듬이질하는 여인』과 나카가미 겐지의 『미사키』를 통해 보는 '마이너리티'와 장 소론」, 『동악어문학』 71, 동악어문학회, 2017.

임상민, 「이승만라인과 재일코리안 표상」, 『일어일문학연구』 83, 한국일어일문학회, 2012.

_____, 「〈재일문학〉과 김희로 사건 ─ 김학영 「시선의 벽」을 중심으로」, 『일본문화학보』 69, 한국일본 문화학회, 2016.

임성택, 「김석범의 『화산도(火山島)』에 나타난 제주4·3 표상」, 『일본어문학』 79, 한국일본어문학회, 2019.

임성택, 「김석범의 『화산도(火山島)』에 나타난 지식인 표상-주인공 '이방근'을 중심으로」, 『일본문화학보』 81, 한국일본문화학회, 2019.

장영우, 「대중소설의 유형과 그 특질」, 『대중문학과 대중문화』, 동국대한국문학연구소, 2000.

정금희·김명지, 「초창기 재일한인 작품에 나타난 디아스포라 성향 연구」, 『디아스포라연구』 6, 전남대 세계한상문화연구단, 2012.

鄭大成, 「작가 김석범의 인생역정, 작품세계, 사상과 행동」, 『한일민족문제연구』 9호, 2005.

정백수, 「김사량 소설 연구」, 서울대 석사논문, 1991.

정병호, 「문화적 저항과 교육적 대안-재일조선학교의 민족 아이덴티티 재생산」, 『비교문화연구』 9권 2호, 2004.

정재훈, 「사기사와 메구무 문학 연구-'통명', '고향', '이방인 의식' 문제」, 『국제한인문학연구』 15, 국제한인문학회, 2015.

정현기, 「김사량론-험하고 긴 문학적 행보」, 『현대문학』, 1990.

제주발전연구원, 「在日 제주인의 삶과 제주도」, 제주대 출판부, 2005.

조수일, 「金石範「観徳亭」論-主題を生成する語り手と読者の相互作用をめぐって」, 『일본어문학』 81, 한국일본어문학회, 2018.

_____, 「김석범「허몽담(虛夢譚)」의 인물 형상화 양상에 나타난 작가 의식」, 『탐라문화』 65, 제주대 탐라문화연구원, 2020.

_____, 「김석범의 『화산도』 연구-작중인물의 목소리와 서사가 생성하는 해방공간에 대한 물음을 중심으로」, 『영주어문』 45, 영주어문학회, 2020.

_____, 「재일조선인의 주체적 이동과 '8·15'의 자기서사-김석범의 『1945년 여름』을 중심으로」, 『한일민족문제연구』 38, 한일민족문제학회, 2020.

_____, 「World Literature as a Methodology to Consider Literature of Kim Sok-pom」, 『일본학보』 129, 한국일본학회, 2021.

_____, 「재일(在日) 지식인이 구축한 연대의 공론장 『계간삼천리』」, 『일본역사연구』 59, 일본사학회, 2022.

_____, 「포스트제국 시대의 탈식민 주체 되기-재일(在日) 지식인 김석범의 글쓰기를 중심으로」, 『일본학』 59, 동국대 일본학연구소, 2023.

조은애, 「북한에서의 재일조선인문학 출판과 개작에 관한 연구-김달수와 이은직의 경우를 중심으로」, 『한국학연구』 54, 인하대 한국학연구소, 2019.

조성면, 「재일동포문학의 남북갈등과 화해-이회성, 양석일의 소설 다시 읽기」, 『현대문학의 연구』 52, 한국문학연구학회, 2014.

추석민, 「김달수의 사회주의 고찰-「서울의 해후」 작품분석을 중심으로」, 『일어일문학』 76, 대한일어일문학회, 2017.

추석민, 「재일조선인문학속의 학교-김사량·김달수·정승박·고사명을 중심으로」, 『일본문화연구』 43, 동아시아일본학회, 2012.

최석재, 「시가 나오야(志賀直哉) 문학연구」, 한국외대 박사논문, 2002.

허병식, 「재일조선인 자기서사의 정체성 정치와 윤리 -서경식의 '在日' 인식 비판」, 『한국학연구』 39, 2015.

허정, 「『GO』에 나타난 단독성과 소통」, 『다문화콘텐츠연구』 33, 중앙대 문화콘텐츠기술연구원, 2020.

호테이 토시히로(布袋敏博), 「일제말기 일본어 소설 연구」, 서울대 대학원, 1996.

金石範·梁石日, 「対談-『血と骨』の超越性をめぐって」, 『ユリイカ』 44, 2000.

_____, 「〈在日朝鮮人文学〉と李恢成」, 『新鋭作家叢書-李恢成集』, 河出書房新社, 1972.

_____, 「在日朝鮮人文学」, 『岩波講座, 文学8』, 岩波書店, 1976.

金英熙, 「李良枝のこと」(『季刊 青丘』 19號, 1994, 春)

俞淑子, 「李良枝論」, 『翰林日本學研究』 第6集, 翰林大日本學研究所, 2001.

磯貝治良, 「'在日'文學の變容と繼承」, 『季刊 青丘』 13, 1992.

川村湊, 「李良枝小論」, 『季刊 青丘』 13, 1992.

_____, 「金社良と張赫宙-植民地人の精神構造」, 『抵抗と屈従(岩波講座 : 近代日本と植民地6』, 岩波書店, 1993.

_____, 「〈在日〉作家と日本文学-その課題と現在」, 『講座昭和文学史5 -解体と変容』, 有精堂, 1989.

箕輪美子, 「在日朝鮮人文学における苦悩の形」, 慶熙大大學院, 1992.

新日本文學會, 「〈在日〉作家の全貌」 『新日本文學』, 2003(5·6合併號).

高橋敏夫, 「概説-やんちゃんな創造の錯乱者」, 『〈在日〉文学全集』, 勉誠出版, 2006.

高和政, 「商品化される暴力-映画『血と骨』批評」, 『前夜』 4号, 2005.

辻章, 「無意識の永遠について-李良枝」, 『李良枝全集』, 講談社, 1993.

崔洋一, 「『血と骨』は映画界, 久々の大博打だ」, 『創』 385, 2004.

Cindi Textor, "Representing Radical Difference : Kim Sŏkpŏm's Korea(n) in Japan(ese)", *Positions : asia critique* vol. 27 : 3, 2019.

_____, "Intersectional Incoherence : Zainichi Literature and the Ethics of Illegibility", University of California Press, 2023.

Helen Lee, "Voices of the "Colonists", Voices of the "Immigrants : Korea" in Japan's Early Colonial Travel Narratives and Guides, 1894-1914", *Japanese Literature and Language*, 2007.

_____, "Writing Colonial Relations of Everyday Life in Senryū", *positions : east asia cultures critique*, vol. 16, issue 3, 2008.

Helen Lee, "Out of Sōdesuka-shi, Creating Yobo-san : Cartooning the Korean Other in Japan's Colonial Discourse", *Journal of Japanese Language and Literature* vol 45, issue 1, 2011.

_____, "Dying as Daughter of the Empire", *positions : asia critique* vol.21, issue 1, 2013.

_____, "Negotiating Imagined Imperial Kinship : Affects and Comfort Letters of Korean Children", *The Review of Korean Studies* vol. 17, no.1, 2014.

_____, "Cultural Assimilation in the Kokugo(国語)Classroom: Colonial Korean Children's Tsuzuri-kata(綴り方)Compositions from the early 1930s," Japanese Literature and Language, Vol., No.1, April 2019.

_____, "Little citizens, big missions in Manchuria : the Shōkokumin as imperial pedagogy", *INTER-ASIA CULTURAL STUDIES* 20-3, ROUTLEDGE JOURNALS, 2019.

_____, "Living as a Colonial Girl : The Sonyo (少女) Discourse of School Curriculum and Newspapers in 1930s Korea", *INTERNATIONAL JOURNAL OF ASIAN STUDIES* 18, CAMBRIDGE UNIV PRESS, 2021.

"Whose Korea is it? Reading Zainichi Literature Intersectionally", *Routledge Companion to Korean Literature*, ed. Heekyoung Cho.

"Zainichi Writers and the Postcoloniality of Modern Korean Literature", *Routledge Handbook of Modern Korean Literature*, ed. Yoon Sun Yang.

초출일람

제1부 재일 디아스포라의 문화적 시공간

재일 디아스포라문학의 '탈근대'적 상상력

「재일 디아스포라문학의 '탈근대'적 상상력」, 『일본학보』 88, 한국일본학회, 2011.

재일4·3문학과 기억의 정치

「재일 4·3문학의 문학사적 위치와 의의」, 『일본학보』 69, 한국일본학회, 2006.

재일조선인의 작가 의식과 글쓰기의 단충

「일제강점기 재일조선인문학자가 바라본 일본관」, 『일본어문학』 46, 일본어문학회, 2009.

미디어 담론장 『三千里』와 재일코리안의 문화 정체성

「문예잡지 『三千里』와 재일코리안의 문화 정체성 – 문학텍스트를 중심으로」, 『일본학보』 104, 한국일본학회, 2015.

잡지 『靑丘』와 재일코리안문학의 초국성

「『청구』와 재일코리안의 자기정체성 – 문학텍스트를 중심으로」, 『일본연구』 22, 고려대 일본연구센터, 2014.

디아스포라의 삶과 '아버지'라는 이데올로기

「재일 코리언 문학에 나타난 '아버지상' 고찰」, 『비교일본학』 29, 한양대 일본학국제비교연구소, 2013.

'오사카'라는 '장소성'과 젠더정치

「재일 코리언 문학에 나타난 '여성상' 고찰」, 『일본학보』 80, 한국일본학회, 2009.

재일디아스포라문학의 세계성

「재일 디아스포라문학의 '혼종성'과 세계문학으로서의 가치」, 『일본학보』 78, 한국일본학회, 2009.

재일코리안문학의 경계 의식과 트랜스네이션

「재일 디아스포라문학의 경계 의식과 초국가주의」, 『比較文學』 58, 韓國比較文學會, 2012.

제2부 디아스포라와 '재일성'의 문화적 실천

김달수 – 『박달의 재판』, 『태백산맥』

「김달수의 초창기 문학 연구」, 『일본학보』 76, 한국일본학회, 2008; 「김달수 문학의 민족적 글쓰기」, 『일본어문학』 29, 일본어문학회, 2005.

김석범 – 『까마귀의 죽음』, 『화산도』

「김석범 문학과 디아스포라 의식 – 『화산도(火山島)』와 〈제주4·3〉을 중심으로」, 『문학과 의식』 73, 세계한민족작가연합, 2008.

이회성 – 『유역』, 『다듬이질하는 여인』

「재일 코리언 문학과 디아스포라 – 이회성의 『유역』을 중심으로」, 『일본학』 32, 동국대 일본학연구소, 2011.

김학영 – 『얼어붙은 입』, 『흙의 슬픔』

「김학영 문학과 한」, 『일본학』 21, 동국대일본학연구소, 2002; 「김학영의 『얼어붙은 입』론」, 『일어일문학연구』 39, 한국일어일문학회, 2001.

이양지 – 『유희』, 『나비타령』

「이양지 문학론」, 『일어일문학연구』 43, 한국일어일문학회, 2002. 「이양지의 『유희』론」, 『일어일문학연구』 41, 한국일어일문학회, 2002.

양석일 – 『피와 뼈』, 『밤을 걸고』

「양석일 문학의 유교적 세계관, 그리고 광기와 이단 – 『피와 뼈』를 중심으로」, 『비교일본학』 27, 한양대 일본학국제비교연구소, 2012.

사기사와 메구무 – 『돌아가지 못하는 사람들』, 『그대는 이 나라를 사랑하는가』

「사기사와 메구무 文學을 통해 본 在日文學의 다양성과 변용」, 『한일민족문제연구』 13, 한일민족문제학회, 2007. 「사기사와 메구무 문학론 – 재일성을 중심으로」, 『日本言語文藝硏究』 7, 臺灣日本語言文藝硏究學會, 2006.

김길호 – 『이쿠노 아리랑』, 『몬니죠』

「김길호(金吉浩) 문학을 통해 본 재일문학의 변용」, 『일본학보』 72, 한국일본학회, 2007.

유미리 – 『풀하우스』, 『가족 시네마』

「유미리 문학과 현대사회의 가족해체 – 『가족시네마』/『풀하우스』를 중심으로」, 『일본학보』 137, 한국일본학회, 2023.

가네시로 가즈키 – 『FLY DADDY FLY』, 『GO』

「가네시로 가즈키의 탈민족적 글쓰기와 엔터테인먼트 – 『플라이, 대디, 플라이』/『GO』를 중심으로」, 『한림일본학』 43, 한림대일본학연구소, 2023.